TORSTEN FINK

Imperium des Lichts

Buch

Das Imperium des Lichts steht auf dem Höhepunkt seiner Macht. Doch Sebastos Valis – der Kaiser und Erste Hüter des Lichts – ist todkrank, und während sich die Feinde des Imperiums bereits sammeln, glaubt er nicht, dass sein Sohn und Erbe bereits für die Herrschaft bereit ist. Aber es gibt Hoffnung, denn eine Heilung scheint möglich. Allerdings befindet sich das einzig mögliche Heilmittel im Besitz des ältesten Feindes des Reiches, der Herrin der Dunkelheit.

Der junge Offizier Aureus Moris wird ausgewählt, eine Expedition ins Reich der Finsternis zu führen, um über die Herausgabe des Heilmittels zu verhandeln. Doch nicht alle am Hof des Kaisers sind mit dem eingeschlagenen Kurs einverstanden. Intrigen und Verrat behindern Moris bei der Ausführung seines Auftrags. Aber eine andere Sache belastet den jungen Kommandanten viel mehr. Denn er erkennt, dass die Dunkelheit nicht so schrecklich ist wie erwartet – und dass sogar das strahlende Licht dunkle Schatten wirft.

Autor

Torsten Fink, Jahrgang 1965, arbeitete lange als Texter, Journalist und literarischer Kabarettist. Er lebt und schreibt heute in Mainz.

Von Torsten Fink bei Blanvalet erschienen:

Die Tochter des Magiers bei Blanvalet:
1. Die Diebin (26631)
2. Die Gefährtin (26632)
3. Die Erwählte (26633)

Der Sohn des Sehers bei Blanvalet:
1. Nomade (26691)
2. Lichtträger (26692)
3. Renegat (26693)

Drachensturm (26806)

Der Prinz der Skorpione bei Blanvalet:
1. Der Prinz der Schatten (26856)
2. Der Prinz der Klingen (26857)
3. Der Prinz der Skorpione (26858)

Der Prinz der Rache (26940)
Tochter der Schwarzen Stadt (26980)
Der Erbe des Skorpions (26011)

Torsten Fink

IMPERIUM DES LICHTS

Roman

Originalausgabe

blanvalet

MIX
Papier aus verantwortungsvollen Quellen
FSC® C083411

Verlagsgruppe Random House FSC® N001967
Das für dieses Buch verwendete
FSC®-zertifizierte Papier *Super Snowbright*
liefert Hellefoss AS, Hokksund, Norwegen.

1. Auflage
Originalausgabe November 2015 bei Blanvalet,
einem Unternehmen der Verlagsgruppe Random House GmbH, München

Umschlaggestaltung und -illustration: © Isabelle Hirtz, Inkcraft
Karte: © Jürgen Speh
Lektorat: Simone Heller
HK · Herstellung: sam
Satz: Buch-Werkstatt GmbH, Bad Aibling
Druck und Einband: CPI books GmbH, Leck
Printed in Germany
ISBN: 978-3-7341-6046-2

www.blanvalet.de

DAS CAPIANISCHE REICH
und angrenzende Länder
und Stämme
N
S
Frostsümpfe
Useker
Stania
Camborer
Hassewer
Sulivar
(Waldland)
Noctus (Nachtstrom)
Nordmark
Verlorene Festung
Sebastia
Hirschberge
Variga
(Wolfsland)
Pisca
Bovien
Paran
Domorer
Maxia
Alenum
Iscer
Maricat
Dämmermark
Sestum
Hirschfeste
Marukien
Ventum
Maxos' Grab
Taverische Sümpfe
Lohmoor
Hererien
Jovia
Taverer
Moth
Gaurische See
Amarien
Sewetium
Glatien
Wolkenberge
Saxa
Berge der Alten
Helikien
Cortia
Lowim
Siphal
Larsia
Karsien
Capia
Lakisches Meer
Lakien
Kalpe
Jossos
Padokia
Pyra
Kyl
Naiophisches Meer
Kyrien
Farsis
Lyf
Melefet
Heref
Reich von Lyf

PROLOG

Aureus Moris stand bis zu den Knien im kalten Wasser und lauschte. Der dichte Nebel dämpfte den Lärm der Schlacht nicht, nein, er schien ihn zu vervielfältigen. Das verwirrende Echo, das die sandigen Hügel zurückwarfen, verstärkte diesen Eindruck noch. Und so hatte Aureus das Gefühl, dass überall um ihn herum gekämpft, getötet und gestorben wurde. Nur auf der Kuppe des Hügels, an dessen Fuß er mit seinen Männern kauerte, herrschte trügerische Ruhe.

Dann nahm er eine Bewegung wahr. Aus dem Moor huschten schemenhafte Gestalten heran.

»Ist das Freund oder Feind?«, fragte der Mann neben ihm. Aureus lauschte mit geschlossenen Augen, erkannte das Rasseln von Kettenhemden, erhob sich und stieß einen leisen Pfiff aus.

Die Gestalten hielten inne. »Wer da?«, fragte eine nervöse Stimme.

»Freund!«, rief Aureus gedämpft.

Der Veteran an seiner Seite schüttelte den Kopf und sprach aus, was Aureus dachte. »Wären wir der Feind, hätten wir sie ganz anders begrüßt.«

»Aureus Moris, seid Ihr das?«

Notgedrungen erhob er sich. »Ich bin es, Tribun. Hier herüber! Aber seid leise, um des Lichts willen!«

Oben auf dem Hügel rief jemand in einer fremden Sprache und bekam in der gleichen Sprache Antwort.

»Das sind ihre Wachen«, meldete sich Phremos Stax zu Wort, der Mann, der neben Aureus kauerte, und übersetzte weiter: »Nein, Hekator, sie haben uns nicht bemerkt. Ganz im Gegenteil, sie bedauern, nicht in der Schlacht kämpfen zu dürfen.«

Eine gedrungene Gestalt kam keuchend näher und warf sich gegen die Böschung des Wasserlaufes, an der sie Deckung gesucht hatten.

»Wo ist der Rest der Tagma, Tribun?«, fragte Aureus leise. »Und wo sind die Auxiliaren mit den Sturmleitern?«

Der Tribun deutete vage in den Nebel. »Wir wurden angegriffen. Aus einem dieser verfluchten Gräben heraus. Ich habe befohlen, die Stellung zu halten, bis Verstärkung kommt oder der Befehl zum Rückzug.«

»Rückzug?«

»Wisst Ihr nicht, wie schlecht es um uns steht, Moris? Diese verdammten Iscerer sind überall. Seht Ihr das unheilvolle Glühen dort drüben? Es kommt von unserem Lager, das der Feind in Brand gesetzt hat. Die Nachhut, die es halten sollte, ist wahrscheinlich vernichtet, und ich hörte, dass die linke Flanke im Moor feststeckt und von allen Seiten angegriffen wird. General Pollo brüllt die ganze Zeit nach Verstärkung, aber wenn dieser verfluchte Sumpf die Toten nicht ausspuckt und für uns kämpfen lässt, werden wir keine bekommen. Stattdessen scheint der Nebel ständig neue Horden des Feindes zu gebären. Der General hat uns hier in eine schöne Falle geführt. Wenn Ihr es nicht begreift, sage ich Euch, wie die Lage ist – sie ist hoffnungslos!« Tribun Cauris drehte sein Schwert in den Händen. Als er innehielt, sah Aureus seine Finger zittern. Er war offensichtlich mit den Nerven am Ende.

Der Lärm der Schlacht brandete gegen den Hang. Er schien näher zu kommen. Moris hörte das Klirren der Schwerter, die Flüche, das Gebrüll und gelegentlich das tiefe Surren, wenn die Skorpione ihre Geschosse in die Reihen des Feindes sandten.

»Und die rechte Flanke? Was ist mit dem Hauptangriff?«, fragte Aureus mit unterdrückter Wut. Er hätte den Tribun gerne angebrüllt, damit er sich gefälligst zusammenriss.

Wieder gingen oben auf dem Hügel laute Rufe hin und her. Stax gab seinem Hekator jedoch ein beruhigendes Zeichen. Die dort oben schienen immer noch nichts zu ahnen.

Der Tribun steckte sein Schwert mit nach wie vor zitternden Händen zurück in die Scheide. »Irgendwo im Nebel verlorengegangen. Oder vielleicht sind auch schon alle tot.«

Berius Cauris war jung, unerfahren, überheblich und gerade lange genug bei der Sechzehnten Legion, um sich ernsthaft unbeliebt zu machen. Er war Aureus nie als tüchtiger Offizier aufgefallen, aber jetzt schien er vollends nutzlos geworden zu sein.

»Ich kann mir nicht vorstellen, dass die rechte Flanke vernichtet ist, Tribun«, erklärte Aureus gereizt. »Legat Nerex ist ein fähiger Mann, und General Pollo weiß, was zu tun ist. Noch ist die Schlacht nicht verloren. Wenn wir unseren Auftrag erfüllen, dann …«

Der Tribun unterbrach ihn: »Unseren Auftrag? Seid Ihr toll? Uns steht das Wasser bis zum Hals, und Ihr wollt die feindliche Festung angreifen?« Seine Stimme überschlug sich.

Oben wurde wieder gerufen, und diesmal sah Stax besorgt aus. Er zischte den Tribun an, und Cauris zuckte schuldbewusst zusammen und machte sich noch kleiner.

Aureus packte ihn an der Schulter, um ihn aufzurütteln. »Das ist kein uneinnehmbares Kastell, Tribun, nur ein Erdwall mit ein paar Baumstämmen als Palisade. Aber er birgt das Herzstück der feindlichen Macht. Wenn wir diesen Wall nehmen …«

Cauris lachte bitter auf und schüttelte heftig den Kopf. »Ich weiß ja, dass Ihr ein tapferer Mann seid, Moris, aber jetzt sollten wir lieber darüber nachdenken, wie wir mit heiler Haut hier herauskommen! Ich glaube, dass wir das Moor am Fuße dieses Hügels umgehen können. Dann könnten wir uns zu Maxos' Grab zurückziehen. Dort hat dieser Wahnsinn begonnen, dorthin werden sich all die begeben, die dieses Massaker überleben.«

»Unser Befehl lautet, die Festung auf dem Hügel einzunehmen, Tribun«, erwiderte Aureus eisig.

Der Tribun schüttelte den Kopf. »Pollo sagte, wir sollen es nur wagen, wenn es möglich ist, aber es ist nicht möglich. Also müssen wir die Flanke für einen geordneten Rückzug sichern. Aber die Flanke ist nicht zu sichern. Also müssen wir retten, was zu retten ist!« Er kauerte bis zur Hüfte im kalten Wasser, offenbar ohne sich daran zu stören.

Die Legionäre, die an der Böschung gelagert hatten, bekamen ohne Zweifel mit, was hier gesagt wurde. Aureus konnte nur die Gesichter der nächsten – vielleicht zwanzig – Männer erkennen, dann kamen ein paar verschwommene Gestalten und dann nur noch Nebel. *Ob da überhaupt noch mehr sind?*, dachte er plötzlich. *Wenn sie klug sind und ihnen etwas an ihrem Leben liegt, haben sie sich heimlich, still und leise davongemacht …* Nein, er durfte sich nicht von der Angst des Tribunen anstecken lassen. »Wie viele Männer habt Ihr mitgebracht?«, fragte er.

Er selbst war vor Beginn der Kämpfe mit nur hundert Mann in die Hügel geschlichen, um den feindlichen Wall auszukundschaften und den Angriff vorzubereiten. Die ganze Schlacht, die da in Sumpf und Nebel mit aller Erbitterung geführt wurde, war eigentlich nur ein großes Ablenkungsmanöver für diesen einen Angriff, denn hinter dem Wall wartete das Dunkle Heiligtum der Iscerer. Wenn sie das zerstörten, war die Schlacht – vielleicht – gewonnen. Zwei Tagmen und die Auxiliaren aus Marukien hätten sich inzwischen hier sammeln sollen. Aber der Vormarsch der Sechzehnten Legion war im Nebel durcheinandergeraten, der Feind griff von allen Seiten an, und der Tribun hatte die Tagmen irgendwo zurückgelassen. Und jetzt wollte er nur noch seine eigene Haut retten. Aureus wiederholte die Frage.

»Es sind mir nicht mehr als zweihundert gefolgt, Hekator. Die anderen ließ ich zurück, um uns den Rücken frei zu halten. Wir sollten ihnen Boten schicken, damit sie mit uns nach Südwesten durchbrechen. Da scheint es ruhig zu sein. Wenn dort kein Feind ist, könnten wir uns in Sicherheit bringen … uns sammeln … Was meint Ihr?«

Zweihundert? Er hatte auf tausend gehofft. Aureus war dennoch nicht bereit, einfach aufzugeben. Der Sturm auf das Herz der feindlichen Macht konnte diese Schlacht zu ihren Gunsten wenden – und es war eine große Gelegenheit, sich auszuzeichnen. Aureus hatte nicht vor, sich die durch die Lappen gehen zu lassen. Ursprünglich hatte General Pollos Plan vorgesehen, die Iscerer in breiter Front anzugreifen, aber dann war dieser seltsame Nebel aufgekommen. Die Männer waren beunruhigt, und sie raunten, die Dunkelheit, die der Feind verehrte, habe ihn gesandt. Aureus fand, dass das nicht von der Hand zu weisen war, denn es war Nebel, wie er ihn nur von kalten Herbsttagen kannte, und eigentlich war hier noch Sommer.

General Pollo hatte darüber gelacht und trotzdem den Angriff befohlen. Also war Aureus im Morgengrauen mit seinen Männern durch das Moor geschlichen, hatte sich in aller

Heimlichkeit durch Morast, Gräben und Tümpel und übermannshohes Schilf gekämpft und hier in einem Wasserlauf Stellung bezogen. Ihre Späher hatten schon am Vortag eine Stelle gefunden, an der es zwar schwierig, aber nicht unmöglich war, die Palisade mit Sturmleitern zu erreichen.

Der Angriff erschien Aureus immer noch machbar, und er hatte seine eigenen Vorkehrungen getroffen, weil er wusste, wie unzuverlässig die Maruker waren. Aber nun waren sie nur dreihundert Mann – und nicht über tausend. Aureus biss sich auf die Lippen.

»Wollt Ihr es nicht einsehen, Hekator? Unsere Sache ist verloren!«

»Ich bitte Euch, Tribun, senkt Eure Stimme! Die Männer brauchen Mut für das, was vor uns liegt.«

»Ihr wollt doch nicht etwa angreifen, Moris? Wir sollten uns zurückziehen, wenigstens dort hinüber, zwischen die Hügel. Dort scheint die Schlacht weniger heftig zu toben. Wir können uns sammeln und überlegen, was zu tun ist. Vielleicht können wir von dort den anderen zu Hilfe eilen, den Rückzug decken …«

»Angreifen ist die einzige Möglichkeit«, entgegnete Aureus angewidert. Ein Rückzug? Wohin? Ihr befestigtes Lager brannte, und im Moor konnte sich vielleicht eine Hundertschaft retten – aber nicht eine ganze Legion. Hier hieß es siegen – oder sterben.

Der Tribun war anderer Meinung: »Nein, meine Entscheidung ist getroffen. Ich werde den Rückzug befehlen. Doch wohin, Moris, wohin?« Ihm schien sogar der Mut für diese Entscheidung zu fehlen.

»Wartet hier, Tribun, ich bin gleich zurück.« Aureus watete durch das kalte Wasser das Bächlein entlang, bis er die beiden Hekatoren fand, die die kleine Einheit mit Cauris hergeführt hatten. Er hatte einen Plan, und er würde sich nicht von Cauris aufhalten lassen. Er besprach sich kurz mit den beiden. Sie waren nicht begeistert, ja, sie nannten ihn und seinen Plan »verrückt«, aber auch sie sahen keine andere Möglichkeit.

Dann nahm er einen seiner Veteranen beiseite. »Hört, Claudio Optus – Ihr habt ein ehrliches Gesicht, und das werden wir brauchen. Erinnert Ihr Euch an den Graben, in dem einige von uns fast ertrunken wären? Gut. Dort etwa muss der Rest unserer Tagma stehen. Erklärt den Hekatoren, dass wir wie geplant angreifen und dass der Tribun sie so schnell wie möglich oben an der Festung erwartet.«

»Weiß Cauris, dass er diesen Befehl gegeben hat?«, fragte der Veteran mit der ihm eigenen unverwüstlich guten Laune.

Aureus schüttelte den Kopf. »Noch nicht. Aber er wird sich später gewiss den Ruhm anheften lassen, wenn wir Erfolg haben.«

Optus kratzte sich im Nacken. »Das Wort *wenn* scheint mir hier von Bedeutung. Aber ich werde mich beeilen. Werdet Ihr wenigstens warten, bis ich zurück bin? Oder wollt Ihr den Spaß ohne mich beginnen?«

»Wir können nicht warten, sonst kommt mir der Tribun doch wieder in die Quere.«

»Schön. Gebt nur darauf acht, dass meinem Freund Stax nichts geschieht. Aber eigentlich mache ich mir keine Sorgen. Ihr wisst ja, was die Männer sagen, oder?«

Aureus starrte ihn verwirrt an.

Fröhlich erwiderte Optus. »Sie sagen, wo Aureus Moris ist, da ist der Sieg. Nein, schüttelt nicht den Kopf, Hekator. Und sie sagen, dass es eine Schande ist, dass Ihr noch nicht Tagmatos geworden seid.«

»Hattet Ihr nicht einen Befehl, Optus?«

Optus grinste schief, salutierte und schlich davon. Bald hatte der Nebel ihn verschluckt.

Aureus kehrte zu Cauris zurück. »Hört, Tribun. Ich werde die Männer etwas näher an die Festung heranführen. Am besten wird es sein, wenn Ihr hier auf die Verstärkung wartet, die ein Bote eben angekündigt hat. Vielleicht sehen wir dann klarer.«

»Verstärkung?«

»Ja, Pollo hat wohl irgendwo noch ein paar Männer zusammengekratzt.«

Der Tribun sah ihn zweifelnd an, aber Aureus war nicht bereit, länger zu warten. Er führte die Männer durch das Gewässer so nah wie möglich an die Palisade heran.

Stax wich ihm nicht von der Seite. »Seid Ihr sicher, dass Ihr das tun wollt, Hekator? Wir sind zu wenige, und selbst wenn Euer Plan gelingen sollte, werden viele von uns den Sieg mit dem Leben bezahlen.«

»Wenn wir es nicht tun, werden noch weit mehr unserer Kameraden mit ihrem Leben für unsere Untätigkeit büßen müssen.«

Aureus gab das Zeichen zum Vorrücken und kletterte die Böschung hinauf. Er schlich zwischen Sanddornbüschen voran, die Legionäre folgten ihm. Leise huschten sie den Hang hinauf, und im Nebel zeichnete sich bald die dunkle Wand der Palisade ab. Vielleicht wäre die Überraschung gelungen, wenn Cauris, der endlich gemerkt hatte, was vor sich ging, nicht plötzlich unten am Hang wie ein Verrückter angefangen hätte zu brüllen und ihnen das Umkehren zu befehlen.

Oben erwachte der Wall zum Leben. Pfeile, Steine und Speere kamen geflogen. Aureus verfluchte den Tribun, dessen Brüllen aber schnell in einem Gurgeln endete. Ein Pfeil musste ihn getroffen haben. Aureus hätte nicht darauf gewettet, dass er von einem iscerischen Bogen stammte …

Jetzt brüllten auch die Legionäre. Ihre Bogenschützen ließen die Sehnen sirren, und Aureus hastete voran. Der Mann zu seiner Linken sank getroffen zu Boden, der zu seiner Rechten ebenfalls. Ein Pfeil streifte seinen Helm. Er rannte weiter, warf das Seil und kletterte hinauf. Das mit dem Seil war ein Trick, den er von den Iscerern gelernt hatte. Die Legion kämpfte nicht auf diese Weise. Sie hatte Skorpione, Rammen, schwere Sturmleitern und sogar Belagerungstürme – mit so etwas Einfachem wie einem Seil gab sie sich für gewöhnlich nicht ab. Aber er hatte geahnt, dass die schweren Sturmleitern es nicht bis hierher schaffen würden, und seine Leute mit Seilen ausgerüstet.

Als Aureus oben anlangte, schaute er in das verblüffte Gesicht eines Iscerers. Es war ein alter Krieger, der noch einmal seinen Bogen spannte, als er besser zum Schwert gegriffen hätte. Aureus zerschmetterte den Bogen mit dem Schwert und rammte den Mann mit dem Schild, so dass er vom Wall stürzte. Er wehrte einen anderen Angreifer mit dem Rundschild ab, wich einem Hieb aus und fuhr instinktiv herum. Aus dem Nichts war ein Gegner aufgetaucht und schwang eine gewaltige Axt. Aureus sah sie auf sich zusausen und riss seinen Schild hoch. Funken sprühten, als das schwere Blatt am stählernen Rand des Schildes entlangschrammte. Für einen Augenblick schien die Zeit stehen zu bleiben. Aureus sah die Axt auf seine Brust herabfahren. Die Schneide blitzte – und drehte sich im letzten Moment. Der Schild musste sie irgendwie doch noch abgelenkt haben. Sie fetzte ein paar Schuppen aus dem Panzer und riss ihm die Seite auf – aber er war nicht tot, wie er es eigentlich hätte sein müssen.

Der Schmerz raubte ihm die Luft, und er taumelte zu Boden. Der Iscerer, dessen Axt sich in seinen Händen gedreht hatte, schien völlig verblüfft. Dann brüllte er und hob die Waffe zum nächsten Schlag.

Plötzlich war Phremos Stax da. Er tötete den wutschnaubenden Iscerer und half Aureus wieder auf die Beine. Immer mehr Legionäre tauchten jetzt auf dem Wall auf, und bald wurde überall gekämpft. Aureus erkannte die Schreie von Frauen und Kindern. Die Iscerer hatten ihre Familien hier oben? Hatten sie sich hier so sicher geglaubt? Wo war das Heiligtum? Er hörte merkwürdige Gesänge. Der Nebel – er schien von einer schwarzen Säule in der Mitte der Festung auszuströmen. In den Schwaden konnte Aureus nicht viel erkennen, nur dunkle Gestalten, die auf den Wall zurannten, Krieger, die ihn und alle seine Männer umbringen wollten. Es waren Hunderte.

I. BVCH

STADT IM LICHT

1. DAS FEST

Das flackernde Licht kämpfte vergeblich gegen die Dunkelheit, die sich zwischen den Säulen eingenistet hatte. Aureus Moris hob die Lampe. Die Säulen schienen zu schwanken und erinnerten ihn plötzlich an die alten Birkenwälder von Iscer.

Aber was war das? Stand dort jemand im Schatten? Er trat näher heran und blickte unvermittelt in das kalte Antlitz des Basileios. Es war nur eine Marmorbüste, die dort an der Wand befestigt war, und Aureus hatte sie schon oft gesehen. Allerdings lag es Jahre zurück, dass er zuletzt in dieser Halle gewesen war. Er hatte schlicht vergessen, dass es diese Büste gab.

Früher hatte er ihr kaum Beachtung geschenkt, aber jetzt betrachtete er sie eingehend: die erhabene Stirn, der strenge Blick, die würdevollen, ebenmäßigen Gesichtszüge, das nachsichtige, leicht spöttische Lächeln, das um die Lippen spielte. Das Licht der Lampe flackerte und ließ die majestätischen Züge erst lebendig und dann plötzlich fratzenhaft erscheinen.

Aureus hatte den Kaiser nur einmal gesehen, und das von Weitem. Das war auf Iscer gewesen, vor sieben Jahren, als der Angriff auf die große Insel begann. Sebastos Valis hatte ihre Parade abgenommen, hatte Iscer aber kurz darauf wieder verlassen. Sein Sohn Maxos, den sie bald den Unglücklichen nannten, hatte die Führung übernommen.

Aureus kehrte der Halle den Rücken. An der Pforte traf er auf einen einsamen Wachsoldaten, der sich an seine Fackel klammerte und ungelenk zu salutieren versuchte, als er seinen Vorgesetzten erkannte. Wie auch die anderen Wachen musste er zu den Rekruten gehören, die gerade erst in der Kaserne eingetroffen waren. Aureus bemerkte, dass der Junge seinen Schwertgurt über der falschen Schulter trug. »Alles ruhig, Legionär?«

»Vollkommen ruhig, Hekator.«

Aureus hätte es normalerweise dabei bewenden lassen, aber jetzt fragte er: »Wie alt bist du, Legionär?« Er hatte inzwischen herausgefunden, dass niemand hier war, der sich um die Ausbildung der Jungen kümmerte. Aber selbst der Verwalter, der einsam über die Kaserne wachte und ihnen ihre Ausrüstung gegeben hatte, hätte das mit dem Schwertgurt wissen müssen.

»Sechzehn, Hekator.«

»Wirklich? Recht alt, um noch in die Legion einzutreten.«

»Mein Vater wollte mich nicht früher fortlassen, wegen der Arbeit auf dem Hof. Ich musste warten, bis meine jüngeren Brüder alt genug waren.«

»Woher kommst du, Sohn?«

»Aus der Nähe von Saxa, Herr.«

»Ah, die Braut des Himmels. Sind noch mehr Männer aus den Bergen unter euch?«

»Zwei, Herr. Die anderen sind unterwegs zu uns gestoßen.«

»Verstehe.«

»Werdet Ihr uns kommandieren, Herr?«

Aureus nickte gedankenabwesend, dann öffnete er endlich den Schwertgurt des Jungen und legte ihn auf die richtige

Seite. Der Rekrut lief rot an. Aureus klopfte ihm beruhigend auf die Schulter, dann setzte er seine nächtliche Runde fort.

Abgesehen von den fünfzig Rekruten lebten in der großen Kaserne lediglich noch ein Verwalter und ein paar altersschwache Diener. Und derzeit beherbergte sie noch drei weitere Gäste, von denen er selbst einer war. Aureus marschierte über den Paradeplatz zu den Wohnquartieren. Sie boten in Friedenszeiten gerade genug Platz für die Krieger der Sechzehnten Legion, die nicht in der Stadt bei ihren Familien lebten. Doch es waren keine Friedenszeiten, und die Sechzehnte stand seit sieben Jahren fern im Westen auf Iscer im Feld und hatte die Kaserne verwaist zurückgelassen. Er stieg die Treppe zur Mauerkrone hinauf und blieb stehen.

Auch außerhalb der Mauern schien es ruhig zu sein, dabei war morgen der Tag des Lichts, ein Feiertag, und normalerweise blieben in der Nacht zuvor die Tavernen lange geöffnet, und auf den breiten Straßen amüsierten sich die Menschen. Eigentlich feierten sie gern in Maricat. Aureus hatte immer das Gefühl gehabt, dass es die Feste waren, die dieses Vielvölkergemisch aus Marukern, Hererern, Bovern, Amarern, Glatiern, Capianern und sogar Domorern zusammenhielt. Doch nun erschien ihm die Stadt still und schwermütig.

Eigentlich kein Wunder, dachte er. Die Sechzehnte stand im Feld, und viele der Männer, die dort unten früher zu feiern gepflegt hatten, würden nicht mehr zurückkehren. Aber das war womöglich nicht das Einzige, was die Stadt bedrückte.

Der Palast des Statthalters lag unten am Flussufer. Auf seinen Mauern gingen Soldaten zwischen hellen Wachfeuern auf und ab. Es waren mehr als üblich, denn der Basileios, der Kaiser selbst, war in Maricat.

Aureus kontrollierte die Posten ein zweites Mal, vermied aber weitere Gespräche. Er hätte den Rekruten vielleicht sonst

Dinge gesagt, die sie früh genug erfahren würden: dass ihnen eigentlich drei Monate Ausbildung im Hinterland zustanden, die sie aber nicht bekommen würden. Die Verluste auf Iscer waren hoch, und die Sechzehnte brauchte jeden Mann, den sie kriegen konnte. General Pollo war der Meinung, dass die Legionäre im Feld am besten lernen würden. Er hatte Aureus den Befehl gegeben, auf dem Rückmarsch weitere Männer anzuwerben, junge Rekruten für die Legion, wenn möglich, aber auch erfahrene Krieger für die Hilfstruppen. Eigentlich wurden die Frischlinge immer zu den Bogenschützen gesteckt, denn diese meist schmächtigen Kerle taugten nicht für die Schlachtreihe, aber auch das konnte er den Jungen nicht versprechen. Aureus fasste den Entschluss, sie auf dem Marsch hart ranzunehmen. Ganz gleich in welcher Einheit sie landeten, sie würden es ihm später danken, und er hatte schon ganz andere Kinder zu fähigen Legionären geformt.

Er schüttelte den Kopf über sich selbst. Er machte sich schon Gedanken über den Rückweg, dabei war er gerade erst in Maricat eingetroffen. Der General hatte ihm dringende Schreiben mitgegeben. Vermutlich waren es Hilfsgesuche und Schilderungen ihrer überaus kritischen Lage, aber vielleicht war da auch noch mehr …

Pollo hatte nicht zugeben wollen, dass es Aureus' Entscheidung gewesen war, die die Schlacht zu ihren Gunsten gewendet hatte. Ganz im Gegenteil – der General hatte Tribun Cauris zum Helden der Schlacht erklärt und ihm dort eine Ehrensäule errichten lassen, wo sie das dunkle Heiligtum der Iscerer niedergerissen hatten.

Aureus hatte protestiert, aber Pollo hatte ihn zur Seite genommen und gesagt: »Ihr findet das ungerecht, Hekator? Habt Ihr etwa mit einer Beförderung gerechnet? Was ist mit diesem Pfeil, der in Cauris' Hals steckte? Es war einer von unseren eigenen. Findet Ihr es gerecht, dass der Mörder und der Mann, unter dessen Befehl er stand, ungestraft davonkommen werden? Also – wollt Ihr einen Prozess um die Ermordung eines Feiglings mit Euch als Angeklagtem – oder wollt Ihr die Ehrung eines Toten, der nichts mehr davon hat?«

Aureus hatte die Zähne zusammengebissen und geschwiegen. Je länger er darüber nachdachte, desto merkwürdiger erschien es ihm nun, dass Pollo ausgerechnet ihn nach Maricat gesandt hatte.

Aureus war der Erste Hekator der Ersten Tagma der Sechzehnten und damit der Ranghöchste unter den Hekatoren. Und obwohl er seine Männer bei jenem Angriff sehenden Auges in ein Schlachthaus geführt hatte, stand er bei den Legionären in hohem Ansehen, denn sie wussten, dass er die Sechzehnte mit seinem selbstmörderischen Vorstoß gerettet hatte.

Enthielten die Schreiben etwas anderes als eine Schilderung der Lage und Bitten um Verstärkung? Vielleicht eine Anklage? Neben all den offiziellen Botschaften, die vor Lob für den tapferen Tribun Cauris nur so troffen, gab es noch eine doppelt versiegelte Nachricht, die er dem Satrapen persönlich übergeben sollte.

Aureus lehnte sich auf die Zinnen und starrte hinüber zum Palast. Selbst dieser Dickschädel von einem General musste doch einsehen, dass seine Entscheidung sie alle gerettet hatte.

Er hatte Pollos Briefe gleich nach seiner Ankunft im Palast abgeliefert, war aber nicht zum Statthalter vorgelassen worden. Das war kein gutes Zeichen.

Ja, Pollo misstraute ihm, obwohl sie Seite an Seite gekämpft hatten, in jener ersten, wirren Nacht, als der Feind aus den Baumreihen des Waldes hervorgebrochen war, um ihr befestigtes Lager zu überfallen. Sie hatten sich darauf vorbereitet geglaubt und waren dann trotzdem von der Stärke dieses Angriffs überrascht worden. An unzähligen Wurfseilen waren die Iscerer über die einfachen Pfähle geklettert und ins Lager eingedrungen. Viele gute Männer waren in dem wilden Handgemenge zwischen den Zelten und auf den Palisaden gefallen. Aureus lächelte grimmig, als er daran dachte, dass der Feind in dieser dunklen Nacht seiner folgenden Niederlage den Weg bereitet hatte.

Versuchte Pollo jetzt, ihm aus der Sache mit Cauris einen Strick zu drehen? Falls ja, hatte er den Fehler gemacht, ihn selbst nach Maricat zu schicken. Aureus war fest entschlossen, dem Satrapen seine Sicht der Dinge darzustellen und alle denkbaren Vorwürfe als ungerechtfertigt zu entkräften. Er hatte doch wirklich keine Ahnung, wer den Pfeil abgeschossen hatte. Er seufzte. Dieser Bogenschütze hatte Cauris zum toten Helden gemacht – und damit verhindert, dass Aureus den verdienten Lohn für seinen Mut empfing. Pollo würde ihn nie befördern.

Aureus ließ seinen Blick über die schlafende Stadt hinüber zum Lichttempel schweifen, der auf einem Hügel stand und damit alle Häuser überragte. Er war fast so groß wie der Palast des Satrapen, und seine Mauern waren von vielen Feuern erleuchtet.

Das muss wohl so sein, dachte Aureus. Es hieß, das Große Licht könne den Geist von allen dunklen Gedanken reinigen, aber seine Erfahrung war eine andere.

Der Wind frischte auf und kündigte den Herbst an, der morgen beginnen würde. Aureus setzte seine Runde fort, und er fragte einen der Rekruten, wann er abgelöst werde, doch das wusste der Junge – er war vielleicht fünfzehn – nicht. Also ging er in das Quartier der Frischlinge, weckte den ältesten von ihnen und teilte mit ihm zusammen die Wachen für den Rest der Nacht ein.

Als er in sein eigenes Quartier zurückkehrte, hörte er seine beiden Begleiter in der Nebenkammer schnarchen. Sie schienen unbeschwert zu schlafen. Optus und Stax waren verdiente Veteranen, und am kommenden Tag sollten sie, vielleicht sogar aus der Hand des Kaisers selbst, mit ihrer Entlassungsurkunde ein Stück Land entgegennehmen, das ihnen ihr zwanzigjähriger treuer Dienst für das Capianische Reich eingebracht hatte. Sebastos Valis liebte die Legion, das war bekannt, und er ließ angeblich nur selten eine Gelegenheit verstreichen, verdiente Veteranen zu ehren.

Aureus öffnete einen Krug Wein. Der Basileios ... Es hieß, dass der Kaiser krank sei. Vermutlich war es das, was wie Mehltau über der Stadt lag. Die Menschen waren besorgt. Niemand wusste, was dem Basileios fehlte, sicher war nur, dass es ernst war, denn er hielt sich schon viel länger als geplant in Maricat auf. Aureus leerte nach und nach den ganzen Krug. Erst dann fand er zur Ruhe.

Im Morgengrauen riss ihn ein empörter Verwalter aus dem Schlaf: »Steht endlich auf! Über Nacht muss sich herumgesprochen haben, dass jemand von der Sechzehnten Legion aus dem Westen gekommen ist, Herr, denn vor dem Tor unseres Kastells haben sich viele Frauen versammelt. Sie verlangen Auskunft über ihre Männer, doch habe ich die Listen, die Ihr mir gebracht habt, noch nicht mit den Soldlisten abgeglichen und kann sie daher nicht freigeben. Ihr müsst diese Frauen fortschicken!«

Aureus rieb sich den Schlaf aus dem Gesicht. »Freigeben? Wie lange soll das dauern?«

»Nun, ich muss prüfen, ob Männer Eurer Liste noch Sold erhalten. Bis ich Namen für Namen abgeglichen habe, was eine große Sorgfalt erfordert, können schon zwei oder drei Wochen vergehen. Es ist ja nicht so, dass ich nicht noch andere …«

Aureus schnitt ihm das Wort ab. »Diese Listen – bringt sie mir. Die Legion ist diesen Ehefrauen Auskunft schuldig. Man kann sie nicht wochenlang warten lassen, Mann.«

»Es sind Hunderte Namen. Die könnt Ihr doch nicht alle verlesen!«

»Aber ich kann sie am Tor anschlagen, und Optus und Stax können die Namen nachschauen, nach denen die Frauen fragen, die nicht lesen können. Außerdem kennt Optus sowieso die halbe Sechzehnte persönlich. Er kann Auskunft geben.«

»Aber wenn die Listen beschädigt werden! Wenn ein Blatt verloren geht!«

»Nun macht schon, oder ich schicke diese Frauen in Eure Stube. Dann könnt Ihr ihnen selbst sagen, ob ihre Männer tot sind oder noch leben!«

Diese Drohung brachte den Verwalter zum Einlenken, und während er die Listen holte, weckte Aureus die beiden Veteranen.

»Ich hatte eigentlich vor, in ein paar Gasthäusern vorbeizuschauen, die ich früher gerne besucht habe. Aber wenn es denn sein muss, werden wir uns um die Sache kümmern. Und, ja, wir versuchen, es den Witwen so schonend wie möglich beizubringen, Hekator«, rief Claudio Optus und klang wie immer eine Spur zu fröhlich.

»Ich denke, wir sind es den Kameraden auch schuldig, die Schulter an Schulter mit uns im Kampf gestanden haben – und weniger Glück hatten als wir«, brummte Phremos Stax mit düsterer Miene.

Sobald er die Pergamente in den Händen hielt, ging Aureus mit den beiden Veteranen hinaus vor das Tor. Eigentlich hatte er erwartet, dass die Frauen ihn mit Fragen bestürmen würden. Doch sie waren ganz ruhig, als hätten sie Angst, dass ein falsches Wort den Namen ihres Mannes irgendwie auf eine Liste zaubern könnte, die schon vor Wochen verfasst worden war.

Er überließ die Liste Optus und begab sich in den Palast des Satrapen wie schon am vorigen Tag, und er fand sich wieder dem gleichen Schreiber gegenüber.

»Euer Begehr?«, fragte der Mann dennoch mit blasierter Herablassung.

»Es ist das gleiche wie gestern Abend. Ich habe Sendschreiben von General Pollo überbracht und habe hier immer noch eine persönliche Mitteilung des Generals an den Satrapen.«

»Und Ihr wollt sie mir auch heute Morgen nicht aushändigen?«

»Mein Befehl, sie nur dem Satrapen selbst zu geben, hat sich über Nacht nicht geändert«, erwiderte Aureus gereizt.

»Der Satrap ist mit dringenden Angelegenheiten der Provinz beschäftigt. Ich werde jedoch einen Boten senden, der ihn über Eure Anwesenheit informiert, Hekator. Nehmt doch einstweilen Platz.«

Der Mann verschwand kurz im Nebenzimmer, dann widmete er sich wieder seiner Arbeit, ohne Aureus weiter zu beachten.

»Könnt Ihr mir sagen, wie lange das dauern wird?«

Der Schreiber zuckte mit den Schultern und seufzte. »Das sind schwere Zeiten, wie Ihr sicher wisst, Hekator. Der Satrap hat alle Hände voll zu tun.«

»Ich kann Euch auch die Wunden zeigen, die ich diesen *schweren Zeiten* zu verdanken habe. Im Gegensatz zu Euch stehe ich nämlich im Kampf. Und ich werde auf Iscer gebraucht – und nicht in dieser verstaubten Stube.«

Der Schreiber war offenbar nicht so leicht zu beeindrucken. »Auch die Verwaltung einer Provinz ist ein ständiger Kampf. Ihr habt ja keine Vorstellung …«

Die hatte Aureus tatsächlich nicht. Am liebsten wäre er an dem Mann vorbeigestürmt und hätte den Satrapen einfach aufgesucht. Aber er wusste, dass die Wachen, die hier an jeder Ecke postiert waren, bei Anwesenheit des Kaisers keinen Spaß verstanden. Er übte sich also in Geduld.

Etwa eine Stunde später brachte ein Bote ein Pergament und flüsterte dem Schreiber einige Worte ins Ohr, die diesen zu beeindrucken schienen. Er warf Aureus einen überraschten Blick zu, schüttelte den Kopf und widmete sich wieder seinen Dokumenten, nachdem der Bote gegangen war. Er schrieb ein paar Zeilen, was Aureus fassungslos mit ansah. Ganz offensichtlich hatte der Bote über ihn gesprochen. Er trat an den Schreibtisch heran.

»Ihr werft einen Schatten auf meine Zeilen.«

»Das werde ich so lange tun, bis Ihr mir sagt, was der Bote Euch mitteilte.«

»Wie? Nun, das sage ich Euch schon noch. Lasst mich gerade noch diese Liste abschließen und ablegen und …«

Aureus wischte das Pergament und einige andere Dokumente zur Seite. »Ich glaube, wir können sie als abgelegt betrachten. Also?«

Der Schreiber seufzte. »Ihr benehmt Euch wie ein Domorer«, sagte er leichthin und schien nicht zu bemerken, dass Aureus, der doch tatsächlich ein Domorer war, zusammenzuckte. Dann nahm er die Nachricht des Boten zur Hand. »Dies ist eine Anweisung an Currio, den Theatermeister, damit er Euch und Euren beiden Begleitern heute Abend Plätze frei hält.«

»Plätze?«

»Beim Lichtfest, Hekator. Ihr bekommt Plätze für die Feier, und glaubt mir, die sind sehr begehrt. Die ganze Stadt wird dort sein.«

»Und der Satrap?«

»Der auch, wenn es seine Zeit erlaubt. Er bittet um Vergebung, dass er Euch erst morgen empfangen kann. Deshalb vermutlich die Plätze. Ehrlich, ich beneide Euch.«

Scramo Narth zählte Wolfsfelle, als sich die Tür seines kleinen Ladens öffnete. Stirnrunzelnd blickte er auf. Kundschaft? Heute? Es war ein Festtag, die ganze Stadt strebte hinaus in die Hügel, um dem Licht zu huldigen. Doch jemand hatte seinen Laden betreten.

Scramo brauchte nur Augenblicke, um den Fremden einzuschätzen: Seine Kleidung, von den Sandalen bis zur Toga, war von erlesener Qualität, was auch der schlichte Umhang mit Kapuze nicht verbergen konnte, den der Fremde offenbar übergeworfen hatte, um genau das zu tun: seinen Status zu verbergen. Ein kostbarer goldener Ring schimmerte an seiner Rechten, mit der er den Überwurf zusammenhielt. Der Mann roch nach Honig, kostspieligen Salben und Ölen – kurz, nach Geld, viel Geld.

Vielleicht war es ein Kurator oder gar Prokurator oder sonst ein hohes Tier, sicher niemand, der normalerweise einen Laden betreten hätte, um ein paar Felle zu erwerben. Das Gesicht hielt er im Schatten seiner Kapuze verborgen, und seinen Siegelring hatte er klugerweise nach innen gedreht, so dass Scramo das Wappen nicht zu erkennen vermochte. Die dunklere Haut seiner Arme verriet, dass er aus dem Süden stammte, vielleicht aus der großen Stadt Capia selbst.

Scramo wusste, dass das nichts Gutes bedeuten konnte. Er hatte in den vergangenen Nächten zweimal von einer Krähe geträumt, die über dem Haus kreiste, während auf der Straße vor dem Laden eine verhüllte Gestalt gestanden hatte, dem Fremden nicht unähnlich. Krähen waren Unglücksboten, das wusste jeder. Hatte nun also das Unglück seinen Laden betreten?

Der Fremde sah sich um, er wirkte unschlüssig. Einen Augenblick lang hoffte Scramo, dass er den Laden wieder verlassen würde.

»Wir haben geschlossen, Herr.«

Das kam von Warra, seiner Frau, die hinter der schlichten Theke stand und die stämmigen Arme verschränkte.

Der Fremde erstarrte. Für einen Augenblick war sein glatt rasiertes Kinn zu erkennen, auf dem eine kleine Warze saß. Dann wandte er sich ab, war schon auf dem Weg zur Tür – und blieb doch stehen.

»Lass uns allein«, sagte Scramo seufzend.

Seine Frau warf ihm einen wütenden Blick zu. Er erwiderte den Blick nur stumm, aber eindringlich, und sie zog sich, ganz gegen ihre Art, ohne weitere Worte zurück.

»Was kann ich für Euch tun, Herr?«

»Ich bin nicht hier, um Pelze zu kaufen.« Der Fremde senkte die Stimme. »Ich überbringe Grüße aus der Dunkelheit.«

Scramo nickte bloß. Es war also, wie er es befürchtet hatte.

Der Fremde betastete ein paar Fuchsfelle. Er wirkte sehr nervös. »Erstaunlich. Es sieht genauso aus, wie die Herrin es mir gezeigt hat. Dreimal habe ich hiervon geträumt. Aber erst, als sie mir Euren Namen zuflüsterte, konnte ich Euch finden, Bruder. Sagt, seid Ihr auch ein Seher?«

»Sie hat zu Euch *gesprochen*?« Scramo war wirklich überrascht. Und als er sich gefasst hatte, entschied er, die Frage nicht zu beantworten. Scramo war mehr als ein Seher, mehr als ein bloßer Traumdeuter, er war ein Druadag, aber er fand, der Fremde müsse nicht wissen, was das bedeutete. Es war auch so schon schlimm genug.

Die Bilder mit der Krähe und dem Verhüllten waren nicht wie die üblichen Träume mit dem Morgen verblasst. Trotzdem hatte er das Offensichtliche nicht wahrhaben wollen: Die Dhurna schickte ihm Botschaften, das erste Mal seit Jahren. Und nun stand die verhüllte Gestalt leibhaftig in seinem Laden und nicht mehr davor wie in seinem Traum. Es war ein Capianer, jedenfalls ein Mann aus dem Süden, ohne Zweifel. Und sie hatte zu ihm *gesprochen?* Dieser Sohn des Lichts empfing von der Dunklen Fürstin klarere Botschaften als er selbst?

»Ja, sie sprach zu mir, ein Flüstern, schwer zu verstehen, Bruder. Und nur so konnte ich Euch endlich finden. Ich muss gestehen, dass ich diesen Teil der Stadt nämlich kaum kenne. Und Euren Laden kannte ich gar nicht.«

Er kann noch nicht lange in Maricat sein, dachte Scramo, denn es gab nur zwei Pelzhändler in dieser Stadt, die so riesig nun auch wieder nicht war. *Ob er vielleicht mit dem Kaiser hergekommen ist?* »Was hat sie Euch noch gesagt, Herr?«

Der Fremde antwortete zögernd. »Wenige Worte, aber viele düstere Bilder. Es werden Dinge geschehen, wichtige Dinge. Ich sah endlosen, dunklen Wald, einen langen Zug Legionäre – und Ihr saßt unter Bäumen an einem Lagerfeuer. Ich kann aber nicht sagen, was das bedeutet.«

Scramo dachte einen Augenblick nach. Nichts dergleichen hatten ihm seine Träume gezeigt. Er konnte jedoch seine Schlüsse aus den Worten des Capianers ziehen: »Ich arbeite nicht als Führer für die Legion, Herr, und sie hat auch noch nie nach meinen Diensten verlangt. Ich habe nicht vor, Soldaten in irgendeinen Wald zu führen … oder zu begleiten.«

»Ich habe noch etwas gesehen, Bruder … uns beide, im Lichtkreis einer einzelnen Kerze. Und Ihr habt etwas in einen Kessel gegossen, Blut, wenn ich nicht irre. Dann habt Ihr das Licht gelöscht.«

Scramo schloss die Augen und verfluchte den Tag. Das Seelenritual? Der Capianer hatte das Ritual gesehen? Er öffnete die Augen wieder. Der Fremde stand immer noch in seinem Laden, kein plötzlicher Windstoß oder sonst ein Wunder hatte ihn hinausbefördert. »Ihr wisst nicht, was Euch die Dhurna da gezeigt hat, Herr?«

Der Fremde schüttelte den Kopf.

Scramo hätte gerne sein Gesicht gesehen. Es war nicht gut, dass dieser Fremde mehr über ihn wusste als umgekehrt, und dass er sich anbiederte und ihn *Bruder* nannte, machte es nicht besser. »Wartet hier, Herr, oder besser, wartet dort, hinter dem Vorhang, im Lager. Meine Kinder sollen Euch nicht sehen. Ich werde den Kessel holen und dafür sorgen, dass wir nicht gestört werden.« Dann schüttelte er den Kopf und ging zur Eingangstür, um sie zu verriegeln, was er an diesem Morgen aus irgendeinem Grund versäumt hatte. »Es ist eigenartig, dass die Herrin dieses Ritual heute verlangt. Es ist doch der Tag, den sie in dieser Stadt den Tag des Lichts nennen.«

Aureus Moris hatte ein ungutes Gefühl, und die nervöse Stimmung, die auf den Straßen herrschte, verstärkte das Gefühl nur. Es war ein Festtag, und die Stadt war voll mit Menschen, die durch das Tor hinausstrebten, um beim abschließenden Höhepunkt der Feiern dabei zu sein.

Ihm kam es vor, als müssten die Maricater sich anstrengen, eine festliche Laune an den Tag zu legen. Das konnte er verstehen: Der Krieg auf Iscer nahm kein Ende, und viele

Legionärsfrauen hatten wohl gerade erst an diesem Morgen erfahren, dass sie Witwen geworden waren.

»Was für ein Gedränge«, brummte Phremos Stax und schob mit seinem langen Arm einen Mann zur Seite, der stehen geblieben war, um mit einem Bekannten zu sprechen.

»Es ist eben ein Feiertag«, erwiderte Claudio Optus fröhlich. Er musste sich beeilen, um mit seinem viel größeren Kameraden Schritt zu halten, und da er wegen einer alten Verletzung leicht humpelte, war das nicht so einfach. Er verstand es jedoch, den Platz geschickt zu nutzen, den der lange Stax ihnen verschaffte.

Aureus fand das Gedränge eigentlich erträglich, ja, es war erstaunlich, mit welcher Ruhe und Ordnung die Menschen aus dem Tor zogen.

»Ich möchte wissen, warum sie diese Arena nicht in der Stadt bauen konnten. Das würde uns dieses Geschiebe ersparen.«

»Es ist ein Theater, keine Arena, Stax«, lautete die fröhliche Antwort.

»Danke, dass du mich daran erinnerst, Optus. Theater … Weihespiele …«, seufzte Stax. »Eine gute iscerische Tierhatz oder Reiterspiele, das würde ich mir gefallen lassen. Aber singende Priesterinnen?«

»Es ist weit mehr als das! Warst du denn wirklich noch nie bei einem Lichtfest?«

»Doch, natürlich, in meiner Heimat in Glatien gab es das auch. War aber keine große Sache. Unser Tempel war ein umgebauter Stierstall, und unsere Priesterin – es gab nur eine –, hatte keine Zähne mehr im Maul. Das Licht, das sie entfachte, war so schwach, dass man bis zur späten Dämmerung warten musste, um es überhaupt zu sehen.«

»Aber auf Iscer, bei unserer Landung, da entzündeten die

Priesterinnen doch ein Licht, das aussah, als wurde es bis zum Mond reichen. Ich glaube, ich habe noch nie eine Legion derart erstrahlen sehen. Hast du denn da nichts gespürt?«

»Ich war mit unserem Hekator hier bei der Vorhut, wie du dich vielleicht erinnerst, und ich dachte damals nur, dass es nicht so klug ist, gleich der ganzen Insel zu verraten, dass die Legion gelandet ist.«

Optus schüttelte den Kopf. »Das hier wird jedenfalls großartig, glaube mir, mein Freund. Diese Stimmung erinnert mich an meine Kindheit. Einmal im Jahr wanderten wir von unserem kleinen Fischerdorf nach Farsis, wo sie das Fest auf einem riesigen Feld vor der Stadt begehen. Ich glaube, die Bevölkerung der halben Provinz war dort und hat gefeiert. Ich habe immer bedauert, dass sie dieses schöne Fest nur einmal im Jahr abhalten. Jetzt werden es sicher nicht ganz so viele Menschen wie damals in Kyrien, aber der Basileios ist hier, also werden sie sich ins Zeug legen. Wenn es für dich wirklich das erste Große Licht ist, wirst du das nie vergessen … Es ist … erhebend. Ja, das ist das richtige Wort – erhebend! Nicht wahr, Hekator?«

Aureus Moris nickte zerstreut. Es war sicher eine Auszeichnung, dass man sie eingeladen hatte, aber seiner Erfahrung nach wäre es für ihn besser gewesen, der Feier fernzubleiben.

»Was glaubt Ihr, Hekator, werden wir in der Loge des Kaisers sitzen?«, fragte Optus.

»Das kann ich mir nicht vorstellen.« Aureus bezweifelte, dass der Kaiser überhaupt dort sein würde.

»Sie werden schon eine dunkle Ecke für uns finden«, brummte Stax. Er wehrte einen Händler ab, der ihm ein paar Kerzen für das Fest aufschwatzen wollte.

Aureus hielt seine Kerzen bereits in der Hand. Sie waren in Wachspapier eingeschlagen und fühlten sich weich an. Er hatte sie gleich zu Anfang ihres Weges erworben, obwohl Optus ihm versichert hatte, dass sie günstiger würden, je näher sie dem Theater kämen.

Sie durchquerten das imposante Stadttor und konnten etwas abseits der schnurgeraden Straße die weißen Mauern des Theaters in den Hügeln sehen. Die bunte Menschenmenge zog langsam – und dabei einem Heerwurm nicht unähnlich – den Hügel hinauf.

Die feierliche Stimmung war jedoch durch die schlechten Nachrichten aus dem Palast getrübt.

»Kaiser kommen und gehen, aber das Reich bleibt bestehen«, hörte Aureus einen Bürger sagen. Sein Nebenmann widersprach: »Wenn ein Basileios stirbt, ist es immer eine Erschütterung für das ganze Reich. Und so mancher Nachfolger, der angeblich schon feststand, wurde noch vor der Thronbesteigung gestürzt. Außerdem lässt die Unsicherheit die Leute ihr Geld zusammenhalten. Ich weiß noch, wie es beim letzten Mal war. Nein, mein Freund, der Tod eines Kaisers ist zumindest schlecht für das Geschäft. Denk an meine Worte!«

Warra rückte den Kessel nur widerstrebend heraus. »Der Fremde gefällt mir nicht. Und was du vorhast, gefällt mir noch weniger.«

»Glaubst du denn, ich tue das gerne? Aber der Ruf ist ergangen. Bei der Dunkelheit, ich habe wirklich versucht, ihn zu überhören!«

»Und warum hörst du ihn jetzt?« Ihr breites Gesicht drückte Zorn aus – und Sorge.

»Weil es aussichtslos ist! Vermutlich würde jetzt nicht dieser feiste Capianer in meinem Lager auf mich warten, wenn ich eher auf die Zeichen gehört hätte. Und tu nicht so, als wüsstest du das nicht!«

»Ich verstehe nicht viel von der Dunkelheit, Scramo, aber ich weiß, dass sie Gefahr bedeutet, vor allem in einer Stadt des Lichts, wo es von neugierigen Priesterinnen und frommen Lichtlern nur so wimmelt. Und es ist auch nicht mehr wie früher, als es nur um uns beide ging. Du hast zwei Söhne und drei Töchter. Du hast eine Familie, um die du dich zuerst kümmern solltest!«

Sie versteht es wirklich nicht, dachte Scramo, *sonst wüsste sie, wie gefährlich es ist, sich den Wünschen der Dunklen Herrin zu widersetzen.* Er versuchte auch nicht, es ihr zu erklären. Es war besser, sie wusste nicht zu viel.

Er löste den Kessel aus ihrem festen Griff und verschwand in den Hof. Das Ritual verlangte Blut. Er ging in den Stall und schnappte sich nach kurzer Überlegung den Hahn. Es war schade um das stattliche Tier, aber er wollte die Dhurna nicht mit einem minderwertigen Opfer beleidigen. Er seufzte, als er den flatternden Hahn in einen Korb sperrte. Wie lange war es her, dass er dieses Ritual zuletzt durchgeführt hatte? Fünfzehn, zwanzig Jahre? Und jetzt musste er es im Beisein eines Fremden tun. Er hielt inne. Der Capianer gäbe ein viel besseres Opfer ab als dieser Hahn …

»Schlecht sind die Plätze nicht.« Claudio Optus stand auf den Zehenspitzen, sah ins weite Rund und rieb die Hände wie immer, wenn er nervös war.

»Aber gut auch nicht.« Phremos Stax hatte sich gesetzt und blickte missmutig über die bunte Menge. Verkäufer drängten sich durch die Reihen und boten Kerzen sowie Esswaren an. Aureus nahm ebenfalls Platz. Er hatte das Theater von Maricat früher nie besucht und war überrascht, wie groß es innen war. Es war perfekt in die Hügel eingebettet, so dass es auf dem Weg hinein gar nicht einmal imposant wirkte, aber hier drinnen war er bereit zu glauben, dass es wirklich dreißigtausend Menschen fasste. Es war nicht viel kleiner als das in Capia.

Theatermeister Currio hatte sie persönlich am Eingang erwartet und zu diesem Platz gelotst.

»Wie habt Ihr uns erkannt?«, hatte Optus fröhlich gefragt.

»Ein domorischer Hekator und zwei altgediente Legionäre? Das war nicht schwer«, lautete die Antwort.

Der Mann meinte das nicht böse, aber Aureus war dennoch verstimmt. Auch jetzt schien es ihm, dass die Leute hinter ihm tuschelten, als er seinen Helm abnahm und sein helles Haar seine Herkunft verriet. Aber vielleicht bildete er sich das nur ein. Es dienten immer noch viele Domorer in der Legion, auch wenn es für sie alle schwerer geworden war, und es lebten etliche in Maricat, schließlich lag ihre Heimat auf der anderen Seite des Parans. Aber wenn er sich umsah, stellte er fest, dass nicht viele hellhaarige Menschen auf den Rängen saßen, und er dachte wieder an das alte Sprichwort, das sagte, dass der Paran nicht nur breit, sondern auch tief war.

Ihr Platz war zwar nicht in der Nähe der Loge, gehörte aber fraglos zu den besseren, wie er aus der Kleidung der Männer und Frauen um sie herum schließen konnte.

Der Stuhl des Basileios weiter oben war frei, auch vom Satrapen der Provinz war nichts zu sehen. Er bemerkte jedoch einige Prokuratoren und einen General, den er gleich am blank rasierten Schädel erkannte.

Optus hatte ihn ebenfalls entdeckt. »Ist das nicht Clavus Ambo? Der Kommandant der Vierten?«

Der Mann war eine Legende, ein Veteran zahlloser Schlachten, aber seine Legion stand in der Dämmermark und in den

Hirschbergen an der Ostgrenze, nicht in Maricat. Gab es einen Grund für seine Anwesenheit?

Hinter Aureus raunte ein Bürger seinem Nachbarn zu: »Der General ist also wirklich in der Stadt. Das kann nichts Gutes bedeuten!«

»Er ist ein Befehlshaber der Legion. Was ist so erstaunlich daran, dass er dem Kaiser, wenn der nun schon einmal hier im Norden weilt, seine Aufwartung macht?«, lautete die geflüsterte Antwort.

»Stell dich nicht unwissender, als du bist! Ich hörte, er sei ein Parteigänger des Marcellus. Vielleicht hält der Purpurne es für angebracht, seine Truppen zu sammeln, für den Fall der Fälle.«

»Du bist ein Schwarzseher, Freund! Marcellus muss keine Truppen sammeln, denn er ist der Heres, der einzige logische Erbe, seit sein Bruder Maxos vom Pferd stürzte. Und der Basileios mag ja krank sein, aber mit dem Frostfieber kann man noch viele Jahre leben.«

»Wenn es das Frostfieber ist, wenn es das ist … Außerdem soll es noch einen Bastardsohn des Kaisers geben, den der Rat der Vierhundert irgendwo im Süden versteckt hält. Doch still, man weiß nicht, wer zuhört, und es ist gefährlich, von solchen Dingen zu sprechen.«

»Als wenn irgendjemand über anderes spräche in diesen Tagen«, sagte sein Gesprächspartner, aber dann unterhielten sie sich wieder über Geschäfte und über die Schwierigkeiten, Olivenbäume in Maricat zu ziehen. Auch die anderen Besucher schienen nur ein Thema zu kennen. Der Basileios, so hörte Aureus, sei auf einer Reise durch alle nördlichen Provinzen nach Maricat gekommen und habe eigentlich nur eine Woche in der Stadt verweilen wollen. Nun war er schon zwei Monate hier. Doch was genau dem Basileios fehlte, das war offenbar nicht durch die Mauern des Palastes gedrungen. *Frostfieber kann es nicht sein,* dachte Aureus, denn das fesselte den Befallenen stets nur kurz an sein Lager, um ihn erst nach einigen Jahren, in denen es immer wieder kam und ging, umzubringen.

Aureus kannte andere Krankheiten, die in Frage kamen. Die meisten stammten aus den nördlichen Sümpfen, und Menschen aus dem fernen Capia schienen besonders anfällig dafür zu sein. Er wusste das aus eigener leidvoller Erfahrung: Sein Adoptivvater war den Schwarzen Sumpfpocken erlegen, drüben in Alenum, der Hauptstadt der Dämmermark.

Aber er kannte kein Fieber, das einen Kranken über Monate ans Bett fesselte. Ob es vielleicht ein tückisches Gift war, das den Kaiser langsam tötete, wie mancher hinter vorgehaltener Hand murmelte?

Höflicher Applaus lief durch das Halbrund des Theaters. Aureus blickte hinauf zur Loge. Marcellus Valis, der Sohn des Kaisers, war erschienen. Er grüßte mit erhobener Hand in die Runde und nahm den Applaus der Menge mit einer leichten Verbeugung entgegen, bevor er sich den Würdenträgern zuwandte, die sich in der Kaiserloge drängten.

»Warum nennt man ihn eigentlich den Purpurnen, Hekator?«, fragte Stax.

Aureus kannte die Antwort, aber er hätte sie ungern in der Öffentlichkeit ausgesprochen.

Claudio Optus nahm ihm das ab: »Die einen sagen, das läge daran, dass der Heres sich gern in kostbare purpurne Gewänder hüllt, und wenn du hinaufblickst, kannst du sehen, dass das nicht falsch ist. Die anderen aber sagen, er habe seine Gefühle nicht im Griff und laufe oft so rot an, dass es schwer sei, ihn dann noch von seiner prächtigen Kleidung zu unterscheiden.«

In den Reihen vor ihnen lachte jemand halblaut.

Aureus warf dem Veteranen einen warnenden Blick zu. »Ich glaube, die Feierlichkeiten beginnen gleich. Setzt Euch endlich, Optus, und hört auf, an einem so schönen Festtag über Politik zu reden.«

Der Veteran grinste, deutete einen Salut an und nahm Platz.

Unten kehrten junge Mädchen in den weißen Gewändern der Lichtpriesterinnen mit grünen Palmwedeln den feinen Sand. Aureus blickte zum Himmel. Die Dämmerung hatte eingesetzt, und die Wärme des Tages begann sich zu verflüchtigen. Es war der Tag des Lichtfestes, der letzte Tag des Sommers. Es würde rasch noch kälter werden. Aureus kannte das nur zu gut, er war schließlich gar nicht weit östlich von hier geboren.

»Nach Euch, Herr.« Scramo Narth hatte einen Teppich zurückgeschlagen und die Falltür zu seinem Keller geöffnet.

»Da hinunter?«, fragte der Fremde. Er hielt sich immer noch im Schatten, und als dann doch das Licht der Talgkerze unter die Kapuze drang, sah Scramo, dass er sich inzwischen auch noch ein Tuch vor das Gesicht gebunden hatte. Dieser Mann war wirklich vorsichtig.

»Ihr seid doch ein Diener der Dunkelheit, oder nicht? Na schön, wenn Ihr mir nicht traut, gehe ich eben voran. Haltet das.« Er drückte dem Verdutzten den Korb mit dem Hahn in die Hand und stieg die alte Leiter hinab in das niedrige Gewölbe. Die Feuchtigkeit, die durch die buckligen Mauern sickerte, verhinderte, dass er hier seine Felle einlagern konnte, wie er es beim Kauf des Ladens vorgehabt hatte. Ganz offensichtlich hatte der Verkäufer ihn getäuscht und über den Tisch gezogen.

Scramo hatte dann gedacht, dass er den Raum noch für

etwas anderes gebrauchen könne. Aber wie oft hatte er das Ritual hier unten abgehalten? Kein einziges Mal, nicht in seinem Haus, nicht in der Stadt. Es war klüger, das an anderen Orten zu tun. Am Ende hatte er nur Krüge mit Öl, Fett, Wein und Milch hier eingelagert, sonst war der Raum leer. Er stellte die Kerze auf den Boden und ließ sich von seinem Gast den Korb und dann den Kessel hinabreichen.

»Passt auf Euren Kopf auf, Herr.«

»Was geschieht nun, Bruder?«

»Nur Geduld, Ihr werdet es gleich sehen.« Scramo drückte einen Nagel in den lehmigen Boden, spannte eine Schnur und zog mit einem zweiten Nagel einen großen Kreis. »Es ist nicht vollkommen, aber unter diesen Umständen das Bestmögliche.«

»Ein Zauber?«

Scramo antwortete nicht. Was sollte es sonst sein, wenn kein Zauber? Er versuchte, sich an die genaue Form und Reihenfolge der nötigen Symbole zu erinnern, und ordnete sie den Himmelsrichtungen zu. Der Kreis musste zwei Männer aufnehmen, also größer sein als sonst. Vielleicht sahen die Zeichen deshalb so dürftig aus. Norden lag doch dort, oder? Ja natürlich.

Etwas, nein, *alles* an der Sache widerstrebte ihm, und er brauchte länger als gedacht, um den Kreis und die magischen Zeichen zu vollenden. Er fuhr mit der Hand über die Linien im Lehm und murmelte eine erste Beschwörungsformel. Sofort hatte er das Gefühl, dass die Dunkelheit in die gekratzten Vertiefungen sickerte.

»Und was soll ich tun?«

»Setzt Euch, Herr.«

»Hier?« Der Mann schien um die Sauberkeit seiner Toga besorgt.

»Ihr müsst im Kreis sitzen, wenn Ihr teilhaben wollt.«

»Und wollt Ihr mir nicht sagen, was geschieht, Bruder?« Der Capianer legte zögernd seinen Umhang ab und setzte sich darauf.

Scramo musste ihn ermahnen, die Linien nicht zu verdecken. »Es ist ein Botenritual. Wir werden diesen Hahn opfern und seine Seele bitten, auf dem Weg in die Dunkelheit unsere Fragen an die Dhurna zu übermitteln. Und wenn wir viel Glück haben, bekommen wir eine Antwort.«

»Aber welche Fragen? Müssen wir das nicht genau überlegen, Bruder?«

Scramo seufzte. Wusste dieser Capianer denn gar nichts über die Wege der Dunkelheit? Hatte die Herrin wirklich zu diesem dummen Südländer gesprochen? »Es sind keine Fragen, die unser Verstand stellen würde, Herr, es sind Fragen … aus der Tiefe unserer Seele.« Er konnte es nicht genauer ausdrücken. Er zog den Hahn aus dem Käfig und hielt ihn am Hals fest. »Keine Angst, ich werde darauf achten, dass Euer schönes Gewand nicht vom Blut dieses Tieres befleckt wird. Setzt Euch und löscht das Licht.«

Wieder dachte er kurz daran, statt des fetten Hahns den feisten Capianer zu opfern. Seine Seele wäre sicher fähiger, ihre Fragen zu übermitteln. Aber zum Ersten hätte ein Toter in seinem Keller ein Problem dargestellt, zum Zweiten war der Mann ein Diener der Dunkelheit genau wie er –, und zum Dritten war Scramo der Meinung, dass man Leute nicht einfach so umbringen sollte, selbst wenn es um Männer wie diesen Capianer ging.

Der Mann setzte sich und löschte die Kerze mit angefeuchteten Fingern. Schlagartig wurde es pechschwarz im Raum.

Scramo nahm dem Fremden gegenüber Platz. Er hatte

dieses Ritual zwar seit Jahren nicht mehr durchgeführt, die Worte aber nicht vergessen. Der Hahn flatterte mit den Flügeln, aber er packte ihn fester. Er murmelte die Beschwörung zweimal, versuchte, seinen Geist zu öffnen, und dann, bei der dritten Wiederholung, schnitt er dem nur noch schwach flatternden Tier die Kehle durch. Ein weiteres Mal zuckte der Hahn, dann wurde es still.

Scramo hielt das Tier weiter fest. Er hörte das Blut in den Kessel tropfen. Er atmete ruhig und gleichmäßig und versuchte, an gar nichts zu denken. Dann bat er die Herrin um Antwort. Vielleicht, so durchzuckte es ihn, hätte er dem Fremden dieses Ritual doch besser erklären sollen. Wie sollte der wissen, was zu tun war? Von dem Capianer kam kein Laut, außer seinem gepresst klingenden Atem.

Scramo versuchte, alle Gedanken abzuschütteln, versuchte, den Zustand dunkler Leere zu erreichen, in dem die Antworten für gewöhnlich zu finden waren. Ein Hahn war kein ideales Opfer. Die Druiden sagten, dass die Dunkle Herrin umso geneigter lauschte, je edler die Seelen der geopferten Tiere waren. Doch er hatte auf die Schnelle nichts Besseres auftreiben können. Und er musste dieses Ritual beenden, bevor die verfluchten Priesterinnen oben in den Hügeln das Große Licht entzündeten.

Er versuchte noch einmal, sich von der Last der Gedanken zu befreien, aber die Dunkle Leere, die Freiheit des Geistes, sie wollte nicht kommen. Es war ein Fehler gewesen, den Fremden, der jetzt auch noch schwer atmete wie ein Betrunkener, in das Ritual einzubeziehen. Er war wie ein Stachel in seinen Gedanken, ein Widerhaken, der ihn daran hinderte loszulassen. Aber die Herrin hatte es ganz offensichtlich genau so verlangt – woher sonst hätte der Capianer von dem Kreis wissen können?

Er atmete tief durch, versuchte, die Seele des Hahns zu erfassen, aber die war schon fort. Er legte das Tier im Kessel ab und zündete die Kerze wieder an. Er war überrascht, als er über dem Tuch, mit dem der Fremde sein Gesicht verhüllt hatte, zwei Augen völlig verstört dreinblicken sah.

»Was habt Ihr gesehen, Herr?«

»Die Dunkelheit … den Hahn …«, begann der Capianer und brach dann ab. Er sprang auf, raffte seinen Überwurf vom Boden auf und schüttelte den Kopf. »Unfassbar«, murmelte er immer wieder. Er zitterte.

»Was habt Ihr gesehen, Herr?«

»Ich … weiß es nicht. Das kann unmöglich … muss drüber nachdenken …«

Dann kletterte er die Leiter hinauf und war aus dem Laden verschwunden, bevor Scramo ihn noch einmal fragen konnte. Er trat an die Tür, die der Fremde nicht richtig geschlossen hatte, und sah der verhüllten Gestalt nach, die durch die Dämmerung davoneilte. Er hatte etwas gesehen, dieser Capianer, und das war ihm selbst, Scramo Narth vom Alten Zweig, nicht gelungen.

Aureus Moris beobachtete das Fortschreiten des Festes mit wachsendem Unbehagen, da er wusste, was am Ende geschehen würde. Er schenkte den Darbietungen der verschiedenen Chöre, die die alten Texte rezitierten, kaum Beachtung. Stattdessen behielt er die Loge im Auge.

Marcellus Valis schien regelrecht Hof zu halten, und er genoss es offensichtlich, dass all diese Würdenträger um ihn herumscharwenzelten. Satrap Tibus Metellus war jedoch nicht dort. Aureus fragte sich, ob das ein gutes oder ein schlechtes Zeichen war. Der General schien dem Heres zugeneigt, auch wenn Aureus den Eindruck hatte, dass Ambo sich langweilte.

Dann erschienen einige Würdenträger in den Roben des Rats der Vierhundert. Schlagartig änderte sich die Stimmung. Der eben noch gut gelaunt scherzende Marcellus verstummte, und er ärgerte sich sichtlich über die wenig ehrerbietige Begrüßung, die die neuen Gäste ihm zuteilwerden ließen.

In der Mitte der Arena wurde endlich unter getragenen Gesängen die große Silberschale enthüllt, aus der am Ende das Licht zu den Sternen steigen sollte.

»Sieh nur, Stax, was für eine riesige Schale. Ich wette, sie ist mehr wert als das Land, das man uns morgen schenken wird.«

Sechs Luxalinnen trugen die Schale einmal im Kreis an den Rängen vorüber. Sie schleppten sie auf zwei Holmen, und anscheinend war sie sehr schwer.

Phremos Stax brummte: »So etwas Prächtiges hatten wir in unserem Kaff nicht. Trotzdem ist mir ein Stück Land lieber. So eine Silberschale muss doch alle Räuber der Welt anziehen – aber wer würde einen Rübenacker stehlen?«

Die Priesterinnen stellten das silberne Gefäß in der Mitte ab und zogen sich zurück. Aureus ließ seinen Blick über die Menge schweifen. Ganz offensichtlich hatte dieses endlose Ritual die Menschen in ihren Bann gezogen. Wo zu Beginn noch Unruhe und Gemurmel überwogen hatten, herrschte nun andächtige Stille.

Der schwarze Vorhang vor der Skene, aus der alle Beteiligten dieses Weihespiels hervorgetreten waren, wurde noch einmal geöffnet, und eine groß gewachsene Priesterin begab sich nach vorne. Mit gemessenen Schritten und gesenktem Blick bewegte sie sich durch das Spalier der Laternen. Sie war ganz allein im Rund, trat auf die kleine bronzene Scheibe, die die Mitte der Bühne markierte, und hob den Blick. Ihre weiße Kapuze rutschte ein winziges Stück zurück und enthüllte ein paar dunkelrote Locken. Sie ließ ihren Blick nach links und rechts schweifen und begann, nachdem atemlose Stille eingekehrt war, mit heller, klarer Stimme zu sprechen: »Aus der Dunkelheit kamen wir, doch das Licht hat uns erlöst.«

Aureus lauschte sofort wie gebannt. Diese Stimme, diese Art zu sprechen und dann das Gesicht, über das der Fackelschein tanzte! Er hatte nie eine schönere Frau gesehen.

Sie sprach von der dunklen Zeit, als Capia eine schwache, zerstrittene Stadt gewesen war, von den Göttern verlassen – bis Treya, die Göttin der Weisheit, Erena, die erste Priesterin, mit dem Licht der Sterne beschenkte.

Er achtete nicht auf den Inhalt der Worte, so fasziniert war er von dieser Erscheinung. Ihm war eigentlich klar, dass dieses überirdische Leuchten, das die Gestalt der Priesterin umgab, auf die raffinierte Anordnung und Spiegelung der Laternen zurückzuführen war, aber er konnte seinen Blick einfach nicht von dieser Schönheit abwenden. Sie sprach lang, erzählte, wie das Licht in Capia verehrt und gestärkt wurde und der Schicksalsstern die Stadt von Sieg zu Sieg, zu Ruhm und strahlender Größe führte.

»Ja, ja, der Schicksalsstern wandert nach Norden, und die Legion folgt ihm«, meinte Claudio Optus launig, »aber dass es seit Jahren nicht weiter nach Norden geht, das lassen sie in diesem Gesang immer aus.«

Aureus überhörte das. Er bedauerte sehr, als die junge Frau mit der klaren Stimme am Ende ihrer Erzählung angekommen war.

Ein Gong ertönte, und eine alte Priesterin trat aus der Skene hervor. In ihren geöffneten Händen trug sie eine große leuchtende Phiole aus Glas. Sie schritt den Kreis der Bühne einmal ab und ließ sich Zeit. Aureus hatte das Gefühl, dass sie die Macht, die sie über die Zuschauer hatte, ein bisschen zu sehr genoss.

Endlich hatte sie die große Silberschale erreicht. Sie beugte sich hinab, legte die Phiole in die Mitte der Schale und zeigte der Menge den kleinen silbernen Hammer, der zu diesem Ritual gehörte.

Ein Raunen der Vorfreude lief durch die Reihen. »Treya, Göttin der Weisheit«, rief die Priesterin mit heiserer Stimme, »wir danken dir für das Geschenk des Lichts. Möge es Maricat und dem ganzen Reich ein weiteres Jahr Glück und Sieg bringen!«

Auf ihr Nicken hin schlug eine Priesterin den großen Gong, der am Rande der Bühne aufgestellt worden war. Dann holte sie aus und zerschmetterte die Phiole.

Aureus schloss geblendet die Augen, als die Schale sich mit weißem Licht zu füllen schien. Ein lautes Seufzen lief durch die Reihen, dann brandete Jubel auf. Aureus öffnete die Augen wieder. Aus der Schale erhob sich eine schlanke Säule aus reinem Licht, die ruhig und klar in den Himmel strebte. Aureus konnte nicht erkennen, ob sie ein Ende hatte. Reichte sie vielleicht wirklich bis an die Sterne?

»Die Kerze, Hekator«, rief Claudio Optus und hielt die seine nach oben. Aureus folgte seinem Beispiel. Ein helles Summen erfüllte das Rund. Etwas schien sich von der Säule zu lösen, eine Art Aura, kaum sichtbar. Sie dehnte sich rasch aus. Aureus hörte die Rufe der Verzückung, als sich in der ersten Reihe die Kerzen plötzlich wie von Geisterhand entzündeten. Seine Kerze flammte keine Sekunde später ebenfalls auf.

Und dann kam, was er erwartet hatte – Schmerz. Er biss die Zähne zusammen.

»Was ist mit Euch, Hekator? Ist Euch nicht wohl?«, fragte Phremos Stax besorgt.

»Es ist nichts. Nur alte schmerzhafte Erinnerungen«, behauptete Aureus.

Der Legionär nickte verstehend. »Das Licht ist reine Freude, doch mancherorts erschien es in der Folge dunkler Ereignisse.«

»Ihr seid ein überraschend weiser Mann, Stax«, erwiderte Aureus. Der Schmerz war verebbt. In der Reihe hinter ihm glaubte er, ein verächtliches »Waldling« zu hören. Aber er drehte sich nicht um.

Er blickte wieder zur Lichtsäule. Er verstand einfach nicht, warum ihn – und nur ihn – das Licht schmerzte. Er war kein Anhänger des alten Glaubens seiner Heimat, war es nie gewesen.

Man hatte ihm erzählt, dass das Licht am Tag seiner Geburt zum ersten Mal von seinem Dorf aus zu sehen gewesen war. Und kurz nach dem Licht waren die Legionäre erschienen, die die alten Haine der Dunkelheit verbrannt hatten, ohne dass die Finsternis sie verschlungen hätte. Gab es einen besseren Beweis für die Überlegenheit des Lichts als diesen?

Warum nur schmerzte ihn diese schöne weiße Säule, wo andere ihm doch glaubhaft schilderten, dass sie sich durch ihre wandernde Aura gestärkt und befreit fühlten?

Die junge Priesterin stand an der Schale. Sie war eine von vielen Luxalinnen, die die unermesslich hohe Säule in einem Kreis umstanden und sie mit ihren Gesängen priesen. Er hätte gerne mit ihr gesprochen, am liebsten sofort, aber dann fiel ihm ein, dass die Luxalinnen die Säule bis Sonnenaufgang bewachen würden. Vielleicht konnte er sie am nächsten Tag im Tempel aufsuchen. Er musste diese Priesterin einfach kennenlernen.

2. BASILEIOS

Am nächsten Tag hielt der Schreiber ihn nicht auf, sondern geleitete ihn sofort in die Halle des Satrapen. Tibus Metellus war ein erstaunlich jugendlich wirkender Greis, doch Aureus bemerkte, dass sein Haar viel dünner geworden war, seit er ihm zum letzten Mal begegnet war.

»Aureus Moris! Es tut gut, Euch zu sehen!« Der Satrap packte ihn am Arm, und sein Händedruck war lang und kräftig.

Aureus dankte ihm, überrascht über diese überschwängliche Begrüßung. »Ich bringe Grüße von General Pollo, Herr, und dieses an Euch persönlich gerichtete Schreiben.«

Metellus nahm das Pergament mit einem Stirnrunzeln entgegen, bot Aureus jedoch zunächst Wein an, bevor er es studierte.

Aureus griff nach dem Kelch, trank allerdings nur einen Schluck, weil es die Höflichkeit gebot.

»Schmeckt er Euch nicht? Es ist ein guter helikischer, vom Landgut meines Vetters, nicht dieses saure Gesöff, das sie in dieser Gegend Wein nennen.«

»Er ist hervorragend, Herr.«

Der Statthalter lächelte und faltete das Pergament wieder zusammen. »Ihr habt Euch also dem Befehl Eures Tribunen widersetzt? Und der arme Cauris ist unter recht unklaren Umständen zu einem ehrenvollen Tod gekommen?«

Aureus brauchte einen Augenblick, um die Tragweite des Vorwurfs zu erfassen, aber bevor er etwas zu seiner Verteidigung hervorbringen konnte, hob der Satrap die Hand. »Nein, beruhigt Euch. Diese Zeilen enthalten keine Anklage, sondern ein Lob. Pollo ist der Meinung, dass Ihr den Tag und seine Legion gerettet habt. Was genau habt Ihr eigentlich getan?«

»Ich habe unsere Männer zum Angriff auf die Festung der Iscerer geführt, ohne auf die Verstärkung und auf die Sturmleitern zu warten, die im Sumpf verloren gegangen waren – und ohne den Tribun, der unser eigentlicher Anführer war, um Erlaubnis zu fragen.«

»Und was brachte Euch zu der verwegenen Ansicht, dass Euch der Angriff auch ohne Sturmleitern gelingen könnte?«

»Die List des Feindes, Herr. Er hatte in der Nacht zuvor unsere Palisaden nur mit Seilen und Schlingen überwunden. Ich habe das Gleiche getan.«

»Ich verstehe, Ihr habt also Eure Leute kämpfen lassen wie die Wilden, nicht wie Capianer. Eine mutige Entscheidung. Nicht viele Hekatoren würden es wagen, sich über die ehernen Regeln capianischer Kampfkunst hinwegzusetzen.«

»Es schien mir in dieser Lage das Beste zu sein, Herr, ja, sogar das einzig Mögliche.«

»Nun, Ihr wart erfolgreich, und das ist es, was sogar unseren General Pollo überzeugt hat. Ihr seht überrascht aus …«

»Der General hat bisher nicht mich, sondern den Tribun für diesen Sieg geehrt …«

Der Satrap lachte laut. »Nun, Eigenmächtigkeiten, Seile … vermutlich will Pollo nicht andere ermutigen, Eurem tollkühnen Beispiel zu folgen. Die capianische Kriegskunst hat sich über die Jahrhunderte immer wieder als überlegen bewährt. Das eine Mal, wo sie es vielleicht nicht war, sollte also nicht zur Regel werden, oder?«

»Natürlich nicht, Herr«, erwiderte Aureus verdrossen. Er wusste, dass Tibus Metellus seine Karriere in der Legion begonnen hatte. Angeblich hatte er ihr für ein oder zwei Jahre als Tribun gedient, wie es bei den Patriziern üblich war, die in höhere Ämter strebten.

»Interessanterweise schlägt Pollo vor, Euch bei nächster Gelegenheit zum Tagmatos zu befördern …«

»Zum Tagmatos?« Jetzt war Aureus wirklich überrascht.

»Gleichzeitig warnt er mich vor Eurem Ehrgeiz, und er bittet mich, Euch an seiner Stelle darzulegen, warum das trotz Eurer Verdienste vielleicht nicht möglich ist. Und da geht es nicht nur um die Umstände von Cauris' Tod. Seht mich nicht so an, Hekator. Ihr wisst ebenso gut wie ich, dass Euer Volk derzeit nicht den besten Ruf in Capia genießt.«

»Ich habe Capia alles zu verdanken und werde das nicht vergessen, Herr«, entgegnete Aureus finster.

»Gut gesprochen. Allerdings soll Euer Landsmann Falis ähnlich gesprochen haben, bevor er mit seinen Mitverschwörern auf die Idee kam, die Tribunen und Tagmatoren der Neunten und Achtzehnten Legion ermorden zu lassen. Wusstet Ihr, dass er sie zu diesem Zweck zu einem Festmahl geladen hatte? Natürlich wusstet Ihr das. Und Ihr wisst vermutlich auch, dass er die Legionäre einen Eid auf ihn schwören ließ, den sogenannten Herrn des Nordens, und dass er den Camborern die Grenze öffnete und mit ihnen gemeinsam die nördlichen Provinzen verwüstete. Gar nicht weit von hier liegt das Schlachtfeld, auf dem sie dann doch aufgehalten werden konnten.«

»Ich habe nichts mit diesen Verrätern gemein, Herr.«

»Ich weiß das, und General Pollo weiß es auch, aber viele Capianer in der Heimat und vor allem im Rat der Vierhundert wissen das nicht. Sie werden die Gemeinsamkeiten viel deutlicher sehen als die Unterschiede. Seid Ihr nicht wie er aus der Dämmermark? Ein Mann von den, wie heißt es noch gleich, *gebundenen* Zweigen Eures Stammes? Und seid Ihr nicht ebenfalls mit vierzehn in die Akademie der Legion eingetreten?«

»Das ist richtig, Herr, doch wurden meine Eltern nicht von Legionären ermor… getötet.«

»Nun, lassen wir das für den Augenblick«, entgegnete der Satrap heiter, dabei war ihm sicher nicht entgangen, dass Aureus um ein Haar einen unentschuldbaren Fehler begangen hätte. Die Legion *ermordete* niemanden, sie tötete Feinde des Capianischen Reiches. Und er war in die Akademie eingetreten, um Tagmatos zu werden oder Legat – nicht um als Hekator zu enden.

Metellus fasste ihn am Arm und zog ihn hinaus auf die Terrasse, die einen Blick über die Stadt bot. Auf der anderen Seite des Flusses erhoben sich die ersten Hügel der Mark. »Wo, würdet Ihr sagen, liegt Eure Heimat, Hekator?«

»Meine Heimat ist die Legion, Herr. Ich bin dort zuhause, wo sie mich hinstellt.«

»Aber Ihr habt nicht vergessen, dass Ihr in der Dämmermark geboren wurdet, oder?«

»Ich habe sie vor achtzehn Jahren verlassen, Herr.«

»Und doch wäre es von Nutzen, wenn Ihr Euch noch an einige Dinge aus Eurer Kindheit erinnern könntet, Hekator.«

Während Aureus noch überlegte, was der Satrap meinen könnte, wechselte der unvermittelt das Thema: »Wie ich hörte, sind zwei Veteranen mit Euch nach Maricat gekommen, die um ihren Abschied ersuchen …«

»Claudio Optus und Phremos Stax haben ihre zwanzig Jahre abgeleistet, Herr. Eigentlich schon vor über einem Jahr, aber sie wollten ihre Kameraden nicht verlassen. Es sind tapfere Männer, die sich ihr Stück Land mehr als verdient haben, Herr.«

»Dieser Krieg scheint mir noch lange nicht gewonnen, wenn ich Pollos Berichte richtig verstehe. Merkwürdig, dass diese Männer ihren Kampfgefährten nun den Rücken kehren wollen.«

»Unsere Hundertschaft wurde bei diesem Angriff fast ganz aufgerieben, und von den Altgedienten sind sogar nur diese beiden übrig. Sie kehren also nur ein paar Gräbern den Rücken.«

Der Satrap hatte sich Wein eingeschenkt, probierte ihn mit einem versonnenen Lächeln und stellte den Kelch wieder ab. »Das hat Pollo gar nicht erwähnt. Er hat mir empfohlen, den beiden eine Beförderung anzubieten. Es scheinen gute Leute zu sein.«

»Die besten, Herr. Und sie haben sich den Frieden eines kleinen Landgutes wirklich verdient.«

Der Satrap lächelte. »Wie sind eigentlich Eure Pläne, Hekator? Wie ich hörte, habt Ihr Euch im Südwesten meiner Provinz schon einige Güter angesehen …«

Metellus hatte davon erfahren? Aureus war überrascht, dass sich der Satrap für die Pläne eines Hekatoren interessierte. »Ich habe noch zwei Jahre Dienstzeit, Herr. Danach werde ich wohl meinen Abschied nehmen müssen, da mir aus Gründen, die Ihr eben benannt habt, ein weiterer Aufstieg in der Legion verwehrt scheint.«

»Zwei Jahre sind eine lange Zeit, Hekator, und vieles kann geschehen. Und Ihr seht mir nicht aus wie ein Mann, der mit ein paar Morgen Land unter den Füßen zufrieden wird.«

Aureus schwieg darauf. Er hatte den Eindruck, dass Metellus ihn nur vertröstete. In zwei Jahren konnte wirklich viel geschehen. Er konnte zum Beispiel fallen wie so viele bewährte Männer.

Er wäre vielleicht nicht einmal Hekator geworden, ganz bestimmt nicht Erster Hekator, wenn der Tod nicht solche Lücken in ihre Reihen gerissen hätte. Pollo mochte die Domorer nicht, und daraus machte er nie einen Hehl. Es gab in der Legion einige aus diesem Volk, und sie hatten es immer schwerer als andere. Aus *diesem* Volk, nicht seinem. Aureus betrachtete sich schon lange nicht mehr als Kind der Dämmermark. Er war ein Capianer, so wie sein Adoptivvater, dem er sein Leben zu verdanken hatte. Die Kindheitsjahre davor, an die er sich kaum erinnerte, die zählten nicht.

Der Satrap führte die Unterredung plötzlich zu einem Ende. »Seid so gut, Hekator, und schickt Eure beiden Veteranen zu mir. Ich möchte sie persönlich kennenlernen und sehen, ob ich eine Beförderung empfehlen kann.«

»Wie lange müssten sie sich in diesem Falle verpflichten, Herr?«

»Sieben Jahre wenigstens, wie üblich. Daran hat der Krieg nichts geändert. Und nun entschuldigt mich, aber diese Provinz ist wie ein unersättliches Kind und bedarf meiner ständigen Fürsorge. Ich möchte Euch jedoch bitten, zur Abendstunde noch einmal in meinen Palast zu kommen. Dann sehen wir weiter.«

Aureus kehrte wütend in die Kaserne zurück. Der Satrap hatte ihn weggeschickt wie einen Laufburschen.

»Eine Beförderung, jetzt?«, fragte Stax, als er die beiden Veteranen knapp von seinem Gespräch mit dem Satrapen unterrichtete.

»Oh nein!«, rief Optus. »Daraus wird nichts! Ich sehe das

Land schon vor mir, kann die Scholle schon mit den Händen fühlen. Sie werden mich sicher nicht noch einmal für sieben Jahre in dieses Schlachthaus schicken!«

»Ich bin ausnahmsweise deiner Meinung, Kamerad!«

Aureus war gespannt, ob sie bei dieser Einstellung bleiben würden. Seiner Ansicht nach hatten sie ein Leben in Frieden nach den sieben Jahren in der Hölle von Iscer mehr als verdient. Allerdings hatte er den Eindruck, dass der Satrap sehr überzeugend sein konnte.

Auch mit ihm schien Tibus Metellus irgendetwas vorzuhaben. Was mochte das sein? Das Gespräch war viel besser verlaufen, als er befürchtet hatte. Pollo hatte ihn also für eine Beförderung vorgeschlagen, aber gleichzeitig daran erinnert, dass das derzeit fast unmöglich war. So hatte der alte Fuchs die Last der Entscheidung geschickt einem anderen aufgebürdet.

Er verließ die Kaserne, um sich abzulenken. Er hatte noch viel Zeit bis zum Abend. Wie durch einen Zufall führten ihn seine Schritte zum Tempel. Er war weitgehend leer, und Aureus fand auch keine Priesterin, nur einen Tempeldiener, der ihm auf seine Frage erklärte, dass die Luxalinnen nach der langen Nacht des Lichtfestes einen Tag der Ruhe einzuhalten pflegten.

Er ärgerte sich darüber, dass er das vergessen hatte, und entzündete, um den Schein zu wahren, eine Opferkerze für die Kameraden im Felde. Er glaubte nur begrenzt an die Macht des Lichts. Es mochte bei manchen die Seele und den Geist reinigen, doch es gewann keine Schlachten und bewahrte niemanden vor dem Tod.

Den restlichen Nachmittag verbrachte er in einer Schenke bei einem Krug mit schamlos verdünntem Wein. Die Schankmaid machte ihm schöne Augen, aber er war nicht in Stimmung, darauf einzugehen.

Er dachte an die Zeit in Capia zurück. Unter den jungen Anwärtern der Akademie war es üblich, sich über die Luxalinnen des Tempels das Maul zu zerreißen. Theoretisch lebten die Priesterinnen enthaltsam, solange sie dem Tempel dienten, aber jeder kannte jemanden, der jemanden kannte, der schon einmal mit einer dieser begehrten Jungfrauen eine Nacht verbracht haben wollte. Es wurden sogar Wetten abgeschlossen, wem es zuerst gelänge, eine bestimmte junge Novizin oder Virgo zu verführen. Aureus hatte sich daran nicht beteiligt.

Die meisten Priesterinnen verließen nach einigen Jahren den Tempel, heirateten und dienten dem Licht, indem sie ihm Töchter für die nächste Generation Luxalinnen gebaren. Er begriff nicht, warum sie nicht einfach noch etwas warteten, sondern dem Werben dieser gewissenlosen jungen Männer der Akademie nachgaben. Und das kam schließlich öfter vor, als es für den Ruf der Schwesternschaft gut war. Der Lichttempel hatte damals den Beinamen *das Hurenhaus* getragen. Doch das war in Capia gewesen, in Maricat war der Ruf der Luxalinnen makellos.

Als es dämmerte, kehrte Aureus in den Palast zurück. Er war sich inzwischen sicher, dass der Satrap einen Plan hatte, in dem ihm eine Rolle zugedacht war.

Die Geschäfte liefen schleppend, wie eigentlich immer am Tag nach dem Lichtfest. Scramo Narth hielt seinen Laden trotzdem geöffnet. Er hatte schlecht geschlafen, aber nicht geträumt, jedenfalls konnte er sich an keinen Traum erinnern. Die Dhurna hatte ihm also keine Nachricht geschickt.

Warra war nicht gut auf ihn zu sprechen. Sie wollte einfach nicht verstehen, warum er dieses Ritual mit dem Fremden hatte durchführen müssen.

Er schüttelte unwillig den Kopf. Nachdem er seine Jüngste wegen einer Nichtigkeit, an die er sich jetzt nicht einmal mehr erinnerte, heftig angefahren hatte, gingen ihm seine Kinder aus dem Weg. Er fragte sich, ob er sie eines Tages in seine Geheimnisse einweihen musste. Hano war alt genug, aber ihm fehlte die Gabe, und er würde wohl eines Tages das Geschäft übernehmen, obwohl er sich auf Zahlen nicht gut verstand. Vielleicht musste er es aber einfach nur machen wie er und eine Frau heiraten, die das für ihn übernahm.

Scramo grinste dünn, als er dachte, dass er wohl längst pleite wäre, wenn er sich mit Warra nicht so eine tüchtige Geschäftsfrau angelacht hätte. Er war gut darin, in die Wildnis zu ziehen und den Jägern ihre Felle abzuschwatzen. Er verstand diese Männer, und sie respektierten, ja, fürchteten ihn fast wie einen Druiden, seit sie wussten, dass er ein Seher war und in der Gunst der Dhurna stand. Wenn man die Gabe denn als Gunst bezeichnen konnte.

Iwra, seine jüngste Tochter, zeigte Anzeichen des Segens. Ihre Träume waren stark, und manchmal erzählte sie von Orten und Dingen, die sie gar nicht kennen konnte. Aber sie war noch keine sieben Jahre alt, und Scramo hatte die leise Hoffnung, dass sie die Gabe verlieren würde, wenn sie erst älter war und zum ersten Mal geblutet hatte. So etwas war schon öfter vorgekommen.

Er erwischte sich immer wieder dabei, dass er zur Tür starrte, weil er erwartete, dass der Capianer zurückkehren würde. Er fürchtete sich davor, denn eine Botschaft der Herrin bedeutete Gefahr, aber die Ungewissheit war nicht weniger schlimm. Doch es wurde Abend, und der Capianer kam nicht.

Mürrisch schloss Scramo Narth den Laden zu. Das Abendessen in der Familie fiel ungewohnt still aus. *Sie haben*

Angst vor mir, dachte Scramo, der schweigend den Hirsebrei in sich hineinstopfte, *selbst Warra. Aber das kann ich jetzt nicht ändern.*

Die Familie ging früh zu Bett, denn weder Warra noch er sahen einen Grund, Kerzenlicht zu verschwenden. Kaum war die letzte Kerze erloschen, erklang ein leises Rasseln vom Fensterladen. Es folgte ein zweites Rasseln.

»Verfluchter Capianer«, murmelte Scramo, als er sich erhob. Warra lag neben ihm. Er hörte, wie flach sie atmete. Sie schlief nicht, aber sie sagte nichts. Sie war ja nicht dumm und hatte längst begriffen, dass hier wichtige und gefährliche Dinge geschahen, auch wenn sie es nicht zugeben wollte. Aber abfinden würde sie sich damit nicht.

Scramo öffnete den Fensterladen. Eine verhüllte Gestalt stand auf der anderen Straßenseite. Er winkte, schloss den Laden wieder, entzündete eine Kerze, stieg fluchend hinab in sein Geschäft und entriegelte die Tür.

»So löscht doch Euer Licht, Bruder«, war das Erste, was der Fremde sagte.

Aber Scramo dachte nicht daran. Er stellte die Kerze auf den Ladentisch und blickte den Capianer mit verschränkten Armen feindselig an. »Was wollt Ihr nun schon wieder?«

»Ich habe eine Botschaft erhalten, von unserer Herrin«, lautete die geflüsterte Antwort.

»Es wäre weniger auffällig, wenn Ihr meinen Laden am Tag besuchen würdet, wie andere Menschen es auch tun, Herr.«

Der Capianer ging nicht darauf ein. »Die Herrin bedarf Eurer Dienste, Bruder.«

Scramo seufzte. »Das hat sie gesagt? Was genau habt Ihr gesehen, Herr?«

»Ein Traumbild, wie in den Nächten zuvor … Legionäre, die in einen Wald hineinmarschieren. Ihr habt sie geführt, und über dem endlosen Wald erhob sich gerade die Sonne.«

»Das ist nichts Neues. Ich habe Euch jedoch schon einmal gesagt, dass ich kein Führer der Legion bin. Sie hat andere Männer für diese Aufgabe.«

Der Capianer nickte eifrig. »Ich sah Euch ein weiteres Mal. Es schien hier in der Stadt zu sein. Eine Gasse oder ein Haus, es ist nicht ganz klar. Ein Mann mit rotem Bart spielte eine Rolle. Und da war ein Wolf, wenn ich mich nicht irre. Ihr habt ein Messer gehalten und Euch über einen leblosen Körper gebeugt.«

Scramo starrte den anderen feindselig an. »Ihr wisst nicht, was Ihr da redet!«

»Ich weiß es nur zu gut. Noch nie sah ich einen Traum so klar und deutlich. Ich sah auch Euren Hahn. Er saß auf Eurem Dach. Ich glaube wirklich, die Herrin hat unser Opfer angenommen.«

Er hatte den Hahn gesehen? Wieso sah dieser Südländer all diese Dinge und er nicht? Bestrafte die Herrin ihn für seine Treulosigkeit? »Und sagte Euch der Traum auch, wer der Leblose war?«

»Das nicht, Bruder, aber ich bin sicher, dass Ihr wisst, wer als Führer für die Legion in Frage kommt, wenn es nach Osten gehen soll, oder? Die Herrin will nicht, dass jemand anders als Ihr die Männer führt. Ihr wisst vermutlich besser als ich, was das heißt …«

Scramo starrte zu Boden. »Wann?«

»Bitte?«

»Wann marschiert die Legion nach Osten? Ihr habt die Sonne aufgehen sehen. Habt Ihr auch gesehen, welche Farbe das Laub des Waldes hatte? War es noch grün oder ganz gelb und rot? Oder waren die Bäume schon kahl?«

Der Capianer wirkte überrascht. Er murmelte, dass er darauf nicht geachtet habe, dann sagte er: »Es ist seltsam, aber jetzt, wo Ihr es erwähnt, schien mir der Wald im Herbstlaub zu stehen. Die Farben waren jedoch seltsam blass. Ah, und es stieg Nebel über einem breiten Fluss auf. Er schien viel breiter zu sein als der Paran, der an Maricat vorbeifließt. Der Strom lag jedoch … hinter Euch.«

Dass er all diese Einzelheiten gesehen hatte … Die Dhurna musste diesen Mann wirklich lieben. Trug er vielleicht sogar ihr Geschenk?

Scramo überlegte. Der geträumte Wald war noch nicht kahl. Das ließ ihm nicht viel Zeit. Der erste Herbstvollmond würde in drei Tagen aufgehen. Wenn sie von Maricat aus aufbrachen, würden sie eine Woche brauchen, um die Dämmermark zu durchqueren und die dichten Wälder jenseits der Hirschberge zu erreichen. Und der Fluss, der hinter ihm lag? Das hieß, dass er sie über den Nachtstrom führen sollte. Doch wie? Wie sollte eine Legion auf die andere Seite dieses Flusses gelangen? Wollten sie etwa Hunderte Boote bauen? Scramo hielt inne. »Sagt, welche Legion soll ich eigentlich führen? Die Sechzehnte, die Maricater Garnison, steht auf Iscer im fernen Westen, und die Vierte verteidigt die Mark.«

»Ich weiß es nicht. Ich kann mich nicht an die Standarten erinnern.«

»Aber Ihr geht im Palast des Satrapen aus und ein. Nein, leugnet es nicht! Ich sehe doch an Eurer Kleidung, dass Ihr ein Patrizier, vielleicht sogar ein Kurator seid. Ihr werdet also wissen, ob eine andere Legion auf dem Weg nach Maricat ist.«

»Davon ist mir nichts bekannt, Bruder.«

»Dann ist es besser, Ihr versucht, es herauszufinden. Nicht, dass sich Euer Traum auf Ereignisse bezieht, die vielleicht erst in einem Jahr stattfinden.«

»Haltet Ihr das für möglich, Bruder?«

Scramo hielt das für ausgeschlossen, behauptete aber aus

Gründen, die er selbst nicht verstand, das Gegenteil. »Ich schlage vor, dass Ihr in den Palast zurückkehrt und Euch bemüht herauszufinden, ob noch eine andere oder gar mehrere Legionen auf dem Weg hierher sind.«

»Natürlich, Bruder, natürlich. Und … werdet Ihr Euch um die andere Sache kümmern?«

»Wenn ich es für erforderlich halte, ja. Aber nur dann!«

Er war froh, als der Fremde endlich wieder den Laden verlassen hatte. Anschließend wandte er sich zur Treppe, die in der Dunkelheit lag. »Du hast gelauscht, Warra?«

»Dieser Mann bedeutet Unglück. Man muss keine Gabe besitzen, um das zu sehen.«

»Geh wieder zu Bett und rede nicht von Dingen, von denen du nichts verstehst, Weib!«

Er lauschte auf das Knarren der Stufen. Sie hatte natürlich recht: Dieser Capianer brachte Unglück. Es saß auf seiner Schulter wie eine Krähe, die auf Aas wartet. Er musste dafür sorgen, dass es andere und nicht ihn und seine Familie traf.

Am Abend erwartete der Satrap Aureus mit offensichtlicher Ungeduld. »Ihr habt Euch Zeit gelassen, Hekator, doch Zeit ist etwas, was wir unter Umständen nicht haben. Folgt mir.«

Tibus Metellus eilte aus der Kammer, und Aureus folgte ihm. Der Satrap führte ihn durch einige Nebenkammern. Bald wurde klar, dass sie einen Umweg gingen. Metellus blieb plötzlich stehen. »Eigentlich setze ich es als selbstverständlich voraus, aber ich muss vielleicht doch noch einmal betonen, dass Ihr über das, was Ihr heute Abend sehen und hören werdet, absolutes Stillschweigen bewahren müsst.«

Aureus glaubte zu verstehen: »Ihr bringt mich zum Basileios!«

Er erhielt keine Antwort. Sie hasteten weiter, und Aureus

schien dieser Palast viel größer zu sein, als er gedacht hatte. Einmal hörten sie laute Stimmen aus einer Kammer dringen, aber die Gänge lagen verlassen. Dennoch hatte Aureus bald das Gefühl, dass sie beobachtet wurden. Sie überquerten einen menschenleeren Innenhof, in dessen Wasserbecken sich die Sterne spiegelten.

Am rückwärtigen Gebäude, das Aureus für eine Art Gästehaus hielt, blieb Metellus noch einmal stehen und strich in einer nervösen Geste die Falten seines Überwurfes glatt. »Ich nehme an, Ihr wisst Euch zu benehmen, oder?«

»Warum soll es geheim bleiben, dass der Kaiser mich empfängt?«

Aureus erhielt einen beinahe mitleidigen Blick des Satrapen zur Antwort. »Als wenn das geheim bleiben könnte ... Ich nehme an, dass es in einer Stunde der ganze Palast weiß.«

»Warum dann diese Heimlichtuerei?«

»Es ist besser, einigen Leuten etwas zum Nachdenken zu geben, als sie unbeschäftigt zu lassen. Außerdem würden sie nur zu gerne wissen, was der Kaiser mit Euch zu besprechen hat. Sie können Euch aber nicht nach etwas fragen, wovon sie offiziell nichts wissen dürfen. Lernt man in der Legion denn gar nichts über die Taktik in einem Palast? Dann muss ich Euch wohl noch etwas sagen ... Es könnte zu Eurem Vorteil sein, wenn der Kaiser annimmt, dass Eure domorischen Wurzeln stark sind und dass Ihr Euch in den dunklen Wäldern des Ostens auskennt. Nun kommt, er erwartet Euch. Und bewahrt, um des Lichts willen, Fassung, Hekator.«

Der Satrap öffnete die Pforte und führte Aureus durch eine Kammer hinaus auf eine Terrasse, die von wenigen Lampen spärlich erhellt war. Auf einer der marmornen Bänke saß eine gebeugte Gestalt, von der im Halbdunkel kaum mehr als ein Umriss zu erkennen war.

Der Satrap räusperte sich. »Er ist hier, Herr.«

Die Gestalt straffte und erhob sich. »Es ist gut, Tibus. Lasst uns allein.«

Aureus war einigermaßen ratlos. Er hatte salutiert, und nun, da Metellus verschwunden war, wusste er nicht, was er tun sollte. Er wusste nur, dass er warten musste, bis der Herr des Capianischen Reiches das Wort an ihn richtete.

»Ihr seid also Aureus Marius Moris, der Domorer.«

»Ja, Herr.«

»Das ist ein capianischer Name, kein domorischer.«

»Mein Vater … mein Adoptivvater gab ihn mir, Herr. Er war der Meinung, dass mir ein capianischer Name auf meinem Weg helfen könnte.«

»Marius Moris war ein kluger Mann. Er hätte leicht einen Sitz im Rat der Vierhundert haben können, hat ihn aber nie angestrebt.«

»Ihr kanntet ihn, Herr?«, fragte Aureus überrascht.

»Wie war er?«

»Mein Vater?«

Der Kaiser lachte leise. »Nein, der Name, den Euer Vater für so nachteilig hielt.«

»Auro … Auro Rautas vom Grauen Zweig, Herr.«

»Ist Auro nicht der Name des wilden Stieres, der die Wälder Eurer Heimat durchstreift?«

»So ist es, Herr.«

»Wie gut kennt Ihr diese Wälder, Hekator?«

»Ich habe sie lange nicht gesehen – aber nie vergessen, Herr.« Er erinnerte sich noch rechtzeitig an das, was der Satrap über seine domorische Abstammung gesagt hatte.

Der Kaiser stand immer noch im Halbdunkel, aber Aureus' Augen hatten sich an das schwache Licht gewöhnt. Er sah das schüttere Haar des Kaisers, das weiß von seinem

Kopf abstand, als habe er es nicht gekämmt. Und er sah, dass sie doch nicht ganz alleine in diesem Garten waren. An der Mauer standen bewegungslos wenigstens zwei Bewaffnete, Leibwächter natürlich. »Wart Ihr jemals jenseits der Hirschberge, Aureus Moris?«

»Mein Vater … mein leiblicher Vater nahm mich einmal mit auf die Jagd dorthin. Und wir besuchten … wir besuchten einen der Flüsternden Haine, Herr.«

»Ihr habt einen der alten Kultplätze betreten? Seid Ihr dort der Dunkelheit begegnet? Habt Ihr sie gesehen, Hekator?«

»Nein, Herr. Es war niemand dort. Die Druiden hielten sich damals verborgen, weil die Legion sie jagte.«

»Ich erinnere mich gut. Wir versuchten, das Land zwischen den Hirschbergen und dem Noctus – wie nennt Ihr ihn? Ja, Nachtstrom – unserem Reich hinzuzufügen. Vergeblich, wie Ihr sicher wisst.«

»Ja, Herr.«

»Und kennt Ihr auch das Land jenseits des Noctus?«

»Nein, Herr, kein Domorer überquert den Fluss, wenn er es nicht unbedingt muss.«

»Aber Ihr wisst, was dort liegt – weit im Osten?«

Aureus geriet ins Schwitzen. Warum stellte der Kaiser ihm all diese merkwürdigen Fragen?

»Dort liegen nur undurchdringliche Wildnis, Herr, und die Siedlungen der Hassewer.« Er merkte sogar dem Schatten des Kaisers an, dass ihm diese Antwort nicht genügte, also fügte er hinzu: »Allerdings sagen die Anhänger der Dunkelheit, dass in Tryk, dem Trugland jenseits des Lindros, die Dhurna in ihrem Dornenhain wohnt.«

»Und die Wurzeln ihres Haines sollen bis in die Unterwelt reichen und seine Ranken die Wolken am Himmel fesseln. Die Herrin der Finsternis, die Hexe der Nacht, die Verfluchte … sie hat viele Namen – und kein Gesicht. Niemand scheint zu wissen, wie diese Göttin aussieht. Oder habt Ihr je ein Bild von ihr gesehen?«

»Die Alten erzählen, dass sie in jeder beliebigen Gestalt erscheinen kann, Herr. Sie sei eine Meisterin der Täuschung, heißt es.«

»Habt Ihr sie nicht in Eurer Jugend verehrt, Hekator?«

»Bevor das Licht kam und sie es nicht besser wussten, haben alle Domorer diese falsche Göttin verehrt. Ich hatte jedoch Glück, denn das erste Licht wurde in der Dämmermark in genau der Nacht entzündet, als ich auf die Welt kam, Herr.«

»Wie ich sehe, tragt Ihr das Licht in Euch, Hekator, das ist gut, sehr gut. Die Mächte des Lichts haben Capia schließlich zu dem gemacht, was es ist, nicht wahr? Die Walter des Lichts, die Götter der Güte, Tapferkeit und Weisheit haben uns auf unserem Weg stets geholfen, nicht wahr?«

»So ist es, Herr«, erwiderte Aureus, der sich immer unwohler fühlte. Er hatte keine Ahnung, worauf der Basileios mit seinen merkwürdigen Fragen hinauswollte. Und er hatte das ungute Gefühl, dass ihn eine falsche Bemerkung den Kopf kosten konnte – oder zumindest die Sympathie des Kaisers.

»Aber die Mächte des Capianischen Himmels haben ihre Grenzen.« Der Kaiser trat einen Schritt nach vorne, so dass endlich Licht auf sein Antlitz fiel.

Aureus wäre vor Entsetzen fast zurückgeprallt. Dieses Gesicht, einst so erhaben und würdevoll, war von Knoten und Wulsten verunstaltet. Lepra! Der Basileios war vom Aussatz befallen!

Scramo Narth stellte sein Trinkhorn ab und zog ein bekümmertes Gesicht.

»So schlimm?«, fragte sein Gegenüber grinsend. Sie hatten sich in einer Schenke getroffen, und Scramo hatte das Misstrauen seines Konkurrenten bekämpft, indem er alle Hörner bezahlte, die sie zusammen leerten. Frogi Maroth war einer der beiden Männer, die außer ihm als Führer in Frage kamen. Scramo war fest entschlossen, ihn aus dem Weg zu räumen, aber er war ebenso fest entschlossen, es nicht mit Gewalt zu tun. »Wird schon werden«, meinte er jetzt. Er gab sich alle Mühe, übellaunig zu wirken, was ihm angesichts der Umstände nicht schwerfiel.

Die Schenke war halb leer, nicht ungewöhnlich an einem Tag nach dem Lichtfest. Maroth prostete ihm zu. »Ich habe dich eigentlich immer um deine Warra beneidet, aber jetzt sehe ich, dass so ein Vollblutweib auch seine Schattenseiten haben kann.«

Scramo brummte nur zur Antwort. Er konnte den Mann nicht leiden. Er nippte am Met und räusperte sich: »Um noch einmal auf meine Bitte zu sprechen zu kommen …«

Maroth lehnte sich zurück und zwirbelte seinen gegabelten Bart. »Ich helfe dir gerne, wenn ich kann, Scramo, sehr gerne. Wir Pelzhändler sollten zusammenhalten, das habe ich immer gesagt. In dieser Stadt ist genug Platz für uns beide. Und es ist schön, dass du das endlich einsiehst.«

Scramo war weit entfernt davon, irgendetwas von dem Unsinn einzusehen, den Frogi da redete. Sie waren Konkurrenten, nur dass Scramo erfolgreicher war. Das verdankte er zu einem großen Teil Warra und ihrem Geschäftssinn, und unter normalen Umständen hätte er kein böses Wort über sie verloren oder geduldet.

Frogi Maroth andererseits war ein Narr und berühmt für

fehlgeschlagene Geschäfte. Aber er kannte das Land jenseits des Nachtstroms wie kaum ein anderer, weil er meist dort seine Felle kaufte.

Scramo hatte das nicht mehr nötig. Er hatte seine Leute, die ihm die Felle über den Fluss brachten, und das, so gestand er sich ein, lag an seiner Verbindung zur Dhurna. Beiderseits des Stroms wussten sie, dass er ein Diener der Dunkelheit war, und das war gut für den Preis. Es war Jahre her, dass er den Nachtstrom zuletzt hatte überqueren müssen.

Maroth hingegen war jedes Jahr drüben im Wolfsland, und manchmal diente er der Legion als Führer, wenn sie wieder einmal versuchte, den Osten zu erkunden, oder Verträge mit den Stämmen abschließen wollte.

»Also, was kann dein Freund Frogi für dich tun?« Maroth gab sich gönnerhaft.

»Ich habe ein gutes Geschäft gemacht mit einem Mann aus Sewetium. Er hat dreißig Bärenfelle, zwanzig vom Winterwolf und noch einmal zwanzig vom Hirschen bestellt. Er verlangt zwar beste Qualität und Felle ohne sichtbaren Schaden, aber wenn ich dir den Preis nenne …«

»Und wo ist der Haken? Klingt wirklich nach einem guten Geschäft«, meinte Maroth. Seine gute Laune wirkte gleich viel gedämpfter, als er die Zahl der Felle hörte.

»Das beste, das ich dieses Jahr gemacht hätte, aber Warra …« Er schüttelte den Kopf.

»Sie will dich nicht fortlassen?«

»Wir hatten Streit, denn sie glaubt, ich hätte mit einer anderen … du verstehst schon. Und in ihrem Zorn hat Warra die reservierten Felle an einen der Flusshändler verkauft – für einen Drittel ihres Wertes und für ein Zehntel dessen, was der Seweter bezahlen wollte.«

»Mann, da hat sie es dir aber gezeigt, mein Freund! Nur, was willst du jetzt von mir? Willst du mir die fehlenden Felle abkaufen? Ich könnte dir einen guten Preis machen. Andererseits ist das fast mein ganzer Lagerbestand. Und wie sehe ich bei meinen Stammkunden aus, wenn ich plötzlich ohne Ware dastehe?«

Scramo sah die Gier in Maroths Augen wachsen. Er hatte den Gehilfen des Pelzhändlers bestochen und wusste daher besser als dieser Narr selbst, was er auf Lager hatte und was nicht. Er schüttelte wieder den Kopf. »Wenn ich jetzt die Stadt verlasse, ist Warra vielleicht nicht mehr hier, wenn ich zurückkehre. Ihr Zorn ist wirklich groß. Aber der Seweter braucht die Ware noch im ersten Herbstmond, und ich will ihn nicht als Kunden verlieren, denn er will öfter hier kaufen. Deshalb wollte ich dich fragen, ob du nicht die Lieferung übernehmen kannst? Dieser Mann scheint einen großen Bedarf an Pelzen zu haben. Vielleicht können wir ihn ja in Zukunft beide beliefern?«

Maroth sah ihn nachdenklich an. Hatte er die Geschichte geschluckt? Sie war dick aufgetragen, aber darunter ziemlich dünn. Doch er musste diesen Mann schnellstmöglich aus der Stadt kriegen.

»Beide beliefern … ja«, murmelte der Pelzhändler und zwirbelte wieder seinen Bart. Sein Blick verriet, dass er nicht vorhatte zu teilen. »Ich werde einen Freund in Not nicht im Stich lassen, Scramo. Gib mir den Namen des Mannes und sag mir, was ihr vereinbart habt, und ich werde mich schon bald auf den Weg machen.«

»Bald wird nicht reichen, Frogi. Eigentlich müsste ich längst unterwegs sein! Und dieser Seweter hat klargemacht, dass er nur gut zahlt, wenn wir pünktlich liefern!«

Wieder ein Bartzwirbler. »Das macht es schwierig. Ich

muss mein Lager durchgehen, den Wagen vorbereiten, vielleicht noch einen zweiten Mann verpflichten, denn so viele Felle auf einem so weiten Weg …«

Scramo legte einen Beutel mit Münzen zwischen die Trinkhörner. »Das ist das Handgeld für den Begleiter, den ich anwerben wollte. Nimm es!«

Frogi Maroth streckte die Hand schon aus, hielt dann aber inne. »Bei einer solchen Reise werde ich vielleicht zwei Gehilfen brauchen …«

Scramo seufzte, langte in seine Tasche und legte einen zweiten kleineren Beutel auf den Tisch. »Das ist alles, was ich habe, Frogi …«

Maroth nickte zufrieden und strich das Geld ein. Er stellte keine weiteren Fragen. Entweder war seine Gier erheblich größer als seine Klugheit, oder seine Geschäfte liefen noch schlechter, als sein Gehilfe gesagt hatte.

»Ich kann dir gar nicht sagen, wie dankbar ich dir bin, Frogi. Wirklich, du hast mich gerettet!«

»So sollte es unter Freunden sein, nicht wahr? Ist das nicht viel besser, als sich gegenseitig im Waldland Felle abzujagen, wie du es sonst zu tun pflegst?«

Scramo verließ die Schenke mit einem Gefühl der Erleichterung. Die Reise würde Maroth möglicherweise ruinieren, denn Scramo glaubte nicht, dass man im warmen Sewetium mit Pelzen viel verdienen konnte. Aber die Stadt lag weit genug entfernt, um diesen Schwachkopf ein paar Wochen loszuwerden – und es war besser, als ihn umzubringen. Die Erleichterung verflog. Frogi Maroth war vielleicht ohne Blutvergießen aus dem Weg geräumt, doch es gab noch einen anderen Mann, um den er sich kümmern musste, und der war, soweit Scramo wusste, weder dumm noch gierig.

»Meine Heiler sagen, dass es nicht ansteckend ist. Ihr müsst Euch also nicht fürchten, Hekator. Diese gelehrten Männer sagen aber auch, dass sie mich nicht heilen können. Der Verfall wird weitergehen. Ich werde bei lebendigem Leibe verfaulen, und in weniger als einem Jahr wird man mich zu Grabe tragen. Was glaubt Ihr? Wird man Statuen und Säulen zu meinem Gedenken errichten?« Der Kaiser wirkte beinahe heiter, während er über seinen Tod redete.

Aureus wusste nicht, was er sagen sollte.

»Ich habe gehört, dass sie auf dem Grab meines Sohnes eine Säule errichtet haben, die dreißig Ellen misst. Habt Ihr sie gesehen, Moris?«

Aureus schluckte. Maxos hatte sie am Anfang zu schnellen Siegen geführt – und war dann bei einem dummen Sturz vom Pferd ums Leben gekommen. »Ich war dort, als sie aufgestellt wurde, Herr. Euer Sohn war sehr beliebt in der Legion.«

»Ja, das war er wohl. Ich hörte, die Iscerer haben sie gestürzt und zerbrochen … Ist das wahr?«

»Dieser Frevel der Iscerer beweist nur, was für ein großer und gefürchteter Feldherr Euer Sohn war, Herr.«

Aureus konnte sich nicht so leicht mit der schweren Krankheit des Basileios abfinden, wie der es anscheinend tat. Als der Kaiser schwieg, stieß er hervor: »Die Heiler werden sicher einen Weg finden, Euch zu helfen, Herr.«

»Ihre Kenntnis reicht gerade aus, meine Leiden ein wenig zu verlängern, Moris … Aber ich kann noch nicht gehen, Hekator, ich darf nicht! Ja, das Capianische Reich war noch nie so groß. Mit der Länge der Grenzen wächst allerdings auch die Zahl seiner Feinde. Die Lage ist ernst, viel ernster, als die meisten ahnen! Im Süden ist es nur eine Frage der Zeit, bis das Reich von Lyf uns wieder mit Krieg überzieht. In den meisten Provinzen des Nordens gärt es wegen der Tribute, denn die unterworfenen Stämme wollen nicht verstehen, dass ihre Sicherheit nun einmal Gold kostet. Und von jenseits der Nordgrenze heißt es, der Verräter Falis sei von den Toten auferstanden und würde die Camborer erneut unter seinem Banner versammeln. Die Dunkelheit, Aureus Moris, ist noch lange nicht besiegt.

Das Reich braucht meine Führung, und mein Sohn Marcellus … nun, er wird vielleicht eines Tages ein fähiger Herrscher sein … aber noch ist er nicht so weit! Er wäre den Feinden des Reichs und diesen Hyänen im Rat der Vierhundert nicht einen Tag gewachsen. Doch lassen wir das! Reden wir über Euch. Man sagte mir, Aureus Marius Moris, dass Ihr ein Mann von Ehrgeiz seid. Es heißt, Ihr wolltet eine Tagma und irgendwann gar eine Legion kommandieren …«

Der Themenwechsel kam plötzlich. Aureus fragte sich, worauf der Basileios hinauswollte. Schwang in seinen Worten etwa ein Angebot mit? Er blieb auf der Hut: »Für einen Mann meines Volkes ist das nicht einfach, Herr.«

»Ah, ich kenne die Vorbehalte gegen Euer Volk nur zu gut. Ich habe viele Schlachten geführt, in denen Domorer treu und tapfer an meiner Seite gekämpft haben, und mein Vertrauen in die Männer Eures Volkes ist auch nach Falis' Verschwörung nicht geringer geworden. Leider verteidigt der Rat der Vierhundert sein Recht auf die Ernennung von Legaten und Generälen mit Zähnen und Klauen. Und so liegt die Entscheidung darüber, wer unsere Legionäre in die Schlacht führt, bei Greisen, die sich nur mit knapper Not daran erinnern können, wie ein Schwert aussieht. Aber ein Mann, der sich um das Reich verdient macht, kann immer noch weit aufsteigen … sehr weit, Aureus Moris, *wenn* er die Fürsprache des Kaisers hat.«

Aureus schluckte. Das kam unerwartet. Wenn der Basileios

sich für ihn einsetzte ... Nein, da musste es einen Haken geben. »Was erwartet Ihr von mir, Herr?«

»Habt Ihr gewusst, dass die Dunkle Herrin inzwischen Diener in allen Provinzen des Reiches hat?«

»Diener, Herr?«, fragte Aureus, verwirrt vom erneuten Themenwechsel.

»Männer, die der Dunkelheit verfallen sind, Moris. Sie spionieren, stiften Unheil, schüren Unzufriedenheit. Selbst auf Iscer wird man davon gehört haben, dass es in der Dämmermark gärt. Manche sagen, dass es noch in diesem Herbst zu einem offenen Aufstand kommen wird. Angeblich hängt es nur davon ab, ob es eine weitere Missernte gibt. Unsere Priesterinnen beten inzwischen jeden Tag für gutes Wetter. Und vielleicht beten die Druiden der Domorer für Hagel und Regen. Es scheint, dass sie in den letzten Jahren damit Erfolg hatten ...«

»Die Domorer, die das Licht gesehen haben, wissen, was sie dem Reich zu verdanken haben, Herr. Sie werden sich nicht von Capia abwenden.«

»Ihr seid ja mehr Capianer als ich, wie es aussieht. Euer Vertrauen in Eure Leute ehrt Euch, und, keine Sorge, ich brauche Euch nicht, um einen Aufstand in der Mark zu bekämpfen.« Der Kaiser starrte hinauf zu den Sternen. »Es ist viel Blut vergossen worden, um die Dämmermark der Dunkelheit abzuringen, und ich frage mich immer öfter, ob sie diese Opfer wert war. Doch lassen wir das ... Es ist unserer Priesterschaft gelungen, einen dieser Agenten zu finden. Er tarnte sich als Pächter auf einem der Landgüter des Satrapen. Wusstet Ihr, dass einige dieser Diener unter einem besonderen Schutz stehen?«

»Schutz, Herr?«

»Ja, ein Segen ihrer Hexenherrin schützt sie vor Krankheit

und Verletzungen, und ihre Wunden heilen fast so schnell, wie sie geschlagen werden. Auch warnt er sie offenbar vor Gefahr. Erfahren wir endlich, wo ein solcher Diener der Dunkelheit sitzt, ist er meist verschwunden, bevor wir seiner habhaft werden können. Dieses eine Mal gelang es uns jedoch, den Verräter auf seinem Hof in die Ecke zu treiben, einen ihrer dunklen Seher, einen, der Träume deutete, vielleicht auch Nachtmahre beschwor. Es sind viele Männer gestorben, als sie ihn festnehmen wollten, denn plötzlich, wie durch Zauberhand, stand der ganze Hof in Flammen. Ich nehme an, dieser Seher vertraute darauf, dass er das Feuer unbeschadet überstehen würde, doch gelang es den Priesterinnen, die dunkle Magie zu brechen, so dass er im Feuer elend umkam. Sein – übrigens kaum verbrannter – Leichnam war für unsere Gelehrten äußerst aufschlussreich.«

Aureus erinnerte sich nur verschwommen an die Legende von den Behüteten, die er als Kind von seiner Großmutter gehört hatte. Sollte es diese Märchenfiguren wirklich geben? »Wie haben die Luxalinnen das geschafft, Herr? Ich meine … die Magie zu brechen?«

»Das Licht … wie sonst?« erwiderte der Kaiser, ohne es näher zu erklären. »Das Entscheidende ist jedoch, dass wir von seiner Witwe erfuhren, dass dieser Mann, als er ein Diener der Dunkelheit wurde, an der Pest erkrankt war. Er verschrieb sich der Dhurna, weil die ihn durch ein besonderes Mittel heilte! Sie hat einen Bauern geheilt! Meint Ihr nicht, sie könnte auch mich, einen Kaiser, heilen?«

»Ihr … Ihr wollt die Dhurna um ein Heilmittel bitten?« Aureus traute seinen Ohren nicht. Die Dunkelheit war der Feind. Capia, das Reich des Lichts, focht seit Jahrzehnten einen zähen Kampf gegen sie aus. Der Kaiser hatte es doch selbst gesagt!

»Seht mich nicht so entsetzt an. Ich tue das nicht um meinetwillen, Hekator, ganz gewiss nicht. Nein, ich habe mein Leben gelebt. Ich tue es auch voller Widerwillen – aber es muss sein! Für das Reich, das seinen Kaiser weiterhin braucht! Würde ich jetzt sterben, würde Capia mit all seinen Provinzen im Chaos versinken, denn Marcellus ist noch zu schwach, um sich gegen seine zahllosen Feinde zu behaupten, und der Rat der Vierhundert ist uneins, wen er lieber anstelle meines Sohnes als neuen Basileios sähe. Seht Ihr nicht, worauf das hinausläuft? Ich rede von Bürgerkrieg, Aureus Moris, einem Bürgerkrieg, der unsere Feinde im Norden und Süden ermutigen würde, von allen Seiten über uns herzufallen. Ich rede vom Untergang, Moris, vom Untergang des ganzen Reiches! Und er wird kommen – wenn ich diese Welt vor der Zeit verlassen muss.«

»Aber wie …?«, begann Aureus und verstummte. Er ahnte endlich, wofür der Kaiser ihn brauchte.

»Ihr seid ein Kind der Dunkelheit und doch ein Mann des Lichts, Aureus Marius Moris vom Grauen Zweig des domorischen Stammes. Das macht Euch zum idealen Sendboten unserer Sache. Ihr werdet in meinem Namen bei der Dunklen Fürstin vorsprechen und sie um das Heilmittel bitten. Und, ja, mir ist klar, dass sie vielleicht einen hohen Preis verlangen wird. Doch ich bin bereit, ihn zu entrichten – zum Wohle Capias!«

3. DIE SÄULEN DES REICHES

»Nun seid Ihr also eingeweiht in unseren Plan«, begann der Satrap, als Aureus zu ihm zurückkehrte.

»Vage. Und ich verstehe ihn nicht.«

»Die Einzelheiten müssen natürlich noch besprochen werden, die Entscheidung ist allerdings im Wesentlichen gefallen. Ich kann doch davon ausgehen, dass Ihr den Wunsch des Kaisers erfüllen werdet?«

»Ich weiß nicht einmal, ob es möglich ist. Die Dhurna … es gibt doch nur Legenden! Ich kenne jedenfalls niemanden, der den Dornenhain mit eigenen Augen gesehen hat. Und in den Geschichten heißt es, ein Sterblicher könne ihn gar nicht betreten!«

Das Lächeln von Tibus Metellus schien ausgesprochen kalt zu werden, als er erwiderte: »Zum einen empfehle ich Euch, Eure Zweifel für Euch zu behalten, zum anderen werdet Ihr schon bald selbst herausfinden, ob die Legenden und Märchen, die man über diese Hexe erzählt, wahr sind oder nicht, Legat.«

»Legat?«

»Bildet Euch nicht zu viel ein. Wir können doch schlecht einen Hekator oder Tagmatos als Kopf einer so heiklen diplomatischen Mission einsetzen. Die Urkunde Eurer Ernennung liegt dort auf dem Tisch. Sie braucht nur noch das

Siegel des Kaisers. Theoretisch benötigt Ihr auch die Zustimmung des Rats der Vierhundert. Aber bis dieses hohe Gremium sich mit Euch befasst, seid Ihr vielleicht schon wieder zurück, und dann wird der Rat es kaum wagen, Eure Beförderung zu widerrufen. Und wenn Ihr Eure Aufgabe erfüllt, ist noch weit mehr möglich. Ihr habt unverschämtes Glück, Aureus Moris, das ist Euch hoffentlich bewusst.«

Aureus nickte. Er hatte jahrelang seine Knochen für die Legion hingehalten, er hielt die Beförderung für überfällig. Wäre er kein Domorer, wäre er schon seit Langem Tagmatos, vielleicht sogar Legat – und das nicht bloß unter Vorbehalt. Dennoch: *Legat* … das klang gut.

»Es lässt sich leider nicht vermeiden, dass das Kuratorium von Maricat in die Planung einbezogen wird. Ihr werdet Euch diesem Gremium morgen stellen müssen. Es gehört ihm übrigens jemand an, den Ihr kennt – Euer Bruder.«

»Famo? Famo ist in Maricat?«

»Ganz recht, wenn Ihr damit den Heiler Famorius Moris meint. Er hat es bis ins Kuratorium geschafft, was noch nicht vielen Heilern und Gelehrten gelungen ist. Ehrgeiz scheint Eurer Familie im Blut zu liegen.«

Aureus ersparte sich die Erklärung, dass er und Famo nur Adoptivbrüder waren. »Wo ist er? Ich muss ihn sehen!«

»Er hat eine Stube unten, in den Katakomben meines Palastes, wo er mit Hingabe seine Schriftrollen und Kräuter studiert. Doch sitzt er zurzeit wohl im Kuratorium, und wie ich dieses Gremium kenne, wird er da nicht vor der späten Nacht herauskommen. Da ich dort Euch erst morgen offiziell vorstellen werde, wird Euer Wiedersehen also warten müssen.«

»Du hast getrunken«, stellte Warra fest.

»Weniger, als ich wollte«, gab Scramo mürrisch zur Antwort.

»Die Kinder schlafen, Scramo …«

»Falls du mich einladen willst, ein weiteres zu zeugen, muss ich dir leider sagen, dass ich nicht …«

»Ich dachte, du wolltest vielleicht endlich erklären, was all das bedeutet«, unterbrach sie ihn. »Die Sache mit dem Hahn zum Beispiel …«

Er setzte sich auf die breite Bettstatt. Der Mond hatte sich halb hinter Wolken versteckt, aber er konnte den weißen Schimmer durch die Latten des Fensterladens sehen. Das Licht war eben überall. Hier in der Stube kam es hauptsächlich von einer einzelnen Kerze.

»Wir können ein Opfertier nicht zum Mahle haben, Weib. Wie oft muss ich das noch erklären?«

»Du weißt, dass ich davon nicht rede.«

Er betrachtete sie. Ihre schweren blonden Zöpfe waren kürzer, aber noch genauso dick, wie sie sie als junges Mädchen getragen hatte, nur dass jetzt weiße Strähnen darunter waren. Sie war eine Tochter der Dämmermark, halb verdorben vom Licht. Und doch war sie ihm erlegen, damals, als er noch Pelzjäger gewesen war und mit dem Bogen den Osten durchstreift hatte. Er hatte ihr nie mehr über die Dhurna gesagt als unbedingt nötig, und sie war immer klug genug gewesen, keine Fragen zu stellen. Warum fing sie jetzt damit an?

»Ich meine den Fremden, Scramo. Er ist ein vornehmer Herr, bestimmt oben aus dem Palast. Und er ist falsch. Entweder täuscht er dich, oder er täuscht den Kaiser, dem er dient. So einem Mann kannst du nicht trauen.«

Sie hatte natürlich recht, aber er sagte: »Dann traust du auch mir nicht? Schließlich täusche auch ich unsere Nachbarn. Oder glaubst du, die wissen, *wem* ich gestern das Opfer dargebracht habe?«

»Unsern Nachbarn hast du aber keine Treue geschworen, Scramo.« Sie legte ihm die Hand auf den Arm. »Ich bitte dich einfach, vorsichtig zu sein. Denk an die Kinder.«

Er nickte. Er tat doch nichts anderes. Die Dhurna verlangte nach seinen Diensten. Und die Traumbilder mit der Krähe über dem Haus waren eindeutig: Verweigerte er sich, würde seine Familie es büßen. »Kann sein, dass ich bald fortmuss«, brummte er.

Sie wusste natürlich, dass er nicht aufbrechen würde, um neue Pelze zu holen, denn ihr Lager war noch voll. Aber sie schwieg.

Als sie sich nebeneinander ins Bett legten, lauschte er auf das Knarren des Holzes. *Wir sind alt geworden – und schwer,* dachte er. *Sie ist nicht mehr das dünne Mädchen mit den langen Zöpfen, und ich bin nicht mehr der tollkühne schlanke Jäger, der einst mit nur sieben Pfeilen im Köcher drei Bären erlegte. Ich bin müde. Weiß das die Dhurna nicht?* Er streckte sich. Der Mond war wohl ganz hinter Wolken verschwunden, denn vor dem Fenster war nur noch Dunkelheit, die in die Stube zu sickern schien, als er die Kerze löschte.

»Wirklich, ich glaube, du denkst zu viel, Famo«, spottete Aureus, als er die Umarmung löste. »Dein Haupt ist ja inzwischen kahler als das vom Schwarzen Pegg.«

Tatsächlich hatte sich das Haar seines Bruders weit zurückgezogen. Es ließ Platz für eine hohe Denkerstirn, auf der sich nun breite Zornesfalten bildeten. »Und du denkst offensichtlich zu wenig, Bruder!«, rief Famorius Moris und deutete auf die Narben, die Aureus' Arme schmückten, »sonst hättest du gelernt, Waffen aus dem Weg zu gehen.«

»Schwer möglich für einen Legionär«, rief Aureus lachend und umarmte seinen Adoptivbruder erneut.

Der stimmte in sein Lachen ein, löste die Umarmung und trat einen Schritt zurück. »Du siehst, abgesehen von diesen fürchterlichen Narben, gut aus, Auro. Und wie ich höre, machst du Karriere. Legat bist du also geworden …«

»Unter Vorbehalt, Famo, nur unter Vorbehalt. Der Rat der Vierhundert kann meine Ernennung immer noch widerrufen. Aber du sitzt im Kuratorium und berätst den Basileios, wie ich erfahren habe. Vater wäre stolz auf dich.«

»Und ebenso auf dich, Auro – nein, noch mehr auf dich! Er hatte sich doch immer einen Sohn gewünscht, der Soldat wird. Stell dir vor, noch auf seinem Totenbett hat er mich gefragt, ob ich nicht als Heiler in die Legion eintreten wolle!«

Die beiden betrachteten einander, und Aureus stellte fest, dass sein Bruder sich seit ihrem letzten Treffen, das acht Jahre zurücklag, sehr verändert hatte. Es war nicht nur die hohe Stirn. Famos Haar ergraute bereits, obwohl er ein halbes Jahr jünger war als Aureus, und unter der Tunika zeichnete sich ein kleiner Bauch ab. Er sah blass und übernächtigt aus, aber seine Augen strahlten immer noch so wissbegierig wie früher.

»Es ist schön, dass du dich uns anschließt, Auro. Es ist gut, dich an meiner Seite zu wissen.«

»Du hast doch nicht etwa vor, mit nach Osten zu gehen, Famo?«

»Im Grunde genommen war die Sache sogar mehr oder weniger meine Idee, denn nachdem ich diesen verbrannten Leichnam aufgeschnitten habe, ist mir einiges klar geworden.«

»*Du* hast den Diener der Dunkelheit untersucht, von dem der Basileios sprach?«

»Mit anderen gemeinsam … aber ja. Stell dir vor, da war etwas an seinem Herzen, was dort nicht sein sollte, eine Art

Stachel oder Dorn. Andere meinten, es sei durch den Brand dort hingeraten, ein Splitter von einem zerbrochenen Balken, aber ich glaube, dass dieser Dorn es war, der den Mann vor Gefahr bewahrte. Dieser Dorn muss das Geschenk der Dhurna sein! Schau nicht so skeptisch. Es wäre schön, wenn wenigstens mein eigener Bruder mir in dieser Angelegenheit glauben würde. Und jetzt komm, das Kuratorium erwartet dich bereits, und diese hohen Herrschaften warten nicht gerne.« Er ging mit schnellen Schritten voraus, blieb dann aber noch einmal stehen. »Es tut wirklich gut, dich zu sehen, Auro. Ich habe gar nicht gemerkt, wie sehr ich dich vermisst habe.«

»Geht mir ebenso.« Aureus hatte in den letzten Jahren zwar nicht oft an Famo gedacht, denn im Feld war wenig Zeit für Sentimentalitäten, doch jetzt kamen all die Erinnerungen an ihre gemeinsame Kindheit und Jugend wieder, die guten wie die schlimmen. Famorius hatte diesen Leichnam untersuchen dürfen, und er saß im Kuratorium … er musste ein hohes Ansehen genießen. Aber was meinte er damit, dass die Sache seine Idee gewesen sei?

Famorius führte ihn in einen schmucklosen Raum, in dem schon einige Männer und eine Frau an einem runden Tisch saßen. Aureus war erstaunt, als er Marcellus Valis, den Sohn des Kaisers, dort sah. An seiner Seite waren zwei weißhaarige Männer, die er für Prokuratoren oder Poligarchen hielt. Etwas abseits hatte General Clavus Ambo Platz genommen, und neben ihm saß eine dürre alte Priesterin. Aureus hatte sie bei der Feier gesehen. Sie hatte die Phiole zerschlagen und das Licht entzündet, sie war ohne Zweifel eine Hohepriesterin. Der Satrap war ebenfalls dort, und er sah nicht glücklich aus.

Famorius stellte seinen Bruder vor.

»Das also ist der Mann, der das Angebot meines Vaters überbringen soll?« Die Skepsis in der Stimme des Heres war unüberhörbar.

»So lautet der Wunsch Eures Vaters, Marcellus«, erwiderte der Satrap.

»Jung ist er, für einen Legaten«, meinte die Hohepriesterin.

»Wenigstens hat er Kampferfahrung«, warf General Ambo ein, »wenn auch nur im Westen.«

»Dennoch sollten wir den Plan noch einmal überdenken!«, rief Marcellus Valis und lief rot an. »Es widerstrebt mir einfach, die Geschicke einer so wichtigen Expedition in die Hände eines so jungen und unerfahrenen Mannes zu legen.«

»Euer Vater hat sich sehr klar ausgedrückt, Marcellus.« Das kam wieder von Satrap Metellus. »Ihr wollt Euch doch nicht seinem Wunsch widersetzen, oder?«

Der Purpurne verstummte.

»Seid Ihr schon in die Einzelheiten eingeweiht, Hekator?«, fragte einer der weißhaarigen Patrizier.

»Falls Ihr mich meint, Herr«, erwiderte Aureus steif, »so kenne ich den Plan nur in groben Zügen.«

Clavus Ambo grinste und rief: »Ihr solltet unserem frischgebackenen Legaten ruhig die Ehre erweisen, Poligarchos Plinos, auch wenn es Euch schwerfällt. Und was die Einzelheiten betrifft, so wollen wir ihn damit noch nicht behelligen, schon aus Gründen der Geheimhaltung. Nichts für ungut, mein Junge«, schloss der General gönnerhaft.

Der Poligarchos schüttelte sein weißhaariges Haupt. »Aber ich muss wissen, ob dieser Mann den Plan für durchführbar hält oder nicht.«

Marcellus Valis stimmte dem mit einem Nicken zu. Sein Blick schien Aureus durchbohren zu wollen.

»Der Plan ist einfach«, erklärte Plinos, und sein Tonfall klang spöttisch: »Der Kaiser erwartet, dass Ihr mit einer kleinen Gruppe Legionäre nach Osten zieht. Ihr sollt durch Sulvar marschieren, wo die wilderen Zweige Eures Volkes hausen, den mächtigen Noctus überqueren und durch die endlosen Sümpfe und Wälder Varigas dahin gehen, wo das verfluchte Heiligtum der Dunklen Hexe vermutet wird. Falls Ihr dann noch lebt, sollt Ihr sie darum bitten, unserem Basileios ein Heilmittel für seine Krankheit zu geben. Wenn dieses Mittel existiert und Ihr die Rückkehr rechtzeitig schafft, wird Euch die ewige Dankbarkeit des Kaisers gewiss sein. Capia würde Euch gewiss ebenfalls danken, wenn Capia je davon erführe. Aber natürlich muss geheim bleiben, dass der Erste Hüter des Lichts Hilfe von der Herrscherin der Dunkelheit annimmt. Nun, *Legat,* haltet Ihr das Unternehmen für durchführbar?«

»Für das Wohl Capias marschiere ich auch bis an den Rand der Welt, Herr«, erwiderte Aureus kalt. Diese Leute redeten über ihn, als sei er ein dummer Rekrut. War der Auftrag durchführbar? Er wusste es nicht, aber er wäre auch alleine losmarschiert, wenn der Kaiser es verlangt hätte. Die Gelegenheit, sich auszuzeichnen, war einfach zu gut – und der versprochene Lohn war jede Gefahr wert.

»Das ist keine Antwort, aber etwas anderes ist wohl von einem Legionär nicht zu erwarten«, gab Plinos verdrossen zurück.

»Wie groß soll dieser Trupp sein, Herr?«, fragte Aureus.

»Euer Bruder Famorius rät zu einer Größenordnung von nicht mehr als fünfzig Männern, Legat. Und erstaunlicherweise stimmt der Basileios dem zu.«

Aureus erschien das nicht sehr viel, aber da der Vorschlag von seinem Bruder gekommen war, hielt er seine Bedenken zurück. Famo würde sich etwas dabei gedacht haben.

»Ich verstehe, dass Ihr gerne mit vier oder fünf Legionen dorthin marschieren würdet, Poligarchos«, rief Famorius jetzt, »doch wie ich Euch wiederholt erklärt habe, ist große Zahl in den Wäldern des Ostens kein Vorteil. Auch wüsste ich nicht, wo wir diese fünf Legionen hernehmen sollten. Wir haben ja nicht einmal eine!«

»Die Vierte könnte sofort nach Osten aufbrechen«, warf General Ambo ein.

»Und wer bewacht dann die Dämmermark? Und wer sorgt dort noch für Ordnung?«, rief der Satrap.

»Als wenn das noch nötig wäre«, brummte der General, und Aureus fragte sich, was er damit meinte.

»Nun, Legat, was haltet Ihr vom Plan Eures Bruders?« Das kam von Marcellus Valis.

»Er hat recht, wenn er sagt, dass uns große Zahl dort nicht viel nutzt, Herr. Soweit ich weiß, liegen wir nicht im Krieg mit den Hassewern, die Variga bewohnen. Eine Legion wäre zu viel, um ohne Ärger dort durchzuziehen, aber zu wenig, um einen Krieg zu führen. Und nach allem, was ich über das Land jenseits des großen Nachtstroms weiß, ernährt es nicht viele Menschen. Eine Legion kann ihre Feinde besiegen, aber nicht den Hunger.«

»Denkt an das Desaster im Norden!«, pflichtete der Satrap ihm bei.

»Das ist lange her, geschätzter Tibus Metellus, und die Legion weiß inzwischen, wie man in unwirtlichen Landen überlebt.«

»Und dennoch wird die Vierte an der Grenze bleiben und die Marken sichern, General, wie der Kaiser es wünscht«, fauchte der Satrap.

»Selbstverständlich«, erklärte Ambo gelassen, »es erscheint mir nur eben sehr riskant, eine so schwere Last so wenigen – und so jungen – Männern aufzubürden. Und ich frage mich immer noch, wie es kommt, dass gerade dann ein domorischer Hekator in Maricat auftaucht, als wir einen brauchen.«

»Nehmt es als eine glückliche Fügung, Clavus«, rief die Hohepriesterin. »Das Licht hat den jungen Mann zur rechten Zeit hierhergeführt, und das Licht wird uns auf unserer Reise in die Finsternis beschützen – oder zweifelt Ihr an seiner Macht?«

»Es wäre mächtiger, wenn es von mehr blitzenden Schwertern unterstützt würde, Mata Oxala.«

»Ihr zweifelt, Ambo, doch das solltet Ihr nicht. Habt Ihr nicht erst gestern die Kraft des Lichts erfahren?«

Darauf gab der General keine Antwort, und Aureus erinnerte sich an sein eigenes unangenehmes Erlebnis. Das Licht sollte ihre Expedition also begleiten? Wie stellte die Priesterin sich das vor? Hieß das, es würde eine Luxalin mit ihnen marschieren? Nach Variga, das die Domorer so Unheil kündend das Wolfsland nannten? Die Priesterin mit den roten Locken kam ihm wieder in den Sinn. Er schüttelte den Gedanken ab. Selbst sie würde er in der Wildnis nicht dabeihaben wollen. Er räusperte sich. Es gab da noch eine andere Schwierigkeit … »Ich bin bereit, diesen Auftrag zu übernehmen, Herr, doch kenne ich den Weg zum Hain der Dhurna nicht. Es heißt, er sei nicht leicht zu finden … wenn er denn überhaupt existiert.«

»Oh, wir sind sicher, dass es ihn gibt«, meinte Poligarchos Plinos, »auch wenn die Berichte, gelinde gesagt, fantastisch klingen. Es soll eher eine Festung sein als ein Hain, vor den Augen der Welt verborgen durch immerwährenden Nebel und nur zu erreichen, indem man über den Rücken eines Drachen klettert! Aber noch kein Capianer hat diesen Ort mit eigenen Augen gesehen. Schon seit geraumer Zeit haben wir immer wieder Botschafter in den Osten geschickt, um dieses Weib zu finden – aber sie sind unverrichteter Dinge umgekehrt – oder schlicht in der Wildnis verloren gegangen.«

»Uns steht jedoch ein Mann zur Verfügung, der diesen Ort schon gesehen haben soll«, erklärte der Satrap. »Hallir Rotbart ist sein Name, ein Useker aus den Frostsümpfen. Ihr kennt ihn vielleicht, Legat. Man nennt ihn den Fernwandernden und auch den Wolfsmann, weil er mit einem gezähmten Wolf reist. Er wandert immer wieder bis zu den Ufern des östlichen Meeres und bringt von dort den schimmernden Rotstein mit, der bei unseren Frauen so beliebt ist. Und einmal soll er auch den Hain der Dunklen Hexe besucht haben.«

Aureus hatte von dem Mann und seinem Wolf tatsächlich schon gehört. Die beiden waren eine Legende. Sie verschwanden für Monate in der Wildnis und kehrten stets mit einem Beutel voller Rotstein zurück. Es war immer genau *ein* Beutel, und er hatte sich schon lange gefragt, warum dieser Mann nicht mit Säcken dieser kostbaren Steine zurückkam. Wie es aussah, würde er das den Fernwandernden bald selbst fragen können.

»Ihr seht nicht aus wie einer, der Rotstein kaufen will«, begann Hallir Rotbart. Er saß im Schein einer Öllampe auf einem Kissen, vor sich einen warm dampfenden Krug Milch. Ein leichter Duft von heißem Honig erfüllte die überraschend große und leere Kammer. Zwei Steingutbecher standen dort. Hatte der Mann ihn erwartet, oder saß er einfach den ganzen Tag im Schneidersitz auf dem Lehmboden und wartete auf Kundschaft?

Scramo Narth fühlte sich unwohl. »Meiner Frau würde ein Ring mit so einem Stein sicher gut gefallen«, gab er zögernd zurück. Er hatte bis zum Abend gewartet und darauf geachtet, dass ihn niemand sah, als er das schlichte, jedoch erstaunlich große Holzhaus vor der Stadt betreten hatte. *Vielleicht ein ehemaliger Bauernhof*, dachte er, *aber warum gibt es hier weder Schränke noch Stühle oder wenigstens einen Tisch?*

»Setzt Euch, Freund. Ich habe Euch schon einmal gesehen. Ihr seid Scramo Narth, der Pelzhändler aus dem Waldland, oder?«

Scramo setzte sich, lehnte aber die Milch ab, die der andere ihm anbot. Vielleicht war der Mann auf seinen Besuch vorbereitet. Aber er wirkte gelassen und schien noch nichts davon zu wissen, dass Scramo vergiftetes Fleisch in den Hinterhof des Hauses geworfen hatte, durch den der riesige Wolf des Mannes streifte.

»Was bedrückt Euch, Freund?«

»Wie kommt Ihr darauf, dass mich etwas bedrückt, Rotbart?« *Seltsamer Name für einen, dessen Bart längst grau geworden ist*, dachte Scramo.

Der Fernwandernde beugte sich eine Winzigkeit vor und schien Witterung aufzunehmen. »Ihr seid den alten Pfaden verbunden. Die Gerüchte über Euch sind also wahr.«

»Das könnt Ihr riechen?«

Der Rotbart lachte. »Ich habe viele Diener der Dunkelheit getroffen und habe gelernt, sie zu erkennen. Es waren weise Männer darunter und Narren. Zu welcher Art zählt Ihr Euch, Freund?«

»Zur neugierigen ... Wart Ihr wirklich am Hain unserer Herrin?«

Der Fernwandernde nickte so unbestimmt, dass es sowohl Ja als auch Nein heißen konnte. »Ich war an vielen

Orten und kann Euch viele Geschichten erzählen, wenn Ihr wollt.«

»Ich fürchte, es fehlt mir die Zeit, all Eure Geschichten zu würdigen. Doch eine bestimmte würde ich gerne hören.«

»Nun, ich war dort, am Maul des Lindwurms … Ich habe die ewigen Nebel und die menschenverzehrende Trugpforte erblickt. Wer die Dhurna sehen will, muss allerdings einen hohen Preis bezahlen, und ich war nicht bereit, ihn zu entrichten.«

»Was für einen Preis?«, fragte Scramo fasziniert. Er hatte noch nie jemanden getroffen, der die legendäre Pforte tatsächlich gesehen hatte. Er kannte nur wilde Gerüchte; so hieß es, sie sei von Riesen erbaut worden und werde jene verschlingen, die sie für unwürdig erachtete. War der Rotbart wirklich dort gewesen – oder gab er nur an?

Hallir beantwortete seine Frage nicht. »Es ist merkwürdig«, sagte er stattdessen nachdenklich. »Ich bin oft durch das Herz der Finsternis gewandert, und oft habe ich der Gefahr ins Gesicht geblickt. Aber ich glaube, noch nie war mir ihr Antlitz so nah wie jetzt.«

Scramo wurde nervös. Er vergewisserte sich, dass er sein Messer im Gürtel stecken hatte. Ahnte der Mann, warum er gekommen war? Weshalb blieb er dann so ruhig? War das eine Falle? »Ihr wisst, warum ich hier bin?«, fragte er schließlich.

»Ihr habt vor, mich zu töten. Das kann ich an Eurer Miene ablesen. Wie gesagt, ich habe das Gesicht der Gefahr schon oft gesehen. Allerdings sehe ich weit und breit keinen Grund für eine solche Tat, denn ich glaube nicht, dass ich Euch oder Eurer Sippe ein Unrecht getan habe.«

»Ihr seid nicht beunruhigt?«, fragte Scramo, beeindruckt von der Ruhe des Alten.

»Nein, denn ich bin alt und habe zu viel gesehen, um mich vor dem Tod zu fürchten, außerdem …« – er lächelte und fuhr nach einer kurzen Pause fort – »lebe ich nicht allein in diesem Haus … Varok!« Das letzte Wort rief er laut und scharf.

Die rückwärtige Tür wurde aufgedrückt, und ein riesiger schwarzer Wolf schlich mit einem leisen Knurren in die Stube.

Scramo erstarrte, seine Hand war zum Messer gefahren, aber er zog es nicht. Hatte das Untier denn sein Fleisch nicht gefressen?

»Er nimmt nichts von Fremden, Freund«, beantwortete der Alte lächelnd die Frage, die Scramo gar nicht ausgesprochen hatte.

»Ein kluges Tier«, stieß er hervor.

»Nun, bevor er Euch zerreißt, Freund, sagt mir doch, warum Ihr einem armen Fernwanderer ans Leben wollt? Ist es der Rotstein?«

Scramo schüttelte den Kopf. Er versuchte, Zeit zu gewinnen. »Es heißt, die Capianer werden eine Legion in den Osten schicken – und Ihr sollt sie führen …«

»Ihr seid erstaunlich gut informiert. Ich weiß erst seit heute Morgen, dass sie meine Dienste in Anspruch nehmen wollen.«

»Ich hatte gehofft«, fuhr Scramo vorsichtig fort, »dass ich Euch davon überzeugen könnte, es nicht zu tun.«

»Das Angebot ist zu gut, um es abzulehnen, Freund.«

»Aber braucht Ihr das Gold der Legion wirklich? Ihr seid doch der Einzige, der Rotstein nach Maricat bringt. Ihr könntet ein Vermögen damit verdienen und tut es offensichtlich nicht. Jedenfalls habt Ihr es nicht ausgegeben, um diese karge Behausung einzurichten. Daher dachte ich, Geld hätte für Euch wenig Bedeutung.« Er war davon ausgegangen, dass dieser Mann, der in einem eigenen Hof vor der Stadt lebte, einfach zu wohlhabend sei, um sich kaufen zu lassen. Aber die Hütte war armselig. Und der Traum des Capianers war zu eindeutig. Das blutige Messer ...

Hallir zog eine Grimasse. »Glaubt Ihr, ich hätte das nicht versucht? Diese verfluchten Rotsteinleute erlauben nicht, dass ich mehr als eine Handvoll Steine aus ihrem Land entführe. Früher habe ich das klaglos hingenommen, denn ich war jung, und es machte mir nichts aus, jedes Jahr diese weite und gefährliche Reise zu unternehmen. Ich habe sie genossen, die tiefe Ruhe der menschenleeren Wälder und die traurig-schöne Ewigkeit der Sümpfe. Doch meine Knochen werden alt, und ich sitze inzwischen lieber am warmen Herd als an einem Feuer in sturmgepeitschter Wildnis. Diese Reise mit der Legion wird unsere letzte nach Osten sein, nicht wahr, Varok, alter Freund?«

Der Wolf knurrte und fletschte die Zähne. In seinen gelben Augen flackerte das Licht der Lampe. »Doch sagt mir, Pelzhändler, warum Ihr nicht wollt, dass ich die Legion führe. Ist es etwas, was die Dunklen Pfade Eurer Dhurna stören würde?«

»Und wenn es so wäre, würde das etwas ändern?« Tat sich hier ein Ausweg auf? Er sandte ein stummes Gebet an die Dhurna. »Ist sie nicht auch Eure Herrin?«

»Nein, mein Freund. Eure Hexe und ihre Dunkelheit bedeuten mir nichts, und sie hat mir wenig zu bieten. Ich habe mich vor langen Jahren schon für die Annehmlichkeiten des Lichts entschieden, und ich werde mich nach dieser Fahrt irgendwo im Süden, weit entfernt von ihrem Reich, zur Ruhe setzen.«

Scramo nickte. Plötzlich wusste er, was er zu tun hatte.

Die Dhurna hatte ihm doch noch eine Eingebung geschickt. Er hob die Hände zum Zeichen, dass er sein Messer nicht ziehen würde, und tat, als wolle er sich langsam erheben, dabei gab er der Lampe einen kräftigen Tritt, so dass sie zerbrach und brennendes Öl dem Wolf in die Schnauze spritzte. Dann riss er sein Messer aus dem Gürtel. Der Rotbart schrie heiser auf. Das Tier prallte erschrocken zurück. Scramo stürzte sich auf das Ungetüm und hörte ein klägliches Winseln, als er die Klinge im mächtigen Leib versenkte. Seinen Herrn erwischte er, bevor der die Tür erreichen und fliehen konnte. Die kleinen Öllachen auf dem Boden verzehrte das Feuer, ehe er sie austreten musste, und die zerbrochene Lampe erlosch. Als er sie mit zitternden Händen wieder entfachte, lagen zwei Körper leblos am Boden.

Scramo wischte sich den kalten Schweiß von der Stirn. Die Dunkelheit war ein guter Verbündeter, wenn man sie zu nutzen wusste, aber das hier hätte auch anders ausgehen können. Zum Glück hatte der Rotbart offenbar gern dem Klang der eigenen Stimme gelauscht.

Scramo untersuchte die beiden Kammern der Hütte im Schein der Kerze. Hinter einem losen Wandbrett fand er einen kleinen Beutel mit sieben Rotsteinen und steckte ihn ein. Das Brett riss er von der Wand, dann ein paar weitere, damit es auf jeden Fall auffiel. Wer immer die Leichen fand, sollte denken, dass es hier um Raub gegangen war.

Die Legion hatte den Mann also schon gefragt, ob er sie führen wolle. Frogi Maroth hatte aber offensichtlich noch nichts von dieser Unternehmung gehört, sonst wäre er nicht auf Scramos falsches Angebot eingegangen. Jetzt war einer tot, der andere auf dem Weg nach Süden, und es gab nur noch einen Mann in Maricat, der sich jenseits des Nachtstroms auskannte.

Scramo atmete tief durch. Er war aus der Übung. Schon lange hatte er niemanden mehr für die Dhurna töten müssen – und er hatte es nicht vermisst.

Er schlich aus dem Haus und ging hinunter zum Fluss. Er würde zurückschwimmen müssen, denn er wollte nicht an den Stadttoren gesehen werden. Er zog sich aus und wickelte seine Kleider in einen wasserdichten Ledersack. Bevor er den verschloss, wog er noch einmal die sieben Rotsteine in der Hand. Er hätte sie gerne behalten, denn sie waren ein Vermögen wert, aber falls man sein Haus durchsuchen sollte …

Nach kurzem Zögern schob er sechs Steine zusammen mit einem Feldstein in den kleinen Beutel zurück und warf ihn dann in den Fluss. Den größten Rotstein aber behielt er. Er war schon geschliffen und fühlte sich warm und glatt an. Er würde Warra gefallen und sie vielleicht mit dem versöhnen, was er tun musste. Er würde ihn ihr allerdings erst geben können, wenn Gras über die Sache gewachsen war. Bis dahin brauchte er ein sicheres Versteck für diesen Schatz.

»Ich dachte schon, diese Beratungen würden nie enden«, meinte Aureus, als er die Kammer mit seinem Bruder endlich verlassen konnte. »Dabei wurde doch praktisch nichts entschieden oder beschlossen.«

»Du hast wohl kein Ohr dafür, Auro, sonst hättest du gemerkt, dass dort drin ein Kampf bis aufs Messer ausgefochten wurde, der noch lange nicht beendet ist. Sie fechten nicht mit Bogen oder Schwert, sondern mit Andeutungen, Verweisen, Ausflüchten und Vertagungen. Es geht um Einfluss, Macht, Befugnis … das Übliche, würde ich sagen. Ich schlage mich damit schon seit Wochen herum.«

»Ich nehme alles zurück, was ich je gegen die Tapferkeit der Gelehrten gesagt haben sollte.«

Famorius lachte. »Mach dich auf jeden Fall gefasst, dass du in den nächsten Tagen noch öfter hier im Kampf stehen wirst.«

»Legat Moris! Auf ein Wort, bitte!«

Das kam von Clavus Ambo, der kurz nach ihnen die Kammer verlassen hatte.

»Gehen wir ein Stück«, verlangte der General, und Aureus folgte ihm hinaus in einen der Innenhöfe des Palastes. Es war kalt geworden, und die Sterne standen hoch und klar.

»Ich habe viel Gutes über Eure Tapferkeit gehört, Legat.«

»Danke, General.«

»Das war kein Lob, nur eine Feststellung. Ich habe davon *gehört,* mehr nicht, und ich habe auch gehört, dass es in Saxa eine zweiköpfige Ziege geben soll. Soll ich einfach glauben, dass das wahr ist?«

»Ihr könntet hinreiten und die Ziege selbst in Augenschein nehmen, Herr.«

»Jedenfalls werde ich wohl noch herausfinden, ob Ihr der Mann seid, zu dem General Pollo Euch in seinen Berichten stilisiert hat. Ich denke ja immer noch, dass der alte Fuchs Euch nur loswerden will. Und was das betrifft, so kann ich Euch sagen, dass ihm das gelungen ist. Ihr und die beiden Veteranen, mit denen Ihr nach Maricat gekommen seid, seid der Vierten Legion zugeteilt worden.«

»Der Vierten? Aber Pollo erwartet die beiden mit den neuen Rekruten auf Iscer!«

»Die Rekruten sind ebenfalls der Vierten zugeteilt worden, und, glaubt mir, die brauche ich dringender als einen frischgebackenen Legaten von ausgerechnet domorischer Herkunft.«

»Aber auf Iscer ist Krieg! Die Sechzehnte benötigt jeden einzelnen Mann«, rief Aureus wütend. Wenn er schon nicht selbst zurückkehren konnte, so wollte er seine Kameraden doch auch nicht im Stich lassen und ihnen wenigstens Verstärkung schicken.

»So? Eure offenkundige Liebe zur Sechzehnten hat Euch aber nicht daran gehindert, den Auftrag des Kaisers anzunehmen. Und selbst wenn Ihr jetzt Legat seid, so vergesst nicht, dass Ihr dennoch ein Legionär bleibt. Und ein Legionär dient, wo immer die Legion ihn hinbeordert. Für Euch und die Rekruten heißt das erst einmal, dass Ihr Euch der ruhmreichen Vierten anschließen dürft. Denkt nicht, dass wir die Männer weniger dringend brauchen als Pollo. Ihr habt vielleicht gehört, dass es in der Mark Unruhen gibt. Und die liegt nicht fern im Westen, sondern direkt vor unserer Haustür.«

»Sagtet Ihr nicht, dass es nicht darauf ankäme, was in der Dämmermark geschieht, General?«, gab Aureus bissig zurück. Ihm passte nicht, wie der General mit ihm umsprang.

»Ah, Ihr habt aufgepasst. Sehr gut. Noch eines ... Ich habe Pollos Berichten auch entnommen, dass Eure Einheit bei Eurer jüngsten Heldentat fast vollständig ausgelöscht wurde. Pollo meint, das sei unvermeidlich gewesen, doch habe ich da meine Zweifel. Nun soll ich Euch also einige meiner Männer anvertrauen. Ich erwarte, dass Ihr mit ihren Leben sorgsamer umgeht, verstanden? Gut, ich sehe, wir verstehen uns. Wir werden uns vielleicht später noch eingehender über diesen Kampf unterhalten, denn ich habe Pollos Zeilen nicht entnehmen können, wie genau jener unglückliche Tribun ums Leben kam, der diese Schlacht für uns gewonnen hat. Und was die Mark betrifft, so redet Ihr besser mit dem Mann, der Euch dort drüben in den Schatten erwartet, Legat. Ach ja ... willkommen bei der Vierten.« Damit ließ Ambo ihn stehen.

Aureus hätte den Mann nicht gesehen, wenn der General ihn nicht auf ihn hingewiesen hätte. Er ging hinüber. Es war Marcellus Valis, der Erbe des Kaisers, der hinter einer Säule auf ihn wartete. Es war so dunkel dort, dass Aureus sein Gesicht kaum erkennen konnte.

»Mein Vater setzt großes Vertrauen in Euch, Legat«, begann der Heres. »Werdet Ihr Euch dessen würdig erweisen?«

»Ja, Herr«, gab Aureus knapp zurück. Allein die Frage war schon eine Beleidigung.

»Es mangelt Euch also nicht an Selbstbewusstsein. Außerdem scheint Ihr über einen gesunden Ehrgeiz zu verfügen – und tapfer sollt Ihr auch noch sein. Es ist fast zu schön, um wahr zu sein. Doch sagt, Legat, wie ist es um Eure Weitsicht und Eure Liebe zu Capia bestellt?«

»Was meint Ihr, Herr?«

»Hat mein Vater Euch gesagt, was er der Hexe anbieten will, im Gegenzug zu der Heilung, auf die er hofft? Nicht? Das wundert mich nicht. Mein Vater ist alt und leidend, und vielleicht hat die Krankheit schon seinen Geist …« Valis beendete den Satz nicht, stattdessen kam er nah an Aureus heran. Er roch nach Wein. »Er wird Euch Gold mitgeben und Glasperlen und vermutlich noch anderen Tand, aber wenn die Hexe daran nicht interessiert ist, so werdet Ihr am Ende die Dämmermark zum Tausch anbieten müssen.«

»Die *Mark*?« Aureus konnte nicht glauben, was er da hörte.

»So ist es. Mein Vater will das Land, dem wir unter so vielen Opfern das Licht gebracht haben, wieder der Dunkelheit überlassen.«

»Aber …«, begann Aureus und schwieg, weil er schnell begriff, dass ihn jedes weitere Wort in Schwierigkeiten bringen würde. Vielleicht wollte der Heres nur seine Treue testen, vielleicht war die Information sogar falsch. Ja, sie musste falsch sein. Aureus konnte sich nicht vorstellen, dass der Basileios so einen Tausch anbieten würde.

»Nun, was haltet Ihr davon, Legat?«

Aureus blickte zu den Sternen, von denen das Licht einst nach Capia gekommen war. Vielleicht würden die ihm verraten, wie er am unverfänglichsten antworten konnte. Schließlich sagte er: »Ich bin ein Legat in der Legion und kümmere mich nicht um Politik, Herr, doch gilt meine unverbrüchliche Treue dem Basileios und Capia, wie ich es einst geschworen habe.«

»Dem Basileios *und* Capia. Vergesst das nicht, Legat. Versteht mich nicht falsch. Ich bete täglich zu den Göttern für die Heilung meines Vaters, und ich flehe sie an, ihm noch viele Jahre zu schenken. Aber die Kaiser kommen und gehen, nur Capia und das Licht, die sind ewig.«

»Ja, Herr.«

»Nun geht. Es ist übrigens besser, wenn Ihr dem Satrapen oder meinem Vater gegenüber diese kleine Unterhaltung nicht erwähnt. Sie könnte Euch ganz unverdient in Misskredit bringen.«

Aureus kochte vor Wut, als er den Innenhof verließ. Der Heres versuchte offenbar, Spielchen mit ihm zu spielen, und er wusste noch nicht, wie er sich dem entziehen konnte. Erzählte er dem Kaiser oder dem Satrapen von diesem Gespräch, würde ihn das verdächtig machen, behielt er es für sich, und sie erfuhren auf anderem Wege davon, wäre es noch schlimmer. Vermutlich war es das Beste, den Stier bei den Hörnern zu packen und zumindest den Satrapen zu informieren.

Aber konnte stimmen, was Marcellus Valis gesagt hatte? War der Kaiser etwa bereit, eine ganze Provinz des Reiches zu opfern – für seine eigene Genesung? Nein, das musste eine Lüge oder doch wenigstens eine Übertreibung sein. Er musste seinen Bruder fragen, denn der war vermutlich der Einzige in diesem Palast, dem er vertrauen konnte.

Auf dem Weg in die Katakomben lief er jedoch der ehrwürdigen Oxala, der Hohepriesterin der Luxalinnen, in die Arme. Es sah fast so aus, als hätte sie auf ihn gewartet. »Auf ein Wort, Hekator …«

»Legat«, korrigierte er verstimmt.

Sie zuckte mit den Achseln. »Ich bin nicht so kundig in den Rängen der Legion – und vor dem Licht sind wir ohnehin alle gleich, nicht wahr?«

»Das ist wahr, ehrwürdige Mata.«

»Wie steht es eigentlich um Euren Glauben, Legat? Ich weiß, dass Ihr in der Dämmermark geboren wurdet, als das Licht dort seine Macht noch nicht entfaltet hatte.«

»Ihr seid nicht richtig informiert, ehrwürdige Oxala«, erwiderte er kühl. »Gerade als ich geboren wurde, erstrahlte das Große Licht hinter den Hügeln meines Heimatdorfs.«

»Ein Glück verheißendes Zeichen! Kindern, die im Großen Licht geboren werden, ist ein großes Schicksal beschieden, wie man sagt.«

Er zuckte mit den Achseln. Er fragte sich, was die Alte von ihm wollte. »Eine Redewendung, mehr nicht, wenn Ihr mich fragt, ehrwürdige Mata.«

Sie kniff die grauen Augen zusammen. »Redet nicht so abschätzig über die alten Weisheiten, junger Mann. Sie könnten Euch nutzen – vor allem, wenn die Priesterinnen meines Ordens zu dem Schluss kommen sollten, dass dieser Satz auch auf Euch zutrifft.«

Sie kam ganz nah an ihn heran und flüsterte: »Das Licht des Ordens kann Euch weit nach oben führen, Legat – wenn Ihr ihm treu ergeben folgt!«

Jetzt war er doch verblüfft. Das war ein Angebot. Oder war es eine Falle? Die Mata erwartete vermutlich eine Gegenleistung für ihre Unterstützung. »Das Licht möge uns alle leiten«, gab er schlicht zurück.

Die Priesterin tätschelte seinen Arm. »Das möge es, junger Mann, das möge es …« Und mit einem verstohlenen Zwinkern entfernte sie sich.

Er sah ihr nach. *In diesem Palast verliert man keine Zeit, wenn man nicht gerade im Kuratorium sitzt und berät,* dachte er. Der Heres, der General, die Hohepriesterin – sie versuchten alle, ihn auf ihre Seite zu ziehen. Ihm schwante allmählich, auf was er sich eingelassen hatte. Er musste wirklich mit seinem Bruder sprechen.

Er fand Famorius in den Katakomben des Palastes in einem weitläufigen Gewölbe nicht weit von den Kerkerzellen.

»Eine eigenartige Umgebung für einen Heiler …«, begann er.

»Wenigstens bin ich hier weitgehend ungestört. Die hohen Herren begeben sich nämlich nicht gerne hier herunter. Es scheint irgendwie unter ihrer Würde zu sein.«

»Trotzdem glaube ich, dass dir etwas mehr Licht guttun würde, Famo. Du siehst schlecht aus, beinahe leidend.«

»Aber meine Kräuter danken mir die feuchte Dunkelheit damit, dass sie länger frisch bleiben!«

»Stimmt es eigentlich, dass *du* den Basileios auf die Idee gebracht hast, sich an die Dhurna zu wenden?«

Famo blinzelte kurz. »Ja und nein. Ich habe den Kaiser behandeln dürfen, leider mit wenig Erfolg. Dabei habe ich wohl etwas über meine … Forschung geplaudert.«

»Deine Forschung? Ich dachte, du seist damit beschäftigt, Olivenbäume und Weinreben zu züchten, die dem Winter hier standhalten. Jedenfalls war es das, was du das letzte Mal getan hast, als wir uns trafen.«

Famorius sah bekümmert drein. »Das war vor dem Tod unseres Vaters. Und der liegt nun schon sechs Jahre zurück. Noch immer mache ich mir Vorwürfe. Wäre ich nur früher dort gewesen. Vielleicht hätte ich ihm helfen können …«

»Du hast es doch nicht früher erfahren als ich. Und wenigstens konntest du ihm in seinen letzten Tagen beistehen. Gegen die Sumpfpocken kann niemand etwas ausrichten. Du kannst nur noch auf ein Wunder des Lichts hoffen, wenn sie dich ereilen.«

»So sagt man. Doch mir war Vaters Tod Ansporn, mir diese Krankheiten näher anzusehen. Ich war viel in der Dämmermark und auch jenseits der Hirschberge in Sulvar unterwegs, um herauszufinden, was die Alten über diese und andere Krankheiten wissen. Es ist mehr, viel mehr, als ich dachte.«

»Beschäftigst du dich ernsthaft mit Aberglauben, der aus der Dunkelheit kommt?«

»Ihre Druiden und Heilerinnen verlieren weniger Menschen an die Pocken als wir Ärzte und die Luxalinnen, und hätte ich damals gewusst, was ich heute weiß, hätte ich Vater vielleicht sogar retten können.«

»Das ist schwer zu glauben, Famo«, erwiderte Aureus, der sich einfach weigerte zu glauben, dass die Druiden mehr über Heilung wissen sollten als die Heiler des Reiches. Und ihr Vater war tot …

»Ich bin aber nicht deswegen hier herunter gekommen, Bruder, sondern weil ich dich etwas fragen wollte.« Aureus holte Luft und sah sich um. An der Decke waren bündelweise die verschiedensten Kräuter aufgehängt, und es roch ungesund und feucht. Wie sollte aus diesem Moder Heilung entstehen? Nein, nur das Licht konnte Körper und Geist reinigen. Das sagten alle. Und dass es ihm selbst Schmerzen verursachte, lag vielleicht einfach nur an seiner Herkunft. Er sah den erwartungsvollen Blick seines Bruders. Richtig, seine Frage … Er fragte ganz direkt: »Ist es wahr, dass der Kaiser vorhat, der Dhurna die Dämmermark als Preis für seine Heilung anzubieten?« Er erwartete ein klares Nein oder ein lautes Lachen, aber Famorius biss sich auf die Lippen und seufzte dann. »Wer hat es dir verraten?«

»Es stimmt?«

»Ja und nein, Bruder. Du kannst es nicht wissen, da du so lange drüben im Westen warst, aber es steht viel schlechter um unsere Heimat, als man hier wahrhaben will. Der Aufstand gärt in allen Dörfern, und das Schwarze Fieber ist nach Alenum gekommen und hat besonders die Südländer befallen, die die Mark scharenweise verlassen. Und unsere Landsleute, die ausharren, wenden sich in ihrer Verzweiflung wieder der Dunkelheit zu. Ich glaube inzwischen, dass die Mark nicht mehr zu halten ist. Von daher ist das Opfer, das der Basileios anbietet, viel, viel kleiner, als es aussieht. Und es ist ja auch nur die letzte Option, falls sie alles andere ausschlägt.«

»So klein ist die Dämmermark nicht! Du kannst sie wochenlang durchwandern und wirst doch nicht alles gesehen haben«, rief Aureus aufgebracht.

»Aber sie ist nicht mehr zu verteidigen, nicht mit den Kräften, die Capia noch zur Verfügung stehen.«

»Es wird der Legion nicht gefallen, wenn weggeschenkt wird, was sie unter so großen Opfern vor über dreißig Jahren erkämpfte.«

»Sie wird sich damit abfinden müssen, Auro. Der Basileios hat schon recht, wenn er nicht noch mehr Männer dort in einem verlorenen Kampf opfern will. Das Fieber – es befällt doch zuerst immer die Fremden. Willst du es mit Schwertern bekämpfen? Willst du, dass es ganze Legionen verschlingt?«

Aureus starrte auf den kalten Steinboden. Alles, was sein Bruder sagte, klang falsch. »Die Heimat wieder der Dunkelheit überlassen, Famo? Sollen denn unsere Eltern ... unsere leiblichen Eltern ganz umsonst gestorben sein?«

Famorius legte ihm die Hand auf die Schulter. »Es bedrückt mich ebenso wie dich. Aber vielleicht kann die Dunkelheit dort helfen, wo das Licht zu schwach ist.«

Aureus hob warnend die Augenbraue. »Lass solche Gedanken bloß nicht die Priesterinnen hören. Sie würden es Hochverrat nennen.«

Famorius nickte. »Das würden sie, obwohl sie genau wissen, dass ich recht habe. Sei also so gut und erwähne nicht, dass ich das gesagt habe ...«

Aureus verließ seinen Bruder ratlos und zornig. Er musste nachdenken und streifte ziellos durch die Gassen der Stadt. Wieder landete er im Tempel. Trotz der späten Stunde waren Priesterinnen dort, jedoch nicht die eine, die er suchte. Er entzündete der Form halber eine Kerze und wusste nicht einmal für wen, dann ging er zurück in die Kaserne. Er musste Stax und Optus noch beibringen, dass sie von nun an zur Vierten Legion gehören würden.

Drei Tage dauerte es, bis endlich das eintrat, was Scramo Narth mit widerstreitenden Gefühlen erwartet hatte: Ein Offizier der Legion betrat seinen Laden.

»Ihr seid Scramo Narth vom Alten Zweig?«

»Das ist mein Name, Herr.« Scramo war erstaunt, dass der Mann seinen vollständigen Namen benutzte. Er betrachtete ihn. Er war sich nicht ganz klar über den Rang, weil ein roter Umhang den geschuppten Brustpanzer halb verhüllte, aber es mochte ein Legat oder Tribun sein. Nein, kein Tribun. *Dieser Mann hat in vielen Schlachten gekämpft,* dachte Scramo.

Der Offizier nahm seinen Helm ab, und erst jetzt erkannte Scramo, dass er es mit einem Stammesbruder zu tun hatte. *Vermutlich von einem der gestutzten Zweige der Dämmermark.*

»Die Legion würde sich gerne Eurer Dienste versichern, Pelzhändler.«

Scramo kratzte seinen dichten Bart. »Ich kann Pelze liefern, wenn Ihr welche braucht, doch weiß ich nicht, ob ich genug Felle …«

»Wir brauchen nicht Eure Pelze, Meister Narth, wir brauchen einen Führer und Pfadfinder, einen, der das Land jenseits des Noctus kennt.«

Scramo warf einen Seitenblick zu seiner Frau. Warra stand mit verschränkten Armen in der Tür. Er hätte sie aber gar nicht anschauen müssen, um ihre Feindseligkeit zu spüren. Scramo schüttelte den Kopf. »Es tut mir leid, Herr, doch ich bin kein Führer, und ich gehe nur ungern über den Nachtstrom.« Er durfte auf keinen Fall zu bereitwillig nachgeben.

»Aber dennoch kennt Ihr das Land, oder nicht?«

»Nun, was heißt schon kennen? Warum fragt Ihr nicht Frogi Maroth, er hat seinen Laden auf der anderen Seite dieses Viertels und war immer bereit, Eure Männer zu führen.«

»Der Mann hat die Stadt verlassen, und es ist nicht bekannt, wann er wiederkehrt – wenn er denn überhaupt zurückkommt.«

Scramo runzelte die Stirn. In der Stimme des Offiziers lag ein Unterton, den er nicht deuten konnte. »Warum sollte er nicht zurückkehren, Herr? Er hat seinen Laden hier und alles, was er besitzt.«

»Aber dennoch ist er recht eilig aufgebrochen mit einem

Wagen vollbeladen mit den besten Pelzen. Angeblich will er sie nach Sewetium bringen – doch wer sollte so weit im Süden so viele Pelze brauchen?«

Scramo fand, dass das eine berechtigte Frage war. Und es sprach nicht gerade für seinen Konkurrenten, dass der diese Frage nicht gestellt hatte. Er räusperte sich. »Warum fragt Ihr nicht den Fernwandernden, Herr? Niemand kennt sich so gut im Osten aus wie der alte Rotbart.«

Die Miene des Offiziers verfinsterte sich. »Hallir Rotbart wurde ermordet.«

»Bei den Göttern!«, entfuhr es Warra.

Scramo gab sich Mühe, ebenfalls überrascht zu wirken. »Ermordet, sagt Ihr? Wie ist das möglich?«

»Ein Räuber … vielleicht. Er ist schon vor ein paar Tagen geschehen, doch wurde es erst jetzt entdeckt.«

»Glaubt Ihr, dass Frogi Maroth etwas damit zu tun hat, Herr?«, fragte Warra plötzlich.

Der Offizier warf ihr einen schnellen Blick zu. »Es ist schon verdächtig, dass er so eilig aufbrach und das mit einem so seltsamen Ziel.«

»Ich kann mir das nur schwer vorstellen, Herr«, meinte Scramo vorsichtig und hätte seine Frau doch am liebsten auf der Stelle umarmt.

»Jedenfalls bleibt unter all den Bürgern dieser Stadt nur ein vertrauenswürdiger Mann übrig, der das Wolfsland kennt. Und dieser Mann seid Ihr, Meister Narth.«

»Das sind schöne Worte, Herr. Doch über den Strom? Jetzt, im Herbst? Und dann? Ja, wohin genau soll die Reise denn gehen? Und was ist der Zweck?«

»Es geht um Erkundung. Das Reich will mit den Häuptlingen der Hassewer in Verbindung treten. Mehr braucht Ihr vorerst nicht zu wissen.«

»Aber ich kann meinen Laden und meine Familie nicht einfach für viele Wochen im Stich lassen, Herr.«

»Es soll Euer Schaden nicht sein, Meister Narth. Wir bieten Euch fünfzig Silberstücke für jede Woche, die Ihr fern von Maricat sein werdet.«

Scramo hob bei dieser Zahl überrascht die Augenbrauen – und schüttelte wieder den Kopf. »Das ist ein großzügiges Angebot, Herr, doch bin ich wirklich unabkömmlich.«

»Sechzig«, erhöhte der Offizier.

»Einhundert und nicht weniger. Dann könnt Ihr ihn haben, Herr«, rief Warra plötzlich aus dem Hintergrund.

Scramo starrte sie mit offenem Mund an. Einhundert war schon fast Wucher.

Zu seiner Überraschung war der Offizier sofort einverstanden. »Wir brechen in drei Tagen auf, Meister Narth. Kommt in den Palast und fragt nach Legat Aureus Moris. Ihr solltet Euch vom Zahlmeister auch einen Vorschuss geben lassen, für Eure Familie. Beruft Euch ruhig auf mich, wenn er Schwierigkeiten macht. Und redet mit niemandem über diesen Auftrag, verstanden?«

»Man merkt, dass es nicht sein eigenes Geld ist, mit dem er da so freigebig umgeht«, brummte Scramo kopfschüttelnd, als der Legat gegangen war. Der Mann hatte die Dhurna mit keinem Wort erwähnt. Scramo fragte sich, was die Legion eigentlich von der Dunklen Herrin wollte. Die Träume des Capianers hatten darüber nichts gesagt, und dieser Legat hatte ihn glatt belogen. Er seufzte und wandte sich seiner Frau zu. »Und du? Hattest du vor, ihn zu vertreiben, Weib? Einhundert Silberstücke?«

»Sieh mich nicht so an«, knurrte Warra. »Du wärst doch auch umsonst mitgegangen, da die Dunkelheit es von dir verlangt, oder? Siehst du! Da will ich wenigstens noch ein wenig Silber aus der Sache herausholen. Oder hat dir deine Dhurna befohlen, mich nicht nur zur Witwe zu machen, sondern auch noch in Armut zu stürzen?«

»Sie hat nichts dergleichen verlangt, Warra. Und ich kehre zurück, versprochen.«

Aber sie sah ihn an, als würde sie ihm dieses Versprechen nicht abnehmen.

Die nächsten Tage verbrachte Aureus, wie schon die vergangenen, in langwierigen Sitzungen des Kuratoriums. Den Tempel besuchte er dennoch, wann immer er Zeit fand. Er traf zwar die Priesterin nicht dort an und wagte es auch nicht, sich nach ihr zu erkundigen, da er ihrem Ruf nicht schaden wollte. Aber er hatte herausgefunden, dass man ihn an diesem heiligen Ort wenigstens in Ruhe nachdenken ließ und niemand versuchte, ihn auf irgendeine Seite zu ziehen. Ganz im Gegensatz zum Kuratorium.

Er fand es erstaunlich, wie zäh die Beteiligten hier um Macht und Einfluss auf die kleine Reisegruppe rangen. Er hatte wenig Erfahrung in solchen Dingen, aber er lernte schnell, und er versuchte alles, um die Angelegenheit zu beschleunigen, denn ihn trieb die Sorge, der Kaiser könne es sich noch einmal anders überlegen. Leider hatten die anderen im Kuratorium es nicht so eilig.

General Ambo war wenigstens meistens mit ihm einer Meinung, hielt es aber im Ganzen für eine Sache der Legion – also eigentlich für seine –, und er versuchte, Einmischungen von anderen in die Planungen zu verhindern. Er vertrat immer wieder die Ansicht, dass man mit großer Macht und dem Schwert in der Faust durch das Feindesland marschieren sollte, um sich am Ende mit Gewalt zu holen, was die »Dunkle Hexe« vielleicht nicht freiwillig geben wollte.

Satrap Metellus musste ihn öfter daran erinnern, dass die Legion dem Kaiser zu Gehorsam verpflichtet war und der Befehl des Kaisers nun einmal keine Legionen vorsah.

Dann war da noch Poligarchos Plinos, der schwer zu durchschauen war. Wenn ihm etwas nicht passte – und das geschah oft –, verlor er sich gerne in weitschweifigen Ausführungen, die manchmal dazu führten, dass die anderen ihm nachgaben, wohl einfach damit er den Mund hielt. An seiner Seite saß ein jüngerer Poligarchos, der hin und wieder Plinos etwas zuflüsterte, wenn er nicht, während die anderen berieten, in Pergamenten las, die er vor sich liegen hatte. Ansonsten schwieg er und kratzte sich nur gelegentlich an der kleinen Warze, die sein glatt rasiertes Kinn zierte.

Plinos, Ambo und Metellus standen fast ständig im Streit mit der ehrwürdigen Mata Oxala, die bei jeder Gelegenheit betonte, dass das Unternehmen ohne den Segen des Lichts nicht gelingen könne, und die so etwas wie ein spirituelles Patronat über die Expedition verlangte. Merkwürdigerweise war sie nicht grundsätzlich gegen diese Unternehmung, was Aureus erstaunte. Schließlich wollte der Kaiser im Herzen der Finsternis um Rat und Hilfe bitten, er vertraute nicht auf die Hilfe der leuchtenden Götter Capias.

Ihm selbst begegnete sie seit ihrer Unterhaltung auffallend freundlich, obwohl er ihr nichts versprochen hatte, und er fragte sich, welchen Grund diese Freundlichkeit hatte.

Und nun hatte sie bei einem Gespräch mit dem Kaiser durchgesetzt, dass ihr Orden auf der Reise die Gelegenheit zum Missionieren erhalten sollte.

»Seid Ihr toll, ehrwürdige Mutter?«, platzte General Ambo heraus, als sie das verkündete. »Ihr wollt den Wilden in den Sümpfen das Licht bringen? Sie werden bestenfalls versuchen, Euch in diesem Licht zu braten, aber vielleicht verspeisen sie Euch auch roh, wenn Ihr sie anlockt wie eine Fackel die Fliegen.«

»Es ist nicht bekannt, dass die Hassewer Menschenfleisch äßen, General«, nahm Famorius die Priesterin in Schutz, obwohl sie nicht viel für ihn übrighatte.

Zu Beginn hatte Aureus seinen Bruder für einen Spielball dieser Mächte gehalten. Inzwischen schien es ihm, dass es Famo war, der mit den anderen spielte. Er entschied nichts selbst, aber irgendwie schaffte er es, dass immer die Entscheidung gefällt wurde, die er mehr oder weniger versteckt empfohlen hatte.

»Vielleicht fangen sie damit an, wenn wir ihnen ein paar Priesterinnen in silbernen Schüsseln präsentieren!«

»Ihr meint, es wollen sich *mehrere* Priesterinnen meinem Zug anschließen?«, fragte Aureus, unangenehm überrascht.

»Der Basileios befürwortet es«, erwiderte die Hohepriesterin triumphierend.

Das hatte ihm gerade noch gefehlt. Er hatte schon Zweifel daran, dass er die alte Hexe im Zaum halten konnte. »Das Wolfsland ist für Frauen nicht ganz der richtige Ort«, erklärte er düster.

»Nicht? Und doch habe ich gehört, dass tausende dort leben – ebenso viele wie Männer nämlich, Legat! Und mit Hilfe des Lichts werden wir viel Gutes bewirken können. Vielleicht können wir sogar ausgleichen, was an anderer Stelle verloren zu gehen droht«, spielte sie auf das Tauschgeschäft an.

»Ohne Zweifel wäre das Licht ein Segen«, warf Famorius begütigend ein, »doch sind die Frauen der Hassewer ein Leben in Entbehrung gewohnt, ehrwürdige Mutter, anders als die Luxalinnen Capias.«

»Die gleichwohl etwas Wichtiges entbehren!«, rief Ambo spöttisch.

»Wenn ich mir diese Runde so ansehe, wird mir wieder deutlich, welch geringer Verlust der Verzicht auf männliche Gesellschaft doch ist«, gab die Priesterin gallig zurück.

»Auf jeden Fall ist es müßig zu streiten«, warf der Satrap ein. »Morgen wird die Gruppe aufbrechen, mit den Priesterinnen. Nein, spart Euch Eure Worte, der Basileios verlangt es. Er möchte Euch übrigens noch einmal sehen, bevor Ihr aufbrecht, Legat.«

Aureus nickte und empfahl sich. Er war dankbar, dass er die Zankereien für eine Weile hinter sich lassen konnte.

Es war ein strahlend heller Herbsttag, aber der Kaiser hatte sich in seinem Hof wieder in den tiefen Schatten der Mauern zurückgezogen, und sein Gesicht blieb unter der Kapuze verborgen.

»Morgen brecht Ihr also auf, Legat ... Seid Ihr froh, Eure Heimat wiederzusehen?«

»Ich betrachte inzwischen Capia als meine Heimat, Herr, denn dort wurde ich der Mann, der ich heute bin.«

»So? Es würde mich wundern, wenn Ihr beim Anblick der altvertrauten Hügel und Flüsse nicht doch ein paar sehr starke Gefühle spürt, Legat.« Der Basileios verfiel in längeres Schweigen, bevor er unvermittelt fragte: »Was haltet Ihr eigentlich von meinem Angebot an die Dhurna?«

Aureus hätte ihm gerne geantwortet, dass er nichts davon hielt, aber er erwiderte stattdessen: »Ihr bietet ihr sehr viel, Herr.«

»Es ist weniger großzügig, als Ihr glaubt, Legat. Ihr werdet schon morgen sehen, was ich meine. Das Fieber grassiert in der Dämmermark, und im Volk gärt es. Aus Sulvar kommen des Nachts Banden über die Hügel, um zu rauben und zu stehlen, und die Legion ist inzwischen zu schwach, um sie aufzuhalten. Die Ordnung zerbricht, das Land ist wie ein faules Stück Fleisch, das man herausschneiden muss, wenn sich die Krankheit nicht auf den ganzen Leib ausdehnen soll.«

»Ich verstehe, Herr«, antwortete er knapp. Der Satrap hatte es ihm mit fast den gleichen Worten dargelegt. Dennoch hatte er starke Zweifel. Doch er war nicht so verwegen, dem Kaiser offen zu widersprechen. Er versuchte es auf Umwegen, wie er es im Kuratorium gelernt hatte: »Und was, wenn die Dhurna uns nicht empfängt? Bisher hat keine Delegation sie auch nur zu sehen bekommen.«

»Keine *capianische* Delegation, solltet Ihr sagen, Legat. Unsere Botschafter kamen immer nur bis zu diesem Fluss, weit im Osten, dem Lindros, und die Wilden, die dort lebten, lehnten es ab, sie über diesen Strom zu bringen. Angeblich dürfen nur Diener der Dunkelheit das andere Ufer betreten.«

»Aber ich bin kein Diener der …«

»Aber Ihr seid ein Kind der Dämmerung! Vielleicht im Licht geboren, doch durch Eure Adern fließt Blut, das jahrhundertelang der Finsternis unterworfen war. Wisst Ihr, warum ich Euch ausgewählt habe, Aureus Moris? Nicht weil der Schlachtengott Euch zu lieben scheint, nein, es ist, weil Ihr zum rechten Zeitpunkt auf diese Welt gekommen seid. Ihr seid in das Licht geboren, aber in der Nacht gezeugt worden. Und auch, wenn Ihr fast Euer ganzes Leben Capia gedient habt, so habt Ihr doch die Dunkelheit mit der Muttermilch aufgesogen. Ihr tragt Licht und Dunkelheit in Euch, Moris! Der Rat der Vierhundert in Capia wird sagen, dass man Euch deshalb nicht vertrauen kann, aber ich sage, dass Euch genau deshalb beide Seiten trauen können. Es gibt keinen besseren Botschafter als Euch, Legat!«

»Da wäre noch mein Bruder, Herr«, sagte Aureus, der sich unangenehm berührt fühlte.

Der Kaiser schüttelte den Kopf. »Euer Bruder ist ein Heiler und Gelehrter, dem der stählerne Wille eines erfahrenen Kriegers fehlt. Ich glaube auch nicht, dass Gelehrsamkeit die Wilden sehr beeindrucken wird. Aber einen tapferen Mann, den werden sie erkennen, und Eure Narben beweisen, wie tapfer Ihr seid, Aureus Moris. Und nun geht. Die Zeit schreitet voran, und es kann bei diesem Unternehmen auf Tage ankommen.« Der Kaiser trat einen Schritt vor und fasste ihn mit seiner entstellten Hand am Arm. »Ihr habt mein volles Vertrauen, Legat, das wollte ich Euch auf den Weg mitgeben. Kehrt mit dem Heilmittel zurück, und Ihr werdet Euch aussuchen können, welche Legion Ihr befehligen dürft.«

Aureus schluckte und verneigte sich steif. »Ich danke Euch, Herr.«

Eine ganze Legion als Belohnung? Das war mehr, als er erhofft hatte. Der Kaiser setzte offenbar alle Hoffnung auf Rettung auf ihn. Es gab leichteres Gepäck für eine Reise.

Am Tag des Aufbruchs klopfte es schon weit vor Morgengrauen an die Pforte des kleinen Ladens. »Bleib nur liegen, Warra«, brummte Scramo und rieb sich den Schlaf aus dem Gesicht.

Aber Warra war hellwach und saß aufrecht auf der Schlafstatt. »Besuch zwischen Nacht und Tag – das bringt Unglück!« Er sah Angst in ihrem Blick.

»Unsinn«, erwiderte er, obwohl ihm ebenfalls das alte Sprichwort eingefallen war. Er ahnte, wer ihn da besuchte, und tatsächlich – es war der Capianer. Wieder hielt er sein Gesicht im Schatten einer Kapuze verborgen. Nur das glatt rasierte Kinn mit der Warze war zu sehen.

Scramo zog ihn in den Laden. »Was wollt Ihr denn noch?«

»Die Herrin … sie hat mir erneut einen Traum gesandt, Bruder.«

Dass er ihn immerzu Bruder nennen musste! »Und?«

»Es waren schreckliche Bilder, so stark, dass ich Euch einfach warnen wollte.«

Scramo warf einen Blick zur Treppe. Warra war nicht dort. Auch die Kinder schliefen noch, so hoffte er jedenfalls. Der Älteste hatte ihm viele Fragen zu seiner geplanten Reise gestellt und bald gemerkt, dass er ihm keine klare Antwort gab.

»Wollt Ihr warme Milch, Herr?«

»Habt Ihr mir nicht zugehört, Bruder?«

»Dem Klang Eurer Stimme nach zu urteilen ist Eure Nachricht nichts für einen leeren Magen. Also brauche ich wenigstens einen Schluck Milch.«

Der Fremde folgte ihm ganz offensichtlich widerwillig in die Küche. Scramo schürte das Herdfeuer, roch an der Ziegenmilch vom Vortag und stellte den Topf auf den Herd. Er ließ sich absichtlich Zeit, gerade weil der Capianer es so eilig hatte. Er konnte den Mann, der ihn mit dunklen Anweisungen traktierte, immer weniger leiden.

»Es wird viele Tote geben, Bruder.« Der Capianer konnte wohl nicht länger warten.

Scramo starrte auf die Milch. Überraschend fand er das nicht, es ging schließlich ins Wolfsland, und davor lag das Waldland, wo man den Capianern auch nicht wohlgesinnt war. »Habt Ihr es vielleicht etwas genauer?«

»Ich sah tote Männer unter Bäumen. Die meisten trugen die Kettenhemden der Legion. Und ich sah Euch, mit einem blutigen Messer in der Hand.«

Scramo kratzte sich am Bart. Schon wieder? Er ließ die Milch nicht aus den Augen. Wenn er ein blutiges Messer hielt, hieß das, dass ein anderer starb und nicht er selbst. Damit konnte er leben.

»Mehr nicht?«

»Es waren so viele Bilder und so wirr. Ich sah etwas, das ich nicht verstand, eine Art Wald. Er war völlig undurchdringlich, und er schien bis zum Himmel zu reichen.«

Jetzt war Scramo doch überrascht. Sollte der Capianer etwa den Hain der Dhurna gesehen haben? Er hatte ihn nie selbst erblickt, aber so ähnlich beschrieben die Druiden diesen heiligen Ort.

»Habt Ihr mich dort gesehen?«

»Wie? Ja ... das heißt, ich bin nicht sicher ... Der Ort schien eher leer und verlassen inmitten dichten Nebels zu liegen. Überall lagen Tote – und es standen Männer in roten Mänteln dort. Und Eulen saßen auf den Toten und nährten sich von ihnen. Versteht Ihr, was das bedeutet?«

Scramo starrte den Capianer feindselig an. Die Eule war der Bote der Dhurna, das wusste selbst der dümmste Druide. Und die Männer in den roten Mänteln?

»Ich verstehe es so, dass die Dhurna die meisten Legionäre tot sehen will. Aber sie will auch, dass Ihr einige von ihnen zu ihr bringt. Meint Ihr nicht?«

Er ist auch nicht dümmer als die Druiden, dachte Scramo. »Die Offiziere der Legion ... tragen sie nicht rote Mäntel über ihren Schuppenpanzern, Herr?«

Der Capianer sah ihn erstaunt an. Das erste Mal konnte Scramo sein Gesicht sehen. Aber er erkannte den Mann nicht wieder, also war er nicht aus Maricat. Das hieß, dass er wirklich zum Gefolge des Kaisers gehören musste. »Ihr habt Recht, Bruder, es geht um Offiziere. Doch ich verstehe es trotzdem nicht – warum die einen töten und die anderen verschonen?«

»Die Botschaften der Dunklen Herrin sind oft schwer zu deuten, Herr«, sagte Scramo, der es nicht ertrug, dass der Südländer diese starke, wenn auch widersprüchliche Nachricht empfangen hatte – und nicht er. Er sollte die Legionäre töten, aber die Offiziere verschonen? Warum? Und wie, bei der Dunkelheit, sollte er dieses Kunststück vollbringen?

»Glaubt Ihr, dass Ihr das schafft, Bruder?«

Scramo nickte. Der Legat hatte ihm nicht viel über die geplante Unternehmung verraten, aber er hatte herausgefunden, dass sie mit weniger als einer Hundertschaft nach Osten gehen sollten. Das hieß, er hatte es etwa mit einhundert Legionären zu tun. Es wäre leicht gewesen, sie im Wolfsland in die Irre zu führen und dort nach und nach zugrunde gehen zu lassen. Aber jetzt? Wie sollte er die Offiziere ans Ziel bringen und die Legionäre nicht? Konnte er sie vielleicht voneinander trennen? Das blutige Messer aus dem Traum des verfluchten Capianers hieß jedoch, dass es nicht damit getan war, sie voneinander zu trennen.

Sie brachen am frühen Morgen auf. Der Satrap hatte streuen lassen, dass die Priesterinnen im Schutze der Legion versuchen würden, jene Stämme im Waldland, die seit Monaten immer wieder die Mark überfielen, für einen Frieden zu gewinnen. Aureus glaubte aber nicht, dass das wahre Ziel der Reise lange geheim bleiben würde. Es wussten einfach schon zu viele Menschen Bescheid.

Er bestieg sein Pferd. Der Plan sah vor, dass General Ambo die Expedition bis zum Kastell bei Sestum führen würde. Dort, in den Hirschbergen, hatte die Vierte Legion ihr Hauptquartier. Die Rekruten würden mit ihnen marschieren. Man hatte sie nicht gefragt, aber Aureus hatte den Eindruck, dass die meisten jungen Männer ganz zufrieden mit der Entwicklung waren. Sie hatten geglaubt, im fernen Westen in den Krieg ziehen zu müssen, und nun ging es in die nahe Dämmermark.

Ambo hatte ihnen nicht gesagt, welche Gefahren sie erwarteten, und Aureus hatte ebenfalls geschwiegen. Sie würden schon früh genug merken, dass sie vom Regen in die Traufe geraten waren.

»In Reih und Glied, Männer, der Speer geht über die rechte Schulter! Wie oft muss ich das eigentlich noch sagen?«

Claudio Optus humpelte die kurze Doppelreihe auf und ab. Der Adler eines Hekatoren prangte auf seinem neuen Schuppenpanzer, und er trug ihn mit sichtlichem Stolz.

»Nun macht schon, Freunde. Haltet die Abstände ein«, brummte Phremos Stax, ebenfalls ein frischgebackener Hekator.

»Wir hätten diese Rekruten bei Nacht und Nebel aus der Stadt schaffen sollen. Sie bringen Schande über die Legion. Wie fußkranke Pilger schleichen sie über den Hof!«, schimpfte der General, als Optus den Trupp einmal auf und ab marschieren ließ.

»Sie werden es lernen, General«, nahm Aureus sie in Schutz.

»Das will ich ihnen auch geraten haben. Aber wo bleiben die verdammten Priesterinnen?«

»Soll ich einen Boten schicken, sie zu holen, General?«, fragte Tribun Adelares, der sie bis zur Hirschfeste begleiten würde.

Der General warf ihm einen Seitenblick zu. Es war nicht schwer zu erraten, dass der junge Mann ihm auf die Nerven ging. Auch Aureus hatte seine Vorbehalte. Die meisten Tribunen kamen ohne Kampferfahrung und blieben nicht mehr als zwei Jahre bei der Truppe. Das war zu kurz, um das Kriegshandwerk wirklich zu verstehen, aber genug Zeit, um Unheil anzurichten. Nominell befehligten sie eine oder zwei Tagmen im Kampf, die klügeren hörten jedoch dabei auf ihre Hekatoren.

Primus Adelares, so hatte Aureus erfahren, war ein Neffe von Poligarchos Plinos. Erst vor wenigen Tagen war er in Maricat eingetroffen, und es sah aus, als ob er wie viele seines Standes die Legion nur als erste Stufe auf einer steilen Treppe zu Macht und Einfluss nutzen wollte.

Endlich erschienen die Luxalinnen. Sie kamen mit einem starken zweispännigen Wagen, dessen Fracht mit einer Plane abgedeckt war. Zwei Novizinnen folgten kichernd dem Gefährt. Mata Oxala, die Hohepriesterin, die auf dem Bock des Wagens saß, rief sie zur Ordnung. Die Zügel des Wagens lagen jedoch in der Hand einer jüngeren Priesterin. Aureus erkannte sie sofort wieder. Es war die rot gelockte Luxalin, die ihm im Theater aufgefallen war und die er im Tempel nicht hatte antreffen können. Sie würde sie also begleiten …

»Ein Wagen, wirklich?«, rief Ambo quer über den Platz. »Habt Ihr eine Vorstellung, wie die Wege jenseits der Hirschberge aussehen, ehrwürdige Oxala?«

»Die habe ich, aber ich weiß auch, dass es in der Dämmermark gute Straßen gibt. Die Legion hat sie doch selbst angelegt, nicht wahr? Also macht Eure eigenen Straßen nicht schlecht, Ambo«, gab die Priesterin fröhlich zurück. »Und für danach wird die Legion schon sorgen, nicht wahr?«

»Meinetwegen. Können wir endlich aufbrechen? Bestens! Legat Moris, nehmt die Spitze und führt uns von diesem Hof, bevor wir hier festwachsen.«

Aureus gab das Zeichen zum Aufbruch. Die Rekruten versuchten, Tritt zu finden, der schwere Wagen der Priesterinnen kam mühsam in Gang, und sein Bruder Famo kämpfte fluchend mit seinem Lasttier, das er mit unzähligen angeblich unverzichtbaren Dingen beladen hatte.

Aureus hatte sich das anders vorgestellt. Das also war sein erstes Kommando als Legat?

»Ich nehme an, es geht über die Brücke, Herr?«, fragte der Pelzhändler, der sie führen sollte.

»Natürlich«, gab Aureus zurück, »wie sollten wir sonst in die Mark gelangen?«

»Ich frage nur, weil meine Frau und meine fünf Kinder dort am Weg stehen, und es wäre schade, wenn ich sie nicht noch einmal sehen könnte.«

»Fünf Kinder? Eine beachtliche Zahl für einen Mann, der so selten daheim ist.«

»Kinder sind schneller gezeugt als großgezogen, Herr«, gab der Führer zurück. Er ging zu Fuß. Aureus hatte ihm ein Pferd angeboten, aber der Mann hatte abgelehnt, weil er sich lieber auf seine eigenen Beine als auf die eines so großen Tieres verlassen wollte.

Viele Schaulustige sammelten sich an den Straßen und sahen ihrem kleinen Zug nach. Die Stimmung war gedämpft. Blumen streute jedenfalls niemand.

Aureus führte die Kolonne durch das Flusstor und dann über die hölzerne Brücke. Ein Trupp Pioniere arbeitete an dem Bauwerk. Aureus sah zwei Ingenieure, die die Männer anleiteten, und er begriff, dass sie dabei waren, die Brücke für einen Abbruch im Notfall vorzubereiten. Stand es so schlimm in der Mark?

Ferner Donner grollte, als sie das kleine vorgelagerte Kastell auf der anderen Seite des Flusses hinter sich gelassen hatten. Die gepflasterte Straße führte einen Hügel hinauf. Oben blickte Aureus noch einmal zurück.

Der Himmel über Maricat hatte sich verfinstert, aber die

Morgensonne stand an diesem Herbsttag noch tief und warf helle Strahlen auf die weißen Mauern und roten Dächer. Er spürte Zuversicht. Nach seiner Rückkehr – *wenn* er denn zurückkehrte – würde der Basileios ihn zum General machen …

Von den Rekruten blickte keiner zurück. Sie waren zu sehr damit beschäftigt, auf ihren Marschtritt zu achten. Aber vielleicht machten sich diese jungen Männer, anders als er selbst, auch einfach keine Gedanken, ob sie diese Stadt, die so schön im Licht lag, jemals wiedersehen würden.

II. BUCH
DÄMMERMARK

4. ROTES GRAS

Die Straße führte sie durch steile Hügel, an deren Südhängen jemand Wein anzubauen versuchte. Selbst für Aureus, der nicht viel von Landwirtschaft verstand, sahen die Weinberge vernachlässigt aus. Die Reihen zwischen den Weinstöcken waren von rotem Blutgras und anderem Unkraut überwuchert, und er sah, dass die Reben lange nicht geschnitten worden waren. Sie erreichten bald darauf eine Siedlung, zu der die Weinberge vermutlich gehörten, doch lag sie verlassen.

»Warum ist hier niemand?«, fragte Phremos Stax, als sie durch die gespenstisch leere Siedlung marschierten.

»Als ich vor einem Jahr hier durchreiste, lebten hier noch hundert Menschen oder mehr«, sagte Famorius, »Siedler aus Helikien, im Süden. Sie haben versucht, Olivenbäume und Wein anzubauen, doch das Klima ist rau, und sie haben wohl aufgegeben.«

Aureus ritt um die wenigen Hütten herum zum Friedhof. Er zählte viele Gräber für so eine kleine Siedlung. *Die hat noch etwas anderes vertrieben als schlechte Ernten,* dachte er, behielt seine Erkenntnis aber für sich. Die Rekruten sahen auch so schon nervös aus, da musste er sie nicht noch mit Geschichten von Fieber und Pocken beunruhigen.

General Ambo hatte nicht anhalten lassen, und Aureus gab seinem Pferd die Sporen, um ihn einzuholen.

»Was habt Ihr gesehen, Legat?«, fragte Ambo.

»Zu viele frische Gräber, General.«

»Ich habe es immer für einen Fehler gehalten, Leute aus dem Süden hier ansiedeln zu wollen.«

»Aber das hat sich in vielen Provinzen des Reiches doch bewährt, General«, rief Tribun Adelares, der an Ambos Seite ritt.

»Die Dämmermark ist vielleicht keine Provinz wie die anderen, Tribun.«

»Früher oder später wird sie das werden, General«, gab Adelares reichlich großspurig zurück.

»Ihr äußert Euch recht zuversichtlich für jemanden, der noch niemals in diesem Land war und keine Ahnung von den Verhältnissen hat«, meinte Ambo spöttisch.

Der Tribun wurde rot und verfiel in Schweigen.

Aureus ließ sich ein Stück zurückfallen. Er richtete ein paar aufmunternde Worte an die verunsicherten Rekruten, und er verstand es, es so einzurichten, dass er dabei dem Wagen der Luxalinnen immer näher kam.

Er stellte fest, dass sein Bruder schneller gewesen war. Famorius marschierte neben der Kutsche, sein Packpferd im Schlepptau, und plauderte angelegentlich mit der Virgo, die das Gespann lenkte.

Aureus zögerte dennoch nicht. Er trieb sein Pferd vor die Kutsche und ließ sie herankommen. Dadurch war Famorius zum Ausweichen gezwungen.

»Ich grüße Euch, edle Virgo. Erlaubt mir, mich vorzustellen. Ich bin Aureus Marius Moris, Legat der Vierten Legion.«

Die Virgo runzelte die Stirn. Missbilligte sie, dass er seinen Bruder abgedrängt hatte?

»Ich weiß, wer Ihr seid, Legat«, gab sie knapp zurück.

Aureus hatte das Gefühl, gegen einen Schildwall gelaufen zu sein. Das Gespräch stockte schon, bevor es richtig begonnen hatte.

»Ich habe Euch bei der Lichtfeier gesehen, Virgo. Euer Vortrag war … bemerkenswert.«

»Danke, Legat«, lautete die einsilbige Antwort. Sie lächelte nicht einmal, sondern schien ihren Blick auf den Hintern der beiden Pferde zu konzentrieren, die im gemächlichen Trott die Kutsche zogen.

Aureus sah ein, dass sein Manöver missraten war. Er tippte an seinen Helm und erklärte: »Ich wollte nur sagen, dass ich mich freue, dass die Priesterinnen des Lichts uns auf dieser Reise begleiten.« Dann trat er den Rückzug an und überließ seinem Bruder das Feld.

Er ärgerte sich schwarz. Für gewöhnlich hatte er keine Schwierigkeiten damit, sich Frauen zu nähern, und er verstand nicht, warum sein erster Anlauf so grandios gescheitert war.

Er ritt wieder nach vorne und stauchte ein paar Rekruten zusammen, die unter ihrem Marschgepäck stöhnten. Dann tadelte er Optus und Stax, weil er meinte, dass sie als Hekatoren dafür zu sorgen hätten, dass die Frischlinge ihr Gurtzeug besser in Ordnung hielten.

Die beiden schluckten seinen Tadel mit einem vielsagenden Seitenblick, aber ohne Widerworte, obwohl sein Vorwurf unberechtigt war. Es lag nicht am Gurtzeug. Die jungen Männer waren es einfach nicht gewohnt, unter so schwerer Last zu marschieren.

Eine Weile ritt er dann neben Stax und Optus, aber die beiden waren schweigsam, und er hatte auch nicht viel zu sagen. Der ganze Zug marschierte in seltsamer Stille. Erst allmählich wurde Aureus klar, dass das ganze Land leer und bedrückend wirkte. Sie passierten verlassene Dörfer und Felder, die nicht einmal abgeerntet worden waren. Eine unheilvolle Stimmung lag über dem Land.

Noch vor der Mittagsrast versuchte er erneut, die Virgo anzusprechen. Als er sich näherte, kam ihm jedoch die Hohepriesterin in die Quere, denn sie rief laut: »Nun, Legat, wie ist es, die Erde der Heimat wieder unter den Füßen zu haben?«

»Sie fühlt sich nicht anders an als die Erde von Maricat oder Iscer«, behauptete er. Die junge Priesterin schien nicht zuzuhören. Sie wirkte gelangweilt.

»Die Straße ist jedenfalls besser, als ich erwartet habe«, gab die Hohepriesterin zurück. »Aber warum sind all diese Dörfer und Höfe verlassen?«

»In dieser Gegend hat das Reich Bauern aus dem Süden angesiedelt. Das Land ist allerdings nicht so fruchtbar, wie es aussieht. Und offenbar haben die Südländer aufgegeben, vielleicht auch, weil die Pocken in der Mark grassieren.«

»Eine schlimme Geißel, fürwahr. Hoffen wir, dass wir ihr nicht begegnen. Sagt, Legat, wie weit ist es noch bis zur Hauptstadt dieser Provinz?«

»Wir werden Alenum erst morgen erreichen, Mata Oxala.«

»Dann sorgt doch bitte dafür, dass wir rechtzeitig das Nachtlager aufschlagen, denn ich denke, dass die jungen Legionäre heute Abend die Stärkung durch das Licht brauchen, und dazu bedarf es gewisser Vorbereitungen.«

»Ich werde General Ambo darauf hinweisen.«

Die Alte schnaubte missmutig. »Der General gibt nicht viel auf das Licht. Wahrscheinlich hat er Sorge, dass es sich unvorteilhaft auf seinem kahlen Haupt spiegelt. Ich bin jedenfalls froh, dass Ihr uns den dunkleren Teil des Weges führen werdet, Legat.«

Aureus verstand nicht, warum sich die Alte darüber freute, schließlich hatte er selbst ein gespaltenes Verhältnis zum Heiligen Leuchten. Aber offenbar – und zum Glück – ahnte die Mata das nicht. Die Virgo an ihrer Seite nestelte an ihrer Tasche, die sie an einem Gurt trug. Er bekam einfach keinen Blickkontakt. Hatte er sie so verärgert?

Er überbrachte dem General den Wunsch der Hohepriesterin.

»Wir werden rasten, wenn die Männer zu müde zum Weitermarschieren sind, und mir ist es gleich, ob die Alte dann zu erschöpft ist, um dieses Ritual durchzuführen.«

»Es könnte die Rekruten ermutigen, General«, sprang der Tribun Aureus unvermutet zur Seite.

»Ihr meint wohl, es könnte Euch ermutigen, Adelares, nicht wahr? Ihr solltet Euch langsam damit abfinden, dass wir nicht mehr in Capia oder Maricat sind. Wir stehen im Feld, und die Legion hat gelernt, ohne das Licht auszukommen. Und wenn Ihr Euch schon nicht daran gewöhnen könnt, dann lasst es Euch wenigstens nicht anmerken.«

»Ich denke, wir sollten wirklich bald anhalten, General«, warf Aureus ein, »nicht nur wegen der Lichtzeremonie. Seht Euch die Rekruten an. Sie sind das Marschieren nach Soldatenart nicht gewohnt, und wenn wir in dem Tempo weitermachen, werden sie uns noch vor Alenum zusammenbrechen.«

Clavus Ambo warf ihm einen kritischen Blick zu. »Ich weiß, dass Ihr ein treuer Diener des Lichts seid, mein Junge. Dazu solltet Ihr stehen und Eure Frömmigkeit nicht hinter etwas anderem verstecken. Und jetzt treibt diese fußkranken Jünglinge an, Legat! Es gibt einen Außenposten auf halbem Weg nach Alenum. Und den will ich gerne heute noch erreichen.«

Aureus hatte keine Ahnung, wie der General auf die Idee kam, er könne besonders fromm sein, fühlte sich aber irgendwie gekränkt. Er ließ es an Stax und Optus aus, die wiederum die Rekruten ihren Ärger spüren ließen. Zu seinem Erstaunen wirkte es. Die Männer marschierten schneller.

»Gibt es einen Grund dafür, dass wir auf einmal so hetzen?«, fragte sein Bruder Famorius, der immer noch sein Pferd hinter sich herzog.

»Warum übergibst du das Tier nicht einem der Rekruten? Das Marschieren würde dir leichter fallen – wenn du schon nicht reiten willst …«

»Dieses Tier trägt unersetzliche Schätze. Das will ich nicht einem dieser Grünschnäbel anvertrauen. Und ich hätte auch kein Problem, wenn du uns nicht so antreiben würdest.«

»Der General sagt, dass es einen befestigten Außenposten gibt, und den wollen wir vor dem Abend erreichen. Wir werden eine Menge Zeit und Arbeit sparen, wenn wir dort übernachten können und nicht etwa ein befestigtes Lager aufschlagen müssen.«

»Dann verstehe ich es. Ich erinnere mich auch an diesen Posten. Sehr groß ist er allerdings nicht.«

»Wann warst du denn zuletzt hier?«

»Wie ich schon sagte; meine Studien haben mich ins Waldland geführt, und auf dem Hin- und Rückweg habe ich auch die Mark durchstreift. Ich habe jedoch festgestellt, dass in unserer Heimat nur noch bedauerlich wenig vom alten Wissen übrig ist.«

»Bedauerlich? Ich sehe es eher als ein gutes Zeichen. Ganz gleich, was … andere sagen oder vorhaben – die Dämmermark ist Teil des Reiches. Und sie hat den Segen des Lichts zu lange erfahren, um einfach wieder der Dunkelheit zu verfallen.«

Sein Bruder betrachtete ihn kritisch, blieb dann aber ein Stück zurück, weil sein Pferd bockig wurde.

Aureus konnte es nicht mehr mit ansehen. Er ritt hinüber zum Wagen der Priesterinnen. »Sagt, ehrwürdige Oxala, haltet Ihr es für denkbar, dass wir die kostbare Fracht, die mein Bruder mit sich führt, Eurem Wagen anvertrauen? Er scheint mir nicht sehr schwer beladen.«

»Aber er trägt eine Last, die rein und kostbar ist. Und ich fürchte, dass das nicht auf alles zutrifft, was Euer Bruder mit sich führt.«

»Was meint Ihr?«

»Seine Aufzeichnungen. Sie beschäftigen sich mit dem Irrglauben der Heiden. Ich will sie nicht in der Nähe des Lichts haben, das wir behüten.«

Aureus runzelte die Stirn, denn das erschien ihm reichlich kleinlich. »Er ist ein Gelehrter, und wenn er etwas über die Dunkelheit weiß oder in Erfahrung bringt, dann aus demselben Grund, aus dem ein guter General den Feind auskundschaftet – man muss verstehen, was man besiegen will.«

»Ihr seid sehr arglos, was den Wissensdurst Eures Bruders angeht, scheint mir«, gab die Hohepriesterin zurück.

Ihre Begleiterin hielt die ganze Zeit den Blick auf die Pferde gerichtet, die sie lenkte. Aber jetzt sagte sie mit ihrer angenehm dunklen Stimme: »Dass Famorius Moris Euer Bruder ist, sieht man ihm gar nicht an, Legat.«

»Adoptivbruder«, berichtigte Aureus, erleichtert, dass er endlich mit ihr ins Gespräch kam. Er hätte jetzt etwas sagen können über ihren Ziehvater oder die Freundschaft, die sie vorher schon verbunden hatte, aber stattdessen kam nur das kurze *Adoptivbruder* über seine Lippen. Dann war die Gelegenheit verstrichen, denn die Pferde wurden aus irgendeinem

Grund unruhig, zerrten an den Zügeln, und die Virgo musste sich anstrengen, um sie auf der Straße zu halten.

Aureus spürte eine Gefahr – hatte sich das Buschwerk dort nicht eben bewegt? Er legte die Hand aufs Schwert. Aber dann war es nur ein Kaninchen, das schließlich aus einem Gebüsch am Straßenrand hervorbrach. Die Pferde beruhigten sich wieder, die Virgo ließ allerdings nicht erkennen, dass sie daran interessiert wäre, das Gespräch fortzusetzen.

Er trieb sein Tier nach vorne zu seinem Bruder. »Ich habe den Priesterinnen vorgeschlagen, deine Last auf ihren Wagen zu laden, aber die ehrwürdige Oxala meint, dass sie deine Sachen nicht in der Nähe des Lichts haben will. Jetzt verrate mir doch, Famo, was zum Himmel du da mit dir herumschleppst.«

»Es sind allerlei Kräuter mit heilender Wirkung, die wir, wie ich fürchte, auf unserer langen Reise noch brauchen werden, die Berichte anderer Reisender und meine Messbecher und Instrumente, außerdem meine eigenen Aufzeichnungen über vergessene Rituale und die Heilkunst der Domorer. Unsere Altvorderen waren nicht so unwissend, wie diese engstirnige alte Vettel glaubt, Auro.«

»Sie ist eine Hohepriesterin, Famo«, mahnte er.

»Seit wann bist du eigentlich dem Licht so treu ergeben, Auro? Du warst doch früher nicht so fromm.«

»Vielleicht solltest du heute Abend noch einmal mit der ehrwürdigen Oxala reden. Dein Pferd scheint unwillig, diese Last zu tragen, und das hält uns auf. Am Ende ist es ja auch ein zu ergebener Diener des Lichts.«

Famo lachte laut auf. »Das muss es sein! Dass ich daran nicht gedacht habe. Es hat auch den gleichen klugen Gesichtsausdruck wie deine geschätzte Oxala!«

Aureus grinste. »Lass sie das nicht hören, Famo. Sie ist

eine Mata, aber ich denke, sie vergibt nicht so leicht, wie es die Götter des Lichts von uns Sterblichen verlangen.«

Scramo Narth war beunruhigt. Die Zeichen waren eindeutig, auch wenn diese Lichtler sie nicht sahen. Schon an der verlassenen Siedlung hatte er den Zweig gesehen. Ein kurzer Buchenast an einem Ort, an dem keine Buchen standen, aber niemandem fiel das auf. Und dann die vier Kerben – das Zeichen des Bärenzweigs. Er hätte nicht gedacht, dass die Nachtmänner so weit nach Westen gingen, und war ziemlich beunruhigt. Vorerst behielt er das für sich, denn es hätte vielleicht Verdacht erregt, dass er diese Zeichen kannte.

Bis jetzt hatte ihm niemand gesagt, was der eigentliche Zweck dieser Reise war, und er nahm nicht an, dass man ihm das Ziel vor dem Erreichen des Nachtstroms enthüllen würde.

Er versuchte, die Leute einzuschätzen, mit denen er es zu tun hatte: Da war der Legat, der ihn angeheuert hatte. Scramo hatte sich erkundigt. Der Mann hatte angeblich irgendwo im Westen dem Reich unter nebulösen Umständen eine Schlacht gewonnen. Er war ein Domorer, wenn auch nur von den gezähmten Zweigen des Westens, und seine Leistungen mussten wirklich beeindruckend gewesen sein, damit sie ihn trotz dieser Herkunft zum Legaten beförderten.

Aus dem Gelehrten wurde er bis jetzt nicht schlau. Auch er war ein Zahmling, aber kein leiblicher Bruder des Legaten, obwohl sie voneinander als Brüder sprachen. Der Mann interessierte sich anscheinend für die alten Wege und verstand sich auf Heilkräuter. Scramo hatte den einen oder anderen vertrauten Geruch aufgeschnappt.

Der General schien ein entschlossener Mann zu sein, und er verstand es, seine Leute anzutreiben. Er war ein gefürchteter Gegner, dessen Namen Scramo im Waldland in vielen düsteren Geschichten gehört hatte, und er war froh, dass Ambo sie nicht ins Wolfsland begleiten würde.

Dann waren da noch die Priesterinnen ... Ob diese Capianer wirklich so verrückt waren, die Luxalinnen mit nach Osten zu nehmen? Die Mata schien zäh zu sein, aber die Virgo an ihrer Seite war eine zarte Blume, die jenseits des Nachtstroms verloren sein würde. Und das galt erst recht für die beiden jungen Novizinnen, die hinter dem Wagen herliefen.

Er kam auf die Idee, diesen beiden zu entlocken, was die Schwesternschaft eigentlich vorhatte, und bei der nächsten Rast suchte er mit ihnen das Gespräch.

Die eine, Kyntia, stammte aus den Bergen, und ihr breites, offenes Gesicht und ihre kräftigen Arme gaben ihr etwas Bäuerliches. Wenn sie nicht mit der anderen Novizin kicherte, schien sie eher von ruhiger und bedächtiger Art. Die andere, Elira, war eine zierliche Südländerin, die für seinen Geschmack viel zu viel und zu schnell redete. Er hatte nicht mehr getan, als sich vorzustellen und ihr einen guten Tag zu wünschen, und wusste wenige Minuten später schon, dass sie aus Farsis stammte, fünf Geschwister hatte, dass die Nachbarn der Familie Tuchhändler waren, einer ihrer Onkel auf einer Insel im Lakischen Meer Olivenhaine besaß und dass sie Maricat erst sehr langweilig, aber dann aufregend gefunden hatte. Vielleicht war es auch umgekehrt.

Er fand jedoch nicht heraus, was die Priesterschaft vorhatte, oder wenigstens, was die Luxalinnen neben dem Marschgepäck noch unter der Plane ihres Wagens versteckten. Elira redete so schnell, dass er es nicht vermochte, das Gespräch unauffällig in die gewünschte Richtung zu lenken.

Waren es Phiolen? Hatten sie vor, das Licht jenseits des Nachtstroms zu entzünden? Das wäre Selbstmord, denn es würde die Krieger der Hassewer anziehen wie Nachtfalter. Nur dass Nachtfalter niemanden umbrachten. *Vielleicht,* so dachte er, *muss ich nicht einmal viel tun, um diese Sache scheitern zu lassen. Wenn sie so dumm sind, ihr Licht im Wolfsland zu den Sternen senden, werden die Stämme sie fangen und der Dhurna opfern. Die Kunst wird darin bestehen, dann in sicherer Entfernung zu sein.* Er seufzte. *Nein, die eigentliche Kunst bestand darin, die Offiziere ans Ziel zu bringen.* Erst jetzt fiel ihm auf, dass der Capianer von den Priesterinnen gar nicht gesprochen hatte. Hatte er sie nicht gesehen? Welches Schicksal hatte die Dhurna wohl ihnen zugedacht?

Scramo Narth blieb stehen und gab auch dem Zug das Zeichen anzuhalten. Er hatte ein Hindernis entdeckt: Eine Gruppe von Menschen, vielleicht zwanzig an der Zahl, hatte sich am Wegesrand gelagert. Einer von ihnen trug einen langen Stab, von dem ein schwarzes Band flatterte.

Der Mann mit dem Stab trat jetzt auf die Straße und versperrte ihnen damit den Weg.

Scramo Narth wartete auf die Offiziere.

»Was sind das für Leute? Und was will dieser Mann von uns?«, fragte der Tribun.

»Er trägt ein Pestbanner«, erklärte ihm der General ruhig.

»Die Pest? Bei den Göttern!«

»Nicht die Pest«, erklärte Scramo knapp, »Sumpfpocken.«

Der Tribun trieb sein nervöses Pferd ein paar Schritte nach vorn. »Im Namen Capias – macht den Weg frei!«

Der Mann auf dem Weg rührte sich nicht, aber die anderen erhoben sich nun und sammelten sich am Straßenrand.

»Macht den Weg frei, oder wir hauen Euch nieder!«, brüllte Adelares. Seine Stimme überschlug sich.

Der General rief ihn zurück. »Niederhauen? Seid Ihr von Sinnen? Ich werde diese Grünschnäbel sicher nicht in einen

Nahkampf mit diesen Kranken schicken! Wisst Ihr nicht, wie ansteckend dieses Fieber ist?«

Der Tribun biss sich verlegen auf die Lippen, und Scramo tat, als hätte er nichts gehört.

Der Legat war jetzt ebenfalls vorne aufgetaucht. »Sie betteln«, stellte er nüchtern fest.

»Sie verlegen uns den Weg, *das* ist das Problem, Legat. Traut Ihr Euren Rekruten zu, sie mit bloßen Drohungen zu verjagen?«

Der Legat überlegte kurz, dann schüttelte er den Kopf. »Die Männer sind vom Marsch so erschöpft, dass sie kaum ihre Schilde und Speere heben können. Und wenn sie erst das Pockenzeichen sehen … Nein, General, wir müssten ihnen etwas Erholung gönnen. Umgehen können wir die Gruppe auch nicht, wegen des Wagens. Hätten wir ein paar Bogenschützen, könnten wir sie leicht vertreiben, aber so …«

Die Hohepriesterin war vom Wagen gestiegen und zusammen mit der Virgo hinzugekommen. Sie ließ sich vom General die Sachlage erklären. »Dann gebt Ihnen doch, was sie wollen, um des Lichts willen!«, rief sie.

»Unsere Rationen sind knapp bemessen, ehrwürdige Oxala, und ich werde gewiss keinen meiner Legionäre in Gefahr bringen, um diese Todgeweihten zu füttern, was ihre Leiden doch nur verlängern würde.«

Die Hohepriesterin schüttelte den Kopf und beriet sich mit ihrer Begleiterin, die eindringlich auf sie einredete.

Scramo Narth war diese junge Frau gleich aufgefallen. Rote Haare wurden im Waldland für einen Fluch gehalten, und es gab Stämme, die rothaarige Kinder nach der Geburt aussetzten und ihr Überleben der Gnade der Natur überließen. Aber dieses Rot war viel dunkler, als er es je gesehen hatte, und ihre Augen waren braun und nicht grün. Auch die Haut der jungen Frau war dunkel und nicht so unnatürlich blass wie bei den wenigen Rothaarigen des Waldlandes.

»Wir übernehmen das«, verkündete die Hohepriesterin schließlich.

»Aber die Pocken sind ansteckender als die Pest!«, rief der General ungehalten.

»Nicht bei jenen, die im Schutz des Lichts wandeln, General! Und das Licht verlangt Mildtätigkeit, oder habt Ihr das vergessen?« Die Hohepriesterin rief die Novizinnen herbei.

Der Gelehrte meldete sich zu Wort: »Ich würde Euch raten, Eure Gesichter mit feuchten Tüchern zu bedecken. Es heißt, dass das Fieber durch den Odem übertragen wird.«

»So? Heißt es das? Habt Ihr das von den Heiden gelernt, Moris?«

»Es erkranken weit weniger Domorer an diesem Fieber als Südländer. Sie scheinen also zu wissen, wie man sich schützt, ehrwürdige Mutter«, lautete die wütende Antwort.

Die Hohepriesterin schnaubte verächtlich, aber sie folgte dann doch diesem Rat, und auch ihre Priesterinnen verhüllten ihre Gesichter. Sie nahmen aus der Kutsche und sammelten bei den Rekruten, bis sie zwei Körbe mit Brot und Äpfeln zusammenhatten.

Scramo Narth beschränkte sich auf das Beobachten. Dieser Gelehrte war nicht dumm. Die Druiden lehrten, dass man den Atem eines Pockenkranken nicht einatmen durfte, und so war diese Krankheit vor allem eine Geißel der Neusiedler und Legionäre. Er sah zu, wie die Priesterinnen die beiden Körbe die Straße hinunterschleppten, aber dann blieben sie doch in sicherer Entfernung stehen.

Die Hohepriesterin rief den Kranken zu, dass sie die Straße freimachen müssten, wenn sie etwas zu essen haben wollten. Der Mann mit dem Pockenstab nickte, gab den Seinen ein Zeichen, und sie zogen sich in den nahen Herbstwald zurück.

Die Luxalinnen stellten die Körbe am Straßenrand ab und kehrten um. Die Mata sah sehr zufrieden aus, und Scramo dachte, dass er sie nicht unterschätzen dürfe. Diese Frau war mutig und nicht dumm.

Die Kolonne setzte sich wieder in Marsch. Scramo sah die Furcht in den Gesichtern der jungen Legionäre. Sie wären keine Gegner für die Stämme im Osten, aber leider würde man sie bald durch erfahrenere Krieger ersetzen. Dennoch spürte er Zuversicht. Mit fünfzig oder hundert Mann würde er fertigwerden – falls die Hassewer ihm ein wenig halfen. Er wäre noch zuversichtlicher gewesen, wenn er den Plan der Dhurna verstanden hätte: Sie hatte dem Capianer gezeigt, dass er mit Legionären den Nachtstrom überqueren würde, obwohl die meisten später als Leichen enden sollten. Warum konnte er sich ihrer nicht schon im Waldland entledigen? Die Domorer dort wären ihm als Verbündete wesentlich lieber gewesen als die unberechenbaren Hassewer.

Er seufzte noch einmal. Er fragte sich, warum die Dhurna, wenn sie diese Leute unbedingt sehen wollte, nicht einfach jemanden schickte, der sie sicher zum Ziel geleitete. *Vielleicht*, so dachte er, *will sie mich prüfen …*

Gegen Abend tauchte auf einem flachen Hügel die hölzerne Palisade des Außenpostens auf, von dem General Ambo gesprochen hatte, und Aureus ließ einen der Rekruten das Horn blasen, um ihre Ankunft anzukündigen.

Das Signal wurde beantwortet, und als sie die kleine Festung erreichten, schwang das Tor auf. Eine überschaubare Wache hatte auf dem Innenhof Stellung bezogen. Der Kommandant salutierte vor dem General und rief: »Die Siebte

Hundertschaft der Zwölften Tagma ist vollständig angetreten, General.«

Aureus sah weniger als dreißig Mann in diesem Hof und auf der Palisade vielleicht noch einmal zwanzig.

»Vollzählig, wie?«, schnaubte der General, dem das wohl ebenfalls aufgefallen war. »Aber ich sehe nur ein Handvoll Männer. Wo ist der Rest Eurer Halunken? Hattet Ihr Kämpfe? Oder hat hier das Fieber gewütet?«

»Keine Kämpfe, General. Wir hatten den üblichen Ärger, als wir den Steuereintreiber begleiteten, aber das gab nur blaue Flecken und ausgeschlagene Zähne, keine Toten. Es sollen auch Nachtmänner durch die Mark streifen, bis hierher sind sie allerdings noch nicht gekommen«, fuhr der Hekator umständlich fort. Er schien Ambos wachsende Ungeduld nicht zu bemerken. »Das Fieber hat mir ein paar gute Männer genommen, aber viel mehr sind einfach davongelaufen, als ich mit dem Steuereintreiber in den Dörfern war.«

»Und Ihr habt nichts unternommen, um sie aufzuhalten?«

»Ich habe unsere Reiter ausgeschickt, Herr, doch kamen die auch nicht zurück, was sich vielleicht erklären lässt, wenn man bedenkt, dass die Reiter ebenso aus Amarien stammten wie die Männer, die sie zurückbringen sollten …«

»Ihr seid wirklich noch dümmer, als Ihr ausseht, Mann, und das ist kaum zu glauben! Aber wenigstens habt Ihr nun Platz für uns in dieser prachtvollen Festung, die ich Euch leichtsinnigerweise anvertraut habe. Nun schaut nicht drein wie ein ersäufter Dachs – bereitet unsere Quartiere für die Nacht vor!«

»Ich hoffe, dass ich niemals den Zorn dieses Mannes errege«, meinte Famorius fröhlich, als sie ihre Habseligkeiten in das Offiziersquartier schafften.

»Du bist Zivilist, also einigermaßen in Sicherheit«, erwiderte Aureus. »Ich kann seinen Zorn verstehen. Dieser Hekator hat ohne Kampf seine halbe Einheit verloren, und es war eine wirklich dumme Idee, amarischen Deserteuren amarische Reiter hinterherzuschicken.«

»Ja, sie haben es nicht weit bis nach Hause«, pflichtete ihm sein Adoptivbruder bei. »Kommt das oft vor, dass der Legion so viele Männer weglaufen?«

Aureus schüttelte den Kopf. »Nein, es geschieht selten. Bei den Amarern wurden jedoch viele zwangsrekrutiert, weil sie zu wenige Freiwillige abstellten, und der Stamm ist unruhig, weil die Abgaben wegen des Einfalls der Camborer in den Norden erhöht, aber nicht wieder gesenkt wurden. Wir haben auch einige Amarer in der Sechzehnten, und man merkt ihnen an, dass sie gegen ihren Willen kämpfen. Doch nun entschuldige mich. Ich will mich erkundigen, wie es den Rekruten geht.«

»Ist das nicht Sache deiner beiden Hekatoren?«

»Ist es, aber auch nach denen will ich sehen.«

In Wahrheit wollte er vor allem sehen, ob es ihm nicht endlich gelänge, sich mit der jungen Priesterin näher bekannt zu machen.

Stax und Optus hielten ihn dann aber länger auf, als er dachte, denn vor allem Phremos Stax fühlte sich in seiner neuen Rolle noch unwohl: »Es ist schon ein Unterschied, ob man als Veteran ein paar Kameraden mit gutem Beispiel vorangeht, oder ob man einen Haufen Grünschnäbel, die einen Speer nicht von einem Schwert unterscheiden können, unter seinen Fittichen hat.«

»So bereut Ihr es schon, Euch für den Adler statt für ein paar Morgen Land entschieden zu haben?«

»Nein, aber ich werde Stunde um Stunde sicherer, dass ich es bald bereuen werde«, lautete die Antwort.

Aureus sprach den beiden Mut zu, konnte es sich jedoch

nicht verkneifen, sie zu ermahnen, ihre neuen Pflichten gewissenhaft zu erfüllen. Wenn Stax und Optus ihrer Aufgabe nicht mit dem nötigen Eifer nachkamen, würde das schließlich auf ihn zurückfallen.

Aureus suchte die Priesterinnen, aber die waren schon zum abendlichen Mahl im Haus des Kommandanten, und als er dort eintraf, stellte er zu seinem Ärger fest, dass sich Tribun Adelares den Platz neben der Virgo gesichert hatte. Ihm hatte man einen Platz zwischen der Mata und dem General frei gehalten. Widerwillig setzte er sich.

»Ihr kommt spät, Legat, und habt den Segen der Hohepriesterin verpasst«, dröhnte Ambo. »Glaubt Ihr, dass Ihr dennoch essen könnt?«

Aureus verstand diese Bemerkung nicht und ging nur mit einem Nicken auf sie ein. Er hatte den ganzen Tag im Sattel gesessen und war hungrig. Der Koch der kleinen Garnison hatte offensichtlich Befehl erhalten, die Vorräte nicht zu schonen, denn das Mahl war üppig.

Die Hohepriesterin bot während des Essens an, anschließend eine Lichtzeremonie durchzuführen. »Die Männer dieser Festung sehen bedrückt aus. Sie brauchen die Aufmunterung des Lichts.«

»Führt Ihr denn so viele Phiolen mit Euch, dass Ihr eine für diese Unglücksraben opfern wollt?«, fragte der General.

»Das Ritual wird auch Eure jungen Rekruten mit Zuversicht erfüllen, was sie wahrlich brauchen können, denn sie wirken verzagt.«

»Meinetwegen … tut, was Ihr nicht lassen könnt, ehrwürdige Oxala.«

Die Mata verschwand nach dem Mahl, um das Ritual vorzubereiten, und zu Aureus' Ärger begleiteten sie die Novizinnen und die Virgo.

Es wurde eine schlichte Zeremonie: Die Virgo rezitierte ein paar Verse aus den frühen Offenbarungen des Lichts, und die Hohepriesterin zerschlug in einer kleinen Silberschale eine Phiole, die ebenfalls viel kleiner war als jene, die sie im Theater von Maricat benutzt hatten. Ein schmales Lichtband stieg zu den Sternen auf.

Aureus spürte dieses Mal nur ein kurzes, unangenehmes Ziehen. Er hatte unter einem Vorwand die Wache auf dem niedrigen Turm übernommen. Das gab ihm einen guten Blick auf die Szene im Hof und die staunenden Gesichter der Legionäre, gleichzeitig war die Wirkung der Säule auf dem Turm nicht so stark, wie sie es da unten gewesen wäre.

Plötzlich tauchte Clavus Ambo bei ihm auf. »Nanu, Legat, so weit vom Heil bringenden Leuchten entfernt?«

»Ich glaube, die Legionäre dieser Hundertschaft brauchen diese Stärkung der Seele dringender als ich, General.«

»Dennoch ist ein Wachposten nichts für einen Legaten, nicht einmal für einen Hekator, aber das wisst Ihr vermutlich selbst, oder?«

Aureus zuckte mit den Achseln. »Auf Iscer waren so viele von uns krank oder verwundet, dass manchmal sogar unsere Tribunen freiwillig die Wache übernahmen.«

»Das wird unserem Glückskind Adelares gewiss nicht passieren.« Es klang verächtlich.

»Ihr scheint ihn nicht sehr zu mögen, General …«

»Er ist ein Neffe von diesem Angeber Plinos, dem Poligarchos, den Ihr im Kuratorium kennenlernen durftet. Aber vermutlich ist er nicht viel unfähiger als die anderen Tribunen, die man uns immer wieder auf den Hals hetzt, nicht wahr?«

»Ja, General.«

»Ihr solltet vor ihm auf der Hut sein. Er ist ohne Frage ein eitler Schwätzer, der sich mehr für Frauen als für die Legion interessiert, aber er wird ebenso ohne Frage bald ein sehr mächtiger Mann in Capia sein.«

»Das scheint Euch nicht daran zu hindern, ihm immer wieder Eure Meinung zu sagen, General.«

Ambo lachte leise und fuhr sich mit der Hand über den kahlen Schädel. »Ich bin zu alt, um noch so viel Ehrgeiz wie Ihr zu entwickeln, Moris. Ich bin zufrieden mit dem, was ich erreicht habe, und werde vermutlich in meinen Soldatenstiefeln sterben. Sollte es dem Rat der Vierhundert aber irgendwann einfallen, den erfolgreichsten General Capias abzuberufen, so habe ich mir schon ein schönes Landgut ausgesucht, auf dem ich, fernab von der Hauptstadt und ihren Intrigen, meine Memoiren diktieren kann. Ihr aber solltet vorsichtig sein, was Adelares betrifft.«

»Ich werde daran denken. Er hat doch nicht etwa vor, meinen Zug ins Wolfsland zu begleiten, oder?«

»Adelares? Natürlich nicht. Seine schöne Rüstung könnte doch dort rosten.« Der General lachte leise über seinen eigenen Scherz, dann sagte er: »Ich kann doch davon ausgehen, dass Ihr diesem Liebling der Götter nichts von unserer kleinen Unterhaltung erzählt, oder?«

»Natürlich, General.«

»Fein. Ihr scheint mir trotz Eurer unübersehbaren Fehler kein völlig unfähiger Offizier zu sein, Moris. Nein, bildet Euch nichts darauf ein! Ich sagte *scheint,* denn sicher werde ich das erst wissen, wenn wir noch ein paar Tage gemeinsam marschiert sind.«

Der General verschwand wieder. Die Zeremonie war unterdessen zu Ende gegangen. Die Luxalinnen reinigten den Platz und brachten die Utensilien des Rituals zurück auf den Wagen. Famorius half ihnen dabei und plauderte wieder mit der rot gelockten Priesterin. Er schien einen Scherz gemacht zu haben, denn sie lachte plötzlich laut auf, und das hatte sie während dieser Reise noch nie getan. Sie verstanden sich wohl wirklich gut. Aureus konnte nicht behaupten, dass ihm das gefiel.

Am nächsten Morgen brachen sie im ersten Licht des Tages auf. Stax und Optus hatten alle Hände voll zu tun, ihre Rekruten rechtzeitig in den Hof zu bringen. Aureus hätte ihnen beigestanden, aber er sah ein, dass der General Recht hatte: Er war kein Hekator mehr, sondern Legat.

»Und Ihr wollt wirklich den Weg durch Alenum nehmen, Herr?«, fragte der Kommandant der Festung.

»Es ist der kürzeste Weg in die Hirschberge, Mann.«

»Und doch würde ich Euch empfehlen, dem Fluss zu folgen. Die Straße ist nicht so gut, und, ja, es wäre ein Umweg, aber über Alenum wehen schwarze Banner!«

»Ich weiß, dass die Pocken dort grassieren sollen, aber ich will mit eigenen Augen sehen, wie es um die Stadt steht«, gab Ambo kühl zurück.

Inzwischen hatten die Rekruten Aufstellung genommen, und Aureus fand, dass er nie eine müdere Ansammlung von Kriegern gesehen hatte. Sein Bruder hatte sein Pferd bestiegen. Offenbar hatte er sich doch dazu durchgerungen, seine kostbare Last auf den Wagen zu verladen – und er hatte die Priesterinnen dazu gebracht, es zu erlauben. Aureus runzelte die Stirn. Die Virgo musste den Widerstand der Mata aufgeweicht haben. Stand Famo so gut mit ihr?

Der General musterte die angetretenen Legionäre, und er sah gar nicht zufrieden aus. »Ist dieser traurige Haufen zum Aufbruch bereit? Gut, es wurde auch Zeit. Bringt die Kolonne auf die Straße, Legat!«

Aureus salutierte und gab seinen Hekatoren den Befehl

weiter – und dann schlurften die neuen Legionäre aus dem Tor.

»Für Euch habe ich jedoch auch noch einen Befehl, Hekator«, wandte sich Clavus Ambo an den Kommandanten. »Ihr werdet Eure Sachen packen und die armseligen Überbleibsel Eurer Einheit in die Hirschberge bringen. Lasst zehn Mann hier, um diese Festung zu verwalten. Den Rest will ich so schnell wie möglich in der Hirschfeste sehen.«

»Im Kastell? Aber Herr, zehn Mann werden nicht ausreichen, diesen Posten zu vert…«

»Ihr habt Eure Befehle, Mann, und ich erwarte, dass Ihr sie ausführt.«

»Ja, Herr.« Der Kommandant sah regelrecht geschockt aus.

Aureus wunderte sich. Der Befehl kam einer Aufgabe der kleinen Festung gleich. Aber er war klüger als der Tribun, der, kaum hatten sie das Tor durchquert, fragte: »Haltet Ihr das für weise, General? Das Land ist völlig schutzlos, wenn diese Legionäre erst einmal abgezogen sind.«

»Ich wundere mich nicht, dass Ihr diesen Befehl nicht versteht, Tribun, doch ich wundere mich schon, dass Ihr es wagt, meine Klugheit in Frage zu stellen.«

Der Tribun merkte erst jetzt, welchen Fehler er gemacht hatte, und stammelte eine Entschuldigung, aber der General hörte ihm gar nicht mehr zu, und Aureus tat, als hätte er am Ende des Zuges etwas zu tun.

»Worum ging der Streit?«, fragte eine dunkle Stimme. Es war die Virgo.

»Streit?«, erwiderte er und verpasste die Gelegenheit, durch diese Frage ein Gespräch zu beginnen. Ihm lagen hundert Worte auf der Zunge, aber nur dieses eine kam heraus.

»Der Tribun und der General …«, half sie ihm.

»Militärische Fragen«, brachte er hervor.

Der Wagen rumpelte weiter. Er fing sich, fluchte in sich hinein und trieb sein Pferd an, um wieder aufzuschließen. »Der General mag es nicht, wenn man seine Befehle in Frage stellt. Daran hat er den Tribun erinnert.«

»Der General mag viele Dinge nicht«, warf die ehrwürdige Oxala ein. »Euch scheint er auch nicht sehr zu mögen.«

Aureus ging nicht darauf ein, denn er wollte nicht, dass die Hohepriesterin dieses Gespräch an sich riss. »Darf ich nun endlich auch Euren Namen erfahren, Virgo?« Er wusste ihn schon, aber sie hatte sich ihm bei ihrer ersten Unterhaltung nicht vorgestellt.

»Den meinen?« Sie sah ehrlich überrascht aus. »Ich bin Virgo Apricia, aber das wisst Ihr doch längst. Und Ihr seid ein Domorer, nicht wahr?« Ihre Augen blickten unbefangen, gleichzeitig kam es ihm vor, als hätte sie gerade ein Urteil über ihn gefällt.

»Ich bin in der Dämmermark geboren, aber es war ein Capianer, der mich aufgenommen, und es war die Legion, die mich erzogen hat.«

»Und er ist ein ergebener Diener des Lichts, das kann ich bezeugen«, warf die Hohepriesterin mit viel Wohlwollen in der Stimme ein.

Jetzt war Aureus wirklich irritiert. Wie kam die Alte auf diese Idee?

»Das ist selten bei Domorern, nicht wahr?«, fragte die Virgo. »Wie ist es dazu gekommen?«

»Lange Geschichte«, erwiderte Aureus viel einsilbiger, als er gewollt hatte. Aber der Zug hatte angehalten, und der General rief nach ihm. *Das ist ja wieder großartig gelaufen,* dachte er, als er nach vorne ritt.

Die Felder, auf denen die Besatzung des kleinen Kastells ihre Nahrung zog, endeten, und die Straße gabelte sich.

Der General wartete auf ihn. »Was meint Ihr, Legat: Sollen wir den Zug hier aufteilen? Tribun Adelares hat das vorgeschlagen, und ich glaube, er würde gerne das Kommando über die eine Hälfte übernehmen. Ich muss zwar nach Alenum, aber dieser Schafskopf von einem Hekator hatte vielleicht Recht, als er sagte, dass wir eine fieberkranke Stadt besser meiden sollten.«

Er hat sich längst entschieden, dachte Aureus, *also ist es wohl nur ein Test.* »So denkt Ihr daran, die Rekruten und die Priesterinnen die Straße am Fluss nehmen zu lassen? Der Weg dort ist viel schlechter, und mit dem Wagen könnte es schwierig werden. Und wenn in Alenum wirklich die Pocken regieren, können wir die Stadt auch an ihrer Mauer umgehen. Vor allem aber erwähnte der Hekator gestern, dass Nachtmänner durch das Land ziehen sollen. Ich weiß zwar nicht, wie groß diese Banden sind, doch wir sollten unsere Kräfte nicht aufspalten.« *Und außerdem,* aber das dachte er nur, *habe ich auch noch persönliche Gründe, die Straße am Fluss zu meiden.*

»Ihr habt es gehört, Tribun. Wir werden gemeinsam weiterziehen, und Euer erstes Kommando wird noch ein bisschen warten müssen.«

Aureus fing einen feindseligen Blick des jungen Tribunen ein, versuchte aber, das zu ignorieren. Bald würde er ihn und den General los sein, und er fand, dass das erfreuliche Aussichten waren.

An der Kreuzung entdeckte Scramo Narth zwei weitere Zeichen. Einmal drei Zweige, die zusammengebunden waren, dann einen Zweig, der mit irgendetwas, vermutlich Blut, dunkel gefärbt war. Sie steckten unweit der Straße im Boden, aber wieder bemerkten die Lichtler sie nicht. Also waren noch mehr Waldlinge in dieser Gegend unterwegs. Er hatte vergessen, welcher Zweig das Bündel als Zeichen benutzte, aber das Zeichen des Roten Zweiges hatte er wiedererkannt. Sollte er die anderen warnen? Er entschied sich wieder dagegen. Am Ende kämen sie noch auf den Gedanken umzukehren …

Als sie am Mittag rasteten, kam der kleine Gelehrte zu Scramo. »Ich grüße Euch, Meister Narth. Wir hatten noch gar keine Gelegenheit, miteinander zu sprechen.«

Scramo nickte nur schwach, brummte unbestimmt und tat, als sei er vollauf mit dem Verzehr seines Linsengerichtes beschäftigt.

»Ihr seid ein Domorer aus Sulvar, richtig?« Der Mann ließ sich wohl nicht so einfach abwimmeln.

Wieder brummte und nickte Scramo nur.

»Narth? Das ist das alte domorische Wort für Morgengrauen, nicht wahr? Von welchem Zweig, Meister Narth?«

»Ich stamme vom Alten Zweig, Herr.«

»Ich traf schon einmal einen Narth dieses Zweiges, am Weidensee, wenn ich mich nicht irre … Iggo war übrigens der Name.«

»Einen Iggo kenne ich nicht, Herr.«

»Nicht? Nun, Eure Sippe zählt sicher viele Köpfe. Er erzählte mir, dass die Narths viele berühmte Druiden hervorgebracht hätten.«

»Ich bin kein Druide, Herr, und das Waldland habe ich lange hinter mir gelassen.«

»Und doch müsst Ihr diese Gegend immer wieder durchwandern, wenn Ihr im Wolfsland auf die Jagd geht …«

Scramo zuckte mit den Schultern. Er hätte diesem neugierigen Mann erklären können, dass er schon lange nicht mehr selbst jagte, aber dazu hatte er keine Lust. Der Fremde sah ihn jedoch erwartungsvoll an, also sagte er: »Es gibt keinen Groll zwischen mir und meiner Sippe, falls Ihr das denkt.« Er hätte hinzufügen können, dass es ihn dreihundert gute Felle gekostet hatte, den Groll, den es sehr wohl gegeben hatte, auszumerzen, doch er fand, dass auch das diesen Gelehrten nichts anging.

»Und wie gut kennt Ihr das Wolfsland, das jenseits Eurer Heimat beginnt, Meister Narth vom Alten Zweig?«

»Besser, als ich möchte.« Dann aber dachte Scramo, dass er vielleicht von dem Gelehrten etwas mehr über die geplante Reise erfahren könnte, und fragte: »Wenn Ihr mir veratet, wo es hingehen soll, kann ich Euch sagen, ob ich den Ort kenne.«

Der Gelehrte kratzte sich hinter dem Ohr, lächelte verlegen und meinte schließlich: »Das kann ich Euch nicht verraten, Meister Narth. Mein Bruder wird Euch jedoch schon bald einweihen, denke ich.«

»Der Legat ist wirklich Euer Bruder?«

»Adoptivbruder, eigentlich … aber wir sind beide Domorer so wie Ihr, Meister Narth.«

»Verstehe«, sagte Scramo und dachte dann, dass sie keineswegs so waren wie er. Sie waren Zahmlinge aus der Mark, mehr Capianer als Kinder der Wälder, und sie waren den alten Wegen entfremdet durch die Nähe des Lichts.

Und du bist das nicht?, fragte eine leise innere Stimme. *Die Herrin spricht nicht mehr mit dir, vielleicht, weil auch du durch das Licht verdorben wurdest. Nicht so wie die,* dachte er dann trotzig, *nicht so wie die.*

Die Straße führte sie bald an einem weiteren kleinen Dorf vorüber. Es war eine domorische Siedlung, und Aureus sah, dass die Bewohner dabei waren, die Mauer, die ihre Hütten umschloss, zu erhöhen.

Der General fragte den Dorfältesten nach dem Grund.

»Es sind unruhige Zeiten, Herr, und in den Wäldern sind die alten Schatten erwacht.«

»Es scheint, dass der Aberglaube in dieses Land zurückkehrt«, schnaubte der General, als sie ihren Weg fortsetzten.

»Vielleicht meint er aber auch etwas anderes«, vermutete Aureus, der an die Nachtmänner dachte. Clavus Ambo fragte nicht nach. Es schien ihn nicht zu interessieren.

»Wir kommen trotz dieser fußkranken Möchtegernlegionäre gut voran«, meinte der General irgendwann am Nachmittag, als sie unter der rötlich trüben Sonne rasteten, die den ganzen Tag nicht stärker wurde.

»Die Straße ist gut, aber vor allem ist sie seltsam leer«, erwiderte Aureus. »Keine schweren Ochsenkarren, die uns aufhalten, keine Bauern auf dem Weg zum Markt in der Stadt, keine Viehherde, die den Weg kreuzt. Und die Gehöfte, die wir passiert haben, wirkten verlassen.«

»Wenn die Bauern sich verstecken und auch den Weg in die Stadt meiden, dann müssen wir uns wohl darauf gefasst machen, dass in Alenum tatsächlich die Pocken die Herrschaft übernommen haben«, meinte Ambo.

Sie kamen auf ihrem Weg an weiteren Gehöften vorüber. Es waren einige alte domorische, die mit den mit rotem Gras gedeckten Lehmhütten wirkten, als stünden sie schon seit ewigen Zeiten dort unter dem fahlen Himmel, aber es gab auch große, weitläufig nach capianischer Art angelegte Landgüter mit geräumigen, hellen Häusern aus Stein. Doch all diese Höfe lagen wie tot, und an jedem wehte das schwarze Banner der Pocken zur Warnung.

»Was haltet Ihr davon, Legat?«, fragte der General. Vermutlich war auch das wieder nur ein Test.

»Ich halte es für möglich, dass sie die Banner nur anbringen, um Räuber abzuschrecken, General.«

»Wirklich?«

»Diese Höfe sehen nicht verfallen aus. Ich sehe auch keine frischen Gräber. Schaut, dort weiden Kühe, und sie sehen nicht aus, als litten sie unter Eutern, die lange nicht gemolken wurden. Und auch die Felder sind abgeerntet. Nein, diese Leute haben Angst vor Räubern oder Nachtmännern, und sie scheinen mehr auf den Schutz der schwarzen Stofffetzen als auf den der Legion zu vertrauen.«

»Ihr seid gar nicht so dumm, Legat. In Maricat hörten wir viel vom Ausbruch des Fiebers, und wir hörten auch, dass die Nahtmanen, die Nachtmänner aus dem Waldland, wieder da sind.«

»Sie müssen sich sehr sicher fühlen, wenn sie sich bis in diese Gegend wagen.«

Der General nickte grimmig. »Eine Legion reicht eben nicht, um die Hirschberge *und* das weite Land zu sichern. Aber der Basileios geruhte leider, auch die Zwölfte noch nach Westen zu senden, um einen Krieg zu entscheiden, der längst keine Bedeutung mehr hat. Seht mich nicht so empört an, Legat. Ich weiß, dass Eure alte Legion dort tapfer kämpft, aber es gibt auf Iscer viel weniger zu gewinnen, als wir vor sieben Jahren glaubten.«

»Und doch wird diese Insel bald uns gehören und die Macht Capias mehren.«

»Und die des Lichts, wolltet Ihr sicher noch sagen.« Es klang spöttisch und herausfordernd, aber Aureus war verstimmt und ging nicht darauf ein. Vier Legionen kämpften derzeit auf Iscer, und sie kämpften gewiss nicht für gar nichts!

Am späten Nachmittag überquerten sie einen mit rotbraunem Gras bewachsenen Hügel, und als sie die flache Kuppe erreichten, sahen sie in der Ferne die Stadt in der Ebene liegen. Die Straße schlängelte sich wie ein schmales graues Band genau darauf zu, mitten hindurch durch rote Weiden und Felder, die hier vernachlässigt und leer wirkten. Aureus starrte hinüber. Er hatte die letzten Jahre seiner Kindheit in Alenum verbracht. Die Stadt war voller mächtiger Erinnerungen, doch nun, da er sie sah, wirkte sie so klein und unbedeutend, dass er sich fragte, wie all die Erinnerungen in ihr Platz haben sollten.

»Merkwürdig. Es ist immer noch niemand auf der Straße«, stellte der General fest.

»Dort vorne, da hat jemand ein Lager aufgeschlagen!«, rief Aureus, der unter einem Gehölz einige Zelte und eine Palisade an der Straße entdeckt hatte.

»Vielleicht erfahren wir dort, was hier los ist«, brummte Ambo. »Sagt den Leuten, sie sollen sich auf einen Kampf vorbereiten.«

Aureus glaubte zwar nicht, dass es einen Kampf geben würde – vermutlich wollte der General die Rekruten nur aufscheuchen. Also salutierte er und gab den Befehl an die beiden Hekatoren weiter.

Claudio Optus kratzte sich mit einem verlegenen Lächeln am Hinterkopf. »Ein Kampf? Mit den Frischlingen? Das sollten wir vermeiden.«

»Sollten wir«, bekräftigte Phremos Stax.

»Tut Euer Bestes«, erwiderte Aureus, der die Meinung der beiden Veteranen teilte. »Das sind Eure Männer. Sagt ihnen, sie sollen sich gefälligst zusammenreißen!«

Sie marschierten den Hügel hinab auf das kleine Lager zu, und Aureus sah bald, dass ein paar Legionäre dort Wache hielten. Er nahm das als gutes Zeichen. Dann erklangen Hörner, und weitere Legionäre stürzten aus den Zelten und stellten sich vor der Palisade auf. Es erschienen auch einige Reiter, die ihre Pferde bestiegen und an der Flanke Position bezogen.

»Sehr merkwürdig«, murmelte Clavus Ambo. Er ließ den Zug anhalten.

Drüben lösten sich zwei Reiter aus der Linie der Legionäre und kamen ihnen entgegen. Es waren ein Hekator und ein Zivilist, der sich als Domorer entpuppte. Er war ein Mann in den Fünfzigern, aber sein Haar war blond und reichte ihm über die breiten Schultern. Seiner Kleidung nach musste er wohlhabend sein.

Als sie herangekommen waren, erkannte der Offizier seinen General und salutierte. »Hekator Grivus für die zwölfte Tagma. Ich grüße Euch, General.«

»Ihr sprecht für die zwölfte? Was ist hier los? Und wo ist Legat Piris?«

»Tot, General, er starb vor zwei Tagen. Die Seuche hat die Stadt fest im Griff, und der Atterling hat die Tore schließen lassen, damit sie nicht auch noch das Land heimsucht.«

»Der Atterling? Wer soll das sein?«

Der Zivilist lächelte. »Ich vermute, Hekator Grivus meint mich, Herr. Orit Skar vom Flüsternden Hain, zu Euren Diensten. Ich bin der Sprecher der Domorer der Stadt, und einige nennen mich aus Anhänglichkeit an die alten Bräuche Atterling, dabei ist dieses hohe Amt mit meinem Großvater vor vielen Jahren gestorben.«

»Er war so eine Art Häuptling der Häuptlinge, oder?«, fragte Ambo.

»So könnte man es umschreiben, Herr, auch wenn seine Autorität vor allem … spiritueller Natur war.«

»Spirituell? Seht her, wir haben hier einen Gelehrten!«, spottete Ambo. »Aber das erklärt mir noch nicht, Grivus, wieso ein Zivilist darüber entscheidet, ob die Tore der Stadt geschlossen werden oder nicht. Es gibt keinen Atterling mehr, das sagt dieser Mann doch selbst. Ein Satrap ist nun Herr dieser capianischen Provinz, und er ist der Einzige neben mir und meinen Legaten, der so etwas entscheiden könnte.«

Grivus salutierte ziemlich hilflos – und schwieg. An seiner Stelle antwortete wieder Orit Skar mit einem freundlichen Lächeln, aber Aureus meinte, ein zorniges Aufblitzen in seinen blassblauen Augen zu sehen. »Ich wäre froh, wenn mir der Satrap die Bürde der Entscheidung abgenommen hätte, Herr, doch hat sich der ehrenwerte Cadus Secidis in den Katakomben des Palastes eingeschlossen und lässt niemanden zu sich hinein. Er fürchtet die Seuche, die schon einige seiner Diener dahingerafft hat.«

»Secidis hat sich im Keller verkrochen? Ist das wahr, Hekator?«

»Es ist leider wahr, Herr. Das Fieber wütet schlimm in der Stadt. Also folgte ich dem Rat des Atterlings. Wir haben die meisten gesunden Legionäre vor beiden Stadttoren postiert, und bisher ist es uns gelungen, einen Ausbruch der Bürger – und damit der Pocken – aus diesen Mauern zu verhindern. Aber das müsst Ihr doch wissen, Herr. Hat Euch denn keiner der drei Boten erreicht, die wir nach Maricat sandten?«

Der General schüttelte den Kopf.

Aureus sah unweit der Mauern einige Leichen im Feld liegen. Offenbar waren nicht alle Bewohner der Stadt bereit gewesen, die Befehle des Atterlings zu befolgen. Er meinte auch, auf den Zinnen Männer zu sehen. Wachen vermutlich. Die Mauer erschien ihm viel niedriger, als er sie in Erinnerung hatte. Er wäre gerne in die Stadt geritten, um nach dem Haus zu sehen, in dem sein Adoptivvater ihn und seinen Bruder aufgezogen hatte.

»Aber ich muss mit dem Satrapen sprechen. Ich habe Befehle für ihn!«, rief Ambo aufgebracht.

»Ich fürchte, Ihr müsst mit mir vorliebnehmen, General.« Der Atterling schob sich erneut in den Vordergrund. Er lächelte, und vermutlich sollte es bescheiden wirken, aber Aureus sah dem Mann an, dass in ihm Stolz und Ehrgeiz brannten. Er konnte sich dunkel an die Geschichten von früher erinnern. Der Atterling war immer jemand gewesen, der über den Stämmen stand, und meist galt er als ein Mann märchenhafter Weisheit. Aber das waren wohl nur Geschichten …

»Sagt, seid Ihr wirklich ein Nachfahre von Orloss dem Weisen?« Famorius hatte sich unvermittelt in das Gespräch eingemischt, und er übersah den wütenden Blick, den der General ihm sandte.

»Ihr kennt den Namen meines Großvaters?«

»Soweit ich weiß, ist der Titel nicht erblich, oder? War es nicht so, dass die Druiden die Dhurna befragten und die ihnen in einem der Heiligtümer einen Namen zuflüsterte, weshalb man sie ja auch die Flüsternden Haine …«

Der Domorer unterbrach ihn schroff: »Die Druiden haben die Dämmermark lange verlassen, und die Haine schweigen. Das Licht leuchtet über diesem Land, so wie es sein sollte. Doch das Blut eines Atterlings hat schon oft andere Atterlinge hervorgebracht!«

»Ihr legt erstaunlich viel Wert auf Eure Herkunft, für einen Mann, der vorgibt, dass ihn dieser Titel nicht interessiert«, meinte Ambo ungehalten.

»Es sind unruhige Zeiten, Herr. Die Leute brauchen Führung, und sie lassen sich leichter leiten, wenn sie einen Mann mit Titel sehen – ob der nun aus der Vergangenheit stammt oder nicht.«

»Das mag sein, doch werde ich Euch ganz gewiss nicht die Befehle übergeben, die für den Satrapen der Stadt bestimmt sind. Sagt, Hekator, habt Ihr denn keine Heiler unter Euren Männern, oder gibt es innerhalb der Mauern der Stadt niemanden, der sagen kann, wie lange die Pocken noch wüten werden?«

Der Hekator rutschte unruhig im Sattel hin und her. »Der Atterl… Meister Skar meint, dass es in ein oder zwei Wochen überstanden sein wird.«

»So, meint er? Gut, dann werde ich die Befehle später überbringen lassen. Wir lagern heute Nacht hier, und ich erwarte einen ausführlichen Bericht – von Euch, Grivus, nicht von diesem Mann mit dem anmaßenden Titel.«

Scramo Narth hatte am Wegesrand gestanden und so getan, als interessiere ihn diese Unterredung nicht, aber in Wahrheit lauschte er auf jedes Wort. Dieser Mann war also der Enkel von Atterling Orloss, und wie es aussah, hatte er die Macht in Alenum übernommen.

Er war dem alten Orloss vor langer Zeit begegnet, einem zahnlosen Greis, der sich mit den neuen Herren arrangiert hatte, anstatt sie mit aller Kraft zu bekämpfen, und der nicht merkte, dass sie ihn trotzdem entmachteten.

Sein Ende war alles andere als ruhmreich gewesen: Man hatte seinen Leichnam im Winter halbnackt aus dem Fluss gezogen. Es hieß, dass er noch einmal den Flüsternden Hain hatte aufsuchen wollen, sich auf den gefrorenen Fluss verirrt haben müsse und durch das Eis gebrochen sei. Tragischerweise war sein einziger Sohn, die Hoffnung der Mark, bei dem Versuch, ihn zu retten, ebenfalls ertrunken.

So erzählte man es sich an den Herdfeuern der Dämmermark. Aber das war nicht die Wahrheit.

Die Dhurna hatte den Tod des Mannes verlangt, denn Orloss hatte sich von der Dunkelheit abgewandt. Also hatte Scramo den alten Mann mit einer falschen Weissagung an den Fluss gelockt. Es war einer seiner ersten Aufträge gewesen, und vielleicht hatte er wegen seiner Unerfahrenheit nicht verhindern können, dass Orloss' Sohn den Alten begleitete. Er hatte den Sohn nach hartem Kampf besiegt und ihn im eiskalten Wasser ertränkt. Der Alte war jammernd auf das Eis hinausgeflohen, aber es hatte ihn nicht getragen, war gebrochen, und der Fluss hatte ihn verschlungen.

Und sein Nachfahre? Er wirkte selbstbewusst und schien gewillt, sich gegen die Legion zu behaupten. Orit Skar hatte hier das Sagen, und Scramo hielt es für möglich, dass die Dunkle Herrin die Seuche über die Stadt gebracht hatte, um einem ihrer Diener zur Macht zu verhelfen.

General Ambo befahl, ein Lager zu errichten, und Scramo Narth sah zu, wie die beiden Hekatoren ihres kleinen Trupps versuchten, den Rekruten die Kunst der Schanzarbeit beizubringen. Sie mussten Bäume fällen und legten wirklich ein befestigtes Lager an, was er für ziemlich übertrieben hielt. Er hatte das Gerede von den Nahtmanen gehört, aber er glaubte nicht, dass sie so kühn sein würden, dicht unter den Mauern der Provinzhauptstadt auf Raubzug zu gehen.

Irgendwann, während die völlig erledigten Junglegionäre noch Pfähle in die Erde rammten, schlenderte er hinüber zum anderen Lager, das die Straße sicherte. Er wartete in der Dunkelheit, bis der Enkel des letzten Atterlings in seinem Zelt allein war. Es war ein großes Zelt, und es war so behaglich eingerichtet, wie es das Zelt von General Ambo nicht war. Es war auch nicht bewacht, also trat er einfach ein. »Ich grüße Euch, Herr.«

Orit Skar, der mit einem Krug Wein in der Faust in seinem Sessel saß und finster ins Nichts starrte, blickte auf. »Wer seid Ihr, und was wollt Ihr in meinem Zelt bei der verfluchten Finsternis?«

»Ich bin Scramo Narth vom Alten Zweig, und ich habe die Aufgabe, einige dieser Leute nach Osten zu führen.«

Der selbst ernannte Atterling gab sich geringschätzig. »Und warum sollte mich das interessieren?«

»Ich dachte, Ihr wolltet vielleicht unterrichtet sein von den Dingen, die die Dunkelheit und das Licht betreffen – als Atterling.«

Skar kniff die Augen zusammen. »Ihr habt es doch sicher gehört – der Meinung dieses kahlköpfigen Generals nach gibt es keinen Atterling in der Mark.«

»Es scheint Menschen zu geben, die anderer Ansicht sind.«

»Sicher gibt es die, doch solange die Legion in unserer Heimat das Sagen hat, solange wird sie einen feuchten Kehricht auf das geben, was diese Menschen sagen. Oder glaubt Ihr, dass General Ambo auf mich hören wird?«

»Vermutlich nicht, Herr. Aber es kann sein, dass sich die Zeiten ändern.«

Orit Skar lachte bitter auf. »Die Zeiten ändern sich immer, aber selten zum Besseren. Die Nacht folgt auf den Tag, und der rote Herbst wird irgendwann durch den gnadenlosen Winter abgelöst. Die Dunkelheit und ihre verfluchten Diener sind in die Mark zurückgekehrt, und die Legion tut nichts dagegen. Und nun entschuldigt mich, ich habe zu tun.«

Scramo zog sich zurück. Er hatte gehofft, hier von einem Verbündeten mehr über die Lage in der Mark zu erfahren, aber der Mann war offensichtlich ein Lichtling. Wusste er nicht, dass nur die Dunkelheit einen Atterling erwählen konnte?

Als er das Lager verlassen wollte, sah er den General, der mit dem Hekator sprach. Er war zu weit entfernt, und im Lager war zu viel Unruhe, um zu verstehen, was Ambo sagte, aber der Hekator wirkte nicht glücklich.

Kurz darauf verließen vier Reiter das Lager und ritten in unterschiedliche Richtungen davon. Scramo fragte sich, was das zu bedeuten hatte.

Als das Lager endlich errichtet war, sah Aureus seinen Bruder erneut mit der Luxalin Apricia reden. Sie schien ihm aufmerksam zuzuhören, überhaupt schien es, als stehe sie Famorius viel aufgeschlossener gegenüber als ihm.

Er ging hinüber. Sein Bruder sah ihn und rief: »Ah, Auro, ich erzähle der Luxalin gerade von unserem Abenteuer mit der Kuh auf diesem Feld.«

Aureus runzelte die Stirn. »Es gibt bessere Geschichten.«

»Und Ihr habt wirklich versucht, sie zu reiten?«, fragte die Priesterin. Sie schien amüsiert.

»Schlimmer war«, fuhr Famorius fort, »dass der Bauer, dem die Kuh gehörte, glaubte, Auro wolle sie stehlen. Es hat unseren Vater einige Münzen gekostet, dieses Missverständnis geradezurücken.«

»Dieser Bauer war einfach nur gierig«, verteidigte sich Aureus.

»Dann galt das auch für den Färber, dem du das Blau verwässert hast? Oder den Bäcker, dem du den Schornstein zugemauert …«

»Das ist lange her, Famo, und ich weiß wirklich nicht, warum du all diese alten Geschichten aufwärmen musst.«

»Ach, ich hatte das alles selbst lange vergessen. Aber nun

stehe ich vor dieser Mauer, die in meiner Erinnerung viel höher war, und all die Bilder und Erlebnisse tauchen wieder auf. Sieh nur, ist das nicht die alte Eiche, unter der wir die Nacht verbringen mussten, weil uns die Legionäre nicht in die Stadt lassen wollten?«

»Was hattet Ihr angestellt, Meister Famorius?«, fragte die Luxalin.

»Angestellt? Nichts, Virgo Apricia. Wir waren auf der Flucht. Die Nachtmänner hatten unser Dorf überfallen, und wir waren die Einzigen, die entkommen konnten. Zum Glück wusste ich den Weg in die Stadt. Leider hielten uns die Legionäre nur für Bettler und wollten uns nicht einlassen.«

»Wie schrecklich!«

»Sie hatten ihre Befehle«, nahm Aureus die Soldaten in Schutz, die er damals am liebsten getötet hätte. »Und es war am Ende unser Glück, denn unser Adoptivvater sah uns unter der Eiche sitzen, als er mit seinem Wagen von Maricat kam. Er gab uns Brot und nahm uns auf.«

»Ja, Marius Moris hatte ein großes Herz«, seufzte Famorius. »Und jetzt spüre ich die Trauer wieder, die ich empfand, als ich unweit von hier seine Asche über die Felder streute.«

Die Luxalin legte ihm ihre Hand auf den Arm. »Ich bedaure Euren Verlust, Meister Famorius, doch denkt daran, dass Euer Vater nun im ewigen Licht wandelt.«

Famorius nickte und lächelte melancholisch.

Aureus fragte sich, warum die Priesterin nicht auch ihm gegenüber ihr Mitgefühl ausdrückte.

5. DIE HEIMAT DER TOTEN

Auch am nächsten Morgen brachen sie in aller Frühe auf. Dichter Dunst hatte sich über den Feldern erhoben, und der Himmel war trüb. »Eine rote Sonne … schon wieder …«, meinte Phremos Stax und sah beunruhigt aus.

»Gestern war sie auch rot, und uns ist nicht Übles widerfahren«, entgegnete Optus fröhlich und versuchte dann, die Rekruten zu einer halbwegs ansehnlichen Marschkolonne zu formieren.

»Es ist eigenartig, aber Rot scheint in diesem Land wirklich die vorherrschende Farbe zu sein. Das Gras hat diese Farbe und auch das Laub, obwohl der Herbst gerade erst begonnen hat«, sagte die Virgo, die plötzlich in Aureus' Nähe stand.

Er setzte zu einer Antwort an, doch Famorius war schneller: »Das Laub ist hier immer rot, Virgo Apricia, weil die Kupferbuche, die ich nur in der Dämmermark gesehen habe, diese Farbe schon im Sommer trägt. Ihre Blätter bleiben den Winter über am Baum und werden nur etwas blasser, bevor sie im Frühling für wenige Wochen von frischem Grün verdrängt werden. Und auch das Blutgras, das Ihr erwähnt habt, findet Ihr nur auf dieser Seite der Hirschberge. Ich sah es weder in Lyf noch in Karsien oder in den Ländern des Ostens.«

»So seid Ihr weit gereist, Meister Moris?«

Aureus' Bruder wehrte bescheiden ab und zählte dann doch ein Dutzend weitere Länder und Provinzen auf, die er besucht hatte. Versuchte er, die Priesterin zu beeindrucken? Das schien ihm aber nicht zu gelingen. Sie nickte nur hie und da, und allmählich kam Aureus in den Sinn, dass sie im Dienste des Lichts selbst ebenfalls weit herumgekommen war. Und erst jetzt verstand er, dass sie zum Gefolge des Kaisers gehört haben musste.

General Ambo entschied sich, die Stadt nördlich zu umgehen und dann weiter zum Fluss zu marschieren. Das bedeutete einen Umweg. Wie Aureus herausfand, geschah das auf Wunsch von Famorius.

»Euer Bruder will unbedingt den alten Lichttempel am Fluss aufsuchen. Er sagt, dass er sich dort wichtige Aufschlüsse für Eure Reise in das Land der Dunkelheit erhofft.«

»Aber das bringt uns an unseren Fluss«, stellte Aureus seinen Bruder zur Rede.

»Ich weiß. Beunruhigt dich das?«

»Ich bin jedenfalls nicht versessen darauf, die Ruinen unseres Dorfes wiederzusehen, und ich wundere mich, dass du es bist. Reicht dir der Schmerz der Erinnerung nicht, den du angesichts der Stadtmauern erlebt hast?«

Famorius antwortete mit einem Lächeln: »Wenn wir unser Dorf erreichen, werden bei mir vermutlich mehr böse Erinnerungen wach als bei dir, Auro. Aber ich will mich dem stellen. Und du solltest das vielleicht auch. Du musst die dunklen Erinnerungen bezwingen, bevor wir ins Reich der Dhurna aufbrechen.«

Etwas in Famos Blick war seltsam. *Alter Groll?*, fragte sich Aureus. Nein, gewisse Ereignisse lagen so weit zurück, dass sie nicht einmal mehr wahr waren. Selbst Famorius konnte so nachtragend nicht sein. »Ich habe gewiss keine Angst vor alten Erinnerungen, Famo. Aber ich weiß, wie schlecht der Weg am Fluss ist, und ich meine, wir sollten so schnell wie möglich auf die Straße zurückkehren.«

»Ich muss den Flüsternden Hain besuchen und sehen, wie die Dinge dort stehen. Das könnte entscheidend für das Gelingen unserer Reise sein.«

»Aber dort ist nichts! Der Hain wurde vor dreißig Jahren zerstört, und die Luxalinnen haben an seiner Stelle einen Lichttempel errichtet.«

»Und weißt du nicht, was mit diesem Tempel geschehen ist? Nein? Dann rate ich dir, ihn dir anzusehen, Auro.«

Der Himmel blieb trüb und die Stimmung im Zug gedämpft. Clavus Ambo schien es nicht eilig zu haben, was Aureus seltsam fand, hatte der General sie doch bisher immer ungeduldig vorangetrieben.

Die Straße war bald nur noch ein staubiger Trampelpfad, und für die Kutsche und ihre Pferde wurde es schwierig.

»Ich sagte doch, dass Ihr mit diesem schweren Gefährt nur Kummer haben werdet«, erklärte Ambo kühl, als sich Mata Oxala beschwerte.

»Und schlagt Ihr diesen Umweg nur ein, um uns das zu beweisen, General?«

»Nein. Der Gelehrte ist der Meinung, dass sich der Weg lohnt. Fragt ihn, was er sich davon verspricht.«

Aber das tat die Hohepriesterin nicht.

Die Felder wirkten auf Aureus verlassen. Sie kamen an einigen Höfen vorüber, doch sie alle zeigten das schwarze Banner der Seuche. Einmal sahen sie in der Ferne eine Ziegenherde, doch die beiden Hirten, Jungen, die kaum älter als zehn sein konnten, trieben ihre Tiere eilig in ein Wäldchen, als sie sich näherten.

Aureus kommandierte bald ein halbes Dutzend Rekruten

ab, die das Gefährt an schwierigen Stellen – und die häuften sich – schieben halfen.

»Ich hoffe, der Weg ist Euch nicht zu beschwerlich, Virgo Apricia«, versuchte er, wieder ein Gespräch anzuknüpfen, während er neben dem Wagen herritt.

»Auf der Straße ging es leichter«, seufzte sie. Einer der Legionäre lief vor dem Wagen und führte die Pferde, so dass sie eigentlich kaum noch etwas zu tun hatte. »Euer Bruder sagte mir, dass Ihr hier in der Nähe geboren wurdet, Legat. Ist das wahr?«

»Das ist richtig. Dieser Weg führt uns an unserem Dorf vorüber.«

»Wie heißt es?«

»Es ist zerstört worden, Virgo, und vorher … ich weiß gar nicht, ob es einen richtigen Namen hatte. Ich glaube, die Leute in der Gegend nannten es schlicht das Dorf unter dem kahlen Hügel. Seht Ihr, dort vorne, die baumlose Anhöhe hinter dem roten Wald? Das ist der Hügel, an dessen Fuß unser Dorf lag.«

Sie erreichten einen kurzen Stich einen Hügel hinab, und das Gespräch endete, weil die Priesterin jetzt auf den Wagen achten musste und Aureus von General Ambo nach vorne gerufen wurde.

Am Rand des Weges befand sich ein Stück voraus ein verkrüppelter Baum, und an diesen Baum gelehnt stand ein Toter, mit Speeren an den Stamm genagelt. Er stand wohl schon einige Tage dort. Der Gestank war unbeschreiblich. Die Pferde hielten es kaum aus und scheuten zurück.

»Was haltet Ihr davon, Legat?«

»Das ist das Werk von Nahtmanen. Wir müssen auf der Hut sein.«

»Und warum haben sie den Unglücklichen dort aufgespießt?«

»Das kann ich vielleicht beantworten, General«, mischte sich Famorius ein. »Seht Ihr den Kreis, den jemand um diesen Baum herum in die Erde gezogen hat? Es ist ein Opferkreis. Dieser Mann wurde der dunklen Göttin geopfert.«

»Ein Menschenopfer also. Barbarisch … Kennt Ihr auch den Zweck?«

»Nein, General. Die Anhänger der Dunkelheit halten ihre Rituale geheim. Ich wundere mich, dass sie hier ein so sichtbares Zeugnis ihres Glaubens zurückgelassen haben.«

»Ihres heidnischen Aberglaubens, wolltet Ihr wohl sagen«, zischte die Hohepriesterin. »Wir müssen den Unglücklichen begraben, den Kreis zerstören und ein Licht entzünden, um das Übel von diesem Ort zu vertreiben!«

»Dafür, dass Ihr es für Aberglauben haltet, nehmt Ihr das erstaunlich ernst, ehrwürdige Oxala«, spottete der General.

»Es ist das abscheuliche Werk der Dunkelheit. Ich weiß, dass diese Zauber wirkungslos sind, doch die Menschen dieses Landes wissen es nicht. Wir müssen ihnen zeigen, dass das Licht stärker ist.«

»Schön, tut, was Ihr nicht lassen könnt. Es ist ohnehin Zeit für eine Rast.«

Scramo Narth versuchte, dem Baum nicht zu nahe zu kommen, denn er verströmte eine unheilvolle Dunkelheit. Die anderen schienen davon jedoch nichts zu merken. Die Hekatoren zogen die Speere aus dem Baum und warfen sie achtlos ins Gras, dann schleppten sie den Leichnam zur Seite, wo die Rekruten ein flaches Grab für den Toten aushoben.

Der General war von seinem Pferd gestiegen und kam nun zu ihm. »Was haltet Ihr von der Sache, Meister Narth?«

Er zuckte mit den Schultern. »Es war ein Ritual, wie der Gelehrte sagt.«

»Und Ihr wisst nicht mehr darüber?«

»Ich versuche, mich von der Dunkelheit fernzuhalten, Herr.« Das war ihm lange Zeit gelungen, doch nun hatte sie ihn wieder eingeholt.

»Lobenswert, aber vergesst für einen Augenblick die Rituale und Bräuche … Glaubt Ihr auch, dass es die Nachtmänner waren?«

Scramo sah den General erstaunt an. »Wer sollte es denn sonst gewesen sein, Herr?«

Ambo strich sich mit der Hand über den kahlrasierten Schädel. »Das ist doch die Frage, oder? Waren es wirklich Nachtmänner – oder haben sich Einheimische dazu entschlossen, sich vom Licht abzuwenden, und haben diesen Mann geopfert, um sich der Hexe der Finsternis anzudienen? Nein, Ihr habt recht, vermutlich waren es Nachtmänner. Aber dann scheinen sie sich erstaunlich sicher zu fühlen. Und das ist beunruhigend. Habt Ihr eine Ahnung, wie viele es waren?«

Scramo kratzte sich am grauen Bart. »Nicht mehr als ein Dutzend, würde ich sagen, doch die Spur ist drei oder vier Tage alt und schwer zu lesen.«

»Ich möchte, dass Ihr herausfindet, wie viele es waren, Meister Narth, und ob da noch mehr in diesen roten Wäldern lauern. Ich nehme doch an, dass Ihr den Spuren dieser Männer folgen könnt, oder?«

Natürlich konnte er das, aber er gab sich zurückhaltend: »Ich kann es versuchen, Herr.«

»Dann tut es. Findet heraus, wer das war, und berichtet mir! Ich will wissen, ob ich mit einem Überfall rechnen muss oder nicht.«

Scramo war sich nicht sicher, ob es eine gute Idee war, der Spur zu folgen. Einerseits war es vielleicht gar nicht schlecht, mit den Nachtmännern zu reden. Wenn hier mehrere Gruppen durch die Wälder streiften, konnte es sein, dass sie sich für einen Überfall auf diesen kleinen Zug zusammentaten, und das musste er ihnen ausreden. Andererseits war das gefährlich. Es konnte geschehen, dass sie ihren Verfolger gleich umbrachten – und sich dann erst fragten, was er von ihnen gewollt haben mochte. Er machte sich dennoch auf den Weg.

Am Nachmittag erreichten sie den Platz, an dem früher das Dorf gestanden hatte.

Aureus stieg vom Pferd. Viel war nicht zu sehen. Die zerstörten Lehmhütten waren zusammengefallen und von Blutgras überwuchert, und nur hier und da ragte ein verkohlter Stützbalken aus der Erde und verriet, dass dort einst ein Haus gestanden hatte.

Er wanderte langsam zwischen den Ruinen umher, und die Bilder aus seiner Kindheit kehrten mit Macht zurück. Sein Elternhaus, die Schmiede, die Fischerhütte, der Kornspeicher – sie standen plötzlich wieder vor seinem inneren Auge und waren doch jetzt nicht mehr als verkohlte Sparren, die aus Erdhaufen ragten.

Und dort waren die Überreste des Ziegenstalles zu erkennen, in den sie auf der Flucht vor dem Nachtmann geflohen waren. Wie hell er gebrannt hatte! Ein Schauer durchlief ihn, als diese Erinnerung mit Macht zurückkehrte. Er war mit Famo in den brennenden Stall gerannt, weil er gehofft hatte, dort seien sie sicher. Aber der Krieger hatte sie gesehen und verfolgt. Famo war durch ein Schlupfloch in der Rückwand entkommen, doch er war geblieben, um den Mann aufzuhalten. Der Nahtman hatte seine Axt schon zum Schlag gehoben, dann war der Stall über ihnen zusammengebrochen, und Aureus war schwarz vor Augen geworden. Ab da waren die

Erinnerungen verschwommen. Klarer wurden sie erst wieder, als Famo ihn geschüttelt und angefleht hatte, mit ihm zu fliehen. Famo hatte nie darüber gesprochen, aber er musste ihn aus der brennenden Hütte gezogen haben.

»Dies war also Euer Dorf?«, fragte die Virgo mit großen Augen.

Aureus nickte. Es war heller Tag. Nichts glich dem Schrecken der Nacht, der damals geherrscht hatte. »Seht Ihr dort, diese runde Mauer? Das war die Esse vom Schwarzen Pegg, unserem Schmied.«

Es war merkwürdig, sie wiederzusehen. Alle Kinder hatten Angst vor dem Schmied gehabt, der ihnen immer wieder drohte, sie ins Feuer zu werfen, wenn sie frech waren. Aber das hatte ihn nicht daran gehindert, diesem düsteren Mann einige Streiche zu spielen. Und Famo war ihm dabei stets zur Hand gegangen, ja, er war sogar noch einfallsreicher als er gewesen. Und Peggs Frau … ihr Name fiel ihm nicht mehr ein. Sie hatten sie die Wolfsfrau genannt, denn aus dem Wolfsland hatte der Schwarze Pegg sie eines Tages mitgebracht, sie und ihre Mutter, die sich weigerte, die Sprache der Dämmermark zu sprechen, und die, als sie älter wurde, grundlos alles und jeden auf Hassewisch verflucht hatte.

Dort drüben, hinter dem Haus von Famos Familie, hatte er sie liegen sehen, als ihre Verwünschungen wahr geworden waren. Die Nachtmänner hatten sie ebenso erschlagen wie all die anderen Menschen des Dorfes. Dabei hatte die verrückte Alte sie noch mit offenen Armen empfangen.

Aureus konnte das Bild bis zu diesem Tag nicht vergessen: Die Alte tanzte zwischen den brennenden Hütten und freute sich, bis einer der schwarz bemalten Männer sie mit einem Axthieb für immer zum Schweigen brachte. Seltsam … er erinnerte sich besser an diese Fremde als an seine eigenen Eltern.

»Die Gräber sind dort drüben«, sagte Famorius. Seine Stimme klang belegt.

Aureus nickte. Der Hügel war grasbewachsen und unterschied sich kaum von den anderen Hügeln, die bloß Hütten bedeckten. In einem der Hügel steckte ein Buchenzweig mit vier Kerben. Aureus fragte sich, was für ein Zeichen das sein mochte. Hatte hier noch jemand getrauert? Nein, außer ihnen beiden hatte niemand aus ihrem Dorf überlebt. Vielleicht hatte ein Wanderer diesen Zweig dort hinterlassen.

Sie selbst hatten eine kleine hölzerne Gedenksäule aufgestellt, schmucklos, ohne Zeichen, aber die war wohl schon vor Jahren umgefallen.

Famorius fand sie im Gras und richtete sie auf. »Siehst du … der Kopf, er ist noch da.«

»Was ist das?«, fragte die Priesterin, die sich ihnen angeschlossen hatte.

Aureus hatte den Kopf vergessen. »Eine Schnitzerei, mehr nicht«, sagte er.

»Auro hat diesen Drachenkopf gemacht. Wir glaubten damals, dass ein Feuer speiender Drache die Unseren in der nächsten Welt vor der Dunkelheit beschützen könne.«

»Ein Drache?«

»So hat man uns in den Kindergeschichten erzählt. Damals wussten wir noch nicht viel vom Licht«, erklärte Aureus.

»So habt Ihr diese Menschen selbst begraben?«

Famorius trieb die dünne Holzsäule vorsichtig wieder in die weiche Erde. »Marius Moris, unser Adoptivvater, hatte darauf bestanden, nachdem er endlich aus uns herausbekommen hatte, was uns widerfahren war. Er hat einige Männer angeheuert und ist dann mit uns hierhergekommen. Sie haben dieses Grab ausgehoben, und wir haben die Säule geschnitzt.«

»Und wer hat Euer Dorf zerstört?«

»Nachtmänner, wer sonst? Das war die Zeit, als die Legion versuchte, auch Sulvar unter die Herrschaft Capias zu bringen. Und für die Überfälle der Tagmen im Waldland rächten sich die Stämme, indem sie ihre Nachtmänner über die Grenze schickten.«

»Das klingt, als wolltest du sie verteidigen!«, fuhr Aureus seinen Bruder an.

Der blinzelte kurz. »Nein, gewiss nicht. Aber es ist immer wichtig, die Zusammenhänge zu sehen.«

»Ich sehe nur, dass die Dunkelheit unser Dorf überfallen hat. Und sie hat alle verschlungen, die uns lieb und teuer waren. Ich verfluche die Dhurna und die Finsternis, die sie verbreitet!« Damit drehte Aureus sich um und kehrte zum Pfad zurück, wo der Rest ihres Zuges auf sie wartete. Der Anblick des grünen Grabes hatte ihm mehr zugesetzt, als er es sich hatte vorstellen können.

Famorius hatte sich beim General etwas Zeit für diesen Besuch ausbedungen, und Clavus Ambo hatte zu Aureus' erneuter Überraschung nichts dagegen gehabt. Er war sogar dafür, das Nachtlager hier aufzuschlagen.

»Wir haben sicher noch zwei Stunden Licht, General«, sprach Tribun Adelares aus, was auch Aureus dachte. Er wollte nicht an diesem Ort bleiben.

»Sicher haben wir die, aber wenn unsere Legionäre so langsam schanzen wie gestern, werden wir sie auch brauchen. Außerdem liegt dieser Platz gut geschützt, und da sich vermutlich Nachtmänner in der Gegend herumtreiben, kann das nicht schaden. Ich kann verstehen, warum Eure Vorfahren hier ihr Dorf errichtet haben, Legat. Diese Stelle ist durch die Biegung des Flusses von zwei Seiten geschützt. Und diese kleine Lichtung dort drüben scheint mir ideal für ein Lager.«

»Leider war das Dorf nicht so sicher, wie Ihr vielleicht annehmt, General«, gab Aureus frostig zurück.

Stax und Optus leiteten die Rekruten an, zeigten ihnen noch einmal, welche Bäume sie am besten zu fällen hatten und wie sie die so gewonnenen Pfähle am schnellsten zu provisorischen Palisaden verbinden konnten.

»Immer noch viel Arbeit für eine Nacht in einem Land, das uns freundlich gesinnt ist«, meinte Optus gut gelaunt, während er seinen Leuten bei der Arbeit zusah.

»Es gibt Feinde hier, Optus«, brummte Stax, der einem der Rekruten zeigte, wie man mit der Axt die Pfähle anspitzte.

»Nachtmänner … na und? Ich habe noch nie gehört, dass diese Räuberbanden sich an richtige Soldaten gewagt hätten.«

»Wenn wir richtige Soldaten hier hätten, wäre mir auch nicht bange, mein Freund«, meinte Stax trocken.

»Erkennst du die Lichtung wieder?«, fragte Famorius. Die Luxalin war bei ihm. Sie sah sich mit ihren großen braunen Augen um, als sähe sie ein Wunder. Dabei war es nur ein ganz gewöhnlicher Herbstwald.

»Sicher, wir waren oft hier und haben die Ziegen gehütet.«

»Ja, hier haben wir unsere Streiche ausgeheckt, und du hast mir das Jagen mit der Schlinge beigebracht.«

»Stimmt«, gab Aureus einsilbig zurück.

Die Hohepriesterin rief die Luxalinnen zusammen, und so war Aureus plötzlich mit seinem Bruder allein.

»Und hier ist uns der Fremde begegnet.«

»Kann sein.«

»Du erinnerst dich doch an den Fremden?«

Aureus antwortete mit einem Schulterzucken. Er erinnerte sich ungern. Es war ein Sommertag gewesen, schwül, und in der Ferne hatte es Wetterleuchten gegeben. Und der Fremde war einfach auf ihre Lichtung gekommen, als Aureus einer verloren gegangenen Ziege nachgejagt war, und er hatte lange mit Famo gesprochen. Und der junge Aureus hatte am Waldrand gekauert und sich nicht getraut hinauszugehen, denn der Fremde war ihm unheimlich gewesen. Erst später, als der Fremde verschwunden und sein Freund ins Dorf gelaufen war, war er hinuntergegangen, um sich die Frucht anzusehen, die dort auf einem Baumstumpf lag …

Aureus hatte nichts davon vergessen. Es war der Beginn einer unangenehmen Geschichte, auf die er nicht stolz war. »Das ist lange her, Famo. Das ist doch fast nicht mehr wahr.«

»Meinst du?«, fragte sein Adoptivbruder. Sein Blick war seltsam.

Warum musste er diese Geschichte wieder aufwärmen? Das alles lag weit zurück und sollte vergeben und vergessen sein. Aber offensichtlich hatte Famo es nicht vergessen. Und vergeben hatte er es wohl auch nicht.

»Du hattest damals Schwierigkeiten zu erkennen, was dein ist und was mein, Bruder«, fuhr Famorius nach einer langen, unangenehmen Pause fort, »aber wir waren ja auch noch Kinder. Andererseits frage ich mich, ob das vielleicht bei dir heute immer noch so ist …« Sein Blick schweifte dabei über die Lichtung, über die gerade die Luxalinnen spazierten. Die Mata schien die Novizinnen über irgendetwas zu belehren, aber die Virgo machte einen gedankenverlorenen Eindruck.

»Du redest Unsinn, Famo!«, fuhr Aureus seinen Bruder an und ging wütend davon. Diese alte Geschichte nach so langer Zeit wieder aufzuwärmen … Und was sollte diese Andeutung wegen der Virgo? Hatte sein kleiner Bruder etwa ernsthaft ein Auge auf sie geworfen? Das war lächerlich! Was sollte diese edle Schönheit mit einem unbedeutenden Kräutersammler anfangen?

Er ging hinüber und machte den Rekruten Beine, um seine schlechte Laune loszuwerden, aber es half lange nicht, und die jungen Männer schienen durch seine Befehle eher verwirrt als beflügelt.

Als das Lager dann doch endlich fertig war, wurde es bereits dunkel, und eine der Wachen meldete einen seltsamen Feuerschein am östlichen Abendhimmel. Es musste dort etwas brennen, und die Rekruten ergingen sich so lange in fruchtlosen Spekulationen darüber, bis Aureus, der bemerkte, dass sie sich in furchteinflößende Übertreibungen hineinsteigerten, es ihnen schließlich verbot. Aber er hätte auch gerne gewusst, was dort brannte.

Scramo Narth war der Fährte der Nahtmanen bis zum Anbruch der Dunkelheit durch Wälder und über Bäche und Hügel gefolgt. Unter der Kuppe eines dicht bewaldeten Hügels hatten sie gelagert. Die Feuerstelle lag geschützt und war recht groß. *Trotzdem, ihr seid nicht mehr als ein Dutzend,* dachte Scramo. Er sah, dass die Männer die Stelle mehrfach besucht und wieder verlassen hatten. Dann entdeckte er das Versteck mit der Beute. Es war armselig. Ein paar Schmuckstücke, ein paar Silbermünzen, ein paar schön verzierte Trinkhörner – mehr nicht.

Ganz oben lag ein Schreckensmann – eine kleine Holzfigur, die mit magischen Symbolen geschmückt war und Diebe fernhalten sollte. Scramo war aber kein Dieb. Er beschloss, auf die Rückkehr der Männer zu warten, und machte Feuer. Als es brannte, bemerkte er, dass in einiger Entfernung noch etwas ganz anderes brannte. Er starrte durch das Geäst, bis er sicher war, dass dort ein großer Hof in Flammen stehen musste. Ob die Männer, die er verfolgt hatte, dafür verantwortlich waren?

Es war schon tiefe Nacht, als er sie endlich heranschleichen hörte. Er zählte neun.

»Du musst entweder sehr dumm oder sehr mutig sein, wenn du dich an unser Feuer setzt«, rief eine Stimme aus dem Unterholz.

»Vermutlich etwas von beidem, Bruder«, gab Scramo Narth zurück. Er hatte nahe dem kleinen Feuer gut sichtbar zwei halb verkohlte Stöcke über Kreuz in den Boden gesteckt.

»Du benutzt das alte Zeichen«, fuhr die Stimme aus dem Gebüsch fort.

Scramo zuckte mit den Achseln. »So habe ich es noch gelernt.« Dass die Nahtmanen ein neues Zeichen hatten, hatte er nicht gewusst. Sein Vater war auch ein Nachtmann gewesen. Scramo hatte ihn immer begleiten wollen, aber er war damals einfach zu jung gewesen. Als sein Vater ihm dann versprochen hatte, ihn beim nächsten Mal sicher mitzunehmen, war er nicht zurückgekehrt.

Einer der Männer trat vor. Er hatte sein Gesicht und den Hals mit Ruß schwarz gefärbt. Auch sein kleiner Schild war schwarz, und an seinem Gürtel baumelte eine Axt mit geschwärztem Blatt.

Die anderen begannen, Scramo einzukreisen. Er hörte sie durchs Unterholz schleichen.

»Ich bin kein Feind, Brüder. Ich überbringe Grüße der Dunkelheit.«

»Du bist keiner von uns. Du bist bestenfalls ein Zahmling von einem der gebeugten Zweige der Mark. Deine Kleidung ist nach capianischer Art gearbeitet.«

Die Einkreisung war abgeschlossen. Er würde nicht mehr davonkommen, wenn das hier schlecht ausging.

Scramo zuckte wieder mit den Achseln. »Es ist schwer, auf der anderen Seite des Grenzstroms eine gute domorische Jagdkluft zu bekommen.« In Wahrheit hatte er herausgefunden, dass die Capianer sich einfach besser darauf verstanden, bequeme Kleidung anzufertigen – und außerdem passte sie zu der Rolle, die er in Maricat zu spielen hatte.

»Dann lebst du unter den Lichtlern?«

»Die Herrin verlangt es so«, gab er zurück, was auch nicht ganz stimmte. Er hatte sich selbst für dieses Leben entschieden, aus vielen Gründen. Die Dhurna hatte nicht viel damit zu tun, abgesehen davon, dass er froh war, weit von ihr entfernt zu leben. Und doch nicht weit genug, wie sich gezeigt hatte. *Wenn das vorbei ist, werde ich mit Warra und den Kindern nach Süden ziehen,* schoss es ihm plötzlich durch den Kopf, *irgendwohin, wo die Dhurna keine Macht mehr hat.*

»Du führst ihren Namen oft im Mund, Fremder.«

Scramo seufzte, krempelte den Ärmel seines Hemdes hoch und zeigte dem Domorer die kleine Tätowierung auf der Innenseite seines Oberarms. Sie stellte Auge und Hand dar, das Zeichen seines Standes.

»Du bist ein Druadag?«

Scramo konnte die Überraschung in dem geschwärzten Gesicht erkennen. »Die Herrin spricht oft zu mir – und ich habe ihren Willen oft erfüllt«, gab er unbescheiden zurück.

Der Domorer schnalzte mit der Zunge, und nun traten die acht anderen aus dem Buschwerk hervor. Sie alle hatten die Klingen ihrer Waffen geschwärzt und die Haut mit dunklen Farben bemalt. Es waren durchweg junge Kerle, was Scramo nicht überraschte. Es waren meistens die Jungen, die über die Berge gingen, nur damals, da waren auch erfahrene Krieger wie sein Vater losgezogen, um Vergeltung für die Gräueltaten der Legion zu üben. Der Speerthan dieser Männer war vielleicht Ende zwanzig und damit der Älteste.

»Hat die Dunkle Fürstin dir den Weg zu uns gezeigt?«, fragte einer der anderen.

»Ihr habt nicht weit von hier einen Menschen geopfert. Ich bin eurer Spur gefolgt, was nicht schwer war, denn ihr seid unvorsichtig. Hat euer Opfer euch wenigstens das offenbart, was ihr wissen wolltet?«

»Wir baten um Rat, doch hat die Dhurna uns nicht erhört, Druadag.«

»Und das Feuer, das dort hinten die Nacht erhellt?«

»Da sind uns Krieger vom Bärenzweig zuvorgekommen. Die Dhurna hat ihnen bessere Jagdgründe gezeigt.«

»Ist keiner unter euch, der zu ihr sprechen darf?«

»Ich dachte, ich könnte es, denn mein Vater ist ein Seher«, erklärte einer der Männer verdrossen. »Und vielleicht antwortet sie auch noch. Die Seele, die wir zu ihr geschickt haben, war groß und stark.« Er wirkte ziemlich zerknirscht.

»Die Herrin der Finsternis ist wählerisch. Ich diene ihr seit vielen Jahren, aber auch ich bekomme nicht immer eine Antwort auf meine Fragen«, versuchte Scramo, den Mann aufzurichten.

»Lass mich die Tätowierung noch einmal sehen, Bruder«, verlangte der Speerthan.

Scramo tat ihm den Gefallen.

Der junge Mann starrte die kleinen Zeichen an. »Rot … murmelte er nachdenklich, dann rief er: »Du bist die Rote Hand! Ich habe viel von dir gehört!«

Scramo fühlte sich unangenehm berührt. So war er lange nicht genannt worden.

»Die Rote Hand, was soll das sein?«, fragte der unbegabte Sehersohn.

»Eine Legende! Er war in alten Zeiten der berühmteste Druadag und das tödlichste Werkzeug der Druiden. Du musst doch von ihm gehört haben.«

Der andere antwortete mit einem Schulterzucken. »War wohl vor meiner Zeit.«

Das war es ohne Zweifel, dachte Scramo, der sich plötzlich noch älter fühlte, als er eigentlich war. Schon als er ein Kind gewesen war, hatten die Druiden seine starken Träume bemerkt, und manchmal, wenn die Traumgesichte ausblieben, hatten sie mit berauschenden Kräutern nachgeholfen.

Als er sechzehn war, entschied sein Oheim Uras, der Druide der Sippe, dass er mehr war als ein Seher. Er machte ihn zum Druadag – zu *Auge und Hand* der Dhurna. Dann drückte er ihm ein Messer in die Hand und erteilte ihm seinen ersten Auftrag. Und danach schickte Uras ihn noch oft in die Dämmermark und nach Maricat, mal um die Lage zu erkunden, mal um einen Abtrünnigen zu richten.

Er war lange nicht auf die Idee gekommen, sich den Wünschen seines Oheims zu widersetzen, denn Uras war ein hochgeachteter Mann, der kein Geheimnis daraus machte, dass er zu den wenigen Auserwählten gehörte, die die Dhurna mit ihrem *Geschenk* geehrt hatte. Sein Onkel hatte Scramo damals versprochen, dass auch er eines Tages dieses Geschenk der Dunklen Herrin erhalten würde, aber der Tag war nie gekommen – und Scramo war sehr froh darüber.

Er hatte den Willen der Dhurna lange, ohne zu zögern, erfüllt und niemals Fragen gestellt – bis er in einem Dorf einem Mädchen mit dicken Zöpfen begegnet war …

»Und warum suchst du uns nun auf, Druadag?«, fragte der Speerthan und riss ihn aus seinen Gedanken.

»Ich reise mit einigen Capianern nach Osten. Wir werden den Nachtstrom überqueren. Ich soll sie zur Dhurna führen.«

»Capianer? Zur Dhurna?« Die Männer tauschten fragende Blicke.

Scramo konnte ihre Verblüffung verstehen. »Beruhigt euch, ihr Krieger. Sie werden ihr Ziel nicht erreichen. Aber die Dhurna hat mich beauftragt, sie ins Wolfsland zu bringen. Erst dann darf ich sie ins Verderben führen.« Das war nicht *genau* das, was die Dunkle Fürstin erwartete, aber er fand, das musste genügen. Und da er den Auftrag selbst nicht ganz verstand, wäre es ihm auch schwergefallen, ihn diesen jungen Kriegern zu erklären.

»Und warum erzählst du uns das, Druadag?«

»Ich will euch und die Stämme des Waldlandes warnen. Ich habe die Legionäre, die ich führe, in starken Bildern am Strom gesehen. Also wird es geschehen. Es wäre vergebens, sie vorher anzugreifen, wie ihr es vielleicht im Sinn habt.« Er erwähnte nicht, dass nicht er, sondern der verfluchte Capianer die Legionäre am Fluss gesehen hatte.

»So weißt du nicht, dass die Legion bereits im Waldland wütet, Druadag?« Das Misstrauen war plötzlich mit Händen zu greifen.

»Auch wir Seher wissen nicht alles. Aber erzähl, Bruder … so ist wieder Krieg im Waldland?«

Der Speerthan nickte mit düsterer Miene. »Seit einigen Wochen schicken sie von der verfluchten Hirschfeste aus ihre Tagmen ins Land. Sie rauben, morden und plündern in jedem Dorf und jeder Siedlung am Fuß der Berge. Unsere Ältesten rieten uns, uns zurückzuziehen, aber die Schwarzen Druiden erlaubten uns, auf dieser Seite der Berge Rache zu üben.«

»Die Schwarzen Druiden? Wer soll das sein?«

»Du warst wirklich lange nicht in deiner Heimat, wenn du das nicht weißt, Druadag«, meinte der Sehersohn und klang gehässig.

Der Speerthan hob begütigend die Hand. »Es ist noch nicht so lange her, dass der mächtige Uras die Druiden der meisten Zweige dazu brachte, sich gegen den Feind zusammenzuschließen.«

»Uras? Uras Narth?«

»Du kennst ihn?«

»Er ist mein Oheim«, sagte Scramo schlicht. Er spürte, dass er in der Achtung der Nahtmanen stieg, aber darauf hätte er gerne verzichtet. Sein Onkel hatte die Druiden dazu gebracht, ihre ewigen Fehden beiseitezuschieben? Das war erstaunlich und … beunruhigend.

»Sag, Druadag, kannst du für uns mit der Herrin sprechen?«, fragte der Speerthan. »Die Herrin hat das Land mit der Seuche bestraft, und das macht es uns schwer, Beute zu finden. Alle Höfe tragen das schwarze Zeichen der Pocken.«

Scramo nickte. Sie hatten einen Menschen geopfert – für so ein geringes, selbstsüchtiges Anliegen? Er zog kurz in Erwägung, ihnen zu verraten, dass das mit den Zeichen nur eine List der Bauern war, dachte aber dann, dass sie schon selbst darauf kommen mussten.

»Wir können uns immer noch mit denen von Bärenzweig zusammentun«, meinte einer der jungen Männer. »Sie haben schon die nächste Beute erspäht. Vielleicht kann der Druadag sie überzeugen, dass sie uns mitkämpfen lassen.«

»Um was für eine Beute geht es?«, fragte er. Sein Instinkt verriet ihm, dass ihm die Antwort nicht gefallen würde.

Der Speerthan sah finster drein. »Vorhin trafen wir die Brüder vom Bärenzweig, die ihre reiche Beute feierten. Sie berichteten von einer kleinen Gruppe junger Legionäre, die am Fluss nach Osten ziehen. Einige Priesterinnen und ein schwerer Wagen sind bei ihnen. Die Bären wollen sich ihre

Rüstungen jedoch ohne unsere Hilfe holen, und da sie diesen Zug zuerst gesehen haben ...«

Scramo starrte den jungen Mann einen Augenblick lang an, bevor er sehr ruhig und bestimmt antwortete: »Dann geht zu ihnen und macht ihnen klar, dass sie nichts dergleichen tun dürfen. Dieser Zug steht unter meinem Schutz – und unter dem Schutz der Dhurna! Für euch habe ich jedoch andere Beute gesehen. Es gibt eine kleine Festung der Legion, eineinhalb Tage den Fluss hinab. Normalerweise wird sie von einer Hundertschaft gehalten, doch hat der General, den ich führe, der Besatzung befohlen, sie zu räumen. Nur eine Handvoll Legionäre soll dort bleiben. Dort könnte neben beträchtlichem Ruhm noch das eine oder andere von Wert für euch zu holen sein, Brüder.«

»Das führt uns weit nach Westen, Druadag«, meinte der Speerthan gedehnt.

Scramo konnte seinem geschwärzten Gesicht gleichwohl ansehen, dass er begann, sich die Beute auszumalen.

»Ihr müsst selbst entscheiden, ob ihr euch dorthin wagen wollt. Eure Brüder vom Bärenklan waren jedenfalls schon im Westen. Ich habe ihre Zeichen gesehen. Sie haben es aber nicht gewagt, diese Festung anzugreifen. Ihr könnt sie also ausstechen. Doch bitte ich euch, einen Mann zurück nach Osten zu schicken, um meinem Oheim und den Schwarzen Druiden zu sagen, dass wir kommen und sie uns nicht angreifen dürfen. Sie sollen die Nachricht auch über den Nachtstrom tragen. Ich werde vielleicht die Hilfe der Hassewer brauchen.«

»Es geschieht nicht oft, dass die Hassewer einen Domorer anhören – und noch seltener sind die Wolfsleute bereit, einem von uns zu helfen.«

»Ich weiß, Bruder, denn ich war selbst oft genug im Wolfsland. Doch werden sie vor einer Botschaft der Dhurna ihre Ohren nicht verschließen. Und sie haben gewiss nichts dagegen, ein paar Capianer zu töten.«

Sie erreichten den Ort, den Famorius als den Heiligen Wald bezeichnet hatte, gegen Mittag. Aureus entsann sich, einmal hier gewesen zu sein, als Kind. Seine Mutter hatte gewollt, dass er den Tempel sah. Er erinnerte sich aber nur vage an weiße Säulen unter dem roten Dach der Blätter.

»Er sieht für mich nicht anders aus als die anderen Wälder dieser Gegend, und die Bäume werden auch kein besseres Holz hergeben als anderswo«, meinte Clavus Ambo missmutig.

»Und doch beherbergt dieses unscheinbare Gehölz den heiligsten Ort der alten Dämmermark, General.«

»Ich habe immer noch nicht verstanden, was Ihr hier zu finden hofft, Meister Famorius. Der Tempel wurde doch aufgegeben.«

Famorius sprang vom Pferd. »Wir wollen die Tiere zurücklassen. Sie gehören nicht auf heiligen Boden.«

Der General stieg brummend ab, und Aureus fragte sich erneut, warum Ambo sich auf diesen Umweg eingelassen hatte.

Ambo befahl den Legionären, hier zu warten, und als Tribun Adelares ihn nach dem Grund fragte, sagte er: »Ich hörte, der Tempel sei verfallen. Diesen traurigen Anblick will ich diesen Grünschnäbeln nicht zeigen.«

»Ich dachte immer, das Licht sei Euch gleichgültig, General«, stichelte die Hohepriesterin.

»Ist es auch, aber die Moral meiner Männer ist es nicht.«

Famorius brauchte einen Augenblick, um den alten Pfad zu finden, der ganz von Gesträuch überwuchert war. Aureus zögerte, sich dem Zug anzuschließen, bis er sah, dass die

Virgo der Hohepriesterin folgte. Also übergab er das Kommando an Optus und Stax und folgte der Gesellschaft in den Wald hinein.

Ein kalter Wind schlug ihm entgegen, als er zwischen Birken und Kupferbuchen trat. Famorius hatte den Wald »heilig« genannt, aber Aureus hielt ihn für verflucht. Hier hatten die alten Domorer die Dunkelheit angebetet, die Finsternis, die seine Familie verschlungen hatte. Die Capianer hatten einen Tempel errichtet, um das Dunkel zu bannen, doch hatten sie ihn einige Jahre später wieder aufgegeben. War die Finsternis zu stark gewesen? Je weiter sie in diesen rot leuchtenden Wald hineinmarschierten, desto kälter schien der Wind zu werden, der um die Stämme strich. Es war, als wollte der Wind nicht, dass sie den Tempel aufsuchten, ja, es kam Aureus so vor, als würde eine Art Feindseligkeit aus dem laubbedeckten Boden aufsteigen.

Der Pfad schlängelte sich einen kleinen Wasserlauf entlang, und gerade als Clavus Ambo höhnte, dass sie wohl bloß einem Wildwechsel folgten, tauchten die ersten Säulen auf. Sie waren einst weiß gewesen, doch nun lagen sie bemoost und halb bedeckt von Laub auf der Erde.

»Wenigstens sind wir auf dem richtigen Weg«, murmelte die Hohepriesterin.

Sie stiegen laubbedeckte Stufen hinauf, und dann öffnete sich eine Lichtung. Aureus blieb beeindruckt stehen. Ein Dutzend weiße Säulen umschlossen den heiligen Platz. Sie schienen sich mit letzter Kraft gegen die Schlingpflanzen zu wehren, die sie umrankten. Noch war keine gefallen, aber alle standen sie schief. Wurzeln waren durch den gepflasterten Kreis gebrochen und untergruben das Fundament der Säulen. Die runde Mauer, die den Innenraum einst umschlossen hatte, war auf der Vorderseite ganz eingestürzt, und die steinerne Einfassung in der Mitte des Tempels, die die Silberschale des Lichts halten sollte, war zerbrochen. Auch hier hatten sich Ranken und Wurzeln durch das Pflaster gebohrt.

Virgo Apricia seufzte, als sie das Ausmaß des Verfalls sah.

»Ja, Kind, es ist furchtbar«, meinte auch die ehrwürdige Oxala, die kopfschüttelnd am Rand der Lichtung stehen geblieben war.

Rotes und gelbes Laub rieselte von den Bäumen über den Platz. Aureus fühlte sich beklommen.

»Aber was ist hier geschehen?«, fragte Apricia. Sie wirkte erschüttert.

»Das war einst der zentrale Kultplatz der Dämmermark«, erklärte Famorius. »Es heißt, die Kupferbuchen, die Ihr hier seht, hätten den Druiden die Nachrichten der Dhurna zugeflüstert. An diesem Ort wurde auch der Atterling gekürt. Seinen Namen erhielten die Druiden ebenfalls durch das Wispern der Blätter.«

»Aberglaube«, schnaubte die Hohepriesterin.

»Die Flüsternden Haine«, sagte die junge Priesterin, die sich mit ihren großen, immer staunenden Augen umsah.

Aureus gesellte sich zu ihr. »Es gab früher viele davon in der Mark, und das war der berühmteste. Doch die Legion hat sie alle zerstört, und kein Unheil kam über sie, was nur beweist, dass das Licht stärker als die Dunkelheit ist. Und genau hier wurde am Tag meiner Geburt das Große Licht entzündet, zum Zeichen, dass Capia dieses Land unter seinen Schutz stellte.« Mit der Hand wies er in den Wald. Dort lagen noch die modernden Stämme der Baumriesen, die die Legionäre gefällt hatten, um Platz für den Säulenkreis zu schaffen.

»Die Priesterschaft hat später diesen Tempel hier errichtet«, erklärte Famorius. »Seltsamerweise hat sie ihn wieder aufgegeben.«

»Ich kann Euch den Grund nennen«, meinte die Hohepriesterin. »Es hatte nichts mit der Dunkelheit zu tun. Der Untergrund ist nicht so fest, wie er aussieht. Er sackte immer wieder ab. Ihr könnt ja die Risse im Boden sehen. Sie mussten die Fassung der Schale so oft neu justieren, dass sie irgendwann aufgaben.«

»Vielleicht hätten sie den Hain in Ruhe lassen sollen«, meinte Famorius, der mit nachdenklicher Miene zum schütteren Dach des Waldes aufschaute.

»Es ist gut, dass er zerstört wurde, Famo. Er war die Wurzel allen Übels in diesem Land.« Aureus konnte seinen Blick nicht von dem gleichmäßigen Schauer der Blätter lösen, die unentwegt auf den verfallenen Tempel rieselten. Es raschelte leise, geheimnisvoll – vielleicht auch Unheil kündend. Für einen Augenblick war ihm, als würde das Blattwerk einen Namen raunen … seinen Namen – nein, das war nur Einbildung. Mehr als ein schwermütiges Rauschen war hier nicht zu hören.

»Und was hofft Ihr nun, hier zu finden, Meister Famorius?«, fragte Clavus Ambo, der unbeeindruckt wirkte. »Erklärt mir, warum der Basileios darauf bestand, dass wir Euch unbedingt hierhergeleiten mussten.«

»Ich brauche einige Proben von den Bäumen und Wurzeln hier, General. Ich will sie mit Proben vergleichen, die ich anderen Ortes genommen habe. Vielleicht finde ich so heraus, warum die Wurzeln sich hier in den Stein krallen, statt Nahrung in der Erde zu suchen, und welche Kraft außer der Natur hier wirkt. In diesen Säulen und gestürzten Bäumen liegt vielleicht der Schlüssel, der uns das Wesen der Dunkelheit erschließt.«

»Baum ist Baum.«

»Da habt Ihr vermutlich recht, General. Doch Vermutungen reichen mir nicht. Ich will wissen.«

»Dieser Mann interessiert sich eindeutig zu sehr für die Dunkelheit und ihre Wurzeln«, murmelte die ehrwürdige Oxala.

»Es kann nicht schaden, sie besser zu verstehen. Vielleicht finden wir so ihre Schwächen. Der Basileios scheint jedenfalls dieser Ansicht zu sein.« Aureus fühlte sich verpflichtet, seinen Bruder zu verteidigen.

Die Hohepriesterin warf ihm einen scharfen Blick zu, dann drehte sie sich um und stapfte davon. Virgo Apricia folgte ihr, und auch Aureus sah keinen Grund mehr, länger im Schauer der roten Blätter zu verweilen.

Scramo Narth wartete, bis auch der General und der Gelehrte den Flüsternden Hain verlassen hatten. Dann trat er auf die Lichtung hinaus. Stumm wanderte er zwischen den Säulen umher und strich mit der Hand über die gefällten Buchen. Sie mussten jahrhundertealt gewesen sein, als sie abgehackt worden waren. Sein Vater hatte ihm von diesem Ort erzählt. Er war berühmt, weit über die Mark hinaus. Das Wort, das die Druiden hier von der Dhurna empfingen, war Gesetz, auch im Waldland. Und sogar bei den Camborern im Norden und den Taverern im Süden hatte man Respekt vor dem Atterling, den die Dhurna hier ausrufen ließ.

Der alte Kreis war viel größer als der Tempel gewesen. Die anderen hatten das nicht bemerkt, bis auf den Gelehrten vielleicht, der Wurzeln und Ranken abgeschnitten hatte.

Scramo kniete sich nieder und strich mit der Hand über die Rinde einer gefällten uralten Buche. Plötzlich entdeckte er einen neuen Trieb, der sich aus dem toten Holz hervorgekämpft hatte. Nach so langer Zeit? Er betastete vorsichtig das zarte Grün. Er nahm es als ein eindeutiges Zeichen, dass die Dhurna erstarkte.

Er ging hinüber zur Mitte des Platzes. Es war zwar heller Tag, aber vielleicht würde die Dunkle Herrin ihm eine Botschaft schicken. Er kniete nieder, hob die Hände zum Zeichen der Offenheit und lauschte auf das Wispern der Blätter. Vielleicht hatten sie eine Botschaft für ihn, einen Hinweis, was er tun sollte. Er atmete ruhig ein und aus. Doch gerade als er das Gefühl hatte, das Flüstern würde sich zu Worten verdichten, rannte ein Hase in wilden Haken über die Lichtung und zerstörte die Stille.

Scramo öffnete die Augen. Hinter einem der Bäume kauerte ein Wolf!

Der graue Jäger beobachtete ihn, fletschte die Zähne, knurrte, dann wandte er sich plötzlich ab und strich davon. Vermutlich war er zwischen den Wolf und seine Beute geraten. *Glück für den Hasen – Pech für den Wolf,* dachte Scramo. *Und Pech für mich.*

Er sammelte sich erneut, aber irgendwie war ihm klar, dass er nichts hören würde. Der Hase war ein Zeichen. Die Dhurna wollte ihm einfach noch nicht sagen, was er zu tun hatte, und hatte das Tier gesandt, um sein nutzloses Ritual zu beenden. Dabei hätte er ihren Rat dringend gebraucht.

Der Weg zum Nachtstrom war ihm bisher klar vorgezeichnet erschienen, und erst im Wolfsland hatte er Schwierigkeiten erwartet. Doch nach dem, was der junge Speerthan gesagt hatte, führte die Legion Krieg gegen die Waldstämme. Das würde die Sache erschweren.

Er wartete im Hain, bis er hörte, dass sich der Zug unten wieder in Bewegung setzte. Es schien ihm unverfänglicher, ihn erst ein Stück von diesem Ort entfernt einzuholen.

Aureus sah den Pelzhändler aus dem Wald kommen und begleitete ihn zum General. Er war neugierig, was der Mann herausgefunden hatte.

Viel war es nicht: »Es waren Nahtmanen, ganz gewiss, Herr. Ich fand die Spuren von neun Männern und auch einen ihrer Lagerplätze. Doch schien es mir sinnlos, sie weiter zu verfolgen, da Ihr nur wissen wolltet, ob es Männer aus dem Waldland oder Räuber aus der Mark sind.«

»Nur neun? Das überrascht mich. Und das Feuer? Habt Ihr gesehen, was da in der Nacht im Osten brannte?«

»Nein, Herr, doch nehme ich an, dass es nur ein Gehöft war, und nicht etwa ein Dorf.«

»Das würde passen«, meinte Famorius, der sich ungefragt einmischte. »Es sind selten mehr als ein Dutzend, die auf diese Raubzüge gehen, und von daher zu wenige, um ein Dorf anzugreifen. Aber dass sie sich einen kleinen Weiler oder einen einsamen Hof vornehmen, das kommt vor.«

In Ambos Blick glaubte Aureus Misstrauen zu erkennen. »Es erstaunt mich immer wieder, wie viel Ihr über diese Wilden wisst, Meister Moris.«

Aber Famorius zuckte nur mit den Achseln. »Ich habe bei meinen Reisen viel mit den Bauern in der Dämmermark geredet, und ja, auch mit den Bewohnern des Waldlandes. Daher weiß ich es. Es wundert mich jedoch, dass sie überhaupt hier sind. Sie kamen bisher nur, wenn die Legion in Sulvar eingefallen war, gewissermaßen um Vergeltung zu üben.«

»Vermutlich haben sie einfach nur gerochen, dass so vieles faul ist in diesem Land, und nun kommen sie wie die Aaskrähen«, erwiderte der General.

Aureus war verstimmt. Famo hatte so leichthin erklärt, dass sie selten Dörfer überfielen – und doch war ihr eigenes

Dorf von Nachtmännern ausgelöscht worden. Hatte er das etwa vergessen?

Bald darauf führte der Flussweg sie wieder auf die gut gepflasterte Straße, und Aureus sah den Rekruten die Erleichterung an, als sie den schweren Wagen nicht mehr schieben mussten.

Gegen Abend stießen sie auf ein niedergebranntes Landgut, dessen Balken noch rauchten. Sie hatten die Quelle des nächtlichen Feuerscheins gefunden.

Aureus ging mit Stax und einer Handvoll Männer hinüber, um nach Überlebenden zu suchen. Sie kamen nicht ins Haupthaus hinein, weil es ausgebrannt und das Dach eingestürzt war, aber sie fanden Tote in den Ställen und Nebengebäuden, wo sie eine große Anzahl Krähen aufscheuchten. Es stank erbärmlich, und Fliegen kreisten über den Leichnamen.

»Sie haben wirklich alle niedergemacht, Legat, vom Herrn bis zum Sklaven und von der Greisin bis zum Kind«, stellte Stax kopfschüttelnd fest, als sie in einem Stall noch mehr Leichen fanden.

»Die Nachtmänner kennen keine Gnade«, erwiderte Aureus düster, der an sein eigenes Dorf denken musste. Er sah, dass sich einer der jungen Legionäre übergab, als er die verbrannten Körper sah.

Der Hekator kratzte sich am Hinterkopf. »Ich kann nicht sagen, dass die Legion aus Heiligen gemacht ist, Legat, denn ich weiß, wie sehr wir auf Iscer gewütet haben. Aber das hier? Ein Überfall mitten im Frieden! Und seht Euch die Toten an! Ich wette, die Hälfte davon sind Domorer. Liegt es nur daran, dass sie in der Nacht die einen nicht von den anderen unterscheiden konnten?«

»Die Nachtmänner machen da keinen Unterschied, Stax.

Wer unter dem Schutz Capias und des Lichts lebt, gilt ihnen als Feind.«

»Sollen wir sie begraben, Legat?«

Aureus schüttelte den Kopf. »Der General sagte, dass unweit von hier ein befestigter Posten liegt. Wir werden der Besatzung sagen, was geschehen ist. Es wundert mich allerdings, dass sie noch nicht hier sind. Sie können den Feuerschein in der Nacht doch nicht übersehen haben.«

Der Posten, der die Straße sicherte, war bald erreicht, aber zu Aureus' Überraschung war er verlassen.

»Warum ist hier niemand?«, wunderte sich auch Tribun Adelares, der sich ansonsten nicht viel mit dem beschäftigte, was auf dem Weg geschah. Seine ganze Aufmerksamkeit schien der Novizin Elira zu gehören. So war er die meiste Zeit auch hinter dem Wagen an der Seite der Novizinnen zu finden. Doch jetzt war er mit Aureus vorausgeritten, um sich die kleine hölzerne Festung anzusehen.

General Ambo reagierte auf den Bericht des Tribunen erstaunlich gelassen. »Sie werden ihre Befehle haben«, meinte er leichthin.

»Befehle? Von wem?«, wollte Aureus wissen.

Ambo warf ihm einen scharfen Blick zu. »In meiner Abwesenheit befehligt Legat Etorius die Vierte. Ein guter Mann, der weiß, was er tut. Wir werden also bald erfahren, warum dieser Posten verlassen wurde.«

Aureus nahm das als Erklärung hin, obwohl er das Gefühl hatte, dass ihm der General etwas verschwieg.

Sie schlugen für die Nacht ihr Quartier in dieser Festung auf.

»Lange ist die Besatzung nicht fort. Sieh nur, es sind noch Vorräte in der Kammer«, meinte Famorius, als sie gemeinsam durch das Kastell streiften.

»Ich möchte wissen, wohin sie so eilig wollten. Denn wenn du dich umsiehst, bemerkst du, dass sie in großer Hast aufgebrochen sein müssen.«

»Vielleicht jagen sie Nahtmanen, Auro.«

»Und lassen niemanden hier? Nein, es muss einen anderen Grund geben.« Aber da Aureus diesen Grund nicht erkennen konnte, blieb es bei Vermutungen.

Nach dem Abendessen begab er sich auf die Palisade, um die Rekruten zu inspizieren. Zufällig sah er, wie die Virgo in den Stall ging. Er folgte ihr und fand sie bei einem der Pferde, das sie mit einem Apfel fütterte.

Sie nickte ihm zu. »Morgen erreichen wir also die Hirschfeste, Legat …«

Inzwischen hatte er den Eindruck, dass der schlechte Start in ihre Bekanntschaft vergessen war. Er erlaubte sich vorsichtig, der Zuneigung, die er für sie spürte, Raum zu geben und ihre Nähe zu genießen. Fast hätte er es versäumt, ihre Frage zu beantworten. »Wenn es gut läuft, ja, Virgo. Diese kleinen Festungen sind im Tagesabstand an die Straße gebaut, eigens um Händlern und Reisenden Unterschlupf zu gewähren.«

»Eine kluge Einrichtung.«

»Die Legion hat Erfahrung in solchen Dingen, Virgo.«

»Ihr seid sehr stolz, der Legion anzugehören, scheint mir, obwohl Ihr ein Domorer seid.«

Er wünschte, sie hätte den zweiten Teil dieses Satzes weggelassen. »Nicht alle Domorer sind Feinde Capias. Viele haben das Licht gesehen und verehren es, Virgo.«

»Ich weiß«, erwiderte sie, und im ungewissen Licht des Stalls sah es aus, als ob sie lächelte.

Das Pferd schnaubte unruhig. Vielleicht wollte es noch einen Apfel.

»Doch sagt mir, wie habt Ihr zum Licht gefunden, Apricia?« Er nannte sie das erste Mal nur bei ihrem Vornamen, was ohne Zweifel gegen die guten Sitten verstieß, aber sie nicht zu stören schien.

Sie streichelte das Pferd am Hals. »Es ist eine Tradition meiner Familie, Legat. Meine Mutter diente der Schwesternschaft und meine Großmutter ebenfalls, bevor sie den Tempel verließen, um zu heiraten und dem Orden Töchter zu schenken.«

Jetzt galt es. Die Gelegenheit war unerwartet gekommen, doch er dachte nicht daran, sie verstreichen zu lassen. Es war die entscheidende Frage: »Und werdet Ihr ihrem Beispiel folgen, Apricia?«

Ihre Hand strich über die Stirn des Tieres, das mit gesenktem Kopf dastand und die Berührung genießen zu schien. »Ich glaube, ich werde es erst nach dieser Reise wissen. Mata Oxala sagt, dass ich fähig sei, dem Orden auch als Hohepriesterin zu dienen.«

Die Antwort war ganz und gar nicht die, die er erhofft hatte. »Ihr zieht wirklich in Erwägung, Mata zu werden?«

Sie seufzte und gab dem Pferd einen weiteren Apfel. »Es ist, wie gesagt, noch nicht entschieden, aber ich habe drei jüngere Schwestern, die an meiner Stelle für die Familie in die Ehe gehen können.«

»Für die Familie?«, fragte er verwirrt.

Sie nickte ernst. »Meine Familie hat durch kluge Heiratspolitik über die Zeit viel Einfluss gewonnen, Legat Moris. Und das soll auch in Zukunft so bleiben.«

»Heirats*politik*?« Aureus hatte das Gefühl, unerwartet auf einen Gegner gestoßen zu sein, auf den er nicht vorbereitet war. Diese junge Frau redete von der Ehe wie von einem Geschäft.

Natürlich wusste er, dass die Mächtigen von Capia ihre

Kinder zu verschachern pflegten, aber noch nie war er einem dieser Kinder begegnet, das voller Vorfreude bereit schien, sich auf diesem Altar zu opfern.

Sie tätschelte das Tier, was ihm das Gefühl gab, dass sie ihn gar nicht richtig beachtete. »Aber natürlich, Legat. Die alten Familien Capias geben seit jeher ihre Kinder an andere Mächtige, um ihren Einfluss zu bewahren und zu mehren. Wusstet Ihr das nicht? Ihr habt doch auch in der Hauptstadt gelebt.«

»In der Akademie spielte die Herkunft keine große Rolle, Virgo«, sagte er. Er merkte selbst, dass das ungeschickt war, denn so verließ er das Thema, das ihm so unverhofft in den Schoß gefallen war.

Außerdem war das glatt gelogen. Es war vor der Zeit von Falis' Aufstand nach Capia gekommen, aber als Domorer galt er in Capia dennoch als Fremdling, als Wilder. Er war jedoch stark und entschlossen genug gewesen, um ihnen klarzumachen, dass er nicht als Zielscheibe ihres Spottes taugte. Er wäre fast der Akademie verwiesen worden, weil er einem Kameraden die Nase gebrochen hatte. Aber auch sein Adoptivvater hatte offensichtlich Verbindungen. Als Aureus jetzt darüber nachdachte, wurde ihm plötzlich klar, dass Marius Moris sogar ziemlich viel Einfluss gehabt haben musste. Die gebrochene Nase zierte schließlich den Sohn eines Poligarchen.

Das Pferd schnaubte vergnügt, aber er hatte den Faden verloren. »Ihr werdet Euch also nach dieser Reise entscheiden?«, versuchte er, wieder daran anzuknüpfen.

»Es ist eine große Ehre, dass ich für diese Unternehmung ausgewählt wurde. Und ich bin sehr neugierig, was uns jenseits des Noctus erwartet.«

»Und habt Ihr keine Angst vor den Gefahren, die in Variga lauern?«, fragte er. Das Gespräch glitt immer weiter in die falsche Richtung, und er konnte es nicht verhindern.

»Ich glaube, es sind einige tapfere Männer bei uns, die uns beschützen werden – und das Licht ist mit uns, Legat, vergesst das nicht!«

»Natürlich nicht«, erwiderte er. *Tapfere* Männer, die sie beschützten? Das war ... kokett.

Die Novizin Kyntia erschien im Stall und rief nach der Virgo.

»Es ist Zeit für unsere Abendandacht, Legat. Werdet Ihr der Zeremonie beiwohnen?«

»Muss mich um die Wachen kümmern«, murmelte er.

Schon waren die beiden Priesterinnen verschwunden und ließen ihn im Dunkeln zurück. Das Pferd schüttelte das Haupt. Vermutlich wollte es nur Fliegen verjagen, ihm kam es jedoch vor, als würde es über ihn den Kopf schütteln.

Fluchend verließ er den Stall. Es war eigentlich Aufgabe von Stax oder Optus, die Posten zu besetzen und die Wachen festzulegen, aber er brauchte einen Augenblick, um über dieses Gespräch nachzudenken. Wie es aussah, hatte diese anziehende junge Frau mit den staunenden Augen also vor, entweder eine Hohepriesterin zu werden – oder irgendeinen hochgestellten Adligen aus Capia zu heiraten, den ihre Familie für sie aussuchen würde. Für ihre eigenen Gefühle oder einen domorischen Legaten schien in ihren Plänen kein Platz zu sein.

Den ganzen nächsten Tag versuchte Aureus nicht mehr, sich der Priesterin zu nähern. Er fand sie anziehend, aber etwas in ihm riet dringend, sie sich aus dem Kopf zu schlagen. Das war jedoch schwierig. Sein Blick wanderte immer wieder zurück zu dem Wagen, den sie mit leichter Hand lenkte.

Sein Bruder war auffällig oft in ihrer Nähe. Die beiden

schienen sich stetig besser zu verstehen. *Sollen sie ruhig,* dachte ein Teil von ihm, *Famo wird bei ihr ebenso wenig landen können wie ich.* Aber einem anderen Teil von ihm gefiel ganz und gar nicht, was er da sah.

Die Hirschberge waren nicht mehr weit. Den ganzen Tag über zeichneten sich ihre gestaffelten Höhenlinien im rötlichen Dunst der warmen Herbstluft ab. Am Abend würden sie Sestum und die nahe Hirschfeste erreichen. Und von dort würde er, mit nicht mehr als einer Hundertschaft, einem Gelehrten und einigen Priesterinnen, weiter ins Herz der Dunkelheit marschieren.

Es war eine gefährliche Reise, ohne Frage, aber sie versprach großen Ruhm. Falls er Erfolg hatte, würde er es vielleicht doch bis zum General bringen. Oder sogar noch weiter? Jedenfalls konnte auch er dann ein mächtiger Mann mit Einfluss werden.

Er wandte sich noch einmal um. Sein Bruder war ans Ende des Zuges zurückgefallen, vom Pferd gestiegen und sammelte Kräuter am Straßenrand. Die junge Priesterin lenkte den Wagen, und ihre braunen Augen schienen gedankenverloren in die Ferne gerichtet. *General Aureus Moris,* das klang nicht schlecht, und es würde ihm vielleicht auch diese Tür öffnen …

6. HIRSCHFESTE

Die Konturen der Hügel wurden nach und nach deutlicher, und bald konnte Aureus auch die Stadt Sestum sehen, in der die Familien der Vierten und der Zwölften Legion lebten, die vor kurzem erst nach Iscer abkommandiert worden war. Die Stadt befand sich ein gutes Stück unter dem bewaldeten Hügel, auf dem die Feste liegen musste, und war vorerst nur ein grauer Fleck in den roten Wäldern.

Dann sah Aureus noch etwas: kurze Marschkolonnen, die von Norden und Süden auf diese Siedlung zuhielten. Er machte General Ambo darauf aufmerksam.

»Ihr habt scharfe Augen, Legat. Es werden Hundertschaften sein, die nach Sestum marschieren.«

»Aber wo kommen sie her? Es ist doch sicher keine Verstärkung aus dem Reich, denn die müsste sich auf dieser Straße und aus dem Westen nähern.«

Der General sah ihn spöttisch an. »Ihr macht Euch erstaunlich viele Gedanken für einen Legionär. Warum wartet Ihr nicht einfach ab, bis wir in Sestum sind, dann wird sich das schon aufklären.«

Aureus war nicht zufrieden mit der Antwort, und ihm fiel die erste Hundertschaft ein, die sie im Westen der Mark getroffen hatten. Ambo hatte sie nach Sestum befohlen und unklar gelassen, ob sie ersetzt werden würde, und das, obwohl Nachtmänner durch die Mark streiften. Was ging hier vor?

Es war offensichtlich, dass Ambo es wusste, aber ihm nicht sagen wollte. Tribun Adelares brauchte er nicht zu fragen, denn der war hauptsächlich damit beschäftigt, diese ewig kichernde Novizin zu beeindrucken, und wenn Ambo seinen Legaten nicht einweihen wollte, würde er erst recht nicht diesen eitlen Tribun ins Vertrauen ziehen.

Dann dachte Aureus, dass vielleicht sein Bruder Bescheid wüsste. Er ließ sich ans Ende des Zuges zurückfallen, wo Famorius in ein Gespräch mit dem domorischen Führer vertieft war.

»Du meinst, das sind Legionäre?«, fragte Famorius stirnrunzelnd, als sie unter sich waren und Aureus ihm die kleinen grauen Kolonnen zeigte.

»Ganz sicher sind es keine Wilden aus Sulvar, die da am helllichten Tag durch die Mark spazieren.«

»Mit den *Wilden* meinst du unsere Stammesbrüder, oder?«

»Als Capianer habe ich keine Stammesbrüder, jedenfalls nicht in Domorien.«

»Ich bin immer wieder erstaunt, wie sehr du deine Herkunft zu verleugnen suchst, Bruder. Und eigentlich wundert es mich sogar mehr als früher.«

»Weißt du nun, was es mit diesen Kolonnen auf sich hat, oder weißt du es nicht?«

»Nein, Auro, ich habe keine Ahnung. Aber warum bist du so ungeduldig? Wir werden doch bald die Hirschfeste erreichen, und du kannst diese Männer selbst fragen.«

Scramo Narth tat, als würde er nicht zuhören, aber er spitzte die Ohren. Er hielt sich am Ende des Zuges auf, weil man keinen Führer brauchte. Die Straße führte gerade wie ein

Pfeil in die Berge. Seine Arbeit würde erst östlich davon beginnen.

Er hatte herausgefunden, dass der kleine Gelehrte ein aufgeschlossener Gesprächspartner war. Er war neugierig und erstaunlich offen für einen, der sein Wissen zuerst bei den Capianern erworben hatte. Er wusste viel über die alten Bräuche, kannte sogar einige eigentlich geheime Rituale, aber er verstand ihren Sinn nicht, jedenfalls nicht den tieferen. Er schien den alten Pfaden jedoch offener gegenüberzustehen als sein Bruder, der Legat, der jedes Mal zornig wurde, wenn die Dhurna auch nur Erwähnung fand. Scramo verstand den Mann. Nachtmänner hatten das Heimatdorf der beiden Brüder zerstört. Es war erstaunlich, dass der Gelehrte das den Waldlingen nicht nachtrug.

Scramo hätte das Dorf gerne selbst gesehen, aber er hatte die Kolonne zu spät eingeholt. Er fragte sich, ob sein Vater bei jenem Überfall vielleicht dabei gewesen war.

Die bis dahin schnurgerade Straße begann, sich um die Ausläufer der Berge zu winden. Aureus fand, dass das Wort Berge für diese Anhöhen etwas übertrieben war. Es waren hohe Hügel, und sie waren von Felsgraten gekrönt, aber sie waren kein Vergleich zu den Bergen der Alten, die den Weg nach Capia versperrten, oder den Wolkenbergen im Südosten. Sein Vater, sein leiblicher Vater, hatte ihn einmal nach Osten mitgenommen. Sie hatten einer der Pässe weiter nördlich benutzt, weil sein Vater meinte, dass über dieser Festung das kalte Feuer des Bösen brenne. Er hatte den dunklen Pfaden nie abgeschworen, hatte heimlich weiter der Dunkelheit gehuldigt – aber das hatte ihn auch nicht gerettet.

Nun rückte die Stadt schnell näher. Sie war viel kleiner als Maricat und wirkte ärmlich.

Als Aureus durch das schlichte Tor ritt, schien ihm die Stimmung gedrückt zu sein. Menschen liefen zusammen. Es waren meist Frauen und Kinder. In ihren Gesichtern las Aureus große Sorge.

Auch Ambo war das nicht entgangen. Er hielt sein Pferd an. »Was ist hier los?«, fragte er eine der Frauen mit drei Kindern, die sich an sie drückten.

»Der Krieg, Herr. Wird die ganze Legion in den Krieg ziehen?«

»Von was für einem Krieg redet Ihr, Weib?«

»Unsere Männer sind doch ins Waldland marschiert! Wann kehren sie zurück? Und müssen die, die bisher nicht in den Kampf ziehen mussten, ihnen folgen?«

»Du da! Legionär! Ist das wahr? Steht die Vierte in Sulvar?«

Inmitten der Frauen stand ein Veteran, der einen Arm in einer Schlinge trug. Der nickte und erwiderte: »Legat Etorius hat vier Tagmen und die Reiterei ausgesandt, Herr. Sie sollen das Waldland am Fuß der Berge von den Wilden säubern, damit diese Überfälle aufhören.«

Der General starrte den Veteranen finster an. »Was soll dieser Unsinn? Verflucht, macht Platz!«, schimpfte er und trieb sein Pferd rücksichtslos durch die Menge.

Aureus folgte ihm. »So macht doch Platz für den Wagen!«, rief er.

Ambo hatte es jetzt eilig, und Aureus hatte Mühe, ihm zu folgen. Offenbar war Ambo ebenso überrascht wie er von diesen Neuigkeiten. Aureus hätte gerne herzhaft geflucht. Wenn er eines nicht brauchen konnte, war es Krieg in Sulvar. Daran konnte im schlimmsten Fall seine Mission scheitern.

Sie durchquerten die Siedlung in schnellem Marsch und erreichten kurz darauf das Kastell, das auf einem breiten Bergsattel thronte. Es war unschwer zu erkennen, dass dieser Höhenrücken einst von Wald bedeckt gewesen war, die Legion hatte ihn allerdings im weiten Umkreis des Kastells gerodet. Das Holz war zwar nicht zum Bau der steinernen Festung verwendet worden, doch gab es einen langen hölzernen Grenzzaun, der nach Norden und Süden lief, unterbrochen von den Felsen, die diesen Höhenzug krönten.

Eine Fanfare kündigte ihre Ankunft an, und Aureus entdeckte viele Legionäre oben auf den Mauern. Sie schienen auf General Ambo zu warten.

Vor dem Haupthaus blickte ihnen ein Offizier entgegen, den Aureus wegen seines prachtvollen Schuppenpanzers für einen Legaten hielt. Clavus Ambo, der es eben noch so eilig gehabt hatte, zügelte sein Pferd.

Das zwang den Offizier, ihm ein Stück entgegenzukommen.

»Willkommen, General! Die Hirschfeste ist froh, ihren Befehlshaber wiederzuhaben!«

»Ist sie das, Etorius? Und hat sie aus lauter Freude ohne meinen Befehl Truppen nach Sulvar gesandt?«

Legat Etorius verfärbte sich. Aureus hatte Zeit, den Mann näher in Augenschein zu nehmen. Er war älter als Ambo, sein Gesicht war wettergegerbt, und in seiner Haltung lag viel Stolz. Doch der schien jetzt erschüttert. »Es war erforderlich, General, denn wir konnten die Übergriffe der Nachtmänner keinen Tag länger dulden!«

»Ihr konntet nicht? Standen sie etwa schon auf den Mauern? Haben sie die Siedlung unterhalb dieser Feste angegriffen? Haben sie wenigstens ein paar Legionäre umgebracht? Nein? Nichts dergleichen? Ist Euer Nervenkostüm so dünn, dass Ihr schon die lästigen Nadelstiche der Nachtmänner nicht mehr aushaltet? Musstet Ihr ihnen den Gefallen tun, einen Krieg zu beginnen?«

Die laute Stimme des Generals drang in jeden Winkel der Festung. Aureus meinte, eben noch einen Schmiedehammer gehört zu haben, doch der war nun verstummt. Nur am Tor war das Rumpeln eines schweren Wagens hörbar. Die Priesterinnen hatten die Hirschfeste erreicht.

Legat Etorius war erst blass, dann rot geworden. Er wirkte beleidigt, gleichzeitig bekam sein Ton etwas Flehentliches: »Aber General, Ihr müsst das verstehen! Sie streifen frech durch die ganze Dämmermark, und die Seuche verhindert, dass unsere Männer sie dort stellen können. Und deshalb …«

»Deshalb habt Ihr die Nerven verloren und zwingt jetzt alle Domorer in einen Krieg?«

»Nicht ich habe diesen Kampf …«

»Genug! Ich erwarte Euren ausführlichen Bericht in einer halben Stunde!« Ambo sprang vom Pferd. Die Spannung über der Festung war förmlich greifbar. Auch Ambo schien das zu spüren. Er klatschte in die Hände und rief fröhlich: »Jetzt brauche ich allerdings erst einmal ein schönes heißes Bad.«

Gelächter kam von den Mauern. Die Spannung löste sich.

Legat Etorius starrte den General kurz mit offenem Mund an, machte auf dem Absatz kehrt und stürmte mit verkniffener Miene davon. Ambo drückte einem Legionär die Zügel in die Hand und streckte sich.

Der Quartiermeister erschien im Hof und fragte den General nach seinen Befehlen. »Kümmert Euch um die Rekruten und die beiden Hekatoren. Und sorgt dafür, dass die Priesterinnen eine anständige Unterkunft erhalten. Und für unseren frommen neuen Legaten besorgt Ihr am besten ein Quartier ganz in ihrer Nähe.« Damit stapfte Ambo davon.

Aureus fragte sich wieder, wie der General auf die Idee

kam, dass er fromm sei. Aber der General war im Haupthaus verschwunden, und er konnte ihn nicht fragen.

»Ist es wahr, Auro? Herrscht Krieg in Sulvar?«

Famorius war nach den Priesterinnen im Hof eingetroffen. Er hatte offenbar genug gehört.

»Es klingt für mich eher nach Strafaktionen, Famo«, erwiderte er, als er abstieg.

»Aber wenn das Waldland in Aufruhr ist – was wird dann aus unserer Unternehmung?«

Aureus zuckte mit den Achseln. »Ich nehme an, wir werden bald mehr wissen. Ich kann dir jedoch versichern, dass ich nicht vorhabe, mich von so ein paar Scharmützeln im Wald aufhalten zu lassen.« Er gab sich betont entspannt, ganz wie der General, obwohl das so gar nicht seiner Gemütsverfassung entsprach.

Virgo Apricia half der Hohepriesterin vom Wagen, die sich ausgiebig über ihre steifen Knochen und den holprigen Weg beklagte. Er hätte gern mit der Virgo gesprochen, verschob das aber auf später. Erst musste er herausfinden, was hier vor sich ging.

Der Quartiermeister teilte Aureus eine schlichte Unterkunft zu. »Es ist eigentlich für einen Hekatoren gedacht, aber die Priesterinnen haben Vorrang, was die Unterkunft angeht. Ich hoffe, dass Euch das nicht stört, Legat.«

»Ich werde wohl nicht lange genug in diesem Kastell bleiben, um mich daran zu stören«, erwiderte er. »Sagt, Meister, ich sah beim Herkommen, dass viele Kolonnen auf dem Weg hierher waren. Waren das Männer der Vierten?«

»In der Tat, Legat. Zum Glück verschaffte mir ein berittener Bote die Zeit, die Quartiere vorzubereiten. Ambo hat befohlen, alle Hundertschaften von ihren Posten in der Mark abzuziehen und hier zu sammeln.«

»*Alle* Hundertschaften?«, fragte Aureus ungläubig. Das hieße doch, dass die Dämmermark den Nachtmännern völlig schutzlos ausgeliefert wäre.

»Nun, die Garnison von Alenum soll wohl dort verbleiben, sofern sie noch innerhalb der Mauern war, damit sie die Pocken nicht einschleppen, aber sonst … ja, soweit ich weiß, lässt er alle Truppen hier sammeln.«

Aureus dankte dem Mann für die Auskunft. Seine Gedanken rasten. Was hatte Ambo vor? Er hatte doch offensichtlich nichts von der Strafaktion gewusst, die Legat Etorius befohlen hatte. Er legte seine Rüstung ab, wusch sich und suchte Ambo in seinem Quartier auf, um herauszufinden, was der General plante.

Er musste warten, denn Clavus Ambo nahm tatsächlich ein Bad. Kurz nach Aureus betrat Legat Etorius das Quartier des Kommandanten.

»Ihr seid also der neue Legat? Seid Ihr nicht ein Domorer?« Er klang reichlich herablassend.

Aureus wollte sich nicht provozieren lassen und zuckte mit den Achseln. »Ich bin Legat der Legion. Das ist es, was zählt, nicht wahr?«

»Hauptsache, Ihr vergesst nicht, dass ich das höhere Dienstalter habe, Moris.«

»Ihr seid wohl schon sehr lange Legat. *Wolltet* Ihr nie General werden – oder habt Ihr einfach nicht das Zeug dazu?«

Etorius' Miene verfinsterte sich. »Vorsicht, Domorer! Ihr solltet es Euch nicht mit mir verderben!«

»Er sollte vor allem darauf achten, es sich nicht mit mir zu verderben, wie es dümmere Legaten getan haben«, dröhnte die Stimme von General Ambo, der jetzt die Stube betrat. Er hatte offensichtlich nicht nur gebadet, sondern war auch frisch rasiert. Ein junger Tribun war bei ihm, und Aureus erkannte auf den ersten Blick, dass diese beiden Männer eng miteinander verbunden waren. Ambo stellte den jungen Mann jedoch nicht vor. »Nun, Etorius. Euer Bericht!«

Der Legat schluckte kurz, dann brachte er einen Bericht vor, der einer Rechtfertigung gleichkam. Es war viel von Übergriffen und Not die Rede, und wenn man ihm glaubte, mussten die Nachtmänner zu Hunderten durch die Mark streifen.

»Was sagt Ihr dazu, Moris?«, fragte der General, der sich die Erklärung mit verschränkten Armen angehört hatte.

Aureus wäre es nicht schwergefallen, die Ungereimtheiten des Berichtes darzulegen, aber er hielt nichts davon, einem Kameraden, selbst wenn er ihn nicht leiden konnte, in den Rücken zu fallen.

»Legat Etorius hatte sicher gute Gründe, so zu entscheiden, wie er entschieden hat. Ein Krieg in Sulvar wird mir jedoch meine Aufgabe erschweren, General. Wir müssen darüber nachdenken, wie wir unsere Pläne an die neue Lage anpassen. Vielleicht brauchen wir eine starke Bedeckung bis zum Noctus.« Und er hatte die Hoffnung, dass genau deshalb Ambo seine Truppen sammeln ließ.

Der General grinste plötzlich. »Gut gesprochen, Legat. Seht Ihr, Etorius. Dieser Mann weiß, dass es unklug wäre, Euch Eure Dummheit weiter unter die Nase zu reiben. Lernen würdet Ihr daraus ohnehin kaum. Und was unsere Pläne angeht …« Der Satz verebbte. Ambo rieb sich mit der Hand über den kahlen Schädel und schien nachzudenken. Nach einer kleinen Ewigkeit blickte er auf. Er sah die Legaten an, als habe er ihre Anwesenheit zwischenzeitlich vergessen. »Wegtreten! Wir werden nach dem Abendessen besprechen, wie es weitergeht.«

Scramo Narth saß auf den Zinnen der Festung und ließ sich die tief stehende Abendsonne aufs Gesicht scheinen. Er fragte sich, wie es seiner Frau und den Kindern gehen mochte, die dort, fern im Westen unter der untergehenden Sonne, auf seine Rückkehr warteten. Warra hatte ihn noch am Morgen des Aufbruchs angefleht, zuhause zu bleiben, aber natürlich war das nicht möglich gewesen.

Sein Blick schweifte über den langen Zaun, mit dem die Legion versuchte, die Mark zu schützen. Er kannte einige Stellen, durch die man diese löchrige Grenzanlage gefahrlos überwinden konnte. Er hatte sie selbst oft genutzt, denn die Grenzer neigten dazu, mehr oder weniger willkürlich Zölle zu erheben. Seltsam, dass sie die geheimen Pfade noch nicht gefunden hatten.

Sein Vater hatte ihm einmal erzählt, dass die Nahtmanen sich manchmal einen Spaß daraus machten, sich an diese Holzpalisade zu schleichen und an ungeeigneter Stelle einen Übergangsversuch vorzutäuschen. Sie ließen sich dann erwischen und verjagen. Vermutlich glaubte die Legion deshalb, dass ihr Zaun sicher sei und andere Nahtmanen an anderer Stelle einfach mehr Glück hätten. Sie waren manchmal erstaunlich einfältig, diese Capianer.

Er hatte sich unauffällig umgehört und herausgefunden, dass stimmte, was der Speerthan ihm erzählt hatte: Die Legion war ins Waldland eingefallen. Das machte die Sache schwieriger. Herrschte wirklich Krieg, durfte er nicht damit rechnen, dass die Stämme ihren kleinen Zug in Ruhe ließen. Er seufzte. Wenn die Dhurna diese Capianer unbedingt sehen wollte, warum konnte sie nicht einfach eine Eskorte schicken, die die Männer zu ihr führte? Es war ein dummer Gedanke, das wusste er. Sie war eine Göttin, und ihre Handlungen waren schwer zu verstehen.

Er sah die Legaten aus dem Haupthaus kommen. Sie wirkten beide nicht glücklich. Bei dem älteren Legaten verstand er den Grund nur zu gut. Ambo hatte ihn vor allen Legionären lächerlich gemacht. Hätte ein Häuptling bei den Stämmen einen seiner Leitwölfe so vorgeführt, wäre einer von beiden am Ende des Tages tot gewesen. Aber dieser Legat war Demütigungen durch Ambo vielleicht schon gewohnt.

Der Domorer hingegen wirkte einfach nur besorgt. Vermutlich machte er sich Gedanken, wie er seinen Auftrag nun ausführen sollte.

Jetzt begegnete er der jungen Priesterin, die den Wagen gelenkt hatte. Scramo sah, wie sich die Miene des Legaten aufhellte. *Sie gefällt ihm, das ist offensichtlich,* dachte er. *Und ebenso offensichtlich ist, dass sie das nicht merkt oder nicht merken will.*

Scramo kratzte sich am Bart. Er hatte gehört, dass die Priesterinnen den Orden verlassen durften. Bei den Druiden der Dhurna und ihren anderen Dienern gab es das nicht. Dazu wurde man geboren, und man entkam den dunklen Pflichten erst mit dem Tod. *Oder auch nicht.* Scramo dachte an einen alten Druiden, den er einst im Wolfsland getroffen hatte. Der hatte ihm erzählt, dass die Dhurna die Seelen ihrer Diener auch nach dem Tod behalte. *Ich hätte ihn fragen sollen, woher er das wusste.* Er hatte der Dhurna selbst schon Seelen gesandt, aber von denen war noch keine zurückgekehrt, um zu berichten, was sie auf der anderen Seite erwartete, und von den Druiden erzählte jeder etwas anderes.

Scramo verließ seinen Platz. Er wollte sich noch etwas im Lager umsehen. Es konnte ja nicht schaden herauszufinden, wie die Stimmung unter den Legionären war. Der General erschien vor dem Haupthaus und ging hinüber zu dem kleinen Tempel an der Westmauer des Kastells. Was wollte er dort? Die Hohepriesterin schien auf ihn zu warten. Die beiden verschwanden gemeinsam in einem schlichten Gebäude. Was bedeutete das? Der General war der Hohepriesterin doch nur durch herzliche Abneigung verbunden.

Er war drauf und dran hinüberzugehen, um sie zu belauschen, als er durch laute Rufe am Tor aufmerksam wurde. Die Wache meldete das Eintreffen einer weiteren Marschkolonne, und irgendetwas daran schien besonders bemerkenswert zu sein.

Neugierig geworden, ging Scramo hinüber zum Tor. Die hundert Männer, die in festem Marschtritt in die Festung marschierten, waren anders als die Legionäre, die er bisher gesehen hatte. Ihre Rüstungen und Umhänge glichen jenen der Vierten Legion, aber auf ihre ovalen Schilde war ein Stern gemalt, und in ihrer Haltung und in ihren staubbedeckten Gesichtern lag arrogante Überheblichkeit.

»Was sind das für Männer?«, fragte Scramo den wachhabenden Hekator, als die Kolonne vorübermarschiert war.

»Das sind Männer aus Lakien, vielleicht sogar aus der Hauptstadt, die Tapfersten der Tapferen. Das muss die Verstärkung sein, die Ambo vor Monaten schon angefordert hat.«

Aureus hatte ein paar Worte mit der Virgo wechseln können, und das hatte seine Laune erheblich verbessert. Sie hatte sich besorgt nach dem Stand der Dinge erkundigt. Er wusste zwar kaum etwas, aber das wenige setzte er ein, um sie zu beruhigen.

Er selbst war jedoch voller Unruhe, denn das Gefühl, dass der General etwas vorhatte, war stärker geworden, und irgendetwas sagte ihm, dass ihm Ambos Pläne nicht gefallen würden.

Jetzt strebte er wieder zum Haupthaus, weil der General endlich einen Kriegsrat einberufen hatte.

Famorius war schon dort, ebenso die Hohepriesterin und die Virgo. Legat Etorius erschien kurz nach ihm und wirkte immer noch beleidigt. Adelares war mit den anderen Tribunen ebenfalls dort. Es waren allesamt junge Capianer oder wenigstens Männer aus dem Süden, und vermutlich stammten sie alle aus einflussreichen Häusern. *Adelares passt zu ihnen,* dachte Aureus, *sie wirken wie Brüder, sosehr eint sie ihre Herkunft.* Dann war da noch der erfahrene Melus Galba, der einzige Tagmatos der Legion und schon von daher Aureus gleich sympathisch. Außerdem waren einige der altgedienten Hekatoren dort und ein Hekator, der wohl zu der überraschend eingetroffenen Verstärkung gehörte, von der die ganze Festung sprach.

Clavus Ambo stand am Tisch und hielt eine versiegelte Pergamentrolle in den Händen. Auf dem Tisch zeigte eine Lederhaut eine sehr grobe Karte des Landes zwischen Paran und Noctus.

Er hat sich entschieden, aber da ist ein Rest Unsicherheit, dachte Aureus, als er Ambos Miene studierte.

Der General nickte ihm knapp zu und eröffnete die Beratung: »Die Lage ist schwierig, und wir müssen einige Dinge überdenken. Zunächst die guten Nachrichten … Die lang versprochene Verstärkung ist, wie Ihr sicher bemerkt haben werdet, endlich eingetroffen. Es sind hundert Männer aus Lakien, die besten Krieger, die man sich denken kann, und dies ist Hekator Daros Sarkis, der sie hierhergeführt hat.«

Der Hekator, ein hagerer, finster dreinblickender Mann, nickte nur knapp, und Ambo fuhr fort: »Ich werde die Lakier der Ersten Tagma zuschlagen. Damit bin ich auch schon am Ende meiner guten Nachrichten und am Anfang der vielen Schwierigkeiten angelangt …«

Aureus räusperte sich, als der General schweigend auf die

Karte starrte. »Wenn in den Wäldern Krieg herrscht, brauchen wir einfach eine starke Bedeckung, die uns bis zum Nachtstrom bringt«, wiederholte er das, was er schon früher gesagt hatte.

»Wäre es möglich, dass Ihr uns die Lage erst einmal erklärt, General? Dann können wir vielleicht besser verstehen, worin die Schwierigkeiten bestehen, von denen Ihr sprecht.« Das kam von Famorius.

Ambo nickte knapp, deutete auf die Karte und fuhr fort: »Wie ich erfahren musste, ist meine Legion in Kämpfe mit den Waldkriegern verwickelt.« Ein ungnädiger Blick traf Etorius, aber der Legat schaute in eine andere Richtung. Es sah aus, als würde er die Virgo anstarren.

Geiler alter Bock, dachte Aureus, konzentrierte sich dann jedoch wieder auf die Ausführungen des Generals.

»Zwei Tagmen unter Tribun Afasus hat der Legat nach Norden gesandt. Ihr Auftrag lautet, das Land am Fuß der Hirschberge zu befrieden. Sie sollten inzwischen das Ebertal, etwa hier, erreicht haben.« Er deutete vage auf eine Stelle der Karte. Aureus schätzte, dass es wenigstens acht Tagesmärsche dorthin waren. »Zwei weitere Tagmen unter Beretus hat mein Stellvertreter mit unserer Reiterei zur gleichen Zeit nach Süden geschickt. Sie haben den Fluss Orox, die Grenze zum Land der Taverer, zum Ziel. Beide Verbände haben Befehl, wenigstens einen Monat dort Stärke zu demonstrieren. Damit kämpfen beide weitab von unserer geplanten Route.«

Aureus nickte zustimmend, als der General ihn anblickte, aber er verstand nicht, worauf er hinauswollte.

Der General fuhr fort. »Die beste Stelle, um den Noctus zu überqueren, scheint mir hier zu sein.« Er deutete auf einen Punkt im Nordosten. »Dort liegt die Verlorene Festung, ein Zeugnis unserer gescheiterten Versuche, das Land bis zum Nachtstrom unter unsere Kontrolle zu bringen.«

Famorius räusperte sich. »Verzeiht, General, aber soweit ich mich erinnere, gibt es weiter im Süden, und somit erheblich näher, eine Fähre, mit der die Händler und Jäger auf die andere Seite des Stroms gelangen.«

»Die gibt es, Meister Moris, doch steht sie uns nicht zur Verfügung, da Krieg herrscht. Außerdem ist sie zu klein für das, was wir vorhaben.«

»Verzeiht, wenn ich Euch erneut unterbreche, General. Aber eine Hundertschaft und einige Priesterinnen – dafür ist die Fähre wohl kaum zu klein. Gegebenenfalls müsste sie eben mehrmals …«

»Wollt Ihr nicht verstehen, Meister Moris, dass der Fährmann und sein ganzes Dorf uns feindlich gesinnt sein werden?«

Aureus runzelte die Stirn. *Uns?* Und selbst wenn sie feindlich gesinnt waren, konnte man den Fährmann doch sicher zwingen, sie überzusetzen.

»Ihr solltet vielleicht zum Punkt kommen, Ambo«, meinte die Hohepriesterin, die schon die ganze Zeit unruhig auf ihrem Stuhl hin und her rutschte.

Der General sandte ihr einen finsteren Blick. »Ich habe Befehle.« Er legte das Pergament auf den Tisch und rollte es aus. Aureus erkannte das kaiserliche Siegel. Dieser Befehl musste vom Basileios selbst kommen.

»Und wie lauten diese Befehle?«, fragte Famorius. Er klang misstrauisch.

»Der Kaiser befiehlt, dass ich hier und heute entscheide, wie viele Männer ich auf den Zug nach Osten schicken will. In seiner Weisheit hat er wohl geahnt, dass die Lage vor Ort eine Abweichung von unserem ursprünglichen Plan erzwingen könnte. Also hat er die Verantwortung mir aufgebürdet.

Und ich bin nach reiflicher Überlegung zu dem Schluss gekommen, dass wegen der Situation in Sulvar ein kleiner Zug zum Scheitern verurteilt wäre. Deshalb habe ich entschieden, die ganze Vierte Legion in Marsch zu setzen.«

»Die *ganze* Legion?«, entfuhr es Aureus. Er traute seinen Ohren nicht. Das war genau das Gegenteil von dem, was sie ursprünglich vorgehabt hatten.

»Soweit sie uns zur Verfügung steht, Legat. Ich habe den Tagmen unter Beretus Befehle gesandt, in Eilmärschen zurückzukehren. Sie werden die Sicherung der Grenze und des Kastells übernehmen, denn zum Marschieren werden sie nach ihrer Rückkehr wohl zu abgekämpft sein. Sie können in etwa zwei Wochen hier sein. Und sobald sie eingetroffen sind, brechen wir auf. Die Reiterei, die sie mitgenommen haben, kann schneller zurückkehren und wird uns auf unserem langen Marsch nach Osten begleiten.

Afasus' Tagmen im Ebertal sind noch weiter entfernt, doch werde ich diesen Nachteil in einen Vorteil verwandeln. Sie werden nicht zurückkehren, sondern auf nördlicher Route zur Verlorenen Festung marschieren, den Ort bis zu unserem Eintreffen sichern und sich uns dann anschließen.«

»Augenblick – Ihr wollt mit sechstausend Mann bis ins Trugland marschieren?« Famorius war offensichtlich ebenso verblüfft wie Aureus. Aber anders als er konnte sich sein Bruder gewisse Dinge erlauben. Er ging tatsächlich hinüber und nahm das Pergament zur Hand. »Das muss ich mit eigenen Augen lesen.«

Der General ließ ihm seinen Willen. Er sah sogar amüsiert aus. »Wir können also, wenn alles nach Plan läuft, in etwa zwei Wochen aufbrechen, vielleicht auch erst in drei, falls Beretus auf seinem Marsch unerwartet auf Widerstand stoßen sollte.«

Famorius ließ das gesiegelte Schreiben auf den Tisch sinken. »Das ist Unsinn! Drei Wochen? Wenn wir zu spät aufbrechen, werden wir unser Ziel nicht erreichen. Wir hatten bis jetzt Glück mit dem Wetter. Aber wenn erst die Herbststürme einsetzen oder der schwere Regen, der im Herbst im Osten immer kommt, dann wird sich das Land unter unseren Füßen in unpassierbaren Sumpf verwandeln – vor allem, wenn es nicht zweihundert, sondern ein paar Tausend Füße sind! Nein, wir sollten jetzt aufbrechen! Eine Hundertschaft, mehr nicht! Meinetwegen unter Schutz einiger Tagmen bis zur Fähre!« Famorius hatte sich regelrecht in Rage geredet, aber der General wirkte immer noch nur amüsiert.

Aureus war wütend. Ambo musste seit Tagen darüber nachgedacht haben, ohne ein Wort zu sagen. Das Pergament hatte er doch nicht gerade eben erst erhalten. Galt ihm die Meinung seiner Legaten so wenig? Er fühlte sich hintergangen, aber er unterdrückte seine Wut. Er musste Ambo irgendwie dazu bringen, seine Entscheidung zu überdenken. »Ich verstehe Eure Befehle, General, doch stellen sich mir einige Fragen … Variga und erst recht Tryk sind karg und dünn besiedelt. Wie wollen wir dort fünf- bis sechstausend Legionäre über Wochen auch nur mit dem Nötigsten versorgen?«

»So wie wir es stets im Feindesland tun, Legat. Wir nehmen uns, was wir brauchen.«

»Ihr wollt die Menschen ausplündern?« Das kam von Virgo Apricia. Sie klang aufrichtig empört. »Ich glaube nicht, dass es das ist, was das Licht uns befiehlt!«

»Das mag sein, Virgo, aber es ist das, was die Aufgabe erfordert, die uns der Basileios gestellt hat. Und, bei aller Achtung vor Eurem Glauben, es ist der Wille des Kaisers, der die Legionen lenkt! Was sagt Ihr dazu, ehrwürdige Oxala?«

»Das Licht entfaltet die größte Kraft oft an den dunkelsten Orten. Und oft hat die Legion ihm den Weg zu diesen Orten erst bahnen müssen. Ich kann verstehen, dass unserer Virgo nicht gefällt, was sie hört, doch möge sie bedenken, wie viel Gutes wir bewirken können, wenn wir erst das Große Leuchten über diesen vergessenen Sümpfen entzünden.«

»Dennoch darf man nicht außer Acht lassen, wie arm dieses Land ist«, blieb Aureus hartnäckig. »Selbst wenn wir die Stämme dort ausplündern – ich weiß nicht, ob Tausende Legionäre von diesem Land zehren können. Und was ist mit der Dämmermark? Sie ist schutzlos, wenn wir die ganze Legion abziehen!«

Der General zuckte mit den Achseln. »Ihr wisst doch, was der Basileios für dieses Land plant, nicht wahr? Warum also sollen wir unsere Kräfte für etwas aufsplittern, das wir nicht bewahren wollen? Wir werden Sestum und dieses Kastell schützen – der Rest muss eben zusehen, wie er zurechtkommt.«

Aureus konnte es immer noch nicht fassen. Die Mark sollte ohne Verteidigung zurückbleiben? Jetzt entdeckte er unter den Hekatoren auch jenen, den er an der Straßensperre vor der Stadt getroffen hatte. Seine Heimatstadt, denn so sah er Alenum, war schutzlos, und hinter ihren Mauern wüteten die Pocken. *Vielleicht schützt sie das nun besser vor den Nachtmännern, als es die Legion getan hat,* dachte er verbittert.

»Warum fragen wir nicht unseren domorischen Führer?«, warf Famorius ein. »Der Mann kennt das Land jenseits des Nachtstroms. Er kann uns sagen, ob es eine Legion nähren kann!«

Der General zögerte einen Augenblick, bevor er dann doch seine Zustimmung gab.

Aureus wartete voller Ungeduld auf den Pelzhändler. Er verstand einfach nicht, wie der General seine Vollmacht derart schamlos ausnutzen konnte. Der Basileios konnte das nicht ahnen – oder doch? Hatte er seine Meinung so schnell und so radikal geändert, dass er nun das Heilmittel mit Gewalt holen wollte? Darauf lief es doch hinaus. Die Vierte Legion würde ins Trugland marschieren, um die Dunkle Fürstin mit Gewalt zur Herausgabe dieses Wundermittels zu zwingen. Und nicht er würde sie anführen.

Damit meldete sich ein bohrender Gedanke: Der Kaiser hatte angedeutet, ihn zum General machen zu wollen, wenn er mit dem Heilmittel zurückkehrte. Doch was nun, wenn nicht er, sondern Clavus Ambo das Mittel überbrachte? Würde dieses Versprechen dann noch gelten? Oder wäre er dann nur ein weiterer Legat, der – wie der unselige Etorius, der beleidigt in der Ecke stand und schwieg – ein Leben lang vergebens auf seine Beförderung wartete?

Aureus fühlte sich, als habe ihm der Kaiser selbst einen Dolch in den Rücken gerammt. Offensichtlich vertraute der Basileios ihm, *dem Domorer,* doch nicht so sehr, wie er es behauptet hatte.

Der Pelzhändler erschien, und Aureus bildete sich ein zu sehen, dass er erbleichte, als der General ihm ohne große Umschweife die Lage erklärte. »Ihr wollt eine ganze Legion über den Nachtstrom führen, Herr? Wie?«

»Das war nicht, was ich Euch gefragt habe, Meister Narth.«

»Man sagte mir, dass Ihr nur mit den Stämmen Verbindung aufnehmen wollt. Ihr wollt ihre Häuptlinge treffen, Abkommen schließen und solche Sachen. Sie werden aber nicht verhandeln, wenn Ihr mit einer Legion ihr Land kahl fresst. Wartet – Ihr wollt nicht verhandeln –, Ihr wollt erobern!«

»Nein, wir werden durch ihr Land hindurchmarschieren, erobern wollen wir diese Ödnis keineswegs. Wir wollen uns aber auch nicht darauf verlassen, dass die Wilden uns gutwillig passieren lassen. Unser eigentliches Ziel, so viel kann ich verraten, liegt unweit des Lindros, weit im Osten Varigas. Von Euch will ich nun hören, ob Ihr einen Marsch quer durch das Wolfsland für durchführbar haltet.«

Der Pelzhändler schüttelte den Kopf. »Das Land nährt nur Wölfe und Räuber, Herr. Die Hassewer bauen fast nichts an. Sie leben in kleinen Siedlungen von Fischfang und Jagd – und das mehr schlecht als recht. Deshalb überfallen und berauben sie immer wieder ihre Nachbarn. Eine Eurer Tagmen kann dort drüben vielleicht ein paar Tage satt werden – aber eine Legion? Über Wochen? Niemals! Und am Lindros beginnt das Trugland. Es ist eine lebensfeindliche Ödnis, von riesigen Lindwürmern bewacht, in der wir uns vielleicht von Wurzeln und Gräsern nähren müssten. Und ich nehme doch an, Ihr wollt nicht nur hin, sondern auch zurück. Das kann keine Legion überleben, Herr. Sagt, ist das unser Ziel, das Trugland? Dann muss ich mir überlegen, ob ich Eure Männer führen kann.«

»Nein, Meister Narth. Unser Ziel liegt in Variga, nicht in Tryk, so viel kann ich Euch sagen.«

Das war glatt gelogen, und Aureus bildete sich ein, dass der Pelzhändler das auch durchschaute. Aber er sagte nichts mehr.

Der General dankte ihm kühl und schickte ihn wieder hinaus. Als Narth an ihm vorüberging, sah Aureus, dass der Domorer leichenblass war. Seine Besorgnis war auf keinen Fall gespielt. Sobald der Pelzhändler den Raum verlassen hatte, klatschte Famorius in die Hände. »Ihr habt es gehört, Ambo. Ihr könnt nicht mit einer Legion über den Fluss! Wie auch? Es gibt keine Brücke über den Noctus!«

»Ich würde sagen, Ihr unterschätzt die Fähigkeiten der

Legion, Meister Moris. Wir haben noch jeden Strom überquert, wenn es sein musste. Und wir haben Schlimmeres als das Wolfsland erlebt.«

»*Er*lebt? Das mag sein. Aber haben das die Männer auch *über*lebt? Denkt an den Zug in die Frostsümpfe! Wie wenige Männer kamen von dort zurück!«

»Und die Legion hat viel daraus gelernt, Meister Moris, Ihr werdet sehen.«

»Warum beruft Ihr diesen Kriegsrat überhaupt ein, wenn Ihr unsere Meinungen und Warnungen am Ende ignoriert?«

»Ich höre zu, Meister Moris, denn ein weiser Mann kann selbst von einem Narren noch etwas lernen. Doch Ihr kennt meine Befehle, die sich aus dem Vertrauen des Kaisers speisen. Und dieses Vertrauen werden wir nicht enttäuschen. Von Euch erwarte ich, dass Ihr Eure Klugheit einsetzt, um uns voranzubringen. Ihr geltet als einfallsreich, Meister Moris – beweist es!«

Als Scramo Narth das Haupthaus verließ, stand ihm kalter Schweiß auf der Stirn. Die Dhurna hatte es gewusst! Er hatte nie verstanden, warum er die Offiziere schonen und die Legionäre töten sollte – aber nun, da es nicht um ein paar Dutzend, sondern um ein paar Tausend ging, ergaben die Traumbilder des Capianers Sinn.

Sie wollten mit einer ganzen Legion zur Dornenfeste marschieren? Das war Wahnsinn. Aber dieser General, der ihn so schamlos anlog, hielt es offenbar für durchführbar. Und falls das stimmte? Mit einer Hundertschaft wäre er fertiggeworden – aber eine ganze Legion? Die Hassewer waren gegen jeden Fremden feindselig, und sie verstanden sich auf Hinterlist und Tücke – mit einer Legion würden sie sich jedoch nicht anlegen. Es war also an ihm, ein paar Tausend Mann ins Verderben zu führen. Er bezweifelte, dass er das schaffen konnte. Und vor allem *wollte* er das nicht. Er wollte nicht den Tod so vieler Seelen auf dem Gewissen haben.

Mit Ingrimm dachte er an die Botschaft, die er den Nahtmanen aufgetragen hatte: Sie sollten den Zug auf seinem Weg zum Nachtstrom in Ruhe lassen. Er glaubte kaum, dass sie sich daran hielten, wenn diese Capianer in Legionsstärke durch ihr Land walzten.

»Ah, Meister Narth, schön, Euch zu sehen!«

Er schreckte aus seinen düsteren Gedanken auf. Es waren die beiden capianischen Offiziere, die die Rekruten geführt hatten. »Hekator Optus, was gibt es?«

»Man sagte mir, dass Ihr das Land jenseits dieser Berge gut kennt. Und ich hatte nun einen kleinen Disput mit meinem Freund Stax hier. Er ist der Meinung, dass es in Sulvar weder Wein noch gute Gasthäuser gibt, ich hingegen meine, dass die sogenannten Wilden so wild nicht sein können. Die Domorer in der Mark bauen schließlich auch Wein an, nicht wahr?«

Der Mann machte sich ernsthaft Gedanken über Gasthäuser und Wein? Wusste er nicht, dass sie in den Krieg ziehen würden? Scramo räusperte sich. »Das Klima im Osten ist zu rau, um Wein anzubauen, Hekator. Ihr werdet guten Met bekommen, doch Gasthäuser gibt es nicht. Die meisten Stämme nehmen Fremde in ihren eigenen Häusern auf und bewirten sie – es sei denn, sie entschließen sich, die Fremden stattdessen gleich umzubringen.«

Optus lachte und klopfte ihm auf die Schulter. »Und da heißt es immer, Domorer hätten keinen Sinn für Humor. Ich danke Euch, Meister Narth. Ich denke, Ihr habt unsere Frage beantwortet.«

Scramo Narth nickte und ließ die beiden stehen. Eine

seltsame Frage war das gewesen, und sie hatte ihn in seinen Überlegungen gestört. Er zog sich in seine Unterkunft zurück. Der Quartiermeister hatte ihm mit unverhohlener Verachtung für den »Waldling« eine fensterlose Kammer bei den Ställen zugewiesen, aber das war ihm nur recht. Er brauchte die Dunkelheit. Zu gerne hätte er der Dhurna eine Seele mit den Neuigkeiten und seinen Fragen geschickt. Inmitten eines Legionslagers konnte er natürlich kein Tier opfern. *Und wer weiß, ob sie mir antworten würde …* Aber dann dachte er, dass er nun, da er die Grenze ihres Reiches erreicht hatte, ihr Flüstern vielleicht eher vernehmen würde als drüben in Maricat, wo das Licht herrschte. *Ein Traum! Ich werde sie um einen Traum bitten!*

Er entzündete eine Kerze, hielt die Hand in die Flamme, bis er den Schmerz nicht mehr ertrug, und löschte sie dann. Dabei flehte er die Dunkle Fürstin um einen Traum an, ein Bild, das ihm den Weg zeigen würde. Er kühlte die Wunde und ging zu Bett, seine Gedanken fest nach Osten gerichtet. Er schlief bald ein.

Der Traum kam spät, und er zeigte ihm nicht das, was er erhofft hatte. Da war sein Haus in Maricat, unter dunklen Wolken. Seine Warra stand mit den Kindern in der Tür. Stumm sahen sie ihn an. Erwartungsvoll, nein, vorwurfsvoll! Und dann sah er die Krähen, die sich schwarz und zu Hunderten auf dem Dach seines Hauses drängten …

Aureus war nicht glücklich, und er fand, es passte hervorragend zu seiner Stimmung, dass es am nächsten Morgen heftig zu regnen begann. Er suchte die Priesterinnen in ihrem Quartier auf. Mata Oxala hatte dem Vorhaben des Generals ohne Einwände zugestimmt, und er wollte wissen, warum.

»Es erscheint mir vernünftig, junger Mann. Es ist doch

sicherer, besser beschützt als mit wenigen Legionären durch das feindselige Land jenseits des Noctus zu marschieren.«

Die Virgo war bei ihr, und er hatte das Gefühl, dass er die beiden Frauen bei einer eigenen Beratung gestört hatte, auch wenn die Hohepriesterin das bei seinem Eintreten abgestritten hatte.

Er versuchte, seinen Standpunkt zu erklären: »Eine kleine Schar, die mehr auf Schnelligkeit und Diplomatie als auf Gewalt setzt, hat größere Aussichten auf Erfolg.«

»Da sind die Meinungen wohl geteilt. Ich verstehe auch nicht, warum Ihr deswegen zu mir kommt. Der General hat entschieden. Warum also über verschüttete Milch streiten?«

»Ich hatte die Hoffnung, dass Ihr ihn zur Vernunft bringen könntet, ehrwürdige Oxala. Natürlich brauchen wir jetzt Schutz, aber doch nur bis zum Noctus. Haben wir den erst überquert, sind wir ohne die Legion besser dran.«

Die Alte lächelte dünn. »Kränkt es Euch wirklich so sehr, dass Ambo Euch Euer erstes Kommando verdorben hat, Legat?«

Aureus öffnete den Mund zu einer scharfen Erwiderung, aber dann besann er sich und sagte: »Das hat damit nichts zu tun. Ich denke nur an das Gelingen dieser wichtigen Unternehmung.«

Die Alte tätschelte seine Hand. »Mir gegenüber müsst Ihr Euch nicht verstellen. Ambo hat mich schon vorgewarnt. Er sagte mir, dass Euer brennender Ehrgeiz Euch zu mir führen würde und dass Ihr versuchen würdet, mich auf Eure Seite zu ziehen. Aber hören wir doch, was die Virgo Apricia dazu sagt.«

Die junge Priesterin hatte bisher nur mit staunenden Augen zugehört. Jetzt sah sie beinahe erschrocken aus, und sie sprach langsam, als sie antwortete. »Auch ich glaube, dass wir sicherer sind, wenn wir im Schutz der Legion marschieren, Legat Moris. Und ich glaube, der Domorer hat die Schrecken Varigas übertrieben. Ja, ich hatte den Eindruck, dass es ihm gar nicht passte, dass nun die ganze Legion zu dieser wichtigen Reise aufbricht.«

Aureus runzelte die Stirn. Woher wollte die Virgo das wissen? Meister Narth hatte auf ihn einen ehrlichen Eindruck gemacht. Außerdem teilte er seine Meinung, und das hatte nichts mit seinem persönlichen Ehrgeiz zu tun.

Die Mata hatte bei den Worten der Virgo ein paarmal zustimmend genickt, jetzt sagte sie: »Aber da ist natürlich noch etwas anderes, Legat, und ich wundere mich, dass Ihr nicht selbst darauf gekommen seid …« Sie winkte Aureus näher heran und senkte die Stimme: »Habt Ihr wirklich angenommen, der Basileios vertraut das Schicksal des Reiches ausgerechnet einem Domorer an? Ich weiß ja, dass Ihr ein ergebener Diener des Lichts seid, aber leider ist das Vertrauen des Kaisers in das uns alle Leitende schwach geworden, und das Misstrauen gegen Euer Volk sitzt nun einmal tief …«

Er starrte die Mata wütend an. Ihre Augen hielten seinem Blick kalt und klar stand. Er hätte ihr gerne gesagt, dass sie sich irrte, aber er hatte doch das Gleiche vermutet. Dennoch widerstrebte es ihm, Stellung gegen den Kaiser zu beziehen, was diese Hexe wohl erwartete. Er fand keine passende Erwiderung, presste nur »der Basileios hat mir selbst sein Vertrauen ausgesprochen« hervor und verabschiedete sich dann mit ein paar dürren Worten.

Als er die Priesterinnen verließ, fragte er sich wieder einmal, warum sie bei dieser Reise dabei sein wollten. Die Mata hatte etwas von Missionierung gesagt, aber das überzeugte ihn nicht. Wieso unterstützten sie ein Vorhaben, das eine ganze Provinz dem Licht entreißen würde?

Er wusste es nicht und suchte seinen Bruder auf, der ein paar Kräuter katalogisierte, die er in der Dämmermark gesammelt hatte.

»Ich bin ganz deiner Meinung, Auro. Mit Gewalt werden wir nur Gegengewalt erzeugen. Und auf Gewalt läuft es hinaus, wenn die Legion marschiert. Ich fürchte daher, dass unser Marsch viel blutiger wird, als er sein müsste.«

»Und warum stimmst du den General dann nicht um? Er scheint auf dich zu hören.«

»Der Schein trügt. In Maricat standen der Satrap und sogar der Basileios hinter mir, aber hier stehe ich mit meiner Vernunft alleine gegen die Logik der Legion und ihrer Befehle. Du hast doch selbst gehört, wie Ambo alle vernünftigen Einwände zur Seite fegte. Finde dich damit ab, Bruder. Nicht du wirst diese ehrenvolle Unternehmung ins Trugland anführen.« Er brachte ihn zur Tür. Als er die Pforte öffnete, trieb der Wind einen kalten Regenschauer über die Schwelle. Aureus hatte das Gefühl, dass sein Bruder ihn loswerden wollte.

Scramo Narth saß bei offener Tür auf dem Boden seiner Unterkunft und starrte hinaus in den rauschenden Regen. Die Vorzeichen konnten schlimmer nicht sein. Krähen über seinem Haus? Zürnte die Dhurna ihm? Ja, er hatte seine Pflichten vernachlässigt, doch jetzt war er hier und bereit, alles zu tun, was sie verlangte. Was konnte er machen? Er hatte versucht, eine Antwort in der Selbstversenkung zu finden, aber die dunkle Leere, die er dabei aufsuchte, schwieg.

Abrupt erhob er sich. Herumsitzen hatte noch niemanden weitergebracht. Er wusste einfach zu wenig über die Pläne des Generals, um Gegenpläne zu schmieden, aber das konnte er ändern. Er ging durch den Regen hinüber zum Verwalter der Vorräte und schaffte es mit einigen Silberstücken, ihm einen Krug Wein abzuschwatzen. Er verbarg ihn unter seinem Umhang, dann suchte er die beiden Hekatoren auf, deren Namen er sich nicht merken wollte, die aber am Vortag so vertraulich mit ihm geplaudert hatten.

Sie saßen in ihrem Quartier und wirkten gelangweilt. »Man hat uns noch keiner Tagma zugeteilt, also sind wir derzeit ohne Beschäftigung, Freund. Doch was führt Euch zu uns?«

»Ich suche jemanden, der mir hilft, diesen Krug Wein zu leeren …«

»Ist es guter capianischer?« Die Augen des kleinen Optus leuchteten, dann öffnete er den Krug, den Scramo auf den Tisch gestellt hatte, und roch daran. »Roter … er riecht schwer und süß. Genau so mag ich ihn.«

»Aber wir sind noch im Dienst, Optus«, brummte der andere.

»Ein Dienst, der in Nichtstun besteht! Und es ist auch nur ein Krug, Stax.«

Wie Scramo erwartet hatte, löste der Wein die Zungen der beiden Offiziere, und sie plauderten nach und nach aus, was sie von den Plänen des Generals wussten. »Eigentlich dürften wir Euch davon wohl nichts erzählen, aber es werden ohnehin bald alle wissen«, meinte Optus. Und dann berichtete er von der geplanten Vereinigung der verschiedenen Tagmen an der Verlorenen Festung. »Fragt mich bloß nicht, wo dieser Ort mit dem unheilvollen Namen liegt.«

»Ich glaube, ich weiß es«, meinte Scramo schlicht. »Es ist ein aufgegebenes Kastell am Nachtstrom. Was ich jedoch nicht verstehe, ist, wie der General über den Strom gelangen will. Hat er vor, Flöße zu bauen? Das würde Tage dauern.«

»Flöße? Nicht doch, Meister Narth. Wisst Ihr denn nicht, dass der Legion die besten Brückenbauer der Welt angehören? Unsere Pioniere könnten eine Brücke von hier nach Maricat errichten, wenn sie wollten.«

Scramo nahm an, dass der Wein aus Optus sprach, vielleicht auch nur die Unkenntnis. Der Nachtstrom war Hunderte Ellen breit. Kein Mensch konnte eine Brücke darüber bauen. Andererseits gab es die Brücke über den Paran …

Was ihn aber noch mehr beschäftigte, war, dass der General offenbar erst alle Tagmen zusammenziehen wollte, bevor er aufbrach. Konnte er daraus irgendeinen Nutzen ziehen?

Er ließ die beiden Hekatoren mit dem halbvollen Weinkrug zurück und ging hinaus auf die Ostpalisade. Der Wald erstreckte sich scheinbar endlos in stumpfem Gelb und Grün, das sich bald mit dem Regen zu einem langweiligen Grau vermischte. Irgendwo weit dahinter lag das Ziel, zu dem er nur die Offiziere, aber nicht die Legion führen durfte. Er seufzte. Es wäre leichter, wenn er diesen Auftrag verstehen würde. Was wollte die Legion von der Dhurna? Und was konnte die Dhurna von ihren Offizieren wollen?

»Wird denn dieser elende Regen nie aufhören?«, beschwerte sich eine Wache, die unweit von ihm ins Grau starrte.

Scramo hätte dem Soldaten sagen können, dass er eigentlich gerade erst angefangen hatte und sich vielleicht noch Tage hinzog, aber er schwieg, denn plötzlich durchfuhr ihn eine Idee. *Sie hat mich erhört,* dachte er, *die Dhurna hat mich nicht vergessen, nein, sie hat meine Gebete erhört!*

Er eilte sofort ins Haupthaus und bat dringend um eine Unterredung mit dem General.

Man ließ ihn dennoch warten, und er hörte Ambo drinnen mit einem Untergebenen streiten, der jedoch nicht viele Widerworte gab. Schließlich erschien mit hochrotem Kopf der ältere Legat in der Tür, und der General rief ihm nach: »Es bleibt dabei, Etorius – Ihr werdet mit den Lahmen, den

Verwundeten und den unerfahrenen Rekruten hier im Kastell bleiben und die Stellung halten. Und ich hoffe sehr für Euch, dass Ihr wenigstens das schafft!«

»Und was wollt Ihr, Domorer?«, fragte er, als Scramo eintrat.

»Ich komme wegen des Regens, Herr.«

Der General stutzte. »Was ist damit?«

»Es ist sehr wahrscheinlich, dass er noch tagelang so weitergehen wird.«

»Und? Der Legion macht ein bisschen schlechtes Wetter nichts aus, Mann.«

»Das weiß ich, Herr. Seht, ich höre die Legionäre im Kastell reden, und sie sagen, dass Ihr warten wollt, bis weitere Truppen hier eintreffen …«

»Die Männer haben zu wenig zu tun und reden zu viel. Aber das wird sich bald ändern«, brummte der General.

»Aber Ihr könnt nicht warten, Herr, nicht wenn Ihr über den Fluss wollt!«

»Was meint Ihr?«

»Der Regen, Herr. Die Waldlinge nennen ihn den Landverderber, und ich kenne ihn gut. Wochenlang kann er alles Land ertränken … Er wird den Nachtstrom über die Ufer treten lassen. Ich weiß nicht genau, wie Ihr gedenkt, ihn zu überqueren, aber wenn der Landverderber bleibt – und das wird er –, ist der Strom in einer Woche fünf- oder zehnmal so breit wie im Sommer.«

Der General starrte ihn an. »Woher wollt Ihr das wissen?«

»Ich selbst habe einmal an seinem Ufer gestanden und konnte das andere nicht sehen, als ich ihn um diese Jahreszeit überqueren wollte. Ich musste Tage auf den Fährmann warten, weil der in seinem Dorf mein Feuer, mit dem ich ihn rufen wollte, selbst nachts nicht bemerkt hat.«

Der General schloss die Augen und schien mit sich zu ringen. Dann entfuhr ihm ein kräftiges »Verdammt«, und er verlangte nach seinem Schreiber. »Ruft die Offiziere zusammen. Wir müssen unsere Pläne ändern!«

Der General vergaß, Scramo hinauszuschicken, als die Tribunen eintrafen, und so hatte er Gelegenheit zuzuhören. Jetzt wollte der General so schnell wie möglich aufbrechen und nicht auf die Reiterei und die Tagmen warten, die im Süden standen. Einer der Tribunen wies vorsichtig darauf hin, dass sie eine weitere Tagma im Lager abstellen müssten – sie konnten es schließlich nicht unbewacht lassen –, dass sie also drei statt zwei Tagmen zurücklassen würden und dass auch die Reiterei dann vorerst nicht an ihrer Seite sei. Aber Ambo wischte alle Einwände beiseite.

Scramo bewunderte die Entschiedenheit des Generals, der binnen Sekunden bereit und fähig war, einen wohlüberlegten Plan einfach umzuwerfen, wenn er es für erforderlich hielt. Sie würden also nicht warten, sondern baldigst aufbrechen.

Als er genug gehört hatte, ging er hinaus, richtete seinen Blick zum Himmel und ließ sein Gesicht vom Regen waschen. Es war ein gutes Gefühl. Die Dhurna hatte ihn doch nicht verlassen, denn ohne Zweifel hatte sie ihm diesen Regen und diese Eingebung geschickt.

Ob der Nachtstrom je wirklich so weit aus seinem Bett heraustrat, dass man das andere Ufer nicht mehr sehen konnte? Er hatte keine Ahnung. Bisher war er immer und zu jeder Jahreszeit ohne größere Schwierigkeiten an das andere Ufer gelangt. Aber der General hatte ihm die Geschichte geglaubt, und das war es, worauf es ankam. Er hatte mit einer einzigen simplen Lüge diese Legion gleich um Hunderte Legionäre geschwächt.

III. BVCH
WALDLAND

7. DER PFAD

Die Maultiere standen mit hängenden Köpfen im Regen. Claudio Optus rannte kopfschüttelnd auf und ab und kontrollierte die Planen, die sie über die schwer beladenen Packsättel der Tiere gespannt hatten. »Ich verstehe nicht, wie man zwei verdiente Veteranen wie Stax und mich zum Tross versetzen kann!«

Aureus nahm an, dass es sich dabei um eine Art Rache von Etorius handelte. Der Legat hatte wohl erraten, dass er den beiden frischgebackenen Hekatoren nahestand, und ihm eins auswischen wollen. Dabei konnte er wirklich nichts dafür, dass Ambos Zorn den Mann so hart getroffen hatte.

Die Legion hatte ihren Marsch begonnen. Hundertschaft um Hundertschaft marschierte aus dem Tor Richtung Osten. Den Tross mit seinen unzähligen Maultieren hatte man schon im Morgengrauen beladen und aus Platzgründen als Erstes hinausgeschickt. Jetzt sollte er sich in die Mitte der Kolonne einreihen.

»Ich denke, es liegt daran, dass die meisten Hundertschaften dieser Legion ihre Offiziere haben. Es gab keinen Grund, sie zu versetzen«, versuchte Aureus zu erklären.

»Aber der Tross hatte auch Hekatoren – und die wurden nun versetzt, nein, befördert!« Optus schüttelte missmutig den Kopf.

Sein Freund Stax schien dieses Schicksal weniger schwer zu nehmen: »Das wird nicht so bleiben, Optus. Jetzt dienen wir beim Tross, weil in den anderen Tagmen kein Platz für uns ist. Aber nach allem, was ich über den bevorstehenden Marsch gehört habe, wird der Tod uns bald Platz schaffen. Übe dich also in Geduld, mein Freund. Uns wird man noch früh genug ins Feuer stellen. Und sieh nur, was man uns anvertraut – die Vorräte der Legionäre, die Schanzpfosten, ein Dutzend Skorpione und dann diese schweren Gerätschaften, über deren Zweck ich mir später Gedanken machen werde. Nicht zu vergessen die Kisten mit den Glasperlen und Eisenbarren. Ein unermesslicher Schatz, mit dem wir uns das Wohlwollen der Hassewer erkaufen wollen. Wir sind wichtig, mein Freund, und wir marschieren in der Mitte des Zuges, dem sichersten Platz, nicht wahr, Legat?«

»Genau so ist es«, meinte Aureus. Bei den angeblichen Eisenbarren handelte es sich in Wahrheit um Barren aus Gold, die hauchdünn mit Blei überzogen waren. Aber es war wohl klüger, das niemandem zu sagen. Eisen war im Wolfsland kostbar, und er musste zugeben, dass es eine geschickte Täuschung war. Ambo ließ sie nicht einmal besonders bewachen, und auch Aureus hatte erst in der Hirschfeste erfahren, dass diese Barren im Wagen der Priesterinnen mitgereist waren, über den der General noch gespottet hatte. Doch dieser Wagen blieb zurück, und das verkleidete Gold reiste von nun an ganz unauffällig in den Lasttaschen irgendeines Maultieres.

Dennoch war der Tross das begehrteste Ziel für alle Angreifer, und genau deshalb marschierte er in der Mitte der Legion. Stax wusste das, Optus ebenfalls, aber der tat so, als hätte er das nicht bedacht.

Sie belügen sich so liebevoll wie ein altes Ehepaar, dachte Aureus und kam zu dem Schluss, dass er sich um die beiden keine Sorgen zu machen brauchte. Sie stellten sich ihrer Aufgabe mit der Abgeklärtheit, die sie sich auf Iscer angeeignet hatten.

»Nun, Stax, wie gefällt Euch die Vierte Legion?«, fragte er.

Der Hekator runzelte die Stirn. »Es ist schon anders als bei der Sechzehnten. Es gibt hier mehr Helikier, Losser und Karsier und weniger Amarer und Bover, aber dann ist es doch wieder das Gleiche, denn die Legion fragt nicht, wo du herkommst, nicht wahr?«

»Es sei denn, du kommst aus Lakien und musst jedem auf die Nase binden, dass nur du ein waschechter Capianer bist«, rief Optus.

Aureus hätte ihm zugestimmt, denn die frisch eingetroffenen Lakier von Hekator Sarkis schienen ein wirklich überheblicher Haufen zu sein, aber seiner Meinung nach sollte sich ein Legat auf so etwas nicht einlassen. »Sie sind neu in der Vierten und werden sich schon noch einfügen«, meinte er nur.

»Wer's glaubt«, murmelte Stax missmutig.

»Jedenfalls bin ich froh, dass unsere lakischen Freunde in der Vorhut marschieren wollen, da können sie mir nicht auf die Nerven gehen. Und wo werdet Ihr sein, Legat?«, fragte Optus, der sich das nasse Gesicht mit seinem Halstuch abwischte.

»Bei der Vorhut, wo sonst?«, gab Aureus mit einem Zwinkern zurück.

»Dann sei das Licht mit Euch, Legat! Und haltet die Augen offen. In diesen Wäldern sieht man die Wilden wohl erst, wenn sie einem eins mit dem Schwert verpassen wollen.«

Einer der Tribunen gab ein Zeichen, und Optus signalisierte zum Aufbruch. »Bewegt Euch, Männer, sonst landen wir doch noch am Ende dieser schönen Parade!«

Aureus galoppierte die Kolonne entlang nach vorne. Er

konnte sehen, dass die Vierte Legion gut geführt und kampfbereit war. Die Männer schienen trotz des miserablen Wetters bester Stimmung zu sein. Ihre Mäntel waren nass und ihre Tornister schwer, aber sie marschierten scheinbar gut gelaunt und voller Zuversicht nach Osten.

Die Luxalinnen waren auf Pferde umgestiegen und hatten den Platz vor dem Tross eingenommen. Aureus sah mit Missfallen, dass auch sein Bruder an ihrer Seite ritt. Er schien sich gut mit der Virgo zu unterhalten. Er reihte sich dahinter ein und fragte Elira und Kyntia, die beiden Novizinnen, ob sie mit der Wahl ihrer Reittiere zufrieden seien.

Die beiden kicherten bloß, und Elira, die jüngere und lebhaftere, fragte ihn, ob Tribun Adelares sich auch zu ihnen gesellen werde.

»Sobald er entbehrlich ist, wird er das sicher tun«, gab Aureus zur Antwort. Er war der Ansicht, der Tribun sei grundsätzlich entbehrlich, andererseits konnten sie im Augenblick jeden Offizier brauchen, und Adelares würde sich vielleicht doch noch als nicht *völlig* unnütz entpuppen.

Er selbst wurde vermutlich vorne erwartet, aber er wollte sehen, wie es der Virgo ging.

Du Narr, dachte er, *merkst du nicht, dass es ihr gut geht? Sieh nur, wie angeregt sie sich mit deinem Bruder unterhält!* Der Fluss ihres Gespräches kam nicht ins Stocken, während sein Versuch, mit den beiden Novizinnen zu plaudern, schon gescheitert war, weil er keine Ahnung hatte, worüber er mit ihnen reden sollte.

Er überholte Famorius und Apricia und schloss zur Hohepriesterin auf.

»Nun wird es gefährlich, Legat, nicht wahr?«

»Die Legion ist stark genug, um uns sicher bis an den Nachtstrom zu bringen.«

»Und durch Variga, nicht wahr?«

»Sie wird ihr Bestes tun.«

»Ihr seid immer noch nicht überzeugt, dass dies die richtige Entscheidung ist?«

Er deutete auf den Boden. »Seht Ihr das? Schon die zwei Tagmen vor uns haben diesen alten Weg in Schlamm verwandelt. Wie soll das erst werden, wenn wir durch die Sümpfe des Wolfslandes marschieren?«

»Wir werden es bald wissen, Legat. Ich vertraue darauf, dass das Licht uns schon leiten wird, und das solltet Ihr auch.«

»Natürlich, ehrwürdige Oxala, doch wir sind jetzt in einem Land, das das Licht von Capia zurückgewiesen hat. Und danach kommen wir in ein Land, das das Allleitende noch nie gesehen hat. Ich bin nicht sicher, dass es uns dort helfen kann.«

Die Hohepriesterin kniff die Augen zusammen und sah ihn unter ihrer nassen Kapuze scharf an. »Euer Mangel an Vertrauen enttäuscht mich, Moris. Es grenzt an Ketzerei, was Ihr da sagt. So etwas kenne ich zwar von Eurem Bruder, doch von Euch habe ich Besseres erwartet. Steckt da etwa mehr Domorer in Euch, als es den Anschein hatte? Und kommt der nun in Eurer alten Heimat wieder zum Vorschein?«

»Ich bin ein Kind der Dämmermark und des Lichts, ehrwürdige Oxala, und dieser Teil Domoriens ist mir ebenso fremd wie Euch.«

»Und doch fließt domorisches Blut durch Eure Adern, und mit der Muttermilch habt Ihr die Verehrung der Dunkelheit aufgesogen. Leugnet es nicht. Es ist schließlich der Grund, warum der Kaiser ausgerechnet Euch ins Trugland schickt, nicht wahr?«

Aureus verstummte verärgert, nickte der Hohepriesterin

knapp zu und ritt nach vorne, um seinen Platz an der Seite des Generals einzunehmen.

»Da seid Ihr endlich, Legat. Was hat Euch so lange von Eurem Platz ferngehalten?«, fragte Ambo spöttisch.

»Ich wollte mich nur überzeugen, dass der Tross gut in Marsch gekommen ist. Für die Hekatoren, die ihn führen, ist diese Aufgabe neu, aber sie werden sie schon meistern.«

»Ihr solltet Euch lieber mit den Tribunen vertraut machen. Ihr seid ihr Legat und müsst wissen, was Ihr in einer Schlacht von ihnen zu erwarten habt.«

Nicht viel, wäre Aureus beinahe herausgerutscht, doch er hielt seine Zunge rechtzeitig im Zaum.

»Der Gedanke scheint Euch nicht zu schmecken, Legat ...«

Er zuckte mit den Schultern. »Bis vor Kurzem sah ich sie mit den Augen eines Hekatoren, General. Auf Iscer zeigten sich die meisten als verwöhnte Söhne adliger Capianer, die ihre Stellung nicht dem Dienst, sondern der Herkunft verdankten. Und oft waren es doch wir erfahrenen Hekatoren, die die Dinge in die Hand nehmen mussten, wenn es brenzlig wurde.«

Ambo lachte laut auf. »Dann wird es Zeit, dass Ihr lernt, wie wichtig diese Männer für einen General oder Legaten sein können. Sie sind der Schild, der uns davor bewahrt, dass jeder Hekator, der ein Anliegen hat, damit gleich zu uns gelaufen kommt. Und die meisten verstehen sich besser auf ihre Aufgabe, als Ihr glaubt. Das gilt wenigstens für die, die unter meinem Kommando dienen. Wenn sie ihre Sache nämlich nicht gut machten, wären sie längst wieder in Capia.«

Die Kolonne kam zügig voran, obwohl sich der breite Weg unter den vielen Füßen und Hufen schnell in Morast verwandelte. Aureus fiel bald auf, wie anders dieses Land war. Kupferbuchen gab es anfangs noch vereinzelt, aber schon gegen Mittag sah er keine einzige Buche mehr, und Blutgras gab es gar nicht mehr. Auch Birken waren selten, und der Wald, der sich zunächst in einzelnen Baumgruppen auf den Flanken der Hirschberge ankündigte, wurde bald dichter, bis der gewundene Pfad schließlich zwischen dunklen Steinbuchen und Eichen verschwand.

Er hatte sich an die Spitze des Zuges begeben, wo er an der Seite von Pios Setos ritt, einem jungen Tribun, dem Ambo die Erste und Zweite Tagma anvertraut hatte. Aureus wunderte sich darüber, denn andere Tribunen waren älter und erfahrener. Im Kastell hatte er gehört, dass der General einen Narren an Setos gefressen hatte, und er hatte selbst gesehen, dass diese beiden Männer einander nahestanden, aber er hatte nichts über den Grund dafür erfahren.

Hinter ihnen marschierte die Ehrenschar, die verdienten Veteranen, die das Feldzeichen der Legion trugen – einen schreitenden Wolf unter dem Stern Capias, geschmückt mit himmelblauen Bändern. Direkt dahinter folgten die Lakier, und Aureus sah ihrem Hekator an, dass es ihm gar nicht passte, hier an zweiter Stelle zu marschieren.

»Wolf und Stern, eine eigenartige Kombination«, sagte Aureus.

Setos lachte. »Ja, das hören wir oft. Weil die Erste Legion aus Lakien den Stern Capias führt und verhindert, dass eine andere Legion das gleiche Zeichen wählt, hat irgendein alter Fuchs vor langer Zeit den Wolf für uns dazugeholt. Seht Euch das Prachtstück an. Es ist fast zweihundert Jahre alt.«

Aureus war beeindruckt. »Wollt Ihr es nicht vor dem Regen schützen?«, fragte er den Tribun.

»Ambo will, dass die Männer es sehen – und so schnell

wird die Bronze schon keinen Schaden nehmen«, meinte Setos. »Sagt, Legat, was ist das Zeichen der Sechzehnten?«

»Ein wütender Stier.«

»Ah, dann passt das ja hervorragend zu Eurem domorischen Namen!«

»Woher kennt Ihr meinen alten Namen? Und – vor allem – woher kennt Ihr seine Bedeutung?«

»Euer Bruder verriet ihn mir, als ich mich gestern nach Euch erkundigte. Ich weiß nämlich gerne, wer an meiner Seite kämpft. Ihr hattet kein leichtes Schicksal, wie mir scheint, und ich bin froh, dass Ihr in der Legion eine neue Heimat gefunden habt.« Er zwinkerte ihm zu: »Schließlich heißt es, mit Euch marschiere der Sieg …«

Auch das hatte er gehört? Aureus war überrascht. Er war bislang kein Freund der Tribunen gewesen. Die meisten, die er kennengelernt hatte, waren überheblich und nicht sehr an dem interessiert, was um sie herum vorging. Der junge Setos war offenbar anders. Er war höflich, gebildet und taktvoll, also in allem das ziemliche Gegenteil von General Ambo.

Gegensätze ziehen sich wohl wirklich an, dachte Aureus, der den Tribun entgegen all seiner Vorurteile schnell sympathisch fand. Er erfuhr, dass Setos sogar einige Zeit auf der Akademie gewesen war, obwohl das für einen Mann seiner Herkunft gar nicht nötig war, um Tribun zu werden.

»In meiner Familie nehmen wir die Dinge eben etwas ernster. Wenn man etwas macht, sollte man es richtig machen, sagte schon mein Großvater immer«, meinte Setos. »Ich wollte sogar die volle Zeit dort absolvieren, aber die Verpflichtungen meiner Familie ließen das leider nicht zu.«

»Verpflichtungen?«

»Meine Familie hat viel Besitz im Süden, der verwaltet werden muss. Und auch das muss ein Setos lernen. Glaubt mir, Legat, ich wäre viel lieber noch zwei Jahre auf der Akademie geblieben, als mich an der Grenze zu Lyf mit Olivenernte und Erzabbau herumzuschlagen. Obwohl ich sagen muss, dass ich im Augenblick die staubige Hitze von Jossos diesem kalten Regen doch vorziehen würde.«

»Ja, es ist ein trauriger Anblick. Diesen Wäldern fehlt der rotgoldene Glanz der Mark«, meinte Aureus, »und auch sonst wirken sie wenig einladend.«

»Ihr empfindet das auch? Ich war nun schon oft in diesen Wäldern, aber ich komme mir immer vor, als wäre ich unerwünscht.« Er schwieg kurz, dann fügte er hinzu: »Was ich vermutlich auch bin. Selbst in Friedenszeiten wollen die Wilden hier keine Capianer sehen, und jedes Mal, wenn wir mit ihnen verhandeln, fürchte ich um mein Leben.«

»Ich dachte, das Gastrecht sei ihnen heilig?«

Wieder ein Nicken. »Das kann schon sein. Aber ein heiliger Gast muss kein willkommener Gast sein, wenn Ihr versteht, was ich meine. Wir werden übrigens bald die erste Siedlung erreichen. Sie liegt etwas abseits des Weges, doch das wird ihr wohl nichts nutzen.«

Aureus musste nicht fragen, was der Tribun damit meinte.

Tatsächlich tauchte General Ambo plötzlich bei ihnen auf. »Setos, wenn wir an der Gabelung ankommen, sichert Ihr mit der Ersten die Spitze. Ich nehme die Zweite und sehe nach, was es in dieser Siedlung zu holen gibt. Und Ihr begleitet mich, Legat. Vielleicht kann ein Domorer diese Leute dazu bringen, freiwillig herzugeben, was wir uns sonst mit Gewalt holen müssten.«

»Ihr wollt jetzt schon requirieren, General? Wir sind doch gerade erst einen halben Tag unterwegs.«

»Ich glaube zwar nicht, dass die bescheidenen Vorräte so einer Waldsiedlung das ersetzen können, was unsere Legion bei einer einzigen Mahlzeit vertilgt, aber je weiter wir vordringen, desto öfter werden wir die Siedlungen verlassen und ihre Speicher leer vorfinden. Also ist es besser, gleich damit anzufangen.«

Sie erreichten die Weggabelung und bogen mit den fünfhundert Mann der Zweiten Tagma ab, während der Rest der Legion auf dem Weg rastete, der den Namen Straße nicht mehr verdiente.

Nach einer Weile trat der Wald zurück, und auf einer weiten Lichtung erschien die Pfahlreihe einer Palisade. Dahinter sah Aureus Rauch aus einigen Schornsteinen aufsteigen. Er erinnerte sich dunkel, dass der Zaun, der einst sein Heimatdorf geschützt hatte, ganz ähnlich ausgesehen hatte. Aber die Legion hatte nach ihrer Ankunft befohlen, ihn abzureißen.

Es war verdächtig ruhig, und auf den Feldern war niemand zu sehen. »Sie wissen, dass wir kommen«, stellte Aureus fest. Am Tor waren einige Männer. Sie schienen sie zu erwarten.

»Natürlich wissen sie es. Ganz Sulvar weiß es vermutlich schon.«

»Aber das Tor dort drüben steht noch offen.«

»Sie sind nicht so dumm, dass sie versuchen würden, sich gegen uns zu wehren. Kommt jetzt!«

Der General gab seinem Pferd die Sporen und ritt hinüber. Aureus folgte ihm. Hinter ihnen stampften die Legionäre in schnellem Tritt aus dem Wald.

»Ich grüße Euch!«, begann der General, als sie am Tor angekommen waren.

Der Älteste stand mit verschränkten Armen da und starrte sie feindselig an. Bei ihm waren einige andere ältere Männer, aber hinter dem Tor hatten sich die jungen Männer versammelt, und Aureus sah, dass sie Speere in den Händen hielten.

»Ihr seid der, den sie Blutschädel nennen, nicht wahr?«, stellte der Älteste fest.

Ambo nickte flüchtig. Offenbar hörte er den wenig schmeichelhaften Namen nicht zum ersten Mal.

»Und was wollt Ihr, Blutschädel?«

»Das Getreide, das Ihr für den Winter angesammelt habt. Dazu die Rinder, die ich dort drüben weiden sehe.«

»Und wie wollt Ihr das bezahlen?«

»Gar nicht. Eure jungen Männer überfallen unsere Siedlungen jenseits des Berges. Betrachtet es als Entschädigung.«

Der Alte lachte bitter auf. »Unsere jungen Männer stehen dort hinter dem Tor. Wir haben nichts mit den Nahtmanen zu tun, Herr.«

»Das habe ich schon zu oft gehört, Mann.«

Die Tagma, fünfhundert bis an die Zähne bewaffnete Männer, bezog vor dem Tor Stellung. Ihnen standen keine zwanzig Domorer gegenüber. Aureus sah viele geballte Fäuste, vor allem bei den Jungen.

Er nahm seinen Helm ab, um sein helles Haar zu zeigen. »Es ist besser, Ihr gebt uns, was wir verlangen«, sagte er. »Und sorgt dafür, dass Eure Jungspeere nicht vergessen, dass auch Frauen und Kinder büßen müssten, wenn sie unbedacht handeln.«

Der Alte sah ihn scharf an. »Glaubt Ihr denn, dass sie es nicht bitter büßen werden, wenn Ihr die Vorräte stehlt, die uns durch den Winter bringen sollen?«

»Hört auf zu lamentieren und macht Platz!«, herrschte Ambo ihn an. Dann gab er den Hekatoren ein Zeichen. Nach einem kurzen Befehl zogen die Legionäre ihre Schwerter.

Der Alte spuckte auf den Boden – und ging zur Seite. »Lasst sie durch, diese Diebe und Räuber. Die Dunkelheit möge sie verschlingen!«

Aber die jungen Domorer wichen nicht zurück.

»Ich weiß nicht, ob das klug ist, Virgo. Wir sollten die Legion vielleicht einfach ihre Arbeit machen lassen.«

Der Gelehrte ritt neben der jungen Priesterin. Doch die schien nicht nachgeben zu wollen. »Ich habe noch nie ein Dorf der Waldlinge gesehen. Ich will wissen, wie die leben, die nicht vom Licht berührt werden.«

Scramo Narth ging den beiden voran. Er hatte eingewilligt, sie zu führen, denn er hoffte darauf, dass er in diesem Dorf jemanden fand, dem er eine dringende Nachricht übergeben konnte.

Eigentlich hatte er erwartet, dass man ihn vorausschicken würde, aber die Legion hatte eigene Kundschafter, die das Waldland angeblich kannten, und die liefen in Spähtrupps der Marschsäule voran.

Es roch verbrannt. Sie erreichten den Waldrand, und die Stimmen, die Scramo vorher schon zu hören geglaubt hatte, wurden jetzt lauter. Es waren vor allem Frauen, die dort schrien.

Er hob die Hand, als Zeichen für seine beiden Begleiter, anzuhalten.

»Was geht da vor sich?«, fragte die Priesterin.

»Sie plündern«, gab Scramo trocken zurück. »Wir sollten nicht näher gehen, denn das kann gefährlich werden.«

»Plündern? Aber das sind Frauen, die dort um Hilfe rufen!« Die Virgo gab ihrem Pferd die Fersen und preschte hinüber.

Der Gelehrte folgte ihr und flehte sie an, vorsichtig zu sein. Fluchend lief Scramo den beiden hinterher. Als er das Tor erreichte, hörte er die Priesterin schon mit dem General streiten. »Eure Männer benehmen sich wie Tiere!«, fauchte sie ihn an.

Der General war offensichtlich unbeeindruckt. »Ihr habt

hier nichts zu suchen, Virgo. Es ist gefährlich. Und Ihr, Meister Moris? Von Euch hätte ich mehr Verstand erwartet!«

Der Gelehrte hob in einer Geste der Hilflosigkeit die Schultern.

Scramo blickte durch das weit geöffnete Tor. Da lag ein alter Mann in seinem Blut. Daneben hatte jemand fünf Speere in die Erde gerammt. Köpfe waren auf ihre Spitzen gespießt.

»Aureus Moris! Wie konntet Ihr das zulassen!«, fuhr die Virgo den Legaten an. Er schaute finster drein und erwiderte: »Sie haben sich gewehrt.«

Jetzt, so sah Scramo, wehrte sich niemand mehr. Die Männer, falls welche überlebt hatten, waren vermutlich irgendwo eingesperrt. In der Mitte des Dorfes schichteten die Legionäre säckeweise Getreide auf, und sie ließen sich durch die wüsten Beschimpfungen einiger Frauen nicht beeindrucken. Hinter den Vorräten tauchten jetzt jedoch ein paar Legionäre auf, die offenbar Gefallen an zwei jungen Frauen gefunden hatten. Sie lachten und hatten sich schon an ihren Kleidern zu schaffen gemacht. Der Legat riss sein Pferd herum, als hielte er den vorwurfsvollen Blick der Priesterin nicht länger aus, und sprengte mitten unter die Männer. »Wir sind nicht zum Vergnügen hier, Männer! Tut Eure Arbeit!«, hörte Scramo ihn rufen.

Einer von ihnen, der einen Kopfverband trug, entgegnete etwas, was Scramo nicht verstehen konnte. Der Legat lenkte sein Tier noch näher an den Mann heran, und seine Antwort war ein drohendes Zischen, das Scramo ebenfalls nicht verstand. Aber offenbar wirkte es, denn die Legionäre zogen sich murrend zurück, und die entsetzten Frauen flohen weinend in die Arme ihrer Mütter.

»Sie werden Euch dafür nicht lieben«, meinte der General trocken, als der Offizier zurückkehrte.

»Es ist schlecht für die Disziplin, wenn sich die Männer schon zu Beginn dieses Feldzuges gehen lassen, General.«

»Ist das alles, was Euch dazu einfällt, Aureus?«, rief die Priesterin. »Dass es schlecht für die Disziplin ist, zu plündern und zu vergewaltigen?«

»Macht ihm keinen Vorwurf, Virgo. Es ist alter Brauch, dass die Legion sich auf diese Art rächt, wenn sie angegriffen wird. Es mag Euch grausam erscheinen, aber es hat schon viele daran gehindert, sich mit uns anzulegen. Diese Dummköpfe leider nicht.«

Die Priesterin bedachte den General mit einem vernichtenden Blick, wendete ihr Pferd und ritt davon. Der Gelehrte folgte ihr. Aber Scramo blieb. Er sah die Beute und kam zu dem Schluss, dass die Legionäre gründlich gewesen sein mussten. Viel Getreide würden sie den Dörflern nicht lassen.

Er übte sich in Geduld, tat unbeteiligt, ignorierte die Frauen, die zu ihm kamen und ihn, den sie als Waldling erkannten, um Gnade und Hilfe anflehten. Erst als er sich unbeobachtet fühlte, packte er eine der Frauen am Arm und zog sie hinter eine Hausecke. »Rasch, Weib, wo sind Eure Männer?«

»Tot oder eingesperrt, in dem Stall neben dem brennenden Hof.«

Das hatte er sich wegen der Wachen schon gedacht. Da er keine Möglichkeit sah, ungesehen zu ihnen zu gelangen, änderte er seinen Plan. Die Frau, die ihn gerade um Hilfe angefleht hatte, wirkte einigermaßen gefasst. »Ich kann Euch nicht helfen, Eure Vorräte zu retten, aber ich kann Euch helfen, Euch zu rächen und selbst Beute zu machen.«

Die Verwirrung in ihren grauen Augen wich. Sie schien schnell zu verstehen. »Was meint Ihr damit, Herr?«

»Dies ist die Vierte Legion, die an den Nachtstrom marschiert, genauer zur Verlorenen Festung.«

»Diesen Ort kenne ich nicht.«

»Einerlei. Fragt Eure Männer, sie werden wissen, wovon ich rede. Die Legion ist zu stark, um sie anzugreifen, aber es wird ihr bald eine Abteilung Reiter folgen, nicht mehr als fünfhundert Mann, die müde sein werden von einem langen Ritt. Das solltet Ihr den Stämmen in der Nähe sagen. Sie können sie abfangen und vernichten – und dabei viele wertvolle Tiere erbeuten.«

Ihre Miene war voller Misstrauen. »Ihr marschiert mit diesen Männern – und jetzt verratet Ihr sie?«

Scramo sah sich rasch um, um noch einmal sicherzugehen, dass sie nicht beobachtet wurden, und krempelte seinen Ärmel auf, um die Tätowierung zu zeigen. »Die Dunkle Herrin verlangt es!«

»Ein Seher!«

»Leise doch! Die Capianer wissen nichts davon, und das soll so bleiben. Glaubt Ihr, Ihr könnt meine Botschaft an jemanden weitergeben, der weiß, was zu tun ist?«

»Unser Ältester liegt erschlagen, weil sein Neffe, dieser Heißsporn, einen Speer auf die Soldaten schleudern musste. Es war nur ein Speer, der nicht einmal Schaden anrichtete. Aber seht, was sie getan haben!«

»Die Dunkelheit wird sie bald verschlingen!«, sagte Scramo leise. Er hielt die Frau inzwischen für zuverlässig, also erzählte er ihr auch von den beiden Tagmen, die vom Ebertal im Norden zur Verlorenen Festung marschieren sollten.

»Die Schwarzen Druiden werden es erfahren«, versprach sie. Er nickte nur. Aber der Gedanke an den Anführer dieses Druidenbundes beunruhigte ihn. Sein Onkel war unberechenbar und ein Meister darin, die Zeichen der Dhurna zu seinen Gunsten zu deuten.

Als Scramo das Dorf verließ, verluden die Legionäre

auf dem Dorfplatz Getreide in Körben und Säcken auf die Maultiere, die vom Tross herbeibeordert worden waren. Andere trieben ein Dutzend große Rinder und einige Ziegen Richtung Wald. Die Männer lachten und marschierten achtlos an den Toten vorbei.

Scramo war von grimmiger Zuversicht erfüllt: Sie hatten den Leuten alles weggenommen und dazu noch grundlos einige Männer erschlagen. Aber wenn die Frau so klug war, wie er hoffte, würden sie das Getreide teuer bezahlen.

Aureus hielt sich den Rest des Tages bei der Ersten Tagma auf. Falls Tribun Setos geglaubt hatte, er hätte nun wieder angenehme Gesellschaft, musste er bald enttäuscht sein. Nach dem Vorfall im Dorf war Aureus schlecht gelaunt.

Er kannte die Legion, und er erinnerte sich gut, dass es auf Iscer weit schlimmer zugegangen war. Doch Iscer stand für Überfälle, Hinterhalte und viele Tote. Die Legionäre hatten Rache gewollt und wie im Rausch ihren niedersten Trieben freien Lauf gelassen. Die Offiziere ließen sie gewähren, denn man erzählte sich, dass sie bei einer der anderen Legionen einen Tribun erschlagen hatten, der sie aufhalten wollte.

Doch das war Iscer, nach Monaten des Kampfes. Hier waren sie gerade erst aufgebrochen, und er hielt es für falsch und gefährlich, den Männern jetzt schon so eine Disziplinlosigkeit durchgehen zu lassen. Hätte er es verhindern können? Es war so schnell gegangen. So ein Dummkopf hatte einen Speer auf die Männer geworfen, die durch das Tor marschiert waren, und schon war der Kampf ausgebrochen. Und dann, später, als sie die Mädchen hatten? *Auch da war ich zu langsam. Und sie hat es gesehen.*

Am frühen Abend schlugen sie ihr Lager am Rand eines dunklen Eichenwaldes auf. Und während die Männer unter Anleitung der Pioniere schanzten, leichte Palisaden errichteten und die Skorpione aufstellten, verkündete General Ambo, dass einige der erbeuteten Rinder geschlachtet werden durften: »Diese Tiere sind gewaltig. Ich glaube, dass keines weniger als tausend Pfund auf die Waage bringt. Sorgt dafür, dass jeder Mann heute ein Pfund Fleisch erhält, Legat. Dies ist der Beginn einer schwierigen Mission. Ein guter Braten wird den Männern Zuversicht geben.«

Aureus war der Meinung, dass der General zu großzügig war, und als sie einen Augenblick alleine waren, sprach er das an: »Sollten wir das frische Fleisch nicht für einen Tag aufheben, an dem die Männer wirklich erschöpft und entmutigt und unsere Vorräte knapp sind, General?«

»Ihr müsst noch viel lernen, Legat. Ich will die Männer in der Zuversicht bestärken, die sie gerade trägt. Die Erinnerung an diesen Festschmaus heute wird sie in dunklen Stunden aufrichten. Außerdem halten uns diese riesigen Biester nur auf. Es ist besser, sie landen früh am Spieß. Aber Eure schlechte Laune scheint mir noch eine andere Ursache zu haben.«

»Ich weiß nicht, was Ihr meint, General.«

»Wirklich nicht? Schön, dann hindert Euch ja nichts daran, Euch um die Ordnung im Lager zu kümmern.«

Aureus bekam gleich zu tun, denn die Lakier stritten mit Hekator Crelos darüber, wer seine Zelte neben dem des Generals aufschlagen durfte.

»Es ist von jeher der Platz der Ehrenhundertschaft«, zürnte Crelos.

»Wir sind die Ersten Söhne des Lichts, Helikier, und das Licht hat seinen Platz an der Seite des Generals«, erklärte Hekator Sarkis düster.

»Ich sehe die Söhne des Lichts jedoch eher auf dem Ehrenplatz neben dem Zelt der Luxalinnen. Dort können sie auch die Phiolen beschützen, die das Licht bewahren«, entschied Aureus. Der Lakier sah ihn mit einem Blick an, als habe er ihn beleidigt, aber dann gab er nach. »Es ist ein Ehrenplatz, weit besser als der an der Seite irgendeines Generals.«

Aureus dachte für einen Moment, Crelos würde sich auf Sarkis stürzen, also schob er sich rasch zwischen die beiden Männer, und die befürchtete Schlägerei unterblieb. Ihn beschlich eine Ahnung, dass ihnen dieser finstere Lakier und seine Männer noch eine Menge Ärger bescheren würden.

Kaum war diese Krise gemeistert, erschien Lagermeister Nerto mit der schlechten Nachricht, dass ein Teil der Vorräte von Fäulnis befallen sei.

»Jetzt schon? Wie ist das möglich? Wir sind doch gerade erst aufgebrochen?«, fuhr Aureus den Mann an.

Der war offensichtlich schuldbewusst. »Ich verstehe es auch nicht, Legat. Die Vorräte wurden mir als geprüft und gut übergeben. Doch eben kamen etliche Männer und beschwerten sich, dass die Hirse befallen sei.«

Aureus fluchte und befahl dem Mann, alle Vorräte selbst zu überprüfen. Dann machte er Ambo Meldung.

Der General starrte ihn an. »Kann es sein, dass Eurem Kommando kein Glück innewohnt, Domorer?«

»Nicht ich war für die Überprüfung der Vorräte zuständig, General«, gab er wütend zurück.

Ambo starrte finster auf den alten Teppich, mit dem sein Zelt ausgelegt war. »Ich weiß, Moris, ich selbst habe Etorius damit beauftragt. Aber ich kann mir nicht vorstellen, dass dieser alte Schwachkopf so weit geht, uns absichtlich verfaultes Korn mitzugeben, nein, dieser Esel war wohl einfach zu faul oder zu hochnäsig, um seine Pflicht zu erfüllen. Er wird dafür bezahlen, Moris. Sobald wir zurück sind, wird er dafür bezahlen, glaubt mir.«

Meister Nerto erschien bald darauf im Zelt des Generals und meldete, dass ein gutes Zehntel des Getreides unbrauchbar sei.

»Entsorgt, was verdorben ist, Legat. Aber macht es unauffällig. Die Männer werden noch früh genug merken, dass sie den Gürtel enger schnallen müssen.«

Aureus befahl Optus und Stax, diese Angelegenheit mit dem Lagermeister im Schutz der Nacht zu erledigen. Aber obwohl er alle, die davon wussten, zu strengstem Schweigen verdonnerte, machte bald das Gerücht die Runde, die Hälfte der Vorräte sei unbrauchbar geworden. Von der guten Stimmung, mit der die Männer am Morgen aufgebrochen waren, war schon beim Abendessen nichts mehr übrig.

Nach dem Essen sah Aureus Virgo Apricia unter einem Baldachin, der den ewigen Regen abhielt, am Feuer sitzen, doch sie wandte sich ab, als er sich näherte, und er versuchte nicht, sie anzusprechen.

Später besuchte er seinen Bruder in seinem Zelt. Famorius schrieb etwas nieder, und als Aureus ihn fragte, was er da tue, sagte er: »Ich will jeden Tag dieser Reise dokumentieren, um daraus einen Bericht für den Basileios, aber auch für die Bibliothek von Capia zu erstellen.«

»Und was hast du über den heutigen Tag geschrieben?«

Famorius seufzte und legte die Feder zur Seite. »Ich nehme an, du willst wissen, was ich von den Ereignissen in diesem Dorf halte.«

»Wenn dieser Narr nicht den Speer geworfen hätte, wäre nichts davon geschehen!«, rechtfertigte sich Aureus.

»Ich verstehe, Auro. Ja, ich verstehe tatsächlich die Logik, die dahintersteht. Es ist die kalte Logik der Legion, die durch

Grausamkeit jeden Widerstand im Keim ersticken will. Doch ich bezweifle, dass das hier funktioniert. Ich habe einige Zeit in diesen Siedlungen verbracht, Auro. Die Domorer haben nicht vergessen, dass sie Capia schon einmal zurückgeschlagen haben, und ich denke, dass sie Grausamkeit nicht fürchten, sondern mit gleicher Münze vergelten wollen.«

Am nächsten Morgen erwachte Aureus vom Klang ferner Trommeln. Sie schallten weithin über den Wald, doch war es, bedingt durch den Regen, schwer, ihre Richtung festzustellen.

»Was hat das zu bedeuten?«, fragte er Tribun Setos, während die Legionäre das Lager abbrachen.

»Es sind die Kriegstrommeln der Domorer. Ich glaube, sie rufen die Stämme zu den Waffen, oder vielleicht ist es auch nur eine Warnung. Aber solltet Ihr das nicht eigentlich besser wissen als ich, Legat?«

Aureus' Miene verfinsterte sich, weil der Mann auf seine Herkunft anspielte. »In der Dämmermark gab es das nicht, und auch auf Iscer habe ich so etwas nie gehört.«

»Der Tribun hat recht, es sind ihre Kriegstrommeln, Auro.« Famorius hatte sich zu ihnen gesellt. »Sie verwenden sie, um sich über große Entfernungen Signale zu senden. Ganz wie die Legion ihre Hörner und Fanfaren benutzt. Ich habe diese Trommeln einmal in einem Dorf gesehen. Es sind riesige Dinger, und ich habe mich immer gefragt, wie sie die von der Stelle bringen. Sie nutzen sie bei Riten oder Festen.«

»Das da draußen klingt nicht nach einem Fest, Famo.«

»Das ist wahr, aber ich kann dir auch nicht sagen, was genau das bedeutet. Es mag nur eine Warnung sein, dass wir im Anmarsch sind. Oder sie rufen die Stämme zu den Waffen, ganz wie Tribun Setos sagte.«

General Ambo hatte eine klare Meinung dazu: »Das Waldland erfährt jetzt, dass wir kommen, und das ist gut, denn sie werden es nicht wagen, sich mit einer ganzen Legion anzulegen.«

Melus Galba, der erfahrene Tagmatos, räusperte sich. »Aber leben nicht Tausende ihrer Krieger in den Wäldern?«

Ambo schnaubte verächtlich. »Meinetwegen auch Zehntausende. Das Entscheidende, was Ihr auch Euren Männern sagen werdet, ist, dass sie weit verstreut in Gehöften und winzigen Siedlungen hausen. Außerdem sind sie zerstritten bis aufs Blut. Bis sie auch nur tausend Mann zusammenrufen können, sind wir längst am Fluss.«

»Aber was ist mit Afasus' Schar im Norden?«, fragte Aureus. »Der Tribun hat nur zwei Tagmen, und wenn er nach Osten marschiert, gerät er mitten hinein in ...«

»Ihr seid neu in diesen Wäldern, Legat, obwohl man Euch das nicht ansieht, deshalb verzeihe ich Euch Eure Unwissenheit. Die Domorer haben sich stets gescheut, uns anzugreifen, wenn wir mehr als hundert Legionäre beisammenhatten. In kleinen Banden raubend durch die Mark ziehen, ja, das ist es, was Eure Stammesbrüder können, aber eine offene Schlacht gegen die unbesiegbaren Legionen Capias? Nein, das wagen sie nicht!«

Der General beendete schroff die kurze Beratung und befahl, die Männer zur Eile anzutreiben.

Aureus versuchte, seinen Ärger hinunterzuschlucken. Ambo nahm eben kein Blatt vor den Mund, und andere hatte er schon schlimmer abgekanzelt. *Dennoch habe ich recht,* dachte er wütend. *Die Domorer werden vielleicht keine Legion angreifen, ja, vermutlich werden sie vor uns zurückweichen. Zwei Tagmen allerdings, tief im Wald – das wäre eine viel leichtere Beute ...*

Er hatte das starke Gefühl, dass sich über ihnen Unheil

zusammenbraute, aber offensichtlich wollte Ambo nichts davon wissen.

Den ganzen Morgen dröhnten die Trommeln über den Wald, doch schienen sie weit entfernt zu sein, und als sie über die aufgeweichten Wege marschierten, bestärkte Aureus jeden Hekator, der ihn fragte, in der Annahme, dass das nur ein Signal war, sich vor ihnen in Acht zu nehmen und zu fliehen.

Tatsächlich erreichten sie gegen Mittag eine größere Siedlung, die vollständig verlassen im strömenden Regen lag. Ambo schickte Männer aus, die nach Vorräten suchen sollten, aber sie kehrten mit leeren Händen zurück. »Sie müssen alles in die Wälder geschafft haben, Herr«, meldete der Hekator, der den Trupp befehligt hatte, bei seiner Rückkehr.

»Wie ich es erwartet habe«, rief Ambo. »Die Domorer fliehen vor uns!« Es klang triumphierend, als sei das ein Sieg. Der Anschein gab ihm recht, doch Aureus fragte sich, warum die Trommeln dann nicht irgendwann verstummten, und vor allem, wo sie nun weitere Vorräte finden sollten.

Scramo Narth lauschte auf die Trommeln. Er erinnerte sich gut an die wilden Feste, die sie in friedlicheren Tagen begleitet hatten. Da gab es Met im Überfluss, und die Druiden ließen berauschende Dämpfe aus ihren Räuchergefäßen quellen. Am Tag nach so einem Fest hatte er immer kaum laufen können, aber dennoch hatte der Rausch etwas Reinigendes. Es war, als stürzte man in eine tiefe Schlucht, aus der man aber gestärkt wieder herauskletterte. Zum letzten Mal hatte er diese Trommeln bei der Vorbereitung seiner eigenen Hochzeit gehört. Sein Onkel Uras war in der Nacht vor dem eigentlichen Fest zu ihm gekommen und hatte, ohne mit der Wimper zu zucken, das Recht der Ersten Nacht verlangt. »Deine Braut ist von einem der gestutzten Zweige der Dämmermark, Neffe, und sie kennt die Dunkelheit nicht. Ich werde sie ihr zeigen«, hatte Uras salbungsvoll verkündet und von uralten Weiheritualen gefaselt.

Scramo hatte zum Schein zugestimmt, aber dann, mitten in der Nacht, war er mit Warra geflohen. Geheiratet hatten sie dann in einem alten Hain in der Mark, und ein greiser Druide, der sich kaum an die richtigen Worte erinnern konnte, hatte sie getraut. Es hatte ihn wirklich *viele* Pelze gekostet, seinen Oheim und seine Sippe wieder halbwegs zu versöhnen.

Er lauschte auf den Klang der Trommeln. Bei Hochzeiten hatten sie die Aufgabe, mit möglichst viel Lärm die bösen Geister und Dämonen zu vertreiben, die den Brautleuten auf dem Weg zum Altar auflauerten. *Leider sind die Dämonen der Legion aus Fleisch und Blut und lassen sich durch Lärm nicht verjagen,* dachte er. Aber die Trommeln wollten sie auch gar nicht vertreiben. *Versammelt Euch, Ihr Krieger, das sagen sie,* so viel verstand Scramo, der das Schlimmste befürchtete.

Die Legion war ein furchtbarer Gegner, und ihre Männer waren viel besser gepanzert und bewaffnet als die Krieger der Domorer. Er war ja dafür, dass diese Legion geschwächt wurde, aber doch nicht durch eine blutige Schlacht, in der alles Mögliche passieren konnte. Ob seine Nachricht rechtzeitig die richtigen Männer erreichte? Ob die Schwarzen Druiden die Domorer daran hindern konnten, sich ins Unglück zu stürzen? Oder würden sie sie sogar zu einem Angriff anstacheln? Er hatte ihnen schwächere Ziele genannt, aber er hatte keine Ahnung, ob sein unberechenbarer Oheim dieses Angebot annehmen würde.

Der domorische Legat kam zu ihm. »Sagt, Meister Narth, wisst Ihr, was das für Signale sind?«

Scramo tat, als müsse er die dunklen Klänge, die über die Baumkronen schallten, erst noch entschlüsseln. Irgendetwas an ihnen schien sein Innerstes zu berühren, als er lauschte. Lag Magie in ihrem Klang? Er hatte plötzlich das Gefühl, dass die Trommeln ihn – und nur ihn – riefen. Verlangten sie, dass auch er gegen die Eindringlinge zur Waffe griff? Er schüttelte den Kopf. »Ich glaube, es sind Warnungen, Herr, doch ich habe diese Wälder vor vielen Jahren verlassen und kann mich kaum an die Trommelzeichen erinnern. Auch mögen sie sich inzwischen geändert haben.«

»Warum habt Ihr Eurer Heimat eigentlich den Rücken gekehrt, Meister Narth?«

Er zuckte mit den Schultern. »Es waren die Pelze. Hier kann man nicht viel mit der Jagd verdienen, doch fand ich heraus, dass ich in Maricat damit ein gutes Leben für mich und meine Frau aufbauen kann. Und das Wetter ist westlich des Flusses wirklich besser. Diesen endlosen Regen habe ich jedenfalls nicht vermisst.«

»Und … fühlt Ihr Euch dort nicht fremd?«

»Doch, und das wird wohl nie vergehen, Herr. Aber jetzt, da ich durch die Wälder meiner Jugend marschiere, muss ich erkennen, dass mir auch die alte Heimat fremd geworden ist. Ihr kennt das vielleicht …«

Der Legat sah ihn einen Augenblick lang nachdenklich an, dann sagte er: »Ihr wisst also nicht, was die Trommeln verkünden?«

Offensichtlich wich er der Frage aus, obwohl Scramo spürte, dass ihn das beschäftigte. »Ich höre da nur eine Warnung, Herr, doch weiß ich nicht, was aus der Warnung folgt.«

»Ihr meint, sie soll den Stämmen sagen, dass sie die Ernte, ihr Vieh und Frauen und Kinder in Sicherheit bringen sollen?

Das klingt einleuchtend. Aber wenn das getan ist – werden sich dann die Krieger nicht vielleicht sammeln?«

Scramo kratzte sich am Kinn. Das war eine sehr naheliegende Schlussfolgerung, und er wollte den Mann, dessen Vertrauen er noch brauchen würde, nicht mehr täuschen als unbedingt nötig. »Da könntet Ihr recht haben, Herr. Es wäre jedenfalls das, was ich an deren Stelle tun würde.«

»Um vielleicht auch über uns herzufallen?«

»Das ist nicht gesagt, Herr. Sie würden bestimmt gerne, aber sie sind nicht so dumm, mit wenigen Kriegern eine ganze Legion anzugreifen. Und es kann doch Wochen dauern, bis die Männer aus allen Teilen des Waldlandes sich irgendwo sammeln. Ganz zu schweigen davon, dass die verschiedenen Zweige oft untereinander verfeindet sind.« Von den Schwarzen Druiden erzählte er dem Legaten nichts.

Aureus bemerkte bald, dass ihr Weg nach Nordosten die Legion mitten hinein in die grauen Wälder führte und die Bäume immer näher an die Straße herantraten.

»Es ist ein Segen, wenn wir unter dem Schutz der Baumkronen marschieren können«, meinte Tribun Setos, der sich mit Aureus' schlechter Laune inzwischen abgefunden zu haben schien. »Der grundlose Morast, in den der Regen diese angebliche Straße verwandelt hat, müsste doch jetzt hinter uns liegen.«

Aureus stimmte ihm zu, spürte aber bald, dass der laubbedeckte Grund unter den Hufen seines Pferdes immer rutschiger wurde. Auch die Legionäre begannen zu fluchen, und das Marschieren auf nassem Laub schien ebenso anstrengend zu sein wie der Marsch durch den Schlamm.

»Dennoch werdet Ihr die Männer zur Eile antreiben, Legat«, mahnte General Ambo. »Wenn stimmt, was der Pelzhändler sagt, lässt dieses verfluchte Wetter den Noctus bald über die Ufer treten, und dann können wir den Übergang vergessen.«

Aureus lag es auf der Zunge, noch einmal darauf hinzuweisen, dass eine kleinere Schar mit der Fähre schnell und sicher über den Fluss käme, aber er ließ es. Es war eindeutig, dass auch Ambos Laune nicht die beste war.

Sie passierten im Laufe des Tages, während die Trommeln mal von rechts und mal von links durch den Wald schallten, zwei weitere verlassene Siedlungen, in denen nichts zu holen war. Als sich inmitten einer großen Rodung eine dritte abzeichnete, befahl der General, das Lager dort aufzuschlagen.

»Sie ist zu klein, um unsere sieben Tagmen aufzunehmen«, gab Tagmatos Galba zu bedenken.

»Ich sage nicht, dass wir alle dort unterkommen, aber wir werden unser Lager daran anschließen und die Häuser und die Palisade für unsere Zwecke nutzen. Ich denke, die Priesterinnen werden froh sein, wenn sie wieder einmal einen trockenen Platz für die Nacht haben, und ich will verflucht sein, wenn ich es nicht auch bin!«

Das Lager war schnell errichtet, aber Sulus, der Erste Ingenieur der Pioniere, war nicht glücklich und beschwerte sich bei Aureus: »Herr, ich weiß, dass es Zeit spart, doch ist dies nicht die Art, wie wir ein Lager bauen sollten. Die eine Hälfte ein Quadrat, die andere ein Kreis? Es tut mir in der Seele weh, so etwas zu sehen. Und ich habe immer das Gefühl, dass irgendwo in dieser Palisade, die wir nicht selbst gebaut haben, eine Lücke ist, die wir übersehen haben.«

»Sie werden schon nicht durch ein Loch im Zaun über uns herfallen«, versuchte Aureus, ihn zu beruhigen. »Schickt einfach ein paar Männer los, die den Wall dieses Dorfes gründlich untersuchen. Ich bin sicher, sie werden nichts finden.«

Der Ingenieur strich sich den weißen Bart. »Vermutlich nicht. Und vermutlich mache ich mir zu viele Gedanken, aber das liegt nur an diesen verdammten Trommeln, die einfach nicht aufhören wollen.«

Ambo entschied unterdessen, dass sich die Offiziere mit den Priesterinnen ein Langhaus teilen sollten.

Die Hohepriesterin hätte gerne ein eigenes Haus gehabt, aber der General lehnte dieses Ersuchen ab. »Das Langhaus ist wirklich groß genug, und meine Offiziere werden Euch sicher nicht zu nahe treten, ehrwürdige Oxala. Würde ich Euch ein eigenes Haus zuweisen, so müsste ich fünfzig meiner Männer in nassen Zelten schlafen lassen. Und das will ich nicht.«

»Aber wir haben Exerzitien, die es zu befolgen gilt. Dafür müssen wir ungestört sein, General.«

»Wir sind bereit, Euch das Haus für eine Stunde oder zwei zu überlassen. Wenn das nicht reichen sollte, müssen Eure frommen Übungen eben warten.«

Die Hohepriesterin sah nicht sehr glücklich aus, murmelte aber schließlich, dass zwei Stunden unter Umständen knapp ausreichen könnten.

Die räumliche Enge war Aureus nicht unwillkommen, denn sie brachte ihn fast zwangsläufig in die Nähe der Virgo, die ihm nun nicht mehr ausweichen konnte.

»Es tut mir leid, dass Ihr das, was in jenem Dorf geschehen ist, mit ansehen musstet, Virgo.«

Sie wärmte sich am Feuer. Es gab keinen richtigen Kamin, das Feuer zog durch eine breite holzgefasste Öffnung im Dach ab, durch die der Regen fiel.

»Mir tut es auch leid, doch nicht für mich, Legat, sondern für die armen Leute, die erschlagen, und die Frauen, die vergewaltigt wurden.«

»Aber sie wurden nicht vergewaltigt. Wir haben das verhindert.«

Sie sah ihn an, als wolle sie ihm nicht glauben. »Ich sah, dass Ihr eingegriffen habt, doch das tatet Ihr nur, weil es Zeugen gab, oder?«

»Ich tat es, weil ich Disziplinlosigkeit nicht dulden kann«, rief er und wusste gleich, dass er das Falsche sagte. Er hatte eingegriffen, weil ihm die Frauen leidtaten. Warum hatte er das nicht gesagt?

»Ich verstehe«, lautete die missbilligende Antwort der Priesterin, die sich verabschiedete, weil sie ein Ritual vorzubereiten hatte.

Aureus verfluchte sie – und vor allem sich selbst. Sie, weil sie die Gabe hatte, ihn immer die verkehrten Worte finden zu lassen, sich selbst, weil er dieser Gabe immer aufs Neue erlag.

»Ich hatte gehofft, dass die Wände der Häuser den Trommelklang aussperren würden, aber ich fürchte, ich habe mich getäuscht, Auro.« Famorius hatte sich in einer der Ecken dieses dunklen Langhauses eingerichtet.

»Du wirst dich daran gewöhnen, Famo. Ja, ich glaube, bald werden wir sie gar nicht mehr hören.«

»Das hoffe ich«, seufzte sein Adoptivbruder, »das hoffe ich sehr.«

Das Essen war eine schweigsame Angelegenheit. Ihr Platz war trocken, und das große Feuer, das in der Mitte des Hauses brannte, vertrieb die Nässe, aber jedes Gespräch verebbte früher oder später, und dann schienen sie alle, selbst Ambo, auf den Klang der Trommeln zu lauschen. Aureus sah, dass die Novizinnen jedes Mal zusammenzuckten, wenn wieder einmal durch den Rauchabzug Wassertropfen zischend in die Glut fielen.

Gegen Mitternacht wurde Aureus von Tagmatos Galba auf die Palisade gerufen.

»Da draußen geht irgendetwas vor, Legat …«

»Was meint Ihr?«

»Meine Wachen melden immer wieder, dass sich dort in den Wäldern etwas bewegt.«

Aureus starrte hinüber. Er konnte in dieser wolkenverhangenen Nacht rein gar nichts erkennen. Schon, dass dort drüben Wald war, ließ sich kaum erahnen. »Wie wollen sie dort drüben etwas sehen? Es ist stockfinster!«

»Das habe ich zuerst auch gesagt, aber manchmal scheint dort etwas aufzuleuchten.«

»Fackeln?«

»Mag sein, doch das Licht ist bleich und verschwindet gleich wieder. Da – seht Ihr!«

Aureus starrte angestrengt in die Finsternis. Tatsächlich war es ihm, als ob dort drüben kurz und fahl etwas aufgeleuchtet wäre.

»Richtet die Skorpione auf den Waldrand aus. Wenn Ihr das nächste Mal etwas seht, lasst darauf schießen! Und holt meinen Bruder – und diesen Pelzhändler. Die beiden kennen die Waldlinge besser als ich. Vielleicht wissen sie, was es damit auf sich hat.« Als die beiden auf dem Wall eintrafen, war kein fahles Leuchten mehr zu sehen. Aureus versuchte, es ihnen zu beschreiben. Aber weder Famo noch Meister Narth wusste, was das sein mochte.

Aureus dankte ihnen und entließ sie wieder. »Ich schlage vor, dass Ihr die Wachen verdoppelt, Galba. Ich habe das Gefühl, dass sich da irgendetwas zusammenbraut.«

Er blieb noch eine Weile auf dem Wall, aber da das seltsame Licht nicht wieder sichtbar wurde und die Trommeln aus weiter Ferne zu kommen schienen, kehrte er irgendwann ins

Haus zurück. Er hatte gerade seinen Mantel zum Trocknen ans Feuer gehängt, als plötzlich aus dem Wald laute Hornsignale erschallten.

Wie zur Antwort bliesen auch innerhalb der Mauern die Hörner. Er stürzte hinaus. Im ganzen Dorf rannten die Legionäre durcheinander und suchten ihren Platz. Aureus hörte das charakteristische Geräusch eines Pfeiles, der sich dicht neben seinem Kopf ins Holz bohrte. Die Tribunen und Hekatoren brüllten Befehle und versuchten, die Männer zu ordnen. Er eilte zur Mauer, um den Legionären zu sagen, dass sie die Wachfeuer löschen sollten.

Neben ihm schrie ein Mann auf. Offensichtlich hatte ihn ein unsichtbares Geschoss getroffen. Dann klang es wie Hagel. Steinschleudern!

»Die Helme auf!«, überbrüllte er den Lärm und dachte erst jetzt daran, seinem eigenen Befehl Folge zu leisten. Viele Legionäre waren noch nicht vollständig gerüstet, als sie über den Hof eilten, und ein Stöhnen und Fluchen hie und da sagten ihm, dass sie das gerade bereuten. Von der Palisade hörte er ein mehrfaches dunkles Surren, als die Skorpione ihre schweren Pfeilgeschosse in die Dunkelheit sandten.

Der Hagel hörte auf, bevor Aureus den Wall erreicht hatte. »Wo steht der Feind?«, rief er Galba zu.

Der Tagmatos zuckte mit den Achseln. »Wir sehen ihn nicht«, rief er.

»Und worauf schießen dann die Skorpione?«

»Auf die Wilden, die irgendwo da draußen sein müssen.«

»Sie sollen damit aufhören. Beim Sternenlicht – ich sehe immer noch kaum die Hand vor Augen, geschweige denn einen Feind.«

»Feuer einstellen!«, brüllte im gleichen Moment die Stimme General Ambos durch die Nacht. »Ruhe halten!«, rief er hinterher.

Die Legionäre schienen den Atem anzuhalten. Aureus lauschte. Da war nichts außer dem leisen, hellen Klang der Regentropfen, die auf ihre Helme fielen.

Und dann war wieder der General zu hören: »Könnt Ihr einen Scheinangriff nicht von einer Schlacht unterscheiden? Zurück in die Quartiere, Männer. Es reicht, wenn der Feind in dieser Nacht nass wird!«

Aureus blieb noch eine Weile auf der Mauer, denn er traute dem Frieden nicht. Dann kehrte er müde in sein Quartier zurück.

Er konnte nicht lange geschlafen haben, als er durch lautes Schreien und Hörnerklang geweckt wurde. Er griff nach Waffen und Rüstung und hörte den schweren Hagel von Schleudergeschossen, die auf das Dach niedergingen. Als er endlich gegürtet war und hinausstürzte, war es schon wieder vorbei. Nur der arhythmische Klang ferner Trommeln dröhnte durch die Nacht.

»Verdammt, was soll das?«, fluchte Tribun Setos, der hinter ihm aus dem Haus gestolpert kam.

»Sie wollen uns zermürben, würde ich sagen«, meinte Galba gähnend. »Es scheint ihnen im Augenblick zu reichen, dass sie uns den Schlaf rauben. Ich glaube nicht, dass wir mehr als einen oder zwei Verwundete durch diese Schleudern zu beklagen haben.«

»Diese Domorer sind klüger, als ich dachte«, meinte Setos.

»Aber es wird ihnen nichts nützen«, rief Ambo, der plötzlich unter ihnen auftauchte. »Die Männer kommen ein paar Tage auch ohne Schlaf aus. Und wenn es zur Schlacht kommen sollte, sind sie ohnehin hellwach. Nein, dieses Spiel ist ihre Form der Rache. Sie wissen, dass sie gegen uns nicht ankommen. Also versuchen sie es mit Nadelstichen. Wenn erst die Reiterei zu uns aufgeschlossen hat, werden wir ihnen jedoch zeigen, dass sie mit uns besser nicht spielen sollten.«

»Unsere Reiter können sie in der Nacht nicht jagen«, wandte Aureus vorsichtig ein.

Ambo schüttelte den Kopf, trat nah an ihn heran und senkte die Stimme. »Das werdet Ihr den Männern aber nicht sagen, Legat. Ganz im Gegenteil, erklärt ihnen, dass diese Scheinangriffe ein Beweis für die Ohnmacht unseres Feindes sind. Er wagt den offenen Kampf nicht, also verdirbt er uns die Nachtruhe. Aber ich werde sie mir nicht nehmen lassen. Und Ihr solltet das genauso wenig! Gute Nacht!«

Die Trommeln dröhnten auch am nächsten Morgen durch die Wälder. Ambo schickte Trupps aus, die den Waldrand absuchen sollten. Sie brachten ein paar Pfeilgeschosse der Skorpione zurück, fanden aber nichts, was darauf hindeutete, dass der Feind Verluste erlitten hatte.

Als sie aufbrachen, spürte Aureus eine gewisse Reizbarkeit, die sich der gesamten Legion bemächtigt zu haben schien. Die Legionäre verfluchten die Trommeln, den Regen, den kalten Wind, der dazugekommen war, den matschigen Untergrund und das Schicksal, das sie hierhergeführt hatte. Selbst die Maultiere schienen bockiger zu sein als sonst, und das Marschtempo sank von Stunde zu Stunde.

General Ambo kämpfte unermüdlich gegen diese Stimmung an. Er ritt die Reihen auf und ab und ermunterte oder beschimpfte die Soldaten abwechselnd, verhöhnte sie als verwöhnte Weichlinge und lobte im nächsten Moment ihren Mut und ihre Ausdauer. Er versprach ihnen schon bald fette Beute, dann ein sicheres Lager für die kommende Nacht und sogar, dass der Regen aufhören würde. Aureus war meist an seiner Seite, und er konnte sehen, dass die pure Anwesenheit des Generals den Männern tatsächlich Energie zu verleihen schien. Aber dann ritt Ambo zur nächsten Tagma, und zurückblieben Legionäre, die sich müde durch den nicht enden wollenden Regen schleppten.

Aureus versuchte ebenfalls, die Männer zu ermuntern. Er war jedoch vorsichtiger mit seinen Versprechen: »Sind wir erst einmal jenseits des Noctus, werden die Trommeln verstummen.«

»Und wenn sie uns vorher angreifen?«, fragte ein Veteran.

»Dann sind wir mehr als bereit, oder? Warum, glaubt Ihr, kommen sie nur in der Nacht? Weil sie genau wissen, dass sie uns bei Tag nicht gewachsen sind!«

Seine Aufgabe führte ihn auch immer wieder zu den Priesterinnen. Die beiden Novizinnen wirkten ziemlich durchgefroren und mutlos, und er munterte sie mit der Aussicht auf ein warmes abendliches Feuer auf.

»Was meint Ihr, Legat Moris, werden diese Trommeln jemals verstummen?«, fragte ihn die Virgo plötzlich.

»Spätestens, wenn wir über den Fluss sind«, wiederholte er das, was er dem Legionär gesagt hat. »Nehmt es als gutes Zeichen, Virgo Apricia. Solange die Trommeln dröhnen, greifen sie nicht an.«

Sie sah ihn nachdenklich an, runzelte die Stirn und fragte: »Heißt das, sie greifen an, sobald dieser Lärm verstummt?«

»Das ist nicht gesagt«, erwiderte er hastig.

»Aber Euer Bruder sagte es.«

»Famo? Er ist gewiss klug, aber er ist kein Soldat oder Krieger. Von diesen Dingen versteht er nicht viel, Virgo.«

»Warum nennt Ihr ihn eigentlich immer Famo, Legat?«

»Es ist sein domorischer Name, Virgo.« Und weil ihr Blick weiterfragte, fuhr er fort: »Sein Familienname war Scella, was so viel wie schnell fließendes Wasser bedeutet. Sein Vater und Großvater waren Fischer, seine Mutter eine Kräuterkundige. Aber nun heißt er Famorius Moris. Unser Vater hat uns capianische Namen gegeben, weil er wusste, dass die uns helfen würden. Und wir fühlen uns beide so sehr als Capianer, dass es ungewohnt ist, wenn andere unsere früheren Namen verwenden.«

»Und wie war Euer alter Name – und der Eurer Familie, Legat?«

Sie interessiert sich plötzlich für mich, stellte er fest, bevor er zögernd antwortete: »Auro Rautas wurde ich genannt. Und wie Famo entstamme ich dem Grauen Zweig. Rautas, das steht für den roten Lehm, aus dem wir unsere Hütten errichtet hatten. Mein Vater hat nicht nur Vieh gezüchtet, er war auch so eine Art Baumeister des Dorfes. An jedem Haus und Stall, die dort errichtet wurden, hatte er entscheidenden Anteil. Ich erinnere mich, dass seine Hände oft rot waren, weil er einem Nachbarn irgendetwas ausgebessert hatte. Seltsam, dass mir das jetzt wieder einfällt.«

»Ich hoffe, ich habe keine alten Wunden berührt, Legat?« Sie klang ehrlich besorgt.

»Nein, Virgo, gewiss nicht. Das alles ist so lange her, dass ich mich kaum erinnere.«

Aber ihr Blick blieb ernst und forschend, als suchte sie in ihm etwas, von dem sie glaubte, dass er es verborgen halten wollte.

»Entschuldigt mich, der Tross scheint ins Stocken zu geraten. Ich muss sehen, was da los ist.«

Tatsächlich lief eine Art Unruhe durch die hinteren Kolonnen, und jetzt wurde sogar ein Horn geblasen. Es war das Signal für eine unerwartete Begegnung. *Das ist kein Angriff,* dachte Aureus, als er nach hinten galoppierte, *aber es verheißt auch nichts Gutes.* Er musste sich ducken, weil er zwischen Kolonne und Waldrand dicht unter den Bäumen ritt.

Dann sah er die Pferde.

Die böse Ahnung wurde schnell zur Gewissheit: Es waren Männer der Reiterei, die zu ihnen aufschließen sollte, und diese Reiter machten keinen guten Eindruck.

»Was ist geschehen?«, rief er.

»Es sind die amarischen Reiter, Legat. Ihre Schar ist in einen Hinterhalt geraten«, berichtete Tribun Dioses, der die Nachhut befehligte.

»Ich sehe hier nur zwanzig Männer ...« Er ritt zum nächstbesten Krieger, der erschöpft im Sattel hing. »Sagt, Mann, wo ist der Rest Eurer Leute?«

»Tot, Herr, oder geflohen«, stieß der Reiter hervor. Ihm ragte ein abgebrochener Pfeilschaft aus der Schulter. »Wir wurden gestern auf dem Marsch angegriffen. Plötzlich stürzten Bäume von allen Seiten auf den Weg. Viele von uns wurden erschlagen, und der Weg war versperrt. Dann fielen von überall diese angemalten Wilden über uns her. Haetman Tasik ist gleich zu Beginn gefallen, Herr, und so fehlte uns die Führung. Bald waren wir in alle Richtungen versprengt und mussten unter den Bäumen kämpfen, wo es kein Vorteil ist, beritten zu sein. Ich schlug mich mit meiner Schar hierher durch und kann selbst nicht genau sagen, wie wir entkommen konnten.«

Aureus starrte den Mann an. Fünfhundert Reiter hätten zu ihnen stoßen sollen – und jetzt waren es nur diese zwanzig? Das waren schlimme Nachrichten.

»Meister Ipkratos und die anderen Heiler sollen sich um Euch und Eure Männer kümmern«, rief er. »Ich werde nach vorne reiten und dem General Bericht erstatten. Folgt mir, wenn Eure Wunde versorgt ist.«

Als er zur Spitze des Zuges ritt, konnte er sehen, dass sich die Nachricht schon wie ein Lauffeuer durch die Reihen der langen Kolonne fraß. Vermutlich würde Ambo Bescheid wissen, bevor er bei ihm war.

Clavus Ambo nahm Aureus' Bericht mit bemerkenswerter Selbstbeherrschung entgegen. Nur ein kurzes Flackern seiner Augen verriet, wie sehr ihn dieser Rückschlag traf. Er straffte sich, tat unbeeindruckt und lehnte es ab, den Zug anhalten zu lassen, damit man die Verwundeten versorgen konnte.

»Sollen wir nicht umkehren, um die Angreifer zu verfolgen, sie zu bestrafen und die Gefangenen zu befreien?«, fragte Tribun Adelares, dessen Hand nervös am Schwertgriff zuckte.

»Das lässt unser Auftrag nicht zu, Tribun. Und es wäre doch genau das, was der Feind erreichen will. Er will uns aufhalten. Aber wir sind die Vierte Legion – wir lassen uns durch nichts und niemanden aufhalten! Habt Ihr das verstanden, Adelares?« Der General lenkte sein Pferd dicht an den Tribun heran. »Falls Euch das überfordert, tut wenigstens so, als hättet Ihr verstanden. Wir müssen den Männern zeigen, dass uns dieser Rückschlag nicht sorgt.«

»Ich verstehe, General.«

»Bestens! Vielleicht wird ja doch noch ein brauchbarer Offizier aus Euch.« Der Tribun nickte düster. Ambo hatte ihm bislang keine Tagma anvertraut.

Aureus räusperte sich. »Da ist noch etwas, General … dieser Hinterhalt scheint mir sehr gut vorbereitet gewesen zu sein. Sie haben Bäume gefällt und den Weg gesperrt, was bedeutet, dass die Waldlinge wussten, wem sie auflauerten. Und das Dröhnen der Trommeln hat das Hämmern der Äxte übertönt. Dieser Feind ist gerissener, als wir dachten. Jedoch frage ich mich vor allem, woher sie von den Reitern wussten …«

»Ihr glaubt, wir wurden verraten?«

»Ich bin mir dessen sicher, doch weiß ich nicht, von wem. Viele Männer kannten unsere Pläne für diesen Marsch. Und wer weiß, vielleicht haben die Nachtmänner uns auch auf dem Weg oder im Lager belauscht.« Er hatte plötzlich einen Verdacht: Der Pelzhändler war am ersten Tag in diesem Dorf gewesen …

Der General nickte langsam. »Viele Möglichkeiten, aber nichts ist gewiss. Ich teile Eure Meinung. Unsere Pläne wurden verraten. Wir werden in Zukunft vorsichtiger sein. Was ist, Legat, Ihr seht aus, als hättet Ihr sogar jemanden im Sinn …«

Aureus öffnete schon den Mund, um einen Namen zu nennen, dann schüttelte er nur den Kopf. Meister Narth war im Dorf gewesen, aber wem hätte er etwas sagen sollen? Die Männer dieses Ortes waren zu diesem Zeitpunkt entweder schon tot oder im Stall eingepfercht gewesen – und der Pelzhändler war nicht einmal in die Nähe des Stalles gegangen.

Trotzdem fand er den Mann plötzlich verdächtig. Er würde ihn in Zukunft im Auge behalten.

Scramo Narth wünschte sich nicht zum ersten Mal, er hätte Maricat nie verlassen. Dieser Marsch entwickelte sich noch viel unerfreulicher, als er befürchtet hatte. Die Kriegstrommeln und Scheinangriffe hatten auch ihm den Schlaf geraubt. Die fahlen Lichter, die einige der Wachen gesehen haben wollten, waren ihm neu. Vielleicht gaben sich die Nahtmanen auf diese Art Zeichen, aber früher hatte es so etwas im Waldland nicht gegeben. War das auch ein Werk der Schwarzen Druiden?

Merkwürdigerweise fühlte er sich betroffen, als die Nachricht die Runde machte, dass die Reiterei vernichtet worden war, ja, er fragte sich, ob seine schlechte Laune von seinem

Erfolg rührte. *Tun mir diese Männer vielleicht einfach leid? Ich habe sie schließlich ans Messer geliefert …* *Nein,* dachte er dann, *es ist nicht meine Schuld, dass sie durch ein Land ziehen, in dem sie nichts verloren haben. Sie hätten in ihrem Kastell bleiben sollen, wie diese ganze verdammte Legion,* schloss er. Aber auch wenn er sich das immer wieder sagte, fühlte er sich nicht besser. Fünfhundert Amarer sollten es gewesen sein, nach allem, was er gehört hatte. Und nur zwanzig hatten es bis hierher geschafft. Und die anderen?

»Alle erschlagen oder in Gefangenschaft«, verkündete Hekator Stax düster.

Scramo marschierte inzwischen bei den Maultieren, denn er genoss das Vertrauen von Stax und Optus und erfuhr durch sie vieles, was er sonst mühsam hätte erfragen müssen.

»Das glaube ich nicht«, hielt Optus seinem Freund entgegen. »Die meisten werden Reißaus genommen haben. Wahrscheinlich sitzen sie bald wieder warm und trocken in der Hirschfeste, während wir hier wie in einem Trauermarsch weiterziehen.«

»Meint Ihr?«, fragte Scramo in seltsam verdrehter Hoffnung für den Feind.

»Natürlich. Ich bin fest davon überzeugt, dass es so gekommen ist. Vermutlich gab es auch ein paar Tote, aber die allermeisten werden einfach umgekehrt sein, als es nicht weiterging.«

»Das würde ich ihnen wünschen«, meinte Scramo.

»Es ehrt Euch, Meister Narth, dass Ihr Euch so um diese Männer sorgt. Ihr nehmt mehr Anteil als so manch anderer hier in der Kolonne.«

Scramo nickte zerstreut.

»Ja, die Amarer scheinen in der Vierten nicht sehr beliebt zu sein«, merkte Stax an.

»Das ist wohl das Schicksal der Auxiliaren«, fügte Optus

salbungsvoll hinzu und begann dann eine weitschweifige Erzählung über die unzuverlässigen Hilfstruppen, die die Sechzehnte auf Iscer unterstützt hatten.

Scramo hörte kaum zu. *Vermutlich hat er recht, vermutlich sind die meisten einfach umgekehrt,* dachte er. *Aber was mache ich mit all diesen Männern, die unbeirrt weiter nach Nordosten marschieren?*

Am Nachmittag schlugen sie das Lager ungewöhnlich früh auf. Scramo sah fasziniert zu, wie die Festung errichtet wurde. Es war beinahe, als hätten die Legionäre sie am Morgen eingepackt, und nun mussten sie sie nur aus der Tasche holen und wieder aufstellen.

Er beobachtete die Ingenieure und Pioniere, unter deren Anleitung und Führung die Palisaden wie von Zauberhand aus dem nassen Boden wuchsen. Er fand, dass es wirklich ein erstaunliches Werk war, und allmählich begann er auch das Gerede von der Brücke zu glauben, die die Legion über den Nachtstrom schlagen wollte.

Wenn sie überhaupt so weit kamen … Das Gefühl, dass irgendetwas die Legion aufhalten würde, wurde mit jeder Stunde, die sie nach Nordosten vordrangen, stärker. Er seufzte. Sein Auftrag erschien ihm immer widersprüchlicher. Wie sollte er die Offiziere von den Tagmen trennen? Die Dhurna forderte wirklich viel von einem einfachen Seher.

Scramo trieb sich unruhig zwischen den Zelten herum und bekam zufällig einen Streit zwischen dem General und der Hohepriesterin mit, die sich offenbar unbeobachtet wähnten. Ambo verlangte von der Lichthexe, dass sie am Abend ein großes Ritual abhalten solle, doch die wollte nicht: »Ein Großes Licht entzünden? Was redet Ihr da? Ihr wisst wohl nicht, wie viel Mühe und Zeit es erfordert, eine Phiole für dieses schwierige Ritual zu fertigen. Ich bin nicht bereit, eine davon jetzt schon zu verschwenden.«

»Ganz im Gegenteil, ehrwürdige Oxala, ich weiß *genau*, welche Anstrengungen es erfordert. Aber Ihr werdet eine dieser kostbaren Phiolen opfern, denn die Männer sind müde und verzagt. Sie brauchen ein Licht in der vor uns liegenden Nacht!«

»Und das von einem Mann, der sonst nicht viel auf die Heiligkeit dieses Himmelsgeschenkes gibt …«

Scramo ging weiter, bevor noch jemand merkte, dass er lauschte. Ihm war es von Herzen gleichgültig, wie viel Anstrengung es kostete, so eine verfluchte Lichtsäule zu erzeugen, aber er fürchtete sie. Er wusste, welche Wirkung diese bleichen Säulen auf die Lichtler haben konnten. Sie würde die Legionäre stärken, und das war etwas, was er nicht brauchen konnte.

Aureus meldete sich freiwillig zum Dienst an der Palisade, was General Ambo mit offensichtlichem Erstaunen zur Kenntnis nahm: »Schon wieder bleibt ausgerechnet Ihr der heiligen Feier fern? Ihr wisst, dass es nicht um ein schlichtes Licht geht, wie sie es in der Dämmermark zelebriert haben, oder? Hier geht es um das Große Licht. Man wird es bis in den letzten Winkel des Waldlandes sehen. Und Ihr wollt nicht dabei sein?«

»Dem Feind wird nicht verborgen bleiben, dass die Legion sich zu diesem Fest versammelt, General. Falls sie hoffen sollten, dass wir nicht wachsam sind, will ich sie eines Besseren belehren.«

Damit gab Ambo sich zufrieden.

Die Hohepriesterin setzte die Feier überraschend auf den frühen Abend fest. Aureus fragte die Virgo nach dem Grund. »Natürlich würden wir das Licht gerne später enthüllen, aber der General sagt, dass wir in der Nacht vielleicht mit Angriffen rechnen müssen. Da ist es besser, das Ritual kurz nach Sonnenuntergang zu vollziehen.«

»Und rechnet Ihr damit, dass der Regen bis dahin aufhört, Virgo?«

»Nein, und das ist das Schwierige daran. Aber Mata Oxala glaubt eine Lösung gefunden zu haben.«

»Und werdet Ihr wieder aus den heiligen Schriften lesen?«, fragte er.

Sie schüttelte den Kopf. »Eigentlich gehört es dazu, aber der General meint, die Feier dürfe nicht zu lange dauern, und die Regeln der Priesterschaft erlauben es, das Ritual in Zeiten von Not und Gefahr abzukürzen.«

»Das ist bedauerlich – ich meine, dass die Männer auf Eure Stimme verzichten müssen.«

Sie sah ihn überrascht an.

»Auch ich werde sehr bedauern, dass uns dieses Vergnügen heute verwehrt bleibt«, mischte sich Famorius ein, der sich zu ihnen gesellte. »Aber warum bedauerst du es, Auro? Hast du dich nicht zum Dienst auf dem Wall gemeldet?«

»Ich habe ihre Stimme schon gehört, Famo – sie trägt weit«, gab er wütend zurück. Sein Bruder schien es sich zur Angewohnheit machen zu wollen, sich immer dann einzumischen, wenn er endlich ungestört ein paar Worte mit der Priesterin wechseln konnte.

»Entschuldigt mich. Die ehrwürdige Oxala ruft nach mir«, sagte die Virgo hastig und zog sich zurück.

»Ich glaube, du hast sie vertrieben, Auro. Oder hast du irgendeinen Ruf gehört?«

»Nun, sie hat Pflichtgefühl, und die meisten von uns haben viel zu tun, Famo«, gab er gallig zurück und begab sich auf seinen Posten.

Vom Wall aus hatte er einen guten Blick auf die Vorbereitungen. Während die meisten Legionäre sich noch an qualmenden Lagerfeuern den Bauch vollschlugen, errichteten einige Pioniere unter Anleitung der Virgo bei strömendem Regen einen Baldachin in der Mitte des Lagers. Sie bauten auch ein kleines Podest auf, auf dem dann die sorgsam verhüllte Schale ihren Platz fand, und sie errichteten ein weiteres Zelt dahinter, in das sich bald die vier Priesterinnen zurückzogen.

»Ich hoffe, das Licht bringt diese verdammten Trommeln zum Schweigen«, seufzte ein Veteran, der in Aureus' Nähe stand, aber ein anderer meinte: »Ich denke eher, es ist mit den Domorern wie mit den Fliegen. Der helle Schein wird sie erst recht anlocken.«

»Und hoffentlich verbrennen!«, rief der erste wieder.

»Ja, ich habe gehört, dass das Heilige Licht wie Feuer in den Eingeweiden derjenigen wühlt, die der Dunkelheit dienen«, meinte ein dritter Mann.

Aureus hörte es und fragte sich, warum es dann auch ihm, einem Mann, der das Licht doch verehrte, Schmerzen bereitete. War es wirklich der Fluch des Blutes? Nein, er kannte andere Domorer, die diese Schwierigkeiten nicht hatten.

Er dachte kurz daran, seinen Bruder zu fragen, denn Famo wusste offensichtlich viel über die alten Wege. Nur war er im Moment nicht in der Stimmung, mit seinem Bruder zu reden.

»Sieh nur!«, rief einer der Legionäre und wies nach Westen.

Dort war für einen Augenblick der Himmel aufgerissen, und die Strahlen der untergehenden Sonne stahlen sich flüchtig zwischen schwarzen Wolken und grauen Höhen bis in ihr Lager.

Ein Zeichen, ganz ohne Frage, dachte Aureus und genoss die warmen Strahlen auf seinem Gesicht. Aber dann schloss sich die Wolkendecke wieder, die Sonne versank hinter den Bergen. Und die ganze Zeit hatte es nicht einen Augenblick aufgehört zu regnen.

Er marschierte den Wall auf und ab und behielt den nahen Wald im Auge. Er fand, dass Ambo einen guten Platz für das Lager ausgesucht hatte. Das Feld war ursprünglich zu klein für das Lager gewesen, aber die Legionäre hatten viele Bäume für die Palisade gefällt und so Platz geschaffen. Ambos Pioniere verstanden ihr Handwerk, das war nicht zu bestreiten.

Ein helles Hornsignal riss ihn aus seinen Gedanken. Die Legion trat zum Appell an, und viele Fackeln erhellten die Nacht. Er blickte hinaus in den Wald, der schwarz und undurchdringlich das Lager umschloss. Hatte sich dort etwas bewegt? Er ermahnte die Männer zu erhöhter Wachsamkeit. Dann sah er Scramo Narth, der sich an einem Feuer am Tor aufhielt. Es gab keinen Ort in diesem Lager, der weiter von dem Baldachin entfernt war. Der Pelzhändler schien also das Licht auch meiden zu wollen. Er wärmte sich die Hände an den Flammen und unterhielt sich mit der Wache, die offenbar sehnsüchtig zur Mitte des Lagers starrte.

Was wusste er eigentlich über diesen Mann, der sie ins Herz der Finsternis führen sollte? Wenig. Er war einer von drei Männern in Maricat, die das Land jenseits des Stroms kannten. Einer war ermordet worden, der andere über Nacht verschwunden, vielleicht weil er der Mörder war. Und wenn nicht? Nur Scramo Narth war übrig geblieben …

Nein, seine Frau musste ihn doch erst überreden, uns zu führen, dachte Aureus. Oder hatte Narth ihm etwas vorgespielt? Der Pelzhändler hatte gewusst, dass ihnen die Reiterei folgen sollte. Er hatte nicht die Gelegenheit gehabt, mit den Männern im Dorf zu sprechen, da war sich Aureus immer noch sicher. Aber er hatte ihn nicht die ganze Zeit im Auge gehabt. Er hätte leicht einer der Frauen etwas verraten können, auch wenn es ihm unwahrscheinlich schien, dass der Domorer etwas derart Wichtiges einer Frau anvertrauen sollte. Fest stand, dass Narth sicher kein Anhänger des Lichts war, so, wie er sich jetzt abseits hielt. *Aber das heißt nicht, dass er der Dunkelheit folgt,* mahnte sich Aureus.

Unter dem Baldachin erhob sich die heisere Stimme der Hohepriesterin, die den Ritus einleitete.

Aureus versuchte, dem Sog, den die zeremoniellen Worte entwickelten, standzuhalten, aber irgendwann drehte er sich doch um, denn er wollte sehen, wie sie das Licht entzündeten.

Der Baldachin nahm ihm teilweise die Sicht, aber er bekam mit, wie die Mata die Phiole anhob. Die beiden Novizinnen und die Virgo zogen an ein paar Seilen, und der Baldachin öffnete sich. Mit einem Ruf zerschmetterte die Hohepriesterin die Phiole, und das gleißende Licht wuchs zur Säule, begrüßt von einem vielstimmigen Raunen.

Aureus blickte zur Seite. Der Mann neben ihm hatte Tränen in den Augen. Die Säule wuchs und durchstieß die Wolken. Blitze zuckten über den Himmel. War das ein Zufall? Tiefer Donner grollte über dem Wald, aber die Aura löste sich vom Licht und wuchs.

Für einen winzigen Augenblick hoffte Aureus, der Regen würde die Wirkung mildern, doch wieder spürte er den stechenden Schmerz in der Brust, als die Aura durch ihn hindurchwanderte. Und dann hörte er den Ruf. Er drehte sich um und sah, dass draußen, zwischen den Baumstümpfen, Männer kauerten. Das Licht vieler Blitze zeigte Hunderte dunkel bemalte Körper, die vor der Aura zurückwichen, die den Wall, die Palisade und die Bäume ebenso leicht durchdrang, wie sie durch menschliche Körper wanderte.

Bevor er Alarm geben konnte, schrie der erste der Nachtmänner auf, warf seinen Speer fort und rannte. Die anderen folgten ihm.

»So schießt doch auf sie, Männer«, rief Aureus. Aber die Legionäre rührten sich nicht. Erst als die wandernde Aura erlosch und die Domorer längst zwischen den Bäumen verschwunden waren, löste sich hie und da ein Pfeil von einer Sehne.

Aureus starrte missmutig hinaus in die zurückkehrende Dunkelheit. Die Lichtsäule hinter ihm wurde schon schwächer. Er konnte den Männern keinen Vorwurf machen, hatte er doch selbst, gebannt vom Licht, viel zu spät Alarm gegeben.

»Vielleicht war es ein Fehler«, sagte Clavus Ambo, als er ihm Meldung machte. »Nein, nicht Euer Verhalten, das an ein staunendes Kind erinnert und das ich unter anderen Umständen tadeln, nein, bestrafen müsste. Aber das Licht hat nun einmal eine starke Wirkung, auf die einen mehr, auf die anderen weniger. Ich meine die ganze Zeremonie.«

»Sie hat die Männer berührt und ermutigt, General. Und die Waldlinge hat das Licht in die Flucht geschlagen.«

»Das hat es ohne Zweifel. Leider werden wir die Wilden jetzt nicht mehr damit überraschen können. Jetzt wissen sie, dass wir Luxalinnen bei uns haben und was die vermögen. Das nächste Mal werden sie nicht einfach so davonlaufen.«

Aureus zuckte mit den Schultern. »Da unsere Männer fast ebenso gebannt waren wie die Domorer, würde das Licht uns in einer Schlacht wohl auch nicht viel nützen.«

»Hoffen wir, dass es sie uns wenigstens für heute vom Hals hält, Legat. Hört Ihr nicht?«

Aureus lauschte, hörte aber außer dem gelegentlichen Donnergrollen des Herbstgewitters und dem Rauschen des Regens auf dem Dach des Zeltes nichts.

»Ihre Trommeln schweigen, Legat. Endlich!«

Dass ich das nicht früher gemerkt habe, wunderte sich Aureus, als er sich in das Zelt zurückzog, das er sich mit drei Tribunen teilte. Er hoffte auf eine ruhige Nacht, doch kaum hatte er die Augen geschlossen, kehrte das Dröhnen der Kriegstrommeln zurück.

Gegen Morgen wurde Aureus durch Lagermeister Nerto geweckt. Das Zelt, in dem sie das Korn lagerten, hatte bei dem Gewitter einen sehr langen Riss bekommen, und nun war ein Teil der Vorräte nass geworden.

Aureus besah sich das Verhängnis. Die Naht an der Mittelstange war auf einer Länge von mehreren Schritten aufgerissen. »Und das geschah heute Nacht?«

»Das muss es wohl«, meinte Nerto unglücklich. »Denn als wir das Zelt aufbauten, war der Riss noch nicht da. Und einfach vom Stehen reißt doch der Stoff nicht. Auch wenn er nass ist.«

Aureus nickte und befühlte die Naht. Für seinen Geschmack war der Riss zu lang und zu glatt. Sollte jemand nachgeholfen haben? Er fragte den Lagermeister, ob denn die Wachen etwas bemerkt hatten. Aber der Mann musste einräumen, dass die Vorräte bislang nur von einem einzelnen Legionär bewacht wurden, der im Gewitter vielleicht mehr auf Schutz vor dem Regen als auf das Zelt geachtet hatte.

Aureus nickte. Für gewöhnlich war mehr auch nicht nötig. Er beruhigte den Mann und ging zu Ambo, um ihn von dem Vorfall zu unterrichten.

»Und Ihr glaubt, dass jemand nachgeholfen hat?«

»Das kann ich nicht ausschließen, General.«

»Ein Verräter? In meiner Legion? Das ist … schwer vorstellbar.«

»Aber auch nicht auszuschließen, oder? Die verdorbene Hirse, die Reiterei, die in eine Falle läuft, und nun das …«

»Vielleicht habt Ihr recht, Moris, doch ich frage Euch – wer sägt denn an dem Ast, auf dem er selbst sitzt? Wer stellt der Kolonne ein Bein, in der er selbst marschiert?«

Aureus hatte einen Verdacht. Er ging hinüber zu Optus und Stax, weil ihm aufgefallen war, dass der Domorer oft an ihrer Seite war, und fragte sie nach Meister Narth.

»Der Pelzhändler? Nun, er saß gestern lange bei uns und kroch dann in das Zelt, dem er zugeteilt worden ist. Wenn Ihr wollt, kann ich die Legionäre fragen, ob ihnen in dieser Nacht etwas aufgefallen ist.«

Aureus nickte, und Optus kam bald wieder und berichtete, dass Scramo Narth das Zelt die ganze Nacht nicht verlassen habe.

»Was ich mich frage, ist, wie sie die Dinger trocken halten«, begann Claudio Optus die Unterhaltung, als sie am Morgen wieder auf dem Marsch waren. »Ich habe mir sagen lassen, dass nasse Trommeln nicht geschlagen werden können. Also – wie halten sie sie trocken, Stax?«

»Woher soll ich das wissen«, brummte der Angesprochene.

»Habt Ihr eine Ahnung, Meister Narth?« Es lag ein lauernder Unterton in der Frage. Überhaupt schienen die beiden Hekatoren ihm heute reservierter gegenüberzustehen.

Scramo hatte auch keine Erklärung für die Trommeln. Er hatte nie darüber nachgedacht, und das war es, was er dem kleineren der beiden Hekatoren jetzt antwortete.

»Ja, verstehe. Aber ich denke, dass das vielleicht wichtig sein könnte. Nehmen wir einfach an, dass sie ein festes Dach aufgeschlagen haben, so wie wir den Baldachin gestern für unser Licht hatten. Dann hätten die Trommeln einen festen Ort – und wir könnten sie suchen, finden und endlich zum Schweigen bringen!«

»Der Baldachin«, hielt Stax dem entgegen, »das ist es!«

»Das ist was?«

»Sie werden auch ein Dach aus Stoff oder Leder über diese Dinger spannen, so wie wir gestern. So einfach ist das.«

Optus gab seinem Kameraden recht und schien sich darüber zu ärgern. »Dumm sind diese Domorer jedenfalls nicht«, murmelte er und fuhr einen Legionär an, der ihm zu nachlässig mit dem ihm anvertrauten Maultier umging.

Dann öffnete er seinen nassen Mantel und seufzte: »Findet Ihr nicht auch, dass es heute ungewöhnlich warm ist, Meister Narth?«

»Der Wind hat gedreht, Hekator. Der Warme Herbstsüd legt Fäulnis auf die Frucht, sagen die Waldlinge. Sie fürchten um die Ernte, die doch kühl lagern soll. Außerdem bringt dieses Wetter die Fliegen zurück, die eigentlich schon verschwunden waren.«

»Muss dann nicht bald der Regen aufhören?«

»Der Süd lässt die Fliegen im Regen tanzen«, zitierte Scramo ein weiteres Sprichwort.

»Verflucht soll er sein, dieser Süd«, murmelte Optus und stapfte über den aufgeweichten Boden voraus.

Der domorische Legat tauchte bei ihnen auf. »Meister Narth, wie geht es Euch?«

»Ich danke Euch, Herr. Es ginge mir besser, wenn diese Trommeln endlich schwiegen«, antwortete Narth vorsichtig. Das plötzliche Interesse dieses Offiziers an seinem Wohlbefinden gefiel ihm nicht.

»Ich möchte Euch etwas fragen, wenn Ihr erlaubt …«

»Ich werde versuchen, Eure Frage zu beantworten, Herr.«

»Als wir vor ein paar Tagen in diesem Dorf Vorräte requiriert haben, habt Ihr da mit jemandem gesprochen?«

»Ihr meint, mit einem der Dorfbewohner, Herr?« Narth versuchte, Zeit zu gewinnen, um eine unverfängliche Antwort zu finden. »Nein, Herr, das heißt, ich sprach kurz mit einer Frau, die mir ihr Leid klagte. Sie fragte mich, wie es nun weitergehen solle, da der Älteste und andere erschlagen und die Vorräte für den Winter beschlagnahmt seien.« Er kratzte sich am Kopf. *Bis dahin ist das nicht einmal gelogen.* »Ich sagte ihr, dass ich das auch nicht wisse. Ich riet ihr, bei den anderen Dörfern in der Nähe um Hilfe zu bitten.«

Der Legat sah ihn lange vom Rücken seines Pferdes herab an. »Und habt Ihr jemand anders mit den Domorern reden hören?«

Er spricht von ihnen, als sei er selbst keiner. »Nein Herr. Vielleicht die Legionäre, die … die jungen Frauen aus dem Haus zerrten. Doch warum fragt Ihr, Herr?«

»Es ist nichts, aber ich danke Euch für Eure Auskunft.« Damit preschte er davon.

Er hat Verdacht geschöpft, dachte Narth, *er hat gemerkt, dass die Nachtmänner bei ihrem Hinterhalt genau wussten, wen sie zu erwarten hatten.*

Waren die beiden Hekatoren deshalb so zurückhaltend? Hatten sie etwa auch etwas gemerkt?

Der Legat würde kaum glauben, dass Legionäre, die ein paar Frauen vergewaltigen wollten, mit denen dabei über die Nachhut geplaudert hatten.

Er dachte daran, es der Priesterin oder dem Gelehrten in die Schuhe zu schieben, aber dann fiel ihm ein, dass die mit niemandem in diesem Dorf gesprochen hatten. Vielleicht hatten die Wachen etwas durchsickern lassen, die die Männer in den Stall gepfercht hatten … nein, auch das war unwahrscheinlich. So sehr er auch nachdachte, es kam ihm niemand in den Sinn, auf den er den Verdacht ablenken konnte. Dann musste er ihn eben zerstreuen.

Scramo Narth begab sich kurz entschlossen nach vorn und wandte sich mit dem Angebot an General Ambo, sich den Spähern anzuschließen, die der Legion vorausgingen.

»Euer Angebot ehrt Euch, Meister Narth, doch hat es einen Grund, warum ich Euch nicht längst dort vorne einsetze … Ihr seid der Einzige, der das Land jenseits des Noctus kennt. Wir brauchen Euch – und zwar lebend und unverletzt. Dort vorne ist es zu gefährlich.«

»Haben Eure Männer je gemeldet, dass sie den Feind gesehen haben, Herr?«

»Nein, denn die Wilden sind offenbar klug genug, sich verborgen zu halten. Man könnte glatt vergessen, dass wir durch Feindesland marschieren, wenn diese Trommeln nicht wären.«

»Aber sie sind dort, Herr. Ich selbst sah zwei Nachtkrieger heute Morgen am Waldrand, kurz bevor wir aufbrachen.«

»Ihr habt ihre Späher gesehen? Warum habt Ihr nichts gesagt? Die Amarer hätten darauf gebrannt, einen zu fangen.«

»Sie hätten sie niemals eingeholt, nicht im Wald. Doch ich war einst einer der besten Jäger in diesen Wäldern, mir entgeht kein Wild – auch kein menschliches. Ich kann die Fährte des Feindes aufnehmen. Wäre es nicht von Vorteil, einen ihrer Krieger zu fangen, um zu erfahren, was sie vorhaben, Herr?«

»Ein verlockender Gedanke, in der Tat.«

»Er sollte auf keinen Fall alleine gehen, General«, warf der Legat ein.

Ambo sah Narth lange nachdenklich an, bis er entschied: »Nehmt zehn Männer der Ersten Tagma. Tribun Setos wird die besten für Euch auswählen. Und dann fangt mir einen dieser Wilden.«

Narth verfluchte sein Pech. Er hatte gehofft, unbeobachtet den Kriegern eine Botschaft geben zu können, aber wie sollte er das anstellen, wenn zehn capianische Legionäre an seinen Fersen klebten?

Der Tribun suchte unter den Spähern eine Gruppe erfahrener Krieger für ihn aus. Sie legten Schilde und Kettenhemd ab, umwickelten ihre Schwertscheiden mit Leder und stopften Laub in die Köcher, damit die Pfeile darin sich nicht bewegten. Scramo sah mit Besorgnis, dass die Männer ihr Handwerk besser verstanden, als er es ihnen zugetraut hatte. Dann, als die Legion gegen Mittag eine Rast einlegte, führte er den kleinen Trupp in den Wald hinein.

»Wie wollt Ihr vorgehen?«, fragte Hekator Utos, der die zehn führte.

»Möglichst lautlos«, gab er schlecht gelaunt zurück.

Kaum waren sie aufgebrochen, drang die Sonne unvermittelt, aber mit Macht durch die Wolken, und der Regen versiegte.

»Endlich, ich dachte schon, ich würde in meinen Stiefeln ersaufen«, murmelte Utos, ein stämmiger Karsier aus den Wolkenbergen.

»Leise doch!«, mahnte Narth. Er fragte sich, ob die Dhurna die Wolkendecke geöffnet hatte, denn er wusste, was bald folgen würde, und hoffte, dass ihm das von Vorteil sein könnte. Vorerst schlichen sie weiter zwischen den Bäumen hindurch. Es dauerte nicht lange, bevor der Waldboden, wie er es erwartet hatte, Abertausende Fliegen ausspuckte.

Die Legionäre fluchten, und es kostete ihn viel Mühe, ihnen das abzugewöhnen. Auch verbot er ihnen, die Plagegeister, die sich auf jede freie Stelle der Haut stürzten, zu töten. Utos schüttelte den Kopf, aber dann befolgten er und seine Männer den Rat.

Narth gab den Legionären Zeichen, zwischen den Bäumen zu warten, und schlich ein Stück voraus. Als er sich umdrehte, sah er, dass der Hekator offensichtlich nicht gewillt war, ihn aus den Augen zu lassen, denn die Männer folgten ihm in einigem Abstand. *Dieser Utos ist nicht dumm, und seine Krieger sind wirklich leise. Verflucht soll dieser Tribun sein – hätte er mir nicht ein paar unfähigere Krieger mitgeben können?*

Dann hörte er von irgendwo weiter vorne das charakteristische leise Klatschen, mit dem eine Hand eine Fliege auf bloßer Haut zerquetschte. Er hob die Hand, und jetzt blieb Utos stehen. Hatte er das Klatschen auch gehört?

Der Hekator gab seinen Männern ein Zeichen, und sie duckten sich in die Schatten.

Vorsichtig schlich Narth weiter. Dabei schlug er einen Bogen um eine Baumgruppe, die er ausgewählt hätte, wenn er ein gutes Versteck gebraucht hätte. Aber dort war niemand. Dann sah er eine Bewegung, einen Steinwurf von der Baumgruppe entfernt. Er starrte angestrengt hinüber, bis er sicher war: Da waren Nachtmänner. Nur, wie viele? Und war das Geräusch von dort gekommen? Es schien ihm fast etwas zu weit …

Er zog sein Messer. Er wollte keinen Kampf, denn er verabscheute unnützes Blutvergießen. Aber er brauchte einen Erfolg, um das Misstrauen des Legaten zu zerstreuen. Würde Utos so weit zurückbleiben, dass er sein Vorhaben umsetzen konnte?

Sein Plan war nicht einfach: Er musste Krieger finden, ihnen von der Brücke erzählen, und erst *danach* durfte er die

Legionäre herbeirufen. Utos' Männer durften die Krieger dann ruhig aufscheuchen und vergeblich hinter ihnen herjagen, denn im Wald würden sie die Nachtmänner niemals einholen. Aber er würde hinterher sagen können, dass er alles versucht hatte.

Er schlich voran. Wie weit war Utos zurück? Er konnte ihn auf einmal nicht mehr sehen.

Dann hörte er ein leises metallisches Geräusch und fuhr herum. Dort lag, tief in den weichen Boden gesunken, eine gefallene Eiche. Dahinter hatten sich zwei dunkelrot und schwarz angemalte Krieger aus dem Laub erhoben. Er hatte sie übersehen! Und sie ihn ebenfalls …

Aber die beiden schienen etwas anderes bemerkt zu haben. Sie hatten ihre Speere zur Hand genommen – jetzt gab der eine dem anderen ein Zeichen. Ja, sie hatten die Legionäre entdeckt. Auch Utos hatte sie wohl gesehen, denn er brüllte: »Da sind sie! Angriff, Männer!«

Scramo hörte die Legionäre heranpoltern. Die Nahtmanen sprangen auf und rannten – geradewegs auf ihn zu. Er suchte hastig Deckung hinter einem Baum. Die beiden Krieger waren jung. Er konnte einen von ihnen zur Strecke bringen – und damit einen Beweis seiner Loyalität liefern. Aber er könnte sie auch einfach entkommen lassen! *Ja, lass sie laufen,* durchfuhr es ihn, *die Schuld dafür kannst du diesen ungeschickten Legionären geben.*

Er presste sich an die mächtige Buche und ließ die beiden Krieger vorbei. Pfeile sirrten durch die Luft. Wussten diese verdammten Capianer nicht, dass er ebenfalls hier war? Einer der Domorer schrie leise auf. Er war im Rücken getroffen worden, taumelte, drehte sich um – und blickte Narth genau in die Augen. Ein zweiter Pfeil streifte ihn am Arm. Er hob seinen Speer und griff brüllend an.

Scramo Narth wich dem ungestümen Angriff aus, und sein Messer fuhr dem Mann wie von selbst in die Brust. Noch einen Augenblick starrte ihn der junge Mann mit wutverzerrtem Gesicht an. Dann sackte er tot zusammen.

Die Soldaten kamen herangestürmt. »Schnell doch, der andere ist dort entlang!«, rief er und wies in die falsche Richtung. Utos warf nur einen kurzen Blick auf den Toten, dann hetzten er und seine Männer weiter.

Scramo hatte sich nicht anstrengen müssen, um so zu tun, als hätte ihn der Kampf mitgenommen. Es war fast noch ein Kind, was da jetzt leblos zu seinen Füßen lag.

Die Legionäre rannten dem anderen Krieger nach.

Jetzt!, durchzuckte es Narth. Er war unbeobachtet. Wer konnte wissen, wie lange? Er rannte geduckt los, dorthin, wo er die anderen Schatten gesehen hatte. Hastig klaubte er einen Ast auf, zerbrach ihn und machte das gekreuzte Zeichen der Nachtmänner. *Ich hätte mir von diesem Speerthan in der Mark das neue Zeichen erklären lassen sollen,* dachte er.

Er hielt an, als ein leiser Pfiff ertönte.

Drei Domorer standen dort, wie aus dem Boden gewachsen, die dunkel bemalten Gesichter hasserfüllt – und sie zielten mit ihren Speeren auf ihn.

»Ich bin der Druadag, der dem Weib von den Reitern erzählt hat«, stieß er hastig hervor.

»Du hast einen der Unseren getötet«, zischte einer der drei.

»Ruhig, Irgo. Er hätte ihn laufen lassen, wenn Siggar ihn nicht angegriffen hätte.« Das kam vom Ältesten der drei.

Narth nickte schnell. »Er ließ mir keine Wahl. Hört, Männer, ich habe nicht viel Zeit. Diese Legionäre werden die Jagd bald aufgeben. Ich muss euch etwas über ihre Pläne sagen. Sie wollen zur Verlorenen Festung und dort auf einer Brücke über den Nachtstrom ziehen.«

»Eine Brücke? Bist du toll?«

»Sie können es! Ihr müsst die Brücke zerstören, doch erst wenn ich auf der anderen Seite bin. Denn das hat mir die Dhurna im Traum gezeigt.«

»Eine Brücke? Ich glaube dem da kein Wort«, stieß Irgo hervor.

»Eine seltsame Geschichte. Und wie sollen wir erfahren, dass du auf der anderen Seite bist, Druadag?«, fragte der Sprecher der drei.

»Ich werde unter den Ersten sein, die hinübergehen, und … ich … ich werde einen brennenden Pfeil über den Fluss schießen, sobald ich am anderen Ufer bin.«

»Sie kommen zurück!«, rief leise der, der bisher gar nichts gesagt hatte.

»Dann verschwindet«, zischte Narth und lief den Legionären entgegen.

Er war erstaunt, dass sie so schnell aufgegeben hatten. Dann stellte er fest, dass er sie unterschätzt hatte: Sie hatten den zweiten Krieger erwischt. Ein Pfeil steckte in seinem Bein. Erst jetzt kam Scramo in den Sinn, dass dieser Mann vielleicht wusste, dass ein Seher, der mit der Legion marschierte, einer Frau in einem Dorf von den fünfhundert Reitern erzählt hatte …

Aureus sah den kleinen Trupp zurückkehren. Er brachte einen Gefangenen, und der Hekator war voll des Lobes für den Pelzhändler. Hatte er sich also in dem Mann getäuscht? Er hörte sich den Bericht des Offiziers an. »Ihr sagt, der Pelzhändler blieb bei dem getöteten Krieger zurück, als Ihr den anderen jagtet?«

»Ja, Herr, doch das ist nicht verwunderlich, denn er hatte gerade einen Kampf auf Leben und Tod ausgefochten.«

Aureus nickte, aber er hatte das Gefühl, dass etwas an der Geschichte nicht stimmte. Der Waldling spuckte vor Aureus aus. Der Hekator stieß ihm hart die Faust in den Rücken und führte ihn zum General. Falls der junge, schwarz angemalte Krieger Angst verspürte, ließ er sich das nicht anmerken.

»Ihr seht verstimmt aus, Legat Moris«, sagte eine sanfte Stimme.

»Virgo Apricia! Ich grüße Euch!« Er fragte sich, ob er mit ihr über seine Gedanken sprechen sollte. Es hätte ihn interessiert, was sie zu sagen hatte. »Eine Legion zu führen ist eine nie enden wollende Arbeit, Virgo.«

»Dennoch scheint Euch etwas mehr zu beschäftigen als üblich, Legat.«

Das war ihr aufgefallen? *Sie schenkt dir Aufmerksamkeit,* dachte er. »Es ist so, dass ich mich frage, ob die Geschichte, die ich eben hörte, wahr ist – oder ob sich irgendwo eine Täuschung verbirgt, die ich nicht sehen kann.«

»Wollt Ihr mir davon erzählen? Ich bin eine Dienerin des Lichts, und das Licht bringt die Lügen an den Tag, wie man in Capia sagt.«

»Die Kundschafter brachten einen Gefangenen, wie Ihr vielleicht gesehen habt, doch frage ich mich, warum der Mann, der sie führte, nicht die ganze Zeit bei dem Trupp geblieben ist.«

»Ihr sprecht von Meister Narth, oder? Ihr misstraut ihm?«

»Ich habe vermutlich gar keinen Grund dazu. Es ist wohl nur das ewige Misstrauen eines Offiziers gegenüber allen, die nicht in der Legion sind.«

Ihre staunenden Augen verengten sich, und erst jetzt merkte er, dass er sich sehr ungeschickt ausgedrückt hatte. Sie gehörte doch auch nicht zur Legion!

»Meister Narth hat auf mich bisher auch den Eindruck

eines ehrlichen Mannes gemacht, Legat. Ich vergesse oft, dass er eigentlich aus diesem Land hier stammt. Und ich glaube, die Dunkelheit, die über diese Wälder herrscht, hat ihn einst nach Westen getrieben.«

»Das hat er Euch erzählt?«

»Nicht direkt, aber ich kann seinen Worten eine gewisse Bitterkeit entnehmen, wenn er über die Finsternis spricht. Er scheint diese Dhurna regelrecht zu hassen. Ich hoffe, Ihr verdächtigt ihn nicht nur, weil er ein Domorer ist? Ihr solltet nämlich wissen, dass es in dieser Legion etliche Männer gibt, die *Euch* aus genau diesem Grund nicht trauen.«

Aureus nickte düster. Ihm waren das gelegentliche Flüstern der Legionäre und ihre misstrauischen Blicke in seine Richtung nicht entgangen.

»Sagt, Legat, was wird jetzt mit dem Gefangenen geschehen, den die Legionäre brachten?«

»Ich denke, General Ambo wird ihn gründlich befragen.«

»Und Euch interessiert nicht, was dabei herauskommt?«

»Doch sehr, aber der Mann wird nicht reden wollen, und für ein gründliches Verhör ist erst heute Abend Zeit.« Er fragte sich, ob die Virgo wusste, was »gründliches Verhör« bedeutete.

Ihre Augen bekamen wieder den unschuldig staunenden Blick. »Glaubt Ihr denn, dass wir von ihm etwas erfahren werden, Legat?«

»Von einem so jungen Krieger? Das ist nicht sehr wahrscheinlich, aber vielleicht haben wir Glück. Vielleicht wendet sich gerade das Schicksal. Sogar der elende Regen hat doch einmal aufgehört.«

»Dafür schwärmen jetzt unendliche Massen von Fliegen durch diese Wälder«, seufzte die Virgo.

»So ist es jeden Frühherbst in diesem Land, Virgo Apricia«, rief Famorius, der sich zu ihnen gesellte. »Aber wenn Ihr wollt, kann ich Euch ein Mittel geben, von dem die Waldleute sagen, dass es die Fliegen fernhält. Ich fürchte nur, dass es etwas streng riecht.«

»Ein Mittel, Meister Moris? Wo habt Ihr es her?«

»Ich habe Euch doch schon erzählt, dass ich vor einiger Zeit lange durch diese Wälder reiste, um die Kultur dieser Menschen besser zu verstehen. Dabei verriet mir einer ihrer Heiler dieses Mittel.«

»Du verstehst diese Menschen ziemlich gut, Famo.« Aureus konnte nicht verhindern, dass es vorwurfsvoll klang. Sein Bruder hatte ein weiteres Gespräch unterbrochen, das er mit der Virgo führte. Und jetzt war er drauf und dran, sie mitzunehmen.

»Wie schon gesagt – es ist immer von Nutzen, den Feind zu kennen.«

»Und warum hast du mir oder dem General nichts von dem Wundermittel erzählt?«

»Aber das habe ich gerade eben. Der General hat mich gebeten, so viel davon herzustellen, wie ich kann – was mir ziemliche Arbeit beschert. Willst du mir vielleicht zur Hand gehen, Bruder?«

»Ich fürchte, dazu lassen mir meine Aufgaben keine Zeit, Famo.«

»Ich kann Euch helfen, Meister Moris«, bot die Virgo an.

»Das würdet Ihr tun? Ausgezeichnet!«

»Ich werde dir ein paar unserer Heiler schicken, Famo. Die sind sicher ebenfalls froh, wenn sie dir helfen können.«

Aureus konnte sehen, dass seinem Adoptivbruder der Vorschlag nicht sonderlich gefiel. Aber er war sehr zufrieden damit.

Hat er ernsthaft ein Auge auf sie geworfen?, fragte er sich. *Sie ist freundlich zu ihm.* Aureus bezweifelte aber, dass es mehr als Freundlichkeit war. *Famo muss doch wissen, dass eine Frau wie die Virgo sich niemals mit einem dahergelaufenen Kräutersammler seiner Herkunft einlassen würde!* Dann dachte er, dass die Chancen für einen domorischen Legaten vermutlich auch nicht besser standen, und seine Laune verschlechterte sich.

Kurz darauf brach die Legion wieder auf. Der Marsch ging jetzt gut voran, und auch wenn die Männer über die Fliegenschwärme fluchten, so schienen sie ihnen doch weniger auszumachen als der Regen, der sie tagelang gequält hatte. Aureus fragte sich, ob sein Stiefbruder wirklich ein wirksames Mittel gegen die neue Plage kannte, aber auch das musste nun bis zum Abend warten.

Dann stießen sie auf das erste Hindernis. Die Domorer hatten eine ganze Reihe von Bäumen gefällt, so dass der Weg blockiert war.

Ambo schüttelte den Kopf. »Was soll diese Kinderei? Damit werden sie uns doch nicht aufhalten.«

Die Kolonne spaltete sich auf, um die gefällten Bäume zu umgehen. Aureus hörte plötzlich einen Schrei und sah einen Mann, dessen Brust von einem zugespitzten Ast durchbohrt worden war. Eine Falle! Ein zweiter Schrei. Der Boden hatte zwei Legionäre verschluckt.

Ambo fluchte, und Aureus befahl einen Halt. Sie schickten ihre Späher vor. Die Männer bewegten sich mit äußerster Vorsicht und enttarnten weitere Fallgruben und Baumfallen. Die Männer in der Grube waren von zahlreichen dünnen Pfählen aufgespießt worden.

»Ihr müsst vorsichtig sein, wenn Ihr sie herausholt, Herr«, sagte der Pelzhändler, den sie nach vorne geholt hatten. »Diese Pfähle sind vermutlich mit Gift bestrichen.«

Sie brauchten fast zwei Stunden, um die Fallen zu entschärfen und die drei Toten zu bergen, und die Trommeln hörten die ganze Zeit nicht auf.

Aureus starrte in den Himmel, der sich in hellem Blau über ihm wölbte und so unfassbar heiter und friedlich wirkte. Es passte so gar nicht zu dem, was um ihn herum vorging.

Er fragte den Pelzhändler, ob er sagen könne, wie weit es noch bis zur Verlorenen Festung sei.

»Wir können sie morgen Abend erreichen, Herr, wenn wir früh aufbrechen und das Wetter hält – und wenn wir nicht auf weitere Hindernisse stoßen.«

»Und wenn die Nachtmänner nicht über uns herfallen …«

»Ich glaube nicht, dass sie das tun werden, Herr. Sie wissen, dass sie gegen eine so schwer bewaffnete Legion nur verlieren können.«

»Mögen die Götter Eure Worte hören, Meister Narth …«

Er blieb eine Weile an der Seite des Mannes. Die Unterhaltung mit der Virgo hatte sein Misstrauen gegen ihn fast zerstreut, aber jetzt meldete es sich hartnäckig zurück. Er wurde das Gefühl nicht los, dass der Mann etwas verbarg. Also plauderte er ein wenig mit ihm, aber er fand am Ende bestätigt, was die Priesterin gesagt hatte: Er schien die Dunkelheit zu hassen. Auf jeden Fall fürchtete er sie, das wurde Aureus bald klar.

»Sagt, wie gut kennt Ihr eigentlich das Wolfsland, Meister Narth?«

»Ich war oft dort, um Pelze zu erwerben, früher habe ich sogar selbst dort gejagt.«

»Und die Hassewer hatten nichts dagegen, dass Ihr in ihren Wäldern ihrem Wild nachgestellt habt?«

»Ich hatte mich auf Wölfe spezialisiert, Herr, und dagegen haben nicht einmal die Hassewer etwas einzuwenden.«

Ein lauter Schrei durchdrang die Wälder. Ein zweiter folgte. Signalhörner wurden geblasen. Ein Angriff! Ganz in der Nähe!

Aureus gab seinem Pferd die Sporen. Das kam von der Zweiten Tagma, die direkt vor dem Tross marschierte. Männer brüllten, und Waffen klirrten, aber als er den Kampfplatz erreichte, war es schon vorüber, und Aureus sah nur noch ein paar dunkle Gestalten zwischen den Bäumen davonhuschen.

Ein halbes Dutzend Tote und Sterbende lagen am Wegesrand. Keiner davon war ein Legionär. Ein paar Männer verfolgten den Feind. Aureus rief sie zurück, aber es war zu spät. Plötzlich ertönte ein vielfaches lautes Knarren, und Bäume fielen mit großem Getöse auf die Verfolger. Aureus musste mit ansehen, wie drei Legionäre von einer Buche zerschmettert wurden.

Er fluchte. War das die Absicht des Feindes? Sie mit solchen Nadelstichen aufzuhalten? Wenn es das war, hatten sie einen hohen Preis für den Stich bezahlt.

Dann sah er Hekator Utos, der den Gefangenen gebracht hatte, neben einer Leiche knien. Er sah nicht glücklich aus.

»Was ist hier geschehen, Hekator?«

»Diese verfluchten Wilden haben ihn erwischt.«

Aureus sah es jetzt selbst: Mitten unter den Legionären lag eine schwarz bemalte Leiche. Es war der Gefangene, und drei Wurfspeere steckten in seinem Leib.

Er sprang vom Pferd und untersuchte die gefallenen Angreifer. Einer lebte noch, aber als er ihn packte und versuchte, etwas aus ihm herauszubringen, brach der Blick des Kriegers, und er starb.

8. Die Verlorene Festung

General Ambo sagte nichts zu diesem Rückschlag. Er befahl Aureus, das Marschtempo zu drosseln, und erst als vor ihnen ein Dorf auf einer weiten Lichtung auftauchte, verstand Aureus den Sinn. Die Siedlung lag verlassen, aber das Lager war schnell errichtet, weil sie wieder den Wall dieses Dorfes nutzen konnten. Dann richteten die Legionäre einen Scheiterhaufen auf und verbrannten ihre gefallenen Kameraden unter den Gebeten der Luxalinnen.

Auch in dieser Nacht fand Aureus wenig Schlaf, weil die Trommeln der Domorer keine Pause machten, und einmal, kurz nach Mitternacht, gab es wieder einen Scheinangriff, der sie alle aus dem Schlaf riss und auf die Palisaden trieb.

Ambo ließ weit vor dem Morgengrauen wecken. »Heute werden die Männer schneller marschieren als je zuvor, Legat Moris, und Ihr werdet sie antreiben, verstanden?«

»So werden wir also heute die Verlorene Festung erreichen?«

»Auf jeden Fall und unter allen Umständen. Seht zum Himmel, Legat! Er wird nicht heller, sondern dunkler, was vermutlich heißt, dass es bald wieder regnet. Ihr könnt Eurem Bruder sagen, dass das Mittel gegen die Fliegen, an dem er die ganze Nacht so begeistert gearbeitet hat, wohl nicht gebraucht wird.«

Weit vor Sonnenaufgang saß Aureus im Sattel und trieb die Männer zur Eile. Die Wolken hingen tief und schwer, als die Legion abrückte, aber noch ließ der Regen auf sich warten.

Dann verstummten die Trommeln.

Es dauerte wieder eine Weile, bis sich Aureus dieser Tatsache bewusst wurde. Er ritt die Reihen auf und ab und ermahnte die Männer zu erhöhter Wachsamkeit. Er hatte das Gefühl, dass sich über ihnen mehr als dunkle Wolken zusammenballten. Aber es gab keinen Regensturm, und es erfolgte kein Angriff, nur die Trommeln blieben stumm.

Wenn Legionäre ihn fragten, was das zu bedeuten habe, behauptete er, dass das ein gutes Zeichen sei. *Jetzt belüge ich die Männer schon genau wie Ambo,* dachte er, als er von Tagma zu Tagma ritt, um die Männer immer wieder anzutreiben.

Den ganzen Tag marschierte die Legion ohne eine einzige Rast. Selbst die Mittagsmahlzeit musste auf dem Marsch verzehrt werden, und über dem Zug lag eine Spannung, die nur darauf zu warten schien, sich endlich zu entladen.

Der Weg wurde schwieriger. Der Wald zog sich über niedrige, aber steile Kuppen, und Felsen, die aus der Erde brachen, zwangen den alten Weg, dem sie folgten, in enge Kurven. Die Bäume standen immer dichter, und eine schwere Stille lauerte zwischen den alten Stämmen. Auch die Männer redeten nicht mehr, dafür dröhnte der Tritt von Tausenden Stiefeln umso lauter. Aureus spürte eine Feindseligkeit, die aus dem Boden hervorzukriechen schien, die sie in jeder Biegung erwartete und sich an ihre Fersen heftete. Auf ihn wirkte es, als habe sich das ganze Land mit seinen Hügeln, Wäldern und Wiesen gegen sie verschworen und warte nur auf eine Gelegenheit, über sie herzufallen.

Dann endlich, die Dämmerung hatte bereits eingesetzt,

verkündeten die Signalhörner der Vorhut, dass sie ihr Ziel gesichtet hatten.

Aureus ritt sofort nach vorn, um die legendäre Festung mit eigenen Augen zu sehen. Er hatte ein paar altgediente Veteranen gefragt, aber keiner dieser Männer war je selbst an diesem Ort gewesen. So wusste er nur, dass die Legion zwanzig Jahre zuvor ein starkes Lager am Nachtstrom errichtet hatte, um Sulvar von dort und von der Hirschfeste aus zu unterwerfen, aber diesen Plan bald wieder aufgegeben hatte.

Er ritt aus den bewaldeten Hügeln hinaus in das weite Schwemmland des Flusses, dann sah er sie. Die Verlorene Festung lag auf einer niedrigen Erhebung, direkt am Strom. War dieser Hügel künstlich errichtet worden? Er passte gar nicht in die Landschaft. Aureus erkannte halb verfallene Türme und schiefe Palisaden, aber auch viele Bäume, die dahinter Fuß gefasst hatten.

Je näher er der Festung kam, desto ernüchternder fand er sie. Die Palisaden war halb zerfallen und schienen nur von Dornenranken zusammengehalten zu werden, die üppig aus dem morschen Holz wucherten.

»Warum haben die Domorer diese Festung nie zerstört, General?«, fragte er Ambo.

»Wozu? Sie haben es der Natur überlassen. Wie es scheint, war die sehr erfolgreich. Seht nur, der Wall hinter der Palisade ist ausgewaschen, und dort, im Süden, sind die Befestigungen unterspült. Würden hier nicht überall Felsen aus dem Boden ragen, wäre sie wohl längst ganz davongeschwemmt worden.«

Die Felsen sah Aureus erst jetzt. Sie waren mit Moos bewachsen und wirkten, als würden sie bald im weichen Grund versinken.

Der General schien jedoch zufrieden zu sein. »Dieser Pelzhändler meinte, dass der Fluss gewaltig über die Ufer treten würde, aber er ist nicht viel breiter als beim letzten Mal, als ich an seinem Ufer stand.«

»So wart Ihr schon einmal hier, General? Sagt, warum ist die Festung aufgegeben worden?«

»Ich war vor zehn Jahren einmal hier, und da sah sie noch etwas besser aus. Sie wurde nie erstürmt, aber die Fliegen und vor allem die Pocken sollen den Legionären damals schwer zugesetzt haben. Außerdem war hier nicht viel zu gewinnen. Ihr kennt doch das Waldland – glaubt Ihr, es ist wert, dafür eine oder zwei Legionen zu opfern? Nein? Seht Ihr! Deshalb wurde die Festung aufgegeben. Aber uns wird sie Schutz gewähren, bis wir die Brücke errichtet und überquert haben.«

»Wären wir auf Flößen nicht schneller, General?«

»Möglicherweise, Legat, doch Flöße sind angreifbar und anfällig für die tückischen Strömungen dieses Flusses. Ihr werdet sehen, wie schnell der Strom fließt. Außerdem gedenke ich, ein Zeichen zu setzen – und, ganz nebenbei, müssen wir die Legion ja auch zurückbringen. Ich denke daran, zwei Tagmen hier zu stationieren. Sie werden uns den Heimweg offen halten.«

»Mitten im Feindesland?«

»Ihr merkt schon es noch: Haben wir die Festung erst einmal instandgesetzt, ist sie praktisch uneinnehmbar.«

Aureus hatte seine Zweifel, und die wuchsen, als er durch das ehemalige Tor ritt. Die Torflügel waren verschwunden, die Palisaden moosbehangen und morsch, und der mächtige alte Erdwall war an vielen Stellen unterspült. Der Graben davor mochte einmal tief gewesen sein, doch jetzt war er bis auf ein paar sumpfige Stellen vollständig verlandet. Am Flussufer selbst sah es noch schlimmer aus. Hier hatten wohl Überschwemmungen die Befestigungsanlagen angegriffen, bezwungen und davongespült. Es gab sie schlicht nicht mehr. Andererseits hatten Bäume überall auf der ehemaligen Lagerfläche Wurzeln geschlagen. Es würde viel Arbeit bedeuten, aus dieser Ruine ein Lager zu machen. Außerdem war sie ganz offensichtlich für mehr als eine Legion ausgelegt gewesen. Sie war zu groß für eine einzelne Legion.

Er konnte den Männern ansehen, wie enttäuscht sie waren, dass nach dem langen Marsch nur der Schatten einer Festung auf sie wartete.

Ambo kannte jedoch keine Rücksicht und befahl Aureus, die Männer anzutreiben: »Die Trommeln schweigen, Legat, und ich bin sicher, dass das nichts Gutes verheißt. Lasst die Männer schanzen, bis sie umfallen. Es ist besser, sie sind erschöpft als tot.«

Aureus war im Prinzip seiner Meinung. Also trieb er mit den Tribunen zusammen die Legionäre zur Arbeit. Sie mussten ausrücken, um am Waldrand Bäume zu fällen, weil die, die im Lager wuchsen, meistens zu jung waren. Dabei gingen sie unter starker Bedeckung, um gegen die erwarteten Angriffe gewappnet zu sein. Die alten Palisaden besserten sie aus, wo sie konnten, aber viele Stämme waren völlig verfault, und es machte zusätzliche Arbeit, sie auszugraben, um sie durch neue zu ersetzen.

Die ganze Zeit hatte Aureus den Waldrand im Auge, denn er erwartete, dass der Feind ihre Verwundbarkeit ausnutzen würde. Er hätte es an der Stelle der Domorer getan. Sie mussten doch merken, dass die Legionäre abgekämpft waren, und sie kannten die Verlorene Festung vermutlich gut genug, um zu wissen, dass sie in ihrem jetzigen Zustand nur schlecht zu verteidigen war.

Die Legionäre schienen sich der Gefahr ebenfalls bewusst zu sein, denn sie arbeiteten wie die Besessenen an der Ausbesserung der alten Anlagen, er musste sie gar nicht antreiben. Dennoch war es weit nach Mitternacht, bis Ambo zu dem Schluss kam, dass es für diese Nacht genügen würde, und er die Männer erschöpft in ihre Zelte kriechen ließ.

Aureus blieb noch lange auf dem Wall. Er spürte nach wie vor diese Feindseligkeit, die aus dem Land selbst zu kommen schien, aber der Feind zeigte sich nicht. Gelegentlich zogen kalte Schauer über das Land, sonst geschah – nichts.

Am nächsten Morgen trieb General Ambo die Legionäre in strömendem Regen weiter zur Ausbesserung des Walles, doch er zeigte sich auch optimistisch, dass sie es vorerst geschafft hatten: »Wenn die Wilden die letzte Nacht nicht nutzten, werden sie es erst recht nicht am Tag oder in der kommenden Nacht tun. Nein, ich glaube, sie haben begriffen, dass sie uns nicht aufhalten können.«

»Das setzt voraus, dass sie wissen, was wir vorhaben«, hielt Aureus dem General entgegen.

»Ein interessanter Einwand, Legat. Aber kommt, ich will Euch etwas zeigen …«

Ambo führte ihn ans Flussufer. Erst jetzt wurde Aureus bewusst, wie breit der Noctus war, doch war er an dieser Stelle durch einige buschbestandene Inseln unterbrochen. Aber nicht das war es, was Ambo ihm zeigen wollte. »Da, seht Ihr diese Schatten im Wasser, Legat? Es sind alte Fundamente. Schon damals versuchte die Legion, eine Brücke über den Fluss zu spannen, und sie sollte dauerhaft sein. Deshalb wurden die Fundamente in Stein ausgeführt.«

Schwere Regentropfen tanzten auf der unruhigen Oberfläche des Flusses. Aureus sah erst bei genauem Hinsehen die Umrisse, von denen der General sprach.

»Ich wundere mich, dass sie so lange der Kraft des Wassers standgehalten haben …«

»Nun, die Pionierkunst der Legion ist zu Recht berühmt. Allerdings waren die Fundamente, als ich vor zehn Jahren einmal hier war, noch bedeutend breiter. Auch stand damals das Wasser nicht so hoch. Dieser Pelzhändler hatte mit seinen Warnungen nicht ganz unrecht.«

»Die Brücke wurde doch nie gebaut, oder?«

»Sie wurde nie vollendet. Aber die Fundamente führen von Insel zu Insel. Nur in der Mitte fehlt ein Stück. Ingenieur Sulus ist der Meinung, dass er und seine Männer in fünf Tagen eine Brücke bis auf die andere Seite des Stroms errichten können.«

»Fünf Tage? Das ist erstaunlich, General.«

Ambo grinste. »Ich habe Sulus gesagt, dass er drei Tage hat. Seht Ihr, er steht da unten am Ufer und macht Messungen. Und endlich beklagt er sich nicht mehr über das schlechte Wetter. Und die Tränen, die er vergossen hat, als er den Zustand der Festung sah, sind wohl auch getrocknet.«

Tatsächlich sah Aureus den obersten der Pioniere bis zur Hüfte im Wasser stehen, und er hörte, wie er seinem Schreiber ein paar Zahlen zurief.

»Drei Tage – das wäre eine beeindruckende Leistung, General.«

»Ich übertrage Euch die Verantwortung für das Gelingen dieses Unternehmens, Legat. Gebt Sulus alles, was er verlangt und was Ihr für geeignet haltet, den Bau zu beschleunigen. Ich verlasse mich auf Euch, Aureus Moris! Tribun Adelares wird Euch zur Hand gehen.«

Auf den hätte Aureus gerne verzichtet, aber es zeigte sich, dass der Tribun anderweitig beschäftigt war. Aureus sah ihn praktisch nur am Fluss, wenn er der lebhaften Novizin großspurig die Arbeiten erklärte, die andere für ihn erledigten. Aureus war es ganz recht, dass er sich nicht einmischte.

Ingenieur Sulus hatte tatsächlich schnell einen Plan, vor allem hatte er genaue Vorstellungen, wie viele Männer und wie viel Holz er benötigen würde, um die erste Insel zu erreichen. Er wehrte sich jedoch gegen die Hilfe, die ihm Aureus anbot: »Ich brauche an der Baustelle keine Legionäre, die einen Hammer nicht von einer Zange unterscheiden können, Herr. Aber ich werde viele Männer brauchen, damit der Nachschub an schönen langen Stämmen niemals aufhört.«

Aureus gab ihm, was er verlangte und noch mehr, denn er brannte darauf, Ambo zu beweisen, wozu er fähig war. Er befreite die Pioniere von allen Pflichten, verdoppelte ihre Rationen und teilte ihnen Legionäre zu, die sie unterstützen sollten. Dann schickte er ganze Tagmen in den Wald, um Holz zu schlagen, und auch diesen Holzfällern versprach er doppelte Rationen. Bald darauf schallte aus dem Wald der Klang vieler Äxte.

»Sag, Auro, wie viele Männer sind da im Wald?«, fragte Famorius, der gegen Mittag zu ihm ans Tor kam.

»Zwei Tagmen für das Holz. Sie fällen die Bäume und schleppen sie hierher. Und eine weitere beschützt sie vor unangenehmen Überraschungen.«

»Erstaunlich, dass die Legion so viele Äxte hat …«

»Eine Axt gehört zur Ausrüstung jedes Legionärs, wusstest du das nicht? Schließlich besteht unser halbes Leben daraus, zu schanzen und Palisaden zu behauen.«

»Die Männer sehen verblüffend munter aus …«

»Sie wechseln alle zwei Stunden die Aufgaben. Das ist die Legion, Famo, wir wissen, wie man so etwas macht.«

»Ich hörte bei meinen Reisen durch dieses Land, dass man schon einmal versucht hat, hier eine Brücke zu schlagen. Angeblich wurde sie von einem Riesen zerstört.«

»Die Domorer haben dir einen Bären aufgebunden, Famo.

Sie wurde nie vollendet, weil das Lager vorher aufgegeben wurde.«

»Ist das so? Die Sulvarer erzählen sich, dass hier im Fluss ein Riese wohnt. Und der hat die Brücke zerschlagen, weil sie ohne seine Erlaubnis über sein Bett gebaut wurde.«

»Und schlägst du jetzt vor, dass wir den Riesen um seine Genehmigung bitten? Ich bin sicher, der General wird begeistert sein, wenn du ihm diesen Vorschlag unterbreitest.«

Famorius warf ihm einen ungnädigen Blick zu. »Es ist natürlich nur eine Legende. Aber vielleicht steckt in ihr ein Korn Wahrheit. Du solltest dich nicht darüber lustig machen.« Aureus war jedoch nach Spott zumute, und er zog seinen Bruder noch eine Weile damit auf. Es half ihm, dieses unbestimmte Gefühl der Bedrohung zu überdecken, das den ganzen Tag nicht weichen wollte.

Scramo Narth mochte die Festung nicht. Er war schon ein paarmal in dieser Gegend gewesen, hatte die Ruinen aber stets gemieden. Die Domorer sagten, dass der Ort verflucht sei, und er war geneigt, ihnen das zu glauben.

Er hatte sich am Morgen die alten Wälle angesehen und herausgefunden, dass die Verlorene Festung zu einem großen Teil auf Felsen errichtet worden war, die hier am Ufer aus dem Boden wuchsen. Es beruhigte ihn, weil er sich vorher nicht hatte erklären können, wie ausgerechnet dieser Ort den jährlichen Überschwemmungen standgehalten hatte.

Am Nachmittag traf er zufällig die Virgo, die sich bei den Legionären inzwischen großer Beliebtheit erfreute, obwohl sie sehr auf Distanz zu den Männern zu achten schien. Die beiden kichernden Novizinnen waren viel freundlicher zu den Legionären, aber anscheinend sorgte das dafür, dass man sie nicht ernst nahm.

»Sagt, Meister Narth, spürt Ihr auch die besondere Kraft dieses Ortes?«, fragte die Priesterin.

Er sah sie überrascht an. Hatte sie ein Gespür für die allumfassende Energie, die dem Land innewohnte und die an manchen Orten stärker war als an anderen? Er hatte das gleich gespürt – auch ein Grund, warum er das Lager nicht mochte. »Eine Kraft?« Er strich sich seinen grauen Bart. »Nein, ehrwürdige Virgo, ich spüre hier keine Kraft. Es gehen allerdings einige Legenden über diesen Ort im Waldland um.«

»Wirklich? Erzählt!«

Sie wirkt begeistert wie ein kleines Kind, dachte er. *Es ist leicht, sie zu mögen.*

»Die älteste Legende berichtet von einem Riesen, der am Rande der Dunkelheit lebte und einen Groll gegen die Menschen hegte. Also erschlug er alle, die sich nicht unter dem Schutz der Nacht vor ihm verstecken konnten. Den Menschenvertilger, so nannte man ihn. Die Waldlandleute flehten die Dhurna um Hilfe an. Ihr wisst ja, wer das ist, oder? Gut. Jedenfalls schlich die Dhurna eines Nachts in das Lager des Riesen und schnitt ihm, während er schlief, den Kopf ab. Natürlich sind Riesen unsterblich, aber sie vergrub seinen Schädel genau hier, wo wir jetzt stehen. Da seine Augen stets mit Erde bedeckt sind, kann die Sonne ihn nicht wecken, wie sie es zuvor immer tat. Also steht diese Festung gewissermaßen auf seinem Kopf. Und sein Leib ist zu den Hirschbergen erstarrt.«

»Ihr sagt also, dass die Dunkle Fürstin die Menschen gerettet hat?« Viel Skepsis lag in ihrem Blick.

Er lächelte. »Nicht ich sage das, ehrwürdige Virgo, es ist eine alte Legende, und so habe ich sie gehört.«

»Sagt, wie sieht sie eigentlich aus, diese dunkle Göttin? Ich hörte schon viele Geschichten über sie, aber ich sah nie ein

Bild oder eine Statue von ihr, wie es in Capia so viele von den Göttern des Lichts gibt.«

Scramo zuckte mit den Schultern. »Sie ist die Dunkelheit, Herrin, und die ist schwer darzustellen, glaube ich. Die Druiden sagen, dass sie sich die Gestalt auswählen kann, in der sie erscheint, und das mag sein, denn ganz bestimmt versteht sie sich darauf, Trugbilder heraufzubeschwören.«

Die Priesterin nickte nachdenklich. »Ihr sagtet, es gäbe noch mehr Legenden …«

»Viele, ehrwürdige Virgo. Die meisten handeln von Jägern, die hierherkamen, um einem besonders prachtvollen Eber oder Hirsch nachzustellen, die aber dadurch ihr Verderben fanden. Sie stürzten zu Tode oder ertranken im Fluss, den sie auf der Hatz zu durchschwimmen versuchten. Es heißt nämlich auch, dass ein anderer Riese im Nachtstrom lebt, Noko mit Namen, ein alter Feind des Menschenvertilgers, der über das Haupt seines Feindes wacht. Und er hat Sorge, dass die Menschen mit ihrem Lärm den Vertilger aufwecken könnten.«

»Aber dann müsste der Lärm der vielen Legionäre ihn doch erst recht beunruhigen.«

»Lasst Euch nicht ins Bockshorn jagen, Apricia!« Die Hohepriesterin tauchte plötzlich hinter einem Zelt auf. Sie hatte offenbar gelauscht und schien nicht erbaut. »Das ist alles abergläubischer Unsinn, den diese Wilden sich erzählen. Jeder weiß doch, dass Riesen Erfindungen der Dunkelheit sind. Außerdem war es sicher kein Riese, der dieses Lager so zugerichtet hat.«

»Natürlich nicht, Mata Oxala.«

»Fein. Jetzt kommt, wir wollen die Exerzitien für den Abend vorbereiten.«

Die beiden Priesterinnen gingen, aber die Virgo warf Scramo noch ein Lächeln zu.

Er sah ihr nach. Er glaubte nicht an Riesen. Allerdings war die Verlorene Festung zerstört worden – und nicht durch Menschenhand. Und auch jetzt wurde er das Gefühl nicht los, das ihn seit dem Morgen begleitete – ein Gefühl der Gefahr, das schwerer als die tief ziehenden grauen Wolken über diesem Ort hing.

Wann immer Aureus Zeit fand, war er unten am Fluss, wo die Pioniere Erstaunliches leisteten. Sie hatten einen Steg zum ersten Pfeiler errichtet und dann mit einer großen Ramme, deren Bauteile auf viele Maultiere verteilt hierhergeschafft worden waren, im Schutz der alten Fundamente dicke Pfeiler in den Flussgrund gerammt.

»Es würde Tage dauern, die Fundamente wiederherzurichten, Herr«, erklärte ihm Sulus, der Ingenieur, der mit Feuereifer bei der Sache war. Aureus hatte ihn bis zum Hals im Wasser stehen sehen. Und jetzt bemerkte Sulus nicht, dass ihm Algen im weißen Bart hingen. »Aber sie schützen die Pfeiler vor der Strömung und vor Treibholz.«

Am Mittag waren sie schon in der Mitte des ersten Seitenarms angekommen.

»Das geht zu langsam«, meinte General Ambo, der sich immer wieder am Ufer blicken ließ, um die Pioniere anzutreiben.

»Das täuscht, Herr«, erklärte Sulus geduldig. »Seht, die Männer bereiten hier am Ufer schon die nächsten Pfeiler vor. Und dort drüben fertigen sie weitere Stützen an. Von nun an geht es immer schneller voran.«

Am Abend erreichte die Brücke die erste Insel. Ambo schickte sofort einen Trupp hinüber, um das schmale Eiland zu erkunden und zu sichern. Er ließ sogar einen kleinen Wachturm errichten.

Aureus sorgte dafür, dass das Letzte der Rinder, die sie erbeutet hatten, für die Pioniere geschlachtet wurde.

Die Männer schlugen sich hastig den Bauch voll, dann schickte sie Sulus wieder an die Arbeit.

»Der General gibt uns drei Tage«, erklärte er Aureus, der fragte, ob die Männer nicht müde seien. »Wir werden unser Ziel aber nur erreichen, wenn wir die Nacht durcharbeiten.«

»Ihr könnt nicht drei Tage und drei Nächte am Stück so schwere Arbeit verrichten, Sulus.«

Der Ingenieur strich sich nachdenklich den Bart. »Vielleicht nicht, Herr. Aber mehr als drei oder vier Stunden kann ich die Männer nicht schlafen lassen.«

»Habt Ihr keine Sorge, dass Eure Pioniere vor Erschöpfung von der Brücke fallen?«

»O doch, ich habe nur noch mehr Angst davor, dass der General *mich* in den Fluss stürzt, wenn seine Brücke nicht rechtzeitig fertig wird.«

Die Trommeln der Domorer blieben stumm, aber die ganze Nacht ging das Hämmern und Sägen weiter, so dass Aureus kaum Schlaf fand.

Als er am Morgen an den Fluss kam, sah er, dass die Brücke schon den nächsten Flussarm zur Hälfte überspannte.

»Wie ich sehe, kommt Ihr gut voran, Meister Sulus.«

»Sagt das dem General, der nicht zufrieden ist, Legat. Und den schwersten Teil haben wir noch vor uns. Ihr seht doch, dass vier Inseln diesen Strom teilen und seine Strömung beschleunigen, was aber wohl vor allem an dem Wasserfall liegt, der sich einige Meilen unterhalb dieser Inseln befinden soll. In der Mitte des Stroms, da, wo er am breitesten und tiefsten ist, gibt es keine Fundamente, auf die wir uns stützen könnten. Wir werden also eine Schiffbrücke brauchen.«

»Wie ich sehe, bauen Eure Männer schon an den Pontons. Es scheint mir doch voranzugehen.«

Der Ingenieur kämpfte mit einem Gähnen. Aureus bezweifelte, dass der Mann auch nur eine Stunde geschlafen hatte. »Die Schwimmkörper werden sicher fertig … aber eine Schiffbrücke, bei der Strömung? Heikel, Herr, sehr heikel. Und über Nacht ist der Pegel des Flusses gestiegen. Ich muss also alles neu berechnen.«

Aureus sah erst jetzt, dass das Wasser eine gute Elle höher stand als am Vortag. Er verstand nicht, warum das den Ingenieur so besorgte, aber er verstand auch nichts vom Brückenbau. Er begnügte sich damit, dem Mann Mut zuzusprechen, und dann trieb er die Legionäre in den Wald, um mehr Holz zu besorgen.

Danach inspizierte er das Lager. Er fand die Befestigungsanlagen weitgehend wiederhergestellt, befahl aber an der einen oder anderen Stelle noch Ausbesserungen. Wenn Ambo wirklich zwei Tagmen hier zurücklassen wollte, dann durften sie sich keine Nachlässigkeit erlauben.

Er traf die Virgo auf einem der alten, notdürftig wiederhergerichteten Holztürme.

»Ich grüße Euch, Virgo Apricia.«

»Ah, Legat Moris. Seht nur, wie schön dieses Land ist!«

»Schön?« Aureus sah sich um. Leichter Dunst lag noch über dem Fluss, und die tief stehende Sonne ließ ihn unwirklich schimmern. Es gab dem Strom etwas Trügerisches. Der eigentliche Wald hatte sich hier ein Stück vom Ufer zurückgezogen, und an seinem Rand sah Aureus die Stümpfe vieler gefällter Bäume. Er fand, dass der Wald wie ein verstümmeltes Tier aussah. Er steckte vermutlich voller Männer, die sie umbringen wollten, und die rötliche Färbung der Blätter erinnerte ihn an Blut. Überall waren Legionäre zu sehen, die eifrig Bäume fällten und ins Lager schafften. »Ja, ein beeindruckender Anblick«, murmelte er.

»Es erinnert mich an eines der Güter meines Vaters, auf dem ich als junges Mädchen einmal war. Auch dort gab es einen breiten Fluss, und auf den üppigen Weiden stand das Vieh und graste. Nur dass es dort wärmer war.«

»Wo liegt dieses Gut, von dem Ihr sprecht, Virgo?«

»Südlich von Sewetium, am Fuß der Berge der Alten. Kennt Ihr das Land?«

»Ich habe es einmal durchquert. Ich fand es etwas zu trocken für meinen Geschmack. Tatsächlich denke ich daran, später, wenn ich die Legion verlasse, auch ein Gut zu erwerben. Allerdings wohl eher in der Nähe von Ventum.«

»Ein Gut?« Sie schien interessiert.

Vielleicht ist das eine Gelegenheit, ihr zu zeigen, dass ich mehr bin als nur ein Soldat. »Es wächst guter Wein dort. Ich habe mir sogar schon ein Weingut angesehen. Fünfhundert Morgen bestes Land.«

»Fünfhundert Morgen, tatsächlich?« Ihr Blick hatte etwas Belustigtes. Nahm sie ihn nicht ernst?

»Ah, hier steckst du, Auro. Ich habe dich gesucht. Ich grüße Euch, Virgo Apricia. Wie habt Ihr geschlafen?«

»Fast gar nicht, Meister Moris. Das laute Hämmern ließ mich keine Ruhe finden, dabei dachte ich, es wäre eine ruhige Nacht, jetzt, da endlich diese unheimlichen Trommeln verstummt sind.«

»Nun, ich kann Euch vielleicht etwas geben, was Euch das Einschlafen erleichtert, wenn Ihr wollt …«, sagte sein Bruder.

»Oder Ihr stopft Euch etwas in die Ohren«, schlug Aureus unbeholfen vor.

Die Virgo wirkte irritiert. »Es ist Zeit für unsere morgendliche Andacht«, sagte sie und zog sich zurück.

Aureus spürte Zorn auf seinen Bruder. Immer dann, wenn er das Gefühl hatte, Apricia etwas näherzukommen, tauchte Famo auf und durchkreuzte seine Pläne. »Du hast mich also gesucht?«

»Worüber habt ihr gesprochen? Ich hörte dich etwas über Wein und ein Landgut sagen.«

Aureus war drauf und dran, Famo zu sagen, dass ihn das nichts anginge und er sich zu den Riesen der Nacht scheren könne, aber dann riss er sich zusammen. Es waren Legionäre auf dem Turm. Sie sollten nicht hören, wie er sich mit seinem Bruder stritt – und er wollte auch keinen Streit mit ihm.

»Ich habe ihr von dem Weingut erzählt, das ich mir angesehen habe. Ich denke daran, es nach meinem Abschied aus der Legion zu erwerben – auch wenn der nun wohl später erfolgen wird, als ich plante.«

»Ein Weingut, du?« Famo grinste breit.

»Fünfhundert Morgen bestes Land«, wiederholte Aureus.

»Und damit wolltest du die Virgo beeindrucken?«

Aureus schwieg.

»Du hast keine Ahnung, wer ihr Vater ist, oder?«

»Ihr Vater? Wieso?«

»Sie ist die älteste Tochter von Poligarchos Mites Pulcher, einem der reichsten Männer Capias. Er besitzt zwei Dutzend Landgüter oder mehr, und keines davon dürfte kleiner als fünf*tausend* Morgen sein!«

Aureus starrte seinen Bruder an. Er verspürte große Lust, ihn zu erwürgen. Er sammelte sich: »Du sagtest, dass du mich gesucht hast, Famo …«

»Habe ich das? Stimmt, doch, glaube es oder glaube es nicht … ich habe über unsere kleine Plauderei glatt vergessen, was ich von dir wollte.«

Aureus verließ den Turm voller Wut. Warum spielte Famo

diese Spielchen mit ihm? Wegen Apricia? Hatte er denn wirklich selbst Ambitionen? Er musste doch wissen, dass das lächerlich war. Er nahm sich vor, die Sache irgendwo, wo sie ungestört waren, bald und endgültig zu klären, und kehrte zur Brücke zurück.

Inzwischen hatten die Legionäre Bohlen, Reisig und Erde in Mengen herangeschafft. Damit stellten die Pioniere den Belag für die Fahrbahn her. Gegen den Widerstand des Ingenieurs teilte Aureus Männer ein, um ihnen zu helfen. Die Arbeit schien ihm nicht sehr anspruchsvoll zu sein, und die Pioniere wurden anderswo gebraucht.

General Ambo erschien. Er wollte, dass so schnell wie möglich zwei Skorpione auf die Inseln geschafft wurden, um das gegenüberliegende Ufer ins Visier zu nehmen. »Wir wollen den Wilden doch klarmachen, dass sie dort drüben nichts zu suchen haben, oder?«

»Sind denn Waldlinge oder andere Krieger gesehen worden, General?«

»Nein, Legat, aber das heißt nicht, dass sie nicht dort sind, das solltet Ihr doch wissen.«

Eine der Wachen auf dem südlichsten Turm stieß einen Warnruf auf. Als Aureus mit dem General eintraf, sah er, dass sich stromaufwärts eine Gruppe von Kriegern am Ufer gesammelt hatte.

»Endlich zeigt sich der Feind!«, rief Ambo.

Aureus starrte hinüber. Die Männer trugen etwas hinunter zum Fluss. »Soll ich Alarm geben, General?«

»Nein. Sie sind weit weg von unseren Holzfällern, und sie sind leider außer Reichweite unserer Skorpione«, stellte Ambo fest. »Wirklich, sie sind nicht dumm, diese Domorer. Aber was machen sie dort? Sind Eure Augen schärfer als meine, Legat?«

Aureus war sich nicht sicher. Dann sprach Meister Narth an seiner Stelle: »Sie schaffen einen Baum ins Wasser, Herr.«

»Einen Baum? Wozu?«

»Vielleicht wollen sie herausfinden, wie fest diese Brücke ist, Herr.«

Der General rief nach Sulus, der die Palisade erreichte, als der besagte Baum sich gerade träge vom Ufer löste und auf den Fluss hinaustrieb.

»Was sagt Ihr, Sulus ... stellt das eine Gefahr für Eure Brücke dar?«

Der Ingenieur schüttelte den Kopf und gähnte. »Wir haben einen Rammschutz vor den Pfeilern. Zerstören können sie die Brücke so sicher nicht, leicht beschädigen ... vielleicht, wenn sich die Äste irgendwo verfangen und dann der Baum in der Strömung an der Brücke zerrt. Aber das ist nichts, was meine Männer nicht abwehren können. Allerdings sieht es anders aus, was den mittleren Teil betrifft. Es ist schwierig, die Schwimmkörper zu schützen. Vor allem wenn sie auf die Idee kommen sollten, brennende, mit Pech bestrichene Bäume zu schicken. So sollen einst im Süden die Lyfier eine Brücke ...«

»Dann werden wir versuchen, sie nicht auf diese Idee zu bringen, nicht wahr, Sulus?«

»Natürlich, General«, murmelte der Ingenieur.

»Es ist etwas an dem Baum befestigt, Herr«, meldete der Pelzhändler.

»Ich sehe nichts.«

»In der Mitte des Stammes, Herr. Der Baum dreht sich, und es ist gerade untergegangen. Doch seht, da taucht es wieder auf.«

Aureus sah es jetzt auch. Er folgte dem General hinunter an den Fluss. Sie erreichten die Brücke gleichzeitig mit dem Stamm, der sich in einem der vorgelagerten Pfähle verfing.

Die Pioniere hielten den Baum auf, bevor er die Brücke erreichen konnte, und bugsierten ihn mühsam Richtung Ufer. Der Stamm rollte, und dann tauchte die festgebundene Leiche eines Mannes an der Oberfläche auf. Er trug die Untergewänder eines capianischen Offiziers.

Ambo starrte stumm hinab, und für einen Augenblick glaubte Aureus, selbst bei diesem Mann Entsetzen zu spüren.

Einer der Pioniere rief: »Das ist Tribun Afasus!«

Afasus, der Tribun, der zwei Tagmen nach Norden geführt hatte? Aureus begriff sofort, was das bedeutete: Der Feind hatte Afasus angegriffen und besiegt.

»Holt ihn da raus, Männer! Sofort!«, befahl Ambo mit rauer Stimme.

Als die Pioniere unter großen Anstrengungen den Baum ans Ufer gelenkt und den Leichnam losgeschnitten hatten, setzten die Trommeln der Domorer wieder ein.

Ambo befahl, den Leichnam aufzubahren, und verschwand in seinem Zelt.

Aureus war beunruhigt. Dass der Feind die Reiterei abgefangen und aufgerieben hatte, war eine Sache – aber nun hatte er zwei Tagmen der Legion besiegt und ihnen zum Beweis den Leib ihres Befehlshabers gesandt. Die Domorer waren viel besser organisiert, als er das für möglich gehalten hatte. Aber woher hatten sie von Afasus' Tagmen gewusst? Waren sie nur zufällig auf diese Kolonnen gestoßen?

Insgeheim war er, wohl ebenso wie Ambo, davon ausgegangen, dass ihr Marsch die volle Aufmerksamkeit der Domorer auf sich ziehen würde. Aber der Feind hatte sie in Ruhe gelassen. Zwei Tagmen … die Waldlinge mussten viele Krieger versammelt haben, wenn sie es wagten, eintausend schwer bewaffnete Legionäre anzugreifen. Und sie hatten gewonnen …

Aureus spürte, wie entsetzt die Männer in der Festung waren. Eintausend Männer waren entweder tot oder gefangen. Er suchte Clavus Ambo in seinem Zelt auf.

»Habt Ihr immer noch vor, diesen Ort durch zwei Tagmen sichern zu lassen, General?«

Ambo saß in seinem Sessel und hielt einen Krug in der Hand. Aureus roch Wein. Seit Beginn des Feldzuges hatte er den General nicht trinken sehen. Ambo hatte sich alle Mühe gegeben, wie ein Fels zu wirken, an dem alles Unheil, das seine Legion bedrohte, abprallen würde. Jetzt schien er angeschlagen.

»Wir werden unsere Pläne anpassen, Legat, aber wir werden den Feldzug nicht abbrechen. Ich hatte vorgehabt, Afasus und seine Männer zurückzulassen. Jetzt wird es ohne sie gehen müssen. Nein, wir lassen niemanden hier. Zur Not bauen wir für den Rückweg eben noch eine Brücke«, verkündete er grimmig.

»Vielleicht wäre es klug, noch einmal auf den ursprünglichen Plan zurück…«

Der General unterbrach ihn scharf: »Seid Ihr so versessen auf Euer erstes Kommando, dass Ihr selbst jetzt mehr daran als an die Sicherheit der Männer denkt?«

»Das hat nichts mit meinem Kommando zu tun, General. Mir erscheint es nur aussichtslos, auf Gewalt zu setzen, da wir doch schon die halbe Legion eingebüßt …«

»Genug! Die Vierte Legion geht über den Fluss. Sie wird bis ins Trugland marschieren und dieser verdammten Hexe ihre Feldzeichen in den Leib rammen, wenn es sein muss.«

Aureus sah seinen Verdacht bestätigt: »Ihr plant also, die Festung der Dunklen Herrin anzugreifen … Ihr hattet nie vor, das Heilmittel durch Verhandlungen zu erlangen!«

Ambo warf ihm einen vernichtenden Blick zu. »Wenn sie

es freiwillig herausgibt, schön – aber ich will mich nicht auf die Laune einer Hexe verlassen!«

»Und wenn sie es herausgegeben hat, was dann? Werden wir einfach friedlich unserer Wege ziehen – oder sollen wir ihre Festung dem Erdboden gleichmachen?«

»Sie hat gar keine richtige Festung, nach allem was ich weiß«, wich Ambo aus. »Geht jetzt, Legat. Kümmert Euch um die Moral der Männer. Fragt doch Eure geliebten Lichtpriesterinnen, ob sie nicht eine tröstende Zeremonie für die Soldaten haben. Und kümmert Euch um den Scheiterhaufen! Das Licht der Flammen wird Afasus noch heute hinübertragen in die nächste Welt. Lasst das Feuer hell brennen!«

Aureus ging zum Zelt der Luxalinnen, um Virgo Apricia nach dem Stand der Vorbereitungen für die Beisetzung zu fragen.

Er wurde jedoch von der Hohepriesterin abgefangen: »Auf ein Wort, Legat.« Sie zerrte ihn am Ärmel seiner Tunika zur Seite.

Und während er sich noch fragte, was dieses merkwürdige Benehmen zu bedeuten hatte, zischte sie: »Ich weiß genau, was Ihr vorhabt, Legat, ich weiß es genau!«

»Ich bin wegen der Beisetzung von Tribun Afasus …«

»Redet keinen Unsinn! Ich bin vielleicht alt, aber nicht blind! Ich sehe doch, dass Ihr Euch alle Mühe gebt, die schöne Apricia zu gewinnen. Am Anfang dachte ich ja, es sei die Frömmigkeit, die Euch in Maricat immer wieder in den Tempel trieb. Inzwischen sind mir die Augen geöffnet worden. Unterbrecht mich nicht! Ihr müsst sie Euch aus dem Kopf schlagen, Legat! Die Virgo ist auf dem Weg zu den höheren Weihen unserer Schwesternschaft, und selten hatte ich eine geeignetere Schülerin. Am Ende der Reise wird sie bereit sein, sich für den Rest ihres Lebens an uns zu binden – und Ihr werdet das nicht verhindern! Habt Ihr das verstanden? Oder wollt Ihr den Zorn unserer Priesterschaft auf Euch ziehen? Das Licht, Legat, kann viele Türen öffnen, aber es kann sie ebenso auch schließen!« Sie stand vor ihm, die knochigen Hände in die dürren Hüften gestemmt, und ihre Augen blitzten.

Sie hatte gesagt, dass ihr die Augen geöffnet worden seien. Von wem? *Famo?* Unwillig schüttelte er den Kopf: »Ihr seid nicht ihre Mutter, Mata Oxala, und ich bin nicht Mitglied Eurer Priesterschaft. Also versucht nicht, mir etwas zu verbieten, was Euch nichts angeht. Und jetzt sagt mir, ob die Vorbereitungen für die Zeremonie abgeschlossen sind. Das Feuer muss hell brennen.«

Sie stritten miteinander. Scramo Narth hätte gerne gewusst, weshalb sich der Legat und die Hohepriesterin in die Wolle geraten waren, aber sie waren zu weit entfernt. Also saß er im Schneidersitz im Eingang seines Zeltes und sah nur zu. In der Mitte des Lagers wuchs ein Scheiterhaufen. Sie würden den Tribun verbrennen und seine Seele den Flammen anvertrauen.

Er wunderte sich, dass dieser Gedanke die Lichtler nicht beunruhigte. Das Feuer würde die Seele doch verbrennen, vielleicht nicht ganz, aber sie würde leiden. Und dann irrte sie nackt und schutzlos durch die nächste Welt, eine leichte Beute für die dort hausenden glutäugigen Dämonen, vor denen nur die Dunkelheit Schutz bot. Kein Domorer von Verstand würde sich je verbrennen lassen. Nein, es war besser, die Seele mit dem Leib der dunklen Erde anzuvertrauen.

Scramo seufzte. Er wurde das Gefühl, dass großes Unheil bevorstand, einfach nicht los. Er hätte gerne ein Traumritual durchgeführt, doch war das in einem Zelt inmitten der Legion nicht möglich, und die Bilder, die die vergangenen Nächte ihm gebracht hatten, waren wirr, bedeutungslos und schnell verblasst. Sein Oheim war mehrfach darin aufgetaucht, aber das strenge Gesicht des Alten war fast das Einzige, woran er sich erinnerte.

Er blickte zum Himmel. Wenigstens war das Wetter weiter auf seiner Seite. Es regnete, wie er es General Ambo vorhergesagt hatte.

Ein Tribun näherte sich seinem Zelt. Der Regen fiel so dicht, dass es aussah, als sei die Gestalt von einem feinen Schleier aus kleinsten Tropfen umhüllt. Es war der junge Adelares.

»Der General wünscht Euch zu sehen, Meister Narth.«

Er erhob sich und versuchte, seine Nervosität zu unterdrücken. Hatte Clavus Ambo Verdacht geschöpft? Ahnte er, dass auch die Tagmen des Afasus von ihm verraten worden waren?

Merkwürdigerweise verspürte er keine Reue. Er hatte tausend Mann ins Verderben geschickt, aber es machte ihm nichts aus.

Weil es das Richtige war, sagte eine innere Stimme. *Weil es das war, was die Dhurna von dir erwartet.* Oder war es nur, weil er nicht sehen musste, was er angerichtet hatte? Die Tausend lagen irgendwo erschlagen im Wald, betrauert nur von ihren eigenen Seelen, die ohne Ritual den Weg in die nächste Welt suchen mussten. Er musste ihre Leichen nicht sehen, und ihre Geister waren zu weit entfernt, um ihn anzuklagen. Aber General Ambo war hier im Lager, und er war viel gefährlicher als irgendein rachsüchtiger Geist.

»Ich nehme an, Ihr habt die schlechten Nachrichten gehört, Meister Narth …«, begann der General, nachdem Scramo das große Zelt betreten hatte. Außer ihm und Adelares war noch der junge Setos dort. Scramo fiel wieder die

Vertrautheit auf, die zwischen den beiden Männern herrschte. Merkwürdigerweise zerriss sich niemand in der Legion das Maul darüber.

Er nickte auf die Frage des Generals nur, immer noch auf der Hut.

»Was glaubt Ihr? Wie konnte das geschehen? Wie konnten zwei bis an die Zähne bewaffnete Tagmen von diesen Wilden überwältigt werden?«

»Der Feind muss sehr zahlreich gewesen sein, Herr«, erwiderte er vorsichtig.

»Oder sie wurden verraten«, sagte eine Stimme. Scramo drehte sich um. Es war der Legat, der mit finsterer Miene eingetreten war. Der hatte ihm gerade noch gefehlt.

»Es trifft möglicherweise beides zu«, meinte Ambo und fuhr sich mit nachdenklicher Geste über den kahlen Schädel. »Jedenfalls hat Tribun Adelares hier vorgeschlagen, dass wir die Stärke des Feindes erkunden – wenn er denn in der Nähe ist. Ich schaue hinüber in diesen Wald und sehe weder den Lichtschein eines Feuers, noch sehe ich Rauch. Der Wald wirkt verlassen. Aber ich kenne die Domorer gut genug, um zu wissen, dass das nichts heißen muss. Deshalb bin ich mit dem Tribun einer Meinung. Jemand sollte nachsehen. Und er hat vorgeschlagen, dass Ihr das übernehmt, Meister Narth.«

Damit hatte Scramo nicht gerechnet. Er war nicht hier, weil er verdächtigt wurde, nein, er würde Gelegenheit bekommen, mit seinen Stammesbrüdern zusammenzutreffen! Das lief viel besser, als er es sich hatte träumen lassen. Er verbarg seine Gefühle und sagte: »Ihr habt recht, Herr, die Waldlinge bauen keine Lager. Ihre Krieger lagern unter Bäumen, ohne Zelt, ohne Palisade und weit verstreut. Ja, sie verzichten auf Lagerfeuer, wenn der Feind nahe ist und ein Kampf bevorsteht.«

»Wie ich es sagte – die Dunkelheit in den Wäldern verrät nicht, ob sie dort sind oder nicht.«

»So ist es leider, Herr.«

»Adelares, lasst die Wachen verdoppeln. Unter diesen Umständen ist es natürlich sinnlos, ihr Lager finden zu wollen.«

»Das würde ich nicht sagen, Herr«, erwiderte Scramo schnell. »Sie haben zwar kein festes Lager, aber ich könnte doch hinausgehen und wenigstens herausfinden, wie stark sie ungefähr sind.«

Legat Moris meldete sich zu Wort. »Es erscheint mir gefährlich, den Mann, der uns den Weg ins Trugland weisen soll, in Gefahr zu bringen. Wir sollten unsere eigenen Späher schicken.«

»Oh, ich bin ein geübter Jäger, Herr, und wenn ich alleine gehe, wird kein Nachtmann mich sehen«, versicherte Scramo schnell.

Ambo zögerte, aber Adelares meinte plötzlich: »Es ist das Risiko wert, General. Wir müssen wissen, wie stark sie sind und ob sie einen Angriff planen. Und ich denke, Meister Narth weiß, was er tut. Und falls ihm doch etwas widerfahren sollte, so werden wir sicher irgendwo einen Hassewer finden, der uns für guten Lohn den Weg weist.«

Narth war verblüfft, wie leichthin der junge Mann da über seinen möglichen Tod redete. Er hatte den Tribun bisher nicht für voll genommen, weil er mehr an den Novizinnen als an den Angelegenheiten dieses Feldzuges interessiert zu sein schien. Es dämmerte ihm, dass dieser leichtfertige junge Mann durchaus etwas zu sagen hatte – und ihn durch pure Unbekümmertheit in Gefahr bringen konnte. Jetzt allerdings hatte er allen Grund, ihm dankbar zu sein.

Legat Moris erhob weiter Einwände. Er wollte ihn auf

keinen Fall alleine gehen lassen. Er tat besorgt, aber Scramo spürte, dass der Mann ihm einfach nicht traute.

Vielleicht spürte auch der General, dass der Legat etwas anderes sagte, als er dachte, denn er ordnete schließlich an, dass Scramo Narth das Lager ohne Wachhunde verlassen durfte.

Scramo schlüpfte kurz darauf am Ufer an den Palisaden vorbei und huschte durch die Dunkelheit flussaufwärts. Der Wind trieb den Regen von Süden her über das Land, also ging er nach Süden, gegen den Wind. Er hielt sich dicht am Flussufer, weil er sicher war, dass er dort früher oder später auf domorische Krieger stoßen würde.

Auf halbem Weg drehte er sich noch einmal um, als ein lang gezogenes Hornsignal durch die Nacht klang. Heller Feuerschein lag über dem Lager, und Funken flogen gen Himmel. Sie hatten es wohl trotz des Regens geschafft, den Scheiterhaufen zum Brennen zu bringen, nur um diesen Tribun zu ehren. Über die Tausend, die noch gefallen waren, sprach merkwürdigerweise kein Mensch.

Der Wind trug ihm bald darauf einen vertrauten Geruch zu: Wolfsfett. Es war Bestandteil der dunklen Farbe, mit der sich die Nachtmänner bemalten. Er schlich weiter und fand wenig später hinter einer gefallenen Weide ein gutes Dutzend Krieger, die so unverwandt zu dem hell erleuchteten Lager blickten, dass sie ihn glatt übersahen.

»Ich grüße die Krieger des Waldlandes«, rief er, nachdem er sie umgangen hatte.

Die Männer fuhren herum und griffen nach ihren Speeren.

»Ich bringe Grüße der Dhurna!«

»Wo kommst du her, und wer, bei allen Dämonen, bist du?«

»Woher ich komme? Aus dem Lager, zu dem ihr so angestrengt hinüberstarrt. Und wer ich bin? Ich bin der Seher, der euch den Weg der Reiter und der tausend Legionäre verriet, die jetzt wohl tot im Wald ruhen.«

»Du bist die Rote Hand, der Druadag, der mit dem Feind geht?«

»Ich gehe mit ihm, weil die Dhurna es verlangt. Und nun muss ich in ihrem Namen mit einem eurer Häuptlinge sprechen.«

Ein Mann erhob sich. Er sprach leise mit einem Krieger, und der verschwand sofort, was Scramo beunruhigend fand. Dann trat er vor. »Ich bin der Anführer dieser Schar und das Oberhaupt der Domorer vom Glühenden Zweig, der seine Heimat am Graubach hat. Du kannst mich also Häuptling nennen, wenn du willst.«

Scramo versuchte, sich an den Graubach zu erinnern. »Dieser Bach fließt durch das Ebertal, nicht wahr?«

»So ist es. Die Tausend, von denen du sprachst, haben dort gewütet. Sie haben unsere Häuser niedergebrannt und unsere Felder verwüstet. Ja, sie haben sogar den Flüsternden Hain zerstört. Doch haben sie keinen von uns erwischt, denn wir haben uns in die Wälder zurückgezogen, als wir erfuhren, dass sie kommen würden. Dann sind wir ihnen gefolgt. Am Riesenbruch, nicht weit von hier, haben wir sie gestellt, mit vielen Tausend Brüdern, die dort bereits auf sie warteten. Und das soll also dein Verdienst sein?« Es klang skeptisch.

»Es ist der Verdienst der Dhurna, die uns leitet und die durch mich spricht«, erwiderte Scramo, der sich Autorität verleihen wollte. Er kannte den Riesenbruch. Es gab reichlich Wild dort, und der Wald war von vielen Felsen und Gräben zerrissen. Ein gutes Gelände für einen Angriff auf Legionäre. Wer immer die Krieger führte, er verstand sein Handwerk.

»Die Dunkle Herrin hätte dich früher schicken sollen,

dann hätte ich vielleicht nicht Haus und Hof verloren, Seher.«

»Es ist, wie es ist, und kann nicht mehr geändert werden. Jedenfalls habe ich nun wichtige Nachrichten für euch, was diese Brücke betrifft …« Und er erzählte dem Häuptling von der Angst der Capianer vor einem Angriff mit brennenden Bäumen auf die Schwimmbrücke.

Der Häuptling hörte ihm schweigend zu. Am Ende sagte er: »Es ist schade, dass wir kein Erdpech haben. Was du uns sagst, ist also nutzlos.«

»Dann zerstört ihr die Brücke eben mit Bäumen, die nicht in Flammen stehen! Wichtig ist doch, dass es der mittlere Teil ist, den sie nicht schützen können«, rief Scramo verärgert. »Und noch wichtiger ist, dass ihr nicht angreift, bevor ich mit den ersten Legionären auf der anderen Seite des Stroms bin.«

»Du verlangst also, dass wir diese Hunde entkommen lassen?«

»Nicht ich verlange es, sondern die Dhurna! Ich bin nur der Seher, der euch ihren Wunsch übermittelt, wie ich es schon erklärt habe.«

Plötzlich erschienen weitere Männer in der Finsternis. Selbst im Dunkeln erkannte Scramo die langen Gewänder der Druiden. Der Vorderste von ihnen ergriff das Wort: »Da ist er also endlich, der Druadag, der sich im Licht versteckt …«

Scramo war diese raue und gleichzeitig schneidende Stimme nur zu bekannt. Er erhob sich automatisch. »Oheim …«, brachte er hervor.

»Es ist schön, dass du deine Sippe nicht ganz vergessen hast, Neffe«, kam es eisig zurück.

»Ich habe nichts vergessen, Oheim«, gab Scramo wütend zur Antwort.

Das Gesicht des Alten war im Dunkeln nicht zu erkennen. »Aber mir scheint, dass du vergessen hast, wo du hingehörst.«

»Ich folge dem Befehl der Dhurna, Uras.«

Sein Oheim schnaubte verächtlich. »Ich hörte es. Ein seltsamer Befehl, der dich zwingt, unsere Todfeinde zu ihr zu bringen.«

»Ihr Wille war immer schwer zu verstehen«, verteidigte sich Scramo.

»Nur von jenen, die schwach sind und an ihr zweifeln – so wie du, Scramo, der du vor deiner Aufgabe davongelaufen bist.«

Scramo fühlte, wie er durch die überwältigende Aura der Macht, die seinen Oheim seit jeher umgab, in die Defensive geriet. Er kam sich klein und schwach vor, fast wie früher, als er ein Kind gewesen war.

»Und doch bin ich der Druadag, dem die Dunkle Herrin ihre Wünsche mitteilt«, behauptete er.

Wieder schnaubte sein Oheim. »Das bildest du dir nur ein. Andere Seher sahen die Legion ebenfalls kommen, Neffe, und keiner von ihnen weiß etwas davon, dass wir diese Männer über den Fluss lassen sollen. Ganz im Gegenteil. Die Dhurna hat mir selbst in ihrem Hain zugeflüstert, dass wir diese Legion auslöschen sollen – und das werden wir tun!«

Scramo wusste, dass sein Oheim schon immer gut darin gewesen war, das Rauschen der Blätter großzügig zu seinen Gunsten auszulegen. Doch er hörte auch viel Hass in der Stimme des Alten.

»Ist etwas geschehen, Oheim? Ich spüre, dass Trauer und Zorn dich umgeben.«

»Hast du es nicht gesehen? Männer der Legion, die du führst, sind durch das Weidental gezogen. Die meisten von uns versteckten sich in den Wäldern, doch einige kehrten um und verteidigten die Hütten deiner und meiner Heimat. Mein Sohn Sin-Uras führte sie an, meine Enkel Safas und Gamas begleiteten ihn. Keiner der drei kehrte zurück.«

Für einen Moment herrschte Totenstille. Nur von der Verlorenen Festung klang das Hämmern der Pioniere herüber.

»Ich bedaure deinen Verlust, Oheim. Möge die Dunkelheit sie gnädig aufnehmen«, sagte Scramo schließlich. Er hatte Sin-Uras gut gekannt. Er war ein stolzer und hartherziger Mann gewesen, ganz wie sein Vater.

»Du hast nicht das Recht, sie zu bedauern, Abtrünniger«, erklärte der alte Druide düster. »Ja, ich verbiete dir, um sie zu trauern, denn du gehst mit dem Feind. Nun kehre zu deinen neuen Freunden zurück. Sie werden sterben, das kannst du ihnen ruhig sagen. Wir werden sie auslöschen. Sobald unsere Macht vollständig versammelt ist, wird die Dunkelheit über sie kommen und alle, die mit ihnen sind, hier, an diesem Ufer, vernichten. Und sollten sie das andere Ufer erreichen, werden wir sie verfolgen und im Wolfsland töten. Dann werden wir nach Westen gehen, die Hirschfeste stürmen und der Dhurna die Dämmermark zurückholen – und vielleicht noch mehr!«

»Ihr seid Narren, wenn ihr glaubt, dass ihr die mächtige Hirschfeste nehmen könnt. Ihr werdet euch schon an dieser alten Festung hier blutige Köpfe holen, wenn ihr zur falschen Zeit angreift. Und ich sage dir, was ich auch diesem Häuptling sagte – ich gehe nicht mit der Legion, ich führe sie, wie die Dhurna es mir aufgetragen hat, in ihr Verderben. Doch darf dies erst im Wolfsland geschehen. Ich habe nichts dagegen, dass ihr sie angreift und schwächt, Oheim, nein, holt euch ruhig den Ruhm der gewonnenen Schlacht. Wenn ihr zu früh angreift, werdet ihr allerdings scheitern. Wartet, bis die Legion über die Brücke geht. Dann ist sie verwundbar!«

»Wir werden angreifen, wann immer es uns gefällt. Und du, Scramo, bis ein doppelter Verräter, wenn du erst dein Volk und nun deine neuen Freunde verrätst.«

Scramo schüttelte den Kopf. »Ich erfülle den Willen der Dhurna, und nur ihr bin ich Treue schuldig. Und in ihrem Namen bitte ich dich, Oheim, mit dem Angriff zu warten.«

Und als der Druide nicht antwortete, fragte er: »Wirst du es tun – wirst du dem Willen der dunklen Fürstin, wie er mir offenbart wurde, gehorchen?«

Sein Onkel lachte spöttisch. »Sag du es mir – du bist doch ein Seher!«

Als Scramo ins Lager zurückkehrte, kochte er innerlich immer noch vor Wut. Uras war von Hass verblendet und drauf und dran, seine Männer in ein Gemetzel zu führen. Würden sie wirklich so dumm sein, ein befestigtes Lager anzugreifen, eine Festung, die von einer kampferfahrenen Legion verteidigt wurde? Immerhin hatte er den Worten seines Onkels entnehmen können, dass sie auf weitere Krieger warteten. Wenn die Legion schnell genug war, konnte sie vielleicht entkommen.

Der General wollte wissen, warum er so lange fort gewesen war und was er gesehen hatte, und Scramo redete von zahllosen Kriegern, die sich in der Dunkelheit versteckten.

»Habt Ihr eine Zahl, eine ungefähre Ahnung, wie viele es sind?«

Scramo kratzte sich am Nacken. Er hatte nicht die leiseste Ahnung. »Eigentlich waren überall Krieger, wo sich auch nur die kleinste Deckung anbot. Es würde mich nicht wundern, wenn es zehntausend wären, Herr.«

»Zehntausend? Gibt es überhaupt so viele Krieger in diesem Land?«, fragte Tribun Adelares. Er war blass geworden.

»Noch weit mehr, Herr. Das Waldland ist groß. Und die

brennenden Dörfer am Fuß der Hirschberge haben das ganze Land in Aufruhr versetzt.« Scramo hielt es für besser, die Schwarzen Druiden nicht zu erwähnen.

General Ambo sprang auf. »Ich wusste es! Etorius, dieser Narr. Er wird mir noch dafür büßen. Er hat Afasus und seine Männer auf dem Gewissen. Niemals hätte er sie nach Norden schicken dürfen! Nur seinetwegen werden wir nun von diesen Wilden belagert!«

»Werdet Ihr den Bau der Brücke nun abbrechen, um den Angriff der Domorer abzuwarten, General?«, fragte Tribun Setos.

»Abbrechen? Nein, natürlich nicht, Tribun. Der Bau dieser Brücke ist die einzige Möglichkeit, diese Legion zu retten! Für eine lange Belagerung sind wir nicht gerüstet. Diese Wilden könnten uns aushungern. Nein, wir werden den Noctus so schnell wie möglich überqueren. Dann können die Domorer eine leere Festung angreifen, wenn es ihnen Vergnügen bereitet.«

»Aber müssen wir nicht zurück?«, fragte Adelares. »Wenn sie so viele Krieger haben, ist dann nicht die Hirschfeste in Gef…«

Der General schnitt dem Tribun das Wort ab. »Sie sind leider nicht so einfältig wie Ihr, Adelares. Sie wissen genau, dass sie das Kastell nicht einnehmen können. Nein, sie werden sich zerstreuen und heimgehen, sobald sie merken, dass wir ihnen entwischt sind. Ich sage Euch, mit dem Marsch über die Brücke gewinnen wir vielleicht keine Schlacht und keinen Ruhm, aber wir beenden diesen Krieg – und zwar siegreich!«

Scramo wünschte, er hätte diese Zuversicht teilen können.

9. DIE BRÜCKE

Afasus' Scheiterhaufen war noch nicht ganz heruntergebrannt, als Ambo die Pioniere zurück an die Arbeit hetzte. Und sobald sich herumsprach, dass abertausende von Kriegern nur darauf warteten, über sie herzufallen, verdoppelten die Männer ihre Anstrengungen noch einmal.

Aureus war die ganze Nacht am Fluss. Er sorgte dafür, dass die Männer rechtzeitig ausgetauscht wurden und genug zu essen bekamen.

Im Morgengrauen streuten die Novizinnen die Asche in die schwarzen Fluten, und die Virgo sprach die traditionellen Worte über das Glück der nächsten Welt, die jedoch im Hämmern der Ramme und in den Axthieben der Männer völlig untergingen.

Aureus hätte mit ihr gesprochen, aber die Hohepriesterin war dort und wachte über die Virgo wie ein Hirtenhund über ein verirrtes Lamm. *Sie sollte mehr Gedanken auf den Verstorbenen als auf mich verwenden,* dachte er.

Allmählich schälte sich das jenseitige Ufer aus dem Nebel, der dem Regen gefolgt war. Aureus hatte plötzlich das Gefühl, dieses Land zum ersten Mal zu sehen. Er stand auf der zweiten der Strominseln, da, wo die Schiffsbrücke ihren Anfang nahm, trat auf einen der gerade fertiggestellten Schwimmkörper und blickte lange hinüber. Das Ufer stieg dort drüben schnell an, und der Wald war viel näher an das Ufer herangerückt als auf ihrer Seite. Im Zwielicht des neuen Tages sah er aus, als stünde er in einer anderen Welt.

Aureus sah schwarze Baumstämme und ein Gewirr verschlungener Zweige und Äste, die sich wie eine Palisade zwischen die Legion und das Land zu schieben schienen. Er sah keine Spur herbstlicher Verfärbung im dichten Laub, nur tiefe Schwärze. Und dann war da noch etwas: das Gefühl, dass dort, zwischen den Bäumen, etwas war und ihn beobachtete.

Er wandte sich ab, kehrte in die Festung zurück und berichtete General Ambo, dass die Arbeiten gut voranschritten.

Gegen Mittag erschien Meister Sulus, um zu melden, dass das Holz knapp werden würde.

»Wir könnten die Männer mit doppelter Bedeckung noch einmal in den Wald schicken«, schlug Aureus vor, aber Clavus Ambo war dagegen: »Damit sie sich von den Domorern abschlachten lassen, die dort zu Tausenden auf der Lauer liegen? Habt Ihr nicht zugehört, als Meister Narth seinen Bericht gab?«

»Der Pelzhändler hat vielleicht übertrieben«, gab Aureus zurück. Er traute dem Domorer immer noch nicht. »Ich jedenfalls glaube, dass er sich in der Zahl täuschen muss. Zehntausend Krieger? Die Domorer sind viel zu zerstritten, um so eine große Streitmacht zusammenzubekommen. Um offen zu sein – ich traue diesem Mann nicht.«

Ambo runzelte missbilligend die Stirn. Er sah mit einem Mal müde aus. *Vermutlich hat er ebenso wenig geschlafen wie ich,* dachte Aureus.Dann straffte sich der General und sprang aus dem Feldsessel. »Ich hoffe zwar, dass er sich irrt, aber ich halte *Euren Stammesbruder* für vertrauenswürdig. Warum sollte er uns auch belügen? Und wenn er mit den Waldlingen gemeinsame Sache machte, wäre er sicher nicht in dieses Lager zurückgekehrt. Die entscheidende Frage bleibt doch eine andere … Also, wird die Brücke bis zum Abend fertig, Sulus?«

»Wenn wir Holz hätten, schon, Herr.«

»Dann nehmt, was Ihr braucht, aus den Palisaden am Ufer – und falls das nicht reicht, auch von anderer Stelle. Das Holz wird es doch tun, oder?«

Der Ingenieur nickte verwirrt.

»Worauf wartet Ihr noch? Beeilung, ich will diesen Ort und den Feind so schnell wie möglich hinter mir lassen!«

»Ist das nicht eine Einladung an die Waldlinge, über uns herzufallen?«, fragte Aureus, als der Ingenieur gegangen war.

»Dann hoffe ich, dass sie sie annehmen. Wir werden ihnen ein oder zwei Lücken anbieten, in denen sie sich zusammendrängen. Die Wälle bieten genug Schutz, auch ohne Palisade. Ihr werdet bemerkt haben, dass diese Wilden kaum mit Pfeil und Bogen kämpfen. Ihre Schleudersteine und Speere werden nicht viel Schaden anrichten, wenn unsere Männer in guter Ordnung auf dem Wall stehen. Und dafür seid Ihr mir verantwortlich, Legat, verstanden? Gut. Die Männer, die nicht auf Wache stehen, sollen damit beginnen, die Zelte abzubrechen. Sobald der letzte Nagel in diese Brücke geschlagen ist, machen wir uns auf den Weg!«

Aureus kehrte zurück zur Brücke, aber er musste die Männer nicht antreiben. Jeder schien es kaum erwarten zu können, endlich aus dem Waldland herauszukommen.

»Ist es nicht erstaunlich?«, fragte Famorius, der auf der Brücke erschien.

»Ja, ich hätte nicht für möglich gehalten, dass diese Brücke in so kurzer Zeit …«

»Nein, ich meine das Wolfsland! Da liegt es, das Land aus den Geschichten unserer Kindheit, zum Greifen nah.«

Der Nebel hatte sich verflüchtigt, aber als Aureus zum

Ufer schaute, erschien ihm das Land immer noch dunkel und feindselig. Und das Gefühl, beobachtet zu werden, war stark.

»Weißt du noch, wie wir früher hinter der Schmiede gesessen und Peggs Frau zugehört haben? Sie konnte gut erzählen, obwohl sie viele Wörter nicht kannte. Und es war unheimlich, was sie über Nachtalfe, Lindwürmer und Riesen zu erzählen hatte.«

»Ja, leider ging das nur, wenn Pegg nicht im Dorf war. Er hat uns doch immer Prügel angedroht, weil wir ihm irgendwelche Streiche gespielt haben. Aber sie war freundlich. Weißt du ihren Namen noch – er will mir nicht einfallen.«

»Nein, ich glaube, wir nannten sie einfach nur Peggs Weib, oder? Ich habe nie verstanden, wie die beiden zusammengekommen waren. Und ihre Mutter, die nur Hassewisch sprechen wollte! Vor der hatte ich wirklich Angst!« Famorius lächelte versonnen.

Aureus hatte für sentimentale Erinnerungen keine Zeit. Außerdem brannte ihm noch eine andere Frage auf den Nägeln: »Hast du der ehrwürdigen Oxala erzählt, dass ich hinter der Virgo her bin, Famo?«

Famorius blinzelte kurz. »Wie kommst du denn darauf?«

»Es war nicht schwer zu erraten!«

Sein Adoptivbruder schüttelte den Kopf. »Ich musste nichts sagen, das ist doch ziemlich offensichtlich. Du bist den Priesterinnen des Lichts früher immer aus dem Weg gegangen, und jetzt suchst du ihre Nähe, wenigstens die Nähe einer bestimmten Priesterin …«

»Das hindert dich anscheinend nicht daran, dich selbst an sie …«

Aureus wurde unterbrochen, denn einer der Hekatoren rief nach ihm. Es war Daros Sarkis, der Befehlshaber der Lakier. »Es sind diese Boote, Legat. Sie sollen die Pontons beschützen, doch sind sie noch nicht fertig. Meister Sulus sagt, wir sollen sie zuerst fertigstellen, damit die Brücke sicher ist, aber ich sage, wir sollten erst sehen, dass die Brücke im Wasser ist. Dann ist immer noch Zeit, für ihren Schutz zu sorgen, nicht wahr?«

Aureus nickte. Je schneller die Brücke fertig war, desto besser. Als er sich umdrehte, war Famorius schon fast wieder am sicheren Ufer.

Scramo Narth hatte Sorgen. Er hatte bei dem Treffen mit den Nachtmännern im Wald vor einigen Tagen gesagt, dass sie erst angreifen sollten, wenn er einen Brandpfeil abschoss, aber er bezweifelte, dass sein Onkel sich an diese Absprache gebunden fühlte, wenn er überhaupt davon wusste. Und falls Uras sich wider Erwarten doch daran hielt, wo sollte er einen Brandpfeil herbekommen – und wie ihn verschießen, ohne aufzufallen?

Eigentlich erwartete er, dass die Krieger jeden Augenblick aus den Wäldern hervorbrechen würden. Es konnte ihnen nicht entgangen sein, dass die Legionäre schon Teile der Palisade abgerissen hatten, und inzwischen war die Dämmerung hereingebrochen. Die beste Zeit für einen Angriff.

»Wie ich sehe, habt Ihr Eure Sachen bereits gepackt, Meister Narth. Soll ich sie für Euch auf ein Maultier laden?«, fragte ihn Claudio Optus.

Er schreckte aus seinen Gedanken hoch. »Wie? Nein, das ist sehr freundlich, doch auf dieser schmalen Brücke will ich lieber selbst für meine Habseligkeiten verantwortlich sein.«

»Aber sie wären auch auf einem Maultier sicher, wisst Ihr?«

»Und wenn so ein Tier vor dem Wasser scheut oder aus anderem Grund von der Brücke stürzt?«

»Ich habe noch nie gehört, dass ein Maultier durch einen Fluss verschreckt wurde. Außerdem …« – er knuffte Scramo freundschaftlich in die Seite – »… diese Tierchen können schwimmen, wisst Ihr?«

»Dennoch ist mir wohler, wenn ich meine Sachen selbst trage. Ich bin es so gewohnt. Doch danke ich Euch für Euer freundliches Angebot, Hekator Optus.«

»Keine Ursache. Wann geht Ihr hinüber?«

Scramo verstand die Frage nicht.

»Ich meine, mit welcher Tagma … Ihr seid nicht eingeteilt worden? Nein? Soll ich dafür sorgen, dass Ihr mit uns …«

»Ich denke, ich schließe mich den Ersten an, die hinübergehen, Hekator. Dann kann ich mich als Späher nützlich machen.«

»Ah, ich verstehe. Also mit der Ersten Tagma. Ihr wisst, dass es bei einer solchen Brückenüberquerung vorne am gefährlichsten ist, oder?«

»Aber sind denn nicht schon Leute drüben? Ich sah vorhin ein Boot …«

»Ja natürlich. Die Pioniere, die am anderen Ende der Brücke arbeiten. Dieser Sulus ist wirklich ein Meister seines Faches. Ich glaube, noch nie wurde so ein Bauwerk in so kurzer Zeit errichtet – und obwohl sie an mehreren Stellen gleichzeitig arbeiten, fügt sich doch ein Teil perfekt ins andere. Erstaunlich, nicht?«

»Ja wirklich, die Capianer sind Meister des Brückenbaus, ohne Zweifel, Hekator.«

Scramo wäre Optus gerne losgeworden, denn dieser Mann machte ihn im Augenblick sehr nervös. Leider war der Hekator in Plauderstimmung. Er aber starrte hinüber zur Brücke, die sich in der Abenddämmerung wie ein dunkles Gerippe über den Strom spannte. In den Wellen des dahinschießenden Flusses brach sich düsteres Abendrot. Er konnte sich schwer etwas Unheilkündenderes vorstellen.

Ein Hornsignal ertönte vom anderen Ufer.

»Was bedeutet dieses Horn, Hekator?«, unterbrach er Optus, der gerade dabei war, über den Feldzug von Iscer und seine Abenteuer auf dortigen Brücken zu schwadronieren.

»Ich denke, das soll heißen, dass die Brücke fertig ist. Dann müssen wir unsere Plauderei wohl später fortsetzen, Meister Narth. Auf der anderen Seite!«

»Ja, auf der anderen Seite!«, rief Narth und nahm sein Bündel auf. Optus schien die finstere Doppeldeutigkeit dieser Worte nicht zu bemerken. Er sah ihm nach. Der Mann war ihm nicht unsympathisch, aber wenn die Domorer früh angriffen, würde es der Tross wahrscheinlich nicht ans andere Ufer schaffen.

Der Hekator verschwand zwischen den Maultieren und versuchte, ihre langen Reihen zu ordnen. Auch die Legionäre nahmen Aufstellung.

Scramo drängte sich durch die Hundertschaften, bis er Tribun Setos sah, der die ersten beiden Tagmen befehligte. Ihm wollte er sich anschließen.

Clavus Ambo gab ein Zeichen, und die ersten Legionäre rückten ab.

Fackeln und Wachfeuer wurden entzündet. Scramo sah hinaus auf den Fluss. Die Pioniere hämmerten immer noch an der Brücke herum, legten Bohlen und Reisig auf die Planken. Er fand das nicht vertrauenerweckend und ließ die ersten beiden Hundertschaften ziehen. Die Männer marschierten über die Brücke. Sie erreichten die erste Insel, dann die zweite. Schon waren sie auf der langen Schiffbrücke. Das Holz dröhnte unter ihren Stiefeln.

Scramo rieb sich nervös die Hände. Er konnte nicht verhindern, dass sein Blick immer wieder den Fluss hinaufging. Halb erwartete er, dass dort brennende Baumstämme erschienen – aber noch war alles ruhig.

Die nächsten beiden Hundertschaften marschierten ab. Niemand hatte ihm gesagt, wo er sich einzureihen hatte. Man hatte ihn wohl einfach vergessen, und jetzt fiel es ihm schwer, sich zu entscheiden. Dieses Bauwerk war eine Todesfalle. War er wirklich der Einzige, der das sah?

Die ersten Legionäre waren am anderen Ufer angekommen. Sie stiegen die Böschung hinauf und nahmen zwischen den Bäumen Aufstellung.

Scramo entdeckte die Priesterinnen bei den Maultieren. Vermutlich wachten sie über die Lichtphiolen, die sie den Tieren anvertraut hatten. *Es wäre gut, wenn du vor ihnen drankommst. Besser, sie und ihr Licht schaffen es nicht über den Fluss,* sagte seine innere Stimme. Der Capianer hat sie in seinen Träumen auch nicht gesehen.

Die nächsten beiden Hundertschaften setzten sich in Marsch. Das waren die Männer aus Lakien, ein überheblicher Haufen, der es schnell geschafft hatte, sich bei allen anderen unbeliebt zu machen. Aber es waren angeblich auch die besten Krieger der Capianer, nirgendwo wäre er sicherer als bei ihnen. Doch Scramo stand wie angewurzelt.

Er sah die beiden Novizinnen, die neugierig zur Brücke hinüberspähten und miteinander tuschelten. Was mochte ihnen für ein Schicksal blühen, wenn sie bei den Domorern in Gefangenschaft gerieten? *Das hättest du dir früher überlegen sollen. Und wenn die Brücke zerstört wird, wenn sie gerade darüber gehen? Wirst du mit ansehen können, wie sie der Nachtstrom verschlingt? Und was erwartet sie im Wolfsland – und was danach? Nein, du bewahrst sie vor Schlimmerem, wenn sie an diesem Ufer stranden.*

Scramo biss die Zähne zusammen. Er hatte den Abmarsch

der Siebten Hundertschaft verpasst. Das bedeutete, dass die Erste Tagma fort war. Die Zweite war vielleicht ohnehin die klügere Wahl. So wie es aussah, übernahm der domorische Legat die Führung dieser Tagma. Ihn hätte Scramo gerne zurückgelassen, ganz gleich, was die Träume sagten. Der Mann misstraute ihm und war von allen Legionären und Offizieren der, der ihm am ehesten gefährlich werden konnte. Jetzt führte er sein Pferd an der Spitze der Zweiten Tagma hinüber auf die andere Seite. Mit ihm brachen zwei Hundertschaften auf.

Scramo schickte ein Gebet in die Dunkelheit und nahm sich vor, mit der nächsten Hundertschaft zu gehen. Die Dunkelheit beantwortete sein Gebet mit einem Gedanken: Wenn der Legat so gefährlich war, dann gab es in der bevorstehenden Schlacht vielleicht eine Gelegenheit, ihn zu töten …

Wie soll das gehen?, fragte er sich gleich darauf. *Wir sind auf der anderen Seite, und die Schlacht ist hier, wenn sie jemals beginnen sollte. Und ich werde gewiss nicht zweimal über dieses Bauwerk gehen. Dann geh wenigstens einmal!*, forderte er sich selbst auf.

Mit einem tiefen Seufzer schloss er sich der nächsten Hundertschaft an und betrat endlich die Brücke. Sie schwankte, aber sie hielt dem Gewicht dieser vielen Männer – und offensichtlich auch seinem eigenen – stand. Wieder blickte er zurück. Mondlicht stahl sich durch die Wolken und glitzerte bleich auf den Wellen. Durch die Lücken in der Palisade konnte er den Wald sehen. Dort rührte sich nichts.

Vor der Schwimmbrücke zögerte er erneut. Er traute dieser seltsamen Konstruktion nicht, starrte den Fluss hinauf und sah immer noch keine brennenden Baumstämme. Also ging er weiter. Wie es unter ihm schwankte und gluckste, wie schnell das Wasser unter ihm hindurchschoss! Es war ein Wunder, dass nicht schon die Strömung allein die Brücke fortriss.

Und da waren noch Pioniere im Wasser, die sich darum kümmerten, eine Art Boot oberhalb dieser Brücke im Fluss zu verankern. Wozu? Dann hörte er die Maultiertreiber und ihre Tiere, die sich wohl nur unter Gebrüll in Bewegung setzen ließen. Er sah zurück. Die Priesterinnen und der General betraten die Brücke noch vor dem Tross. Ambo ging neben der Hohepriesterin und führte sein Pferd am Zügel. Und Adelares hatte einer der Novizinnen in den Sattel seines Pferdes geholfen. Hatte sie nicht ein eigenes? Dann sah Scramo die Pferde der Priesterinnen noch am Ufer stehen. Sie würden wohl später von Legionären über dieses schwankende Bauwerk geführt werden. Aber die Novizin klammerte sich an den Sattel von Adelares' Pferd und lächelte.

Wie unvorsichtig, dachte Scramo. *Wenn es losgeht, dann … Und wenn es nicht losgeht?*, durchfuhr es ihn plötzlich. *Was, wenn die Domorer gar nicht angreifen? Wenn wir alle heil ans andere Ufer gelangen?* Ja, was würde er tun, wenn die Dhurna es ganz allein *ihm* bestimmt hatte, diese Legion ins Verderben zu stürzen?

Scramo Narth biss sich auf die Zähne und ging weiter. Er ließ die Schwimmbrücke hinter sich. Trotzdem hatte er das Gefühl, dass der Grund unter seinen Füßen immer noch schwankte. Er überquerte die vierte Insel und erreichte den letzten Teil der Brücke. Hier wirkte sie besonders unfertig, und das Holz ächzte unter dem Tritt der vielen Männer. Der Strom floss schnell und schwarz darunter dahin. Ein eigenartiger Sog ging von dem Wasser aus. Scramo Narth spürte ein warnendes Ziehen im Nacken. Etwas war anders. Er blickte stromaufwärts. Der Fluss! Er verschwand! Nein, das war Unsinn, aber das Mondlicht, das schwach auf den Wellen blinkte, wurde von irgendetwas Dunklem verschlungen. Es war, als hätte jemand ein schwarzes Leichentuch über den Strom gespannt, ein Tuch, das sich rasch auf die Brücke zubewegte. Scramo schnürte es die Luft ab. Die Druiden – sie hatten die Dunkelheit beschworen. Und nun kam sie und würde sie alle verschlingen. Dann sah er etwas, was der Dunkelheit vorauseilte. Lange schwarze Umrisse schossen durch das Wasser, genau auf die Brücke zu.

Aureus Moris ordnete die Reihen. Die Erste Tagma hatte an der Böschung Aufstellung genommen. Schild an Schild standen die Legionäre und waren bereit, jeden möglichen Angreifer abzuwehren.

Die Böschung war kurz und steil, aber dahinter begann ein lang gezogener Hang, der einem heranstürmenden Angreifer Vorteile geben würde. Aureus fand ihre Stellung nicht ideal, sie war allerdings auch nicht schlecht genug, um Setos, der diese Aufstellung gemeinsam mit Crelos und Sarkis gewählt hatte, zu überstimmen. Und es war doch eigentlich auf dieser Seite kein Angriff zu erwarten.

Aureus blickte immer wieder über den Fluss. Irgendetwas schien ihm verändert. Das andere Ufer lag weit entfernt. Es war ruhig dort, und nichts bewegte sich in der Dunkelheit. Nur eine lange Reihe von Männern marschierte im Fackelschein über die Brücke. Der Tross war schon auf der Brücke, und Aureus sah die Priesterinnen bei Ambo, als sie gerade die Schwimmbrücke erreichten. Adelares hatte die Novizin Elira auf sein Pferd gesetzt. Er tat wirklich alles, um diese jungen Mädchen zu beeindrucken.

Aureus wandte sich wieder seiner Aufgabe zu. Der Auwald, der sich den Hang hinaufzog, lag viel zu still. Der Mond und der Schein ihrer Fackeln warfen schwache Schatten ins Unterholz. Manchmal sah es so aus, als würde der Boden sich bewegen – aber, nein, es gab keine Lindwürmer und keine Riesen, die sich aus dem Grund erheben und die Männer verschlingen würden, und ihr Feind stand auf der anderen Seite des Stroms.

Von der Brücke ertönte plötzlich ein Warnruf und nur Augenblicke später ein lautes dumpfes Poltern. Da war etwas im Wasser! Es trieb schnell den Fluss herab. Der Marsch auf der Brücke geriet ins Stocken. Jetzt krachte es erneut. Es war eines der Boote, die sie oberhalb der Brücke verankert hatten. Etwas Schweres hatte es getroffen. Wieder krachte es – Holz splitterte, das Boot riss sich los, und durch die Lücke schoss ein weiterer Baum auf die Schwimmbrücke zu. Eine Sekunde später bohrte er sich in die Balken. Die Brücke knirschte so laut, dass es Aureus bis ans Ufer hörte. Und dann war da eine Dunkelheit, die über den Fluss kam und die Brücke verschlang. Die Fackeln flackerten und waren kaum noch zu sehen.

»Schneller, Männer! Ans Ufer!«, rief der General. Ambo war mitten auf der Schwimmbrücke. »Und Ihr da, nehmt Eure Speere und wehrt diese Stämme ab!«

Wieder krachte es. Der Schirm der Boote, die die Brücke schützen sollten, war zu dünn. Aureus erinnerte sich, dass er den Pionieren gesagt hatte, dass diese Boote nicht so wichtig seien.

Er konnte die Boote nicht mehr sehen, aber er hörte ein dumpfes Krachen und Splittern. Aureus starrte in den schwarzen Nebel, der sich über die Brücke gelegt hatte, und hielt den Atem an. Würde sie sich auflösen? Nein – diese Stämme konnten ihr nicht viel anhaben. Meister Sulus hatte darauf geachtet, dass sie stabil war. Sie schwankte unter dem Aufprall der Stämme, aber ihre Taue hielten, und die Schwimmkörper blieben, wo sie sein sollten.

Plötzlich hörte er einen schrillen Schrei vom anderen Ufer. Er ging ihm durch Mark und Bein – und er wurde aus hundert oder tausend Kehlen beantwortet. Es war, als würde die Finsternis selbst brüllen – und dann brachen Krieger aus der Dunkelheit hervor, drängten als wütende Masse in den Fackelschein der Palisade. Das ganze andere Ufer schien von schwarz bemalten Gestalten zu wimmeln. Es waren Tausende.

Wieder ertönte ein Schrei, dieses Mal viel näher. Die Inseln! Sie waren voller Nachtmänner! Wie hatten die sich dort verstecken können? Aureus starrte auf die schmalen Eilande, aus deren Boden plötzlich Dutzende Krieger hervorquollen. Aber dann verschlang der schwarze Nebel auch sie. Ein weiterer Schrei! Er kam vom Hang über ihm, und wieder antworteten Hunderte Kehlen. Die Domorer waren auch auf diesem Ufer!

»Die Reihen halten!«, brüllte er, weil er sah, dass einige Legionäre ihren Kameraden auf der Brücke zu Hilfe eilen wollten. Dort herrschte das Chaos. Krieger und Legionäre kämpften Leib an Leib miteinander. Und mittendrin waren die Priesterinnen und General Ambo, der mit dem Schwert in der Faust seine Truppen kommandierte.

»Legat! Sie kommen!«, rief die helle Stimme von Tribun Setos.

Aureus fuhr herum. Ja, sie kamen den Hang heruntergestürmt! Es mussten Hunderte sein. Und sie rannten in dichten Gruppen, was ihm seltsam erschien. »Die Schilde zusammen. Wehrt sie ab!«, brüllte er. »Bogenschützen! So schießt doch!«

»Vorsicht, Männer, sie haben Rammen!«, rief Setos, der plötzlich neben ihm auftauchte. Er musste gute Augen haben. Erst jetzt erkannte Aureus, dass die Krieger in der Tat Baumstämme mit sich schleppten. Die Bogenschützen sandten Pfeile den Hang hinauf. Einzelne Gestalten fielen aus dem dunklen Klumpen, aber die anderen stürmten unaufhaltsam weiter.

»Sie wollen unseren Schildwall brechen! Zusammenstehen! Zusammenstehen!«, brüllte Aureus, der den Sinn des seltsamen Manövers endlich verstand.

Die Krieger rannten brüllend den Hang hinab. Die vordersten fielen, aber die anderen rannten, vom eigenen Schwung mitgerissen, weiter. Dann prallten die mannsdicken Baumstämme gegen den Schildwall. Fluchend sah Aureus, wie der heftige Stoß den Menschenwall einfach auseinandersprengte. Die Krieger waren zwischen den Legionären. Jede Ordnung war dahin, und es ging Mann gegen Mann.

Er zog sein Schwert, gab seinem Pferd die Sporen und sprengte mitten hinein in den nächsten Pulk der Krieger. Er hieb einen Feind nieder, andere wichen zurück. Ein Speer verfehlte ihn knapp. Sein Pferd bäumte sich auf und taumelte zur Seite. Ein langer Speerschaft ragte ihm aus dem Hals. Erst im letzten Augenblick schaffte er es, aus dem Sattel zu springen. Er schlug um sich. Seine Rüstung lenkte einen Speerstoß ab, ein weiterer streifte seinen Helm. Er kämpfte sich zur nächsten Gruppe von Legionären durch.

»Zusammenstehen!«, brüllte er über den Lärm der Schlacht. Der Feind war überall, und er war in der Überzahl. Durch das Gewirr kämpfender Leiber sah er hinüber zur Brücke, die fast ganz von diesem schwarzen Nebel verschlungen worden war. Apricia!

Plötzlich flammte etwas Helles auf. Eine dünne Säule aus Licht stieg in den Himmel. Da waren die Priesterinnen. Die Mata hatte eine Phiole zerschmettert, und das Licht drängte den Nebel zurück. Apricia war bei ihr, genauso wie Ambo und Adelares, die sie mit einem Dutzend Legionären gegen brüllende Nachtmänner verteidigten. Aureus sah auch

Männer im Wasser. Sie zerhackten die Taue, während auf der Schwimmbrücke noch erbittert gekämpft wurde. Aureus brüllte eine Warnung, aber niemand hörte ihn. Er kämpfte sich Richtung Ufer durch. Er sah den Pelzhändler, der, das Messer in der Faust, mit einem riesigen Angreifer rang. Dann ein lauter, unmenschlicher Schrei. Er kam von einem Pferd. Es war Adelares' Tier, auf der Brücke, aber Adelares war nirgendwo zu sehen. Das Pferd blutete aus einer klaffenden Wunde in der Flanke. Aureus sah, wie es sich aufbäumte. Die Novizin in seinem Sattel klammerte sich verzweifelt an den Hals des Pferdes, das zur Seite taumelte und mit seiner Reiterin in die schwarzen Fluten stürzte.

Aureus verlor sie aus den Augen, denn zwei Krieger stürmten auf ihn zu. Sie schwangen erbeutete Schwerter und brüllten ihn mit unmenschlichen Lauten an. Mit ihren schwarzen Gesichtern erschienen sie wie Dämonen. Er wehrte sie ab, verwundete einen. Ein Speer durchbohrte den anderen. Er gehörte Phremos Stax. »Fast wie früher, oder?«, rief der. Optus war bei ihm. Aureus nickte. Er war noch nie so froh gewesen, die beiden zu sehen. Es war wirklich fast wie früher. Sie hielten sich gegenseitig den Rücken frei.

Aureus biss die Zähne zusammen, und endlich fand er die kalte Ruhe wieder, die er in der Schlacht brauchte. Es sah übel aus, aber es wurde nicht besser, wenn er den Kopf verlor.

Er eilte dem Pelzhändler zu Hilfe, denn der war der Einzige, der den Weg zur Dhurna kannte. Er verpasste seinem Gegner einen harten Stoß mit dem Schild, und Optus, der ihm gefolgt war, gab dem Krieger den Rest. »Beschützt Meister Narth!«, befahl er Optus und Stax.

Er sammelte verstreute Legionäre, dann schnappte er sich Hekator Sarkis: »Ihr müsst Eure Männer dazu bringen, wieder in Schlachtordnung zu kämpfen! Sammelt ein, wen Ihr findet, und rollt den Hang von der Seite her auf! Lasst Euch nicht auf wilde Schlägereien oder Verfolgung ein, verstanden?«

Der Lakier nickte grimmig. Es sah fast aus, als würde ihm das gefallen. Aureus versuchte, einen Überblick zu bekommen. Der Feind war überall, aber inmitten des Chaos hatten andere Hekatoren mit ihren Männern Inseln der Ordnung gebildet, mit denen sie jeden Angriff abwehren konnten. Wendete sich das Blatt? Er rief ihnen zu, sich zu sammeln, und rannte zum Ufer. Feindliche Krieger verstellten ihm den Weg. Er kämpfte, bis endlich weitere Legionäre auftauchten. Plötzlich wandten sich die schwarz bemalten Gestalten zur Flucht.

Die Brücke – sie war zerstört! Der Feind hatte Taue zerschnitten und Schwimmkörper zerschlagen. Die Schiffbrücke hatte sich aufgelöst und sank. Krieger und Legionäre taumelten und stürzten ins Wasser. Und überall wurde gekämpft. Wo war Apricia? Da, die Priesterinnen waren am Ufer, behüteten eine zitternde Lichtsäule, die allein den unheimlichen Nebel zurückzudrängen vermochte. Zwei Dutzend Legionäre bewachten sie. Hier, am Brückenkopf, sah es so aus, als könnten sie die Oberhand gewinnen. Ambo brüllte Kommandos, und die Legionäre kämpften wieder in Formation. Er hörte die Stimme von Sarkis, der dabei war, mit seinen Lakiern den Kampfplatz von der Seite aufzurollen. Ja, sie hatten die Oberhand. Aureus sah Nachtmänner davonrennen. Die Hohepriesterin kniete am Ufer und betete, eine der Novizinnen stand zitternd neben ihr. Aber wo war die Virgo? Da! Da war noch ein heller Fleck, der das Ufer hinabeilte. Apricia! Wo wollte sie denn hin? Wusste sie nicht, dass es am Ufer von Feinden wimmelte?

Aureus fluchte und rannte ihr hinterher.

Scramo Narth blutete, aber er würde es überleben. Um ihn herum hatten sich Legionäre gesammelt, und sie waren dabei, die Schlacht zu gewinnen. Er hatte versucht, sich herauszuhalten, war zur Seite geschlichen, als es losging, doch auch da waren Nachtmänner gewesen, und sie hatten ihn nicht angehört. Zwei hatte er eigenhändig töten müssen, der dritte Mann hätte ihn vielleicht überwältigt, wenn der Legat und seine Leute nicht gekommen wären.

Er fluchte, denn nun stand er in der Schuld dieses Mannes. Er sah ihn das Ufer hinabrennen. Was war in ihn gefahren?

Neben ihm wimmerte es leise. Es war der Gelehrte, der sich während des Kampfes in ein Gebüsch geflüchtet hatte, vor Angst zitterte und sich jetzt, als der Fackelschein ihm zeigte, dass er zwischen Leichen kniete, übergab. Scramo konnte das verstehen. Eine Schlacht drehte mitunter auch härteren Männern den Magen um.

Er hörte den General brüllen, der mal hier, mal dort, überall zugleich zu sein schien. Die Nachtmänner wichen zurück. Aber auf der Brücke sah es anders aus. Die beschworene Dunkelheit wich und enthüllte ein Bild des Schreckens. Es wurde immer noch wild gekämpft, und zwischen den vielen Toten, die die Fahrbahn bedeckten, fanden die Krieger kaum Stand. Maultiere irrten über die Planken oder strampelten im Wasser. Scramo bildete sich ein zu sehen, dass die Bohlen blutgetränkt waren. Die Dunkelheit – die Druiden hatten schwarzen Nebel beschworen. Das war ein gewaltiger Zauber, und Scramo fragte sich, wie die Druiden das geschafft hatten.

Die Schiffbrücke war zerstört. Er wusste nicht, wie viele Krieger dafür ihr Leben geopfert hatten, aber sie waren erfolgreich gewesen, wenn man das so nennen konnte. Einige der Boote, über die sie von Ufer zu Ufer führte, waren gesunken, und der Mittelteil trieb mit der Strömung davon.

Trotzdem kämpften die Krieger und Legionäre, die auf den treibenden Trümmern gestrandet waren, immer noch miteinander. Ob sie vor den Wasserfällen damit aufhörten?

Am anderen Ufer stand die Brücke in Flammen, und im Lager wurde gekämpft. Es war unmöglich zu sagen, wer dort die Oberhand behalten würde. Sie würden es alleine ausfechten müssen. Niemand würde ihnen zu Hilfe kommen. Es gab keine Brücke mehr.

Aureus rannte. Er hörte die Virgo rufen. Wen rief sie? Elira? Das war der Name der Novizin, die ins Wasser gestürzt war. Versuchte sie etwa, das Mädchen zu retten? Das war Wahnsinn. Er sah Nachtmänner, die die Virgo verfolgten. Er verdoppelte seine Anstrengungen, holte den ersten ein, verpasste ihm einen Schwerthieb in die Seite. Der Mann taumelte zu Boden. Er war nur verwundet, doch Aureus musste sich um den anderen kümmern. Der drehte sich um, sah sein Schwert kommen und wehrte ihn ab. Sie rangen miteinander. Aureus war schon erschöpft, aber das war nicht sein erster Kampf. Er gab dem anderen das Gefühl, die Oberhand zu gewinnen, trat rasch zurück und brachte seinen Gegner damit aus dem Gleichgewicht. Dann streckte er ihn nieder. Der Krieger fiel über seinen verwundeten Gefährten, der stöhnend zum Ufer hinabkroch, und blieb liegen.

Die Virgo war irgendwo zwischen den Bäumen verschwunden. Aureus stolperte keuchend hinter ihr her.

Ein breiter Seitenarm des Flusses versperrte ihm den Weg. Er sprang hinein, ohne nachzudenken, und fand heraus, dass er viel tiefer war, als er aussah. Seine Rüstung zog ihn unter Wasser. Er kämpfte und kam mit knapper Not wieder hoch. Fluchend legte er Schuppenpanzer und Helm ab, sprang ins Wasser und schwamm hinüber.

War die Virgo auch hineingesprungen, oder hatte sie diesen Seitenarm vielleicht nur umgangen? Er hörte Wölfe heulen. Hastig suchte er das Ufer ab. Da! Das sah aus, als sei ein Mensch durch das Schilf gebrochen! Er folgte der Spur, obwohl ihm etwas sagte, dass die Virgo sicher nicht einfach ins Wasser gesprungen wäre. Und wenn doch? Wieder heulte ein Wolf. Es klang seltsam. Nicht wie ein Wolf klingen sollte, heiser und irgendwie unirdisch. *Beim Licht – womit wollen die Götter mich heute denn noch prüfen?*, dachte er.

Das Schilf endete und mit ihm die Spur, der er gefolgt war. Er blieb stehen und lauschte. Er hörte die Virgo rufen. Oder täuschte er sich? Es klang erstaunlich weit weg. Er rannte weiter. Es war doch klar, dass sie dem Fluss folgen würde, wenn sie nach der Novizin suchte. Hier reichte der Wald bis ans Ufer. *Wenn die Virgo unter die Wölfe geriet …*

Aureus wurde langsamer. Ein seltsames Gefühl der Beklommenheit beschlich ihn. Es war, als würde es von den Bäumen ausgehen und in ihn einsickern. Er fühlte eine seltsame Scheu, fast wie als Kind, als er mit seinem Vater den Flüsternden Hain im Waldland betreten hatte. Knotige Schwarzerlen wucherten hier. Der Fluss klang plötzlich gedämpft, das dichte Blattwerk und das Schilf, das mannshoch das Ufer säumte, rauschten leise. Sein eigener Atem schien ihm dagegen unnatürlich laut.

Seine Sinne waren zum Zerreißen gespannt. Dieser Ort war … seltsam. Wäre die Virgo nicht gewesen, hätte er kehrtgemacht. Er ging noch einen Schritt, fuhr herum. Weißer Nebel zog auf einmal über den Boden. War es denn schon so spät, dass der Morgennebel kam? Nein, das war unmöglich. Ein leises Knarren klang aus dem Unterholz. Ein zweites Knarren antwortete, auf der anderen Seite, dann ein drittes.

Aureus biss die Zähne zusammen und hob das Schwert. *Mein Monatssold für eine Fackel,* dachte er.

Dann kamen sie auf die Lichtung: Männer, vier an der Zahl, nachtschwarz bemalt, mit Speeren, Äxten und großen Schilden. Er hob sein Schwert zur Abwehr. Den Schild hatte er lange schon verloren, aber sie machten keine Anstalten, ihn anzugreifen. Er versuchte, sich langsam einer großen Weide zu nähern, um den Rücken frei zu haben, doch sie schnitten ihm den Weg ab. Sie sprachen kein Wort.

»Kommt und holt mich«, knurrte er. Die Krieger schienen auf etwas zu warten. Auf was? Aureus hielt sein Schwert in der Hand und wünschte sich, er hätte seine Rüstung nicht abgelegt. Aber noch war er nicht tot, und er würde sein Leben teuer verkaufen.

Das Unterholz teilte sich, und ein weiterer Krieger betrat die neblige Lichtung. Er war größer als die anderen, sein Schild war riesig, und die Schneide der großen Axt in seiner Faust schimmerte im Mondlicht. Er näherte sich langsam, so als habe er alle Zeit der Welt.

»Komm nur«, murmelte Aureus und ließ den Nachtmann nicht aus den Augen. Das Geräusch in seinem Rücken hörte er zu spät. Er fuhr herum, duckte sich, und der Speerstoß streifte seine Schulter. Aber der Angreifer war im vollen Lauf und rammte ihn mit seinem Schild. Aureus verlor den Stand. Er stolperte, versuchte, dem nächsten Angriff auszuweichen, und hieb mit dem Schwert nach dem Krieger. Mitten im Schlag traf jedoch etwas seinen Arm. Der nächste Nahtman griff an. Er wich dem Speer aus – der Krieger schlug mit dem Schild nach ihm und traf ihn an der Brust. Der Schmerz raubt ihm den Atem. Er versuchte, den ersten Angreifer festzuhalten, um ihn als Schild zu benutzen, aber der riss sich los, und Aureus taumelte zu Boden.

Ein weiterer stechender Schmerz fuhr ihm zwischen die Rippen. Vergeblich rang er nach Luft. Irgendetwas musste ihn getroffen haben. *Das ist also das Ende,* dachte er. Er erwartete den tödlichen Hieb, aber noch kam er nicht. Die Krieger schienen mit ihm zu spielen. Sie wichen zurück, und ihr Anführer kam langsam auf ihn zu.

Aureus sah sein Schwert auf dem Boden liegen. Er hatte gar nicht gemerkt, dass er es verloren hatte. Es war zu weit entfernt, um es einfach aufzuheben. Seine Hand zuckte – aber dann wurde ihm klar, dass der große Krieger nur darauf wartete. Er versuchte, wieder auf die Beine zu kommen. Er wollte im Stehen sterben.

Da war dieser stechende Schmerz in seiner Brust. *Wie beim Lichtfest, nur hundertmal schlimmer,* dachte er. Er biss die Zähne zusammen. Der Gedanke an das Licht gab ihm Kraft. Er wollte nicht sterben, nicht so, wollte sich nicht im Dunkeln abschlachten lassen.

Er hörte das Flüstern der Krieger, die aber nicht angriffen. Warum zögerten sie? War da eine Bewegung im Schilf? Nein, das war nur der Wind. Oder? Einer der Domorer stieß einen leisen Warnruf aus, aber der große Krieger lachte, schüttelte den Kopf und griff endlich an. Seine Axt blitzte im Mondlicht, und dann geschah wieder, was Aureus schon in vielen Schlachten erlebte hatte: Er wurde ganz ruhig und klar.

Alle Zweifel und Ängste waren fort, und da war nur noch die Frage von Leben und Tod. Er tat, als sei er geschlagen, wartete bis zum letzten Augenblick und wich erst dann aus. Aber er sprang nicht zu seinem Schwert, denn damit hätte sein Gegner wohl gerechnet. Er warf sich zur anderen Seite, und der Angriff ging ins Leere.

Aureus kam auf die Füße und stürzte sich auf den nächsten Feind, der ihn überrascht anglotzte. Er packte ihn an der Kehle und drückte mit aller Kraft zu. Der Domorer röchelte und fiel rücklings ins Schilf. Aureus ließ ihn los, sprang zur Seite, und ein Speer, der ihn durchbohren sollte, traf den Liegenden. Der Mann mit dem Speer ließ mit einem Laut des Schreckens seine Waffe fahren. Aureus riss sie an sich. Der Krieger am Boden schrie vor Schmerz.

Aureus wich einem weiteren Angriff aus, hörte eine Axt dicht an seinem Kopf vorübersausen, wurde von einem Schild hart an der Stirn getroffen und taumelte. Eine Klinge streifte seinen Arm. Er riss die Arme hoch und wehrte mit dem Speer einen Hieb ab. Plötzlich war es ein wildes Durcheinander von Armen, Körpern, Schilden und Waffen. Blut sickerte ihm in die Augen.

Er hieb um sich, erwischte etwas. Krieger stöhnten. Er wurde wieder an der Schulter getroffen, und immer noch war da dieser quälende Schmerz in der Brust. Er stieß mit dem Speer zu, durchbohrte etwas oder jemanden und hörte ein Knurren. Er fuhr herum, wurde von einer Waffe am Kopf gestreift, stieß blind zu und traf einen Schild.

Jemand umklammerte ihn plötzlich. Ein Krieger fluchte, ein anderer schrie auf. Aureus stöhnte. Der Schmerz war überall, am schlimmsten in der Brust. Er bekam immer noch kaum Luft, keuchte, taumelte, klammerte sich an einen Feind. Jemand fluchte, wieder knurrte etwas, und dann traf ihn ein Schild hart am Hinterkopf.

Die Nacht explodierte zu Schmerz, und er sackte auf die Knie. Ein weiterer Fluch und ein Knurren. Er sah auf einem Auge gar nichts, auf dem anderen nicht viel. Da lagen Männer im Schilf. Hatte er sie bezwungen? Er versuchte vergeblich, wieder auf die Beine zu kommen. Etwas Schweres streifte ihn und warf ihn zu Boden. Ein Mann schrie, ein anderer fluchte und rannte. Er wurde von dunklen knurrenden Schatten verfolgt, die plötzlich überall waren. Wölfe?

Aureus hörte, wie sich lange Zähne in das Fleisch eines Körpers bohrten. Jemand schrie, ganz in seiner Nähe. War er das selbst? Um ihn herum war der Tod, zerriss die Verwundeten mit Wolfszähnen. Wann war er an der Reihe? Er stöhnte, schloss die Augen und versuchte, Frieden zu finden. Der Schmerz in der Brust ballte sich, er öffnete den Mund zu einem stummen Schrei, bäumte sich auf – und alle Kraft verließ seinen Körper. Er sackte zu Boden. War das sein Schicksal, an einem fremden Fluss von Raubtieren zerrissen zu werden?

Es wurde still, unheimlich still. Der Schmerz war überall und wich dann plötzlich einer alles umfassenden Taubheit.

Noch einmal öffnete er die Augen. Er sah durch einen Schleier aus Blut, wie eine weiße Gestalt aus einer Weide heraustrat. Aus dem Baum? Nein, der Tod täuschte ihn. Die Gestalt schien ihn zu mustern. »Apricia?«, flüsterte er benommen. Er musste träumen. Vielleicht war er sogar schon gestorben, und was er sah, war der Übergang in die nächste Welt. Er schloss die Augen, und dann hörte er eine sehr heisere Stimme sagen: »Luhrg, frond, io heydor! Het no begavin net, afer un dhurn, hey?«

Und dann war da nur noch Dunkelheit.

IV. BUCH
WOLFSLAND

10. BLVTWÖLFE

Die Engel des Lichts sprachen mit sehr gewöhnlichen Stimmen. Und sie redeten nicht über die Seele und ihr Heil, sondern darüber, dass sie vielleicht doch besser zum Gemüseanbau gewechselt hätten, als sie die Gelegenheit dazu gehabt hatten.

Aureus öffnete die Augen. Er sah das dunkle Blätterdach des Waldes und schwere Tropfen, die von den Blättern fielen. Ein grauer kalter Tag. Er blinzelte.

»Ah, er ist wach!«

Stöhnend richtete er sich auf.

»Vorsicht, Ihr habt letzte Nacht ganz schön was eingesteckt ...«, rief Optus fröhlich.

Aureus ächzte. Jede Faser seines Körpers schmerzte.

»Wie fühlt Ihr Euch, Legat?«

»Als wäre ich unter den Fuß eines Riesen geraten, Stax. Was ist denn geschehen?«

Optus kratzte sich am Hinterkopf. »Ihr wart verschwunden, und als die Schlacht vorüber war, da befürchteten wir ...«

»Die Schlacht! Wie ist sie ausgegangen?«

»Nicht so gut, würde ich sagen. Wir haben uns hüben wie drüben mit knapper Not behauptet, aber nun liegt der Fluss zwischen uns und unseren Kameraden, und deshalb kann man es wohl nicht als Sieg bezeichnen. Jedenfalls wart Ihr nicht zu finden, und wir dachten schon, Ihr wärt in den Noctus gestürzt und ertrunken wie so viele, aber …«

»Und die Brücke?«, unterbrach ihn Aureus erneut.

»Völlig hinüber, zerstört und ganz und gar vernichtet. Und niemand ist da, der sie wiederherstellen könnte, denn Meister Sulus hat die Nacht nicht überlebt. Jedenfalls hat Meister Narth gesehen, dass Ihr flussab…«

»Und die Virgo? Lebt sie?«

»Wie? Ja, natürlich. Sie wollte die arme Elira retten, die in den Strom stürzte, und konnte sich, klug wie sie ist, auf einen Baum flüchten, als da plötzlich überall Wölfe waren. Wir fanden sie, als wir mit Meister Narth nach Euch suchten, wie ich gerade zu berichten versuchte.«

Aureus sank zurück auf sein Lager aus feuchtem Laub. Apricia war also gerettet?

»Wir stießen zunächst auf Eure Rüstung am Ufer eines Seitenarms dieses Flusses. Meister Narth hielt uns von dem Versuch ab, ihn, wie Ihr es wohl getan habt, zu durchschwimmen. Wir umgingen ihn – er reichte zum Glück nicht weit ins Land hinein – und fanden Euch auf der anderen Seite im Schilf.«

»Das Schilf, ja …«, murmelte Aureus.

»Hier wird es nun allerdings merkwürdig, Legat, denn wir verstanden zum einen nicht, was Euch dorthin verschlagen hat, zum anderen, nun …«

»Nun?«

»Da lagen drei Domorer, von Wölfen in Stücke gerissen, und ein Wolf, den ein Speer durchbohrt hatte. Ihr lagt mittendrin, bewusstlos, verbeult, versehrt von einigen Wunden, aber die Wölfe haben Euch nicht angerührt. Selbst Meister Narth, der dieses Land und seine Bestien gut kennt, konnte uns das nicht erklären.«

Aureus versuchte, sich zu erinnern. Alles war verschwommen. Und die Frau? Die helle Erscheinung, die aus der riesigen Weide herausgetreten war? Fast hätte er Optus nach ihr gefragt, aber, nein, das war zu verrückt. Er hatte sich diese Erscheinung wohl nur eingebildet.

»Jedenfalls haben wir Euch zurück ins Lager geschafft. Euer Bruder hat dann die mächtige Beule an Eurem Schädel gefunden, die erklärt, warum Ihr so lange nicht aufwachen wolltet. Er meinte, Euer Gehirn sei erschüttert, oder so ähnlich, und empfahl Ruhe. Ich bezweifle allerdings, dass Ihr die finden werdet, denn General Ambo will Euch sehen, sobald Ihr erwacht.«

»Schau ihn dir an, Optus. Er sieht nicht aus, als würde er es bis da oben schaffen«, brummte Stax.

»Du könntest recht haben, Freund. Wenn Ihr wollt, werden wir Ambo erzählen, dass Ihr noch ruht.«

Aureus richtete sich vorsichtig auf. Sein Kopf dröhnte, und sein Körper fühlte sich an wie eine einzige große Wunde. »Nein, schon gut. Ich werde zu ihm gehen.«

»Wenn Ihr unbedingt wollt … Ich weiß aber nicht, wie er auf Euch zu sprechen ist, denn schließlich seid Ihr mehr oder weniger mitten im Kampf vom Schlachtfeld verschwunden. Kann sein, dass er das als Flucht vor dem Feind ansieht«, sagte Optus und schaffte es, dabei trotzdem fröhlich zu klingen.

Scramo Narth starrte über den Nachtstrom. Die Verlorene Festung hatte standgehalten. Die ganze Nacht waren sie im Unklaren gewesen, wie es drüben ausgegangen war, aber am Morgen hatten die Legionäre Flaggensignale gegeben.

Die Unglücksbrücke war fast ganz verschwunden. Sie war erstaunlich schnell zusammengebrochen. Es ragten noch Pfeiler aus dem Wasser, aber die Bohlen, über die er in der

Nacht mit so ungutem Gefühl geeilt war, waren fort, und von der Schwimmbrücke war gar nichts mehr übrig. Waldlandkrieger saßen auf den Inseln und verhöhnten die Legionäre am Ufer.

Am Flussufer lagen die Toten der Nacht, fein säuberlich aufgereiht die Legionäre, in ungeordneten Haufen die Domorer. Scramo verspürte keine Lust, sie zu zählen. Es waren eindeutig zu viele für seinen Geschmack.

Er fragte sich immer noch, wie die Druiden den schwarzen Nebel beschworen hatten. Sie hatten viel von der Dunkelheit erbeten – was hatten sie dafür gegeben?

Es hieß, man habe vor langer Zeit mit diesem alten Zauber die Flüsternden Haine vor der Legion verbergen wollen. Aber die Capianer hatten ihr verfluchtes Licht entzündet, die Haine gefunden und zerstört. Auch jetzt hatte die Mata die Dunkelheit mit dem Licht zurückgeschlagen. Scramo hielt es für ein Wunder, dass die Krieger auf beiden Seiten inmitten dieser mächtigen Magie dennoch gekämpft hatten und nicht einfach schreiend davongerannt waren. Vermutlich waren sie so sehr mit dem Töten beschäftigt gewesen, dass sie keine Zeit gehabt hatten, darauf zu achten, was um sie herum vorging.

Unter den Bäumen lagen die Verwundeten – nur Legionäre. Die Waldkrieger, die nicht fliehen konnten, hatten die Soldaten ohne Gnade getötet. Scramo hatte zusehen müssen. Die Domorer auf den Inseln hatten das Gleiche mit ihren Gefangenen gemacht, und sie hatten mit den abgeschnittenen Köpfen der Erschlagenen geprahlt und sie, auf Speere gespießt, am Ufer aufgestellt. Ambo erlaubte seinen Männern trotzdem nicht, Pfeile hinüberzusenden.

Scramo hatte keine Ahnung, wie es nun weitergehen sollte. Er konnte sich nicht vorstellen, dass die Legion weiter nach

Osten marschieren würde, zumal der größere Teil von ihr auf der anderen Seite festsaß. Oder doch? Die vergangene Nacht hatte das Traumbild des Capianers unheilvoll bestätigt: Viele Legionäre waren gefallen, und der größte Teil der Legion war am falschen Ufer des Flusses gestrandet.

Vielleicht würde Ambo Vernunft annehmen und nur eine kleine Abordnung zur Dhurna schicken. So hätten sie es von Anfang an machen sollen. Scramo war bereit, eine Handvoll von ihnen nach Osten zu führen, und er wusste, wie man mit den Hassewern umgehen musste, wenn man ihr Gebiet unbeschadet durchqueren wollte. Damit ließe sich der zweite Teil des Traumbildes – die Offiziere vor der Dämmerfestung – erfüllen.

Aber insgeheim hoffte er, der General würde die Umkehr befehlen. Er hatte Sehnsucht nach Warra und den Kindern, und nach dem Blutbad der vergangenen Nacht war Scramo der Meinung, dass ein anderer die Befehle der Dhurna ausführen sollte.

Er fragte sich, wie lange die Männer in der Verlorenen Festung durchhalten würden. Er glaubte, dass den Waldkriegern die Geduld für eine Belagerung fehlte, und sie hatten schwere Verluste erlitten. Würden die Schwarzen Druiden sie zusammenhalten können, diese Festung nehmen und vielleicht sogar die Hirschfeste angreifen, wie es sein Onkel gesagt hatte? Oder war Uras so hasserfüllt, dass er sie bis ins Wolfsland verfolgen würde?

Scramo schüttelte den Kopf. *Du machst dir zu viele Gedanken*, mahnte er sich. *Sei erst einmal dankbar, dass du die vergangene Nacht überlebt hast.*

Der domorische Legat hatte die Nacht ebenfalls überstanden. Scramo beobachtete, wie ihm Optus und Stax auf die Beine halfen. Er sah mehr tot als lebendig aus, doch er hatte überlebt. Aber wie? Er hätte tot sein müssen. Er hatte ja schon Glück, dass er nicht ertrunken war, als er, dumm wie ein Capianer, einfach in voller Rüstung in diesen Seitenarm gesprungen war.

Es war unschwer zu erraten, wen er da gesucht hatte, auch wenn seine beiden Freunde bisher nicht daraufgekommen waren. Die Virgo hatte jedoch ohne das Zutun ihres Verehrers überlebt.

Über Scramos Gesicht huschte ein Grinsen. Die Liebe hatte schon größere Männer zu Narren gemacht, und er wäre für seine Warra vermutlich auch in dieses Wasser gesprungen – allerdings hätte er selbst nachts noch gemerkt, dass sich die Angebetete nur einen Steinwurf entfernt auf eine Weide gerettet hatte. Sie war gar nicht so dumm, diese Priesterin. Doch seltsamerweise schien sie nicht zu wissen, dass der Legat ihretwegen dort gewesen war.

Scramo zog in Erwägung, es ihr zu sagen, aber dann dachte er, dass man sich aus solchen Dingen besser heraushielt. Wie hatte der Legat überleben können? Fünf Krieger oder mehr hatten ihn dort angegriffen. War er als Kämpfer so gut?

Und dann war ein ganzes Rudel Wölfe aufgetaucht und hatte sich auf die Domorer gestürzt, wenigstens zwei von ihnen getötet und sie übel zugerichtet. Wieso hatten sie sich eingemischt, waren aber verschwunden, ohne den Legaten auch zu zerreißen? Normalerweise griffen sie überhaupt keine Menschen an, nicht im Herbst, wenn es noch leicht war, Beute zu finden. Und sie hätten nicht weit laufen müssen, um haufenweise an frisches Aas zu kommen. Es war ein Rätsel, und es beunruhigte ihn, dass er es nicht lösen konnte.

General Ambo schien in der ganzen Schlacht keinen einzigen Kratzer abbekommen zu haben. Er saß auf einer umgestürzten Eiche am oberen Rand des Hanges und wirkte in seiner unerschütterlichen Art nicht, als habe er in der vergangenen Nacht um sein Leben kämpfen müssen.

»Ihr seht aus, als wäre einer dieser Bäume auf Euch gefallen, Legat. War es so? Denn das würde mir erklären, warum Ihr mitten in der Schlacht einfach verschwunden seid.«

Aureus schüttelte den Kopf, was ihm Schmerzen verursachte.

»Also?«

Er zuckte mit den Achseln.

»Soll das heißen, dass Ihr von Feigheit übermannt wurdet, als Ihr mich und meine Männer im Stich gelassen habt?«

Diesen Vorwurf konnte Aureus nicht einfach hinnehmen. »Es war wegen der Virgo. Sie war in Gefahr!«, platzte er heraus.

Der General hob die Augenbrauen. »Die Virgo?« Dann schüttelte er den Kopf, und ein breites Grinsen erschien auf seinem Gesicht. »Jetzt wird mir endlich einiges klar …« Er lachte, schüttelte wieder den Kopf und schien sich prächtig zu amüsieren. »Apricia Pulcher! Natürlich. Und ich habe geglaubt, Ihr wärt ein frommer Lichtler! Ich hätte mir doch denken können, dass Ihr nur wegen eines Weibes so oft zu den Priesterinnen gerannt seid.«

Aureus dröhnte der Kopf, und so dauerte es eine Weile, bis er endlich begriff, warum ihn der General die ganze Zeit für so fromm gehalten hatte. Nach Lachen war ihm aber nicht zumute.

Ambo beruhigte sich allmählich. »Nun, eigentlich ist das keine Entschuldigung. Allerdings habe ich viel Gutes über Euer Verhalten in der Schlacht gehört. Ihr wart es, der die Männer wieder in Formation gebracht und den Feind von seiner Flanke her aufgerollt hat. Ganz beachtlich für einen frischgebackenen Legaten. Ich bin also bereit einzuräumen, dass der Kampf entschieden war, als Ihr Euren Posten verlassen habt. Dennoch hättet Ihr das nicht tun dürfen, das ist Euch wohl klar, oder?«

»Ich konnte eine Priesterin nicht schutzlos diesen Wilden überlassen, General.«

»Zumal es nicht irgendeine Priesterin war, nicht wahr? Oder wärt Ihr auch für die ehrwürdige Oxala derart tapfer in die Bresche gesprungen?« Clavus Ambo lachte wieder. »Seid unbesorgt, Legat, ich werde Euch vorerst nicht Eures Kommandos entheben, schon weil ich es mir nicht leisten kann. Diese Schlacht ist nicht gut für uns ausgegangen …«

»Wie viele Männer haben wir verloren?«

Der General zuckte mit den Achseln. »Über hundert liegen hier am Ufer, aber weit mehr werden jetzt wohl tot den Noctus hinuntertreiben. Wir haben die Festung halten können, aber von der sind wir leider abgeschnitten. Unser Tross ist zum größten Teil verloren. Viele Maultiere sind ertrunken, nur zwei Dutzend haben das Ufer erreicht, jedoch ohne ihre Last, was bedeutet, dass das Gold, mit dem wir eine Göttin bestechen wollten, verloren ist. Auch die Phiolen der Luxalinnen liegen im Fluss. Es war pures Glück, dass sie eine retten und entfachen konnten, um die Dunkelheit zurückzudrängen. Außerdem werden wir zukünftig im Freien übernachten müssen. Und mit *wir* meine ich jene ungefähr siebenhundert Männer aus der Ersten und Zweiten Tagma, die es an dieses Ufer geschafft haben und noch leben. Die Lakier sind ebenfalls hier, aber sie haben die Hauptlast des Kampfes getragen und schwere Verluste erlitten. Unsere Tagmen auf der anderen Seite des Noctus werden belagert. Wir haben keine Vorräte, unsere Geschütze sind verloren oder auf der anderen Seite dieses verfluchten Stroms. Und wenn Ihr unsere Reihen nicht zusammengehalten hättet, wäre es wohl noch übler ausgegangen, Moris.«

»So ist unsere Unternehmung gescheitert?«

»Wer sagt das, Legat?«

»Aber Ihr sagtet doch eben …«

»Von Scheitern war nicht die Rede. Wir haben viel verloren, aber wir sind auf der anderen Seite des Noctus! Die Domorer haben wir in die Flucht geschlagen, und Variga steht uns offen. So gesehen, können wir sogar von einem Sieg sprechen!«

»Ein Sieg?« Aureus glaubte, sich verhört zu haben. »Wir haben fast die ganze Legion verloren – und Ihr nennt das *einen Sieg*?«

Das Gesicht des Generals verfinsterte sich. »Unser Marsch geht weiter. Wart nicht Ihr es, der mit kleiner Zahl ins Trugland marschieren wollte? Nun habt Ihr Euren Willen …«

Aureus fragte sich, ob der General den Verstand verloren hatte. »Aber was ist mit den Männern, die in der Verlorenen Festung eingeschlossen sind?«

»Sie haben Tagmatos Galba und ein paar fähige Tribunen und können dort wochenlang ausharren.«

»Sie werden verhungern!«

»Diesen Wilden fehlt die Ausdauer für eine lange Belagerung. Sie werden schnell die Lust verlieren und abziehen.«

»Und wenn nicht?«

Ambos Augen verengten sich. »Wir können ihnen nicht helfen, Legat. Der Noctus ist breit, die Brücke zerstört, und wenn Ihr den Männern nicht beibringt, über Wasser zu laufen, sitzen wir auf dieser Seite fest. Also – könnt Ihr uns zeigen, wie man über Wasser geht? Nein? Schade, dann geht es nach Osten. Wir haben einen Auftrag, und solange auch nur einer meiner Männer noch marschieren kann, werden wir ihn ausführen!«

Aureus ging hinunter zum Fluss, weil er das Gefühl hatte, eine Menge kaltes Wasser zu brauchen, um wieder einen klaren Kopf zu bekommen. Sein Schädel dröhnte, und das Gehen fiel ihm schwer. Ein Stück flussabwärts hörte er die Waldkrieger johlen und spotten. Als er am Ufer ankam, blieb er stehen. Viele Männer waren in diesen Fluten gestorben. Er konnte sich nicht überwinden, das Wasser zu berühren.

Er kehrte in das Lager zurück, das die Legionäre improvisiert hatten. Sie hatten unter den Bäumen Laubhütten gebaut. Ein paar armselige Feuer qualmten, und Aureus erblickte einige Männer am Fluss, die offensichtlich versuchten, Fische zu fangen.

Alles, was er sah, war das Gegenteil dessen, was er von einem capianischen Feldlager kannte.

»Auro! Du bist schon wieder auf den Beinen?«

»Famo! Bist du unverletzt?«

Sein Adoptivbruder sah blass und übernächtigt aus. »Keine Sorge, mir ist nichts geschehen.«

»Aber da ist Blut an deiner Tunika.«

»Das stammt von den Verletzten, die ich versorgte. Leider sind bis auf Meister Ipkratos und Meister Unakos von den Lakiern die Heiler der Legion entweder tot oder auf der anderen Seite dieses Flusses. Wenn die Luxalinnen nicht wären, hätte ich all das kaum geschafft. Aber wie geht es dir, Auro? Du hast dir eine mächtige Beule eingefangen.«

»Geht schon«, murmelte Aureus. Unwillkürlich fuhr er mit der Hand zum Hinterkopf. Er fühlte getrocknetes Blut in seinen Haaren.

»Lass mich sehen … Sie geht schon zurück. Wirklich erstaunlich … und die auf der Stirn ebenfalls …« Famo wirkte … *kühl.*

»Sind nur Beulen. Hab Schlimmeres überstanden.«

»Ist das so? Ich hatte Gelegenheit, dich näher zu untersuchen. Du hast wirklich viele Narben, doch keine von denen scheint tiefer zu gehen. Wie viele Schlachten hast du schon geschlagen? Ein Dutzend? Und immer bist du ohne schwere Wunde herausgekommen? Das ist mehr als erstaunlich.«

»Hatte eben Glück«, meinte Aureus.

Die Art, mit der sein Bruder ihn musterte, kam ihm seltsam vor. So sah er sonst nur aus, wenn er Kräuter und Pilze untersuchte.

»Deine Kameraden Optus und Stax haben ebenfalls gesagt, dass du ein Glückskind seist. Sie sagten, es sei ein Wunder, dass du deinen Kampf letzte Nacht überlebt hättest …«

»Kann schon sein.« Aureus' Schädel dröhnte immer noch, und er fand es anstrengend, mit Famo zu reden. »Ich bin sicher, du hast dich um Männer zu kümmern, die schwerer verletzt sind als ich.«

»Aber keiner von denen ist mein Bruder.«

»Gerade deshalb solltest du dich um mich zuletzt kümmern. Niemand soll dir nachsagen, dass du mehr nach mir als nach den anderen siehst.«

»Du musst dir den Kopf schwerer angeschlagen haben, als es aussieht, wenn du dir solche Gedanken machst, Auro.«

Tribun Setos erschien und befreite Aureus aus dem eigenartig verlaufenden Gespräch: »Ich brauche Eure Hilfe, Legat. Der General erwartet von uns, dass wir diejenigen aussortieren, die zu schwer verwundet sind, um ins Trugland zu marschieren.«

»Will er sie hier zurücklassen?«

»Nein, sie sollen flussaufwärts gehen und versuchen, den Fluss an einer sicheren Stelle auf einem Floß zu überqueren. Ich sehe zwar, dass Ihr verwundet seid, aber Adelares ist in Trauer versunken, weil die Novizin Elira umgekommen ist, und ist zu nichts zu gebrauchen. Eure Hilfe brauche ich, weil der General der Meinung ist, dass ich keinesfalls mehr als fünfzig Mann vom weiteren Marsch befreien darf, und das sind weit weniger, als wir Verwundete haben. Und ich bringe es vielleicht nicht über mich, die harten Entscheidungen zu fällen, die gefällt werden müssen, wenn wir Ambos Befehl Folge leisten.«

Scramo Narth hatte einen Platz auf einem niedrigen Felsen am Rand des Lagers gefunden. Den Capianern hatte er erklärt, dass er von dort nach dem Feind Ausschau halten würde, aber eigentlich beobachtete er das Lager.

Er fühlte eine tiefe Leere. Die Brücke war zerstört. Das war wichtig, denn so würde Ambo nicht auf die Idee kommen, der belagerten Festung Hilfe zu schicken. Es ging allerdings das Gerücht, dass der General trotz allem weiter nach Osten wollte.

Krähen kreisten über dem Nachtstrom. Ohne Zweifel hatten diese Unglücksboten die vielen Toten entdeckt, und nun sah es aus, als könnten sie sich nur nicht entscheiden, über welche der Leichen sie zuerst herfallen sollten.

Er erhob sich und witterte. Hatte der Wind gedreht? Ja, kaum merklich kam er jetzt von Osten. Dunst stand über dem schwarzen Wald des Wolfslandes, der leblos und verlassen, aber gleichzeitig wie eine düstere Bedrohung wirkte.

Der Legat ging mit dem Tribun durch die Reihen der Verwundeten und schien sie zu begutachten. Er teilte sie offenbar in zwei Gruppen ein. Dann verkleinerte er die Gruppe der Männer, die schwerer verwundet waren.

Noch mehr geschah: Der Legat befahl einer Hundertschaft, stromabwärts nach Überlebenden und Ausrüstung zu suchen, und General Ambo sprach seinen Männern Mut zu. Die Niedergeschlagenheit, die wie Mehltau über dem primitiven Lager hing, war jedoch zäh und wollte nicht weichen.

Dann kam der Legat zu ihm. Aureus Moris war leichenblass und hätte wohl besser ruhen als durch das Lager laufen sollen.

»Sagt, Meister Narth, wie ist der Feind eigentlich über den Fluss gekommen?«

»Sie sind geschwommen, Herr. Wir haben ein Stück stromaufwärts einige Weidengeflechte gefunden, daran haben sie sich wohl geklammert.«

»Weidengeflechte?«

»Fast wie Körbe, Herr, nur größer, flacher und geeignet, eine leichte Last wie ein paar Waffen über den Fluss zu schaffen. Keine sehr bequeme oder sichere Art, einen so gefährlichen Fluss zu überqueren. Ich wäre nie im Leben auf den Gedanken gekommen, dass sie das wagen, Herr. Und wir konnten sie nicht kommen sehen, weil diese Dunkelheit über dem Fluss lag.«

»Ja, da war ein schwarzer Nebel. War das das Werk der Dhurna?«

Scramo schüttelte den Kopf. »Wohl eher das Werk der Druiden, Legat. Es heißt, die Dunkelheit mag es nicht, auf diese Art beschworen zu werden.«

»Ist das so?« Misstrauen lag im Blick des Legaten. »Und jetzt? Glaubt Ihr, dass noch viele Waldlinge auf dieser Seite des Noctus sind?«

Scramo zuckte mit den Schultern. »Es liegen noch etliche Geflechte am Ufer, und den Spuren nach sind nicht viele Überlebende wieder zurück über den Strom. Aber wie viele sich hier in den Wäldern verstecken … ich weiß es wirklich nicht, Herr.«

Der Legat nickte mit halb geschlossenen Augen. *Entweder er denkt nach, oder er hat Schmerzen,* dachte Scramo, der die Gelegenheit nutzte, endlich die Frage zu stellen, die ihm die ganze Zeit auf den Nägeln brannte: »Wisst Ihr, wann wir aufbrechen, Herr? Welchen Weg hat der General befohlen? Will er wirklich weiter nach Osten – oder soll ich den Fluss nach einer Möglichkeit für den Übergang absuchen, weil wir umkehren?«

»Wir gehen nicht zurück, Meister Narth.«

Scramo musste nicht so tun, als hielte er das für eine sehr schlechte Idee. Dieser General hatte wohl den Verstand verloren. Es lief also weiter genau in die Richtung der Traumbotschaft – Offiziere vor der Festung und viele tote Legionäre.

Und es würde seine verfluchte Aufgabe sein, dafür zu sorgen, dass noch mehr Legionäre starben. Aber dann dachte er, dass sich sein Auftrag vielleicht gerade geändert hatte. Sein rachsüchtiger Onkel hatte mit der Vernichtung der Legion gedroht. Nun, Uras war auf der anderen Seite des Nachtstroms, aber er konnte Krieger und Boten über den Fluss senden und das ganze Wolfsland gegen sie aufhetzen. Ja, vielleicht war sein Auftrag nun, diese Legion zu beschützen …

»Der General will Euch sehen, um mit Euch über den besten Weg zu beraten, Meister Narth, aber ich wollte Euch noch etwas anderes sagen … Stax und Optus haben mir erzählt, dass Ihr es wart, der sie zu mir geführt hat, als ich dort verwundet am Ufer lag. Dafür schulde ich Euch Dank.«

Scramo nickte bloß. Dank fand er überflüssig, schließlich hatte der Mann ihn in dieser Schlacht ebenfalls gerettet. »Was ist dort eigentlich geschehen, Herr? Die Spuren dieses Kampfes waren … eigenartig.« Würde er jetzt eine Lösung für dieses Rätsel erfahren? Scramo konnte sehen, dass dem Legaten eine Antwort auf der Zunge lag, aber dann sagte der bloß: »Ein Hinterhalt … und Wölfe … alles sehr verworren. Doch solltet Ihr zum General gehen. Ihr wisst ja, dass er nicht gerne wartet.«

Aureus sah dem Pelzhändler nach. Er verdankte ihm sein Leben. Er hatte ihn verdächtigt, ein Verräter zu sein, aber der Mann hatte tapfer gekämpft und wäre beinahe selbst von einem Domorer getötet worden. Trotzdem blieb das Gefühl, dass der Mann mehr wusste, als er preisgab.

Er hätte ihn fast nach der Erscheinung vom Kampfplatz gefragt. Die weiße Frau, so nannte er sie in Gedanken. Vielleicht wusste Meister Narth, was es mit ihr auf sich hatte. Aber er hatte es dann doch unterlassen, denn er war sich gar nicht sicher, ob er diese Frau wirklich gesehen oder ob er sie sich nur eingebildet hatte.

Er folgte dem Pelzhändler also nicht, sondern tat endlich, was er schon die ganze Zeit hatte tun wollen: Er suchte Virgo Apricia.

Er fand sie unten am Strom, wo die Hohepriesterin die Toten segnete. Sie schien es eilig zu haben. Apricia folgte ihr mit einer schlichten Bronzeschale, aus der die Mata Wasser auf die Toten sprengte und ein paar rituelle Worte murmelte.

Natürlich, dachte Aureus, *die Phiolen, die Silberschalen – das ist alles mit den Maultieren im Noctus versunken.*

»Es ist bedauerlich, dass wir die Männer nicht verbrennen können«, sagte die Mata, als sie die Zeremonie beendete. »Aber immerhin fließt der Noctus nach Norden, in

Richtung des Schicksalssterns. Er wird ihre Seelen hinübergeleiten.«

Am Flussufer standen einige Legionäre mit Speeren im seichten Wasser. Aureus fragte sich, ob sie bei ihren Versuchen, Fische aufzuspießen, vielleicht auch eine Seele erwischen würden.

»Es tut mir leid, dass Novizin Elira noch nicht gefunden wurde«, begann er.

Die Hohepriesterin starrte einen Moment mit einer Miene, die hasserfüllt wirkte, auf den dunklen Strom, dann seufzte sie. »Vielleicht haben wir Glück, und sie hat es doch noch ans Ufer geschafft … Nein, was rede ich da? Ich fühle doch, dass sie tot ist. Ich habe das Mädchen gemocht, auch wenn es ihm oft am heiligen Ernst fehlte.«

»Ihr solltet die Hoffnung für Elira nicht aufgeben. Sie ist jung und hat einen starken Lebenswillen. Vielleicht hat sie dem Noctus widerstanden«, widersprach Aureus.

»Nein, sie ist fort. Doch ist sie nicht die Einzige, die von uns gegangen ist, nicht wahr? Das Licht des Schicksalssterns muss viele Seelen in die nächste Welt geleiten …« Dann straffte sich ihr dürrer Leib, und sie sah Aureus scharf an. »Und es werden wohl auch nicht die letzten Seelen sein. Es bleibt doch dabei, dass wir nach Osten marschieren, oder will Ambo nach diesem Rückschlag umkehren?«

Aureus schüttelte den Kopf. »Wir werden nur einige Verwundete zurücklassen, die zur Hirschfeste zurückkehren sollen. Ihr könnt Euch diesem Zug anschließen, ehrwürdige Oxala, denn das ist bestimmt sicherer, als …«

»Ich denke nicht daran, Legat«, unterbrach sie ihn scharf. »Ihr werdet die Hilfe des Lichts brauchen, wenn Ihr diese Reise überstehen wollt, Aureus Moris!«

Er deutete auf die verbeulte Bronzeschale in der Hand

der Virgo. »Aber die Silberschalen und heiligen Phiolen sind doch …«

»Fort! Na und? Ich bin eine Meisterin meines Ordens, und wir brauchen diese Dinge nicht, um ein Licht in der Finsternis zu entzünden!« Dann seufzte sie und fuhr fort: »Natürlich wären sie schon hilfreich. Vielleicht haben die Männer, die Ihr den Fluss hinabgeschickt habt, ja Glück und finden die eine oder andere Phiole. Denn das Licht ohne sie zu entzünden erfordert … große Anstrengungen.«

Aureus hatte den Eindruck, dass sie ein anderes Wort im Sinn gehabt hatte. Eigentlich hatte er aber auch nicht mit ihr, sondern mit Apricia sprechen wollen.

»Ist noch etwas?«, fragte die Mata, die sich ihm halb in den Weg stellte.

»Ich wollte mich erkundigen, wie es Euch geht, Virgo Apricia«, sagte Aureus und ignorierte die Hohepriesterin einfach.

Apricia lächelte traurig. »Ich habe Elira nicht retten können – und es sind so viele Menschen gestorben. Noch nie habe ich etwas Schrecklicheres erlebt.«

»Es tut mir leid. Und Ihr seid nicht verwundet?«

»Nein, ich konnte mich, aber leider eben nur mich, retten. Doch ich hörte, Ihr wurdet verwundet?«

»Nur ein paar Beulen und Schnitte, nichts Ernstes.«

»Aber ich sehe, dass es Euch nicht gut geht.« Ihr Blick war warm.

»Und deshalb sollte er ruhen und uns nicht bei unserer Arbeit stören«, ging die Mata dazwischen. »Kommt, Kind, diese Reihe dort haben wir noch nicht gesegnet. Und Ihr, Legat, solltet uns ein paar fähige Männer schicken, die uns helfen, diese Toten auf würdevolle Art dem Fluss zu übergeben!«

Die Hundertschaft, die Aureus den Fluss hinabgeschickt

hatte, kam am Abend zurück. Sie brachten ein Dutzend Maultiere, ein paar Zelte und andere Ausrüstung, aber nur vier Verwundete zurück. Die Novizin Elira war nicht unter ihnen, auch ihre Leiche hatten die Legionäre nicht gefunden.

Aureus überbrachte den Priesterinnen die Nachricht persönlich. »Die Männer sind bis zum Wasserfall marschiert, doch nur auf diesem Ufer. Es ist also noch möglich, dass sie auf der anderen Seite …«

»Wem wollt Ihr etwas vormachen, Legat?«, unterbrach ihn die Mata. »Sie ist tot! Wir müssen uns damit abfinden.«

Kyntia, die andere Novizin, brach in Tränen aus, und die Virgo führte sie aus der Laubhütte, um sie zu trösten.

»Seht, was Ihr angerichtet habt, Legat«, fuhr die Hohepriesterin ihn an. »Erst macht Ihr den Mädchen Hoffnung, nun habt Ihr sie grausam enttäuscht. Es ist eben manchmal besser, keine Hoffnung zu haben!«

Er trat vor die Hütte. Es war inzwischen dunkel geworden, und es brannten nur wenige Feuer im Lager. Er hatte ein schlechtes Gewissen, folgte dem Schluchzen der Novizin – und fand sie in den Armen von Primus Adelares, der ihr Trost zusprach.

Die Virgo stand nicht weit davon entfernt unter einer alten Weide und blickte auf den Strom hinaus. Von der anderen Seite leuchteten die Wachfeuer der Verlorenen Festung herüber. Ob die Domorer sie diese Nacht wieder angreifen würden? Aureus war nicht so optimistisch wie Ambo. Sie hatten die Palisade für die Brücke geopfert. Das hatte sich bitter gerächt.

»Es ist nicht einmal weit und doch unerreichbar«, sagte die Virgo, als er an ihre Seite trat.

»Sie sind in der Lage, sich ihrer Haut zu wehren«, meinte Aureus.

»Diese Festung wirkt so verloren in der Dunkelheit.« Ihr Atem ging ruhig, und sie zuckte auch nicht zusammen, als beinahe zufällig sein Arm den ihren streifte. »Morgen ist ein besserer Tag – und er bringt neues Licht!«, versuchte er, sie aufzumuntern.

»Meint Ihr, Aureus?«

So nah hatte er sich ihr noch nie gefühlt.

Ein Lichtschimmer erhellte ihr Gesicht. In ihren Augen lag eine tiefe Traurigkeit. Das Licht wurde heller.

»Ah, hier steckt ihr!« Es war Famorius. Er trug eine Fackel und etwas in der anderen Hand.

»Wo kommst du plötzlich her, Famo?«, fuhr Aureus ihn unwillig an.

»Ich hatte mich der Hundertschaft angeschlossen, die den Fluss absuchte, denn ich wollte diesen Wasserfall unbedingt sehen. Ich muss sagen, er ist wirklich beeindruckend. Der Fluss stürzt auf seiner ganzen Breite mit einem Getöse in die Tiefe, dass man sein eigenes Wort nicht mehr versteht. Und dabei schäumt er weiß, und Regenbogen stehen über dem Wasser. Ihr hättet es sehen sollen, Virgo. Es ist wirklich ein überwältigender Anblick.«

»Ich kann es mir vorstellen«, sagte sie mit flacher Stimme.

Famo schien nicht zu merken, in welcher Stimmung sie war. »Und ich habe Euch noch etwas mitgebracht, Virgo. Ich fand es an der Stelle, an der mein leichtsinniger Bruder sich fast hätte umbringen lassen.« Er überreichte ihr eine blaue Blume mit langem Stil.

»Wie schön! So eine Blume sah ich noch nie. Wie wird sie genannt?«

»Die Domorer nennen sie Alfenwegerich, nach den Nachtgeistern, die angeblich in ihr wohnen.«

»Hast du nachgesehen, ob kein Blut auf dieser Blume

ist, Famo? Es sind einige Männer dort gestorben, weißt du?«

Famorius blinzelte kurz und lächelte, aber das Lächeln der Virgo erstarb, und Aureus hätte sich gerne die Zunge abgebissen.

»Warum musst du immer alles verderben, Auro?«, fragte sein Bruder, als die Priesterin gegangen war.

»Warum musst du einer Frau Blumen schenken, die ich begehre?«

»Sie gehört dir nicht, Auro, und das wird sie auch nie, begreifst du es nicht? Sie ist nicht nur die Tochter eines Poligarchen, nein, sie ist eine Priesterin, die der Weisheit zugetan ist – so wie auch ich es bin. Und du? Du bist ein Krieger, ein Knecht des Blutes, der seine Feinde gnadenlos abschlachtet. Was hättest du ihr zu bieten?«

»Ich warne dich, Famo. Mach dich nicht zu meinem Feind – du hast ja selbst gerade gesagt, was ich mit meinen Feinden zu machen pflege!« Auch diese Worte bereute Aureus, kaum, dass er sie ausgesprochen hatte.

Sein Bruder seufzte. »Ich weiß nicht, was mit dir ist, Auro. Du bist vielleicht schwerer verwundet, als wir dachten. Wir sind Brüder! Und wir sind auf einer langen und gefahrvollen Reise. Es ist nicht gesagt, dass wir sie überleben. Wir sollten uns gegenseitig helfen – nicht uns streiten.«

Aber Aureus glaubte, dass sein Bruder ihn nur einwickeln wollte.

Am späten Abend berief Ambo einen Kriegsrat ein, und dieses Mal war auch Scramo aufgefordert, von Anfang an teilzunehmen.

Ambo hielt eine kurze Rede, in der er die Lage beschrieb, ohne sie zu beschönigen, die er jedoch mit den Worten schloss: »Es war uns allen klar, dass es nicht leicht werden würde. Nun ist es schwer, aber beim Licht und bei der Dunkelheit, ich will verflucht sein, wenn ich jetzt umkehre.«

»Wenn die Finsternis am tiefsten ist, ist der Morgen am nächsten!«, pflichtete ihm die Hohepriesterin bei, was Scramo überraschte. Hatte sie dem Fluss noch nicht genug Leichen übergeben?

»Wir werden also morgen früh aufbrechen«, fuhr der General fort, »und jetzt werden wir über den Weg beraten. Meister Narth, Ihr kennt das Land. Welchen Weg könnt Ihr empfehlen?«

Er dachte an Warra und die Kinder. *Umkehren!*, schrie alles in ihm, aber er sagte vorsichtig: »Es wäre gut, wenn Ihr mir endlich das Ziel dieser Reise verraten würdet. Ich glaube nicht mehr, dass wir hier sind, um mit den Hassewern Bündnisse zu schließen.«

»Wir marschieren zur Festung der Dhurna, der Dunklen Hexe, von der Ihr sicher gehört habt. Ihr wisst, wo sie liegt?«

Er tat bestürzt, was ihm nicht schwerfiel. »Ich war niemals selbst dort. Nur wenige waren das, und noch weniger kehrten zurück. Ich kann auch nicht genau sagen, wo sie liegt, und ich weiß nicht, ob ich Euch dorthin führen soll, General.«

»Wir könnten Führer bei den Hassewern anheuern«, sagte Tribun Adelares in das betretene Schweigen hinein.

Scramo räusperte sich. »Die Hassewer sind nicht vertrauenswürdig, Herr, und sie sind treue Diener der Dunkelheit. Sie würden Euch eher ins Verderben als zum Heim ihrer Herrin führen.«

Der Legat meldete sich zu Wort. »Ihr sagtet, dass Ihr nicht *genau* wüsstet, wo die Festung liegt. Heißt das, Ihr wisst es ungefähr?«

Scramo seufzte. »Ich kenne Geschichten über ihre Festung, und in diesen Geschichten wird der Weg beschrieben. Am besten, wir gehen nach Südosten, zu den Windharfenbergen. Dort entspringt der Fluss, den sie den Lindros nennen. Er soll ein gefährliches Gewässer voller Ungeheuer sein. Der Fluss, so heißt es, fließt am Maul eines riesigen Lindwurms vorüber, der Tag und Nacht Nebel atmet. Hinter diesem Drachen soll die Dunkle Herrin hausen. Und in seinem Maul soll man den Schlüssel zu der Pforte finden, die den Weg versperrt. So hat man es mir jedenfalls erzählt, Herr.«

»Von diesem Fluss habe ich auch schon gehört«, warf Meister Moris ein. »Die Waldlinge glauben, dass Lindwürmer darin hausen. Sie meiden ihn, aber sie meiden Variga ohnehin, wenn sie können. Der Weg ist vielleicht einfacher zu finden, als wir dachten. Ich verstehe nur nicht, warum wir den Umweg über die Windharfenberge nehmen sollen. Der Strom fließt bis ins Meer, und wenn wir geradewegs nach Osten marschieren, ist er nicht zu verfehlen.«

Scramo schüttelte wütend den Kopf. »Der gerade Weg ist mit dem Blut jener getränkt, die ohne die Erlaubnis der Hassewer dort wandern. Sie begegnen allen Fremden feindselig. Und auf diesem geraden Weg, aber auch weiter im Norden liegen große Siedlungen voller tatendurstiger Krieger, und Ihr habt nicht mehr genug Legionäre, um es mit ihnen aufzunehmen – obwohl unser bloßes Erscheinen eine Herausforderung darstellt. Der Südosten ist viel dünner besiedelt. Dort sehe ich die einzige Möglichkeit, den Lindros zu erreichen.«

»Also scheint mir unser Weg nun vorgezeichnet«, sagte General Ambo und strich sich nachdenklich über den kahlen Schädel.

»Wir sollten alles an Beutewaffen aufladen, was die Maultiere tragen können, General«, warf der Legat ein. Er sprach langsam, fast als müsse er die Wörter mühsam suchen, und er war nach wie vor leichenblass. Scramo hätte sich nicht gewundert, wenn er einfach umgefallen wäre.

»Ihr wollt diese Wilden noch zusätzlich bewaffnen, Legat?«

»Nein, aber wir haben nichts anderes, um zu tauschen. Und die Vorräte sind doch jetzt schon knapp.«

Scramo nickte. An Vorräten war nur da, was die Männer am Leib getragen hatten, und ein paar Fische, die sie mit ihren Speeren erwischt hatten. Es war verzweifelt wenig, auf jeden Fall zu wenig, um sich auf den langen Marsch ins Trugland zu machen.

Er wies den General vorsichtig darauf hin, aber der überging seinen Einwand. General Clavus Ambo hatte entschieden: Sie würden am nächsten Morgen nach Osten aufbrechen.

Es war weit nach Mitternacht, als Aureus endlich in die Hütte kroch, die Optus und Stax für ihn errichtet hatten – oder hatten errichten lassen, so genau wusste er das nicht. Es war ihm auch gleichgültig. Er konnte sich kaum noch auf den Beinen halten, legte sich auf das Bett aus Laub und deckte sich mit dem eigenen Mantel zu.

Sein Leib fühlte sich immer noch an, als seien ganze Herden der riesigen Waldrinder darübergetrampelt, und sein Schädel dröhnte. Hatte er vielleicht deshalb seinen Bruder so angefahren? Famorius hatte eigentlich recht, wenn er sagte, dass sie, als Brüder, einander helfen sollten. Aber warum kam Famo ihm dann bei der Virgo immer wieder in die Quere?

Aureus schloss die Augen. Er hoffte, dass er nach ein paar Stunden Schlaf klarer sehen würde.

Plötzlich schreckte er hoch.

Hatte er geschlafen? Er wusste es nicht.

Jemand flüsterte seinen Namen!

Er setzte sich auf. War das nur der Herbstwind, der mit den Zweigen raschelte? Er schüttelte den Kopf. Wieder! Es klang, als würden die Blätter seinen Namen wispern. Er kroch aus der Laubhütte. Sein Kopf schmerzte immer noch, und er spürte ein Stechen in der Brust.

Hier und da qualmte noch ein Feuer, aber die meisten Legionäre schliefen. Er sah Wachen unter den Bäumen auf und ab gehen. Wieder lief ein Flüstern durch die Blätter. Ihm war, als würden sie ihn in den dunklen Wald rufen. Nein, das musste eine Täuschung sein.

Er stolperte hinunter zum Fluss, denn er brauchte dringend kaltes Wasser, um einen klaren Kopf zu bekommen. Dieses Mal vergaß er seine Scheu vor den Toten, die der Noctus verschlungen hatte. Er verrieb das kalte Wasser mit bloßen Händen auf Gesicht und Nacken und fühlte sich tatsächlich etwas besser.

In der Festung am anderen Ufer brannten Wachfeuer, deren Schein sich im schwarzen Wasser widerspiegelte. Dort drüben schien alles ruhig zu sein. Jetzt sah er auch kleine Lichtpunkte in den Wäldern. Die Domorer hatten wohl entschieden, dass es nicht mehr nötig war, sich zu verstecken. Sie hatten ebenfalls schwere Verluste erlitten. Ob sie deshalb nicht angriffen?

Auch an ihrem Ufer standen Posten. Er hatte sie selbst auch ein gutes Stück stromauf- und abwärts aufstellen lassen für den Fall, dass die Waldkrieger noch einmal auf die Idee kommen sollten, mit ihren Weidengeflechten über den Strom zu setzen.

Aber der Noctus strömte ruhig, auch die Trommeln schwiegen, und ihm fiel erst jetzt auf, dass er sie den ganzen

Tag nicht gehört hatte. Der Fluss glitt mit leisem Rauschen an ihm vorüber, ein Rauschen, das das Flüstern der Blätter übertönte.

Er blieb fast eine Stunde am Wasser. Erst dann kehrte er zu seiner Hütte zurück. Die Blätter rauschten leise im Wind, aber was sie auch raunten, sie flüsterten jedenfalls nicht mehr seinen Namen. Er kroch auf sein Lager und durchlebte in ruhelosem Schlaf wirre Träume, in denen eine weiß gekleidete Frau immer wieder seinen Namen hauchte.

Am Morgen befragte er die Wachen, ob sie in der Nacht irgendetwas Ungewöhnliches gesehen oder gehört hatten, aber außer einigen Wölfen, die ums Lager geschlichen waren, war ihnen nichts aufgefallen. Er kam zu dem Schluss, dass er sich das Flüstern nur eingebildet hatte.

»Wie geht es dir heute Morgen, Auro?« Sein Bruder hatte sich während des kargen Frühstücks zu ihm gesetzt. Aureus fand, dass er, wie schon am Vortag, mehr interessiert als besorgt wirkte. Aber das mochte an seinem Beruf liegen. »Viel besser, Famo. Die Schmerzen sind weg, und auch mein Kopf dröhnt nicht mehr.«

Famorius warf einen Blick unter den Kopfverband. »Wirklich erstaunlich«, murmelte er, und wieder betrachtete er Aureus auf sehr seltsame Weise.

»Aber du siehst nicht gut aus, Famo.«

Tatsächlich wirkte sein Adoptivbruder blass und leidend. »Es ist nichts. Bin wohl nur übernächtigt«, lautete die Antwort.

Ein Horn gab kurz darauf das Zeichen zum Aufbruch.

Der Pelzhändler wusste von einer nahe gelegenen Siedlung, und General Ambo entschied, dass sie die aufsuchen sollten.

Befriedigt stellte Aureus fest, dass Ambo inzwischen auch

der Meinung war, dass sie versuchen sollten, bei den Hassewern Vorräte gegen Waffen einzutauschen. Also luden sie alles, was sie an Waffen und Schilden erbeutet hatten oder nicht mehr brauchten, auf die wenigen Maultiere, die ihnen geblieben waren.

»Es ist gut, dass wir unsere Zelte und Vorräte nicht mehr haben – es wäre sonst kaum genug Platz für den ganzen Stahl«, meinte Claudio Optus fröhlich.

»Ihr seid immer noch für die Maultiere zuständig?«, wunderte sich Aureus.

Stax schüttelte mit düsterer Miene den Kopf. »Wie ich es voraussagte, hat der Tod jedem von uns eine eigene Hundertschaft verschafft. Aber da die meisten Maultierführer es nicht über die Brücke geschafft haben, müssen eben wir uns weiter um diese Tiere kümmern. Ich kann bestätigen, dass sie ähnlich stur sind wie altgediente Legionäre.«

Der General bestieg sein Pferd – es war eines von zweien, die die Schlacht überlebt hatten – und gab den Befehl, die Männer antreten zu lassen. Tribun Setos gehörte das andere Tier. Er hatte es Aureus angeboten, aber der hatte abgelehnt. Jetzt gab Setos ein Zeichen, und Hekator Crelos richtete das Feldzeichen auf. Wolf und Stern hatten die Schlacht unbeschadet überstanden.

Als sich die Soldaten in Reih und Glied aufstellten, erkannte Aureus, welche Lücken die Schlacht in ihre Reihen gerissen hatte. In jeder Hundertschaft fehlten Männer, und von denen, die marschfähig waren, waren viele von Wunden gezeichnet.

Ambo ritt die Reihe auf und ab, dann hielt er seinen Rappen an, ließ seinen Blick schweifen und sagte: »Männer, ich bin stolz auf Euch! Ich weiß, dass die vergangene Schlacht hart war, aber Ihr habt sie gemeistert. Ich weiß, dass mancher von Euch ans Umkehren dachte, aber keiner hat sich beklagt. Es ist mir eine Ehre, mit Euch in der Vierten Legion zu dienen. Es liegt vielleicht noch ein weiter Weg vor uns, doch das Schlimmste haben wir überstanden. Und wäre es nicht so, so wäre mir doch nicht bange, denn ich diene in der Vierten, und uns können weder Riesen noch Lindwürmer aufhalten. Ist es nicht so, Männer?«

Die Legionäre antworteten mit lautem Jubel.

Selbst Aureus, der stark daran zweifelte, dass sie »das Schlimmste überstanden« hatten, fühlte sich gestärkt durch diese kurze Ansprache.

Die Hekatoren ließen ihre Einheiten wie auf dem Paradeplatz in Marschformation schwenken, und dann marschierten sie in bester Ordnung die Böschung hinauf und in den Wald.

Kaum waren sie oben angelangt, als die Trommeln der Domorer wieder über den Fluss dröhnten.

Aureus' Hochgefühl schwand. Sie ließen das Waldland und seine Krieger zwar hinter sich, aber sie ließen auch viele Kameraden in der Festung zurück. Niemand sprach es aus, doch Aureus fühlte, dass sich alle das Gleiche fragten: ob sich die Zurückgelassenen dort halten konnten? Würden sie bei ihrer Rückkehr Überlebende oder nur Tote vorfinden? Und würden sie überhaupt zurückkehren?

Die Siedlung, von der der Pelzhändler gesprochen hatte, war einen halben Tagesmarsch entfernt, und Ambo nahm keine Rücksicht auf die Verwundeten. Bald blieben die ersten Männer zurück.

»Warum nehmt Ihr diese Männer überhaupt mit, wenn Ihr dann ein Marschtempo einschlagt, das diese Unglücklichen nicht halten können, General?«, fragte Aureus, der selbst kaum Schritt halten konnte.

»Fragt Ihr für sie – oder fragt Ihr für Euch selbst, Legat? Und überhaupt, nicht *ich* habe diese Männer für tauglich befunden«, kam es düster zurück.

Es war schließlich Tribun Setos, der eindringlich auf Ambo einredete und ihn doch dazu brachte, langsamer marschieren zu lassen.

Am frühen Mittag sahen sie dünne Rauchsäulen über dem dunklen Wald aufsteigen. Ambo ließ die Kolonne halten und rief die Offiziere zur Beratung.

»Ich will sicherstellen, dass wir nicht dasselbe Desaster erleben wie in jenem ersten Dorf in Sulvar«, begann er. »Wir werden dieses Gehöft umgehen und einschließen, um zu verhindern, dass jemand entflieht. Ich glaube nämlich inzwischen, dass uns in jener Siedlung im Waldland einer der Krieger entwischt sein muss.«

»Wir sollten einen Kampf unbedingt vermeiden, General«, meinte Aureus.

»Ich bin ganz Eurer Meinung, Legat, will aber auf das Schlimmste vorbereitet sein. Hoffen wir, dass wir mit den Waffen genug Vorräte erhandeln können und dass es keinen Ärger gibt.«

Ambo vertraute Aureus das an, was von der Zweiten Tagma übrig war, um das Dorf östlich zu umgehen, während er selbst mit der Ersten Tagma von Westen in Richtung Ansiedlung marschieren wollte.

Aureus führte seine Männer im weiten Bogen bis an den Rand der Lichtung, in deren Mitte die Siedlung lag. Sie war viel kleiner, als er erwartet hatte. Er sah ein Langhaus und einige niedrige Ställe, die inmitten von Weiden und matschigen Feldern hinter einer löchrigen Palisade auf sie warteten. Sie erinnerte ihn an das Dorf, in dem er seine Kindheit verbracht hatte.

»Dort hausen also die Wolfsmenschen?«, fragte Virgo Apricia, die plötzlich neben ihm stand.

»Die Hassewer, ja. Bleibt bitte im Schatten, Virgo. Wir dürfen nicht gesehen werden.«

»Ich frage mich, wie sie dieses Leben in Schlamm und Armut nur aushalten können.« Sie seufzte. »Ich sehne mich wirklich nach den weißen Straßen von Capia.«

»Das verstehe ich«, meinte Aureus, »aber das Leben in so einer Siedlung ist vielleicht nicht so unglücklich, wie Ihr denkt.«

»Aber *das da* ist doch kein Vergleich zur erhabenen Schönheit und Größe Capias und dem Reichtum an Wissen, der sich dort findet. Meint Ihr nicht auch?«

Sie schien gar nicht zu merken, dass sie ihn gerade kränkte. Es war das erste Mal, dass er sich freute, als sein Bruder das Gespräch unterbrach.

»Es sieht nicht sehr viel anders aus als die Gehöfte der Waldlinge«, bemerkte Famorius.

»Ja, zum Verwechseln ähnlich«, brummte Aureus, der das für ein schlechtes Zeichen hielt. Er ließ die Legionäre zu einer starken Postenkette ausschwärmen.

»Entschuldigt mich, Legat. Die Mata möchte, dass wir für ein Gelingen dieser Reise beten, was wir am Morgen versäumt haben.«

»Ja, tut das«, meinte Aureus. »Wir können die Hilfe des Lichts wirklich brauchen.«

Er sah ihr nach. Sie wirkte sogar dann anmutig, wenn sie mit geraffter Robe über welkes Laub schritt …

Sein Bruder ächzte, und als er sich zu ihm umwandte, sah er, dass Famorius leichenblass war und ihm kalter Schweiß auf der Stirn stand. »Was ist mit dir?«, fragte er besorgt.

»Das ist nur die Erschöpfung. Dieser Marsch nimmt mich mehr mit, als ich dachte.«

»Ich werde dir nachher ein Reittier besorgen, Famo.«

»Das wird nicht nötig sein. Ich kann mich ja erholen, während wir auf den General warten.«

»Wir werden sehen«, meinte Aureus, der fand, dass sein Bruder furchtbar aussah. Aber er war kein Heiler und wusste nicht, wie er ihm helfen konnte. Sollte er nach Meister Ipkratos schicken? Das würde seinen Bruder vielleicht beleidigen. Er starrte hinüber zur Siedlung. Von der Ersten Tagma war noch nichts zu sehen.

Famorius lehnte sich mit dem Rücken gegen eine mächtige Eiche. Dann hockte er sich ächzend ins Laub. Er schien Schwierigkeiten zu haben, auf den Beinen zu bleiben. »Verrätst du mir, was mit dir ist, Auro?«

»Mit mir?«

»Ja, jedes Mal, wenn der Wind durch die Blätter fährt, drehst du dich um, als würdest du etwas suchen. Und du wirkst, als würde dich etwas … bedrücken. Erzähl mir, was das ist!«

Es lag Aureus auf der Zunge zu sagen, dass es die vielen Toten der Schlacht waren, aber sein Bruder hatte die Wahrheit wohl verdient. Schon den ganzen Tag hatte er daran gedacht, mit ihm zu reden.

Er starrte wieder hinüber zu den Häusern, die sich unter dem trüben Mittagshimmel duckten und noch nichts von den Legionären ahnten, die sie umzingelten.

»Es ist etwas geschehen, während des Kampfes, den ich abseits der Schlacht hatte«, begann er vorsichtig.

Sein Bruder lauschte mit geschlossenen Augen. Er sah völlig erschöpft aus. Sollte er ihm wirklich von der Frau erzählen? Ja, es würde ihm helfen, seine Gedanken zu ordnen, wenn er es aussprach – und Famo war klug, klüger als er. Er hatte vielleicht eine Erklärung. »Ich glaube, da war noch jemand … außer den Kriegern und den Wölfen, meine ich.«

Famo öffnete die Augen. »Wer?«

»Eine Frau. Sie war hell gekleidet, wie eine Priesterin. Ich hatte schon halb das Bewusstsein verloren, und Blut war mir in die Augen gelaufen. Deshalb bin ich mir nicht sicher, ob ich sie mir nicht einbildete. Sie redete Hassewisch.«

»Und was hat sie gesagt?«

Aureus zuckte mit den Achseln. »Ich habe kein Wort verstanden, ich glaube nur, sie erwähnte die Dhurna.«

Jetzt wurde Famos Blick geradezu brennend. »Bis du sicher?«

»Nein, eben nicht. Aber ich habe auch diesen Schlag auf den Kopf bekommen, wie du weißt. Und wahrscheinlich dachte ich nur deshalb gestern Nacht, der Wald würde nach mir rufen.«

»Der Wald?«

»Na ja, die Blätter eben … ein Flüstern …« Jetzt, da er es laut aussprach, wurde ihm klar, wie lächerlich das klang. »Kann gut sein, dass ich das nur geträumt habe. Gestern konnte ich das nicht gut auseinanderhalten, weißt du.«

»Aber heute geht es dir viel besser, nicht wahr?«

»Ja, viel.«

Famos Augen schienen die Farbe zu wechseln. Sie wurden dunkel, und für einen Augenblick glaubte Aureus, darin einen tief sitzenden Hass zu erkennen, aber dann hustete sein Bruder, seine Augen schlossen sich, und auf einmal sah er krank und zerbrechlich aus. Famorius wurde kreidebleich, schien regelrecht zusammenzufallen. Er stöhnte. »Du hast recht, Auro, vermutlich hast du dir das nur eingebildet. So etwas kommt häufig vor nach Kopfverletzungen.« Seine Stimme klang flach und gepresst. Das Sprechen strengte ihn offenbar an.

Aureus wollte nach Meister Ipkratos oder einer der Luxalinnen schicken, aber Famo wehrte mit einem Lächeln ab. »Lass doch die Priesterinnen ihre Gebete verrichten. Besorg mir nur etwas Wasser, dann wird es wieder besser gehen. Ich hatte das schon einmal, weißt du …«

Scramo Narth sah das Gehöft vor sich liegen. Er hatte ein ungutes Gefühl. Vor allem aber war er immer noch fassungslos wegen der Sturheit dieses Generals, der seine Niederlage einfach nicht einsehen wollte. In der Nacht hatte er wieder von den Krähen geträumt, die über seinem Haus und seiner Familie kreisten. Er war schweißgebadet aufgewacht und hatte festgestellt, dass das Krächzen der Krähen vom Fluss kam.

Er war ihren Rufen gefolgt, weil er gehofft hatte, die Dhurna würde ihm vielleicht über diese Unglücksvögel eine neue, geänderte Botschaft schicken, eine Botschaft, die ihm erlauben würde umzukehren. Aber alles, was er im Morgengrauen zu sehen bekam, waren hässliche Vögel, die nach Nahrung suchten. An einem der Überreste eines Brückenpfeilers hatte sich ein toter Waldkrieger verfangen. Er trieb kopfüber im Wasser, und die Aasfresser stritten sich um den Platz auf seinem zerhackten Rücken.

Scramo Narth hatte in diesem Anblick nichts gefunden, was ihm weitergeholfen hätte. Und die Ruhe am anderen Ufer erschien ihm trügerisch. Sein Onkel saß dort drüben. Würde er damit zufrieden sein, die Verlorene Festung zu nehmen? Oder würde sein Hass sie verfolgen, wenn er merkte, dass der General ihm mit vielen Männern entwischt war? Er würde sich besser fühlen, wenn er Abstand zwischen sich und Uras gebracht hatte.

Er kannte nur eine Siedlung in dieser Gegend, sie war klein, ärmlich, und der Sippenälteste dort war ein streitsüchtiger Hassewer, der allen Nachbarn, und bei seinen früheren Besuchen auch ihm, das Leben schwer gemacht hatte.

Scramo glaubte nicht, dass der Alte sich auf einen Handel mit den Capianern einlassen würde. Vermutlich würden die sich am Ende wieder einfach nehmen, was sie wollten. Aber es gab nicht viele Krieger dort, und vielleicht würde es ausnahmsweise einmal ohne Kampf abgehen.

Und nun stand er am Rand der Lichtung, spähte hinüber und fand das Dorf verdächtig ruhig. Wussten sie nichts von der Schlacht, die unweit von hier stattgefunden hatte? Das wäre ein gutes Zeichen. Ob der alte Ksanor noch lebte? Es war leicht, mit ihm in Streit zu geraten, und mit den Nerven der Capianer stand es nicht zum Besten. Er würde versuchen, Ärger zu verhindern, denn sie waren für seinen Geschmack noch zu weit von ihrem Ziel entfernt, um die Hassewer jetzt schon gegen sich aufzubringen.

Er schlug dem General vor, zunächst nur mit einer kleinen Zahl von Männern in das Dorf zu gehen, und Ambo stimmte zu. Also marschierte Scramo mit Tribun Setos, zehn Legionären und drei Maultieren, die sie mit Waffen beladen hatten, zur Siedlung.

Die Wache gab Alarm, doch nach ein paar kurzen Rufen hin und her schienen die Hassewer sich zu beruhigen. Das Tor wurde nicht geschlossen, aber die Männer der Siedlung hielten ihre Waffen in den Händen, als sie einmarschierten. Die ganze Siedlung lief zusammen und sammelte sich vor dem großen Langhaus.

Scramo fand, dass das Gehöft – denn vielmehr war es nicht – sich erstaunlich gut entwickelt hatte. Die Männer und Frauen wirkten gut genährt, und er sah viele Kinder. Eben hatten sie wohl noch im Matsch gespielt, aber nun standen sie da und gafften die Fremden an. Enten und Gänse schwammen in einem kleinen Teich, Ziegen zupften Gras, und Schweine wühlten zufrieden in dem Dreck, den sie sich eben noch mit den Kindern hatten teilen müssen. Das Leben schien in den letzten Jahren gut zu dieser Siedlung gewesen zu sein.

Ein hochgewachsener Greis trat jetzt aus dem Langhaus und musterte ihn von oben herab. »Ich kenne Euch. Ihr seid der domorische Pelzhändler, der stets zu wenig für unsere Felle zahlt«, sagte er in der Sprache der Hassewer.

Scramo hatte diese Sprache lange nicht benutzt, und er brauchte einen Augenblick, die richtigen Worte zu finden. »Ich grüße Euch ebenfalls, Ältester Ksanor, und bin erfreut zu sehen, dass Ihr immer noch die Geschicke dieser Siedlung lenkt.«

»Erspart mir die Schmeicheleien, Waldling. Sagt mir lieber, warum Ihr mit ungebetenen Besuchern auf meiner Schwelle erscheint.«

»Handel, edler Ksanor. Diese Männer wollen Vorräte eintauschen.«

»Ich will das Silber dieser Lichtdiener nicht. Und was haben diese Capianer überhaupt auf meinem Land verloren? Sie haben sich nicht angekündigt. Und sie sind nicht willkommen.«

»Was sagt er?«, fragte Setos ungeduldig.

»Er ist nicht sehr erfreut, Capianer auf seinem Land zu sehen, Tribun.« Scramo wandte sich wieder an den Hassewer.

»Wir bieten Waffen, Ksanor, domorische und capianische, und wollen dafür Fleisch und lebendes Vieh eintauschen. Vielleicht ein paar Enten oder Schweine oder was Ihr sonst noch entbehren könnt.«

»Dann haben die Jäger also recht, die sagten, dass sie

Kampfeslärm vom Fluss gehört hätten ... Und nun entehrt Ihr uns, indem Ihr uns die Waffen von Toten anbietet?«

Scramo hielt die Empörung für gespielt. Das mit den Waffen war zwar heikel, und Ksanor war stolz – aber auch gierig.

»Was sagt er? Er wirkt zornig.« Setos war schon fast genauso unruhig wie sein Pferd.

»Er sagt, dass er keine Waffen will, die er nicht selbst erbeutet hat, Tribun«, erklärte Scramo leise. »Aber wahrscheinlich will er nur den Preis drücken.«

Setos gab einem Legionär den Befehl, eines der Bündel von einem Maultier zu nehmen, in die Mitte des kleinen Platzes zu tragen und dort zu öffnen. Ein Dutzend Speere und capianische Langschwerter fielen klirrend auf die aufgeweichte Erde. »Sagt diesem vergreisten Narren, dass er bessere Waffen nicht finden wird. Ich sehe doch, dass seine Männer mit alten, schlechten Äxten kämpfen. Wir bieten ihm besten capianischen Stahl!«

»Der Tribun sagt, dass Ihr Euch die Waffen ansehen sollt. Sie sind von ausgezeichneter Qualität, edler Ksanor.«

Der Älteste wurde jedoch zornig: »Sagt diesem capianischen Hurensohn, dass er seine Waffen einpacken soll, bevor er es bereut. Unsere Waffen sind gut genug, um Euch alle wie räudige Hunde zu erschlagen!«

Scramo nickte und übersetzte leise: »Er will die Waffen wirklich nicht, Tribun.«

Setos starrte den Ältesten feindselig an. Dann schüttelte er den Kopf, ritt zurück zum Tor und winkte. Sofort setzte sich drüben am Waldrand die Erste Tagma in Bewegung. Sie marschierte schnell.

Der Älteste trat auf den Platz, glotzte ungläubig auf die Männer, die im Sturmschritt auf seine Siedlung zumarschierten. Das Tor stand offen. Zwei Krieger waren dort. Aber noch schlossen sie das Tor nicht.

»Was hat das zu bedeuten, Domorer?«

»Wenn Ihr nicht handeln wollt, werden sie Euch eben zwingen, Ksanor. Es tut mir leid.«

»Tut es das? Habt Ihr deshalb so schlecht übersetzt? Ich kenne die Sprache der Lichtmenschen nicht, aber ich spreche die Sprache der Grenzländer, und ich habe genug verstanden, um zu erkennen, dass dieser Hund mich einen Narren genannt hat.«

Damit hatte Scramo nicht gerechnet. »Ich tat es zu Eurem Besten, Ksanor. Schnell, noch könnt Ihr nachgeben!« Der Alte sah ihn mit kalter Verachtung an und fragte: »Was werden diese Krieger sagen, wenn sie hören, dass Ihr ein Druadag seid?«

Damit hatte Scramo nicht gerechnet. Der Mann konnte ihn ans Messer liefern! *Dummkopf*, schimpfte er mit sich selbst. *Wie sollen sie Handel treiben, wenn sie das Kauderwelsch der Grenze nicht sprechen? Und wie konntest du vergessen, dass sie dich als Seher kennen?*

Er zog sein Messer und zischte: »Ich erfülle den Willen der Dunklen Herrin. Und offenbar will sie, dass Ihr sterbt, Ksanor!«

Der Alte sah ihn mit einem Blick voller Hass an und rief: »Das Tor! Schließt doch endlich das Tor, ihr Narren. Ifgur, lauf nach Osten! Hole Hilfe! Auf, Ihr Männer – zu den Waffen!«

Plötzlich ging alles sehr schnell: Männer brüllten, Waffen wurden gezogen. Auch Tribun Setos zog sein Schwert. Er brüllte, dass die Legionäre zusammenbleiben sollten. Die Krieger drückten die Torflügel zu. Dann flogen Pfeile über das Feld und trafen einen der beiden Männer. Er taumelte und ließ das Tor los. Ein kurzer Jagdspeer zischte durch die Luft und durchbohrte den Hals des Tribunen. Für einen Augenblick schien alles zu erstarren. Aber dann löste sich die Szene in Gebrüll und Durcheinander auf. Die Krieger des Dorfes, Männer, Alte, Halbwüchsige, stürzten sich auf die Legionäre.

Scramo wich einem Axthieb aus und streckte den Angreifer, einen ergrauten Krieger, mit seinem Messer nieder. Er fuhr herum, weil ihn ein Knabe mit hellem Schrei angriff. Er konnte kaum älter als sein Jüngster sein. Scramo packte den Speer, wand ihn dem Jungen aus den Händen und verpasste diesem einen Tritt, so dass er zu Boden stürzte.

Als er herumwirbelte, sah er Ambo mit seinen Männern durch das Tor stürmen. Und dann fielen die Legionäre wie die Wölfe über die Hassewer her.

Scramo sah wie erstarrt zu. Um ihn herum hatte sich der Kampf in ein Gemetzel verwandelt. Er war wie gelähmt und fühlte, wie ihm etwas Warmes über die Hand lief. Er sah hinab. Es tropfte rot von seinem Messer. War es nicht das, was der Capianer in Maricat gesehen hatte? Blut an seiner Klinge?

Er blickte mit Schaudern auf den Kampfplatz – es klebte viel mehr Blut als das des alten Kriegers an seinem Messer. Die Legionäre hatten jeden Mann und Knaben, der eine Waffe trug, erbarmungslos niedergemacht. Der Knabe, dem er den Speer abgenommen hatte, war einer der wenigen, die noch lebten.

»Treibt die Überlebenden dort vor dem Stall zusammen!«, brüllte Ambo. Er stieg vom Pferd und kniete sich neben die Leiche von Pios Setos, nein, er sackte förmlich neben ihm zusammen.

»Was ist hier geschehen?«, fuhr er Scramo an.

»Der Älteste fühlte sich durch unser Angebot beleidigt und drohte damit, uns wie Hunde zu erschlagen. Und dann vergaßen sie das heilige Gastrecht. Den unglücklichen Tribun Setos traf es zuerst.«

»Das werden sie büßen!« Ambo erhob sich. Er bebte vor Zorn, und Scramo wich unwillkürlich einen Schritt zurück.

»Hekator Crelos, habt Ihr die Überlebenden zusammengetrieben?«

»Wir durchsuchen die Hütten noch, Herr, aber ich glaube, wir haben sie alle. Viele sind es nicht.«

»Gut, treibt sie in den Stall. Legt Pios Setos auf das Dach – und dann zündet ihn an. Der Stall soll sein Scheiterhaufen sein.«

»Und die Hassewer, Herr?«

»Schickt sie mit ihm ins Jenseits. Schont weder Frauen noch Kinder dieser verräterischen Sippe. Sollen sie Pios in der nächsten Welt um Vergebung bitten – ich kann sie ihnen nicht gewähren!«

»Zu Befehl, Herr!«

Scramo sah entsetzt zu. Es war seine Schuld. Er hatte die Legion hierhergeführt.

Bald drangen die markerschütternden Schreie von Frauen und Kindern aus dem brennenden Stall, während Scramo Narth hinter dem Langhaus im Schatten kniete und der Dhurna beim Blut an seiner Klinge schwor, dass keiner dieser Legionäre, die um den brennenden Stall herum standen, seine Heimat jemals wiedersehen sollte.

Aureus sah die beiden Kinder als Erster. Sie mussten sich durch eine Lücke in der Palisade gequetscht haben. Jetzt waren sie auf dem Feld, und sie rannten, Hand in Hand. *Geschwister vielleicht,* dachte er. Er war unruhig, denn er hatte den

Kampfeslärm gehört und fragte sich, was vorgefallen war. Warum stieg dort Rauch auf?

Er reckte den Hals. Die Posten zu seiner Linken hatten die beiden Flüchtlinge ebenfalls gesehen. Sie liefen genau auf ihre Reihe zu und würden nicht entkommen. Die Kinder, ein Junge und ein Mädchen, wurden langsamer und drehten sich um, denn aus der Siedlung ertönten gellende Schreie, und plötzlich schlugen Flammen hell in den Himmel.

Das Mädchen wollte zurücklaufen, aber der Junge zerrte es an der Hand weiter in den Wald. Dann schrien sie beide auf, ein Legionär fluchte, und kurz darauf schleppten zwei Männer die beiden Gefangenen heran.

»Dieses kleine Miststück hat mich gebissen, Legat!«

»Ihr werdet es überleben, Mann.« Aureus beugte sich zu dem Jungen hinunter. Das gerötete Gesicht hieß vermutlich, dass er geschlagen worden war. Er schätzte ihn auf vielleicht zwölf Jahre. Das Mädchen mochte noch jünger sein. Es weinte. »Versteht ihr unsere Sprache?«

Der Junge spuckte ihn an.

»Das heißt wohl Nein«, meinte Tribun Adelares, der dazugekommen war, mit einem breiten Grinsen.

»Kehrt lieber auf Euren Posten zurück, Tribun. Ermahnt die Männer zu erhöhter Aufmerksamkeit. Es könnten noch mehr Hassewer entkommen sein.«

Er rief Claudio Optus zu sich. »Sucht meinen Bruder. Er war eben noch hier. Vielleicht spricht er die Sprache dieser Kinder. Und schickt mir Stax. Ich würde diese beiden Gefangenen gerne seiner Obhut …«

»Was habt Ihr mit diesen Kindern gemacht!«, rief eine empörte Stimme. Sie gehörte Virgo Apricia.

»Gemacht? Gar nichts. Wir haben sie gefangen genommen, Virgo.«

»Wie tapfer von Euch! Eine ganze Tagma gegen zwei Kinder! Und was haben die Schreie zu bedeuten, die wir aus dieser Siedlung gehört haben?«

»Vermutlich nichts Gutes, Virgo«, sagte Famorius, der zwischen den Bäumen hervortrat. Er sah viel besser aus als noch vorhin. »Ich nehme an, die Begegnung verlief nach Art der Legion – also tödlich für die Bewohner dieses Ortes.«

»Wir wissen nicht, was geschehen ist, und sollten nicht spekulieren, Famo. Wahrscheinlich haben die Hassewer angefangen«, wies Aureus ihn scharf zurecht.

»Und das ist nicht spekuliert, Auro?« Famorius beugte sich zu dem Knaben hinunter und sagte stockend ein paar halblaute Worte auf Hassewisch. Der Junge spuckte wieder aus, dieses Mal jedoch auf den Boden. Und dann schrie er plötzlich Flüche und Verwünschungen, die Aureus nicht verstehen musste, um ihre Bedeutung zu erraten. Ein Wort kam ihm jedoch bekannt vor, und der Junge wiederholte es ein paarmal: *Bluotvarke.*

»Was sagt er?«, fragte die Virgo.

»Er verflucht uns, und er hat ein nicht sehr schmeichelhaftes Wort für uns – *Blutwölfe.* Das sind Bestien, von denen ich in den dunkelsten Geschichten aus diesem Land gehört habe. Angeblich sind es verfluchte Männer und Frauen, die der Dunkelheit ihre Seele schon zu Lebzeiten übergeben und dafür die Seele und Kraft eines Wolfes erhalten. Doch sind sie dann keine Menschen mehr, sondern bringen als gnadenlose Raubtiere Tod und Verderben über das Land. Er sagt, wir seien solche *Bluotvarke.* Und er ist fest davon überzeugt, dass unsere Seelen weder in dieser noch in der nächsten Welt Frieden finden werden.«

Die Virgo blickte hinüber zur Siedlung, über der nun eine dunkle Rauchsäule stand. Von dort marschierte die Erste

Tagma heran, und die Männer waren mit Beute beladen. Ambo ritt vorneweg, und er führte ein Pferd ohne Reiter am Zügel mit sich.

Aureus begriff sofort, was das bedeutete, und er sah dem General an, wie hart ihn der Verlust getroffen hatte.

Er trat mit den Gefangenen auf die Lichtung hinaus.

»Sind das alle, Legat?«, fragte Ambo nur.

»Mehr haben wir nicht gesehen, General.«

»Tötet sie!«

»General?«

»Habt Ihr den Befehl nicht verstanden, Moris?«

Ein Schrei ertönte, und die Virgo stand plötzlich schützend vor den beiden Kindern. »Rührt sie nicht an, General! Die beiden stehen unter dem Schutz des Lichts!«

»Erspart mir diesen Unsinn, Virgo. Das ist das Land der Dunkelheit, und sie hat sich schon den Besten von uns geholt. Pios Setos ist tot, und das Licht wollte ihn nicht retten.«

»Das gibt Euch nicht das Recht, Kinder abzuschlachten!«

Ambo sprang aus dem Sattel und zog sein Schwert. »Der Krieg gibt mir durchaus dieses Recht, Virgo. Und nun geht zur Seite!«

Aureus glaubte nicht, was er sah: Der General wollte die beiden eigenhändig töten? Was war in ihn gefahren?

»Auf ein Wort, General!« Mata Oxala trat zwischen den Legionären hervor.

»Das ist eine Angelegenheit der Legion, nicht von Euch und Euren Betschwestern, Mata!«

»Ich mache sie dennoch zu der unseren. Gewährt mir nur einen kurzen Augenblick Euer Ohr, und Ihr werdet verstehen. Wollt Ihr sie dann immer noch töten, nun …«

Der General ließ das Schwert in die Scheide zurückfahren. Die Mata trat zu ihm und redete leise, aber eindringlich auf ihn ein. Er machte ein finsteres Gesicht, und sein Blick wurde mit jedem Wort düsterer.

Dann verstummte die Hohepriesterin, und Aureus sah, dass sie zufrieden lächelte. Was hatte sie nur zu Ambo gesagt? Der General schien mit sich zu kämpfen, schließlich nickte er und verkündete: »Schön. Aber Ihr tragt die Verantwortung für diese beiden, Oxala. Und wehe Euch, wenn sie entkommen!«

»Das werden sie schon nicht. Apricia! Kyntia! Kümmert Euch um die beiden! Gebt ihnen zu essen – und passt auf, dass sie nicht fortrennen!«

Scramo Narth führte die Legion ins Schlangental. Das Tal galt unter den Jägern als mückenverseuchtes Fieberloch, das man im Sommer besser mied, aber nun war es Herbst, und Scramo hatte wenig Hoffnung, dass Fliegen und Schlangen unter den Legionären wüten würden. Er führte sie trotzdem hinein, weil der Weg dort trügerisch und der Grund sumpfig war. Dem General hatte er erzählt, es sei eine Abkürzung auf ihrem Weg zum Lindros, und der hatte ihm geglaubt.

Der Legat jedoch hatte nach anderen Möglichkeiten gefragt. Offenbar hatte er sein Misstrauen doch nicht ganz überwunden. Vielleicht ahnte er auch einfach, was für ein Umweg es war, zu den Windharfenbergen zu marschieren. Ja, es gab kürzere und bessere Wege, aber über die würde Scramo die Legion auf keinen Fall führen, schon gar nicht nach den Ereignissen im Dorf.

Er ging die meiste Zeit ein Stück vorneweg, und das war gut, denn er wollte die Capianer nicht sehen. Das waren Bestien! Er musste ständig an den Jungen denken, dem er den Speer aus den Händen gewunden hatte. Lebendig verbrannt …

Und die beiden Gefangenen? Wie hatte die Lichthexe erreicht, dass Ambo sie verschonte? Scramo hatte das Gefühl, dass weder die Priesterin noch der General aus Mitgefühl so gehandelt hatten.

Weit vor der Dämmerung befahl der General, ein Lager aufzuschlagen. Seine Offiziere hielten den Platz für nicht sehr geeignet. Ambo ließ Scramo rufen und fragte ihn, ob sie bald bessere Plätze finden würden, aber er verneinte. »Es ist das Schlangental, Herr, voller Gewässer und Sümpfe. Ich war nur als Jäger hier und habe nicht darauf geachtet, ob es Plätze gibt, die für ein Legionslager taugten.«

Die Legionäre schwärmten aus und hackten die Weiden und Ulmen um, die hier Wurzeln geschlagen hatten, um ein Lager zu errichten, das nicht mehr viel gemein hatte mit der hohen Kunst des Lagerbaus, die Scramo noch im Waldland bewundert hatte.

Bei Anbruch der Dämmerung brannten Feuer, und die Legionäre fanden heraus, dass das Wasser in dem trägen Bach, der sich hier durch das Land schlängelte, faulig roch. Scramo versicherte ihnen, dass er es früher dennoch getrunken habe, doch der domorische Legat schlug vor, zuerst die mitgeführten Wasservorräte aufzubrauchen.

Es gab Enten- und Schweinefleisch an diesem Abend, Beute aus dem Dorf, aber Scramo brachte davon keinen Bissen hinunter.

Er wartete, bis es Nacht wurde, dann verließ er das Lager mit der Ausrede, er wolle versuchen, Wildschweine zu erlegen. Er folgte dem Weg ein Stück zurück. Er hatte am Tag einen Tümpel gesehen, an dessen Ufer Weißbeeren in großer Zahl wuchsen, und von denen wollte er sich einen Vorrat anlegen.

Plötzlich dachte er an Warra und wie er sie kennengelernt

hatte. Ihr Vater hatte ihn nicht gemocht, und so trafen sie sich heimlich im Wald, in den sie unter dem Vorwand verschwand, nach Beeren zu suchen. Er lächelte, weil er daran dachte, wie sie sich beim Liebesspiel einmal in einem Brombeerstrauch verfangen hatten, und daran, dass die Eltern nie Verdacht schöpften, obwohl Warras Ausbeute stets so jämmerlich war.

Er musste ein gutes Stück laufen und hätte den kleinen Teich im Dunkeln fast übersehen. Er blieb verblüfft stehen. Da waren keine Beeren. War er am falschen Tümpel? Er entzündete eine Fackel und suchte das Ufer ab. Die Sträucher waren dort, aber jemand hatte fast alle Beeren geerntet. Er sah deutliche Fußspuren. Ohne Zweifel, jemand war ihm zuvorgekommen. Der Gelehrte? Er war eigentlich der Einzige, der in Frage kam. Wusste er, wie gefährlich diese unscheinbare Beere war? Scramo fluchte und suchte die weitere Umgebung ab. Er bekam nur eine Handvoll Beeren zusammen, und er musste lange suchen, was bedeutete, dass ihm nur wenig Zeit blieb, um auf die Jagd zu gehen. Er machte sich auf den Rückweg und hielt unterwegs Ausschau nach den Kesseln, in denen die Wildschweine oft anzutreffen waren. Er hatte am Tag einen gesehen, aber den musste er verfehlt haben. Er ging die Strecke noch einmal ab, dann gab er auf. Er würde sich eine Ausrede überlegen müssen.

Als er schon fast wieder am Tor war, sah er jemanden hinausgehen. Es war der Legat. Er ging in den Wald, schien dabei aber über die Richtung, in die er sich bewegen wollte, unsicher zu sein. Aureus Moris legte den Kopf schief, als würde er lauschen, doch sosehr Scramo sich auch anstrengte, da war nichts zu hören außer dem Rauschen der Blätter, durch die sacht der Nachtwind strich.

Wo will er denn mitten in der Nacht hin? Scramo zog in Erwägung, ihm zu folgen, aber dann rief ihn die Wache an, die ihn schon gesehen hatte.

»Kein Glück gehabt?«, fragte der Legionär.

»Nein, die Tiere sind eben scheu. Vermutlich hat der Lärm, den wir gemacht haben, sie verscheucht. Aber habe ich nicht eben den Legaten aus dem Lager gehen sehen?«

Der Legionär nickte. »Er sagt, dass er sich etwas ansehen müsse, aber ich habe keine Ahnung, was das sein könnte.«

Scramo brauchte einen Augenblick, um einen Grund zu finden, dem Legaten zu folgen. »Ich sollte ihm vielleicht nachgehen. Es gibt Wölfe hier in der Gegend …«

»Ich weiß nicht, ob er darüber erfreut sein würde, Meister Narth.«

Aber das war Scramo gleich. Er war einfach zu neugierig.

Aureus schloss die Augen und lauschte. Der pochende Schmerz in seinem Schädel war zurück, und ja, das Flüstern war auch wieder da, und es rief ihn tiefer in den Wald hinein. Es hatte ihn aus seinem Schlaf geweckt, so leise, dass er ihm erst nicht folgen wollte. Aber es hörte nicht auf, und da er keine Ruhe fand, beschloss er einfach, dem nachzugehen.

Die Wache am Tor hatte ihn nicht aufgehalten, und falls sie sich wunderte, hatte sie es für sich behalten.

Er drehte sich um und konnte das Lager kaum noch sehen. Der Boden unter seinen Füßen war sumpfig, und mehr als einmal war er schon entschlossen umzukehren, aber dann war da dieses Wispern in den Bäumen, das er einfach nicht ignorieren konnte.

Er ging weiter, bis ein breiter Wasserlauf ihm den Weg versperrte. Er roch modrig, und die Sichel des Mondes schimmerte grünlich verfärbt auf der Oberfläche.

Er beugte sich hinab, als eine Stimme sagte: »Io, hey, sul hey nec drenke vun het, io?«

Er fuhr herum. Die Sprecherin war nicht zu sehen. »Ich verstehe kein Wort«, stieß er hervor.

»Wasser. Du darfst nicht davon trinken. Faul«, antwortete die heisere Stimme.

Plötzlich war sie da. Sie stand wie aus dem Boden gewachsen vor einem hohen Felsen, den er einen Moment zuvor noch im Blick gehabt hatte. Wie war sie da hingekommen? Ihr Haar fiel ihm als Erstes auf. Er konnte nicht sagen, welche Farbe es hatte. Mal schien es weiß, dann grau, dann silbern zu schimmern. Das Gleiche galt für ihr Gewand. Ihr Gesicht war blass, aber im Dunkeln konnte er ihre Züge nicht erkennen.

»Wer bist du?«, fragte er schließlich.

»Wer bist du?«, antwortete sie.

»Träume ich?«

Sie murmelte ein paar Worte, die er wieder nicht verstand, dann sagte sie: »Vielleicht.«

»Beim Licht, Weib, sag endlich, wer du bist und was du von mir willst!«

Sie antwortete mit einem leisen heiseren Lachen. »Hey hot un dhurn, ifwar! Awer kuon drowp gedoled«, verkündete sie.

Ein tiefes Brummen lief durch die Erde, als würde sie antworten.

Aureus spürte sogar ein Zittern im Boden. Er drehte sich um, weil er das Gefühl hatte, dass dort jemand war. Aber da war nur in der Ferne der Lichtschimmer von ihrem Lager zu erahnen.

Er drehte sich wieder um. Die Erscheinung war verschwunden.

»Warte! Komm zurück!«, rief er wütend.

Das ergab alles keinen Sinn. War das eine Hassewerin, die sich einen Schabernack mit ihm erlaubte? Ein Waldgeist? Nein, es gab keine Geister. Er erinnerte sich dunkel an die Geschichten, die Peggs Wolfsfrau früher erzählt hatte – da hatte es solche Geister durchaus gegeben: Alfe, die durch die Nacht streiften und Wanderer in die Irre oder gar ins Verderben führten. Und auch von der Dhurna hieß es, dass sie in verschiedenen Gestalten durch die Dunkelheit wandle.

Er rief leise nach ihr, erhielt aber keine Antwort. Wohin war sie verschwunden? Er fand einen kleinen Wildwechsel und folgte ihm, ohne sie zu finden. Er war völlig ratlos. Seufzend kam er zu dem Schluss, dass er wohl nicht darum herumkam, noch einmal mit seinem Bruder über diese Sache zu reden.

Er sah eine Bewegung im Unterholz, und seine Hand fuhr zum Schwert. Eine Gestalt trat aus der Dunkelheit hervor. Es war der Pelzhändler. »Es ist gefährlich hier draußen, Herr. Ihr solltet nicht alleine aus dem Lager gehen.«

»Ich verstehe, auf mich aufzupassen, Meister Narth.«

»Natürlich. Mir war nur, als hätte ich eben Stimmen gehört. Dem bin ich nachgegangen.«

»Stimmen?«

»Eigentlich nur eine Stimme. Ich glaubte, es wäre Eure …«

»Ja richtig … Ich sah etwas im Wald, vielleicht ein Wildschwein, und fluchte, weil ich keinen Speer für die Jagd mitgenommen hatte.«

Aureus hatte nicht den Eindruck, dass der Pelzhändler ihm glaubte, aber das spielte keine Rolle. Er war diesem Mann schließlich keine Rechenschaft schuldig. Und womöglich glaubte Meister Narth ihm doch, denn er stellte keine weiteren Fragen. Schweigend kehrten sie ins Lager zurück.

Am nächsten Morgen überredete er Famorius, mit ihm in den Wald zu gehen, um ihm die Stelle zu zeigen, wo er die Frau getroffen hatte. Er nahm an, dass er nun, im Licht des neuen Tages, wenigstens ihre Fußspuren im weichen Grund sehen würde.

Er konnte seiner eigenen Spur mit Mühe folgen, und sie endete an dem modrigen Gewässer, an dem er in der vorigen Nacht gewesen war. Aber er konnte den Felsen nicht wiederfinden, an dem er die rätselhafte Frau getroffen hatte.

»Und du sagst, dass sie Hassewisch sprach?«, fragte Famorius.

»Ja, wie die Frau von Pegg damals oder vielmehr wie ihre Mutter.«

»Ich verstehe, Auro.«

Aureus fluchte und breitete hilflos die Arme aus. »Du darfst mich gerne für verrückt halten, aber sie war hier!«

»So wie der große Felsen, von dem du gesprochen hast? Sieh dich um. Hier gibt es nicht einmal einen ordentlichen Stein, nur Sumpf und krumm gewachsene Erlen. Ich würde sagen, du leidest noch unter den Folgen deiner Kopfwunde, Auro.«

»Aber mir geht es gut!«

»Ja, ich weiß. Es geht dir sogar erstaunlich gut. So eine Verletzung am Schädel kann sich allerdings noch tagelang auswirken. Ich habe das früher schon ein paarmal beobachten können.«

»Dann muss es das sein«, murmelte Aureus. »Aber warum verbietet mir dann diese Stimme, von dem Wasser zu trinken?«

»Das sagt dir wohl deine innere Stimme. Und vielleicht hast du ja das alles nur geträumt.«

»Und meine Fußspuren? Habe ich die auch nur geträumt?

Oder wandle ich neuerdings im Schlaf? Außerdem habe ich Meister Narth hier getroffen.«

»Ah, und hat er diese Frau denn gesehen?«

»Nein.«

Famorius wurde sehr ernst. »Es ist besser, an eine späte Wirkung der Verletzung zu glauben, als die andere Möglichkeit in Betracht zu ziehen. Die wäre nämlich, dass du allmählich den Verstand verlierst, Auro. Ich würde dir daher raten, mit niemandem außer mir über deine nächtlichen Abenteuer zu sprechen. Und wenn die Stimme dich noch einmal ruft – dann weck mich, und ich werde dich begleiten.«

Scramo führte die Legion einen weiteren Tag durch das sumpfige Tal. Aber zu seinem Ärger waren sie wirklich zu spät dran. Es zeigten sich weder Schlangen noch die gefürchteten Mückenschwärme, die Menschen bei lebendigem Leib auffressen konnten. Auch verbot der Legat den Männern, von dem Wasser zu trinken. Scramo hatte die leise Hoffnung gehabt, sie damit schwächen zu können, aber das hatte Aureus Moris nun leider verhindert.

Sie scheuchten einen Bären und etliche Rehe auf. Die Bogenschützen erlegten zwei Hirsche, und Scramo begann einzusehen, dass dieser Weg nicht zum gewünschten Erfolg führen würde. Am Nachmittag brachte er die Kolonne schließlich in höher liegendes Strauchland, und dahinter zeigten sich in der Ferne das erste Mal die Windharfenberge.

Der General ließ Scramo rufen, der meist mit einem kleinen Trupp Bogenschützen vorneweg marschierte. »Dieses Land, Pelzhändler, bleibt das bis zu den Bergen so?«

»Was meint Ihr, Herr?«

»Ich sehe kaum Bäume, nur wertloses Gebüsch.«

»Sie nennen es das Buschland, Herr. Ich war noch nicht oft hier, denn es gilt als nicht sehr wildreich.«

»Dieses Land gefällt mir nicht. Wir sollten dem Wasserlauf folgen. Entspringt der nicht auch in diesen Bergen?«

»Es wäre ein gewaltiger Umweg.«

»An seinem Ufer wächst Holz, das wir für die Lager dringend brauchen.«

»Aber zwischen dem Schlangental und den Windharfenbergen wohnen nicht viele Hassewer, Herr. Wir haben dort nichts zu befürchten.«

»So? Meint Ihr? Nein, ich habe lange genug in der Legion gedient, um zu wissen, dass die Wachsamkeit niemals nachlassen darf. Wir schlagen hier unser Lager auf.«

Scramo fragte sich, ob die Legionäre es nie leid werden würden, jeden Abend denselben Aufwand zu betreiben. Sie waren nach wie vor ein paar Hundert bis an die Zähne bewaffnete Männer, und hier war noch nicht das ganze Land im Krieg gegen sie vereint. Und im Waldland, da hatten sie ihre Maultiere und viel vorgefertigtes Schanzgerät gehabt, hier mussten sie die Palisade Stück für Stück von Hand schlagen.

Er sah zu und bemerkte schnell, dass sie nachlässig wurden. Der Graben, den sie aushoben, war flach, der Erdwall dahinter niedrig und die Palisade lückenhaft. Hätte der Legat sie nicht kontrolliert und angetrieben, wäre das Lager wohl noch unvollkommener ausgefallen. Aber Aureus Moris ließ den Graben erneut vertiefen, stellte Wachen auf, kümmerte sich um die Lagerung der Vorräte und sogar einen Pferch für die erbeuteten Ziegen.

Scramo verließ das Lager wieder unter dem Vorwand, Wildschweine jagen zu wollen. »In der Nacht? Seid Ihr toll?«, fragte die Wache am Tor. Der Mann verstand offenbar mehr von der Jagd als sein Kamerad.

»Die Tiere hier sind besonders scheu, und am Tag bekommt man sie nicht zu Gesicht. Außerdem – wie soll ich jagen, wenn wir marschieren?« Das war eine dünne Ausrede, die Vorhut hatte doch ein paar Tiere erlegt, aber der Wache war das wohl gleichgültig.

Der Legionär ließ ihn also hinaus, und er fragte nicht, was Scramo mit der Schaufel, die er sich von Hekator Optus geborgt hatte, anfangen wollte.

Dieses Mal suchte er keine Beeren. Er hatte unterwegs einige Suhlen am Wasser gesehen und begab sich zu der, die für seine Zwecke am geeignetsten war. Es war noch früh. Die Tiere würden erst später hier erscheinen. Er hob in der Mitte der Suhle hastig eine Grube aus und deckte sie mit Zweigen und Laub ab. Dann streute er ein paar Nüsse und Pilze, die er am Tag gesammelt hatte, auf die Falle. Würde das reichen? Es musste!

Er watete durch das faulige Gewässer hinüber zu einer baumbestandenen Insel. Sie bot einen guten Schutz vor fremden Blicken. Er hatte darauf geachtet, dass er nicht etwa verfolgt wurde, und diese Insel inmitten des Wassers gab ihm die letzte Sicherheit, dass er ungestört bleiben würde.

Er entzündete ein kleines Feuer und zog einen Beschwörungskreis in den sumpfigen Boden. Dabei musste er einen morschen Baumstamm entfernen, der im Weg lag. Entsetzt prallte er zurück. Eine Schlange hatte sich unter diesem Stamm zusammengerollt! Er nahm einen brennenden Ast, und die Natter begann träge, sich davonzuwinden.

Ich muss vorsichtiger sein, mahnte sich Scramo, *dieses Land kann nicht nur Capianer töten.*

Er suchte den Ritualplatz noch einmal gründlich ab und fand eine zweite Natter, die sich ebenso träge wie ihre Schwester davonmachte.

Es ist vielleicht doch ganz gut, dass es Herbst ist, dachte er, als er den Ritualkreis vollendete.

Jetzt brauchte er nur noch ein Opfer. Er löschte das Feuer und kehrte zurück ans Ufer, suchte sich eine stattliche Weide und kletterte hinauf. Er hatte genug, worüber er nachdenken konnte, während er wartete.

Er war wohl eingedöst, denn er schreckte hoch, als plötzlich ein lautes Quieken und Grunzen ertönte. Die Falle! Er entzündete die erste der Fackeln, die er vorbereitet hatte, und ließ sie nach unten fallen. Eine ganze Rotte schwarzer Wildschweine irrte dort durchs Unterholz. Eines war in die Falle geraten. Er warf seinen Speer und traf ein junges Tier im Rücken. Dann schleuderte er die zweite Fackel hinab. Jetzt floh die Rotte.

Scramo sprang vom Baum, tötete die Sau, die er verwundet hatte, anschließend stürzte er sich auf den Eber, den er gefangen hatte. Es war ebenfalls ein noch junges Tier. Er drückte es mit seinem Gewicht nieder und fesselte es, achtete darauf, den gefährlichen Hauern nicht zu nahe zu kommen. Dann schleppte er die zappelnde und quiekende Beute hinüber zur Insel.

Keuchend legte er das Tier in den Kreis, entzündete eine kleine Flamme und murmelte die rituellen Worte, immer unterbrochen von dem markerschütternden Quieken der Kreatur. Er löschte die Flamme, nahm das Messer und befreite die Seele aus dem Körper.

Die plötzliche Stille war überwältigend. Scramo sammelte sich und schickte die Seele zur Dhurna, bat sie um eine Eingebung, eine Vision.

Lange blieb es dunkel vor seinen geschlossenen Augen. Aber er gab nicht auf. Nach und nach schaffte er es, all das, was ihn ablenkte, auszublenden: Das Gurgeln des Wassers, seinen modrigen Geruch, das Rascheln des Laubs. Irgendwann erreichte er vollkommene Stille und Dunkelheit. Und die Bilder? Wann würden sie kommen?

Sie kamen, sie kamen mit Macht. Da war die Siedlung wieder, zu der er die Legion geführt hatte, der Knabe, dem er den Speer abnahm und der ihn jetzt, mit völlig verbranntem Gesicht, vorwurfsvoll anstarrte, schließlich der Alte, den er mit eigener Hand niedergestochen hatte. Beide blickten sie ihn an, kalt, voller Erwartung. Und dann war da noch ein Gesicht – es war das seines Onkels. Hass brannte in seinen Augen.

Scramo schreckte aus der Dunkelheit auf. Sein Herz raste. Die Dhurna hatte ihm geantwortet, aber sie hatte ihm nicht gezeigt, was er tun sollte – sie hatte ihm nur gezeigt, was er schon getan hatte.

Er biss sich auf die Lippen. *Die Toten verlangen Wiedergutmachung, sie verlangen Rache.* Es war offensichtlich. Er konnte nicht darauf warten, dass die Hassewer ihm die Arbeit abnahmen. Er musste es eigenhändig tun. »Als wenn ich das nicht schon gewusst hätte«, brummte er. Was konnte er tun? Hätte er die Offiziere töten dürfen, wäre die Sache schnell zu beenden gewesen, aber das durfte er nicht.

Er hatte noch die weißen Beeren. Die Druiden nutzten sie für berauschende Getränke, die den Geist eines Sehers weiten konnten. Falsch dosiert konnten sie einen Mann auch lähmen oder sogar töten. Hätte er nur mehr davon … Er hatte gerade genug, um etwa zwei Dutzend Männern ein paar unerklärliche Visionen zu bescheren. Aber das war zu wenig. Andererseits würde es vielleicht reichen, um einen oder zwei Männer zu töten … er dachte an Hekator Crelos. Eigentlich stand der Mann unter dem Schutz der Dhurna, aber es gab noch andere Rotmäntel. Scramo war der Meinung, dass es auf diesen einen, der, ohne mit der Wimper zu zucken, den Stall voller Menschen in Brand gesetzt hatte, nicht ankommen würde. Er hatte auch schon einen Plan, allerdings beunruhigte es ihn, dass noch jemand anders die Wirkung der Beere zu kennen schien. Doch wer?

Am wahrscheinlichsten war es der Gelehrte, der sich mit Heilkräutern und vermutlich auch Giften auskannte. Würde er Crelos vergiften, konnte ihm Famorius Moris vielleicht auf die Schliche kommen. Und wenn er Famorius Moris zuerst tötete? In den Träumen des Capianers war der Gelehrte nicht vorgekommen … Die Dhurna hatte also wohl nichts dagegen, dass dieser Mann starb. Aber er hatte nicht genug Beeren, um beide Männer zu vergiften, denn er musste es auch noch unauffällig tun.

Auf dem Rückweg zum Lager schmiedete er Pläne, die er fast so schnell verwarf, wie er sie entwickelt hatte. Da war immer noch die Frage, was der Unbekannte mit all den Beeren vorhatte.

Während er auf der einen Seite nun sicher war, dass die Toten Vergeltung verlangten, wusste er nicht, was es zu bedeuten hatte, dass er in der Vision auch seinen Onkel gesehen hatte. Hieß das vielleicht, dass die Schwarzen Druiden sie doch verfolgten?

Scramo blieb unweit des Lagers plötzlich stehen. Seine Nackenhaare hatten sich aufgerichtet, ein Zeichen, dass ihn jemand beobachtete. Er fuhr herum, aber er sah nichts außer ein paar Zweigen, die sich stärker bewegten, als sie sollten. Er ging ein Stück zurück. Die Legion hatte hier jedoch so viele Spuren hinterlassen, dass er nicht herausfinden konnte, ob er von einem Menschen oder einem Tier beobachtet worden war.

Am Morgen ließ Aureus das Lager abbauen. Er ordnete an, dass jeder Legionär einen der leichteren Schanzpfähle mitnehmen musste. Die Männer waren nicht begeistert, trotzdem folgten sie seinem Befehl.

Eigentlich war so etwas Ambos Sache, aber der General saß noch in dem Zelt, das er sich mit Adelares teilte, und erschien auch nicht zum Appell. Aureus suchte ihn auf.

Clavus Ambo saß im Schneidersitz auf dem Boden und trank von dem Met, den sie in der Siedlung erbeutet hatten. »Wollt Ihr einen Schluck, Legat? Wir haben ihn teuer bezahlt.«

»Die Erste und Zweite Tagma sind für den Abmarsch bereit, General.«

»Habe ich Euch je von meiner Frau erzählt, Moris?«

Aureus schüttelte den Kopf. Er wusste praktisch nichts über die Vergangenheit dieses Mannes. Aber im Augenblick interessierte sie ihn auch nicht. War Ambo etwa betrunken?

»Sie starb vor vielen Jahren, bei der Geburt unseres Kindes.«

»Das tut mir leid, General.«

»Der Knabe ... er war so winzig ... er starb noch in derselben Nacht. Die Heiler konnten nichts tun, und die Priesterinnen ... wisst Ihr, ich fragte die, die mich in meiner Trauer aufsuchte, ob die Seele meines Sohnes die Reise in die nächste Welt antreten würde, aber die Luxalin sagte, dass er das nicht könne, weil er des Nachts starb, ohne zuvor den Segen des Lichts erhalten zu haben.«

Aureus fühlte sich unwohl. Es stand in den heiligen Schriften, dass nur jene, die das Licht gesehen hatten, von den Sternen in die nächste Welt geleitet wurden. Der General musste das doch gewusst haben.

»Nun, ich denke, diese Priesterschaft weiß mehr über Macht und Hinterlist als über die Gnade der Götter. Mit anderen Worten, ich habe der alten Hexe nicht geglaubt.«

Aureus sah seinen Bruder bei der Virgo stehen. Sie sprachen miteinander. Es schien um eine ernste Angelegenheit zu gehen. Was mochte Famo ihr erzählen?

»Dann kam Pios Setos in die Hirschfeste.«

Hatte er etwas verpasst? Aureus verstand den Zusammenhang nicht. »Der Tribun?«, fragte er vorsichtig.

»Wusstet Ihr, dass er im selben Jahr wie mein Sohn geboren ist … war?«

»Nein, General.«

Der General lachte bitter auf. »Ich weiß, dass sie sich in Maricat und in der Hauptstadt das Maul über uns zerrissen, dass sie uns verdächtigten, gemeinsam fleischlichen Genüssen zu frönen, aber Setos war für mich nur wie der Sohn, den ich so früh verloren hatte. Er hatte diese Freundlichkeit in seinem Wesen, die auch meiner Frau innewohnte und die mein Sohn vielleicht von ihr geerbt hätte. Nun, wie es aussieht, erlaubt mir das Licht nicht, Söhne zu haben.«

Aureus wartete, dann räusperte er sich. »Ich bedaure Euren Verlust sehr, General, aber die Legion erwartet Eure Befehle …«

Clavus Ambo blickte auf. »Die Legion … ja.« Er straffte sich, schaute noch einmal trüb in den Becher und schüttete den Rest seines Inhaltes auf den Boden. »Die Legion ist beständiger als jede Familie, nicht wahr, Legat?«

»Jawohl, General.«

»Dann wollen wir meine Kinder nicht länger warten lassen …«

Als sie das Zelt verließen, kam Hekator Crelos zu ihnen und meldete, dass eine der Wachen verschwunden sei.

»Ihr meint, der Hund ist davongelaufen?«, fragte Ambo ungehalten.

»Vielleicht, Herr, doch hat er seinen Schild zurückgelassen.«

Ambo ließ den Pelzhändler nach Spuren suchen, aber der kam zu dem Schluss, die Gegend um das Lager sei viel zu zertrampelt, um irgendetwas zu erkennen. Etwas sagte Aureus, dass der Mann nicht einfach desertiert war, und er wäre der Sache gerne weiter nachgegangen, aber Ambo wollte keine Zeit mehr verlieren und befahl den Aufbruch.

Scramo Narth führte die Legion tiefer hinein ins Buschland. Die Legionäre murrten über die zusätzliche Last, die sie nun zu tragen hatten, aber General Ambo rief: »Jetzt mögt Ihr fluchen, Kinder, doch wenn in der Nacht Wölfe oder Schlimmeres ums Lager schleichen, werdet Ihr uns noch dankbar sein.«

Scramo kannte die Gegend nicht. Das dichte Unterholz verbarg das Wild vor den Augen des Jägers, also hatte er sie immer gemieden. Er hatte auch Schwierigkeiten, eine bestimmte Richtung zu halten, denn der Himmel war an diesem Morgen wolkenverhangen und grau, und es gab keine Orientierungspunkte. Lange Zeit blieben ihnen nur Wildwechsel, denen sie ungefähr nach Südosten folgten.

Irgendwann stießen sie dann doch auf einen breiteren Weg. Scramo war selbst neugierig, wohin er sie führen mochte. Seines Wissens lebten hier nur wenige Hassewer, denn auch offenes Wasser war selten.

Sie marschierten bis zum Nachmittag, als sich über dem unendlichen Buschwerk ein Wäldchen abzeichnete.

Scramo sah es mit einem Stirnrunzeln. Der Weg führte genau auf dieses Wäldchen zu, und er bekam ein ungutes Gefühl.

Aber Ambo ordnete sofort an, dort das Lager aufzuschlagen.

An etwas anderes denken sie nicht, dachte Scramo. *Diese Legion ist derart besessen von ihren Palisaden, dass es ein Wunder ist, dass sie sie überhaupt verlässt.*

Er sah kleine Steinhaufen, die am Wegesrand aufgeschichtet worden waren. Endlich wusste er, was vor ihnen lag. Er gab sofort Zeichen anzuhalten.

»Was gibt es, Meister Narth?«, wollte General Ambo wissen.

»Dies ist heiliger Grund, Herr. Wir sollten ihn meiden.«

»Heiliger Grund?«

»Seht Ihr die Steine? Pilger bringen sie mit und legen sie hier ab zum Zeichen, dass sie hier gewesen sind.«

Der General zuckte mit den Achseln. »Meinetwegen mag es heiliger Grund sein, aber das wird uns nicht davon abhalten, dort unser Lager aufzuschlagen. Vorwärts!«

Die Legion marschierte in den Hain.

Scramo sah uralte Ulmen, die einen heiligen Kreis umschlossen, umgeben von Birken, die wie in einem langsamen Regenschauer gelb leuchtendes Laub abwarfen. Der Wind rauschte in den Zweigen.

Eine alte Scheu erwachte in Scramo. »Ich bitte Euch, General, rührt diese Bäume nicht an, sie sind heilig!« Er hatte Jahre mit dem Versuch zugebracht, die Alten Pfade der Dunkelheit hinter sich zu lassen, doch offensichtlich war ihm das nicht gelungen. Das hier berührte ihn bis ins Mark.

Clavus Ambo stieg von seinem Pferd. »Gutes Holz.«

»Wir sollten die Ulmen als natürliche Deckung nutzen, General«, schlug Famorius Moris vor. »Es würde uns nicht viel helfen, sie zu fällen, aber einen solchen Hain zu verwüsten, könnte das ganze Land gegen uns aufbringen«, pflichtete ihm Aureus bei.

»Was sagt man dazu? Die Moris-Brüder sind sich tatsächlich in einer Sache einig! Ihr denkt immer noch wie die Waldlinge, aber meinetwegen. Lasst diese verdammten Ulmen stehen. Da Birken als Brennholz nicht viel taugen, sollen die Männer sich jedoch an den Ästen bedienen.«

Scramo konnte es nicht mit ansehen. Dort, wo sonst nur Druiden die alten Riten durchführten und aus dem Rauschen der Blätter den Willen der Dhurna enträtselten, schlug die Legion nun ihr Lager auf. Die Männer zertrampelten das Gras, fällten Birken und schlugen Äste aus den Baumwächtern. Auf dem Opferstein, wo heilige Männer sonst Seelen ins Land der Dhurna sandten, schlachteten sie Ziegen und Schweine, um sich den Bauch vollzuschlagen, und den äußeren Rand des Heiligtums gruben sie um, um dort Graben und Wall anzulegen.

Dabei entdeckten sie auch die Quelle, die, umstanden von uralten Ulmen, aus einem Stein sprudelte. Scramo vermutete, dass diese Quelle der Grund war, warum die Wolfsmenschen die Dhurna an diesem Ort verehrten.

Es war nur ein Rinnsal, das aus einem winzigen Hügel brach, aber die Hassewer hatten zwischen den Bäumen ein Becken angelegt und in Stein gefasst. Ambo ordnete an, das Becken zu vertiefen und die Quelle aufzustauen, damit sie am Morgen ausreichend Wasser für Menschen und Maultiere hätten.

Scramo verfluchte ihn, doch er konnte nichts machen. Ob er die Beeren vielleicht General Ambo verabreichen sollte? Der Gedanke gefiel ihm. Ohne den General würden sich die Männer schnell zerstreuen. Zu schnell? Der Dhurna würde das nicht gefallen. Er hätte fast laut gelacht. Ihr Auftrag zwang ihn, diesen Mann, ihren Feind, zu schonen, denn das Unternehmen durfte – warum auch immer – nicht scheitern.

Das hieß aber nicht, dass er nicht die Moral der Legionäre untergraben durfte.

Als sich die Soldaten am Abend nach getaner Arbeit den Bauch mit geraubtem Fleisch vollschlugen, setzte er sich ganz gegen seine Gewohnheit an das größte Feuer und aß mit ihnen. Jedoch rührte er das Fleisch nicht an. »Dies ist kein Ort, an dem man Tiere tötet, um sie zu essen. Dies ist ein heiliger Opferplatz!«, verkündete er ernst.

»Nun ist es unser heiliges Lager«, rief Hekator Crelos, und ein paar Männer lachten rau.

»Ist es wahr, dass die Wolfsleute Menschen opfern?«, fragte einer der jüngeren.

Scramo nickte. »Von Zeit zu Zeit kommt es vor, doch ist es eher die Ausnahme als die Regel. Es mag schon sein, dass hier noch die Seelen der Geopferten umgehen.«

Das war Unsinn, aber er sah, dass es seine Wirkung nicht verfehlte. Die Männer waren abergläubisch wie die Kinder, und jetzt waren sie beeindruckt, auch wenn sie lachten und seine Worte als »Gerede« abtaten.

»Ich werde nie verstehen, wie jemand diesem dunklen Glauben anhängen kann«, sagte Crelos, der Mann, der eigenhändig einen Stall voller Frauen und Kinder in Brand gesetzt hatte.

»Das ist, weil Ihr das Wesen der Dunkelheit nicht versteht, Hekator«, erklärte Scramo. »Sie ist nicht böse, nicht feindlich, sie bietet Schutz.« Er räusperte sich und fuhr fort, als er merkte, dass die Männer ihm zuhörten. »Die Dunkelheit war der Anfang, der Anfang von allem. Sie hat die Welt hervorgebracht, die Welt, die Menschen und die Götter. Und als die Dunkelheit erkannte, dass die Menschen sie fürchteten, schuf sie das Licht, um sie zu trösten.

Das Licht aber war herrschsüchtig. Es war nicht zufrieden

damit, die Welt mit der Dunkelheit zu teilen – es wollte sie ganz für sich gewinnen. Es streute Lügen aus über die Nacht, so dass die Menschen begannen, sie zu hassen, obwohl die Dunkelheit ihnen nie etwas getan hatte.«

»So ein Unsinn! Ich jedenfalls bin froh, dass hier ein Feuer brennt und die dunklen Gedanken verjagt, die Ihr streuen wollt, Domorer.«

»Nun, ich kann es leider nicht besser erklären, Hekator, denn es ist lange her, dass ich diese Geschichten von den Druiden hörte. Ich kann Euch jedoch versichern, dass die Dunkelheit nicht wehrlos ist und dass sie Frevel nicht verzeiht. Aber ich nehme an, dass Ihr die Geschichte der Verfluchten Legion besser kennt als ich.«

»Verfluchte Legion? Was soll das sein?«

»Ihr müsst von ihr gehört haben, Crelos! Sie ging mit anderen Legionen in den Norden, und keiner ihrer Männer kehrte aus den Frostsümpfen zurück«, rief einer der Legionäre. Ein paar andere nickten.

Das Gespräch war dort, wo Scramo es haben wollte. Es gab Hunderte von Geschichten über diese Legion – es sprach in seinen Augen nichts dagegen, eine weitere hinzuzufügen: »Es heißt, die Männer dieser Legion wurden von einem Fluch dahingerafft, den ein Druide der Useker über sie verhängt hatte. Sie hatten sein Heiligtum verwüstet, und er schwor Rache. Sie soll in vielen Formen über sie gekommen sein. Einige Männer trieb sie in den Wahnsinn, anderen ließ sie die Gedärme im Leib platzen, wieder andere verloren die Gewalt über ihre Glieder. Sie konnten sich nicht mehr rühren und gingen elend zugrunde. Und das alles wegen eines verwüsteten Heiligtums. Wenn ich jetzt daran denke, dass diese Legion schon auf dem Rückmarsch aus dem Reich der Dunkelheit war, wir hingegen noch auf dem Weg ins Herz dieser Finsternis sind, wird selbst mir bange. Wir sollten ihren Heiligtümern Respekt entgegenbringen.« Scramo hatte so ziemlich jede Wirkung beschrieben, die die Weißbeere entfalten konnte, und war zufrieden.

»Ihr redet Unsinn, Domorer. Die Legion wurde von Eisstürmen aufgerieben, das weiß doch jeder«, rief Crelos. »Sie zog in den Norden und war auf den frühen Winter nicht gefasst. Deshalb ging sie zugrunde. Erzählt also keine Märchen von Druiden und heiligen Hainen.«

»Vermutlich habt Ihr recht, Hekator. Es ist nur eine Geschichte, die ich in Maricat ein- oder zweimal hörte, und ich glaube ohnehin nicht an die Macht der Dhurna.«

»Andere Länder – andere Gefahren«, warf plötzlich Hekator Sarkis ein, der sonst so schweigsam war.

»Was will denn unser nobler Lakier damit sagen?«, höhnte Crelos, der keinen Hehl daraus machte, dass er den Mann nicht leiden konnte.

»Im Norden war es das Eis, am Fluss war es der schwarze Nebel, und hier? Da sind es vielleicht Wald, Sumpf oder Wasser, die sich gegen uns wenden, wenn die Finsternis es befiehlt«, fuhr Sarkis ruhig fort.

»Ihr klingt wie einer dieser Wolflinge«, spottete Crelos.

»Die Hassewer haben gelernt, in diesem Land zu überleben«, gab Sarkis zurück. »Und ich habe das Gefühl, dass sie uns damit ein gutes Stück voraus sind.« Er gähnte, stand auf und streckte sich. »Ich sehe doch, wie viele von Euch schon jetzt vor Angst zittern, dabei haben wir erst einen Bruchteil unseres Weges zurückgelegt. Ich sage Euch – auf diesem Pfad wird sich erweisen, wer ein ergebener Sohn des Lichts ist und wer nicht. Und dann wird sich die Spreu vom Weizen trennen.«

Scramo runzelte die Stirn. Wollte Sarkis die anderen Legionäre einfach nur beleidigen, oder wollte er ihnen wirklich Angst machen? Es schien ihm beides zu gelingen. Tiefe Stille lag über dem Lagerfeuer, als er ohne ein weiteres Wort gegangen war.

Eine Weile später fragte einer der Männer Scramo: »Die Dhurna – ist sie wirklich eine Göttin?«

»Eine Hexe ist sie, nichts weiter!«, fuhr Crelos den Mann scharf an.

Aber als der Hekator ging, um die Wachen zu kontrollieren, fragte der Legionär Scramo erneut nach der Dhurna.

Scramo blieb vorsichtig. Die Männer waren abergläubisch, ohne Frage, doch er durfte nicht leichtsinnig werden. »Ich weiß nicht, ob sie eine Göttin ist, Freund, aber in den alten Geschichten wird das behauptet. Es heißt, als der Allvater, der Schöpfer der Welt, die Götter von der Erde rief, weil sie ihre Macht missbrauchten, da flehte eine seiner Töchter ihn an, bleiben zu dürfen, da sie die Menschen so liebte. Das war die Dhurna, die Herrin der Finsternis. Aber, bitte, Freund, das ist natürlich nur eine Geschichte …«

»Ich hörte davon«, berichtete ein alter Veteran. »Die Domorer glauben, dass alle Götter im Norden hinter einem Tor in der Erde eingesperrt wurden und nur auf eine Gelegenheit zur Rückkehr warten. Aber die Dunkelheit sorgt dafür, dass sie den Weg zurück nicht finden können. Vielleicht hat der Allvater ihr deshalb ihren Wunsch erfüllt.«

»Pass bloß auf, dass die alte Oxala dich nicht hört. Sie würde dir sonst einen Einlauf aus Licht verpassen, dass dir die Sonne aus dem Hintern scheint!«, rief einer der Legionäre.

Die Männer lachten, und das Gespräch fand bald ein anderes Thema. Scramos kurze Erzählung von der Verfluchten Legion war sicher schnell vergessen. Aber er hatte vor, dafür zu sorgen, dass sie den Legionären wieder in Erinnerung kommen würde.

In der Nacht zerrieb er die gesammelten Weißbeeren zu einem feinen Pulver. Gegen Morgen, als die Nacht am dunkelsten war, schlich er hinüber zu der Ulme, unter der Hekator Crelos sein Lager aufgeschlagen hatte. Die Trinkschläuche baumelten neben anderen Vorräten an einem Ast. Zu seinem Pech konnte Scramo im Dunklen nicht erkennen, welcher der Trinkschläuche dem Hekator gehörte. Er bat die Dhurna, ihn den richtigen finden zu lassen, wählte einen aus und füllte die Hälfte des Pulvers hinein. Den Rest verteilte er in viel geringeren Dosen auf die anderen Trinkflaschen und mischte auch etwas unter das Korn, das diese Männer für das Frühstück vorgesehen hatten. Dann schlich er zurück zu seinem eigenen Lager. Niemand schien ihn gesehen zu haben.

Am Morgen fand Aureus den General mit einem Krug Met in der Hand unter einer Ulme. Er saß auf seinem Sattel und schien die ganze Nacht nicht geschlafen zu haben. Er brummte nur, als Aureus ihn nach seinen Befehlen fragte.

Also brachte er die Legion selbst auf Trab. Die Männer brachen das Lager ab, nahmen mit, was wiederverwendet werden konnte, und machten sich marschbereit. Beim Appell stellte er fest, dass wieder ein Mann fehlte.

»Ein Deserteur, ganz sicher«, meinte Crelos.

»Aber er stand auf Wache, genau wie der Mann gestern«, zweifelte Aureus an dieser einfachen Erklärung. Sie fragten wieder den Pelzhändler, der sich die Sache ansah und dann sagte: »Wenn er davongelaufen ist, hat er es auf unseren Spuren getan, und so kann ich seine Fährte nicht finden.« Crelos schlug vor, ein paar zuverlässige Männer loszuschicken, die den Mann zurückbringen sollten, aber Ambo lehnte das ab. »Lasst ihn laufen«, sagte er. »Er wird schon in sein Unglück rennen.«

Aureus hatte jedoch das Gefühl, dass der Mann seinem Unglück vielleicht bereits begegnet war. Da selbst Meister Narth ihm nicht sagen konnte – oder wollte –, was hier geschehen war, blieb ihm nichts anderes übrig, als die Sache vorerst auf sich beruhen zu lassen.

»Ich bin froh, dass wir Ambo aufhalten konnten«, meinte Famorius, als sie den Hain verließen. »Er hätte diesen heiligen Grund sonst sicher zerstört.«

»Du nennst ihn heilig? Er ist der Dunkelheit geweiht, Famo, und wir dienen dem Licht, nicht wahr?«

Famorius zuckte mit den Achseln. »Schon wahr, aber auch einem Legionär sollte klar sein, dass es unklug wäre, die Einheimischen mit Frevel gegen ihre Götter aufzubringen, oder?«

Darauf erwiderte Aureus nichts.

»Hast du sie eigentlich wieder gehört, Auro?«

»Wen?«

»Die Stimme, die dich ruft.«

»Nein. Es scheint vorüber zu sein.«

»Sehr gut. Ich war besorgt deswegen.«

»Hast du mit jemandem darüber gesprochen, Famo?«

»Wie? Nein, natürlich nicht. Das sollte eine Sache zwischen uns bleiben, oder nicht?«

»Ja«, sagte Aureus, aber er hatte Zweifel an der Aufrichtigkeit seines Bruders. Famorius hatte in den vergangenen Tagen verdächtig oft mit der Virgo gesprochen. Auch über ihn?

Noch am Vormittag erreichten Aureus die ersten Meldungen von erkrankten Männern. »Sie müssen etwas Falsches gegessen haben, Legat«, meldete Phremos Stax. »Es sind ihre Gedärme, die sie in die Büsche treiben.«

»Aber was soll das gewesen sein, Hekator? Wir hatten frisches Fleisch, Hirse und Weizenbrei.«

Das konnte Stax nicht sagen.

Der Zug geriet ins Stocken, denn immer mehr Männer beklagten sich über Übelkeit. Dann wurden auch die Mulis plötzlich krank.

»Koliken, Legat, eine ganz üble Sache«, meldete Claudio Optus. »Meine Maultierführer sagen, dass Maultiere niemals erkranken, jedenfalls nicht an Koliken, wie sie bei Pferden schon einmal vorkommen. Sie dienen doch in der Legion, weil sie so unverwüstlich und zäh sind.«

»Sie sagen nicht, dass sie niemals krank werden«, korrigierte Phremos Stax düster, »sie sagen, dass sie nur krank werden, um zu sterben.«

Aureus ließ die Legion halten. Einige Männer wurden von Krämpfen geplagt.

»Das Wasser«, rief Famorius. »Die meisten von uns haben aus der Quelle getrunken. Und auch die Tiere wurden dort getränkt. Das Wasser muss verseucht gewesen sein!«

»Unsinn, Famo. Ich habe selbst heute Morgen davon getrunken und merke nichts.«

»Es ist der Fluch«, verkündete Stax düster. Und dann erklärte er: »Es geht ein Gerücht um, dass die Dhurna uns einen Fluch geschickt hat und dass es uns ergehen wird wie den Legionen, die nach Norden gesandt wurden. Unsere Glieder werden gelähmt, der Verstand umnachtet und unser Innerstes wird nach außen gekehrt, so lautet die Prophezeiung. Und am Ende wird er uns alle umbringen.«

»Redet nicht so einen Unsinn, Mann!«, fuhr ihn der General an, der sich endlich wieder für das zu interessieren schien, was in seiner Legion vorging. Er führte sein Pferd am Halfter. Es schwitzte stark und stand unsicher auf den Beinen.

Besorgt erkundigte sich Aureus bei den Priesterinnen nach ihrem Befinden, doch denen schien es gut zu gehen. »So habt Ihr nicht von der Quelle getrunken, ehrwürdige Oxala?«

»Doch, das haben wir. Gestern Abend schon. Und ich ließ gleich Wasser für den Morgen schöpfen, denn es schickt sich nicht, wenn sich Luxalinnen mit Legionären an einem Wasserbecken wie Tiere an einem Trog drängen.«

»Dann wäre das Wasser über Nacht schlecht geworden …«, murmelte Famorius, als er davon hörte.

Aber Aureus war immer noch nicht überzeugt. »Ich habe gestern und heute aus dem Becken geschöpft und bin nicht erkrankt. Es muss etwas anderes sein.«

Famorius sah ihn nachdenklich an. »Es gibt noch eine andere Erklärung … aber entschuldige mich. Ich fürchte, mich hat es auch erwischt.«

Plötzlich brach ganz in der Nähe ein Legionär weinend zusammen. Er stammelte etwas von blutigen Händen, die nach ihm greifen würden, und war nicht zu beruhigen. Dann meldete Optus, dass einige Männer das Gefühl in den Beinen verloren hätten.

Der General, der von allen Plagen verschont blieb, willigte mit ein paar deftigen Bemerkungen ein, als Aureus vorschlug, das Lager für die kommende Nacht an Ort und Stelle zu errichten. Die halbe Legion war erkrankt, wurde von Visionen, Krämpfen oder Lähmungen gequält. Aureus fand kaum genug Leute, um Graben und Wall anzulegen.

»Wenigstens können wir den Graben gleich wieder mit unserem Auswurf füllen. Das wird jeden Feind abschrecken«, meinte Optus, der ebenfalls ganz blass war, sich aber zusammenriss.

Auch den Tieren ging es immer schlechter, und als es Abend wurde, war klar, dass sie nicht zu retten waren. Ambo tötete sein Pferd eigenhändig, und Tribun Adelares, dem Aureus das Tier von Pios Setos überlassen hatte, musste sein Reittier ebenfalls töten.

Die ganze Nacht fand die Legion keine Ruhe. Bei einigen Männern kam Fieber dazu, und im Morgengrauen legten sie in aller Hast einen Scheiterhaufen für zwei Männer an.

Als Aureus bei Sonnenaufgang die Legion zum Appell antreten ließ, fehlten sieben weitere Männer.

Er befahl, nach ihnen zu suchen, weil er befürchtete, dass sie irgendwo außerhalb des Lagers geschwächt zusammengebrochen sein könnten, doch war keine Spur von ihnen zu finden.

»Ich fürchte, sie sind nicht der Krankheit zum Opfer gefallen«, meinte ein übernächtigter Claudio Optus. »Einer dieser Männer diente in meiner Hundertschaft. Ein mürrischer Kerl aus Saxa, aber er war gesund wie ein Fisch, als ich ihn zuletzt sah.«

»Deserteure? Schon wieder?«, schnaubte General Ambo voller Verachtung, als Aureus ihm Meldung machte.

»Die Männer wissen inzwischen, wohin wir marschieren, General. Sie haben viele Kameraden verloren, und dann noch dieses Gerede von der Verfluchten Legion …«

»Diese abergläubischen Memmen!«

»Vielleicht könnt Ihr sie aufrichten, General. Die Männer wirken verzagt, und sie fragen sich, warum ihr General sich seit Tagen nicht mehr um sie zu kümmern scheint.«

Ambo trat nahe an Aureus heran: »Seid vorsichtig mit dem, was Ihr sagt, Moris. Das ist meine Legion, nicht die Eure. Meine Männer wissen das. »Aureus wich nicht zurück. »Es ist vielleicht an der Zeit, dass Ihr sie daran erinnert, General!«

Ambo knurrte etwas über anmaßende domorische Legaten, aber dann verließ er sein Zelt und begab sich auf einen Rundgang durch das Lager. Er machte einen groben Scherz hier, eine launige Bemerkung dort und schien doch schon durch seine bloße Anwesenheit die Moral der Männer zu stärken.

Tribun Adelares schlug vor, an Ort und Stelle zu bleiben, da viele Männer geschwächt seien, aber Aureus war dagegen: »Hier gibt es kein frisches Wasser, und wir müssen das fortschütten, was wir im Hain gesammelt haben. Wir brauchen Wasser, also werden wir marschieren, bis wir einen Bach finden. Die Männer sollen sich zusammenreißen.«

General Ambo stimmte ihm zu und befahl den Aufbruch, aber sie mussten vieles von dem schweren Gerät zurücklassen, das sie den Maultieren aufgebürdet hatten. Nur ein einziges Zelt ließ Ambo einpacken, denn er meinte, dass doch wenigstens die Priesterinnen mehr als ein Dach aus Laub über dem Kopf haben sollten.

Aber Ambo war ebenso unschlüssig wie Aureus, welche Richtung sie einschlagen sollten. Der Pelzhändler kannte diese Gegend nicht, und so konnte er ihnen nicht sagen, wo sie Wasser finden würden. Er schlug vor, wieder in Richtung des Schlangengrundes zu marschieren: »Dort gibt es wenigstens reichlich Wasser, Herr.«

»Das nach Moder und Verwesung roch. Nein, Meister Narth. Dieses Land ist doch keine Wüste. Überall wachsen Büsche. Hier wird es wohl irgendwo Wasser geben. Wir marschieren weiter nach Osten«, entschied Ambo.

Sie kamen nur langsam voran, und als die Dämmerung einsetzte, hatten sie immer noch kein Wasser gefunden. Aureus schickte Spähtrupps voraus, aber er wartete vergeblich auf das erhoffte Signal.

Es wurde dunkel, und Ambo befahl zu lagern. Viele von

den Legionären waren völlig erschöpft, weil sie nach wie vor mit ihren Innereien kämpften, und die, die verschont geblieben waren, zeigten sich widerspenstig, als Aureus Befehl gab, Graben und Wall anzulegen.

»Wozu, Legat? Hier ist weit und breit niemand, weil es weit und breit kein Wasser gibt! Und der General scheint auch kein Lager zu brauchen …«, meinte Hekator Crelos, der sich zum Wortführer der Unzufriedenen aufgeschwungen hatte.

»Ihr habt einen Befehl erhalten, Hekator, und es ist besser, Ihr führt ihn aus, oder wollt Ihr Euren Rang verlieren?«

»Das ist nicht Eure Entscheidung, Domorer.«

Aureus packte den Mann am Kragen. »Wie habt Ihr mich genannt?«

Crelos hielt seinem wütenden Blick nur einen Augenblick stand. Dann knickte er ein. »Legat …«

»Schon besser. Und jetzt macht Euch an die Arbeit, wenn Ihr nicht wollt, dass der General von Eurer Aufsässigkeit erfährt.«

»Zu Befehl, Legat«, murmelte der Hekator und verschwand.

»Schenkt ihm nicht zu viel Beachtung«, meinte Optus, der den Streit mit angehört hatte. »Hekator Crelos mag wohl keine Domorer, aber er mag auch keine Amarer, Karsier, Bover oder Lakier, ja, ich glaube, er mag nicht einmal sich selbst.«

Aureus nickte verdrossen, er sah hier durchaus eine Gefahr: Crelos war rücksichtslos, aber bisher nicht durch Unbotmäßigkeit aufgefallen. Wenn der Hekator ihn so offen herausforderte, hatte er vermutlich Freunde und Unterstützer. Die Moral war schlecht, und die Männer waren nicht weit von einer Meuterei entfernt. Es hatte sich herumgesprochen, dass sie noch weit nach Osten mussten, und es kursierten die wildesten Geschichten über das Trugland. Aureus hatte auch flüstern hören, dass es nicht gut sein könne, wenn Ambo den Befehl über seine Legion einem Domorer übertrug.

Er ließ sich dadurch nicht beeindrucken. Er kletterte auf den Erdwall, den die Legionäre lustlos aufschichteten, um sich einen Überblick zu verschaffen.

Es war schon dunkel, doch das bleiche Laub des Buschwerks war im Mondlicht gut zu sehen. Es erstreckte sich über die Ebene, so weit das Auge reichte. Hier und da ragte ein dürrer Baum in die Höhe, aber nirgendwo deutete eine Baumgruppe oder etwas Ähnliches auf einen Bach oder einen Teich hin. Ein paar Raubvögel kreisten weiter südlich. Sie mussten Aas gesichtet haben. Oder vielleicht warteten sie nur in sicherer Entfernung auf das Ende dieser Legion.

Er rieb sich die pochende Stirn. Ob er den Schmerz je wieder loswerden würde? Der Wind strich durch das Laub – und er hörte seinen Namen!

Er versuchte, den Ruf zu ignorieren, aber er war da! Verstohlen sah er sich um. Niemand sonst schien das gehört zu haben.

Wieder!

Er ging ein paar Schritte aus dem Lager hinaus. Das Wispern lockte ihn weiter. Ein uralter Wacholderbusch ragte dort zwischen den Büschen heraus. Den musste er übersehen haben.

»Diese Richtung«, flüsterte eine heisere Stimme.

Er fuhr herum. Die Fremde! Sie war nicht zu sehen. »Warum versteckst du dich?«

»Zu viele Menschen. Eine halbe Stunde … in dieser Richtung. Süden. Ihr findet Wasser.«

»Diese Richtung?«

Er bekam keine Antwort. Dafür hörte er einige Männer durchs Gebüsch hasten. Er rief sie an. Es war einer der vorausgesandten Spähtrupps, aber er hatte keine guten Nachrichten: »Kein Gewässer, Legat, gar keins. Ich fürchte, wir müssen bald den Tau von den Blättern lecken.«

Aureus schüttelte den Kopf. Es war vielleicht Wahnsinn, aber was hatte er zu verlieren?

»Geht mit Euren Männern nach Süden. Ich habe so ein Gefühl, dass Ihr dort bald Wasser finden werdet.«

»Dieses verdammte Buschwerk sieht in der Richtung auch nicht anders aus als anderswo«, meinte der Veteran. »Wie kommt Ihr darauf, dass dort etwas zu finden sein soll?«

»Erstens bin ich, wie Ihr vielleicht wisst, ein Kind der Dämmermark. Wir haben ein Gespür für so etwas. Zweitens … wie kommt Ihr dazu, meinen Befehl in Frage zu stellen, Legionär? Jetzt eilt, in einer Stunde spätestens werdet Ihr auf Wasser stoßen!«

»Jawohl, Legat!«

Scramo Narth leerte die Flasche aus. Er trug, eine Angewohnheit aus den Tagen der Jagd, immer zwei Trinkschläuche, und den einen, der glücklicherweise kein vergiftetes Wasser enthielt, hatte er inzwischen geleert.

Scramo Narth stand vor einem Rätsel. Sie hatten zwei Männer verbrannt, aber Brax Crelos war leider verschont geblieben. Er hatte also offensichtlich den falschen Trinkschlauch vergiftet. Die halbe Legion war krank, und einige Männer waren davongelaufen, aber er hatte damit nichts zu tun. Wer hatte ihm hier die Arbeit abgenommen? Der Gelehrte konnte es nicht gewesen sein, denn der war ebenfalls erkrankt.

Jemand musste das Becken an der Quelle mit Weißbeeren

vergiftet haben, anders war nicht zu erklären, dass es so viele erwischt hatte. Nur, wer hatte ihm diesen Gefallen getan? Und warum? Hatte die Dhurna einen zweiten Diener hier? Wenn, dann nahm der keine Rücksicht auf ihn.

Er schüttete das vergiftete Wasser fort und sah zu, wie es im Boden versickerte. Zum Glück hatte er den anderen Schlauch schon abends gefüllt, sonst wäre es ihm vielleicht ebenso schlimm ergangen wie vielen anderen. Besser als jener Unbekannte hätte er es selbst nicht machen können.

Die Männer waren geschwächt, die Schlacht am Noctus steckte ihnen auch in den Knochen, und sie waren weit von der sicheren Heimat entfernt. Noch ein, zwei Tage ohne offenes Wasser, und die Legionäre würden entweder in Scharen davonlaufen oder meutern. Vielleicht würde sich sein Auftrag leichter erfüllen lassen, als er geglaubt hatte.

Er hörte aufgeregte Rufe und dann regelrechten Jubel, der durch das Lager lief. »Was ist denn los?«, fragte er einen Legionär, der an ihm vorüberhastete. »Sie haben einen Bach gefunden. Gar nicht weit von hier.«

»Einen Bach?«

»Ja, der Legat hat ihnen gesagt, wo sie suchen müssen. Dieser verfluchte Domorer scheint es wirklich gewusst zu haben! Packt Eure Sachen. Wir brechen sofort auf.«

»Sofort? Aber das Lager?«

Der Legionär war jedoch schon weitergelaufen und antwortete nicht.

Der Legat hatte gewusst, wo Wasser zu finden war? Das war merkwürdig. Der Mann war vielleicht Domorer, aber er war ein Zahmling, und er bemühte sich so sehr darum, ein Capianer zu sein, dass man selbst das leicht vergessen konnte. Und nicht einmal ein Waldkrieger hätte hier Wasser einfach so riechen können. Verflucht, er war schließlich auch aus dem Waldland und hatte nicht die leiseste Ahnung gehabt, dass in der Nähe ein Bach floss. Wie hatte also der Legat das wissen können?

»Es war die Stimme, Famo.«

Sie standen am Rand des tiefen Tals und sahen zu, wie die Legion einige Schritte entfernt im Fackelschein die steile Böschung hinabmarschierte. Der Bach floss durch einen weiten Bruch. Birken wuchsen an seinem Ufer. Sie hatten sie nur nicht sehen können, weil dieses schmale Tal viel tiefer lag als seine Umgebung. Jetzt hatten sie frisches Wasser.

Aureus konnte erkennen, dass er in der Achtung der Legionäre beträchtlich gestiegen war.

Der Pelzhändler schien ebenfalls beeindruckt, aber nicht glücklich mit diesem Platz zu sein. Er murmelte etwas von einem guten Platz für Räuber und wilde Tiere, behauptete sogar, die Spur eines Bären gesehen zu haben, bevor er hinunterstieg.

»Was meinst du?«, fragte sein Bruder. Er war neben ihm stehen geblieben und sah immer noch blass und leidend aus.

»Die Stimme hat mir von diesem Bach erzählt.«

Famo warf ihm einen kritischen Blick zu. »Du meinst, die seltsame Frau ist dir wieder erschienen?«

»Ich habe sie nicht gesehen, nur ihr Flüstern gehört. Sie muss sich irgendwo versteckt haben.«

»Im Buschland? So dicht sind diese Sträucher nicht, dass sie mit dir flüstern kann und gleichzeitig versteckt bleibt. Nein, das hast du dir wohl wieder nur eingebildet.«

»Und woher wusste ich, dass es dieses Tal gibt?«

»Du hast einfach nur Glück gehabt, Auro!« Famorius schien richtig zornig zu werden. »Vielleicht hast du irgendetwas gesehen, kreisende Vögel oder so etwas, und das hat dir verraten, was wir hier finden. Du hast nicht darauf geachtet, aber dann ist es dir doch noch eingefallen. So einfach ist das!« In Famorius' Stimme lag viel Wut, eine Wut, die sich Aureus nicht erklären konnte, gleichzeitig war sein Bruder leichenblass geworden. Er taumelte. Beinahe wäre er über die Kante des Bruchs in die Tiefe gestürzt, aber Aureus fing ihn im letzten Augenblick ab.

»Hat es dich so schwer erwischt, Famo?«

Sein Bruder nickte bloß.

Aureus rief zwei Legionäre und befahl ihnen, Famorius an den Bach zu geleiten. »Schafft ihm ein gutes, trockenes Lager und sorgt dafür, dass Meister Ipkratos sich um ihn kümmert. Und er soll gründlich sein! Ich werde selbst nach ihm sehen, sobald ich mich um die Wachen gekümmert habe.«

Es war viel zu spät, um noch mit Schanzarbeiten zu beginnen, also stellte Aureus doppelte Wachen an der Bruchkante und auch im Tal auf. Offenes Wasser würde wilde Tiere anziehen, und vielleicht gab es hier wirklich Bären, wie Meister Narth gesagt hatte. Sie durften in ihrer Wachsamkeit nicht nachlassen.

Als er etwas später seinen Bruder aufsuchte, war die Virgo bei ihm. Famorius war mit mehreren Mänteln zugedeckt, aber seine Zähne klapperten. Apricia kühlte seine Stirn mit einem feuchten Tuch.

»War der Heiler bei ihm? Wie geht es ihm?«

»Ich kann dich hören, Auro. Tu also nicht so, als sei ich nicht da … Und es geht schon … geht bald vorüber.«

»Habt Ihr einen Augenblick für mich, Legat Moris?«, fragte die Virgo. Sie winkte die Novizin heran und übergab ihr das feuchte Tuch mit ein paar Anweisungen.

»Was ist mit ihm?«, fragte Aureus, als sie außer Hörweite

waren. »Keiner der anderen Männer ist so krank geworden. Den meisten geht es inzwischen viel besser.«

»Es ist nicht sein Magen, fürchte ich. Ich habe mit Meister Ipkratos und auch mit Meister Unakos, dem Heiler der Lakier, gesprochen, und beide meinen, das seien alles Anzeichen des Frostfiebers.«

»Frostfieber? Wie soll er in dieser Gegend ...« Aureus verstummte. Schon vor ein paar Tagen hatte Famorius kränklich gewirkt.

»Meister Ipkratos hat Euren Bruder danach gefragt, und er hat zugegeben, seit einigen Jahren an dieser Krankheit zu leiden. Er hat behauptet, er habe sie fast überwunden, aber ...«

»... Ipkratos ist anderer Ansicht«, führte Aureus ihren Satz mit tonloser Stimme weiter. Er kannte die Krankheit nur zu gut. Die Sechzehnte Legion war vor seiner Zeit im Norden gewesen, und einige Veteranen wurden, obwohl das Jahre zurücklag, immer wieder von der Krankheit eingeholt. Und irgendwann brachte sie die Männer um. »Was haben die Heiler noch gesagt?«

»Sie konnten nicht sagen, wie lange der Anfall dauern würde. Ipkratos fragte Euren Bruder, wie lange genau er diese Krankheit habe, aber Euer Bruder wich der Frage aus.«

»Zehn oder zwölf Jahre«, murmelte Aureus.

Die Virgo sah ihn erschrocken an.

»Nein, ich meine, so lange kann ein Mann das Fieber ertragen, bevor ... Diese Krankheit ... sie ist nicht ansteckend, aber früher oder später tötet sie jeden Mann. Ich habe das oft genug auf Iscer gesehen. Ich weiß nicht, wann Famo sich diese Krankheit zugezogen hat. Er hat nie etwas gesagt.«

»Habt Ihr keine wichtigeren Aufgaben zu erfüllen?«, durchschnitt die Stimme von Mata Oxala das betroffene Schweigen, das sich zwischen ihnen entspann.

»Es geht um seinen Bruder, ehrwürdige Mata. Er ist schwer krank.«

»So? Und hat er bei den Wilden kein Kraut gegen sein Leiden gefunden? Jedenfalls ist es nicht deine Sache, Apricia. Geh und kümmere dich mit Kyntia um die beiden Kinder. Sie wollen nichts von dem essen, was ich ihnen anbiete. Vielleicht hast du mehr Glück.«

»Ja, ehrwürdige Mata.«

»Ihr sollt Euch von ihr fernhalten, Legat«, zischte die Hohepriesterin, als die Virgo gegangen war. »Sie ist zu Höherem bestimmt!«

»Ihr meint – Kinder füttern?«, gab Aureus gallig zurück.

»Ich meine etwas Höheres, als einen Wilden zu heiraten, der sich die Haut eines Capianers übergezogen hat, obwohl er nie einer werden wird. Und nun geht und seht nach den Wachen oder was Ihr sonst so zu tun pflegt, Domorer.«

Damit drehte sie sich um und stapfte triumphierend davon.

Er sah ihr nach und verfluchte sie. Sie begann, ihm auf die Nerven zu gehen. Aber er würde sich nicht von ihr einschüchtern lassen. Dann ging er, um nach seinem Bruder zu sehen.

Famorius lag im Schein eines niedrigen Feuers unter den Mänteln und schien gleichzeitig zu frieren und zu schwitzen. Aureus befühlte seine Stirn. Sie war glühend heiß.

»Nicht gerade die Hand einer liebenden Frau …«

»Du bist wach? Gut. Wie lange hast du das schon, Famo? Und warum hast du nie etwas gesagt?«

»Unwichtig. Warum sollte ich dich damit behelligen? Bist du Heiler? Nein. Du weißt doch noch nicht einmal, wie es ist, krank zu sein, oder?« Famo richtete sich ein Stück weit auf und packte ihn an der Tunika. »Ist es nicht so?«

Aureus runzelte die Stirn. »Ich weiß nicht, was du meinst.«

»Du warst nie krank, oder? Nicht als Kind, nicht als Mann … Als wir alle gestern von Krämpfen und Schlimmerem geplagt wurden, da bliebst du verschont.«

»Auch andere Männer wurden nicht …«

»Sag mir, Auro, bist du je schwer verwundet worden?«

»Ich habe viele Verletzungen in der Schlacht erlitten, wenn auch keine schweren, aber ich weiß nicht, worauf du hinauswillst. Du machst dich doch immer lustig über meine vielen Narben. Und an der Brücke, da hätten sie mir fast den Schädel eingeschlagen. Du hast die Beule selbst …«

»Aber du hättest tot sein müssen, Auro! Tot!«, unterbrach ihn sein Bruder heftig.

Aureus starrte Famorius verwirrt an. Das musste das Fieber sein, das aus ihm sprach.

»Fünf Männer wollten dir ans Leben, und du hast nicht einmal deine Rüstung getragen. Und wie aus dem Nichts erscheinen Wölfe und retten dich! Siehst du nicht, was hier geschieht? Und damals, als die Nachtmänner unser Dorf überfielen … Hast du vergessen, was da in dem Stall geschah, in dem dieser Krieger dich umbringen wollte?«

»Der Stall stürzte ein, was kein Wunder war, da er in Flammen stand. Ich wäre verbrannt, wenn du mich nicht gerettet …«

»Aber ich habe dich nicht aus den Flammen gezogen, Auro!«

Aureus stockte der Atem. Sein Bruder redete offensichtlich wirres Zeug. »Aber du musst mich da herausgezogen haben, wie wäre ich sonst …«

Famo hatte sich erregt halb aufgerichtet. »Du lagst einfach neben dem Stall, als ich es endlich wagte zurückzukehren. Ich habe doch auch nie behauptet, dich gerettet zu haben, oder?«

Aureus verstummte. Das stimmte. Sie hatten eigentlich nie über diese Unglücksnacht gesprochen, denn das rührte an tiefe Wunden. Sein Leben lang hatte er angenommen, sein Adoptivbruder hätte ihn aus den Flammen gerettet. Und das sollte nicht stimmen? Aber worauf wollte Famorius hinaus?

»Verstehst du es nicht? Erinnere dich an den Fremden, der in unsere Siedlung kam! Er hatte ein Geschenk für mich.«

»Die geheimnisvolle Frucht, die du nicht wolltest!« Warum kam er jetzt mit dieser Geschichte? Es musste wirklich das Fieber sein, das aus ihm sprach.

»Ich habe gezögert, sie anzunehmen, weil mir der Fremde unheimlich war. Und als ich endlich bereit war, diese seltsame Frucht zu kosten ... hatte mein bester Freund sie bereits gegessen.«

»Und was hat das jetzt mit deinem Fieber und meinen Wunden zu tun?«

»Begreifst du es immer noch nicht?« Famorius brachte seine Lippen nah an Aureus' Ohr und flüsterte: »Du trägst den Dorn, das Geschenk der Herrin der Dunkelheit. Du trägst ihn, obwohl er für mich bestimmt war!« Dann sackte er stöhnend und zitternd auf sein Lager zurück.

Aureus betrachtete ihn erschüttert. Sein Bruder redete Unsinn.

Oder nicht?

Er begann nachzudenken. Der Fremde hatte unter den Kindern des Dorfes Famo ausgesucht, den Jungen, von dem alle sagten, er sei etwas Besonderes. Die Alten hatten behauptet, dass er in der alten Zeit gewiss Seher oder Druide geworden wäre. Aber die alten Zeiten waren an dem Tag vorüber gewesen, als das Licht über den Hügeln aufleuchtete.

Und die Frucht? Sie war unscheinbar, sah einer Kastanie ähnlich und hatte nicht einmal gut geschmeckt. Und er hatte sie genommen, weil er eifersüchtig gewesen war, dass der geheimnisvolle Fremde nur mit Famo reden wollte, nicht mit ihm, der er doch der Anführer der Jungen des Dorfes war.

Aber ein Dorn? Dieses angeblich zauberkräftige Ding, das sie für den Kaiser aus dem fernen Trugland holen sollten? Er hatte bisher nicht einmal richtig geglaubt, dass es so etwas gab. Und wenn es ihn doch geben sollte, dann trugen ihn nur auserwählte Diener der Dunkelheit. Er war ein Legat in der Legion, die auf das Licht eingeschworen war. Das alles ergab überhaupt keinen Sinn.

Nur weil er niemals krank gewesen oder schwer verwundet worden war, hieß das noch lange nicht, dass die Dhurna über ihn wachte. Warum sollte sie, da er sie doch bekämpfte? Nein, sein Bruder redete im Fieberwahn.

Famorius lag mit halb geschlossenen Augen auf der Erde. Sein Gesicht glänzte bleich unter Fieberschweiß. Jetzt öffnete er die Augen ganz und richtete seinen brennenden Blick auf Aureus. »Ich werde bald sterben, Auro. Noch ein oder zwei solcher Anfälle, und es ist vorbei. Ich sterbe, weil du damals die Frucht gegessen hast, die für mich bestimmt war. Sie hätte mich vor dem Fieber bewahrt. Und jetzt geh und lass mich in Ruhe.«

Erschüttert verließ Aureus seinen Bruder. Famorius würde sterben? Das konnte, durfte nicht sein. Erst nach und nach begriff er die mögliche Tragweite dessen, was er vor langer Zeit getan hatte, aber dann traf es ihn mit voller Wucht: Wenn stimmte, was Famorius sagte, war es seine Schuld, dass sein Bruder bald sterben würde.

Hekator Sarkis kam zu ihm und fragte ihn etwas. Er hörte kaum, was der Mann sagte. Es ging um die Sicherheit des Lagers und Spuren von wilden Tieren. Er verwies ihn an

Adelares. Der Tribun konnte vielleicht endlich einmal zeigen, dass er auch zu irgendetwas nütze war.

Er wollte allein sein und folgte dem Bach, an dem sich die Legionäre ohne jede Ordnung niedergelassen hatten, ein Stück aufwärts.

Er umging ungesehen einen Posten, der auf einem Baumstamm saß und vor sich hin döste, und blieb erst stehen, als er das Geschwätz und Gelächter der Legionäre nicht mehr hörte. Nur der Bach murmelte leise zu seinen Füßen. Er schöpfte etwas Wasser und verrieb es im Gesicht. Der Schmerz in seinem Kopf war wieder einmal zurückgekehrt. Er blickte auf zu den Sternen und bat sie, seinem Bruder zu helfen. Er hatte das ewig nicht getan, die Sterne um Hilfe zu bitten. Aber was konnte er sonst tun?

Die Blätter rauschten leise im Wind. Er ignorierte ihr Flüstern. Dann fiel ihm auf, dass hier gar kein Wind ging. Wisperten sie wieder seinen Namen? Die Fremde – vielleicht wusste sie Rat. Er hörte seinen Namen ganz deutlich, aber nein, es war nicht das wispernde Laub. Jemand rief nach ihm.

Er drehte sich um, sah die Virgo näher kommen, und das Flüstern verstummte.

»Virgo Apricia, was macht Ihr hier draußen? Es ist hier nicht sicher.«

»Ich habe nach Euch gesucht, Aureus.«

»Ist etwas mit meinem Bruder?«

»Wie? Nein, er schläft, glaube ich. Ich habe ihn in Kyntias Obhut zurückgelassen.«

»Solltet Ihr Euch nicht um die beiden Kinder kümmern? Die ehrwürdige Oxala wird nicht erfreut sein, wenn …«

»Die Kinder sind versorgt, und sie werden bewacht. Fortlaufen können sie also nicht. Das sollte der Mata genügen. Und es sollte auch nicht Eure Sorge sein, Aureus.«

Er lauschte auf das Flüstern der Blätter. Sosehr er die Gegenwart der Priesterin genoss, dieses eine Mal wäre es ihm lieber gewesen, sie wäre nicht hier. Aber die Blätter schwiegen. »Ich hatte keine Ahnung, dass Famo so krank ist«, sagte er, als das Schweigen lastend wurde.

Sie seufzte. »Er hat es wohl vor aller Welt verborgen. Sonst hätte man ihm bestimmt nicht erlaubt, uns zu begleiten.«

»Ja, vermutlich.«

»Glaubt Ihr, dass es dieses Heilmittel, das wir im Trugland suchen, wirklich gibt, Aureus?«

Er zuckte mit den Schultern. Nach allem, was er eben gehört und erfahren hatte, musste es das geben, aber ein Teil von ihm weigerte sich noch, das zu glauben. Wenn dieser Dorn nämlich nur eine Legende wäre, dann war er nicht schuld am Leiden seines Bruders …

»Ich nehme an, Ihr werdet diese Hexe nun auch um Heilung für Famorius bitten, nicht wahr?«

»Um Heilung?« Aureus brauchte einen Moment. Dann wurde ihm plötzlich klar, warum sein Bruder unbedingt ins Trugland wollte – er suchte das Heilmittel für sich selbst.

»Ich weiß nicht, ob ich an diese Geschichte vom allheilenden Dorn glauben soll, Apricia.«

»Wie könnt Ihr daran zweifeln? Es ist doch die einzige Hoffnung für Euren Bruder!«

»Aber wenn die dunkle Fürstin über dieses Heilmittel verfügt – warum sterben dann auch ihre Anhänger an Seuchen und Krankheiten? Könnte sie nicht die ganze Welt heilen? Und würde ihr das nicht Tausende, Millionen neue Anhänger bescheren?«

»Ich weiß es nicht, ich hoffe nur, dass Euer Bruder recht hat und wir ihn retten können.«

Ihr schien sehr viel an seinem Bruder zu liegen … »Und den Kaiser«, sagte er.

»Ja, den Basileios natürlich auch. Aber sagt, wie geht es Euch, Aureus? Habt Ihr Eure Verwundung gut überstanden?«

Die Frage verwirrte ihn. »Wie Ihr sehen könnt, bin ich wohlauf.« Sehen konnte sie es letztlich nicht. Es war längst dunkel geworden. Er hatte ein merkwürdiges Gefühl. Seine Nackenhaare stellten sich auf. Gefahr? Etwa durch die Virgo?

Erst jetzt fiel ihm auf, wie nahe sie ihm gekommen war. Aber in ihren Gesichtszügen konnte er nicht lesen.

»Euer Bruder hat erwähnt, dass Eure Kopfverletzung vielleicht länger wirkende Folgen haben könnte …«

»Er hat *was*?«

»Er macht sich Sorgen um Euch, Aureus. Ist das nicht erstaunlich? Er ringt mit dem Tod, und doch ist er bedacht auf Euer Wohlergehen.«

»Was genau hat er gesagt, Apricia?«

»Er sagte, dass Ihr … Stimmen gehört hättet und Euer Geist Dinge sieht, die nicht …«

»Das hat er Euch erzählt?« Famorius schreckte offenbar vor nichts zurück, um zu verhindern, dass er der Virgo näherkam. Dass er jedoch so weit ging weiterzusagen, was er ihm im Geheimen anvertraut hatte …

»Ich würde Euch gerne helfen, Aureus. Es heißt, dass das Licht einen verwirrten Geist klären …«

Er unterbrach sie schroff. »Mein Geist ist klar, Virgo, klar wie ein Kristall, das kann ich Euch versichern! Und außerdem habt Ihr doch Eure Phiolen im Noctus verloren. Wie wollt Ihr ohne sie eine Lichtzeremonie durchführen?«

»Die Mata meinte, dass es da Möglichkeiten gebe …«

»Ihr habt mit ihr über das gesprochen, was mein Bruder …?«

»Nein, nein«, versicherte sie schnell, »ich sprach nur allgemein über das Licht und fragte sie, ob wir nicht die Männer mit einer Feier aufmuntern könnten. Sie meinte, dass das schon zu machen sei.«

Er seufzte. »Verzeiht, Apricia. Ich wollte Euch nicht so hart anfahren. Ihr könnt nichts dafür, dass mein Bruder zu viel redet.«

»Aber er tat es, weil er wissen wollte, ob das Licht Euch helfen könne. Er ist besorgt um Euch, Aureus. Und ich bin es auch.«

Der letzte Satz saß.

Und während er noch sprachlos war, fuhr sie fort. »Und einer Eurer Freunde, Hekator Stax, erzählte mir, dass Ihr nur so schwer verwundet wurdet, weil Ihr mich retten wolltet. Ist das wahr?«

Sie war jetzt ganz nah. Er konnte ihren Atem auf seiner Haut spüren. Der Wind fuhr durch die Wipfel, und wieder flüsterten die Blätter seinen Namen. Es klang nach einer Warnung. Das war ihm gleich. Er berührte ihren Arm. Sie zuckte nicht zurück. Er fasste ihren anderen Arm. Sie ließ es geschehen. Er zog sie an sich und küsste sie.

Über ihm schien ein Sturm zu tosen. Der ganze Wald bebte und brummte wütend. Er hörte es kaum, war ganz versunken in diesen Augenblick unter dem Sternenhimmel, in diesen Kuss, der ihn tiefer berührte, als es jede Lichtzeremonie hätte tun können.

Aber die Welt war wütend. Sie brüllte heiser, und dann schrie jemand.

Apricia löste den Kuss. »Was war das?«

Er kam zu sich. Das fauchende Brüllen kam vom anderen Ufer des Baches. Irgendetwas Schweres brach dort durch das Unterholz, und dann schrie erneut jemand hell auf. In einiger Entfernung erwachte das Lager zum Leben. Aureus zog sein Schwert. »Bleibt hier …«

Er rannte los, durchquerte den Bach, die Waffe in der Faust. Noch einmal ein Schrei, übertönt von diesem fauchenden Brüllen. Ein Bär! Hier? Meister Narth hatte also recht – und er hatte dem keine Beachtung geschenkt.

Da war der Bär, ein riesiges Ungetüm. Das Tier hatte jemanden gepackt. Aureus schrie laut, um es abzulenken. Er sah Fackeln vom Lager heraneilen, aber sie würden zu spät kommen. Der Bär erhob sich auf die Hinterbeine. Aureus erwiderte sein Brüllen und stürzte sich auf ihn.

Hinter ihm schrie Apricia.

Hätte sie nicht bleiben können, wo sie war? Er griff den Bären an und stieß ihm das Schwert durch das Fell. Die Klinge traf auf eine Rippe. Es knirschte, und sie drang nicht tief ein. Aureus sprang zurück, und der Tatzenhieb ging ins Leere. Er brüllte den Bären noch einmal an, stieß wieder zu und erwischte das Untier an der Schnauze.

Endlich brachen Männer mit Fackeln und Speeren durch das Gebüsch. Sie schrien, schlugen auf ihre Schilde, machten einen riesigen Lärm, um das Tier von seinem Opfer abzulenken. Erst jetzt, im Schein der Fackeln, erkannte Aureus, dass es Mata Oxala war, die dort am Boden lag. Ihr Gewand war voller Blut.

Der Bär schien sich nicht entscheiden zu können, wen seiner Feinde er zuerst angreifen sollte. Er brüllte heiser und zog sich vor den Fackeln zurück, die die Männer schwenkten.

»So greift ihn doch endlich an, Männer!«, rief die Stimme General Ambos.

Pfeile sirrten. Der Bär drehte sich um und floh. Die Legionäre jagten hinterher.

Apricia rannte an Aureus vorbei und eilte der schwer verwundeten Mata zu Hilfe. Sie rief ihren Namen, und er hörte, dass sie dabei weinte.

Er ging näher. Schon auf den ersten Blick sah er, dass da nichts mehr zu machen war. Der Bauch der Hohepriesterin war aufgerissen, und sie hielt ihre eigenen Gedärme fest.

Sie flüsterte etwas, und Apricia beugte sich hinab.

Im Unterholz brüllte der Bär, und die Männer schrien. Aureus trat noch näher an die beiden Priesterinnen heran. »So holt doch schon Meister Ipkratos!«, fuhr er einen Legionär an, der zurückgeblieben war. Der Mann eilte davon. Ein Heiler würde hier nichts mehr ausrichten, aber Aureus musste irgendetwas tun.

Die Mata flüsterte immer noch mit der Virgo. Es schien ungeheuer wichtig zu sein.

Im Fackelschein sah Aureus Tränen auf Apricias Wangen glitzern. Sie war totenbleich und ganz ernst. Einige Male nickte sie. Aureus hätte zu gerne gehört, was die Hohepriesterin noch zu sagen hatte. Sie hob die Hand, und Apricia ergriff und drückte sie.

Merkwürdigerweise fiel Aureus nur der schwere goldene Ring auf, den die Mata dort als Zeichen ihrer Würde trug. Und dann sah er, dass die alte Frau ihn anstarrte. Was lag da in ihrem Blick? Triumph?

Apricia nickte und unterdrückte ein Schluchzen. Die Mata hustete Blut. »Eines noch, Kind, das Wichtigste …«, stieß sie hervor, packte die junge Priesterin am Gewand und zog sie nah an ihren Mund. Ihre Lippen bewegten sich schnell.

Aureus hätte es nicht für möglich gehalten, aber Apricias ohnehin schon bleiches Gesicht wurde nun noch bleicher. Sie schüttelte den Kopf. Die Mata blieb nachdrücklich. Sie flüsterte röchelnd, dann etwas lauter: »Du musst es versprechen,

Kind. Für das Licht! Für Capia! Es ist deine heilige Pflicht. Versprich es!«

»Das kann ich nicht.«

»Du musst …«, hauchte die Mata. Daraufhin fiel ihr Kopf zur Seite, und ihr Blick brach.

Apricia kauerte noch einen Augenblick an ihrer Seite. Dann wischte sie sich die Tränen aus den Augen. Sie zog der Toten den goldenen Ring vom Finger, streifte ihn über und erhob sich.

»Ich hätte nicht gedacht, dass *ein* Bär ausreicht, um die alte Hexe zu töten«, sagte Clavus Ambo, der die ganze Zeit in der Nähe stehen geblieben war.

»Vergesst nicht, über wen Ihr sprecht, General«, gab Apricia kalt zurück. »Sorgt dafür, dass sie zum Bach gebracht wird, damit wir den Leib reinigen können. Und schickt Eure Leute aus, Holz für einen Scheiterhaufen zu sammeln. Wir werden sie dem Feuer übergeben.«

»Und gehe ich recht in der Annahme, dass Ihr nun zur Mata aufgestiegen seid? Und das so ganz ohne das übliche Brimborium?«

Apricia starrte für einen Augenblick auf den schweren Ring an ihrer Hand. Dann atmete sie tief durch. »So ist es, General. Und Ihr werdet mir und der Toten den Respekt erweisen, den wir verdienen.«

»Wie Ihr befehlt, ehrwürdige Apricia.«

Sie wandte sich kurz, nur ganz kurz, Aureus zu. In ihrem Blick lag Verzweiflung, aber auch Stolz. »Vielleicht könnt Ihr dafür sorgen, dass die Verstorbene angemessen behandelt wird, Legat.«

Legat. Ganz kühl und sachlich sprach sie das Wort aus. Aureus nickte bloß. Was sollte er auch sagen?

Sie war jetzt eine Hohepriesterin. Damit hatte sie sich dem

Licht und nur dem Licht verschrieben. Für einen Mann, für ihn, war nun kein Platz mehr in ihrem Leben. Er fühlte sich, als hätte ihn dieses verfluchte Licht geradewegs in den dunkelsten Abgrund gestürzt.

Das Fell des Bären war ruiniert. Die Legionäre hatten es an einem Dutzend Stellen mit ihren Pfeilen und Speeren durchlöchert. Jetzt konnte man bestenfalls noch ein paar Handschuhe für den Winter daraus machen. Es war eine Verschwendung, und so etwas ärgerte Scramo Narth immer.

Er besah sich am Morgen den Platz, an dem die Lichthexe gestorben war. Im Lager bereiteten sie die Totenfeier für sie vor, aber er hatte Wichtigeres zu tun.

Ob es noch mehr dieser Bestien hier gab? Vermutlich nicht. Bären waren Einzelgänger. Er hatte die Spuren gesehen und die Capianer gewarnt, doch die hatten ihn nicht ernst genommen. Er hatte sie aber auch nicht allzu nachdrücklich gewarnt, schließlich hatte er nichts gegen unerfreuliche Überraschungen für die Legion. Ob die Dhurna das Tier gesandt hatte? Wahrscheinlich, sonst wäre es schon ein ungeheurer Zufall, dass es ausgerechnet die Mata erwischt hatte. Er hatte sie noch durch das Lager stapfen sehen. Sie hatte nach der Virgo gesucht. Sogar den kranken Famorius Moris hatte sie aus seinem Fieberschlaf geweckt und ihn harsch mit der Frage angefahren, wo die Virgo sei.

Scramo runzelte die Stirn. Sollte der Gelehrte die Mata etwa in ihr Verderben geschickt haben – vielleicht mit Absicht? Er kaute den Gedanken gründlich durch, aber er schmeckte nicht richtig. Der Mann war krank und konnte nicht gewusst haben, wo der Bär hauste. Andererseits war da immer noch die Sache mit den Weißbeeren. Auch da war Meister Moris nicht unverdächtig. Er war leidend – aber das war das Frostfieber, es kam nicht von den Beeren. Sollte also er …? Der Mann war todgeweiht, und schon viele Männer hatten sich der Dhurna unterworfen, weil sie sich von der Dunkelheit Heilung versprachen.

Vom Bach dröhnten die Äxte der Legionäre, die Holz für den Scheiterhaufen schlugen.

Er kratzte sich im Nacken, und dann fluchte er. Es war möglich – oder auch nicht. Er würde einfach die Augen aufhalten müssen. Die Mata war tot, und Scramo hatte das Gefühl, dass das eine gute Sache war.

Der Capianer hatte in seinen Träumen keine Priesterinnen gesehen, jedenfalls hatte er sie nicht erwähnt. Waren sie nicht wichtig? Nein, das war schwer zu glauben. Diese Frauen genossen die höchste Achtung der Legionäre. Scramo hatte an den Lagerfeuern keine anzüglichen Bemerkungen über die Frauen gehört, und er hatte die Männer über die domorischen Frauen auf eine Art reden hören, dass es selbst ihm die Schamesröte ins Gesicht trieb. Über die Priesterinnen redeten sie so nicht.

Gut, dieser geschniegelte Tribun Adelares gefiel sich darin, mit den Novizinnen zu schäkern, aber er schien noch so viel Respekt zu empfinden, dass er es nicht zu weit trieb.

Und der Legat? Es war leicht zu sehen gewesen, dass ihm die jüngste Entwicklung nicht gefiel.

Scramo seufzte. Die Luxalinnen waren wichtig, aber er hatte keine Ahnung, was mit ihnen geschehen sollte. Wenn der Bär jedoch von der Dunkelheit zur Mata geführt worden war, dann bedeutete es vielleicht, dass die Dhurna auch die beiden anderen noch tot sehen wollte.

Er folgte der Spur des Bären, bis er auf eine Höhlung unter einem Felsen stieß. Nicht weit von hier, auf der anderen Seite des Baches, hatte sich der Legat mit der Virgo getroffen.

Sie hatten Glück gehabt, dass der Bär sie nicht erwischt hatte – oder dieser Legat stand unter dem Schutz der Dhurna. Er hatte schon die Schlacht am Fluss unter merkwürdigen Umständen überlebt. War das die Erklärung? Die Dunkle Fürstin hielt ihre Hand schützend über ihn?

Scramo trat wütend gegen ein paar Knochen, die er in der Höhlung fand. Außer Knochen und verwesendem Fleisch gab es hier nicht viel aufzustöbern. Er hielt sich die Nase zu und untersuchte die Überreste eines Hirsches. Das Fleisch war voller Maden und frischer Fliegeneier. Das brachte ihn auf eine Idee. Er sammelte die Eier, wickelte sie in trockenes Leder und steckte sie ein.

Dann kehrte er ins Lager zurück. Er hatte sich ein paar »alte« Geschichten über das Unglück ausgedacht, das dem Tod einer Priesterin zu folgen pflegte, und er hatte vor, sie im Laufe des Tages nach und nach an den Lagerfeuern der Legion zum Besten zu geben. Er kannte Geschichten über die heilige Gastfreundschaft, die bei den Hassewern gepflegt wurde. Er kannte sogar eine, in der ein Häuptling seinen Todfeind gesund pflegte, als er ihn sterbend auf seiner Schwelle fand. Auch diese Geschichte, so dachte Scramo, mussten die Legionäre unbedingt hören. Als er ins Lager zurückkehrte, blieb er stehen. Seine Nackenhaare stellten sich auf. Das Gefühl war noch stärker als vor ein paar Tagen. Er vermied hastige Bewegungen, tat, als würde er den Boden nach Spuren absuchen. Dann blickte er rasch hinauf zur Bruchkante.

Dort oben bewegte sich etwas, ein dunkler Schatten, mehr nicht. Dann war er fort. Aber das Gefühl, dass ihn jemand oder etwas anstarrte, blieb. Ja, er wurde beobachtet – und ganz gewiss nicht von einem Tier.

11. JÄGER

Aureus nutzte die Trauerfeier als Vorwand, um der Legion und vor allem seinem Bruder einen Ruhetag zu verschaffen. General Ambo schien das gleichgültig zu sein. Tribun Adelares erhob jedoch Einspruch: »Ich denke nicht, dass wir uns lange aufhalten sollten. Unser Ziel ist weit entfernt, und die Moral der Männer ist jetzt schon niedrig. Wir sollten sie möglichst schnell weiter von der Heimat fortführen, sonst laufen uns noch mehr davon.«

»Die Männer sind vor allem erschöpft und niedergeschlagen wegen der vielen Verluste, Adelares«, widersprach Aureus. »Ein Tag Ruhe kann da Wunder bewirken.«

»Mag sein«, gab der Tribun achselzuckend zu, »dennoch würde ich diesen Ort lieber heute als morgen verlassen. Er weckt böse Vorahnungen in mir.«

Aber Aureus gab nicht viel auf die Vorahnungen dieses geschniegelten Tribunen. Er übertrug ihm trotzdem die Verantwortung für die nötigen Vorbereitungen und suchte seinerseits die neue Hohepriesterin. Er hatte noch keine Gelegenheit gehabt, ungestört mit ihr zu sprechen, und sie schien dafür auch keine Notwendigkeit zu sehen. Es kam ihm vor, als ob sie ihm aus dem Weg gehen wolle.

Er sah sie mit Kyntia, der Novizin, am Scheiterhaufen. Sie hatten den Leichnam unter einer Gruppe von schlanken Birken aufgebahrt und in halbwegs saubere Tücher gehüllt.

Selbst daran fehlt es uns, dachte Aureus, der hinüberging, aber nicht wusste, wie er beginnen sollte. Er hätte die Novizin gern fortgeschickt, eigentlich wartete er sogar darauf, dass Apricia das tat, denn sie hatten doch vieles zu bereden.

Die neue Mata schien jedoch nicht auf diesen Gedanken zu kommen. »Was führt Euch zu uns, Legat?«

»Ich wollte sehen, wie es Euch geht, Vir... Mata.«

Sie wich seinem Blick aus. »Ich kann nicht glauben, was geschehen ist.«

»Wir können es nicht ungeschehen machen, ehrwürdige Apricia.«

»Das Verhängnis wird oft aus der Sünde geboren, Legat.«

Gab sie sich die Schuld an den Ereignissen? Ein Kuss war doch keine Sünde, wegen der jemand sterben musste. Er konnte so nicht mit ihr reden. »Sagt, Kyntia, wärt Ihr so freundlich, nach meinem Bruder zu sehen? Ich habe den Eindruck, dass es ihm guttut, wenn Ihr in seiner Nähe seid.«

Die Novizin lächelte auf eine Art, die Aureus nicht deuten konnte, und ließ sie allein. Wusste sie etwas?

»Es ist eine Tragödie«, fuhr er behutsam fort. Wirklich allein waren sie nicht. Legionäre fütterten den Scheiterhaufen mit Holz und unterbrachen das Gespräch immer wieder.

»Sie hat nach mir gesucht, da bin ich sicher«, brachte Apricia hervor. Sie schien den Tränen nah.

»Sie hat sich gerne in Dinge eingemischt, die sie nichts angehen, Apricia.«

Ihr Blick wurde eisig. »Sie war wie eine Mutter zu mir. Und sie war in Sorge um mich! Wer weiß, was geschehen wäre, wenn sie nicht ...«

»Es wäre nichts geschehen, was Eure Ehre in Zweifel gezogen hätte, Apricia.«

»Seid Ihr da sicher, Legat? Ich war schwach für einen Moment, und Ihr? Ich bezweifle, dass Ihr Euer Begehren hättet im Zaum halten können.«

Was dachte sie nur von ihm? »Ich kann nur wiederholen, dass ich nichts getan hätte, was …«

Sie schnitt ihm mit einer Handbewegung das Wort ab. »Genug davon, Legat! Wir haben uns einen Augenblick der Schwäche erlaubt, und Mata Oxala hat teuer dafür bezahlt. Es wird jedoch nicht wieder geschehen, denn nun bin ich Hohepriesterin. Ich bitte Euch, das zu respektieren. Schon dass wir hier alleine miteinander reden, könnte mich in Verruf bringen.«

Er starrte auf die Leiche der alten Hohepriesterin. Ihr Gesicht lag frei, und sie schien zu lächeln – oder lachte sie ihn aus?

»Aber Ihr wurdet nicht gefragt, Apricia! Ihr hattet doch eigene Pläne. Wolltet Ihr nicht den Orden verlassen, einen Mann suchen, eine Familie …«

»Träume eines Mädchens, mehr nicht«, unterbrach sie ihn. »Ich kenne meine Pflicht gegenüber Capia. Was ist mit Euch, Legat? Ist genug Capia in Euch, um Euch auf Eure Aufgabe zu besinnen, solange wir auf diesem Marsch sind? Oder seid Ihr immer noch ein halbwilder Domorer, der seine Gefühle über seine Ehre stellt?«

Das war abwegig, und er wusste beim besten Willen nicht, was er darauf erwidern sollte. An seinen Gefühlen war nichts, aber auch gar nichts Unehrenhaftes. Er deutete eine steife Verbeugung an. »Ich verstehe, ehrwürdige Apricia«, brachte er hervor, aber er hoffte, dass in dieser Angelegenheit das letzte Wort noch nicht gesprochen war.

Als er sich zum Gehen wandte, hielt er jedoch inne. »Was hat die ehrwürdige Oxala eigentlich zu Euch gesagt ... als sie starb, meine ich. Ihr wirktet ... erschrocken.«

»Es ist eine schwere Last, die nun auf meinen Schultern ruht. Ich war einfach nicht darauf vorbereitet.« Aber sie konnte ihm wieder nicht in die Augen sehen, als sie das sagte.

Sie verschweigt mir etwas, dachte er, als er sie verließ. *Da ist noch etwas anderes.* Er verfluchte die Schwesternschaft des Lichts, und er verfluchte Mata Oxala. Warum nur hatte sich diese verdammte Närrin von einem Bären umbringen lassen?

Die Feier war schlicht: Die neue Hohepriesterin sprach die traditionellen Worte, die man den Toten mitgab. Sie verlor aber kein einziges persönliches Wort über ihre Vorgängerin, wie es eigentlich üblich war.

Aureus hätte mehr erwartet. War diese Oxala nicht angeblich wie eine Mutter für sie gewesen? Und nun brach ihre Seele, begleitet von nicht mehr als ein paar rituellen Worten, in die lichtdurchflutete nächste Welt auf?

Aber so war es. Apricia Pulcher, neue Hohepriesterin der Schwestern des Lichts, entzündete das Reisig unter dem Holzstoß. Und dann verzehrten die Flammen den Leib und trugen die Seele davon.

Nach der Feier suchte Aureus seine alten Kampfgefährten. Er fand Claudio Optus am Bach, wo er eigenhändig seine Tunika wusch. »Glaubt Ihr denn, dass sie bis morgen trocken wird, Optus?«

»Vermutlich nicht. Aber ich kann meine Rüstung eine Weile auf der Haut tragen. Hab ich doch auf Iscer auch oft gemacht. Ich kann es einfach nicht leiden, wie ein Räuber auszusehen und noch weniger, so zu riechen. Das ist vermutlich, weil meine Eltern früher mit Seife handelten.«

Das hatte Aureus nicht gewusst. Er wusste ohnehin wenig über den Mann, der seit sieben Jahren unter seinem Kommando diente. »Sagt, Optus, wie ist die Stimmung der Männer?«

Der Hekator schrubbte weiter mit bloßer Hand über seine Tunika. »Das ist schwer zu sagen. Einerseits hat die Legion viel eingesteckt, andererseits hat sie auch ordentlich ausgeteilt. Die Männer sind …verunsichert. Und es gehen merkwürdige Geschichten von Unheil und Untergang unter den Männern um.«

»Der Tod der Hohepriesterin?«

Optus kratzte sich am Ohr. »Wie? Nein, das kümmert die meisten nicht, oder sie reißen raue Scherze. Ich hörte vorhin einen Legionär, ich glaube, es war einer dieser arroganten Lakier, tatsächlichen sagen, es sei nobel von ihr gewesen, sich für einen marschfreien Tag zu opfern. Sie haben mehr um Novizin Elira getrauert als um die *alte Lichthexe* … verzeiht, ihre Worte, nicht meine.« Er senkte die Stimme. »Die Männer sind eher besorgt, weil der General sich so eigenartig verhält. Sie haben viel Vertrauen in ihn – aber er scheint gar nicht mehr mit uns zu marschieren. Es geht wieder das Gerücht, er habe in Setos etwas ganz anderes als einen Sohn gesehen und geliebt … wenn Ihr versteht, was ich meine. Und wieder … deren Worte, nicht meine, Herr. Jedenfalls scheint mir, dass die Männer ihren General bisher vergöttert haben, aber jetzt verstehen sie ihren Gott nicht mehr.«

»Und was denkt Ihr, Optus?«

»Ich? Ich gebe nichts auf das ganze Geschwätz und prophezeie, dass diese Geschichte gut enden wird. Schon, weil Ihr mit dabei seid, Legat. Wie sagten die Männer auf Iscer so treffend? Wo Aureus Moris ist, da ist der Sieg!«

»Viele, die das sagten, leben nicht mehr«, erwiderte Aureus, der diesen Spruch nicht mochte. Er dankte dem Hekator für seine Offenheit und überließ ihn seiner Arbeit. Es war irgendwie beruhigend, ihn waschen zu sehen, als seien sie im tiefsten Frieden. Der Optimismus dieses Mannes war anscheinend nicht zu erschüttern.

Vor allem aber hatte Optus in einer Sache recht: Die Legion brauchte ihren General.

Er fand Clavus Ambo unter einer Birke, einen Krug Met in der Hand. Offensichtlich hatten sie beträchtliche Vorräte erbeutet.

»Ah, der tapfere Aureus Moris. Was gibt es Neues, Legat? Ist die Seele der Mata gut hinübergekommen?«

»Ihr wart am Scheiterhaufen. Ihr könnt es vermutlich besser beurteilen als ich, General.«

»Kann ich das? Ich muss sagen, dass mir die alte Hexe fehlt. Wir waren keine guten Freunde, ganz gewiss nicht, aber ich weiß einen guten Feind ebenso zu schätzen. Ja, ich sage – nein, ich hoffe –, dass die nächste Welt sie mit Freuden empfangen hat. Ich finde es allerdings erstaunlich, dass Ihr in diesem Punkt meinem Urteil vertraut, Legat. Das war ja nicht immer so …«

»Was meint Ihr? Wann hätte ich je …«

»Ihr wart von Anfang an gegen meinen Plan. Ihr wolltet lieber alleine ins Trugland gehen, ganz alleine den Ruhm ernten, den andere gesät haben. Glaubt Ihr, das sei mir nicht bewusst? Die Männer merken das auch, und das ist es vor allem, was ihnen zusetzt – der General und sein Legat sind uneins!«

Eigentlich war das eine atemberaubende Verdrehung der Tatsachen, aber Ambo wirkte seltsam verunsichert, daher sprang Aureus über seinen Schatten und sagte: »Ich hatte unrecht. Eine einzelne Hundertschaft wäre vermutlich nicht mal bis an den Noctus gekommen.«

Der General zog die Augenbrauen hoch. »Wirklich? Ihr seid also der Meinung, dass meine Entscheidung richtig war?«

»Ja, General.«

»Trotz unserer Verluste?« Ambo hatte mehr getrunken, als gut für ihn war. Das wurde immer offensichtlicher. Hatte ihm der Tod der Mata so zugesetzt?

»Sie waren wohl … unvermeidlich.«

»Genau, unvermeidlich. Ich habe eine ganze verdammte Legion in den Untergang geführt, weil es *unvermeidlich* war …«

»Die Verluste sind schwer, aber nicht so schwer, wie es aussieht. Ich bin zuversichtlich, dass Tagmatos Galba in der Lage sein wird, die Männer aus der Verlorenen Festung sicher zurück in die Hirschberge zu führen.«

Der General sah ihn an, als hätte er ihn beleidigt. »Redet keinen Unsinn, Moris. Die Männer sind inzwischen tot oder wenigstens todgeweiht. Da waren Tausende und Abertausende Domorer in diesen Wäldern. Und wir haben die Festung geschleift, um die Brücke zu vollenden … Eine kluge Entscheidung, nicht wahr?«

»Aber die Vierte Legion hat viel Kampferfahrung. Sie kann die Festung wochenlang …«

»Ohne Vorräte? Seid kein Narr, Moris. Dieser Teil der Vierten ist verloren, und nun ist die Legion da, wo ihr Feldzeichen ist! Also sind wir die Vierte Legion. Diese sechshundert, vielleicht siebenhundert Mann, die es bis hierhergeschafft haben, das ist alles, was von der Vierten noch übrig ist. Aber soll ich Euch etwas sagen? Kommt näher …« Er winkte Aureus heran. »Ich werde auch diese Männer noch opfern, wenn es nötig ist, um unseren Auftrag zu erfüllen. Der Basileios darf nicht sterben! Er ist der Einzige, der zwischen dem Reich und seinem Untergang steht. Und um diesen Untergang zu verhindern, würde ich auch zehn Legionen opfern! Versteht Ihr das?«

Aureus schluckte, aber Ambo erwartete eine Antwort. Also sprang er noch einmal über seinen Schatten. »Ich werde Euch folgen, wohin immer Ihr uns führt, General. Für den Basileios, für das Reich und für das Licht!«

Ambo lachte leise. »Für das Licht? Auch wenn Euch das Licht gerade die Frau weggenommen hat, auf die Ihr so scharf seid? Ihr erstaunt mich, Moris.«

»Schön«, antwortete Aureus verdrossen, »es ist gut zu sehen, dass Eure Spottlust wieder erwacht ist, General. Die Männer haben sie in den letzten Tagen vermisst – so wie sie ihren General vermissen.«

»Ich bin hier.«

»Und soll ich das den Männern sagen, die nach Euch fragen, Herr? Dass Ihr hier unter einem Baum sitzt und Met trinkt?«

»Vorsicht, Moris. Vergesst Ihr, mit wem Ihr redet?«

»Ich weiß, dass Ihr der Held unendlich vieler Siege seid, General, aber wisst Ihr das auch noch?«

Ambo starrte ihn an, schüttelte den Kopf und sagte: »Ihr könnt jetzt gehen, Legat. Ihr seht doch, dass ich beschäftigt bin.« Und damit nahm er einen tiefen Schluck aus dem Krug.

Für einen Augenblick hatte Aureus geglaubt, er könne den Mann aus seiner Lethargie aufwecken, aber offenbar hatte er sich da zu viel zugetraut.

In dieser Nacht fand Aureus keinen Schlaf. Es war einfach zu viel geschehen. Als er dann doch gegen Morgen kurz eingenickt war, weckte ihn Medis Imber, einer der Hekatoren der Zweiten Tagma, mit schlechten Nachrichten: »Wie es aussieht, sind mehrere Wachen verschwunden, Herr.«

»Welche Wachen?«, fragte er schlaftrunken.

»Alle, die an der westlichen Seite dieses Bruchs über uns wachten, Legat.«

»Alle? Aber wir haben doch Doppelposten aufgestellt …«

»Ja, Herr. Acht Männer … gute Männer, möchte ich hinzufügen. Sie sind alle fort.«

Aureus schüttelte sich die Müdigkeit aus den Knochen und folgte dem Hekator den steilen Hang hinauf.

Imber hatte dafür gesorgt, dass nun jeweils vier Legionäre anstelle der Verschwundenen Wache schoben. Es waren Sarkis' Lakier. Selbst diese abgebrühten Krieger sahen nervös aus.

Aureus blickte sich um. Grauer Nebel zog durch das Buschwerk. In der Ferne meinte er, im ersten Licht des Tages die Windharfenberge zu sehen, aber vielleicht waren es nur tief stehende Wolken. Und auch über dem, was hier geschehen war, schien Nebel zu liegen. Aureus konnte es sich nicht erklären. »Ruft den Domorer. Er soll sich das ansehen.«

Meister Narth kam, besah sich die Spuren, kratzte sich ausgiebig am Kinn, am Nacken und am Hinterkopf, sagte aber lange nichts.

Aureus verlor die Geduld. »Sind diese Männer nun einfach davongelaufen – oder ist ihnen etwas zugestoßen?«

»Nun, Eure Männer haben inzwischen fast alle brauchbaren Spuren vernichtet, aber wartet, dort, seht Ihr das?« Er rupfte ein Blatt von einem Strauch und reichte es Aureus.

»Diese Flecken?«

»Blut, Herr, ohne Frage.«

»Aber es sieht nicht so aus, als ob hier jemand gekämpft hätte! Und wenn eine Wache stirbt, dann schlägt die andere Alarm!«

»Wenn sie Zeit hat, Herr …«

»Einmal mag die Zeit nicht reichen – aber gleich viermal?«

»Ich kann nur sagen, was ich hier sehe, Herr. Doch sollte ich sagen, dass die Hassewer sich gut auf Gifte verstehen. Einige sogar mehr als andere. Vielleicht sind Alwere auf unserer Spur.«

»Welche Art Gifte?«, verlangte General Ambo zu wissen, der plötzlich den Hang heraufgestiegen kam. Aureus fand, dass er frisch und tatendurstig aussah, nicht wie jemand, der die Nacht mit Krügen voller Met verbracht hatte.

»Gifte, die lähmen, und Gifte, die töten, Herr. Sie verwenden sie bei der Jagd auf Raubtiere. Sie wissen nämlich, dass ein Pelz nur einen Wert hat, wenn er nicht zu viele Löcher aufweist, wollen sich aber gleichwohl auch nicht fressen lassen.«

»Wir haben seit Tagen keine Hassewer gesehen, Herr«, rief einer der Lakier.

»Die Hassewer sind ein Volk von Jägern, Herr«, erklärte der Pelzhändler. »Sie verstehen es, sich unsichtbar zu machen. Vor allem wenn es Alwere sind, die auf Menschenjagd gehen.«

»Ich kenne diese Alwere nicht, aber offenbar sind sie Feiglinge, wenn sie in der Nacht morden. Weckt das Lager, Legat. Es ist höchste Zeit, dass wir aufbrechen! Und kein Wort über diese Geschichte. Erzählt den Männern, dass sie davongelaufen sind, verstanden?«

Aureus stimmte widerwillig zu. Dann ging er hinab, um das Lager zu wecken.

»Kannst du marschieren, Famo?«, fragte er seinen Bruder, der mit zitternden Händen seine Habseligkeiten packte. Erst jetzt fiel ihm auf, dass auch sein Bruder das meiste von dem verloren hatte, was er seinem Maultier aufgebürdet hatte. Aber es war noch genug da, wahrscheinlich mehr, als er tragen konnte.

»Mir bleibt wohl nichts anderes übrig, Auro. Oder ist es dir lieber, wenn ich hier zurückbleibe?«

Die offen gezeigte Feindseligkeit machte Aureus zu schaffen. *Vermutlich braucht er nur Zeit,* dachte er. Er wollte nicht zornig werden auf seinen Bruder, der doch dem Tode so nah war. »Wenn du etwas brauchst … Ich werde Optus sagen, dass er deine Last auf ein paar seiner Männer verteilt.«

»Wenn du meinst …«

Aureus gab es auf. Er suchte Optus, der seine Tunika zum Trocknen an einen Stock gehängt hatte, den er nun über der Schulter trug. Er gab dem Hekator den Auftrag, auf seinen Bruder zu achten, und befahl den Männern anzutreten.

Clavus Ambo stieg auf einen großen Stein, ließ seinen Blick über die Menge schweifen und nahm seinen Helm ab, bevor er sprach. »Ich weiß, dass wir viele Kameraden verloren haben, Männer, und ich weiß auch, dass es nicht die letzten gewesen sein werden. Vor uns liegen noch viele Gefahren, doch hinter uns wartet der Tod. Die Domorer haben das Waldland mit ihren Kriegern überschwemmt und werden jeden Legionär töten, den sie in die Finger kriegen. Und auch die Hassewer haben keinen Grund, uns zu lieben. Es gibt also kein Zurück!

Aber selbst wenn es einen Weg zurück gäbe, so würden wir ihn nicht gehen, nicht, solange wir unseren heiligen Auftrag nicht erfüllt haben! Ist es nicht so, Legionäre? Es ist an uns, das Reich von Capia zu retten. Es ist an uns, Sebastos Valis, den geliebten Kaiser, vor dem Tode zu bewahren und der Dunkelheit eine vernichtende Niederlage zu bereiten. Ganz Capia blickt auf uns … auf Euch, Männer! Ihr seid die Vierte, der Stolz der Legion. Ihr werdet Euren Auftrag erfüllen! Ist es nicht so, Männer?«

Jubel brandete auf, aber Aureus fand, dass er eher erleichtert als zuversichtlich klang. Die Männer waren einfach froh, dass Ambo sich wieder um sie kümmerte. Wenn sie erst einmal darüber nachdachten, was der General gesagt hatte, würden ihnen vielleicht andere Dinge auffallen. Aureus fand es nicht sehr klug zu sagen, dass das Waldland für sie unpassierbar geworden war. In einigen Wochen würden sie auf jeden Fall dort hindurchmarschieren müssen. Ja, er fand, dass Ambo schon viel bessere Reden gehalten hatte.

Scramo Narth hatte schlecht geschlafen. Das Gesicht seines Onkels verfolgte ihn in seinen Träumen, und er befürchtete, dass das ein Zeichen dafür war, dass Uras sie auch in der Wachwelt jagte.

Er hatte sich interessiert Ambos Rede angehört, und er fragte sich, ob der General ahnte, dass wohl keiner seiner Männer die Heimat jemals wiedersehen würde. Die Träume des Capianers hatten nur eine Handvoll Männer, Männer in den roten Mänteln der Offiziere, am Ziel dieser Reise gesehen. Bis jetzt war er selbstverständlich davon ausgegangen, dass er selbst zu dieser Handvoll zählen würde, aber seit letzter Nacht war er sich da nicht mehr sicher.

Das Fehlen der Spuren im Bruch und das Fehlen von Spuren von den letzten verschwundenen Legionären ließen eigentlich nur einen Schluss zu: Alwere hatten sich an ihre Fersen geheftet. Er hatte es dem General und auch dem Legaten gesagt, aber die schienen nicht zu verstehen, ja, es schien sie nicht einmal zu interessieren, was das bedeutete.

Nun marschierte die Legion wieder, und es sah so aus, als würde sie es mit neuer Zuversicht tun.

»Ich grüße Euch, Meister Narth. War dieser Ruhetag nicht wirklich eine Erfrischung für Leib und Seele?«

Scramo war irritiert, weil Claudio Optus seine Tunika wie eine Fahne über der Schulter trug. Er nickte und fragte sich neugierig, ob denn nichts die heitere Zuversicht dieses Mannes erschüttern konnte: »Beunruhigt Euch gar nicht, was mit Euren Wachen geschehen ist, Hekator?«

Der Hekator zuckte mit den Achseln. »Was geschehen ist, ist geschehen und kann nicht mehr geändert werden. Wir können aber vermeiden, dass es wieder geschieht. Und das werden wir, Meister Narth, keine Angst.«

»Ihr habt noch nie von den Alweren gehört, oder?«

»Wird das wieder eine Eurer Geschichten, mit denen Ihr den Männern Angst einjagt?«, fragte Optus fröhlich.

»Das sind keine Geschichten, jedenfalls nicht nur«, brummte Scramo.

Aber eigentlich waren sie das doch. Er hatte noch nie einen Alwer getroffen, niemand, den er kannte, hatte das. »Die Hassewer rufen sie, wenn eine Untat gesühnt werden muss«, erzählte er dem Hekator. »Es heißt, dass sie in der Erde schlafen oder in Felsen. Sie erwachen nur, wenn die Dunkle Fürstin sie weckt. Dann ruhen sie nicht eher, bis sie ihre Rache vollendet haben.«

»Was denn nun, Meister Narth? Schlafen sie in Erde – oder in Stein? Und wer weckt sie – die Hassewer – oder doch die Schwarze Hexe?«

»Ihr solltet nicht darüber spotten, Optus. Die Alwere haben gute Ohren.«

»Aber es ist ein herrlicher Tag, Meister Narth. Das erste Mal seit Langem dringt die Sonne durch die Wolken. Wir marschieren – und auch ein Alwer wird uns nicht aufhalten. Ich nehme an, wenn man die Legende weglässt, dann sind sie etwa so wie die Nachtmänner, oder? Und mit denen kann man fertigwerden.«

Scramo nickte, weil er nicht länger darüber reden wollte. Die Alwere waren anders als die Nahtmanen des Waldlandes, ganz anders. Er war sich nicht einmal sicher, dass es wirklich Menschen waren. Es gab viele Geschichten über sie und ihre unerreichte Meisterschaft in der Kunst des Tötens. Sie gingen angeblich durch Wände, durchschwammen Meere und überwanden noch die höchsten Berge. Nichts und niemand konnte sie aufhalten. Und wer, wenn nicht die Dhurna, sollte ihnen von den Verbrechen in der Siedlung erzählt haben? Mit Unbehagen dachte Scramo daran, dass er an diesen Taten auch beteiligt gewesen war.

Als sie weitermarschierten und die Sonne seine Knochen wärmte, schienen seine Sorgen jedoch zu verdunsten wie der Nebel, der am Morgen über dem Land gelegen hatte. Optus hatte vielleicht recht. Es gab viele Geschichten über die Alwere, aber das waren eben Geschichten. Noch nie hatte er jemanden getroffen, der selbst einem Alwer begegnet war. Ja, womöglich gab es sie gar nicht, und sie waren nur eine Erfindung der Hassewer, um ihre Feinde zu erschrecken. Mit diesem Gedanken hätte er sich anfreunden können, wenn da nicht die verschwundenen Legionäre gewesen wären.

Bald bemerkte Narth, dass der Zug seine Richtung geändert hatte. Hatten sie bis zum Vortag noch auf die Windharfenberge zugehalten, so marschierten sie nun auf geradem Wege nach Nordosten.

»Es ist ganz einfach, Meister Narth«, erklärte der General, als Scramo ihn fragte. »In diesen Bergen mag der Lindros entspringen, dem wir folgen wollen, doch liegt unser Ziel im Nordosten. Und genau in diese Richtung werden wir marschieren. Dann werden wir doch zwangsläufig auf diesen Fluss stoßen, nicht wahr?«

»Aber das führt uns wieder in den Wald. Und dort wird es schwer, die Richtung zu halten, Herr.«

»Vertraut der Legion, Meister Narth. Sie hat noch immer ihren Weg gefunden. Und Wald bedeutet Holz, und Holz heißt, wir können ein festes Lager errichten.«

Scramo nickte, weil er kein gutes Gegenargument fand. Er kannte die Windharfenberge recht gut, weil er dort Gämsen gejagt hatte. Es war ein schroffes, abweisendes Gebirge mit gefährlichen Pfaden und einem Wind, der derart schrill durch die Schluchten heulte, dass selbst ihm der Angstschweiß ausgebrochen war. Er hatte gehofft, dort die Reihen der Legionäre durch Angst und Schrecken weiter ausdünnen zu können. Nun machte Ambo ihm einen Strich durch die Rechnung.

Sie kamen gut voran, aber Scramo blickte oft über seine Schulter. Er hatte wieder das Gefühl, dass sie verfolgt wurden, behielt es jedoch für sich.

Am Abend schlugen sie ihr Lager schon am Waldrand auf, und bald dröhnten wieder die Äxte der Legionäre durch das Unterholz. Die Stimmung war gut. Aber Scramo hatte das Gefühl, dass die kommende Nacht das ändern würde.

»Wie ich hörte, hast du dich heute tapfer gehalten, Famo.« Aureus versuchte erneut, mit seinem Bruder ins Gespräch zu kommen.

»Du meinst, für einen, der bald sterben wird?«, kam es giftig zurück. Und Famos Blick sagte: *Den du zum Tode verurteilt hast.*

»Es tut mir leid, Famo, wirklich. Hätte ich es geahnt, ich hätte diese Frucht nie angerührt.«

Sein Adoptivbruder antwortete nur mit einem weiteren finsteren Blick aus seinem bleichen Gesicht. Er sah ziemlich krank aus.

»Ist denn sicher, dass diese Frucht oder der Dorn, Krankheiten heilen kann?«

Ein düsteres Nicken.

Aureus hätte seinen Bruder gerne gefragt, wie das gehen sollte, denn er verstand nicht, wie ihm dieses *Ding* das Leben gerettet haben konnte. Er griff das auf, was Apricia am Bach gesagt hatte: »Dann werden wir die Dhurna einfach um einen weiteren Dorn für dich bitten.«

»Und du meinst, sie gibt ihn uns einfach, Auro? Was willst du ihr dafür geben? Der Kaiser bietet die ganze Dämmermark für seine Rettung, und was können wir bieten?«

»Aber wenn ich ihr die Lage erkläre, wenn ich ihr sage, dass der Dorn, den ich trage, doch für dich bestimmt war …«

»Ja, vielleicht reißt sie ihn dir heraus und gibt ihn mir. Meinst du das? Und was glaubst du eigentlich, mit wem du da reden wirst?«

»Mit der Dhurna.« Aureus verstand die Frage nicht, und er verstand nicht, warum sein Bruder jetzt voller schwer zu ertragender Bitterkeit lachte.

»Und wer ist diese Dhurna? Wer ist die Schwarze Hexe, die Dunkle Herrin, die Fürstin der Finsternis? Ist dir nie in den Sinn gekommen, dass sie kein gewöhnlicher Mensch sein kann? Es gibt Geschichten über sie, die sich schon die Urgroßeltern unserer Urgroßeltern erzählt haben. Hast du eine Vorstellung, wie alt sie sein muss?«

Darüber hatte Aureus noch nie nachgedacht. Sie war die Dhurna, schon immer. »Sie muss uralt sein, du hast recht. Oder es ist nur ein Titel, den viele Frauen nacheinander getragen haben, so … wie Basileios.«

Famorius schüttelte den Kopf. »Das bezweifle ich«, sagte er leise. »Sie ist nicht wie der Kaiser.«

Er seufzte. »Wir werden eine Lösung finden, Famo, sicher.«

Aber sein Bruder sah nicht aus, als ob er das auch glauben wollte.

Aureus stellte zwei Legionäre ab, die seinem Bruder eine Laubhütte für die Nacht bauen sollten, und nahm die Berichte der Hekatoren entgegen.

»Ich muss leider melden, Legat, das uns schon wieder Männer abhandengekommen sind«, meldete Phremos Stax. »Genau genommen, neun.«

»Abhandengekommen. Wie meint Ihr das, Stax?«

»Fort, verschwunden! Sie marschierten brav an der Seite ihrer Kameraden, dann waren sie nicht mehr da. Ich habe mich erkundigt. Es scheint, dass sie ihren Nachbarn sagten, dass sie sich wegen eines menschlichen Bedürfnisses kurz von der Kolonne entfernen wollten. Und dann kamen sie nicht mehr zurück.«

»Warum erfahre ich das erst jetzt?«

Stax zuckte hilflos mit den Achseln. »Niemand meldet es, wenn sein Nachbar plötzlich fehlt. Es scheint, dass viele Männer mit dem Gedanken spielen, es den Verschwundenen gleichzutun. Ihr könnt mir vorwerfen, dass ich es nicht gemerkt habe, doch kenne ich die meisten der Männer kaum, die ich erst seit wenigen Tagen kommandiere. Ich kann nicht sagen, wer in meiner Hundertschaft ist und wer fehlt. Ich kann nur sagen, dass ihre Zahl heute Abend um zwei niedriger ist, als sie es heute Morgen war.«

»Ich mache Euch keinen Vorwurf, Stax. Allerdings sehe ich hier einige Offiziere an Eurer Seite, die ihre Männer schon lange befehligen. Warum habt Ihr nichts gemerkt?«

»Die Moral ist nun einmal schlecht, Legat. Und wir können Männer, die davonlaufen, nicht festbinden, oder?« Das kam von Hekator Crelos.

»Aber Ihr könnt wohl melden, wenn sie verschwinden. Ich

will vierfache Wachen heute Nacht. Und wehe Euch, wenn in Euren Hundertschaften am Morgen auch nur ein Mann fehlt!«

Er suchte General Ambo auf und berichtete ihm.

Der General fluchte, dann seufzte er: »Ihr werdet das nicht aufhalten können, Moris. Die Männer haben Angst. Und wenn sie zu viel Angst haben, ist es besser, sie davonrennen zu lassen. Sie stecken die anderen sonst noch an.«

»Aber es hieß in Maricat, dass die Vierte ihrem General bis in die Unterwelt folgen würde.«

»Das würde sie, solange sie gut verpflegt und siegreich ist. Beides ist sie nun nicht mehr, Legat. Ich werde auch morgen wieder einen flammenden Appell an die Männer richten, aber ich bezweifle, dass er länger als ein paar Stunden wirkt.«

Aureus wollte sich damit nicht zufriedengeben. Er suchte Mata Apricia auf, die sich mit der Novizin um die Kinder kümmerte. Die beiden hatte er völlig vergessen. Er fragte sich wieder, wie die alte Mata die Kinder vor Ambo hatte beschützen können.

»Was gibt es, Legat?« Wie kühl und förmlich sie war …

»Ich frage mich, ob Ihr nicht einen Lichtritus abhalten könnt, Apri… ehrwürdige Mata. Die Männer könnten es wirklich brauchen.«

»Leider liegen unsere Phiolen im Noctus, Legat. Habt Ihr das vergessen?«

»Nein, aber ich dachte, es würde vielleicht auch ohne gehen. Sagte die Mata nicht, dass es da Möglichkeiten gebe?«

»Ihr wisst nicht, was Ihr da verlangt!« Der Widerspruch war voller Schärfe. Warum reagierte sie auf seine Frage derart heftig?

»Nun, ich verlange nicht mehr als ein Licht und ein paar rituelle Worte, die die Legion aufrichten, ehrwürdige Mata.«

Sie sah plötzlich verwirrt und schuldbewusst aus. »Nein, tut mir leid, aber vielleicht ein Feuer? Ja, das könnte gehen. Was meint Ihr, Kyntia?«

»Ein starkes Feuer, ja, wie früher, Mata. Und vielleicht ein Ernteritus? Ich fand die Erntegebete immer sehr stärkend.«

»Ein guter Vorschlag, Kyntia«, lobte die neue Hohepriesterin. Aureus konnte sich nicht erinnern, aus dem Mund der Vorgängerin jemals ähnliche Freundlichkeit gehört zu haben.

»Geht am besten zu Tribun Adelares, Schwester Kyntia«, schlug er vor. »Sagt ihm, ich hätte Euch geschickt. Dann wird er Euch bei den Vorbereitungen helfen.«

Die Novizin errötete und sah Apricia fragend an.

»Geht nur, Kyntia und … ich denke, wir können heute Abend noch etwas anderes feiern.«

Und auf den fragenden Blick der Novizin hin ergänzte sie: »Die Weihe einer Novizin zur Virgo, wenn Ihr das denn wollt.«

»Zur Virgo? Wirklich? Oh, wie wundervoll!«

»Es scheint, es gibt nun in diesem Lager wenigstens einen glücklichen Menschen«, sagte Aureus, als die zukünftige Virgo gegangen war.

»Eigentlich ist sie noch nicht so weit, aber ich werde eine Virgo brauchen für das, was vor uns liegt.«

»Was meint Ihr?«

»Den Weg voller Gefahren, Legat«, erwiderte sie so schnell, dass er das Gefühl hatte, dass sie ihm etwas Bestimmtes verschwieg.

Als er später den Wall um das Lager inspizierte, war die Dämmerung bereits weit fortgeschritten. Die Männer hatten sich mit dem Lager mehr Mühe gegeben als in den letzten Tagen. Es hatte sich offenbar herumgesprochen, dass die Wachen am Bruch nicht davongelaufen waren.

»Gute Arbeit«, lobte Aureus Hekator Imber, der die Arbeiten beaufsichtigt hatte. »Habt Ihr selbst einmal bei den Pionieren gedient?«

Der Mann war sichtlich geschmeichelt. »Nun, um ein Haar wäre ich dort gelandet, Legat, aber das Schicksal meinte es gut mit mir und schickte mich zur …« Er verstummte, und seine Augen weiteten sich. Er schluckte, öffnete den Mund, brachte aber nichts heraus. Dann fiel er vornüber. Aureus fing ihn auf. Ein langer Pfeil steckte in seinem Rücken.

Der Mann hinter ihm stöhnte erstickt. Und als Aureus sich rasch umdrehte, sah er, dass ihm ein ebenso langer Pfeil durch den Hals gefahren war.

Jemand brüllte: »Alarm!«

Ein Legionär riss gedankenschnell seinen Schild hoch und beschirmte Aureus, der immer noch den sterbenden Imber im Arm hatte. Ein Pfeil schlug hart in den Schild ein und durchbohrte ihn. Aureus sah die Pfeilspitze wenige Fingerbreit vor seinem Gesicht. Er duckte sich hinter die Palisade. »Ich danke Euch«, presste er hervor. Der Legionär antwortete nicht. Ein zweiter Pfeil war am Schild vorbei in seine Brust gefahren. Er fiel hintenüber und rutschte den Erdwall hinab.

Im Lager brach Chaos aus.

»Bleibt in Deckung, ihr Narren!«, brüllte Ambo, der, den Helm unter dem Arm, ohne Anzeichen von Furcht mitten im Lager stand.

Nun, wenn der Feind nicht gerade in den Bäumen saß, war der General von draußen nicht zu sehen. Aureus verzichtete trotzdem darauf, seinem Beispiel zu folgen.

»Habt Ihr gesehen, wo das herkam, Mann?«, fragte er einen Bogenschützen, der mit bleichem Gesicht neben ihm kauerte. Doch der schüttelte nur stumm den Kopf. Aureus wartete, aber es kamen keine Pfeile mehr.

Das Durcheinander im Lager war beträchtlich. Scramo hielt sich in Deckung und wartete ab, ob der Angriff wirklich vorüber war. Doch jetzt wurde er zum Wall gerufen. Er blieb geduckt, denn vielleicht warteten die Alwere ja gerade auf ihn.

Drei Männer lagen tot hinter der Palisade. Einer hatte einen Pfeil im Schild stecken, war aber dennoch in die Brust getroffen worden.

»Was haltet Ihr davon, Meister Narth?«, fragte der General.

»Langer Pfeil, langer Bogen. Es heißt, die Alwere würden Bogen verwenden, die größer sind als sie selbst. Diese Geschosse wurden aus großer Entfernung abgeschossen.«

»Aber wie ist das möglich? Sie kamen aus dem Wald. Wie haben sie durch all dieses Holz und Unterholz auf uns schießen können?«

»Seht Ihr, wie dicht die Toten beieinanderliegen? Alle vier Pfeile haben in diesem schmalen Streifen eingeschlagen, Herr. Sie haben wohl einen Spalt im Dickicht gefunden. Verzeiht die Frage, aber konnten die Männer noch etwas sagen – oder waren sie gleich tot?«

Der Legat sah blass aus. »Sie waren auf der Stelle tot. Und ich wäre es auch, wenn dieser Mann mich nicht mit seinem Schild …«

»Sie sind berühmt für ihre Gifte, wie ich schon sagte, Herr. Kamen diese Geschosse gleichzeitig?«

Wieder schüttelte Aureus Moris den Kopf. »Sie kamen nacheinander, die letzten beiden jedoch fast zur selben Zeit.«

»Dann sind es vielleicht auch nur zwei Schützen, Herr.«

»Nur zwei? Und sie wagen es, eine Legion anzugreifen?« Der General wirkte eher aufgebracht als besorgt.

»Es sind Alwere, Herr. Die zählen ihre Gegner nicht.«

»Könnt Ihr sie aufspüren, Domorer? Könnt Ihr sie finden und töten? Ich gebe Euch meine besten Männer mit!«

»Bestimmt nicht, wenn es schon so dunkel ist, Herr, und am Tage vielleicht auch nicht.«

»Das werden wir herausfinden«, erwiderte der General grimmig.

Scramo Narth beschlichen üble Vorahnungen. Hatte der Mann wirklich vor, ihn auf die Alwere zu hetzen? Das könnte böse enden – für ihn, nicht für diese Schatten des Todes.

Für die Nacht schärfte Aureus den Wachen ein, immer in Bewegung zu bleiben. Dann erklärte er Apricia, dass das geplante Fest an diesem Abend nicht stattfinden könne. »Ein helles Feuer und viele Legionäre in der Mitte des Lagers – sie wären ein leichtes Ziel. Und wenn diese Alwere in den Bäumen sitzen sollten, könnte es auch sein, dass sie unsere Priesterinnen ins Visier nehmen.«

»Aber ich habe Kyntia die Weihe versprochen.«

»Die muss warten, bis es hell ist – oder bis wir diese Gefahr beseitigt haben, ehrwürdige Mata.« Es fiel ihm immer noch schwer, sie so zu nennen.

Dann fragte er seinen Bruder, ob er etwas über die Alwere wisse.

Für einen Augenblick schien seine Feindseligkeit verschwunden, oder besser: durch Wissbegier verdrängt worden zu sein. »Ich hörte im Waldland Geschichten über sie, Auro. Angeblich sind sie Mischlinge, Kinder von Nachtalfen und Menschen. Aber ich verwies das bisher alles ins Reich der Fabel.«

»Und erzählen diese Geschichten auch, wie man sie am besten bekämpft?«

»Nein, leider nicht. Ich hörte, du hast heute schon wieder Glück gehabt …«

»Ein Mann brachte seinen Schild gerade noch rechtzeitig zwischen den Tod und mich. Der Dorn hatte damit nichts zu tun.«

»Bist du sicher? Was geschah mit dem Mann, der dich rettete?«

»Er wurde getroffen und starb.«

»Siehst du?«

»Das beweist gar nichts, Famo.«

»Wenn du meinst …«

Er verließ seinen Bruder und spürte den Ärger, den nur Famorius entfachen konnte. Anscheinend ging es ihm besser, und er war fast wieder der Alte. Hilfreich war er allerdings nicht.

Dann verfiel Aureus auf eine alte Kriegslist, die die Legion schon auf Iscer angewandt hatte. Sie war denkbar einfach, aber wenn der Feind seine Pfeile aus großer Entfernung sandte, konnte man ihn täuschen: Er ließ weit genug von den Wachfeuern entfernt schlichte Holzpuppen aufstellen, die mit Schild und Helm als Ziele herhalten sollten.

Als sie die zweite dieser primitiven Puppen aufstellten, ging ein Wind durch den Waldessaum, und er hörte, dass die Blätter seinen Namen flüsterten. »Habt Ihr das gehört, Stax?«

Phremos Stax, der ihm zur Hand ging, hielt inne und lauschte. »Ich höre die Blätter rauschen, Legat, sonst nichts.«

»Hört Ihr keine Stimmen?«

»Nein. Ich kann trotzdem Alarm geben, wenn Ihr Euch Eurer Sache sicher seid, Legat.«

»Nein, schon gut. Ich habe mich wohl getäuscht.« Aber er hörte das Flüstern immer noch. Doch wie sollte er dem nun nachgehen – jetzt, da tödliche Feinde ums Lager schlichen?

Er stellte sich also taub und war gespannt, was die Nacht bringen würde.

Am Morgen wurde er von Claudio Optus geweckt. »Ich habe gute und schlechte Nachrichten, Legat.«

Aureus war überrascht, dass bereits der Morgen graute. Aber wenigstens waren im Schlaf die Kopfschmerzen verschwunden, die ihn in der Nacht überfallen hatten. Er hätte nicht geglaubt, dass seine Kopfverletzung, die er tagelang nicht gespürt hatte, ihm so lange nachgehen würde. Er unterdrückte ein Gähnen. »Gute Nachrichten sind willkommen, Optus.«

»Schön. Ich will auch lieber mit ihnen beginnen. Die List hat gewirkt. Zwei unserer Puppen wurden von tückischen Pfeilen durchbohrt. Euer Bruder ist ganz aus dem Häuschen, weil er meint, dass er nun herausfinden kann, welches Gift diese Männer verwenden.«

»Und die schlechten?«

»Dazu muss ich Euch an den Wall bemühen, wo wir die Toten aufgebahrt haben. Es ist ihnen etwas widerfahren.«

Aureus sah seinen Bruder bei den Leichen stehen und mit der Mata sprechen. Die beiden schienen sich immer noch gut zu verstehen. Er sagte sich, dass es doch auch sein Gutes habe, dass Apricia sich nun für die Priesterschaft entschieden hatte – ihretwegen musste er nun nicht mehr mit seinem Bruder streiten. Aber er fand, dass das ein schwacher Trost war.

»Was gibt es denn hier?«, fragte er.

Optus schlug einen der Mäntel zurück, mit denen der Tote zugedeckt war.

Erschrocken prallte Aureus zurück. Das Gesicht des Mannes war mit Maden bedeckt. »Wie ist das möglich?«

»Ich weiß es nicht, Auro. Ich habe schon viele Tote gesehen, aber noch nie sah ich Maden auf einem Körper, der gerade erst erkaltet ist. Vielleicht liegt es an dem Gift, das diese Alwere verwenden. Eine Erklärung habe ich nicht.«

»Wir sollten die Toten schnell verbrennen«, schlug Mata Apricia vor. »Je weniger Männer das sehen, desto besser.«

»Hast du General Ambo das da gezeigt?«

»Ja, doch gibt er sich unbeeindruckt, Auro. Er steht dort am Tor und spricht mit Meister Narth, der einen Suchtrupp in den Wald führen soll. Wie es aussieht, ist unser Pelzhändler nicht sehr erpicht darauf, diesen Feind zu jagen.«

Irgendwann verschwand der Domorer dennoch mit zwanzig Männern im Wald. Ambo gab ihnen Zeit bis zum Aufbruch, den Feind aufzuspüren. Aber als das Lager abgebaut und die Kolonne marschbereit war, kehrte der Trupp mit leeren Händen zurück.

»Ich fand Fußspuren, Herr, doch endeten sie so plötzlich, als habe die Erde die Männer verschlungen.«

»Und von wie vielen Männern habt Ihr Fußspuren gefunden, Meister Narth?«, wollte Aureus wissen.

»Sicher von zweien, vielleicht von dreien – aber das heißt nicht, dass nicht noch viel mehr Alwere dort draußen sind.«

Aureus ließ die Hundertschaften zum Appell antreten. Wieder fehlten fünf Männer, und niemand hatte gesehen, wie und wo sie verschwunden waren.

»Feiglinge, die ihre Kameraden im Stich lassen. Es ist sogar besser, dass wir sie los sind«, meinte Optus, der die Zahlen meldete.

»Wenn sie überhaupt fort sind und nicht die Dunkelheit sie verschlungen hat«, brummte Stax düster.

Als sie aufbrachen, brannten die Scheiterhaufen unter den Toten der vergangenen Nacht schon.

Sie marschierten den ganzen Tag am Rand des Waldes, der auf Aureus eigentümlich still wirkte, weiter ungefähr nach

Osten. Kein Vogel, nicht einmal eine Krähe, war über dem Dunst zu hören, der zäh über dem Land hing. Auch die Männer waren schweigsam und schienen besorgt.

Am Abend fehlten ihnen erneut acht Legionäre.

Die Nacht war ruhig, aber am Morgen fanden sie eine tote Wache auf dem Wall. Ein Pfeil hatte sie durchbohrt.

»Warum ist das niemandem aufgefallen?«, herrschte General Ambo Aureus an.

»Die Wachfeuer wurden vernachlässigt, General. Offensichtlich haben die Männer Angst, Holz nachzulegen, weil sie das zu einer Zielscheibe machen würde. Und vermutlich vertraute dieser Legionär auf den Schutz der Dunkelheit.«

»Dann war er ein Narr und hat bekommen, was er verdient hat«, zürnte Ambo.

Claudio Optus kam mit weiteren schlechten Nachrichten. »Wie es aussieht, sind heute Nacht weitere Männer geflohen, Herr. Ich glaube, sie sind hier, wo eigentlich eine Wache stehen sollte, über die Palisade.«

»Wie viele?«

»Beim Appell fehlten fünfzehn, wenn wir also diesen Unglücklichen abziehen, dann ...«

»Ruft die Männer zusammen, die Wache standen, als das geschah, Legat«, unterbrach Ambo den umständlichen Bericht des Hekatoren.

Aureus wusste, was kommen würde. Im Grunde genommen wunderte er sich, dass es so spät kam.

Ambo ließ die zehn Legionäre vor der versammelten Legion Aufstellung nehmen. Zwei Wachen fehlten, eine lag tot am Wall, die andere war verschwunden.

Ambo ging von einem zum anderen und sah ihnen in die Augen. »Ihr habt mich und eure Kameraden verraten«, zischte er. »Ihr wisst, welche Strafe auf Verrat steht?«

Die Männer waren wie versteinert.

Ambo ging ihre Reihe noch einmal ab.

Die Legion stand und schwieg.

»Von welcher Strafe redet er, Legat?«, fragte Mata Apricia halblaut, die plötzlich neben ihm auftauchte.

»Da er sie Verräter nennt, spricht er wohl von Hinrichtung, ehrwürdige Apricia. Aber diese Männer haben nur ihre Wache vernachlässigt. Sie sind keine Verräter.«

»Dann müsst Ihr ihm das sagen, Legat.«

»Ambo weiß das ebenso gut wie ich, Mata.«

Sie schnaubte verächtlich und ging hinüber zu General Ambo und den zehn Unglücklichen.

Als sie zu ihm trat und leise auf ihn einsprach, schüttelte er das kahl rasierte Haupt. »Dies ist eine Angelegenheit der Legion, nicht des Lichts. Haltet Euch da raus, Mata!«

Apricia ließ sich jedoch nicht so leicht abweisen und redete weiter auf ihn ein.

Schließlich hob er die Hand, um ihr das Wort abzuschneiden. »Gut, ich werde diesen Männern eine letzte Gelegenheit geben. Wer von euch hat gesehen, wie die Feiglinge das Lager verlassen haben? Wenn sich niemand von euch Maden zu seiner Schuld bekennt, werde ich euch alle zehn hinrichten lassen!«

Für einen Augenblick war es totenstill im Lager. Dann trat einer der zehn vor. »Ich habe es gesehen, General. Secus Uler stand ein Stück zu meiner Linken. Ich sah nicht, dass er fiel, aber ich sah, wie der Mann, der an seiner Seite stand, plötzlich seinen Posten verließ und ins Lager ging. Dann kehrte er mit einigen Männern zurück. Und ehe ich begriff, was geschah, kletterten sie über die Palisade und waren davon.«

»Und sonst will niemand etwas bemerkt haben?«

Die Männer schwiegen. Einer blickte zum anderen, stumme Bitten, ein anderer möge die Strafe auf sich nehmen.

Aureus hielt es nicht länger aus. Er eilte über den Platz. »Es erscheint mir glaubhaft, dass bei dem schwachen Licht der Wachfeuer niemand sonst etwas bemerkte. Der Mann, der neben dem Toten Wache stehen sollte, ist schließlich verschwunden.«

»Ich habe nicht um Eure Meinung gebeten, Legat«, zischte Ambo. Jetzt, aus der Nähe, sah Aureus, dass er vor Zorn bebte.

»Ich sage sie Euch trotzdem, General. Die Moral der Männer ist am Boden. Wenn wir zehn von ihnen hinrichten, werden sie bald alle verschwunden sein.«

Ambo durchbohrte ihn mit einem wütenden Blick. Aureus hielt dem Blick stand. Er wollte sich nicht einschüchtern lassen.

»Ihr solltet auf Euren Legaten hören, General«, sprang ihm Apricia zur Seite. »Bestraft diesen einen für sein Versäumnis, lasst die anderen gehen.«

Der General straffte sich, sein Gesicht wurde zu einer kalten Maske.

»Ihr habt Glück, dass die Hohepriesterin für euch spricht. Legat, diese Narren werden für drei Tage auf Gerste und halbe Rationen gesetzt!«

Aureus nickte. Er fand die Strafe überraschend mild. Der General war jedoch noch nicht fertig. Er wandte sich an den einen, der vorgetreten war. »Du aber, mein Sohn, wirst mit deinem Kopf dafür büßen, dass du die Flucht dieser Verräter gedeckt hast.« Ambo hob die Stimme: »Und diese Strafe erwartet jeden anderen, der schweigt, wenn wieder jemand vorhat, uns im Stich zu lassen. Wir sind die Vierte Legion! Wir fliehen nicht! Und für den Basileios und das Reich werden wir sogar in die Unterwelt marschieren!«

Aber die Legion schwieg, nachdem er die letzten Worte gebrüllt hatte. Der übliche Jubel blieb aus.

Scramo Narth sah zu, wie sie einen Scheiterhaufen für die tote Wache aufschichteten. Für den Unglücklichen, der seine Kameraden hatte fliehen lassen, würde es jedoch keinen Scheiterhaufen geben.

Sie laufen schneller davon, als ich sie umbringen könnte, dachte er, *ich sollte zufrieden sein.* Er musste nicht einmal mehr viel tun, um die Männer in Angst und Schrecken zu versetzen. *Wer hätte gedacht, dass die Kinder des Lichts so viel Angst vor der Dunkelheit haben?* Die Fliegeneier aus dem Bruch hatten sich auf dem Marsch zu Maden entwickelt. Er hatte sie nur den drei Toten auf die Gesichter setzen müssen, und schon glaubten alle, die Dhurna hätte sie verflucht.

Nun, vielleicht hat sie das, dachte er, *aber ein paar von euch will sie im Trugland sehen – warum auch immer.*

Die Alwere gaben der Moral der Männer den Rest. Es konnten wirklich nicht mehr als zwei oder drei sein, dass sie jedoch unsichtbar blieben und aus dem Dunkeln mordeten, setzte den Legionären schwer zu. Er konnte sie verstehen: Fast jeder von ihnen stand früher oder später nachts auf Wache und wurde somit zur Zielscheibe.

Er selbst musste nicht mehr tun, als hin und wieder ein paar Bemerkungen über die Macht der Dhurna und die Schrecken der Finsternis zu verlieren, die noch auf sie warteten. Seltsamerweise war er nicht der Einzige, der diese Gerüchte verbreitete. Denn er bekam auch einige Schauergeschichten über die Macht der Dunklen Herrin zu hören, die er nicht gestreut hatte. Er fragte sich, wo das herkam.

Jetzt saß er auf dem Wall und sah zu. Es befriedigte ihn zu erfahren, dass es an Hekator Crelos war, die Hinrichtung zu vollstrecken. Der Verurteilte hatte zu seiner Hundertschaft gehört, und so musste dieser Brandmörder selbst zur Axt greifen.

Der Hekator benutzte eine der Äxte, die sie sonst zum Fällen von Bäumen verwendeten. Man schaffte den Mann zu einem Baumstumpf, zwang ihn auf die Knie. Der Legionär wehrte sich nicht, sondern bot dem Hekator, wenn auch leichenblass, seinen Nacken dar.

Die ganze Legion war angetreten, um zuzusehen. Der General stand mit den Offizieren etwas abseits und gab Crelos jetzt das Zeichen.

Der Hekator trat an den Verurteilten heran. Sein Blick war starr, seine Hände zitterten. Er blickte noch einmal hinüber zu Ambo. *Womöglich*, so dachte Scramo, *hofft er auf eine späte Begnadigung.*

Aber Ambo stand mit verschränkten Armen da und nickte nur. Crelos schluckte. Er murmelte ein paar Worte, die vielleicht an den General, vielleicht an den Legionär oder auch an höhere Mächte gerichtet waren. Dann holte er tief Luft und schwang die Axt.

Er musste zweimal zuschlagen, um den Hals zu durchtrennen, und er atmete schwer, als es getan war. Blut war über seine Tunika und sein Gesicht gespritzt.

Ambo sah einen Augenblick zu, wie der Kopf über den unebenen Boden rollte, dann ging er hinüber zum Scheiterhaufen und setzte ihn eigenhändig in Brand, bevor er das Zeichen zum Aufbruch gab.

»Was geschieht mit dem Hingerichteten?«, fragte Scramo Hekator Stax, als sie sich in Bewegung setzten.

»Er bleibt so liegen. Ein Fressen für die Krähen. Seine Seele wird wohl noch lange durch diese Wälder irren, bevor sie den Weg in die nächste Welt findet.«

Dabei ist der Verbrannte kaum besser dran, dachte Scramo, als er zurückblickte und den Rauch des Scheiterhaufens sah. Eine Seele brauchte die Dunkelheit des Grabes, um den Weg zum Frieden der nächsten Welt zu finden. Das wusste doch jeder.

Beim Abendappell fehlten wieder vier Männer. »Ihr seht, es sind weniger davongelaufen als zuvor, Moris«, stellte Ambo befriedigt fest.

»Und sollen wir jetzt von Zeit zu Zeit jemanden hinrichten, damit es so bleibt?«, fragte Aureus bissig.

»Ihr seid erstaunlich weich für einen Legaten, Moris. Die Strafe war angemessen, oder seid Ihr anderer Meinung?«

»Wenn die Mata nicht eingegriffen hätte, hättet Ihr Crelos noch ein paar Köpfe mehr abschlagen lassen, oder? Ihr habt Glück, dass die Männer nicht meutern. Es hätte jeden von ihnen treffen können, denn jeder von ihnen hätte lieber weggesehen, als seine Kameraden zu verraten.«

Ambo schnaubte verächtlich. »Die Wache ist eine heilige Pflicht. Verrat kann und werde ich nicht dulden! Es hat mich allerdings erstaunt, dass Ihr der Priesterin immer noch hinterherlauft und sogar mir die Stirn bietet, um ihr zu gefallen, Legat.«

»Ich laufe ihr doch nicht …«

»Versucht nicht, es abzustreiten, Moris«, unterbrach ihn Ambo. »Vielleicht gelingt es Euch ja, sie davon zu überzeugen, es sich noch einmal zu überlegen, bevor sie ihr Gelübde vor ihren Schwestern in Maricat ablegt und es somit unumkehrbar wird.«

»Heißt das etwa … ihre Entscheidung ist gar nicht endgültig?«, entfuhr es Aureus.

Ambo lachte laut und ließ ihn einfach stehen.

Nein, Ambo foppte ihn. Apricia schien sehr entschieden, was ihre Priesterschaft anging. Der General wollte ihn wohl nur etwas quälen. Oder doch nicht? Es gab nur einen Weg, das herauszufinden.

Er fand Apricia, die dabei war, den beiden Hassewerkindern die capianische Sprache beizubringen. Er beobachtete sie einen Moment. Sie sagte den beiden die Worte vor, und die Kinder mussten sie wiederholen. Das Mädchen machte es besser als der Junge, aber Apricia lobte sie beide. Sie war geduldig und freundlich. Gleichzeitig schien eine gewisse Traurigkeit auf ihr zu lasten.

Er räusperte sich und trat vor.

»Legat Moris? Wollt Ihr Euch meinem Unterricht anschließen? Es wäre noch Platz …« Die Kinder lachten. Offensichtlich verstanden sie schon ganz gut.

»Eigentlich wollte ich unter vier Augen mit Euch reden, Mata.«

Das Mädchen flüsterte dem Jungen etwas ins Ohr, und beide kicherten. Sie kicherten seinetwegen, das war klar.

»Ich bin mitten im Unterricht, Legat, und ich würde ihn ungern unterbrechen. Aber wenn es dringend ist, könnt Ihr sicher auch vor meinen Schülern sprechen.«

Sie weicht mir aus, dachte Aureus. »Nun, wenn Ihr darauf besteht … Es geht um Eure ungewöhnliche Art der Ernennung, ehrwürdige Apricia.«

»Zweifelt Ihr an meiner Legitimation? In Zeiten der Not ist diese Art der Übergabe üblich. Und ich war auch nicht unvorbereitet. Das Leben einer Virgo ist eine einzige Vorbereitung auf das Leben als Mata.«

»Das bezweifle ich nicht. Ich muss jedoch wissen, ob diese Art der Ernennung endgültig ist oder ob sie später noch einmal überprüft … und vielleicht überdacht wird.«

»Ihr meint, so wie Eure Ernennung zum Legaten nur vorläufig ist?«

Er stockte. Das wusste sie? Wer hatte ihr das erzählt? »Es geht nicht um mich, Apricia!«

Die Kinder kicherten wieder.

Apricia seufzte. »Worum immer es gehen mag, Legat Moris. Ich halte es für besser, erst nach unserer Rückkehr nach Maricat darüber zu sprechen. Vieles mag dann anders sein, als es jetzt ist – oder auch nicht.«

Das war keine klare Antwort, jedenfalls nicht die, die er erhofft hatte. Eigentlich war sie ausgewichen. Konnte er daraus Hoffnung schöpfen? Sie hatte schließlich nicht gesagt, dass ihre Entscheidung unumstößlich sei … Er seufzte. Sie hielt ihn hin. Es würde viele Wochen dauern, bis sie wieder in der Heimat waren. Wie sollte er die Ungewissheit so lange ertragen?

Aureus stürzte sich in die Arbeit, um sich abzulenken. Er kümmerte sich um die Errichtung des Lagers und teilte die Wachen ein. Er achtete auch darauf, dass die Männer, die miteinander wachen sollten, in unterschiedlichen Hundertschaften dienten. Er spürte, dass sie ihn dafür hassten, weil er ihnen die Flucht, über die sie alle nachdachten, erschwerte. Und er sorgte dafür, dass immer mindestens vier der Lakier von Hekator Sarkis auf Wache waren, denn von den Lakiern war noch kein Einziger davongelaufen. Schließlich ließ er wieder Puppen aufstellen, obwohl er nicht glaubte, dass diese nächtlichen Jäger noch einmal darauf hereinfallen würden.

Später sprach er mit Meister Narth über den unsichtbaren Feind. »Wenn ich es richtig verstehe, verstecken sie sich am Tag irgendwo – aber in der Nacht greifen sie an?«

»Genau, Herr. Und sie verstecken sich so geschickt, dass ich sie nicht finden kann. Sie jagen nur nachts. Die Hassewer erzählen sich, dass die Alwere auch in schwärzester Nacht sehen können. Und ihre Augen sollen im Dunkeln glühen!«

»Wie holen sie uns immer wieder ein, wenn sie sich den ganzen Tag verstecken? Wir müssten doch sieben oder acht Stunden Vorsprung vor ihnen haben, oder?«

Der Pelzhändler kratzte sich am Kinn. »Das ist allerdings eine gute Frage, Herr. Aber vielleicht ist das *Wie* nicht entscheidend. Tatsache ist, dass sie Nacht für Nacht da draußen sind.«

»Es ist von Bedeutung, denn das heißt, dass sie uns am Tag verfolgen. Wir werden ihnen bei nächster Gelegenheit eine Falle stellen.«

Der Pelzhändler nickte, aber Aureus sah ihm an, dass der Mann seine Zweifel hatte.

In der Nacht erwischten die schwarzen Pfeile zwei Wachen. Doch dieses Mal schlugen ihre Kameraden Alarm. General Ambo, außer sich vor Wut, schickte eine Hundertschaft mit Fackeln in den Wald, aber sie kamen mit leeren Händen zurück. Schlimmer noch, sie stellten fest, dass wieder zwei Männer fehlten. Ambo tobte und drohte, die ganze Hundertschaft auszupeitschen und für einen Monat auf halbe Ration zu setzen, aber dann fanden sie am Morgen die beiden Vermissten tot an einer Buche baumelnd. Die Alwere hatten sie entkleidet, ihre Hälse aufgeschlitzt und sie mit Lederriemen an den Füßen an einen starken Ast gehängt.

»Wie Wild, das man ausbluten lässt«, stellte Claudio Optus fest und schien Aureus zum ersten Mal erschüttert.

Sie errichteten hastig einen Scheiterhaufen und verbrannten die Opfer, bevor sie aufbrachen.

Aureus und Adelares marschierten nun am Ende der Kolonne, um die Männer an der Flucht zu hindern. Dennoch fehlten am Abend wieder sieben Männer.

In der Nacht verloren sie einen weiteren Mann durch die langen Pfeile, am nächsten Tag drei Männer auf dem Marsch und zwei in der Nacht. Unverdrossen führte Ambo die Legion durch Buschland und Hügel weiter nach Nordosten, aber jeden Tag und jede Nacht wurden sie weniger.

Dann versuchte Aureus, den General von seinem Plan mit dem Hinterhalt, über den er lange nachgedacht hatte, zu überzeugen.

»Wie denkt Meister Narth darüber, Moris?«

»Er hat Zweifel, dass es gelingen kann. Aber ich finde, wir müssen es versuchen.«

»Und was, wenn diese Jäger uns nicht verfolgen, sondern uns voraus sind? Unser Weg ist nicht schwer zu erraten, Legat. Wir gehen nach Nordosten, so gut es eben geht.«

»Daran habe ich auch schon gedacht, General. Deshalb meine ich, dass wir heute nach Norden marschieren sollten. Vielleicht treffen wir dann sogar wieder auf eine Siedlung. Der Domorer sagt, dass weiter nördlich ein Gewässer liegt, an dem Hassewer siedeln. Und wir müssen unsere Vorräte auffüllen.«

»Gut, dann Richtung Mitternacht«, stimmte Ambo schlicht zu.

Aureus war überrascht, dass der General so schnell einwilligte, und er fragte sich, ob Ambo dabei Hintergedanken hatte.

Sie schlugen also einen Weg nach Norden ein, so weit der Wald, der hier aus vielen kleinen, dicht bewachsenen Hügeln und dornenüberwucherten Senken zu bestehen schien, das zuließ. Es war nicht leicht, die Richtung zu halten, und die Männer waren unwillig, weil ihnen niemand den Plan erklärte und sie sich fragten, was diese Änderung der Marschrichtung zu bedeuten habe.

Aber Ambo trieb die Männer entschlossen durch den Wald. »Seid froh, dass wir uns nicht mehr mit den Maultieren abplagen müssen«, rief er spöttisch, als sie sich einen steilen Hang hinaufkämpften. Keiner der Legionäre lachte.

Sie schlugen ihr Lager schließlich lange vor der Dämmerung in einer lang gezogenen Schneise auf, und Aureus traf Vorbereitungen für den Hinterhalt.

»Ihr wollt ihn persönlich führen, Legat?«, fragte der General.

»Es war meine Idee, und ...«

»Ihr seid kein Hekator mehr, Moris! Ihr seid nach mir der ranghöchste Offizier, und nach Euch wäre nur noch Adelares da. Und Ihr wollt doch diese Männer nicht diesem adligen Schönling überlassen, oder?«

»Ich habe nicht vor zu sterben, General.«

»Natürlich nicht. Wer hätte das schon? Nein, sucht einen Freiwilligen unter den Hekatoren, erklärt Euren Plan und gebt ihnen den Pelzhändler mit.«

»Meister Narth? Ihr vertraut ihm?«

»Warum auch nicht? Er hat uns bis hierher gut geführt.«

»Da werden unsere Toten anderer Meinung sein, General.«

Der General sah ihn lange nachdenklich an, dann nickte er. »Wenn ich es recht bedenke, muss ich Euch zustimmen. Als Führer taugt er nicht viel. Er scheint den Weg eher zu raten, als zu wissen und hat höchstens Talent darin, Siedlungen zu verfehlen, an denen wir Proviant requirieren könnten. Ja, eigentlich ist Meister Narth ziemlich entbehrlich. Das Trugland hinter dem Lindros kennt er sogar überhaupt nicht, das hat er selbst gesagt. Und um einen Fluss zu finden, der im Osten von den Bergen bis ins Meer fließt, brauche ich keinen Führer. Aber er ist ein gewitzter Jäger. Wenn einer ihnen eine Falle stellen kann, dann er.«

Phremos Stax meldete sich freiwillig und dann auch Claudio Optus, doch Aureus wollte nicht mehr als einen Hekator für diese Aufgabe einsetzen. Er ließ dem knurrigen Stax freie Hand bei der Auswahl der Legionäre.

»Ich würde gerne hundert Männer mitnehmen, Legat, aber mir ist klar, dass das für einen heimlichen Hinterhalt zu viele sind.«

Sie sprachen mit Meister Narth, der große Zweifel am Gelingen des Plans hatte: »Ich habe noch nie gehört, dass es gelungen sei, einen Alwer in einen Hinterhalt zu locken, Herr.«

»Hat es denn schon mal jemand versucht?«, fragte Aureus ungeduldig. Die Dämmerung nahte, und der Hinterhalt musste vor Einbruch der Dunkelheit gelegt sein. War es erst einmal dunkel, hatte es wohl keinen Sinn mehr, diesen Männern aufzulauern.

Der Pelzhändler fügte sich schließlich. »Aber gebt nicht mir die Schuld, wenn die Sache schiefgeht, Legat«, brummte er zum Abschied.

Das kann nur böse enden, dachte Scramo Narth, als er die Männer hastig zu einer Stelle führte, die er eigentlich gar nicht für geeignet hielt. Sie lag an der Wegstrecke, die die Legion genommen hatte. Und wenn die Alwere hinter ihnen waren, würden sie *vielleicht* hier vorüberkommen. Aber es gab auch andere Wege, und insgeheim baute er darauf, dass sie einem von denen folgen würden.

Scramo verwendete dennoch viel Mühe, um die lakischen Legionäre, die Stax ausgewählt hatte, unter Bergen von Herbstlaub zu verstecken.

»Kein Wort, kein Flüstern, absolute Stille!«, schärfte er den Männern ein.

»Seid nicht so nervös, Meister Narth«, meinte Stax. »Entweder sie kommen bald, und wir sehen sie rechtzeitig – oder sie kommen erst, wenn es Nacht ist –, und dann sind wir nicht mehr hier.«

»Möge die Dunkelheit Eure Worte hören, Hekator«, murmelte Scramo.

Der Hekator hob eine Augenbraue, als er die seltsame Formulierung hörte. »So sagte es mein Vater immer«, schob Scramo rasch hinterher.

»Euer Vater? Ihr habt nie von ihm erzählt. War er auch ein Pelzhändler?«

»Nein, aber er ernährte uns mit der Jagd. Und jetzt seid still, Hekator. Die Alwere könnten schon nahe sein.«

Scramo grub sich selbst ins Laub ein. Er konnte eigentlich zufrieden mit seiner Arbeit sein: Die Legionäre waren nur noch unauffällige Laubhaufen mitten in einem Wald, dessen Boden kniehoch mit Laub bedeckt war. Kein Capianer hätte ihre Anwesenheit auch nur erahnt, selbst wenn er zwischen ihnen hindurchgelaufen wäre.

Das Problem war, dass sie es nicht mit Capianern zu tun hatten. Scramo konnte nur hoffen, dass die Alwere erst eintreffen würden, wenn die Dämmerung die Konturen ganz verwischt hatte. Am liebsten wäre ihm jedoch gewesen, sie erschienen gar nicht.

Er hatte einen Platz mit guter Sicht auf das Tal gewählt, durch das ihre Verfolger – vielleicht – kommen würden, und konnte nun nicht mehr tun als warten.

Die Legionäre hielten Ruhe, das musste er ihnen lassen. Und wenn es doch raschelte, konnte er immer noch hoffen, dass der Lärm, den sie im Lager auf der anderen Seite der Hügel veranstalteten, das übertönen würde. Es waren zwanzig kampferprobte Lakier, die sich mit ihm hier versteckten. Das musste reichen, selbst wenn die Alwere sie bemerkten.

Plötzlich musste er an seine Frau und seine Kinder denken. Sie hofften vermutlich, dass er bald heimkommen würde. Er hoffte das auch, aber seine Nackenhaare hatten sich aufgestellt, und das war nie ein gutes Zeichen.

Bewegte sich dort etwas im Tal? Er kniff die Augen zusammen. Es war schon fast dunkel. Ja, da bewegte sich etwas! Auch einer der Legionäre hatte es wohl gesehen, denn Scramo hörte es leise rascheln, dann sah er, dass der Mann den Bogen spannte, und verfluchte ihn. Wenn ihm das schon auffiel, dann den Alweren doch erst recht. Aber der dunkle Fleck im Tal wanderte zur Seite, und Scramo erkannte, dass es nur ein Rehbock war.

Der Lakier ließ den Bogen sinken, und Stax raunte ihm leise zu, dass er gefälligst auf seinen Befehl zu warten habe.

Dann wurde es wieder still. Irgendwo in der Ferne rief ein Eichelhäher, und eine Elster antwortete. Aber die Anspannung ließ nicht nach, und Scramos Nackenhaare blieben aufgestellt. Der Lärm des Lagers, der aus der Ferne seltsam anheimelnd herübergeklungen war, ebbte ab. Offensichtlich waren Wall und Palisade fertig.

Dunkelheit senkte sich über das Land.

Scramo wurde unruhig. Es wurde schnell immer finsterer. Wann würde Stax endlich den Befehl zur Rückkehr geben? Stax rührte sich nicht. Hie und da raschelte Laub. Dann seufzte jemand, und aus dem Dunkel sagte der Hekator: »Das war's! Wenn sie jetzt noch kommen, werden wir sie nicht sehen. Zurück zum Lager, Männer.«

Die Legionäre schälten sich aus dem Laub. Einer lachte leise und erzählte, dass die ganze Zeit ein Käfer über sein Bein gekrochen sei. »Ich hätte mir fast das Bein abgehackt, nur damit das Krabbeln aufhört.« Sein Kamerad lachte mit, dann fiel er einfach um.

Scramo erstarrte.

»Was …«, sagte der Mann zu seiner Linken und war plötzlich nicht mehr zu sehen. Es ging rasend schnell. Stax fluchte und brüllte, dass sie doch endlich ihre Schwerter ziehen sollten.

Scramo konnte kaum etwas erkennen. Jemand rempelte ihn an, er stolperte, fiel zu Boden, und neben ihm sank ein weiterer Legionär ins Laub. Überall in der Dunkelheit fluchten und stöhnten die Legionäre. Waffen klirrten, und irgendetwas flog Scramo dicht am Ohr vorbei.

Er blieb unten. Der zunehmende Mond kämpfte sich durch die Wolken, aber sein Licht reichte nicht, den Kampfplatz zu erhellen. Scramo sah die Angreifer kaum. Sie bewegten sich schnell wie Tiere, stießen und schlugen zu, und wo immer sie verschwanden, ließen sie einen toten oder sterbenden Legionär zurück. Einer der Männer setzte ein Horn an die Lippen, ein verzweifelter Versuch, Hilfe herbeizurufen, aber das Signal brach ab, kaum dass der erste Ton erklungen war. Scramo sah, dass der Mann sich mit den Händen an die Gurgel fuhr. Dann erst bemerkte er den Alwer, der schon wieder fort war. Sie bewegten sich so schnell, dass er wirklich glaubte, sie müssten Dämonen sein.

Und Scramo Narth, der Mann, der keine Furcht kannte, kauerte sich ins Laub, stellte sich tot und schickte ein stummes Stoßgebet an die Dhurna, sie möge ihn vor diesen Ausgeburten der Unterwelt bewahren.

Er hörte Stax fluchen, zu einem weiteren Fluch ansetzen, und dann keuchte der Hekator laut, ein ersticktes Geräusch, und plötzlich war Stille.

Scramo hielt den Atem an. Er hörte Schritte im Laub. Sie klangen ganz und gar normal. *Fast wie von Menschen,* dachte er und rührte sich nicht, obwohl die Schritte näher kamen. Da waren auch andere Schritte, langsamer, schleppend. Jemand stöhnte leise.

Scramo spürte eine kalte Berührung auf dem Rücken, und eine fremde Stimme sprach ihn in der Sprache der Hassewer an. »Du, du bist nicht wie die. Wer bist du?«

Scramo kam langsam und mit erhobenen Händen auf die Knie. »Verzeiht, Herr. Ich bin nur ein Pelzhändler aus dem Waldland – und ein Diener der Dhurna.«

»Sie möge die ewige Dunkelheit überdauern«, antwortete der Hassewer. Es klang rituell.

»Warum gehst du mit den Blutwölfen?«

Scramo hätte etwas drum gegeben, das Gesicht seines Gegenübers zu erkennen, aber das verhinderte die Dunkelheit.

»Die Dhurna befahl, dass ich sie führe«, stieß er hervor.

»Lüge!«, keuchte der zweite Mann. »Uns befahl sie, sie zu vernichten!«

»Euch beiden?«

»Wir haben viele getötet«, kam es keuchend zurück.

»Aber es sind noch Hunderte übrig«, meinte Scramo, der vorsichtig Hoffnung schöpfte, dass er das hier doch überleben könnte.

»Wie schwer bist du verwundet?«, fragte der Erste.

»Ich werde schon bald den Frieden der Nacht finden«, antwortete der Zweite.

Es war eine nüchterne Feststellung. Der Mann fürchtete den Tod offenbar nicht.

»Ich werde ohne dich nicht viel ausrichten, Bruder.«

»Ruf die anderen«, kam es zurück. Der Mann hatte sich an einen Baum gelehnt und rutschte nun am Stamm hinab.

»Einige von denen verstanden es zu kämpfen. Sie werden dir würdige Diener in der nächsten Welt sein, Bruder.«

Aber der Krieger röchelte schon. Noch einmal sog er die Luft ein, und dann war er ganz still.

»Er war der Tapferste von uns.«

»Ihr seid Alwere, oder?«, fragte Scramo vorsichtig. Seine Nackenhaare waren immer noch aufgestellt. Überlegte der andere vielleicht nur, *wie* er ihn töten sollte?

»So werden wir genannt.«

»Ist es wahr, dass ihr im Dunkeln besser seht als am Tag? Und dass ihr die Kinder von Menschen und Alfen seid?«

Der Krieger lachte. »Wer mein Vater und meine Mutter waren, geht dich nichts an, Waldmann. Aber, ja, die Dhurna, in ihrer Gnade, offenbarte uns Kräuter und Pilze, die uns … Kräfte verleihen. Müsstest du das nicht wissen, da du ihr Diener zu sein vorgibst?«

Der Mann erzählte zu bereitwillig von sich und seinesgleichen. Scramo war klar, dass das ein schlechtes Zeichen war. »Ich bin ein treuer Diener, ein Druadag. Ich trage ihr Symbol, und wenn es nicht Nacht wäre …«

»Zeig es mir!«

Scramo krempelte den Ärmel hoch. *Müssten die im Lager nicht längst misstrauisch geworden sein und Verstärkung schicken?*

»Das Zeichen, ich sehe es. Aber ich verstehe nicht, was du hier tust und warum du mit unseren Feinden gehst.«

»Der Wille der Dhurna ist schwer zu ergründen. Doch soll ich einige dieser Männer ins Trugland führen.«

»Einige?«

»Ich denke, sie hat nichts dagegen, wenn ihr die anderen tötet, Bruder. Und so wird offenbar, dass dein Auftrag und meiner sich nicht widersprechen.«

»Doch habe ich vor, sie alle zu töten. Das Blut der Sippe von Ksanor verlangt es.«

»Du willst ganz allein weitermachen?«

»Nein. Es gibt noch andere von uns. Ich werde sie rufen, so sie nicht ohnehin schon kommen. Bald werden wir im Dutzend um dieses Lager schleichen, auch wenn ich den Ruhm lieber für mich und meinen Bruder behalten hätte.«

Diese beiden hatten vorgehabt, im Alleingang eine ganze Legion umzubringen? Gegen seinen Willen empfand Scramo so etwas wie Bewunderung.

»Ich verstehe und wünsche dir Glück, Bruder. Hilfst du mir auf? Ich spüre mein Bein nicht mehr«, sagte er und massierte sich den rechten Unterschenkel.

»Hat dir die Angst die Glieder gelähmt, Druadag?«, fragte der Alwer spöttisch und reichte ihm die Hand.

Scramo ergriff sie, ließ sich hochziehen, riss gleichzeitig die versteckte Klinge aus seinem Stiefel und rammte sie dem überraschten Hassewer in den Leib.

Der Mann stöhnte auf und griff nach seiner Waffe. Scramo umklammerte ihn. Eine Weile rangen sie miteinander. Der Mann war schwer verwundet, aber er kämpfte mit einer unglaublichen Kraft und schaffte es, seinen Dolch aus dem Gürtel zu ziehen. Verzweifelt hielt Scramo ihn weiter umklammert.

»Ich verfluche dich, Seher, dich und alle, die mit dir sind …«, presste der Krieger hervor. Sein Atem ging stoßweise. Plötzlich erstarrte er, ließ seine Waffe los. Dann erschlaffte er. Scramo lockerte seinen Griff. Der Mann war tatsächlich tot.

Keuchend ließ sich auch Scramo ins Laub fallen. »Verzeih, Bruder«, flüsterte er, »aber ich kann nicht zulassen, dass noch ein Dutzend weitere Alwere diese Legion umschleichen und vernichten.« Er sammelte sich. »Ich wünsche deiner Seele eine gute Reise, doch hast du mich verflucht, und ich kann nicht erlauben, dass du der Dhurna hiervon erzählst.« Er beugte sich hinunter und schnitt dem Toten die Zunge aus dem Mund. »Ich werde sie verbrennen. Ich hoffe, dass du auch ohne sie in der nächsten Welt Frieden findest.«

Scramo entzündete ein kleines Feuer und warf die Zunge hinein. Dann untersuchte er die Toten. Einige der Legionäre hatten nicht einmal ihr Schwert gezogen. Diese Alwere waren unglaublich schnell gewesen.

Er untersuchte sie zuletzt. Sie trugen leichtes Leder und führten mehrere Klingen mit sich, Äxte und Messer. Aber wo waren ihre Bogen? Vermutlich irgendwo in der Nähe versteckt. Sie trugen nur das am Leib, was sie für den Kampf brauchten. Sie hatten also Zeit gehabt, sich auf diese missratene Falle vorzubereiten.

Scramo suchte die nähere Umgebung mit einer Fackel ab. Es hätte ihn brennend interessiert, welche Pilze und Kräuter sie so schnell und tödlich kämpfen ließen, und auch ihre Bogen hätte er gerne gesehen. Aber er fand ihr Versteck nicht. Er kehrte zurück, nahm einem der gefallenen Lakier das Signalhorn aus der kalten Hand und blies hinein. Er kannte die Signale nicht, doch darauf kam es wohl nicht an. Im Lager würde man schon verstehen, was er wollte.

»Sie sind alle tot?« Claudio Optus war erschüttert. Er hatte es sich nicht nehmen lassen, Aureus zu begleiten, als sie mit einer ganzen Hundertschaft ausrückten. Nun stand er an dem kleinen Feuer, das der Pelzhändler entfacht hatte, und stierte ungläubig von einem Toten zum nächsten.

»Stax …!« Optus lief hinüber und sank in die Knie. Er ergriff die Hand des Gefallenen. »Stax … so war das nicht verabredet«, sagte er heiser. »Wir wollten doch Land beackern im Süden, dein Hof neben meinem. Wir wollten Ziegen züchten und von alten Zeiten reden, abends, nach getaner Arbeit. Du kannst mich doch nicht …«

»Was genau ist geschehen?«, fragte Aureus, dem der Anblick des trauernden Optus zusetzte. Er hatte Stax auf diese Mission geschickt …

»Unser Hinterhalt misslang, Herr. Und als wir gerade aufbrechen wollten, kamen die Alwere über uns. Ehe ich michs versah, waren Eure Legionäre tot.«

»Und warum seid ausgerechnet Ihr unversehrt?«

»Sie erkannten wohl, dass ich kein Legionär bin. Der, der überlebte, wollte mich ausfragen. Doch hat er nicht mit dem Messer in meinem Stiefel gerechnet.«

»So habt Ihr einen Mann getötet, der Euer Leben verschonte?« Aureus hatte das Gefühl, dass hier etwas nicht stimmte.

»Ich weiß nicht, ob ich am Ende der Befragung immer noch verschont geblieben wäre, Herr. Es erschien mir klüger, nicht so lange zu warten.«

Aureus nickte. Sein Misstrauen war vielleicht unberechtigt. »Wir schulden Euch Dank. Ihr habt uns von einem gefährlichen Feind befreit, Meister Narth.«

»Um einen hohen Preis, wenn ich das sagen darf, Herr.«

»Ja, um einen hohen Preis«, murmelte Aureus. Er ließ die Legionäre Äste schlagen, um Tragen zu improvisieren. Der Lärm ihrer Beile übertönte das Wispern der Blätter, die schon seit Anbruch der Nacht seinen Namen flüsterten. Das Pochen in seinem Schädel war ebenfalls zurück. Ob er es je wieder loswerden würde?

Optus hielt seinem Freund immer noch die Hand.

Aureus gab den Legionären den Befehl, die Toten ins Lager zu schaffen. »Nehmt auch diese beiden Hassewer mit. Wir werden sie uns dort etwas näher ansehen.«

»Herr, diesem hier fehlt die Zunge!«, rief einer der Männer.

»Oh, ich hatte Gründe, sie zu entfernen«, erklärte Meister Narth und redete dann von Flüchen, die es zu brechen galt.

Aureus nickte und schickte den Mann mit den Legionären ins Lager. »Ich werde mich noch ein wenig umsehen und komme nach.«

»Ihr wollt alleine durch den Wald streifen, Herr?«, fragte Meister Narth.

»Nun, Ihr habt die Gefahr doch gebannt, oder?«

»Das mag sein, aber vielleicht sind noch mehr von denen da draußen. Und es gibt andere Gefahren.«

»Ich verstehe, auf mich achtzugeben, Meister Narth. Und nun führt die Männer ins Lager zurück!«

»Wie Ihr wünscht, Herr.«

Aureus wartete, bis die Kolonne hinter dem Hügel verschwunden war. Dann folgte er dem Flüstern tiefer in den Wald hinein.

Der Mond schimmerte durch die hohen Wipfel, aber je weiter er ging, desto dunkler schien der Wald zu werden. Gerade als er dachte, dass er zurückgehen und eine Fackel holen müsse, war er am Ziel.

Ein munter plätschernder Bach sprang über eine kleine Stufe zwischen mächtigen Felsblöcken hinab. Und aus einem dieser Felsblöcke trat jetzt die Fremde hervor.

»Du kommst spät«, sagte ihre heisere Stimme.

Ich hätte wirklich eine Fackel mitnehmen sollen, dachte Aureus, weil er die Fremde endlich genauer in Augenschein nehmen wollte. »Es war nicht sicher in diesem Wald. Diese Alwere machten Jagd auf Legionäre.«

»Jetzt sind sie tot«, lautete die schlichte Antwort. Lag da Bedauern in dieser Feststellung? Oder sprach sie so stockend, weil sie die richtigen Worte suchen musste?

»Hast du einen Namen?«, platzte es aus ihm heraus.

Sie lachte heiser. »Natürlich.«

»Aber du verrätst ihn mir nicht?«

»Namen … sind … Macht.«

»Verrätst du mir wenigstens, warum du mich immer wieder rufst? Was willst du von mir?«

Ihr schlanker Arm deutete auf seine Brust. »Du bist anders. Du weckst unsere Neugier. Du hast das Geschenk, aber nicht die Gabe.«

»Welche Gabe denn?«

»Die Gabe, die andere Welt zu beschwören. Zauberei, Heilkunst, Träume rufen. Der andere hat sie.«

»Wer? Famo?«

»Ja, er spricht über dich.«

Aureus konnte ihr nicht folgen. »Was meinst du?«

»Hörst du es nicht?«, fragte sie und reckte den Kopf, als ob sie lauschte.

Unwillkürlich folgte er ihrem Beispiel. Da war tatsächlich wieder ein Flüstern in den Blättern. Aber es war anders als sonst. Es trug Stimmen zu ihm, zwei Stimmen. *Ich bin sehr besorgt um ihn,* sagte die erste. Das war Famo! *Es scheint ihm doch besser zu gehen, Meister Moris.* Eine Frauenstimme? Apricia?

Ich glaube leider, dass der Schein trügt. Er hört die Stimmen immer noch, aber er leugnet es, selbst mir gegenüber, ehrwürdige Apricia. – Woher wollt Ihr dann wissen …– Ich kenne ihn eben. Er ist mein Bruder. Ihr müsst es doch auch gemerkt haben, Mata. Ist er nicht Euch gegenüber manchmal kühl und beherrscht, dann scheinen die Gefühle wieder überzuquellen? So hat er sich früher nie verhalten. Und seine Zuneigung zu Euch, an die Ihr vielleicht glaubt, nun … vielleicht glaubt er selbst, dass er Euch mag, aber er weiß auch, wer Euer Vater ist, und welche Vorteile eine Verbindung zu Eurem Haus ihm brächte … Aureus fühlte kalte Wut aufsteigen. Was redete sein Bruder da?

Soll ich mich mit ihm unterhalten, Meister Moris? – Nein, ehrwürdige Apricia, das würde es womöglich nur schlimmer machen. Aber wann immer er mit Euch spricht, vergesst nie, dass er vielleicht ... besessen ist oder, schlimmer noch, dass er ...

Das Rauschen verebbte ganz plötzlich. »Was ist los?«, fragte Aureus. »Warum hört es auf?«

»Jemand kommt«, raunte die Fremde.

Aureus fuhr herum, konnte im nachtschwarzen Wald jedoch nichts sehen. Als er sich wieder der geheimnisvollen Frau zuwenden wollte, war sie verschwunden. Er fluchte leise. Immer noch wusste er nicht, wer und vor allem *was* sie war. Sollte er nach ihr rufen? Er lauschte. Ja, da war jemand im Wald unterwegs.

»Wer da?«, rief er auf Verdacht.

Ein Funke erschien, dann leuchtete eine Fackel auf. Es war der Pelzhändler.

»Was macht Ihr hier draußen, Meister Narth? Wolltet Ihr nicht die Männer ins Lager zurückführen?«

»Das ist längst geschehen, Herr. Der General sandte mich aus, Euch zu suchen. Ihr seid doch seit Stunden überfällig.«

»Stunden? Das kann nicht ...« Aureus blickte zum Himmel. Der Mond stand schon tief. Wie lange war er denn bloß hier draußen gewesen? Er räusperte sich. »Ja, ich habe wohl die Zeit vergessen.«

Der Pelzhändler nickte, aber sein Blick war prüfend. »Ist noch jemand hier? Mir war, als hätte ich Stimmen gehört, das heißt, eigentlich hörte ich nur eine Stimme, es war wohl die Eure. Das war gut, denn sonst hätte ich noch lange nach Euch gesucht.«

»Ein erfahrener Jäger wie Ihr hätte meiner Spur folgen können – im Schein dieser Fackel, die Ihr aber erst eben entzündet habt.« Aureus' Misstrauen erwachte wieder. Etwas an diesem Mann war nicht, wie es sein sollte.

»Oh, das habe ich zu Beginn auch getan, aber da ich nicht wusste, ob mich hier nicht doch noch andere Alwere erwarten, schien es mir klüger, möglichst unsichtbar zu bleiben.«

Das war dünn. Nach allem, was sie in den letzten bitteren Nächten gelernt hatten, hätten die Alwere ihn auch ohne Fackel bemerkt. Aber Aureus ließ sich nichts anmerken. »Ich verstehe. Dann lasst uns ins Lager zurückkehren, Meister Narth. Hier draußen ist doch nichts.«

»Was habt Ihr denn erwartet zu finden, Herr?«

»Wie? Nichts, gar nichts.«

Scramo Narth führte den Legaten zurück ins Lager. Er fand, dass Aureus Moris sich merkwürdig verhielt. Es war ja schon das zweite Mal, dass er ihn allein im Wald antraf. Er hatte seine Stimme deutlich gehört. Aber mit wem hatte er gesprochen? Wenn da noch jemand gewesen wäre, hätte er ihn doch wenigstens davonhuschen sehen müssen. Hatte der Legat sich etwa mit den Bäumen unterhalten? Oder mit dem leise murmelnden Bach? Vielleicht war er wirklich verrückt geworden, wie mancher im Lager munkelte.

Eigentlich machte er auf Scramo aber einen ganz vernünftigen Eindruck. Vielleicht steckte etwas anderes hinter seinen Ausflügen in den Wald. Der Mann war ein Domorer, wenn auch nur ein Zahmling. War er etwa zum Alten Weg zurückgekehrt? Vollzog er irgendwelche geheimen Rituale? War am Ende er der geheimnisvolle Mann, der die Quelle vergiftet hatte? Scramo hatte das Gefühl, dass er besser herausbekommen sollte, was Legat Moris immer wieder im Wald zu schaffen hatte.

Er führte ihn zurück ins Lager, und ganz eindeutig freuten

sich die Männer mehr über seine Rückkehr als über die des Legaten. Offenbar hielten sie ihn für einen Helden.

»Wundert Euch das, Meister Narth? Ihr habt einen Feind getötet, der viele der unseren erschlagen hat«, meinte ein melancholischer Hekator Optus.

»Aber ich will kein Held sein. Helden haben nämlich die Angewohnheit, vor ihrer Zeit zu sterben.«

»Sterben müssen wir alle, Meister Narth, nicht wahr?«

»Ja, irgendwann, aber nicht so bald, Hekator.«

Optus zuckte mit den Schultern. »Der Beste von uns ist doch schon gegangen. Ich habe das Gefühl, dass ich ihm bald folgen werde. Und ganz gewiss bin ich nicht der Einzige.«

Scramo hätte sich gerne wieder aus dem Lager gestohlen, weil er unbedingt herausfinden wollte, ob der Legat im Wald jemanden getroffen oder ein Ritual abgehalten hatte. Aber die Männer waren entschlossen, ihn zu feiern. Sie brieten eigens einen Rehbock für ihn, und General Ambo spendierte mehrere Krüge Met. Die Feier endete erst, als ein heftiger Herbstschauer die Männer in ihre notdürftigen Unterkünfte trieb, ein Schauer, der wohl leider auch alle Spuren im Wald davonspülen würde.

12. LINDROS

Am nächsten Morgen konnte Aureus beim Appell die Meldung entgegennehmen, dass in dieser Nacht kein einziger Legionär verschwunden war. »Wenn wir jene zwanzig nicht zählen, die am Abend gefallen sind, Legat«, schloss Claudio Optus seinen Bericht.

»Habt Ihr einen Scheiterhaufen errichtet?«

»Schon in der Nacht. Doch ist das Holz ganz nass, und der General will nicht, dass wir ihn entzünden, weil der Qualm uns meilenweit verraten würde, Herr. Vielleicht könnt Ihr mit ihm reden?«

Aber auch durch Aureus ließ sich Clavus Ambo nicht umstimmen: »Wir baren sie auf, Legat, wie sie es verdient haben. Mag der Blitz den Holzstoß entzünden. Wir werden es gewiss nicht tun.«

Aureus entging nicht, dass die Männer diese Entscheidung mit gemischten Gefühlen sahen. Er unterhielt sich mit dem Pelzhändler, der meinte, diese Gegend wieder besser zu kennen als das Buschland, und von einer nahen Siedlung berichtete. Das brachte ihn auf eine Idee, von der er Optus gleich erzählte: »Wir werden dort jemandem Silber geben, damit er zurückkehrt und den Scheiterhaufen in Brand setzt.«

Der Hekator schien halbwegs zufrieden, und nun konnte Aureus sich endlich um etwas kümmern, was ihm seit der vergangenen Nacht auf der Seele brannte. Sein Bruder hatte ihn verleumdet! Er hatte es mit eigenen Ohren gehört. Aber wie sollte er ihn zur Rede stellen? Wenn er damit kam, dass ihm die Blätter das zugetragen hatten, würde er ihn endgültig für verrückt erklären.

Er suchte Famorius in seiner Laubhütte auf. »Sag, Famo, hattest du in letzter Zeit Gelegenheit, mit der Mata zu sprechen?«

Famorius runzelte die Stirn. »Immer wieder einmal, Auro. Doch meist waren unsere Gespräche kurz. Warum fragst du?«

»Mir wurde zugetragen, dass du vergangene Nacht mit ihr über mich gesprochen hast …«

»Vergangene Nacht? Nein, da nicht. Ich war früh im Bett, denn die Krankheit, die mich bald töten wird, schwächt mich immer noch …«

Er sagte das beiläufig, aber genau damit traf er Aureus ins Mark. Er hätte fast vergessen, dass sein Bruder todkrank war. Famo vergaß das offensichtlich nicht für eine Sekunde.

»Gut, dann hat sich der Mann anscheinend vertan.«

»Wer hat dir das denn erzählt, Auro?«

»Niemand.«

»Und was soll ich da angeblich über dich gesagt haben?«

»Nicht so wichtig. Entschuldige mich, die Pflicht ruft.«

Als er seinen Bruder verließ, wusste er nicht, ob er ihm glauben konnte. Die Blätter hatten ihm doch … oder hatte er sich das nur eingebildet? Hatte er es geträumt? Er war Stunden in diesem Wald gewesen, viel länger, als er gedacht hatte. Vielleicht war er eingeschlafen … Das alles ergab keinen Sinn, und es verursachte ihm Kopfschmerzen. Aber es gab ja noch einen Zeugen für das Gespräch.

»Ich grüße Euch, ehrwürdige Apricia. Seid Ihr zum Aufbruch bereit?«

Sie antwortete mit einem irritierten Blick, denn es war offensichtlich, dass sie mit Kyntia und den Kindern noch packte.

»Verzeiht, Mata, ich meinte ... braucht Ihr noch Hilfe? Ich könnte noch einen oder zwei Legionäre ...«

»Ich danke Euch, aber Tribun Adelares hat sich bereits darum gekümmert.«

»Verstehe«, murmelte Aureus. Bildete er sich das nur ein, oder wurde Kyntia tatsächlich rot, weil der Tribun erwähnt wurde? »Sagt, hattet Ihr Gelegenheit, mit meinem Bruder zu sprechen, Mata?«

»Hin und wieder. Warum fragt Ihr?«

»Ich bin um seine Gesundheit besorgt, ehrwürdige Apricia. Und es ist seltsam schwer für uns, darüber zu sprechen, wie es ihm geht.« Er war wirklich um Famorius besorgt, aber nicht deshalb redete er mit Apricia.

»Ich glaube, es geht ihm inzwischen besser, Legat. Doch verläuft dieses Fieber in Schüben. Es wird zurückkehren, stärker als zuvor. Und da es dieses Mal schon sehr stark war ...« Sie vollendete den Satz nicht. Stattdessen seufzte sie. Ihr Blick wirkte traurig.

»Dann bitte ich Euch, ihn im Auge zu behalten, Mata. Und sagt mir bitte, wenn es ihm schlechter geht.«

Er zog sich zurück und fühlte sich furchtbar. Nichts von dem, was sie sagte, bestätigte seinen Verdacht, ganz im Gegenteil. Außerdem war er ihr gegenüber nicht ehrlich gewesen. Und das fand er unverzeihlich.

Sie erreichten die Siedlung, von der Meister Narth gesprochen hatte, am Nachmittag. Die Hassewer waren misstrauisch und ließen ihre Tore geschlossen. Aber sie willigten ein, Vorräte gegen Silber zu tauschen, und es erklärte sich sogar ein Mann bereit, den Scheiterhaufen in Brand zu setzen, auch wenn es offensichtlich war, dass die Hassewer von diesem Brauch nichts hielten.

Sie zogen weiter, und Aureus war sehr erleichtert, dass es dieses Mal ohne Blutvergießen abgegangen war. Seine gute Laune erhielt jedoch einen Dämpfer, weil er am Abend feststellen musste, dass volle neun Männer verschwunden waren. Und dann erzählte ihm der Pelzhändler auch noch, dass sie beobachtet wurden.

»Alwere?«, fragte er, auf das Schlimmste gefasst.

Meister Narth schüttelte den Kopf. »Ich habe sie gehört – ein fernes Rascheln im Laub, das Knacken eines Astes –, und das heißt, dass es keine Alwere sind. Vermutlich sind es Späher der Hassewer, die uns im Auge behalten wollen.«

Aureus stellte dreifache Wachen auf, und die Nacht blieb ruhig. Es gab keine Angriffe, und niemand verschwand, aber am Tag konnte er einfach nicht verhindern, dass sich immer wieder Männer davonmachten. Am nächsten Abend fehlten vier, am Abend darauf sieben, dann sogar elf. Und so ging es jeden Tag, den sie weiter nach Osten marschierten. Jene Späher, von denen Narth behauptete, dass sie sie verfolgten, blieben unsichtbar, aber die Legionäre hatten davon Wind bekommen und wurden von Tag zu Tag nervöser. »Die Vierte verliert Männer wie diese Bäume hier ihr Laub«, meinte Tribun Adelares eines Abends.

»Das scheint Euch nicht sehr zu bekümmern«, erwiderte Aureus.

»Es ist schon, wie der General sagt, Legat – wer an unserem Auftrag zweifelt, den können wir nicht brauchen.«

»Das war nicht ganz das, was Ambo gesagt hat, Tribun. Und wenn die Legion das so sehen würde, dann wären auf Iscer schon lange keine Legionäre mehr.«

Adelares zuckte mit den Achseln. Es schien ihm gleichgültig zu sein. Er war in Gedanken wohl zu sehr bei der frischgebackenen Virgo.

Unterdessen rückten sie durch zusehends kahler werdende Wälder immer weiter nach Nordosten vor. Der Pelzhändler trieb zur Eile und behauptete, dass den beiden Alweren, die sie erwischt hatten, vielleicht noch weitere folgen würden. Aber niemand griff sie an. Aureus dachte, dass das wohl auch bald gar nicht mehr nötig sein würde – sie verloren wirklich Männer wie Herbstlaub.

General Ambo wurde unberechenbar. Einmal ließ er die Wache auspeitschen, weil Legionäre verschwunden waren, am nächsten Tag tat er, als seien sie »ohne diese Feiglinge« besser dran. Es gab Tage, da trieb er die Männer bis zur Erschöpfung an, dann wieder ließ er viel zu früh lagern.

Aureus verstand einfach nicht, woher diese Stimmungsschwankungen kamen. Der Mann war ihm zu Beginn dieses Feldzuges wie ein Fels in der Brandung erschienen. Nahmen ihn ihre Verluste so mit? Das war bei einem alten Krieger wie ihm schwer vorstellbar. Aureus versuchte, die Launen des Generals irgendwie auszugleichen. Nach und nach kamen die Hekatoren zu ihm und nicht mehr zu Ambo, wenn sie ein Anliegen hatten.

»Ist es nicht genau das, was Ihr wolltet, Domorer?«, fragte Ambo ihn eines Abends mit zynischem Spott.

»Ich will keine Legion befehligen, die nicht meine ist, wenn Ihr das meint, General.«

»Ihr könnt ruhig zugeben, dass Ihr Spaß daran habt, hier den General zu spielen, Moris.«

Aber das hatte er nicht, ganz im Gegenteil. Er hatte von Tag zu Tag mehr das Gefühl, dass ihm die Kontrolle entglitt. Die Männer waren rebellisch, vernachlässigten ihre Rüstungen und ihre Waffen, und allmählich sahen sie aus wie eine abgerissene Räuberbande. Die Einzigen, die unerschütterlich die Disziplin aufrechterhielten, waren die Lakier von Hekator Sarkis, die gleichzeitig die anderen Legionäre spüren ließen, wie sehr sie sie verachteten.

Immerhin kannte der Pelzhändler die Gegend immer besser und führte sie zu verstreut liegenden Siedlungen, bei denen sie Vorräte eintauschen konnten. Langsam wurde jedoch das Silber knapp, und sie tauschten die Pelze ihrer erlegten Jagdbeute, wofür die Hassewer ihnen nicht viel gaben. Der General achtete aber darauf, dass ihm Meister Narth stets auch Met erhandelte. Davon wurden die Männer zwar nicht satt, das Gebräu ließ sie ihre schwierige Lage jedoch leichter ertragen.

Der Pelzhändler ging oft mit den Kundschaftern auf die Jagd, aber die Beute war meist nicht üppig. Seltsamerweise schien diesem erfahrenen Jäger das Pech an den Fersen zu kleben, und die Bogenschützen brachten manchmal mehr Beute heim, wenn sie ohne ihn loszogen.

»Noch ein Grund, den Männern, die uns verlassen, dankbar zu sein«, meinte General Ambo an einem seiner besseren Abende. »Wir sparen jede Menge Proviant.«

»Aber wenn es so weitergeht, werden wir noch zu dritt an die Pforte der Dunklen Herrin klopfen«, erwiderte Aureus.

Sogar Tribun Adelares nickte. Er hatte sich in den vergangenen Tagen als überraschend fähig erwiesen. Aureus hatte ihm inzwischen die Aufsicht über Errichtung und Abbau des Lagers übertragen, und der Mann schien Talent dafür zu haben, aus den unwilligen Männern doch noch etwas herauszuholen. Den täglichen Aderlass konnte jedoch auch Adelares nicht stoppen, ja, er nahm ihn sogar ziemlich gelassen hin.

»Seht Ihr es ein, Moris? Es ist doch nicht so einfach, wie Ihr dachtet, den General zu geben«, stellte Ambo eines Abends triumphierend fest. »Deshalb habe ich beschlossen, etwas zu unternehmen.« Tatsächlich entschied er, die beiden Tagmen und ihre Hundertschaften aufzulösen und die Männer durch das Los auf neu gebildete Einheiten zu verteilen. »Sie kennen ihre Nebenleute zu gut. Jetzt werden sie nicht mehr so leicht in Gruppen desertieren«, verkündete Ambo.

Aureus wusste nicht, ob Ambo das wirklich ernst meinte. Er hielt das für verrückt. Die Männer waren zermürbt. Sie jetzt noch durcheinanderzuwürfeln und von ihren Kameraden zu trennen konnte die Sache nicht besser machen.

Er versuchte vorsichtig, den General darauf hinzuweisen, doch Ambo ließ sich nicht beirren: »Habt Ihr die Männer gezählt? Kaum eine Hundertschaft erreicht noch die halbe Stärke. Und schon jetzt kümmert sich jeder unserer fünf Hekatoren um wenigstens zwei Einheiten.«

»Ich verstehe, dass Ihr die Hundertschaften verschmelzen wollt – aber sie völlig neu aufzustellen …«

Er wandte sich Hilfe suchend an Adelares, der war jedoch Ambos Meinung, ja, es sah eigentlich so aus, als sei diese Idee ursprünglich von ihm gekommen, was Ambo nur nicht zugeben wollte.

Aureus fragte Hekator Sarkis, ob es ihn nicht störe, dass seine Lakier nun auf die vier neuen Hundertschaften verteilt würden.

Der hagere Mann sah ihn finster an. »Meine Männer tragen schon seit Langem die Hauptlast dieses Marsches. Es ist sinnvoll, sie zum Skelett dieses faulenden Körpers von einer Legion zu machen, denn sonst würde er wohl ganz auseinanderfallen.«

Die Männer murrten, als der Plan umgesetzt wurde, aber sie nahmen es hin. Aureus war nicht sicher, ob er das für ein gutes Zeichen halten sollte. Es schien ihm bedenklich, dass die Männer derart abgestumpft waren.

Einer war jedoch mächtig stolz: »Das Los hat mir die Verantwortung für die Erste Hundertschaft übertragen, Legat. Wer hätte gedacht, dass mir einmal diese Ehre zuteilwerden würde?«

»Ich beglückwünsche Euch, Optus. Seid Ihr nicht besorgt, dass Crelos, der doch bisher die Erste Hundertschaft führte, Euch das übel nehmen wird?« Der Hekator kratzte sich am Hinterkopf. »Mag sein, dennoch fühle ich mich geehrt.«

»Noch einmal meinen Glückwunsch, Optus«, erwiderte Aureus. *Er wird es brauchen,* dachte er, als Optus mit stolzgeschwellter Brust abmarschierte. Dass Ambo Hekator Crelos den Befehl über die Erste weggenommen hatte, würde sicher böses Blut geben. Noch seltsamer war, dass er diese Ehre nicht Sarkis hatte zukommen lassen, auch wenn der so tat, als wäre es ihm gleich.

Fast erschien es Aureus, als würde es Ambo darauf anlegen, die Vierte Legion zu zerstören. Falls das so war, war er nicht mehr weit von seinem Ziel entfernt: Sie verfügten gerade noch über vierhundert Männer.

Aureus beschloss, mit der Mata darüber zu reden. Er hatte in den letzten Tagen versucht, nicht an sie zu denken, aber als er mit ihr sprach, stellte er wieder fest, wie wohl er sich in ihrer Nähe fühlte. Sie gab sich zwar weiterhin kühl und distanziert, aber sie hörte ihm zu, und aus ihrem Blick las er immer noch eine gewisse Wärme.

»Ich werde mit dem General reden«, sagte sie schließlich. »Eigentlich hätte ich das schon längst tun sollen, denn auch mir ist aufgefallen, wie sehr er sich nach Setos' Tod verändert hat. Ich bin eine Mata, also werde ich mich um die Seele dieses Mannes kümmern.«

An diesem Abend konnte Scramo Narth den Fluss schon riechen, und er rechnete damit, dass sie ihn im Laufe des nächsten Tages erreichen würden.

Während die Legion, angetrieben durch den unermüdlichen Legaten und den neuerdings wild entschlossenen Adelares, ihr Lager errichtete, streifte er mit der jungen Kyntia und Meister Moris durch den Wald, um bestimmte Kräuter zu suchen. Er hatte dem Gelehrten seine Hilfe angeboten, aber das war schwierig, denn Moris verwendete merkwürdige Namen für die Pflanzen, die er suchte: Er nannte Kaiserwurz, was Scramo als Mondkraut kannte, und sprach von Stolzblatt, wo er doch Hornstängel meinte.

»So habt Ihr die Namen der Pflanzen erst in Capia gelernt?«, fragte Scramo, als sie ein paar Pilze ausgruben.

»Die meisten, denn das Reich ist groß, und jede Provinz hat ihre eigenen Pflanzen. Aber jetzt, da Ihr die alten Namen erwähnt, kommen sie mir auch wieder in Erinnerung. Meine Mutter war eine Kräuterkundige. Sagt, wie nennt Ihr diese Pilze?«

»Dickmorcheln, Herr.«

»Ah, in Capia sind sie als Mannesglück bekannt. Ich nehme an, Ihr wisst, warum?«

Scramo grinste breit. »Es wäre vielleicht besser, sie stehen zu lassen, ich glaube nämlich nicht, dass die Männer so bald Bedarf an diesen Pilzen haben werden.«

»Was ist denn die Wirkung?«, fragte die neue Virgo.

Scramo Narth suchte nach einer unverfänglichen Antwort, aber der Heiler war nicht so taktvoll: »Er stärkt die Manneskraft, Virgo. Jedenfalls sagt man das. Außerdem hat er eine heilende Wirkung bei Entzündungen. Und deshalb nehme ich ihn mit.«

Die Virgo errötete und wandte sich ab.

Sie hielt sich, das musste Scramo zugeben, ziemlich gut. Ihre

Robe war zerrissen und geflickt, und wirklich weiß war sie auch nur noch an wenigen Stellen, aber sie marschierte nun schon seit Wochen durch die Wildnis, ohne sich je zu beklagen.

Wieder einmal fragte sich Scramo, warum die Lichtpriesterinnen diesen Zug eigentlich begleiteten. Sie hatten zu Beginn vage davon gesprochen, ihre Lehre bei den Stämmen zu verkünden, aber sie hatten es bisher nicht versucht, und die Phiolen, die sie brauchten, um das Licht zu entzünden, hatte der Nachtstrom davongetragen. Warum also folgten sie der Legion immer noch? Warum waren sie nicht mit den Verwundeten umgekehrt, die Ambo am Noctus fortgeschickt hatte? Und warum kümmerten sie sich so hingebungsvoll um die beiden Kinder?

Er sorgte unauffällig dafür, dass er sich mit Kyntia langsam, aber sicher aus der Hörweite des Gelehrten entfernte. Seine Nackenhaare stellten sich auf. Er suchte die Umgebung mit den Augen ab. Legionäre sammelten Holz für die Feuer, aber da war noch etwas anderes, etwas, das sie beobachtete. Es fühlte sich anders an als bei den Männern, die ihnen schon seit Tagen unsichtbar auf den Fersen waren.

In den Dörfern hatte er von *bemalten Kriegern* gehört, die der Legion folgten. Es war nicht schwer zu erraten, dass damit Nahtmanen gemeint waren. Sein Onkel hatte ihnen also tatsächlich Späher hinterhergesandt. Die Krieger zeigten sich nicht, griffen nicht an. Worauf warteten sie?

»Dieses Kraut dort solltet Ihr unbedingt mitnehmen, Virgo«, sagte er jetzt, »es ist gut gegen Schwielen, und aufgekocht vertreibt es die Müdigkeit aus den Knochen.«

Sie lächelte und pflückte vorsichtig das Ilenkraut, das er ihr gezeigt hatte. »Ihr wisst sehr viel über Pflanzen, Meister Narth.«

»Nur das, was ein Jäger eben wissen muss, Virgo.« Er

seufzte. »Sagt, wie geht es eigentlich den beiden Kindern, die Ihr in Eure Obhut genommen habt?«

»Iono und Kala? Sie sind immer noch sehr verschlossen und lernen nur widerwillig unsere Sprache.«

»Ich kann es ihnen nicht verübeln, Virgo. Wenn man bedenkt, was die Legion ihren Eltern und Verwandten angetan hat …«

»Ja, das war ein furchtbarer Tag.«

»Aber warum habt Ihr sie nicht in einer der Siedlungen gelassen, die wir passiert haben, Virgo? Wären sie dort nicht besser aufgehoben als unter all diesen Soldaten?«

Es knackte leise im Wald. War das ein Feind? Nein, es war nur ein Legionär, der durchs Unterholz streifte.

»Die Mata hat es so beschlossen. Sie sagt, sie wolle diese beiden Seelen nicht der Dunkelheit überlassen.«

Das klang einleuchtend, aber Scramo hatte das Gefühl, dass mehr dahintersteckte. »Es ist erstaunlich, dass der General nichts dagegen hat …«, hakte er nach. Da war noch etwas im Unterholz. Er war inzwischen fast sicher, dass sie jemand ganz aus der Nähe beobachtete.

Kyntia sah ihn nachdenklich an. »Darüber habe ich nie nachgedacht. Ihr habt recht, Meister Narth, es ist … überraschend. Vielleicht hat der Legat ihn dazu überredet. Und der hört ja oft auf das, was die Mata sagt.«

»Aber es war doch Mata Oxala, die den General überzeugte, und ich hatte nicht den Eindruck, dass Legat Moris viel auf sie gehört hätte.«

Kyntia lachte erst, dann seufzte sie.

Vermutlich betrauert sie den Verlust der Mata, dachte Scramo. Das Mädchen wusste offenbar nichts über diese Angelegenheit. Er wechselte das Thema. »Was haltet Ihr eigentlich von dem Legaten?«

»Oh, er ist ein stattlicher Mann, verschlossen zwar, aber auch voller Tatkraft, und er hat diese breiten Schultern … Ich kann verstehen, dass Mata Apricia sich beinahe in ihn verliebt hätte.« Sie seufzte wieder. »Aber er ist eben doch ein Domorer, und ihm fehlt etwas … vielleicht dieser besondere Adel, wie ihn nur ein Capianer aus den alten Geschlechtern haben kann.«

»Ihr denkt an Tribun Adelares?«, fragte Scramo, überrascht und etwas verwirrt, weil ihm dieses Mädchen hier von den Vorzügen des Legaten vorschwärmte.

Sie errötete. »Ist er nicht ein prächtiger Mann?«

Scramo wusste nicht, was er antworten sollte. Er wusste nur, dass er in einem Kampf lieber den Domorer als den Capianer an seiner Seite gehabt hätte. Aber vermutlich war das nicht das Kriterium, nach dem diese junge Frau die Männer auswählte.

Er pflückte ein paar Beeren und sagte, um die peinliche Stille zu beenden: »Das sind Fuchsbeeren, und sie helfen bei der Verdauung. Nicht sehr nötig vielleicht, wenn man bedenkt, wie eng wir unsere Gürtel schnallen müssen.«

»Nehmen wir sie trotzdem mit, vielleicht weiß Meister Moris etwas mit ihnen anzufangen«, meinte die Virgo.

Der Gelehrte tauchte gerade unter den Bäumen auf. »Ihr wart plötzlich verschwunden. Für einen Moment habe ich mir sogar Sorgen gemacht.«

»So ist es doch immer beim Sammeln, Herr. Man sucht und sucht und vergisst alles um sich herum.«

»Ja tatsächlich. Es ist so friedlich hier, fast, als wären wir in Marukien. Sagt, ist es noch weit bis zum Lindros, Meister Narth?«

Scramo bemerkte eine Bewegung unter den Buchen, aber wieder waren es nur Legionäre, die nach Holz suchten und jetzt unter beträchtlichem Lärm Äste von den Bäumen schlugen. Das Gefühl, beobachtet zu werden, schwand. »Könnt Ihr ihn denn nicht riechen?«, beantwortete er die Frage des Gelehrten. »Morgen Vormittag stehen wir an seinem Ufer.«

»Ihr könnt den Fluss wittern? Erstaunlich! Ich beneide Euch um Eure scharfen Sinne, Meister Narth. Und wenn wir am Lindros sind, ist das Ziel nicht mehr fern, oder?«

Narth kratzte sich am Kinn. »Ja und nein, Herr. Der Fluss ist breit, und wir werden ihm lange folgen müssen, bis wir die Eisfurt finden. Dort gehen jene über den Strom, die an die Rotsteinküste wollen.«

»Aber liegt diese Furt dann nicht weit im Norden?«

»Das weiß ich nicht genau, Herr«, erwiderte Scramo vorsichtig. Der Gelehrte war nicht dumm, und er wusste viel mehr über dieses Land als alle anderen in diesem Zug. Tatsächlich lag die Eisfurt viele Tagesmärsche entfernt. Und die vielen Seitenarme und Nebenflüsse des Lindros würden sie zu zeitraubenden Umwegen zwingen, und das war genau das, was Scramo wollte.

Die Legion war am Ende. Die Männer waren zermürbt, erst recht, seit der General ihre Einheiten neu aufgestellt hatte. Scramo setzte darauf, dass die Anstrengungen, die vor ihnen lagen, ihnen den Rest geben würden. Er würde niemanden mehr umbringen müssen. Die Vierte Legion erledigte sich nach und nach ganz von selbst.

Sein geheimnisvoller Verbündeter schien seit der Sache mit der vergifteten Quelle nichts mehr unternommen zu haben. Oder vielleicht war er es, der die Legionäre irgendwie dazu brachte, in Scharen davonzulaufen. Immer noch hatte Scramo keine Ahnung, wer dieser andere Diener der Dunkelheit sein mochte. Dass es Meister Moris war, hielt er nicht für völlig ausgeschlossen, aber er hatte keinen Beweis für diese Annahme, also behielt er sie für sich.

Ob die beiden Brüder vielleicht zusammenarbeiteten? Der eine ging in den Wald für die Rituale? Der andere mischte Gifte? Nein, das schien ihm zu weit hergeholt.

Er verbannte die fruchtlosen Gedanken und widmete sich wieder seiner Aufgabe. Er entdeckte ein paar halb verwelkte Graustöckel, die unter einer faulenden Buche wucherten, und genau danach hatte er gesucht.

»Ah, Stirnkraut«, rief der Gelehrte. »Es beruhigt die Sinne, sagt man«, erklärte er der Novizin.

Scramo hatte diesen Namen noch nie gehört, aber die Beschreibung der Wirkung war zutreffend – es sei denn, man mischte dieses Kraut mit verschiedenen Pilzen, dann führte es entweder zu Euphorie oder Verzagtheit. Seit Tagen schon versetzte er den Met des Generals damit. Offenbar war dem Gelehrten diese Wirkung nicht bekannt, und Scramo würde sie ihm gewiss nicht auf die Nase binden.

»Und wie weit ist es von der Eisfurt zu dieser sagenumwobenen Trugpforte, Meister Narth?«, fragte Meister Moris, der ein paar verkümmerte Alwenaugen ausgrub.

Scramo kratzte sich wieder am Kinn. »Genau weiß ich es auch nicht, denn das Land jenseits des Lindros kenne ich nur aus Geschichten. Ich schätze, dass wir dann noch ein paar Tage marschieren müssen.«

Der Gelehrte sah unzufrieden aus, fragte aber nicht weiter. Offensichtlich waren seine Kenntnisse über das Land doch begrenzt.

Scramo spürte grimmige Zuversicht, dass sein Plan aufgehen würde. Da er der Einzige war, der die Sprache der Hassewer verstand, würde die Legion nie erfahren, dass es nur einen halben Tagesmarsch weiter südlich eine breite Furt gab, die Bärenfurt, die sie auf kürzestem Weg auf die andere Seite führen würde. Und hinter der Furt begann die Straße, die, nach allem, was er wusste, zur Trugpforte führte. Er hatte von dieser Furt schon früher gehört, und die Hassewer in der letzten Siedlung hatten sie auch noch einmal beschrieben. Er hatte das aus gutem Grund für sich behalten.

Sie suchten weiter nach Kräutern, und jetzt, da das Gefühl, beobachtet zu werden, verschwunden war, fand Scramo diesen Abend so friedlich, dass er fast vergessen hätte, was noch vor ihm lag.

Dann fielen ihm die beiden Kinder wieder ein. Es war unwahrscheinlich, dass sie sich in dieser Gegend auskannten, aber sie sprachen schon ein paar Brocken capianisch. Am Fluss lagen Siedlungen. Wenn die beiden irgendwo aufschnappten, dass es die Bärenfurt gab ...

Scramo fluchte innerlich, weil er das nicht bedacht hatte. Es wäre nicht gut, wenn Kindermund ihn als Lügner entlarvte ...

Der Traum des Capianers war eindeutig gewesen: Eine Handvoll Männer, davon einige in den roten Mänteln der Offiziere, hatte vor der Festung gestanden. Eine Handvoll – keine ganze, schwer bewaffnete Tagma. Weder von Priesterinnen noch von Kindern war die Rede gewesen.

Scramo blieb stehen. In der Dunkelheit lauerten Gedanken, die er lieber nicht gedacht hätte: Er musste tun, was die Dhurna erwartete. Und den Traumbildern des Capianers zufolge erwartete sie, dass er sich um die Kinder und die Priesterinnen kümmerte, falls es nötig werden sollte.

Die Männer arbeiteten schlecht. Und wenn er ihnen nicht im Nacken gesessen hätte, wäre dieses Lager wohl noch armseliger geraten als das vom Vortag. Aureus hätte ihnen gerne doppelte Rationen oder Krüge von Met versprochen, um sie anzutreiben, aber sein Problem war, dass sie wenig zu essen und kaum noch Met hatten. Also blieb ihm nichts anderes übrig, als mit Strafen zu drohen.

Er musste es selbst tun, denn bis auf Optus waren die Hekatoren auch nicht bereit, mehr zu leisten, als unbedingt nötig, und sie schienen eher aufseiten ihrer Männer als auf seiner Seite zu stehen. Die Männer fingen offensichtlich an, ihn zu hassen.

General Ambo hielt sich meistens in der Laubhütte auf, die die Männer für ihn errichtet hatten. Es gefiel ihm wahrscheinlich, dass der Zorn der Männer sich auf seinen Legaten richtete. Und Adelares? Der war sprunghaft. Einige Tage hatte er sich um das Lager gekümmert, aber in letzter Zeit war er nie da, wenn Aureus ihn gebraucht hätte. Doch gerade in diesem Augenblick kam er auf Aureus zugeschlendert. »Braucht Ihr Hilfe, Legat?«, fragte er freundlich.

Aureus bedachte ihn mit einem finsteren Blick. »Ich könnte tatsächlich jemanden brauchen, der darauf achtet, dass die Legionäre ihre Arbeit tun.«

»Ich werde mich darum kümmern, sobald ich zurück bin.«

»Zurück?«

»Ich suche die Virgo Kyntia. Habt Ihr sie gesehen? Die Mata hat nach ihr gefragt«, schob er so eilig hinterher, dass Aureus ihm kein Wort glaubte.

»Sie ist mit meinem Bruder und Meister Narth im Wald unterwegs und sucht nach Heilkräutern. Die Mata müsste das wissen, schließlich hatte sie das vorgeschlagen …«

»Dann hat sie es wohl für einen Augenblick vergessen«, meinte Adelares seelenruhig. »Ich werde sie suchen. Es wird schon dunkel, und es gibt Wölfe in diesem Land …«

Aureus sah ihm nach. Wölfe? Sie hatten auf der ganzen

verdammten Reise durch das Wolfsland keinen einzigen Wolf gesehen! Aber vermutlich war es besser, wenn dieser Schönling ihm nicht im Weg stand. Zwischenzeitlich hatte er ja geglaubt, aus dem Mann könne ein brauchbarer Offizier werden. Da hatte er sich wohl getäuscht.

Er hielt inne und rieb sich die pochenden Schläfen. Er hatte so lange keine Kopfschmerzen gehabt, dass er schon geglaubt hatte, sie endgültig losgeworden zu sein, aber jetzt meldeten sie sich zurück.

Er ging hinüber an den Waldrand, fuhr Hekator Crelos vor seinen Leuten hart an, weil es nicht voranging, und suchte dann nach einem Ort, an dem die Äxte der Legion nicht ganz so laut in seinem Schädel hallten.

Meister Narth hatte gesagt, dass der Lindros nicht mehr weit sei. Aureus kletterte einen bewaldeten Hügel hinauf in der Hoffnung, ihn von dort irgendwo sehen zu können. Aber die Buchen wuchsen hier dicht an dicht und trugen immer noch viel Herbstlaub, das nass und schwer an den Ästen hing.

Plötzlich hörte er seinen Namen. Das Flüstern! Seit der Nacht, in der die Alwere gestorben waren, hatte er es nicht mehr gehört. Eigentlich war er ganz froh darüber gewesen, denn diese Erscheinung war etwas, was er einfach nicht verstand, und die Erinnerungen an die Begegnungen verblassten immer schnell, fast, als hätte er nur geträumt.

Jetzt rief sie ihn wieder. Er zögerte. Es wurde unter den Buchen rasch dunkel, und er würde bald die Hand nicht mehr vor Augen sehen. Vielleicht sollte er das Flüstern ignorieren …

Fluchend stieg er weiter den Hügel hinauf, denn von dort oben schien das Wispern zu kommen. Zwischen den hohen Stämmen tauchte plötzlich ein rissiger Felsen auf. Und gerade, als Aureus nach einem Weg suchte, diesen mächtigen

Stein zu umgehen, trat die Fremde aus ihm hervor, als sei es das Natürlichste auf der Welt.

»Ihr wollt über den Fluss«, begann sie, ohne sich erst mit einer Begrüßung aufzuhalten.

Er nickte und versuchte, zu Atem zu kommen. »Du weißt doch längst, wo wir hinwollen, oder?«

In ihrem feinen hellen Gesicht las er Sorge. »Ich dachte, ihr kehrt um. Viele Männer haben das getan. Aber sie kommen nicht weit. Die Bemalten erwarten sie, weit von ihrer Heimat sind sie. Merkt ihr nicht, dass sie euch folgen? Warum geht ihr weiter? Warum gehst du weiter? Und warum wollt ihr nach Norden? Die Bären gehen im Süden über den Fluss.«

Bemalte? In Aureus' Schädel hämmerte es jetzt immer schlimmer. Er konnte ihr nicht folgen. »Von was für Bären redest du?«

»Von jenen, die in der Nähe den Fluss überqueren«, gab sie spöttisch zurück.

»Warum verrätst du mir deinen Namen nicht?«

»Du kannst mich rufen, wenn du meinen Namen kennst. Ich will nicht, dass du mich rufst. Nicht wenn du zu *ihr* gehst.«

»Zur Dhurna?«

Sie antwortete nicht.

»Oder bist *du* die Dhurna?«

»Ich?«

»Es heißt, sie erscheine in vielerlei Gestalten«, verteidigte er sich, denn sie wirkte beleidigt.

Sie schnaubte verächtlich. »Wir sind Kinder der Ersten Nacht. Wir waren vor der Dhurna und lange vor den Menschen hier. Und wir werden noch hier sein, wenn keine Menschen mehr durch diese Wälder wandern und die letzten Götter ihr Spiel endlich aufgeben.«

»Ihr Spiel?«

»Sie sind Kinder, die nicht wissen, was sie mit dem tun, was der Allvater ihnen anvertraut hat. Sie spielen mit den Menschen, obwohl er es ihnen verboten hat. Sie sind jung. Es gibt ältere Kräfte, tief verwurzelt. Mächte, die schlafen, so wie wir geschlafen haben, die aber vielleicht aufwachen, sich erheben, wenn sie Wunder sehen, wenn sie sehen, was nicht vorhergesehen war. So wie wir aufgewacht sind, als wir das Geschenk ohne Fluch sahen.«

»Aber die Götter haben große Macht. Ich habe sie selbst erfahren«, widersprach Aureus, der ihr nicht folgen konnte. Und er dachte an das Licht, das ihn immer so schmerzte, und an das, was sein Bruder über das Geschenk der Dhurna gesagt hatte.

Sie fischte mit einer schnellen Bewegung ein Insekt vom Felsen und hielt es Aureus unter die Nase. Ihre Augen glühten vor Zorn. »Für diesen Käfer bist sogar du eine große Macht. Du könntest ihn leicht zerquetschen. Wird er dich deshalb anbeten? Nein! Und würdest du seine Gebete hören oder gar verstehen? Nein! Wenn er also klug ist, spart er sich die Gebete. Und das solltest du auch tun.« Sie setzte den Käfer mit einer schnellen Bewegung auf einem Ast ab und sah zu, wie er davonhastete.

»Ich verstehe dich nicht. Was willst du eigentlich von mir? Warum verfolgst du mich? Immer rufst du mich, aber nie beantwortest du meine Fragen!«

»Du kennst die Antworten«, sagte sie schlicht.

»Eben nicht! Ich weiß nicht, was du willst, und ich weiß nicht, was uns erwartet. Warum sagst du es mir nicht einfach?«

»Du bist etwas Unvorhergesehenes. Trägst den Fluch, bist ihm aber nicht unterworfen. Wenn nur mehr dich sehen könnten, so wie wir dich gesehen haben …«

»Fluch?«

»Geh nicht auf den Turm«, sagte sie unvermittelt.

»Was für ein Turm?«

»Nein.«

»Nein, was?«, fragte er verwirrt.

»Ich weiß nicht, was euch erwartet. Ich kann es also nicht sagen. Wir gehen nicht gerne über den Fluss. Gefährliches Land. Ihr Land.«

»Wir?«, fragte er.

Sie sah ihn an, als stellte er die dümmste Frage der Welt. »Er und ich«, erklärte sie dann.

Er seufzte, weil seine Kopfschmerzen bei jeder ihrer seltsamen Antworten schlimmer wurden.

»Kann ich es von dort oben sehen? Das Land der Dhurna? Oder sogar ihre Festung?«

»Von wo?«, fragte sie mit einem Stirnrunzeln, das er im Sternenlicht gerade noch erahnen konnte.

»Na, wenn ich diesen Felsen hinaufklettere.«

Sie schüttelte den Kopf, als habe er erneut etwas sehr Dummes gesagt. »Er mag das nicht.«

Ein Zittern lief durch den Boden, gefolgt von einem leisen Knacken.

»Was war das?«, fragte Aureus flüsternd.

»Du hast ihn … ärgerlich gemacht. Er will, dass wir gehen.«

»Aber du hast meine Fragen nicht beantwortet.«

Plötzlich packte sie ihn mit ihren weißen Händen an den Schläfen. Ihr Gesicht war ganz nah an seinem, und ihm war, als würde er in ihren schwarzen Augen die Sterne sehen. »Ihr seid seltsam. Kaum geboren, schon kommt der Tod. Wo ihr Jahre sagt, fühlen wir Tage. Aber ihr hängt an eurem kurzen Leben. Du auch? Dann geh nicht auf den Turm!«

Sie ließ ihn los, er blinzelte, und als er die Augen wieder öffnete, war sie verschwunden.

Er fluchte, trat an den Felsen heran, in dem sie verschwunden sein musste, und holte gerade aus, um mit der Faust gegen den Stein zu hämmern, als der sich plötzlich bewegte.

Erschrocken prallte Aureus zurück, stolperte über einen Ast und fiel ins Laub. Als er wieder auf die Beine kam, sah er, wie der Felsen sich aufrichtete und dann einfach in der Nacht verschwand, nein, das traf es nicht – er löste sich in Luft auf. Eben noch war er dort gewesen, hoch und schwarz unter dem Sternenhimmel, und nun blinkten die Sterne fern und ungerührt, als hätte es diesen merkwürdigen Felsen nie gegeben.

Die Sterne – die Anhänger des Lichts glaubten, dass die alten Götter auf diesen Sternen wohnten und von dort über die Sterblichen wachten. Aureus wusste nicht, ob das stimmte, aber wenn es stimmte, saßen da oben jetzt bestimmt viele Götter und lachten herzhaft über ihn und das dumme Gesicht, das er machte.

Aureus rappelte sich auf und suchte nach der Fremden. Dicht an dicht ragten die Buchen in den Himmel. Einen Felsen gab es nicht. Er tastete im Dunkeln den Boden ab, aber er fühlte nichts Auffälliges. Die Bäume! Wie konnten sie einfach dort stehen, wo eben noch …?

Fluchend stolperte er den Hügel hinab. Verlor er den Verstand? Vielleicht hatte sein Bruder ja recht, und er bildete sich das alles nur ein. Diese Erklärung war ihm inzwischen lieber als die andere, die besagte, dass es Wesen gab, die in wandernden Felsen wohnten und sich gemeinsam mit ihnen in Luft auflösen konnten.

Er fand Famorius im Lager damit beschäftigt, Pilze und Kräuter zu sortieren. In den letzten Tagen schien es ihm besser zu gehen, aber Aureus war schmerzhaft bewusst, dass sein

Adoptivbruder einen nächsten Fieberschub vielleicht nicht überleben würde.

»Hast du etwas Nützliches gefunden, Famo?«, begann er ungeschickt.

»Jede dieser Pflanzen hat irgendeinen Nutzen, Auro, es ist immer nur schwer herauszufinden, wann und zu welchem Zweck man sie einsetzt.«

»Verstehe«, murmelte Aureus, der zögerte, über seine Begegnung zu sprechen.

Famo lächelte. »Ich sehe, dass dich etwas beschäftigt. Wenn es meine Krankheit ist, so möchte ich dir sagen, dass ich meinen Frieden damit gemacht habe. Schau mich nicht so an, Auro! Ich bin ebenso überrascht wie du, dass mir das gelungen ist. Es war vor ein oder zwei Tagen. Wir marschierten über eine Lichtung. Die Sonne schien, gelbes und rotes Laub fiel von himmelhohen Eichen, und irgendwo sang eine Amsel, völlig zur Unzeit. Alles schien im Gleichgewicht. Selbst das Stampfen der Soldatenstiefel störte diese Harmonie nicht, ganz im Gegenteil. Irgendwie wirkte alles miteinander verwoben. Vielleicht ist es das auch, Auro. Jedenfalls fühlte ich mich ganz plötzlich dem Licht sehr nah, näher als je zuvor.«

»Dem Licht?« Aureus hatte seinen Bruder nie für besonders fromm gehalten.

»Auch darüber staune ich selbst. Vielleicht waren es die Gespräche mit Mata Apricia, die mir geholfen haben, zum Licht zu finden. Jedenfalls solltest du wissen, dass ich bereit bin, mein Schicksal anzunehmen. Und dass du damals die Frucht genommen hast, die mir zugedacht war – nun, wenn du sie nicht genommen hättest, wärst du am Noctus vermutlich gefallen. Und dann wäre ich ganz allein auf dieser Welt.«

Aureus war verblüfft und überwältigt. Er wusste nicht, was

er sagen sollte. Sie standen tief in einem gefährlichen Land, aber plötzlich wirkte alles – die schlichten Lagerfeuer, die Laubhütten, der nahe Wald – so *friedvoll.*

Famorius lächelte immer noch. Er schien heiter und gefasst.

»Also – was führt dich zu mir, Bruder? Du bist doch nicht hier, weil du dich für Pilze interessierst, oder?«

Aureus sammelte sich. »Ich habe diese Fremde wieder getroffen.«

»Ah, ich dachte es mir schon. Mir ist da nämlich etwas aufgefallen …«

»Aufgefallen?«

»Ich sehe dir an, dass du wieder unter Kopfschmerzen leidest.«

»Wie? Ja, aber sie lassen schon nach.«

»Kann es sein, dass du immer, wenn du glaubtest, diese geheimnisvolle Fremde zu sprechen, unter diesen Schmerzen littest?«

Aureus runzelte die Stirn. Nein, das konnte nicht … oder doch? Ja, Famorius hatte recht!

»Das dachte ich mir«, meinte Famorius sichtlich zufrieden.

»Ich weiß nicht, worauf du hinauswillst«, behauptete Aureus, obwohl er es doch wusste.

»Weiter hast du mir erzählt, dass ihre Stimme heiser und rau klingt, nicht wahr? Und die ersten Worte sprach sie in der Wolfssprache, wie wir sie als Kinder nannten, nicht wahr? Die Sprache, die die alte Schwiegermutter vom Schwarzen Pegg gesprochen hat.«

»Ja, aber wenn sie in diesem Land lebt, dann ist das doch nur …«

»Begreifst du es nicht? Es ist die Stimme dieser Alten, die

du hörst! Sie war rau und heiser, und sie sprach meist Hassewisch.«

»Ich verstehe nicht, worauf du hinauswillst«, wehrte sich Aureus. »Es kann nicht nur Einbildung sein. Sie hat mir von dem Bruch im Buschland erzählt, und heute sagte sie, dass es im Süden einen Übergang ins Trugland gäbe, gar nicht weit von hier. Woher sollte ich diese Dinge wissen, wenn mir die Fremde nicht davon erzählt hätte?«

Famorius runzelte die Stirn. »Auf den ersten Blick ist es schwer zu verstehen, aber auch das kann ich vielleicht erklären. Den Bruch ... darüber haben wir schon gesprochen. Du kannst irgendetwas gesehen haben, was deinen alten domorischen Instinkten verriet, dass wir dort Wasser finden würden. Und der Übergang ... Wir haben in den vergangenen Tagen doch die eine oder andere Siedlung besucht, und du hast den Hassewern zugehört. Vielleicht hat einer von ihnen über diese Furt gesprochen. Du hast es gehört, und die lang vergessenen Worte der Alten aus unserem Dorf reichten aus, es zu verstehen. Der Verstand eines Mannes ist eine sehr komplizierte Angelegenheit, Auro.«

»Aber heute ... ich habe einen Felsen gesehen, der einfach davonging. Und die Erde bebte unter meinen Füßen.«

»Ein Felsen?«

»Ja, es war der Felsen, aus dem die Fremde hervorgetreten und in dem sie dann wieder verschwunden ist. Wie erklärst du das?«, fuhr Aureus seinen Bruder wütend an.

Aber Famorius war nicht zu erschüttern. Er setzte ein sehr feines Lächeln auf, dann sagte er: »Erinnerst du dich denn nicht an die Geschichten, die die Alte erzählte? Die Alfe, die den Kindern die Träume bringt und die sich einen Schabernack daraus macht, Reisende in die Irre zu führen? Sie wird von einem Riesen beschützt, der die Gestalt wechseln kann.

Das ist der Beweis! Dieses Land hat alte Erinnerungen geweckt, aber deine Verletzung verhindert, dass du sie richtig verstehst. Also gaukelt dein Verstand dir vor, dass du gewisse Dinge siehst! Wahrscheinlich warst du nur eingenickt.«

»Unsinn! Sie war so wirklich wie du und ich.«

Famorius legte eine Hand auf Aureus' Arm. »Ich bitte dich, Auro. Denke einfach eine Nacht darüber nach. Morgen früh, wenn es hell wird und deine Kopfschmerzen verschwunden sind, wirst du einsehen, dass ich recht habe. Oder glaubst du neuerdings an wandernde Riesen?«

»Du glaubst doch auch an die Dhurna!«

»Das ist etwas anderes. Wir wissen, dass es im Trugland eine Macht gibt, von der uns nicht viel bekannt ist. Es ist aber nicht gesagt, dass sie eine Hexe oder gar eine Göttin ist.«

»Und der Dorn, der mich angeblich beschützt – ist das wahrscheinlicher als ein Riese aus Stein?«

»Sieh dich doch um, Auro. Ein Dutzend verschiedene Kräuter liegen hier, jedes Kraut hat eine eigene Wirkung. Der Dorn … ja, das ist ein mächtiges Gewächs, aber er ist eben doch Teil einer Pflanze. Und möglicherweise ist es auch der Dorn, der dich … Dinge sehen lässt, die es nicht wirklich gibt. Das ist vielleicht der Preis, den er für seine heilende und schützende Wirkung fordert.«

Aureus glaubte seinem Bruder kein Wort. Wenn es einen magischen Dorn gab, dann konnte es auch Riesen geben.

Als er am nächsten Morgen erwachte, sah er die Dinge etwas anders. Die Erklärungen seines Bruders wirkten bei Licht betrachtet, sehr durchdacht, und, das hatte er immer gewusst, Famorius war viel klüger als er. Möglicherweise hatte er also recht.

Zu Aureus' Erleichterung hatte Ambo an diesem Morgen wieder persönlich das Kommando übernommen. Er schien sich gefangen zu haben. Hatte Apricia mit ihm gesprochen? Und wenn ja, was hatte sie ihm gesagt?

Drei Stunden nachdem die Legion aufgebrochen war, führte der Weg sie über eine kahle Kuppe, und der Zug geriet ins Stocken. Aureus, der am Ende des Zuges marschierte, um »die Disziplin zu stärken«, wie es Ambo nannte, fragte sich, was da vor sich ging.

Endlich sah er es auch: Das Land fiel als weite Ebene zu einem Fluss hin ab. Dunst stand über Feldern und Weiden. Und da war der Fluss – oder war das schon das Meer? Er konnte das andere Ufer nicht sehen. Der Lindros musste zehnmal breiter sein als der mächtige Noctus. Aureus verstand, warum die Männer bei diesem Anblick angehalten hatten. Es war schwer vorstellbar, dass sie ihn überwinden konnten.

Ambo führte sie weiter zu einer Siedlung, die unweit des Flusses lag. Sie war größer als alle Dörfer, die sie bisher gesehen hatten, und sie war gut befestigt. Eine mächtige Palisade umgab zwei Dutzend Langhäuser. Es mussten Hunderte Menschen dort leben. Aureus hörte ein Hornsignal, als sie sich der Siedlung näherten, und dann sah er Leute zu dieser kleinen Stadt rennen.

Der General ließ die Tagma halten. Er wollte Adelares mit dem Pelzhändler und einer Handvoll Legionäre hinüberschicken. Sie sollten versuchen, für den letzten Rest Silber und ein paar Felle Waren einzuhandeln.

»Viel werden wir für das bisschen Silber nicht bekommen«, meinte Hekator Crelos, als sie darüber berieten. »Wir sollten uns vielleicht für einen Sturm auf dieses Dorf rüsten.«

»Redet keinen Unsinn, Crelos«, widersprach Aureus. »Habt Ihr nicht gesehen, wie stark diese Palisade ist? Und wie viele Menschen dort leben? Mit einer Tagma werden wir da nicht viel ausrichten.«

»Ich bin der gleichen Ansicht«, meinte General Ambo. »Fragt diese Hassewer einfach, was sie tauschen wollen, Adelares. Ich habe allerdings einige dieser riesigen Rinder auf einer Weide gesehen, die sie nicht mehr in Sicherheit bringen konnten. Wenn sie sich stur stellen, werden wir uns dort bedienen.«

»Sie könnten zu den Waffen greifen«, gab Aureus zu bedenken.

»Na, wenn schon. Auf offenem Feld sind sie uns nicht gewachsen, Legat. Aber wir werden versuchen, bescheiden zu sein. Und fragt sie, wie weit es bis zur Eisfurt ist.«

»Erlaubt, dass ich mich den Männern anschließe, General«, bat Famorius. »Vielleicht kann ich mit meinen Heilkünsten ihre Gunst erwerben.«

»Meint Ihr? Nach meiner Beobachtung haben diese Wilden eigene Heiler. Aber nur zu, Meister Moris. Schaden kann es vermutlich nicht.«

Auch Aureus wollte die Gruppe begleiten, aber Ambo ließ es nicht zu. »Ich brauche Euch hier, Legat. Die Moral der Männer ist schlecht, sie sind hungrig, und Ihr werdet mir helfen zu verhindern, dass sie sich ohne Befehl an dem Vieh dieser Leute bedienen, verstanden?«

Also sah Aureus aus der Ferne zu, wie die drei Männer, begleitet von einem Dutzend Legionären, zum Tor marschierten, um zu verhandeln. Bald kehrten sie zurück.

»Sie wollen unser Silber nicht zum Tausch«, berichtete Adelares, »sie haben jedoch Gegenvorschläge gemacht. Zum einen bieten sie zwölf Rinder, wenn wir ihnen unsere Priesterinnen überlassen …«

»Ich hoffe, Ihr habt das in nötiger Schärfe zurückgewiesen, Tribun!«, rief die Mata.

Über Adelares' Gesicht zuckte ein Grinsen. »Natürlich,

ehrwürdige Apricia. Aber vielleicht solltet Ihr Euch geschmeichelt fühlen. Das andere Angebot besagt, dass sie uns je ein Rind für eines unserer Kettenhemden überlassen. So etwas scheinen sie hier noch nie gesehen zu haben.«

»Das klingt schon eher nach einem guten Angebot«, meinte Ambo. »Fragt die Männer, wer bereit ist, sich von seiner Rüstung zu trennen, Legat. Wenn wir fünf dieser Rinder bekommen, haben wir für Tage ausgesorgt.«

»Und wenn wir keine fünf Männer finden, General?«

»Dann lasst das Los entscheiden.«

Aureus war nicht überrascht, dass sie keinen einzigen Freiwilligen fanden. Also ließ er losen. Er spürte, wie sehr die Männer ihn dafür hassten, doch nachdem das Los gefallen war und die fünf bestimmt waren, richtete sich der Hass der Legionäre plötzlich auf diese fünf, als die sich weigerten, sich von ihren kostbaren Kettenhemden zu trennen.

»Ihr habt die Wahl, Männer«, sagte Aureus. »Entweder Ihr trennt Euch freiwillig von Euren Rüstungen und bekommt für fünf Tage die doppelte Fleischration – oder wir nehmen diese Hemden gegen Euren Willen und jagen Euch in die Wildnis.«

Das wirkte. Aureus kehrte mit den Rüstungen zu Ambo zurück, und bald darauf wechselten die Rinder den Besitzer. Und zu den fünf Rindern hatte Adelares noch ein Fass Met herausgeschlagen.

»Ich habe das Gefühl, dass es von nun an aufwärtsgehen wird, Legat«, meinte Ambo, als sie mit einem düsteren Hassewer zusammen die Rinder aussuchten. »Denkt Euch, wir haben auch gute Neuigkeiten über den Weg!«

»Neuigkeiten?«

»Ja, die Hassewer wissen von einer Furt, die einen halben Tagesmarsch von hier im Süden liegt. Sie wird für gewöhnlich nur von Hirschen und Bären genutzt, weil wohl kein vernünftiger Mensch auf die andere Seite will, aber wir können sie nehmen.«

»Das sind wirklich gute Neuigkeiten, General«, sagte Aureus langsam. Es gab diese Furt, die die angebliche Alfe erwähnt hatte, also tatsächlich …

»Ja, und die haben wir Eurem Bruder zu verdanken.«

»Meinem Bruder?«

»Er war es, der den Pelzhändler nach dieser Furt fragen ließ. Meister Narth hatte offenbar noch nie von ihr gehört.«

»Und mein Bruder? Woher wusste er von ihr?«, fragte Aureus, der innerlich kochte, sich aber nichts anmerken lassen wollte.

»Er versteht inzwischen wohl genug von ihrer Sprache, dass er es in einer der Siedlungen aufschnappen konnte.«

Als sie wieder aufgebrochen waren, stellte Aureus seinen Bruder zur Rede. »Du hast es also *irgendwo aufgeschnappt,* dass es diese Furt gibt, Famo? Und jetzt lässt du dich als Held feiern?«

Famorius blickte ihn mit großen Augen an. »Was hätte ich denn sagen sollen? Dass eine Alfe es meinem Bruder erzählt hat? Ist es dir denn so wichtig, wie wir den kürzesten Weg finden? Ist dein Ehrgeiz so groß, dass du mir diese kleine Heldentat nicht gönnst? Es ist vermutlich die letzte, die ich in meinen Leben begangen habe.«

Aureus schwieg. Er fühlte sich hintergangen, aber durfte er deshalb mit seinem todkranken Bruder streiten? Er beschloss, die Sache auf sich beruhen zu lassen, auch wenn eine kleine leise Stimme in seinem Hinterkopf ihn warnte, dass das ein Fehler war.

V. BUCH
TRUGLAND

13. OPFER

Der Fluss war auch an der Furt endlos breit, aber, wie sie herausfanden, nicht sehr tief.

Ambo ließ Bäume fällen und kleine Flöße zimmern, auf denen sie ihre Waffen und Rüstungen verstauen konnten. Auch für die beiden Priesterinnen, die Kinder und Famorius wurde ein Floß gebaut. Der Rest der Männer musste durchs kalte Wasser waten.

»Wenn wir Flöße bauen, warum dann nicht gleich für alle Männer?«, fragte Claudio Optus mit einem kritischen Blick auf die dunklen Fluten. »Und wozu brauchen wir dann noch eine Furt?«

»Erstens würde es Tage dauern, richtige Flöße herzustellen, zweitens ist der Fluss nicht so ruhig, wie er aussieht, Optus. Habt Ihr die Strudel nicht gesehen? Ich würde ihn nicht an einer anderen Stelle überqueren wollen.«

»Wie Ihr meint, Legat ... Es ist nur, ich gehöre nicht eben zu den Größten, und der Gedanke, da hindurchwaten zu müssen ...«

Ambo schickte einen ersten Trupp voraus, der den Verlauf der Furt erkunden sollte. Die Männer verschwanden an einigen Stellen bis zum Hals im Wasser, einmal mussten sie sogar ein Stück schwimmen, aber die Legionäre erreichten schließlich das Ufer. Sie waren nur als kleine Punkte zu erkennen, die von drüben winkten, und Ambo schickte die nächste Gruppe los, dann die übernächste, die die Rinder ans andere Ufer treiben sollte. Nach und nach schoben die Legionäre die kleinen Flöße mit ihren Habseligkeiten ins Wasser und verließen das bekannte Ufer. Dann trieben sie die Rinder in den Strom, und den Tieren schien das kalte Wasser viel weniger auszumachen als den Männern, die sie durch den Fluss bringen sollten.

Aureus gehörte zu den Männern, die das Floß der Priesterinnen durch das Wasser schoben. Der Atem stockte ihm, als er in das kalte Wasser stieg. Famorius hielt sich krampfhaft an den Stämmen fest. Die trugen schwer an ihrer Last, blieben nur knapp an der Oberfläche, und bald wurden auch die Passagiere nass. Die beiden Kinder drängten sich an die neue Virgo, die sie festhielt und ihnen Mut zusprach. Tatsächlich schienen sie den Priesterinnen inzwischen zu vertrauen.

Er hatte Apricia noch einmal gefragt, warum sie diese Kinder nicht einfach im nächsten Dorf abgegeben hatten, aber sie hatte nur ausweichend davon gesprochen, dass sie die beiden nicht der Dunkelheit überlassen wollte.

Sie kamen nur langsam voran, denn die Strömung war stark. Die meiste Zeit spürte er Grund unter den Füßen, aber das Stück, das sie schwimmen mussten, war unangenehm. Er fühlte allmählich seine Glieder im kalten Wasser ersterben, und er war sehr froh, als sie endlich das andere Ufer erreichten.

Es wuchsen fast keine Bäume auf dieser Seite des Flusses, und die Männer verbrannten einige der Flöße, um sich am Feuer aufzuwärmen, als würden sie die kleinen Gefährte für die Rückkehr nicht mehr brauchen. Eine eigenartige Stimmung hatte sich der Legion bemächtigt, eine Stimmung, der sich auch Aureus nicht entziehen konnte. Irgendwie schien alles unwichtig geworden zu sein. Das Lager, das sie errichteten, war mehr als notdürftig, aber auch das schien keine Rolle mehr zu spielen. Ambo ließ einen der Ochsen schlachten und öffnete eigenhändig das Fass Met. »Wir sind dem Ziel nahe, Legat«, sagte er. »Und nach allem, was wir wissen, ist das Trugland beinahe menschenleer. Wozu also sollten die Männer Graben und Wall anlegen?«

Aureus wusste, dass das leichtsinnig war, aber er fand sich damit ab. Hatte die seltsame Erscheinung nicht gesagt, dass Alwere die Legion verfolgten? Er hatte das für sich behalten, weil ihm ohnehin niemand geglaubt hätte. Sicher fühlte er sich nicht, und er drang darauf, doppelte Wachen aufzustellen.

Aber auch er hatte das Gefühl, dem Ziel nahe zu sein, und alles andere schien nur noch von geringer Bedeutung. Er schüttelte den Kopf über sich selbst und schob diese merkwürdige Gleichgültigkeit auf die Erschöpfung nach dem Marsch durch die eisige Furt. Sie waren eben noch nicht am Ziel und durften nicht nachlassen! Aber er wollte sich nicht strenger geben als der General. Die Männer mochten ihn ohnehin von Tag zu Tag weniger.

Scramo Narth hatte sich ein Stück vom Lager entfernt. Ein merkwürdiger Geruch lag über diesem Land, einer, den er nicht kannte. Die Legionäre schien das nicht zu stören. Vielleicht bemerkten sie es nicht einmal. Sie schlachteten einen der Ochsen und feierten die Überquerung des Flusses.

Ihm war ganz und gar nicht nach Feiern zumute. Woher hatte dieser verfluchte Gelehrte von der Bärenfurt gewusst? Angeblich hatte er es irgendwo aufgeschnappt, aber das konnte nicht stimmen. Er hätte den Mann wohl doch besser getötet. Genug Gelegenheiten hätten sich schon gefunden, aber er hatte gehofft, dass ihm das Frostfieber diese unerfreuliche Tat abnehmen würde. Der Mann war schwer krank, und den längeren Weg über die Eisfurt hätte er vermutlich nicht überstanden. Jetzt waren sie ihrem Ziel viel näher, als sie sein durften. Was sollte er tun?

Er entfernte sich weiter vom Lager. Erst als er sicher war, dass ihn keine der wenigen Wachen sehen konnte, blieb er stehen. War es schon dunkel genug für ein Ritual? Nein, noch nicht. Und er hatte auch kein Opfertier. Er entdeckte ein Kaninchen, das nicht vor ihm floh. Als er näher kam, erkannte er, dass irgendeine Krankheit dem Tier das Augenlicht geraubt hatte. Er war nicht sicher, ob die Dhurna dieses Opfer annehmen würde, aber er fand kein besseres. Er ging noch ein Stück weiter in die Wildnis hinaus. Alles hier kam ihm fremd und falsch vor. Die meisten Pflanzen waren anders als alle, die er kannte, und die wenigen, die ihm vertraut schienen, waren krank und verkrüppelt. *Sie gehören wohl ebenso wenig hierher wie ich,* dachte er.

Er suchte sich einen geschützten Platz und begann mit den Vorbereitungen. Der Boden, in den er den rituellen Kreis ritzte, war ganz warm. Er tastete ihn überrascht ab. Ja, der Grund zu seinen Füßen war im weiten Umkreis so warm, als läge er im schönsten Sonnenschein.

Er konnte sich das nicht erklären und tat es schließlich mit einem Achselzucken ab. Dann machte er sich an die Beschwörung und schlitzte dem Kaninchen die Kehle auf. Er sandte die kleine Seele in die Finsternis und bat die Dhurna um Verzeihung für das unvollkommene Opfer und um Hilfe und Führung für den weiteren Weg. Er suchte Dunkelheit und Stille, aber vom Lager drang der Lärm der Männer herüber.

Reiß dich zusammen, mahnte er sich. Er atmete tief durch

und fühlte, dass die befreiende Finsternis näher rückte. Dann kam das erste Bild: Es zeigte sein Haus im fernen Maricat. Aber die Schwelle war verwaist. Trockenes Laub trieb über die offen stehende Tür ins Haus, und Krähen kreisten über dem Dach. *Lass dich nicht ablenken von deinen Sorgen. Sieh voraus!* Die Dunkelheit verschluckte sein Haus, und dann waren da die beiden hassewischen Kinder. Sie gingen an der Hand eines Mannes in eine Wand aus Nebel. Scramo versuchte, ihnen zu folgen, aber das gelang ihm nicht. Der Nebel war undurchdringlich. Ihm brach der Schweiß aus, und als er langsam in das Hier und Jetzt zurückkehrte, fühlte er sich erschlagen.

Die Kinder waren wichtig, so viel verstand er nun. Aber was hatte das zu bedeuten? Und dieser Nebel – er war ihm nicht vorgekommen, wie Nebel sein sollte. Er war fast wie … Rauch. Kam das vielleicht vom feurigen Atem des Lindwurms, der angeblich über das Land wachte? Gingen die Kinder in sein Feuer? Er konnte das Bild nicht enträtseln.

Am nächsten Morgen schienen die Männer unwillig weiterzuziehen. Sie taten alles sehr langsam, und Aureus schnappte hier und da Worte auf, die ihm zeigten, dass die Männer kurz vor einer Meuterei standen.

»Es ist vielleicht der Met von gestern, Legat«, versuchte Optus eine Erklärung. »Und dann das Land … Es ist eigenartig, heute, bei Licht besehen, noch eigenartiger. Kaum ein Baum wächst hier, und die, die in der Ebene stehen, sind tot und kahl. Und habt Ihr nicht bemerkt, dass der Boden ganz warm ist? Das gefällt den Männern nicht, und noch weniger gefällt ihnen die Aussicht, noch tiefer in dieses Land hineinzumarschieren. Und dann hat Hekator Sarkis in der Nacht einige Geschichten erzählt, die ihnen nicht gerade Mut machen.«

»Was für Geschichten?«

»Von Stämmen, die dieses Land einst erobern wollten und spurlos verschwanden, vom schrecklichen Lindwurm, der über die Dhurna wacht, von Reisenden, die aus dem Herz der Dunkelheit nicht zurückkehrten … solche Geschichten eben.«

»Woher kennt denn ein Lakier aus dem Süden solche Schauermärchen?«, fragte Aureus stirnrunzelnd.

Optus zuckte mit den Achseln. »Er sagte etwas von einem weit gereisten Händler, den er in Capia getroffen haben will.«

Aureus fand das merkwürdig, beließ es aber vorerst dabei, die Sache dem General zu melden.

»Seid ihr Legionäre, oder seid ihr kleine Mädchen?«, fragte der General, als die Männer endlich zum Appell versammelt waren. »Fürchtet ihr euch etwa vor Kindergeschichten?«

Es war Hekator Crelos, der für die Männer das Wort ergriff. »Es sind nicht die Geschichten, die uns beunruhigen, Herr – aber seht dieses Land! Seht die toten Bäume. Es scheint, als werde hier kein Leben geduldet.«

»Macht Euch nicht lächerlich, Crelos. Wir beide haben auf den Feldzügen im Süden weit schlimmere Wüsteneien überstanden, oder? Also reißt euch zusammen, Männer! Das Ziel ist nah, und schon bald kehren wir heim. Dann könnt ihr vor euren Frauen prahlen, welche Gefahren ihr überwunden habt und dass ihr es wart, die das Reich gerettet habt! Verdammt, seid ihr nicht die Männer der Vierten Legion? Habt ihr nicht geschworen, mir bis in die Unterwelt zu folgen, wenn nötig? Wollt ihr vor ein paar sterbenden Bäumen davonlaufen? Jetzt packt eure Sachen und nehmt Aufstellung – wir marschieren weiter!« Kurz danach brachen sie auf, und wenigstens der General wirkte tatendurstig.

»Ihr habt es tatsächlich geschafft, die Männer bei ihrer

Ehre zu packen, General«, sagte Aureus, der an diesem Morgen neben Ambo an der Spitze des Zuges marschierte.

»Das wird vergehen, Legat. Und wenn wir heute Abend unter abgestorbenen Gehölzen rasten, werden die Zweifel zurückkehren. Wisst Ihr, was das Schlimmste für die Männer ist? Sie haben keinen Feind, dem sie ins Gesicht blicken und den sie angreifen könnten, und gleichzeitig spüren sie, dass sie hier nicht sicher sind.«

Sie sprachen gedämpft, damit die Männer hinter ihnen sie nicht hörten.

»Dann hoffen wir, dass wir wirklich bald am Ziel sind«, gab Aureus zurück. Das Land erschien auch Aureus abweisend. Es war kein Vogel zu sehen, nicht einmal eine Krähe, und die Pflanzen waren fremdartig.

»Euer Bruder sagte, dass wir morgen die Trugpforte erreichen würden. Angeblich ist das eine unüberwindliche Festung, die wir passieren müssen, aber leider weiß weder er noch Meister Narth etwas Genaueres über diesen Ort.«

Aureus fragte Hekator Sarkis, der offenbar so gut informiert war, doch der Lakier beschied ihn düster, dass er nur aus Geschichten wisse, dass diese Pforte sich nicht jedem Manne öffne.

»Vielleicht finden wir da ja den sichtbaren Feind, den Ihr Euch für die Männer wünscht, General«, meinte Aureus, als er wieder zum General aufgeschlossen hatte.

»Ich habe nicht vor, sie bei einem aussichtslosen Angriff als Futter für das Schwert zu opfern. Es sind wenig genug übrig, und ich gedenke, sie sicher nach Hause zu führen, sobald wir unseren Auftrag erfüllt haben.«

»Natürlich, General.«

»Da ist noch etwas, Legat … etwas, das Euren Auftrag betrifft.«

Etwas am Ton des Generals gefiel Aureus nicht.

»Euer Bruder erzählte mir, dass Eure Kopfwunde … gewisse Nachwirkungen hat.«

»Nachwirkungen?«

»Ihr hört angeblich Stimmen, seht Dinge, die es nicht gibt …«

»*Das* hat mein Bruder Euch erzählt?«

»Er ist sehr besorgt um Euch. Er fürchtet, dass Ihr den Verhandlungen mit der Dhurna nicht gewachsen seid …«

Aureus verschlug es den Atem. Dann presste er hervor: »Der Basileios hat mich – und nur mich – zu seinem Gesandten bestimmt. Denn ich bin sowohl ein Kind des Lichts als auch der Dunkelheit!«

»So wie Euer Bruder.«

Aureus blieb stehen, und die Männer, die hinter ihm marschierten, fluchten, weil sie aus dem Tritt kamen. Wütend schloss er wieder zu Ambo auf. »Ihr wollt wirklich Famo die Verhandlungen überlassen? Das kann nicht Euer Ernst sein! Er ist jünger, er wurde nicht in der Dunkelheit gezeugt!«

»Er sagt, dass es darauf nicht ankommt, sondern dass das domorische Blut den Ausschlag gibt. Wir werden es herausfinden. Aber ich stimme ihm zu, dass es gefährlich wäre, einen Mann dabeizuhaben, der vielleicht nicht ganz bei Sinnen ist.«

»Ihr haltet mich für verrückt?«

»Glaubt Ihr wirklich, dass Ihr einem Riesen begegnet seid?«

»Ich habe nie gesagt, dass es ein Riese war.«

»Ja richtig, Ihr habt einen wandernden Felsen gesehen …«, spottete Ambo. »Wenigstens leugnet Ihr es nicht, Legat. Und wie Ihr bemerkt, habe ich keinesfalls vor, Euch Eures Kommandos zu entheben. Doch behaltet, um des Lichts willen,

Eure merkwürdigen Visionen für Euch. Wenn die Männer das erfahren sollten …«

»Und hat mein Bruder Euch auch erzählt, dass es eine meiner Visionen war, die von der Furt im Süden berichtete?«

Der General seufzte. »Er sagte voraus, dass Ihr so etwas behaupten würdet. Er hat doch in einer der Siedlungen davon gehört und mit Euch darüber geredet. War es nicht so?«

»Nein, so war es nicht!«

»Vorsicht, Legat, nicht so laut. Ihr habt schon zugegeben, dass Ihr von Gesichten geplagt werdet. Warum räumt Ihr nicht ein, dass Euer schmerzender Kopf die eine oder andere Erinnerung durcheinanderbringt? Es ist nicht ehrenrührig, unter einer Wunde zu leiden. Und jetzt genug davon.«

Aureus marschierte schweigend weiter, aber in ihm kochte es. Famo hatte ihn hintergangen, er war ihm auf das Schändlichste in den Rücken gefallen. Verrat – das war das Wort, das ihm dazu einfiel. Famorius marschierte an der Seite der Priesterinnen in der Mitte der Kolonne, doch er lehnte unter fadenscheinigen Gründen ab, sich unter vier Augen mit ihm zu unterhalten.

Also musste es bis zum Abend warten. *Vielleicht,* so dachte Aureus, *ist das auch besser so, denn im Augenblick würde ich wahrscheinlich Dinge sagen und tun, die ich hinterher bereuen würde.* Voller Zorn reihte er sich ein Stück hinter den Luxalinnen in die Kolonne ein. Die beiden Kinder gingen an der Hand von Virgo Kyntia. Sie wirkten bedrückt wie die ganze Kolonne – und wie Apricia, die auf die Plaudereien seines Bruders nicht einging.

Das Land wurde immer unwirtlicher, je weiter sie nach Osten marschierten. Es wurde wärmer, und Aureus stellte fest, dass die Wärme aus dem Boden stieg. Der Weg, nicht viel mehr als ein breiter Trampelpfad, war hier und da aufgerissen, und bald sah er, dass aus einigen der Risse Dampf aufstieg.

»Der Atem des Lindwurms«, meinte Meister Narth. Leider sagte er es laut genug, dass es auch die Männer in seiner Nähe hörten.

»Er muss aber ein riesiges Maul haben«, rief General Ambo und wies mit großer Geste ins Land hinaus.

Tatsächlich bemerkte Aureus jetzt, dass an vielen Stellen in der Umgebung heller Rauch oder Dampf aus dem Boden quoll. An anderen Stellen war der Rauch gelblich, und das Land sah aus wie mit Schwefel bedeckt.

Ambo trieb die Legion weiter voran, aber die Männer wurden stiller und stiller. Sie lagerten am Abend auf einer kahlen Fläche, deren Boden so hart war, dass sie, selbst wenn sie gewollt hätten, keinen Graben hätten ausheben können, und er war warm. Niemand hielt das für ein gutes Zeichen. Aureus hörte die Männer flüstern, dass sie vielleicht auf dem Rücken eines Drachen lagerten.

Aureus wartete, bis sein Bruder das Lager verließ. Dann folgte er ihm bis zu einem Schlammloch, an dem Famorius stehen geblieben war und die schmutzigen Blasen bestaunte, die das Loch auswarf.

»Ist diese Landschaft nicht faszinierend, Auro?«, rief er. »Ich habe davon bisher nur gelesen. Es muss einen Vulkan in der Nähe geben.«

»Du hast also General Ambo verraten, was ich dir im Geheimen anvertraut habe.«

Das begeisterte Lächeln in Famorius' Gesicht erstarb. Er zwinkerte nervös und sagte: »Es musste sein, Auro. Es geht dir nicht gut, und eine Begegnung mit der Dhurna könnte alles noch viel schlimmer …«

»Rede keinen Unsinn, Famo! Du willst mit der Dhurna

verhandeln, weil du hoffst, dass sie dir einen Dorn gibt! Aber das hätte ich auch getan! Ich hätte alles getan, um diese merkwürdige Frucht auch für dich ...«

»Wirklich? Hättest du das Schicksal des Reiches für mich aufs Spiel gesetzt?«

»Diese Bitte hätte nicht viel gekostet, Famo. Und ganz gewiss wäre meine Mission daran nicht gescheitert!«

»Aber du bist krank, Auro. Dein Verstand spielt dir Streiche. Ich kann mich nicht drauf verlassen, dass du mich nicht einfach vergisst, wenn du erst der Dunklen Fürstin gegenüberstehst. Und du verstehst doch kein Wort ihrer Sprache!«

Aureus wurde ganz ruhig. »Was geschieht eigentlich, wenn die Fürstin dir nur *eine* Dornenfrucht gibt, Famo? Wirst du dann ein treuer Diener des Reiches sein – oder wirst du die Frucht für dich selbst behalten?«

Famorius blitzte ihn zornig an. »Ich kenne meine Pflicht, Auro. Und es kränkt mich, dass du an mir zweifelst!«

»Es kränkt dich? Und dass du mich verrätst – ist das nicht kränkend?«

»Es geschah zu deinem Besten. Und nun entschuldige mich, Auro, ich habe viel zu tun.«

Aber Aureus glaubte nicht, dass sein Bruder viel zu tun hatte. Er lief vor ihm davon. Er starrte ihm mit geballten Fäusten nach. Er hätte ihn am liebsten in dieses Schlammloch gestoßen.

»Ich grüße Euch, Legat Moris!«, sagte eine angenehme Stimme.

Er schreckte aus seinen Gedanken hoch. »Apri... ich meine, ehrwürdige Mata. Ich grüße Euch ebenfalls.«

»Ihr hattet Streit mir Eurem Bruder?«

»Wie er zwischen Brüdern nun einmal vorkommt, Mata.«

Sie trat näher an ihn heran. »Er hat mir von Euren … Beschwerden erzählt, Aureus Moris.«

»*Euch* hat er ebenfalls davon erzählt?«

»Er ist wirklich sehr besorgt um Euch. Er fragte mich, ob das Licht diese Krankheit vielleicht heilen könne …«

Aureus glaubte nicht, dass Famo besorgt um ihn war. Nein, er hatte ihn bei der Mata einfach verleumdet, um ihn auszustechen. In den Augen der Mata las er nun Besorgnis, aber keinerlei Zuneigung mehr.

»Ich bin nicht verrückt, Mata. Und ich war ganz gewiss nicht verrückt, als ich Euch an jenem Bach küsste.«

Sie senkte den Blick. »Ich bin eine Priesterin des Lichts, Aureus Moris, vergesst das nicht.«

»Und doch habt Ihr nicht gesagt, dass Ihr es bleiben werdet, wenn unsere Mission erfüllt ist.«

Das Loch zu ihren Füßen spuckte bräunliche Blasen.

Sie schwieg, und er fragte: »Was genau ist eigentlich Eure Aufgabe, Apricia? Warum seid Ihr und die anderen Priesterinnen nicht am Nachtstrom umgekehrt? Die Phiolen sind verloren – und trotzdem begleitet Ihr uns an diesen unwirtlichen Ort?«

Sie wich seinem Blick aus. »Es gibt Möglichkeiten, Legat … doch ist es zu früh, darüber zu sprechen.«

»Wir werden bald am Ziel sein – und Ihr meint, es sei zu früh? Was ist es, das Euch bedrückt? Was hat Euch Mata Oxala mit ihrem letzten Atemzug aufgetragen?«

Jetzt sah sie niedergeschlagen aus, aber dann sammelte sie sich, und er konnte sehen, wie sie sich vor ihm verschloss. »Es gibt Geheimnisse des Ordens, die nur von einer Mata zur nächsten weitergegeben werden, Legat. Fragt also nicht danach.«

Er bat um Verzeihung, aber sie schwieg. Für einen Moment herrschte eine unbehagliche Stille zwischen ihnen. Dann drehte sie sich um und ging davon.

Aureus blieb lange am Schlammloch sitzen. Erst als es dunkel geworden war, kehrte er ins Lager zurück.

Er bemerkte zwei Wachen, die sich halblaut unterhielten. Besonders wachsam waren sie nicht. Er umging sie, weil er keine Lust hatte, sie zurechtzuweisen. Aber er konnte nicht verhindern, dass er hörte, was sie sagten: »Hast du das vom Legaten gehört? Warum er immer wieder alleine im Wald verschwand?«

»Nichts habe ich gehört. Was sagt man?«

»Es heißt, er sei dort hinausgeschlichen, um sich mit dem Feind zu verabreden.«

»Dem Feind?«

»Ja, angeblich hat er diesen Alweren gesagt, wo sie uns finden können. Und er soll dunkle Rituale abgehalten haben. Polus Ligus hat mir erzählt, er habe mit eigenen Augen am Fluss einen Kreis gesehen, wie ihn die Hexen machen. Er glaubt, dass der Domorer zur Dunkelheit betet.«

»Ah, ich wusste es immer! Er ist eben doch ein Wilder und ein Diener der Finsternis. Crelos hatte recht …«

Aureus hörte nicht weiter zu. Ging dieses Gerücht etwa auch auf seinen Bruder zurück? Er betrat das Lager, hielt sich aber abseits.

Am nächsten Morgen rief Aureus die Männer zum Appell, als sei nichts geschehen, und er ignorierte ihre vielsagenden Blicke. Er reihte sich wieder mit dem General an der Spitze des Zuges ein und überließ es Tribun Adelares, die Nachhut zu führen. Das Marschtempo war langsam, und die Männer wirkten übernervös. Gegen Mittag ging ein kalter Schauer auf sie nieder. Der Regen verwandelte sich auf der warmen Erde in Dampf, und bald fiel Aureus das Atmen schwer.

Am Nachmittag dann zeigten sich die Spitzen zweier Felsen über dem zähen Dunst, und Meister Narth behauptete, dort läge die Trugpforte. Ambo trieb seine Männer noch einmal an: »Da seht ihr es, Männer – unser Ziel ist fast erreicht!«

Aureus behielt für sich, dass die Felsen keineswegs ihr Ziel sein würden. Nach allem, was er gehört hatte, lag die Dornenfestung noch weit jenseits dieser Pforte.

Der Dunst hielt sich, obwohl der Regen lange aufgehört hatte, ja, er wurde sogar noch stärker und verdichtete sich zu einem übel riechenden Nebel.

Dann, ganz unvermittelt, hatten sie die Felsen erreicht.

Ob das auch Riesen sind?, fragte sich Aureus unwillkürlich. Sie schienen irgendwie fehl am Platz. Er hatte jedenfalls in diesem Land bisher nichts Vergleichbares gesehen. Die mächtigen Steine schimmerten feucht im Nebel. Sie lehnten aneinander, und zwischen ihnen spannte sich eine geschlossene Mauer mit einem niedrigen eisernen Tor.

Unwillkürlich suchte Aureus nach einer Fortsetzung der Mauer rechts oder links der Felsen, aber da wallten nur weiße Schwaden.

»Das gefällt mir nicht, Legat«, murmelte Claudio Optus.

Aureus dachte das Gleiche. Er entdeckte vor der Mauer eine Hütte, die sich an den Felsen lehnte, und vor der Hütte war eine Feuerstelle aufgeschichtet, die aber nicht brannte. Dennoch stand dort ein alter Mann und rührte seelenruhig in einem dampfenden Topf. Er schien sie gar nicht zu beachten.

Hinter den Felsen zischte von Zeit zu Zeit etwas. Aureus nahm an, dass die Männer alle das Gleiche dachten: dass der Lindwurm hinter diesen Steinen hauste und sie ihn schon atmen hörten. Es fiel ihm schwer, das nicht selbst zu glauben, und er konnte sich das Zischen nicht erklären.

Der General ließ die Tagma halten, und Aureus ging mit ihm und Meister Narth zu dem Alten hinüber. »Ich grüße Euch. Wir sind weit gereist und wünschen, die Dhurna zu sprechen«, rief Ambo laut.

Der Alte sah den General mit schief gelegtem Kopf an. Scramo Narth sagte etwas auf Hassewisch. Aureus nahm an, dass er einfach übersetzte.

Der Alte antwortete mit einem Nicken und rührte weiter mit versonnenem Lächeln in seinem Topf, unter dem kein Feuer brannte. Schließlich sagte er doch etwas. Aureus verstand kein Wort. Der Pelzhändler stellte eine Gegenfrage. Wieder sprach der Alte, und Meister Narth fragte noch einmal nach. Ihm schien nicht zu gefallen, was er hörte. Er klang aufgebracht, und wenn Aureus seine Gesten richtig deutete, drohte er damit, dass sie die Felsen auch einfach umgehen könnten. Aber der Alte antwortete nur mit einem Kopfschütteln und einem Lachen und probierte, was er gekocht hatte.

Ambo verlor die Geduld und fragte den Pelzhändler, was sie beredet hätten. Der wollte jedoch nicht vor dem Alten sprechen, also trafen sie sich zu einer Beratung mit den Offizieren etwas abseits der Tagma.

»Der Mann heißt Goroth. Er ist ein Druide der Dunklen Herrin, und er sagt, wer immer die Dhurna sprechen will, müsse ein Opfer darbringen«, begann Meister Narth.

Aureus fiel auf, dass der General und die Mata, die mit Kyntia dazugekommen war, einen schnellen Blick tauschten. Wussten sie etwas darüber?

»Welche Art Opfer?«, fragte Aureus den Pelzhändler.

»Ein Menschenopfer, Herr.«

Virgo Kyntia schrie entsetzt auf.

»Ich habe dem Druiden gesagt, dass wir die Felsen doch umgehen können, aber er meinte nur, dass wir es ruhig versuchen sollen. Und er sagte weiter, dass sich auch die Festung nur dem öffnen wird, der bereit sei, dieses Opfer darzubringen.«

»Augenblick«, fragte Ambo, »heißt das, diese verfluchte Hexe lässt nur den über ihre Schwelle, der vorher einen Menschen geschlachtet hat?«

»Geopfert, Herr«, berichtigte Meister Narth.

»Das ist doch lächerlich. Adelares, Moris, nehmt ein paar Männer und untersucht diese Felsen! Ich will wissen, warum wir die angeblich nicht umgehen können.«

Aureus ging mit Optus und fünf Männern nach links. Das Zischen, das er zuvor gehört hatte, wurde lauter.

»Ich wünschte, dieser Nebel würde sich verziehen«, murmelte Optus. »Man sieht ja keine zehn Schritte weit.«

Sie umgingen den hohen Felsen und blieben stehen. Vor ihnen lag eine offene Wasserfläche. Aber dieses Wasser dampfte und brodelte, und als Aureus sich hinabbeugte, fand er heraus, dass es kochend heiß war. Dann zischte es laut, und sie alle prallten entsetzt zurück, als eine turmhohe Fontäne aus dem Wasser schoss und heißen Regen auf sie prasseln ließ. Es brannte wie Feuer auf der Haut. Aureus musste gar nicht befehlen zu rennen. Erst weit vom Ufer entfernt hielten sie an.

»Ich verstehe jetzt, warum der Alte so sicher war, dass wir diese Steinchen nicht umgehen können, Legat«, keuchte Optus und hielt sich den Arm, der verbrüht worden war. »Jeder, der es versucht, könnte sich auch gleich in einen Kochtopf setzen.«

Sie kehrten zu Ambo zurück. Adelares war bereits da und hatte annähernd das Gleiche zu berichten. Aber noch etwas hatte der Tribun gesehen: »Wenn mich der Nebel nicht getäuscht hat, beginnt hinter dem Tor eine Brücke, die auf den

See hinausführt. Ich glaube, sie ist die einzige Möglichkeit, hier weiterzukommen.«

»Und wenn wir das Tor stürmen?«, fragte Hekator Crelos.

»Möglich«, meinte der General, »aber sinnlos. Dies ist nicht die Festung der Hexe. Wir werden das Opfer darbringen müssen.«

»Ich glaube nicht, dass Ihr dafür auch einen Freiwilligen findet, General«, erwiderte Crelos trotzig. »Die Männer mögen ihre Rüstung hergeben, doch ihr Leben?«

Hekator Sarkis räusperte sich. »Nun, wir haben auch noch zwei Gefangene …«

Ambo nickte.

Einen Augenblick lang war es totenstill.

»Das könnt Ihr nicht ernst meinen!«, rief Aureus dann. Er sah das Entsetzen in Kyntias Gesicht – im Gesicht von Apricia erkannte er jedoch nichts dergleichen. Sie sah blass aus, aber auch, als sei sie darauf gefasst gewesen. »Nicht Kala, General. Nicht das Mädchen«, bat sie leise.

»Seid Ihr Euch da sicher, Mata?«, fragte Ambo ernst.

Sie nickte schnell.

Aureus wollte nicht glauben, was er hörte und sah. »Ihr … Ihr wollt der Dhurna ein Kind opfern?«

»Wir könnten auch einen Legaten opfern«, fuhr ihn Crelos an.

»Vorsicht, Hekator! Das grenzt an Meuterei!«, wies ihn Ambo scharf zurecht.

Crelos sah aus, als wollte er noch etwas sagen, aber dann schwieg er doch.

»Ihr könnt das nicht tun!«, flehte Kyntia, daraufhin nahm sie die Mata zur Seite und sprach leise auf sie ein.

»Das Opfer ist also festgelegt«, fuhr Ambo ungerührt fort.

»Nun muss noch der Mann bestimmt werden, der das Opfer darbringt.«

»Aber waren die Worte dieses Druiden nicht eindeutig? Es muss der Mann sein, der mit der Dhurna spricht. Es ist also an Euch, Legat«, meinte Adelares.

»Ihr seid nicht auf dem Laufenden, Tribun«, korrigierte der General. »Diese besondere Ehre kommt Meister Famorius Moris zu.«

Aureus fiel erst jetzt auf, wie still sein Bruder bei dieser Beratung bisher gewesen war. Er stand kreidebleich abseits. Dann nickte er schleppend. »Ich … ich werde es tun. Für Capia. Für den Basileios.«

»Famo! Bist du verrückt geworden? Du kannst doch kein Kind töten!«

»Haltet Euch da heraus, Legat«, wies ihn Ambo zurecht. »Oder soll ich auf Crelos' Vorschlag zurückkommen?«

Ambo schickte den Pelzhändler mit Adelares zu dem Druiden, um die Einzelheiten des Opfers zu erfragen.

Aureus stellte Apricia zur Rede. »Seid Ihr wirklich bereit, das Leben eines Kindes zu geben? Für dieses finstere Ritual?«

»Es gibt keinen anderen Weg, wenn wir unser Ziel erreichen wollen, Legat. Es wäre mir viel lieber, es nicht zu tun, aber Iono ist tapfer, und wenn wir ihm sagen, dass er schon bald wieder mit seiner Familie an einem besseren Ort vereint sein wird, dann …«

»Und das glaubt Ihr? Ich kann mich nicht entsinnen, dass den Toten seiner Siedlung eine Bestattung nach den Gebräuchen des Lichts zuteilwurde. Und auch die Dunkelheit wird wohl noch auf ihre Seelen warten, weil wir ihre Asche nicht begraben haben. Oder irre ich mich?«

Die Mata war totenbleich. »Das sind Dinge, die Ihr vielleicht nicht versteht, Legat.«

»Dann erklärt es mir! Erklärt mir, warum eine Dienerin des Lichts bereitwillig zustimmt, ein Leben auf dem Altar der Dunkelheit zu opfern!«

Aber sie erklärte nichts, und dann kam Adelares mit dem Pelzhändler zurück. »Es gibt einen heiligen Opferplatz, nicht weit von hier. Und dort gibt es eine Schale, die das Blut des Opfers auffangen soll. Derjenige, der mit der Dhurna sprechen will, soll Gesicht und Hände in dieses Blut tauchen.«

»Ich … ich bin bereit«, sagte Famorius, der immer noch leichenblass war.

»Schön«, meinte der General. »Holt den Jungen! Ich werde Euch Crelos und einige gute Männer mitgeben, damit sie Euch helfen, die Zweifel, die Euch sicher noch befallen werden, zu überwinden, Meister Moris.«

Famorius nickte, und Aureus sah fassungslos zu, wie die Mata den Jungen heranführte. Der Knabe wirkte gefasst. »Habt Ihr ihm gesagt, was ihm bevorsteht, ehrwürdige Apricia?«, presste Aureus hervor.

»Ich habe ihm nur gesagt, dass er keine Angst zu haben braucht. Er wird schon bald an einem besseren Ort sein.«

Ob sie diesen Unsinn wirklich glaubte? Aureus wusste es nicht. Und er sah fassungslos zu, wie Famorius mit dem Jungen an der Hand und begleitet von sieben Männern den schmalen Pfad betrat, der ihn zum Opferplatz führen würde.

Einen Augenblick blieb Aureus wie versteinert stehen, dann drehte er sich um und ging davon.

Er hielt sich geradeaus, bis er sicher war, dass Ambo und die anderen ihn nicht mehr sehen konnten, bevor er einen Haken schlug und losrannte.

Er konnte nicht zulassen, dass Famorius diesem Jungen etwas tat. Vermutlich war sein Bruder dazu gar nicht imstande, auch wenn er es sich einredete. Der General hatte schon recht, dass er Crelos mitschickte. Der würde sicherstellen, dass das Opfer vollzogen wurde, und er hatte wahrscheinlich keine Schwierigkeiten damit, ein Kind zu töten. Aureus hatte allerdings vor, ihn daran zu hindern.

Er lief in den Nebel hinein. Seine größte Sorge war, den schmalen Pfad zu übersehen. Gerade, als er dachte, er sei schon zu weit gelaufen, fand er ihn. Eilig hastete er tiefer in den Nebel.

Er hörte bald darauf Stimmen und ein leises Weinen. Dann erkannte er die Stimme von Crelos, der mit dem Jungen schimpfte und höhnisch rief: »Du stirbst zum Ruhme Capias. Nicht viele Wilde können das von sich behaupten. Und wenn es stimmt, was Euer Volk sich erzählt, geht deine Seele direkt zur Schwarzen Hexe. Grüße sie von mir! Und Ihr macht endlich hin, Moris. Ich will das so rasch wie möglich hinter mich bringen.«

Aureus rannte schneller. Plötzlich erreichte er einen kleinen Kreis buckliger Steine. An der Opferschale in seiner Mitte stand sein Bruder und hielt ein Schwert an den gebeugten Nacken des Jungen.

»Famo! Nein!«, rief er.

Sein Bruder drehte sich um. In seinem Blick sah Aureus wilde Entschlossenheit. »Du kannst mich nicht aufhalten, Auro«, zischte er.

»Haltet Euch zurück, Legat, sonst …«, drohte Crelos.

Aureus riss sein Schwert aus der Scheide und lief durch den Kreis. Er beachtete den Hekator gar nicht, sondern packte den Schwertarm seines Bruders. Famorius musste sich die Waffe von einem der Soldaten geliehen haben, sein eigenes Messer steckte noch im Gürtel.

»Das ist Verrat! Packt ihn, Männer!«, schrie Crelos und zog seinerseits sein Schwert. Die Männer zögerten, und das gab Aureus genug Zeit, seinen Bruder von der Schale wegzuzerren. »Lauf!«, rief er dem Jungen zu, aber einer der Männer fing den Knaben ein.

Crelos brüllte, schlug zu, und sein Langschwert sauste knapp an Aureus vorbei.

Er stieß Famorius zu Boden, um seinen Bruder vor Schlimmerem zu bewahren, und parierte den nächsten Angriff des Hekatoren mit der Klinge. Er spürte Gefahr im Rücken und fuhr gerade eben rechtzeitig herum, um dem Schwerthieb eines Legionärs auszuweichen.

Immer noch zögerten die anderen. Aureus parierte zwei weitere Angriffe und rammte Crelos den Ellbogen ins Gesicht. Der Mann heulte auf, spuckte Blut und brüllte: »Nun macht schon, Ihr Hunde! Tötet den Verräter, tötet den Domorer!«

Die Männer hatten ihre Waffen gezogen, waren jedoch zu unentschlossen, um ihn anzugreifen. Einer hielt den Knaben fest. Es sah sogar eher aus, als würde er sich hinter ihm verstecken. *Ich muss nur Crelos erwischen, dann ist es geschafft,* dachte Aureus. Er griff den Hekator an, trieb ihn zurück, aber ihm kam ein Legionär in die Quere. Er wehrte ihn ab, und als der Mann über einen der Buckelsteine stolperte, stieß ihm Aureus sein Schwert in die Seite. Der Mann packte ihn am Arm und versuchte, sich festzuhalten.

Aureus riss sich los, fuhr herum und wollte die Klinge dem heranstürmenden Crelos in die Brust rammen, aber der lenkte den Stoß im letzten Augenblick ab, und so drang das Schwert ihm nur in die Schulter. Der Hekator schrie auf, das Schwert fiel aus seiner kraftlosen Hand, er taumelte zur Seite.

Aureus dachte, dass er es geschafft hatte, aber dann erkannte er seinen Irrtum: Die Männer gaben nicht auf, als sie ihren Hekator fallen sahen – sie griffen an! Er wehrte einen ab, wurde von einem anderen am Oberarm erwischt und verwundete einen dritten. Er sah den Jungen davonlaufen und begriff, dass auch dieser Legionär sich nun am Kampf beteiligte. *Vier gegen einen? Die Chancen standen schon schlechter,* dachte er und versuchte, den Schmerz in der Schulter zu ignorieren.

Er sprang zur Seite, parierte, wich zurück. Er verwundete einen Mann am Bein, aber der kämpfte humpelnd weiter. Er wich zur Opferschale zurück und bemerkte zu spät, dass sich einer der Männer in seinen Rücken geschlichen hatte. *Fast wie am Noctus,* dachte er, als er herumfuhr und seine Klinge zur Abwehr hochriss. *Schade, dass es hier keine Wölfe gibt …*

Sein Angreifer stockte und blickte erstaunt an sich hinab. Ein Speer ragte zwischen seinen Rippen hervor. Dann verschwand die Speerspitze wieder im Leib. Der Mann fiel nach vorne. Meister Narth stand dort, wie aus dem Boden gewachsen, den blutigen Speer in der Hand.

Das war für die anderen zu viel. Sie drehten sich um und rannten davon.

»Ich danke Euch, Meister Narth«, brachte Aureus keuchend hervor.

Der Pelzhändler schüttelte den Kopf. »Es musste sein, aber das wird böse Folgen haben.«

»Was hast du getan?«, rief Famorius mit sich überschlagender Stimme. Er kauerte kreidebleich hinter einem der Buckelsteine.

Aureus würdigte ihn keiner Antwort.

»Ihr seid noch nicht fertig, Herr«, sagte Scramo Narth.

»Was meint Ihr?«

»Ihr wollt doch mit der Dhurna sprechen, oder nicht?«

Aureus nickte.

»Dann müsst Ihr ein Opfer darbringen. Der da atmet noch.« Er deutete auf den Legionär, dem er die Brust durchbohrt hatte. »Helft mir, ihn zur Schale zu schaffen. Schnell doch. Wenn Ihr das Opfer dargebracht habt, kann der General nicht zulassen, dass die Männer Euch aufhängen! Und vielleicht könnt Ihr dann auch ein gutes Wort für den Mann einlegen, der als Einziger für Euch übersetzen kann.«

Aureus handelte wie im Schlaf. Er half dem Pelzhändler, den Legionär aufzurichten. Ein Blutfleck zierte seine durchbohrte Rüstung, und Blut floss ihm auch über die Lippen.

»Den Hals. Ihr müsst ihm den Hals aufschlitzen, Herr. Schnell, er ist schon beinahe tot.«

Aureus nickte, und dann war ihm, als würde er nur zusehen, wie seine eigene Hand die Klinge zum Ziel führte. Eine rote Fontäne ergoss sich in das Becken.

Scramo Narth hielt den Körper noch eine Weile fest, dann, als der Blutstrom versiegte, ließ er ihn los. »Und jetzt müsst Ihr Eure Hände und Euer Gesicht damit waschen. So hat es der Druide verlangt.«

Der Legat ließ seine Waffe fallen und tat, was der Pelzhändler gesagt hatte. Er wirkte, als bewege er sich in einem Traum. »Das Blut ist warm«, murmelte er, als er es mit den Händen schöpfte. Er verrieb es in seinem Gesicht. Mit seiner entrückt teilnahmslosen Miene war er ein entsetzlicher Anblick.

Plötzlich stand der Gelehrte am Becken. »Zur Seite. Nun bin ich dran!«

Scramo hielt ihm seinen Speer unter das Kinn. »Habt Ihr hier jemanden getötet, Meister Moris? Nein? Dann geht! Ihr habt das Opfer nicht dargebracht. Es war Euch nicht bestimmt.«

Famorius riss sein Messer aus dem Gürtel. »Ich könnte Euch töten, Narth, dafür, dass Ihr Euch hier eingemischt habt!«

»Versucht es ruhig«, gab Scramo kalt zurück.

Aber der Gelehrte tat ihm den Gefallen nicht. Er starrte seinen Bruder mit einem von Wut und Hass verzerrten Gesicht an, drehte sich um und lief davon.

Scramo Narth blickte auf den blutigen Speer in seinen Händen. Er hatte einen Legionär durchbohrt. Viel schlimmer hätte es nicht kommen können. Immerhin hatte er den Jungen gerettet. Wenn er nur wüsste, warum der Dhurna diese beiden Kinder so wichtig waren. Oder hatte sie etwa erwartet, dass die Seele des Jungen zu ihr geschickt würde? Seine Seele war jung und rein. Er wäre ein prachtvolles Opfer. Hätte er das Opfer zulassen müssen?

Er hörte vom Lager wütende Stimmen durch den Nebel schallen. Es war nur eine Frage der Zeit, bis weitere Legionäre auftauchten. Besser wäre es, wenn er dann nicht mehr hier wäre. Doch er hatte noch etwas zu erledigen. Er wandte sich an den Legaten, der mit hängenden Schultern am Becken stand. »Ihr solltet gehen, Legat. Versteckt Euch, wenigstens für die Nacht, oder die Männer töten Euch vielleicht doch …«

Der Legat nickte und verschwand wortlos im Nebel.

Scramo untersuchte die anderen Legionäre. Zwei waren tot, aber der dritte atmete noch und sah ihn mit angstvollen Blicken an. Er zerrte ihn zum Becken, stemmte ihn hoch und tötete ihn mit einem Stich in den Hals. Er wartete nicht auf den letzten Blutstropfen, sondern ließ den Mann vorher zu Boden sinken. Schnell tauchte er seine Hände ins Blut. »Keine Ahnung, ob die Dhurna das anerkennt«, murmelte er, als er sich flüchtig übers Gesicht fuhr. Er hatte das Blut zweier Männer gemischt … Hoffentlich hatte er sie damit nicht beleidigt.

Dann erst machte er sich davon. Auch auf ihn würden die Legionäre nicht gut zu sprechen sein.

Er fand Wasser in einer Senke, das nicht kochte, und wusch sich dort. Niemand durfte wissen, dass er ebenfalls ein Opfer dargebracht hatte. Anschließend näherte er sich vorsichtig dem Lager. Unverkennbar dröhnte die laute Stimme von General Ambo durch den Nebel. Aber da waren mehrere wütende Stimmen, die ihm widersprachen. Sie forderten den Kopf des Legaten – und den eines gewissen Pelzhändlers.

Scramo blieb stehen und lauschte. Das war die Stimme von Crelos! Er hatte ihn fallen sehen, aber im darauffolgenden Durcheinander nicht mehr auf ihn geachtet.

Ambo schien jedoch unnachgiebig, und Adelares und dieser überhebliche lakische Hekator waren wohl auf seiner Seite.

Dann war da etwas, mehr ein Gefühl als ein Wort, das Scramo aufschnappte. Es war ein Gefühl, als ob gerade etwas zerbrochen sei. Der Streit ebbte ab, und nicht viel später hörte er plötzlich den Marschtritt vieler Männer, die davonzogen, und die Stimme Ambos, die ihnen Verwünschungen nachrief.

Die Legion rückte ab? Scramo lauschte in den Nebel. Ja tatsächlich. Er wartete, bis der hundertfache Schritt der Soldatenstiefel verklungen war. Und immer noch war er unschlüssig, ob er sich zeigen sollte.

Als Aureus ins Lager zurückkehrte, war es schon tiefe Nacht. Nur zwei Feuer flackerten im Nebel, und nicht viele Männer saßen dort.

»Ah, da ist er ja, der Mann, der mir meine Legion genommen hat«, rief General Ambo laut zur Begrüßung.

Und als Aureus näher trat, schüttelte der General den Kopf und sagte: »Mann, Ihr solltet Euch wirklich waschen.«

Auch die anderen sahen ihn an, als sei er dem Grab entstiegen. Erst jetzt erinnerte er sich wieder daran, dass er sein Gesicht in Blut getaucht hatte.

»Was ist hier geschehen?«, fragte er schlicht.

»Erst kamen ein paar Legionäre, die uns erzählten, dass Ihr Crelos erschlagen und das Opfer unterbrochen habt, dann erschien Crelos und berichtete, dass Ihr das Opfer doch vollzogen hättet. Leider wollten die Männer nicht einsehen, dass Euch das unentbehrlich macht. Sie verlangten Euren Kopf. Sie waren sogar der Meinung, wir sollten das Opfer mit Euch wiederholen.«

»Warum habt Ihr ihnen nicht einfach nachgegeben?«

Ambo sah ihn mit zusammengekniffenen Augen an. »Ihr habt heute einen oder zwei Eurer Kameraden getötet, doch muss ich Euch wenigstens so lange am Leben lassen, bis wir haben, was wir wollen. Aber denkt nicht, dass ich vergessen werde, was Ihr getan habt! Vier gute Männer sind tot, weil Euch das Leben eines Kindes wichtiger war.«

»Wo sind denn Crelos und die Legionäre?«

»Sie stellten mich vor die Wahl, und da ich mich für Euch entschied, kehrten sie mir, mit Ausnahme der Lakier und einiger weniger Getreuer aus besseren Tagen, den Rücken. Sie wollen zurück zur Hirschfeste marschieren. Hoffen wir, dass sie so weit kommen – und dass die Hirschfeste noch in unserer Hand ist.«

»Und Adelares führt sie?«

»Ich bin hier, Legat«, rief der Tribun. Er hielt die Virgo im Arm. »Ich bin zu weit gereist, um jetzt mit leeren Händen umzukehren.«

»Aber wenigstens die Priesterinnen hättet Ihr doch zurückschicken können«, sagte Aureus. »Ich glaube nicht, dass ihnen gefallen wird, was wir auf der anderen Seite des Tores finden.«

»Wir werden sie vielleicht noch brauchen, Moris«, erwiderte der General in düsterer Nachdenklichkeit.

»Verstehe«, murmelte Aureus, der es nicht verstand.

Er sah seinen Bruder mit verschränkten Armen und düsterer Miene abseits der Feuer sitzen.

Er wusste, dass er mit ihm über das sprechen sollte, was eben geschehen war, andererseits schreckte er davor zurück.

Er straffte sich und ging hinüber zur Hütte des Druiden. Er pochte an die Tür, aber er bekam nur ein paar geknurrte Laute zur Antwort. Er brauchte keinen Übersetzer, um zu verstehen, dass der Mann ihn fortschickte.

Also kehrte er an die Feuer zurück.

»Ihr macht den Kindern Angst, Legat. Ihr solltet Euch wirklich das Blut abwaschen.«

Die Mata stand plötzlich neben ihm. Ihre Hand berührte seinen Arm. Es war fast wie im Buschland, nur dass er kein Verlangen spürte, sie zu küssen. »Ihr wart bereit, dieses Kind ermorden zu lassen – und nun beschwert Ihr Euch in seinem Namen über das Blut in meinem Gesicht?«

Apricia blickte ihn mit einer Mischung aus Verwunderung und Überraschung an. Konnte oder wollte sie nicht sehen, wie widersinnig das war?

»Der Druide hat sich in seine Hütte zurückgezogen. Wir werden also erst morgen früh erfahren, ob ich dieses Blut abwaschen darf – oder ob ich es tragen muss, bis wir diese verdammte Dornenfeste erreichen. Also beschwert Euch nicht länger über den Beweis, dass Ihr alle bereit wart, ein finsteres Ritual vollziehen zu lassen. Wo ist Meister Narth?«

»Ist er nicht bei Euch?«

»Wir haben uns getrennt.«

»Auch an seinen Händen klebt das Blut meiner Legionäre«, erklärte Ambo düster.

»Diese Mission wäre gescheitert, wenn er nicht gewesen wäre. Und wir werden ihn weiterhin brauchen.«

»Wir werden sehen«, gab der General einsilbig zurück.

Aureus nickte und ging dann doch hinüber zu seinem Bruder.

»Was willst du?«, fuhr der ihn feindselig an.

»Ich hoffe, du verstehst, dass ich nicht zulassen konnte, dass du dieses Kind tötest. Allein der Gedanke …«

»Und ist es besser, vier Männer zu töten, Männer, die noch vor Kurzem an deiner Seite gekämpft haben?«

»Es waren Männer. Sie hatten Waffen und konnten sich wehren. Oder sie konnten sich einfach umdrehen und gehen. Beides konnte der Junge nicht. Ich kann nicht glauben, dass du ihn wirklich opfern wolltest.«

»Verstehst du es nicht? Ich *muss* mit der Dhurna reden. Sie ist meine einzige Hoffnung auf Heilung.«

»Du kannst mich begleiten, Famo.« Das alles hatten sie doch schon einmal besprochen. Aber Aureus wollte seinen Bruder nicht aufgeben.

»Hast du nicht zugehört? Nur der, der ihr ein Opfer darbringt, darf zu ihr.«

»Ich werde sie um eine Frucht für dich bitten. Ich verspreche es dir!«

»Und ich glaube dir nicht! Ich hätte selbst mit ihr sprechen können – aber du hast es verhindert! Und nun führt ein Krieger und Schlächter, der unter Wahnvorstellungen leidet, die Verhandlungen, die doch besser ein Gelehrter führen sollte. Und jetzt lass mich in Ruhe! Ich will meine Gedanken ordnen, damit ich meinem baldigen Tod nicht unvorbereitet gegenübertrete.«

14. DORNENFESTE

Am nächsten Morgen war der Pelzhändler zurück. Er saß an einem der Feuer und briet einen Hasen.

»Wo habt Ihr den denn her, Meister Narth?«, hörte Aureus den General fragen.

»Erjagt. Es erschien mir nötig, unsere Vorräte aufzufüllen, da doch Eure Männer die Ochsen mitgenommen haben.«

»Ein Hase wird nicht reichen, das wiedergutzumachen, was Ihr getan habt, Narth.«

»Ich würde mir an Eurer Stelle andere Sorgen machen, General. Wir sind weit gekommen, aber der gefährlichste Teil der Strecke liegt noch vor uns.«

Aureus trat an das Feuer und nickte dem Pelzhändler zu. Narth hatte sich erstaunlich gut mit dem Ritual ausgekannt, und er hatte nicht gezögert, den Mann zu töten, als es sein musste. Er stand der Dunkelheit wohl näher, als er zugab. Aber er hatte ihm auch das Leben gerettet … »Was hat der Druide über den letzten Teil des Weges gesagt?«, fragte er.

»Er sagte, wir würden einen ganzen Tag lang über den Rücken des Lindwurms marschieren – was immer das heißen mag.«

Hekator Optus schälte sich aus seinem Mantel, unter dem er die Nacht verbracht hatte. »Meine Güte, Legat, Ihr seht wirklich zum Fürchten aus. Und ich dachte, es läge nur am

Flackern des Feuers, dass Ihr mir gestern Nacht wie ein Abgesandter der Unterwelt erschient.«

»Es passt zu ihm«, meinte der General. »Die Domorer kämpfen schließlich ganz ähnlich bemalt.«

Aureus ging nicht darauf ein. Er sah, dass der Druide vor seiner Hütte erschienen war, und machte sich mit dem General und Meister Narth zu ihm auf.

Erst jetzt fiel Aureus auf, was für eine merkwürdige Erscheinung der Alte war. Sein Gewand war hundertfach geflickt und schmutzig, sein Haar grau und wirr, er wirkte beinahe schrullig, aber seine Augen waren wach, und sein Lächeln war verschmitzt.

Er nickte ihm zu, als sei es das Normalste der Welt, einen Mann mit blutigem Gesicht zu sehen. *Vielleicht,* so dachte Aureus, *ist es das auch für ihn. Schließlich ist es eine Bedingung, wenn man zur Dhurna will ...*

Der Druide begrüßte sie mit einem Lachen und einem Redeschwall.

»Was sagt er?«, fragte Ambo ungeduldig.

»Er sagt, dass er das Tor nun für uns öffnen wird. Und er sagt, dass es ihn überrascht, dass Leute aus dem Westen dieses Ritual auch durchführen. Er sagt weiter, dass wir aufpassen sollen, wohin wir unsere Füße setzen. Der Rücken des Lindwurms sei tückisch und glatt, und er ist ziemlich sicher, dass nicht alle von uns die andere Seite erreichen werden. Eigentlich sagt er sogar, wir sollten besser umkehren.«

»Und hinter dem Drachen finden wir die Festung der Dhurna?«, fragte Aureus.

Der Alte zuckte nach der Übersetzung von Narth mit den Achseln, bevor er dann doch wieder losredete. »Er sagt, dass es nicht das sein wird, was wir erwarten. Und er warnt uns vor dem Atem der Schwarzen Königin.«

»Er warnt uns vor *was?*«, fragte Aureus nach.

Scramo Narth kratzte sich am Bart. »Eigentlich warnt er nur Euch, und er sagt, dass er etwas für Euch hat.«

Der Alte machte eine einladende Geste zu seiner Hütte. Aureus folgte ihm hinein. Er war überrascht, wie leer und aufgeräumt sie war. Es gab ein Bett, einen Tisch, an der Decke waren eine Menge Zweige und Pflanzen befestigt, die wohl zum Trocknen aufgehängt waren, und an der Wand hing ein dicker Pelzumhang, unter dem eine schwere Truhe stand. Das war alles.

Der Alte öffnete die Truhe, suchte eine Weile murmelnd darin herum, schien schließlich zu finden, was er gesucht hatte, und kehrte mit einem triumphierenden Lächeln zu Aureus zurück. Er hielt das zusammengerollte Blatt einer Pflanze in der Hand und gab ihm durch Zeichen zu verstehen, dass er es in den Mund stecken sollte.

Als Aureus es tun wollte, fiel er ihm kopfschüttelnd in den Arm. »Dort«, sagte er, und er wiederholte dieses eine Wort: »Dort.«

»Ich soll es erst nehmen, wenn ich in der Festung der Dhurna bin?«, fragte Aureus vorsichtig.

»Dhurna, ha!«, bestätigte der Druide.

Aureus steckte das Blatt ein und verließ die Hütte, die nicht recht zu dem Alten zu passen schien.

Kurze Zeit später waren sie zum Aufbruch bereit.

Ambo löschte eigenhändig das Feuer und versammelte die Männer zum Appell. Sie zählten zweiunddreißig, fast alle waren Lakier.

»Seht Euch das an, Legat!«, forderte Ambo. »Meine Legion war vor ein paar Monaten noch mehr als sechstausend Mann stark – und das hat dieser Marsch von ihr übrig gelassen!«

Aureus lag es auf der Zunge, den General daran zu erinnern, dass er doch von Anfang an mit nur wenigen Männern hatte nach Osten ziehen wollen. Aber er sparte sich das. Er sah dem General an, dass der gerade genau das Gleiche dachte.

Der Druide kam zum Tor geschlurft. Er beugte sich hinab und blies auf einer kleinen Flöte eine kurze Tonfolge. Das Tor knarrte, und dann schwangen die eisernen Flügel zurück.

Dahinter lag tiefe Dunkelheit.

»Ich kann nicht sagen, dass mir das gefällt«, meinte Optus mit kritischem Blick. »Diese Finsternis ist nicht natürlich.«

»Unsinn«, versuchte Aureus, ihn zu beruhigen, »die beiden Felsen stoßen hinter dem Tor zusammen. Es wäre merkwürdig, wenn es dort nicht finster wäre.« Aber auch ihm war unwohl, als er durch das Tor trat. Er musste den Kopf einziehen, um nicht anzustoßen.

»So entzündet doch eine Fackel!«, verlangte Ambo. Gerade als er es gesagt hatte, flammten am Boden blasse Lichter auf.

»Hexenwerk«, murmelte der General.

Aureus erkannte, dass zu ihren Füßen ein Bleirohr verlegt worden war. Und aus Löchern in diesem Rohr traten die Flammen hervor.

Vielleicht wusste sein Bruder, wie das funktionierte, aber er hatte keine Lust, ihn zu fragen. Famorius war als einer der Letzten durch das Tor getreten, das sich hinter ihnen schloss.

»Das gefällt mir immer noch nicht«, meinte Optus.

Doch dann ertönte ein lautes Knarren, und nur wenige Schritte entfernt öffnete sich ein zweites Tor und ließ das schwache Licht dieses trüben Morgens zwischen die Felsen sickern. Aureus sah, dass dort tatsächlich eine Brücke begann.

Er betrat sie zögernd. Das Holz war weißlich, und es gab

nicht nach, als er darauftrat, sondern knirschte unter seinen Füßen. Die Bretter waren mit einer weißen Kruste überzogen.

»Kalkablagerung«, stellte Famorius nüchtern fest.

»Weiter«, kommandierte Ambo.

Die Brücke spannte sich in den Nebel hinein. Sie überquerten sie, und Aureus sah durch die Spalten der Bretter, dass das Wasser unter ihnen dampfte und Blasen warf. Es war leicht zu glauben, dass ein Lindwurm dafür verantwortlich war, vor allem da immer wieder ohne Vorwarnung ganz in der Nähe hohe Fontänen aus dem Wasser schossen und so schnell verschwanden, wie sie gekommen waren.

Die Brücke hörte plötzlich auf, und er spürte festen Boden unter den Stiefeln. Sie hatten einen Damm erreicht, der sich knapp mannshoch aus dem kochenden Wasser erhob. Die Dammkrone war mit flachen Steinen gepflastert.

»Vorsicht«, mahnte Tribun Adelares, »diese Steine sind ausgetreten und glatt.«

Aureus fragte sich, wie alt dieser Damm sein mochte. Er wurde wahrscheinlich nur selten benutzt. Wie lange mussten die Steine also hier liegen, um so ausgetreten zu werden?

Der Nebel, der eigentlich Dampf war, begleitete sie. Über ihnen stand ein grauer Herbsthimmel, in dem die Sonne kaum zu erahnen war, aber auf dem Damm war es heiß wie im Sommer.

Aureus schwitzte, und er hatte Durst, doch er scheute davor zurück, von dem Wasser des kochenden Sees zu trinken, und er verbot es auch den Legionären.

»Das ist auch besser, Herr«, meinte Scramo, als er ihn nach seiner Meinung fragte. »Dieses Wasser riecht nach Schwefel und anderen Dingen, nach denen Wasser nicht riechen sollte.«

Aureus hatte noch andere Fragen, und er bat den Pelzhändler, mit ihm ein Stück zurückzubleiben.

Scramo Narth hatte nichts dagegen einzuwenden. Vielleicht würde er nun endlich erfahren, was die Capianer eigentlich von der Dhurna wollten. Aber er musste vorsichtig sein … »Was gibt es, Herr? Wenn Ihr Fragen zu dem habt, was vor uns liegt, muss ich leider sagen, dass Ihr da genauso schlau seid wie ich. Ich war noch nie hier und weiß nicht, was uns erwartet.«

»Darum geht es nicht, Meister Narth. Aber gestern … das Ritual … Woher wusstet Ihr, was zu tun war?«

Es war erstaunlich, dass der Legat ihn das erst jetzt fragte. »Nun, der Druide hat es mir erklärt.«

»Er hat Euch erklärt, dass wir das Blut eines anderen nehmen können, wenn das auserkorene Opfer flieht?«

»Das ist doch naheliegend, Herr.«

»Vielleicht. Vielleicht wisst Ihr aber auch mehr über die Rituale der Dunkelheit, als Ihr zugeben wollt.«

Scramo erkannte die Gefahr. Sie waren praktisch am Ziel. Die Legion benötigte keinen Führer mehr. Und er hatte noch nie gehört, dass die Dhurna einen Übersetzer gebraucht hätte …

»Was meint Ihr, Herr?«, fragte er ganz unschuldig.

»Ihr seid ein Sohn des Waldlandes, wart oft bei den Hassewern … Ich glaube, dass Ihr den Alten Wegen nie abgeschworen habt, Meister Narth.«

»Aber, Herr, ich lebe in Maricat, einer Stadt des Lichts, weit entfernt von der Dunkelheit. Würde ein Diener der Dhurna so etwas tun?« Er fühlte den prüfenden Blick des Legaten. Bisher war es ihm immer wieder gelungen, den Verdacht dieses Mannes zu zerstreuen. Würde er das noch einmal schaffen?

»Für die Dhurna könnte es sehr nützlich sein, einen treuen Diener im Reich zu haben, einen, der ihr unsere Pläne zuträgt.«

Der Legat war nicht dumm. Und offensichtlich hatte er eins und eins zusammengezählt ... Scramo schwitzte, und das lag nicht an den Dämpfen, die aus dem See aufstiegen. »Ich wusste doch lange nichts über Eure Pläne, Herr, und es war auch gar nicht meine Idee, mich diesem Zug anzuschließen!«

»Aber Ihr wart der Einzige, der in Frage kam, nachdem ein Führer tot und der andere verschwunden war.«

Plötzlich brach in unmittelbarer Nähe eine mächtige Fontäne aus dem Wasser. Es rauschte, und heißer Dampf wallte zu ihnen herüber. Dann fiel die Fontäne wieder in sich zusammen. Scramo bemerkte, dass die Hand des Legaten auf seinem Schwertgriff lag.

»Was unterstellt Ihr mir da? Wir sind doch hier, Herr, kurz vor der Festung der Dunklen Herrin! Ich habe die Legion hierhergeführt!«

»So? Aber es ist kaum noch etwas von ihr übrig. Und wenn es nach Euch gegangen wäre, dann hätten wir einen langen Umweg nach Norden eingeschlagen, weil Ihr die Bärenfurt angeblich nicht kanntet ...« Die Hand des Legaten hielt den Griff des Schwertes fest umklammert.

Scramo fühlte, wie sich die Schlinge langsam um seinen Hals zusammenzog. Aureus Moris hatte ihn durchschaut! Sie standen alleine auf dem schmalen Damm. Die anderen waren weit voraus. *Heißt das nun – er oder ich?* Er schickte ein Stoßgebet an die Dunkle Herrin, und dann rief er: »Aber wir sind nur so weit gekommen, weil ich Euch gestern beim Opfer half, Herr! Würde ein Diener der Dunkelheit das tun, einer, der Euch aufhalten will?«

Der Legat sah ihn mit finsterer Miene an, dann schien er sich zu entspannen. »Ich spüre, dass Ihr mir etwas verheimlicht, Meister Narth, aber das spielt wohl keine Rolle mehr, denn wir sind beinahe am Ziel, und … ja, ohne Euch hätten wir es vermutlich nie erreicht.«

Scramo atmete erleichtert auf. Der Legat würde ihn also nicht töten. Er räusperte sich: »Kann ich Euch auch etwas fragen, Herr?«

Der Legat nickte.

»Ich habe Euch geführt, ohne je danach zu fragen, doch nun, wo wir bald vor ihrer Festung stehen … verratet Ihr mir, warum Ihr mit der Dunklen Herrin sprechen wollt?«

Moris zögerte, aber dann sagte er: »Ein Heilmittel … wir wollen die Dhurna um ein Heilmittel für den Basileios bitten. Es soll da einen magischen Dorn geben …«

»Ihr wollt … Ihr wollt *was*?« Scramo traute seinen Ohren nicht. »Aber … das ist Wahnsinn! Ihr wollt einen Dorn für den Kaiser? Wisst Ihr nicht, dass der Dorn ein Fluch ist?«

»Warum nennt Ihr ein Mittel, das gegen jede Krankheit helfen soll, einen Fluch, Meister Narth?«

»Weil alles auf der Welt seinen Preis hat! Der Dorn … er mag heilen und beschützen, aber er zwingt seinen Träger auch nach und nach unter den Willen der Dunklen Herrin!«

Aureus runzelte die Stirn. »Ihr wisst erstaunlich viel über dieses Ding …«, sagte er langsam, und seine Hand wanderte wieder zum Schwertgriff.

Scramo holte tief Luft. »Nur weil ein Onkel von mir einen Dorn trug, Herr. Er ist einer der wenigen, die die Dhurna für dieses besondere Geschenk auswählte. Uras war … er ist der Druide meiner Sippe, und er nahm den Dorn, als er ihm angeboten wurde. Es beschützte ihn, ja, doch dieses Ding in ihm hat seine Seele verfinstert und mit Machthunger erfüllt! Es hat ihn weit gebracht, ohne Zweifel ... aber der Preis, Herr, der Preis ... Warum glaubt Ihr, habe ich meine Sippe verlassen? Es war der verdunkelte Sinn meines Onkels, der mich vertrieb!« *Das ist nicht einmal ganz gelogen,* dachte Scramo und hoffte, dass ihm der Legat die Geschichte abkaufte.

»Euer Onkel ist ein Druide? In Sulvar?«

»Ja, doch habe ich ihn lange nicht gesehen, und je länger ich ihm nicht begegne, desto besser.«

Der Legat starrte ihn an. Druiden, das Waldland, die Hinterhalte ... Zog er hier vielleicht einen falschen Schluss? Scramo vergewisserte sich, dass sein Messer dort war, wo es hingehörte.

Aber plötzlich nickte der Legat und sagte: »Ihr seid ein Mann voller Geschichten und Geheimnisse, Scramo Narth vom Alten Zweig, und ich werde mir auf dem Rückweg viel Zeit nehmen, sie zu ergründen.«

»Aber, Herr, haben wir nicht alle unsere Geheimnisse?«, gab Scramo schlicht zurück.

Der Legat lachte und drehte sich um.

»Wartet, Herr. Darf ich Euch noch etwas fragen?« Und als Aureus Moris nickte, fuhr Scramo fort: »Ihr musstet den General oft vertreten, wenn er seine ... schwierigen Stunden hatte ... Sagt, warum habt Ihr ihn nie abgesetzt und das Kommando über diese Unternehmung übernommen? Ich habe die Legionäre immer wieder darüber flüstern hören, dass das eigentlich Euer geheimer Plan sei. Warum habt Ihr ihn nie abgesetzt? Die Götter wissen, dass Ihr das Recht dazu gehabt hättet ...«

Der Legat starrte ihn an, als würde er schon die Frage als Beleidigung auffassen. »Ich begehre nichts, was mir nicht zusteht«, erwiderte er knapp. »Und jetzt kommt, sonst erreichen die anderen vielleicht ohne uns diese Festung.«

Scramo folgte ihm. Endlich verstand er diesen Mann. *Er mag ehrgeizig sein, und er ist sicher gekränkt, weil ihm immer wieder seine Herkunft im Weg steht, aber er ist doch vor allem anderen erschreckend loyal.*

Sie holten die anderen rasch ein. Aureus war mit dem Ergebnis dieser Unterredung nicht zufrieden. Der Pelzhändler hatte mehr Geheimnisse, als gut sein konnte. Aber nun waren sie fast an der Festung. Er würde sich später überlegen, wie er mit dem Mann verfahren würde.Er war auch aus einem anderen Grund beunruhigt. Narth hatte Dinge über den Dorn gesagt, die ihm zu denken gaben. Dieses Ding konnte also den Geist seines Trägers beeinflussen? War es das, was mit ihm geschah? Sah er vielleicht nur Dinge, die die Dhurna ihn sehen lassen wollte?

Er biss die Zähne zusammen und marschierte weiter. Er würde womöglich bald Gelegenheit haben, sie selbst zu fragen.

Der Damm begann nach einer Weile, sich in weiten Windungen durchs Wasser zu schlängeln. Claudio Optus hielt das für den Beweis, dass sie wirklich auf dem Rücken eines Lindwurms wandelten, aber General Ambo lachte nur darüber. »Es sind Inseln, bemerkt Ihr es nicht? Hin und wieder erhebt sich ein Stück hartes Land aus diesem seltsamen Gewässer. Die Baumeister dieses Dammes haben das zu nutzen gewusst.«

Sie rasteten auf einer dieser Inseln.

»Wenn dieser Nebel irgendwann aufhören würde, könnten wir vielleicht sehen, wie weit es noch ist«, meinte Tribun Adelares. Er wirkte angespannt, *aber wer,* so dachte Aureus, *ist das nicht?* Sie waren dem Ziel nah und hatten doch keine Ahnung, was sie dort erwartete.

Die neue Virgo saß neben Adelares. Ihre Blicke waren vielsagend. Aureus hätte geschworen, dass sie in den Tribun verliebt war.

Apricia saß, ganz in sich gekehrt, etwas abseits. Aureus hatte sie gefragt, was sie bedrückte, aber keine Antwort erhalten. Die beiden Kinder waren in ihrer Nähe. Er konnte sehen, dass der Junge voller Misstrauen war. Er hatte sich zwischen Apricia und seine Schwester gesetzt, als wolle er sie vor der Mata beschützen.

Am Nachmittag wurde der Nebel endlich dünner, und dann sahen sie etwas Dunkles in den Himmel ragen. War das die Festung? Der Damm wurde breiter, und schließlich betraten sie festes Land, vielleicht auch nur eine Insel, die inmitten dieses unheimlichen Sees lag.

Unvermittelt standen sie vor einer Art Torbogen. Er war aus Findlingen errichtet und völlig schmucklos. Graue Erlen hatten ringsum in der moosbewachsenen Erde Wurzeln geschlagen. Der Nebel schien sich plötzlich zu verflüchtigen.

»Das ist kein Wunder, schließlich wird er von diesem unheimlichen See genährt«, meinte Famorius, als sie durch den Torbogen gegangen waren. Es war das erste Mal seit Langem, dass Aureus ihn etwas sagen hörte.

»Dennoch glaube ich nicht, dass wir hier vor dem Lindwurm sicher sind«, erwiderte Optus.

»Seht – ist das ein Felsen oder ein Turm?«, fragte die Virgo.

Tatsächlich ragte ein hohes Bauwerk aus dem Dunst.

Der Turm, vor dem ich mich hüten soll, dachte Aureus an das zurück, was die Alfe gesagt hatte. *Wenn das kein Beweis ist, dass ich sie mir nicht eingebildet habe … Oder habe ich als Kind eine Geschichte darüber gehört, wie Famo meint? Oder war es am Ende eine Botschaft der Dhurna, deren Geschenk ich trage?*

Sie näherten sich dem Turm, erkannten aber bald, dass es in Wahrheit eine hohe Felsnadel war. »Da sind Stufen in den Stein gemeißelt, seht, und es gibt hölzerne Treppen!«, rief Tribun Adelares.

Aureus sah sie jetzt auch. Der Turm überragte einen Wald. Als sie noch näher kamen, stellten sie jedoch fest, dass es gar kein Wald war – es war eine riesige undurchdringliche Dornenhecke.

Sie war mehr als haushoch und erstreckte sich in beide Richtungen so weit, dass sich ihr Ende im Dunst verlor. Ein fremdartiger Geruch lag süßlich und schwer in der Luft. War das die Festung der Dhurna?

Sie hielten Ausschau nach einem Zugang, aber sie fanden keinen. Ambo teilte die Männer auf, und sie suchten die Hecke in beide Richtungen auf viele hundert Schritt ab, doch es gab keinen Weg hinein, und sie trafen sich schließlich am Ausgangspunkt wieder. Auch den Turm konnten sie nicht erreichen, denn er fußte inmitten der Hecke.

»Und was nun?«, fragte Aureus ratlos.

»Wir könnten uns einen Weg hineinhacken«, meinte der Tribun.

»Viel Spaß«, brummte Ambo. »Diese Dornen sind messerscharf, und die Ranken sind zäh und geben nach. Es kann Tage dauern, sich hindurchzuarbeiten, und ich bezweifle, dass der Herrin dieser Feste Euer Vorhaben gefallen würde.«

»Wenn es denn eine Festung ist und nicht bloß eine Hecke«, sagte die Mata.

Der General bedachte sie mit einem mitleidigen Blick.

»Jetzt wissen wir immer noch nicht, wie wir hineinkommen«, meinte Aureus, der plötzlich eine fiebrige Unruhe fühlte.

»Er muss allein gehen«, meldete sich der Pelzhändler zu Wort. »Der Druide sagte, dass sie nur den empfangen wird, der das Opfer gebracht hat. Der Legat muss allein gehen. Er wird einen Weg finden. Wir anderen sollten uns zurückziehen.«

»Schön«, meinte Ambo. »Wir ziehen uns zurück und fangen schon einmal an, Holz zu sammeln.«

»Holz?«, fragte Aureus.

»Natürlich. Falls diese Hexe auf unser mehr als großzügiges Angebot nicht eingeht, werden wir ihr Feuer machen. Und da ich nicht glaube, dass diese Hecke besonders gut brennt, werden wir nachhelfen müssen.«

»Aber das ist ...«

»Das ist ein Befehl, Legat. Die Männer werden Holz zusammentragen, und Ihr werdet nach dem Eingang suchen. Tut Euer Bestes. Ihr könnt uns rufen, wenn Ihr ihn gefunden habt. Vielleicht habt Ihr ja Erfolg. Falls nicht, werden wir ein wenig Druck machen. Und Ihr, Mata Apricia, solltet das Ritual vorbereiten.«

»Was für ein Ritual?«, wollte Aureus wissen. Er sah Apricias betroffenes Gesicht.

»Die Vorbereitung wird nicht viel Zeit in Anspruch nehmen, General«, gab sie blass zurück.

»Ihr wollt ein Licht entzünden?«, fragte Aureus.

Sie nickte.

»Aber Eure Phiolen liegen auf dem Grund des Nachtstroms.«

Sie schluckte. »Es gibt andere, ältere Möglichkeiten, das Licht zu entfachen.« Ihr Blick flackerte und irrte für einen Augenblick zu den beiden Kindern.

Die Andeutungen, Vermutungen, Hinweise verdichteten sich plötzlich zu einem klaren Bild, und Aureus verstand endlich, was sie vorhatte. Er trat nah an sie heran, packte sie am Arm. »Ihr wollt …? Das könnt Ihr nicht tun!«

»Ich stehe im Herzen der Finsternis, Aureus. Wenn ich hier ein Licht entzünde, groß und rein, wie es eben aus der Seele eines Kindes entspringt, können wir die Dunkelheit vielleicht ein für alle Mal besiegen.«

Er starrte sie an. »Das ist Irrsinn!«

Sie wich seinem Blick aus. »Wir wissen, dass das Licht jenen Schmerzen zufügt, die den Dorn tragen. Fragt Euren Bruder. Von Anfang an hatte Oxala geplant, die Herrin der Dornen mit dem Licht anzugreifen. Nachdem die Phiolen verloren waren, war sie bereit, ihr eigenes Leben für ein Licht zu geben, denn auf diese Art beendet eine Mata für gewöhnlich ihr Leben. Doch Mata Oxala ist tot, und Virgo Kyntia beherrscht die Rituale nicht gut genug, um meinem Leben auf diese Art ein Ende zu setzen. Auch ist meine Seele vielleicht nicht so rein, wie sie sein sollte, Aureus. Ich bin schwach geworden, in Euren Armen. Und deshalb muss ich ein anderes, reineres Leben opfern.«

»Das dürft Ihr nicht. Um Eurer eigenen Seele willen!«

»Das Opfer eines Lebens ist der Ursprung des Lichts, Aureus, war es immer. Auch wenn das kaum noch jemand weiß.« Ihr Gesicht war bleich, ihr Blick jedoch entschlossen. »Ich muss es tun. Es ist ein schweres Opfer, aber es kann den schlimmsten Feind des Reiches vernichten.«

»Das ist Wahnsinn. Ihr wisst doch gar nicht, ob dieses Licht überhaupt eine Wirkung …«

»Die Mata war davon überzeugt. Und ich werde ihren heiligen Befehl ausführen. Nun lasst mich, Aureus, ich habe eine Aufgabe zu erfüllen.« Sie löste seinen Griff, wandte sich ab und ging.

Er starrte ihr hinterher. Das konnte er nicht zulassen! Er

lief ihr nach. »Ich bitte Euch, Apricia. Wartet mit dem Ritual, bis ich zurück bin! Vielleicht findet sich ein anderer Weg.«

»Dann beeilt Euch, denn wenn es Nacht wird, werde ich das Licht zu den Sternen senden.«

»Ihr wusstet davon?«, fragte er den General aufgebracht.

»Ich kenne ein paar der Geheimnisse der Hohen Schwesternschaft, Legat. Aber ich war überrascht, als mir Mata Oxala das Leben der beiden Kinder abhandelte, um sie zu opfern. Entweder hat sie schon damit gerechnet, es nicht bis hierherzuschaffen – oder sie hatte keine Lust, ihr eigenes Leben zu geben. Doch dass die schöne Apricia dieses Werk vollendet … nun, das hätte ich ihr nicht zugetraut. Ihr habt allerdings Grund, ihr dankbar zu sein.«

»Ich?«

»Ich hatte daran gedacht, *Euch* für das Licht zu opfern, aber sie meinte, Eure domorische Seele sei verdunkelt. Und nun geht. Vor dem nächsten Morgen wird diese Festung nur noch ein Haufen Asche sein – ob Ihr dann zurück seid oder nicht.«

Aureus war sprachlos. Das alles war Irrsinn. Sie hatten alle den Verstand verloren! Der General, die Mata, die Männer, die ihnen widerspruchslos gehorchten.

Dann erinnerte er sich an seinen Auftrag. Er musste in diese Festung hinein, die Dhurna finden, falls sie überhaupt existierte. Und unterwegs würde er sich etwas überlegen, um diesen Wahnsinn aufzuhalten.

Er lief die Hecke entlang und weigerte sich einzusehen, dass Ambo und die Mata Gründe für ihr Handeln hatten. Ja, die Dhurna war ein Feind des Reiches. Sie zu vernichten wäre ein gewaltiger Sieg. Aber sie waren als Unterhändler gekommen, nicht als Mörder, und ganz gewiss nicht, um kleine Kinder zu opfern.

Er lief schneller. Plötzlich fiel ihm das zusammengerollte Blatt ein, das ihm der merkwürdige Druide an der Pforte gegeben hatte. Er zog es aus der Tasche, betrachtete es voller Zweifel und schob es sich doch in den Mund. Es schmeckte bitter. Am liebsten hätte er es wieder ausgespuckt. Er kaute und bekam ein seltsam pelziges Gefühl im Mund. Kopfschüttelnd hastete er weiter.

Fast hätte er den Eingang verpasst.

Schmal und dunkel öffnete er sich in der Wand aus Dornen. Aureus blickte zurück. Die anderen waren im Dunst nicht mehr zu sehen. Er war sich sicher, dass sie diesen Teil der Hecke schon abgesucht hatten. Wie hatten sie diesen Eingang übersehen können? Vorsichtig trat er ein. Die Öffnung weitete sich zu einem hohen Gang. Er dachte daran, umzukehren und Famo zu holen. Trotz allem, was geschehen war – er war eben sein Bruder. Aber würde der Weg noch da sein, wenn er zurückkehrte?

Er machte den ersten Schritt, die Hand am Schwert. Der Gang beschrieb einen Bogen, und so konnte er nicht erkennen, ob er wirklich hineinführte oder nach wenigen Schritten enden würde. Er folgte ihm vorsichtig. Er rechnete damit, dass ihn nach der nächsten Biegung irgendjemand in Empfang nehmen würde. Aber da war niemand, nur dieser dunkle Schlauch von einem Weg, der immer tiefer in die Hecke führte.

Scramo Narth half nicht beim Holzsammeln. Er war wie gelähmt. Diese Lichtler hatten vor, die Hecke in Brand zu setzen – und er hatte sie hergeführt! Das konnte unmöglich sein, was die Herrin gewollt hatte. Doch was konnte er tun?

Er brauchte eine Weile, bis er die Lösung fand: Er konnte sie nicht aufhalten, nicht ganz allein, aber er konnte die

Dhurna warnen! Auch er hatte schließlich ein Opfer gebracht. Er stahl sich unauffällig davon und ging in die Richtung, in der der Legat verschwunden war.

Offensichtlich war er nicht vorsichtig genug gewesen.

»Auf ein Wort, Meister Narth!«

Er fuhr herum. Es war der Tribun. Er musste ihm gefolgt sein. Die anderen waren im Dunst nicht mehr auszumachen.

»Tribun Adelares, was kann ich für Euch tun?«

»Ich wollte Euch danken, Meister Narth, dafür, dass Ihr uns hierhergebracht habt.«

»Nun, das war meine Aufgabe, nicht wahr?«

»Und ich möchte Euch grüßen – von der Dunkelheit.«

Scramo stockte der Atem. War es möglich, dass …? Er blieb vorsichtig. »Ich verstehe nicht, was Ihr meint, Herr.«

»Ich bin ein Verbündeter so wie Kurator Trax.«

»Wer?«

»Der Mann, der Euch in Eurem Laden aufsuchte und von seinen Träumen berichtete.«

»Der Mann, der …«

»Er ist einer von uns.«

»Ich verstehe nicht …«

»Das überrascht mich nicht. Ihr könnt das nicht wissen, aber die Dunkelheit hat viele Anhänger im Rat der Vierhundert und an anderen Stellen im Reich, Männer, die gegen die Übermacht des Kaisers aufstehen. Die Dhurna hat sich als sehr hilfreiche Verbündete erwiesen.«

»*Ihr* seid ein Diener der Dunkelheit?«, fragte Scramo, weil er es einfach nicht glauben konnte.

»Seht, der Basileios hatte nie vor, nur ein paar Mann mit diesem Legaten nach Osten zu schicken. Es stand von Anfang an fest, dass General Ambo selbst gehen würde. Sie dachten, das wüssten wir nicht, doch die Dunkelheit hat uns diesen Plan enthüllt. Und deshalb schickten wir Trax zu Euch. Wir brauchten jemanden, der die Legion aufhält, aber gleichzeitig dafür sorgt, dass ein paar Auserwählte durchkommen. Ich muss zugeben, Ihr wart erfolgreicher, als ich es für möglich gehalten hätte.«

»Der Capianer … seine Träume … das waren *Lügen*?«

»Oh, er träumt, ganz gewiss. Er ist sehr empfänglich für diese Art Botschaften unserer Herrin. Wir haben ihm allerdings gesagt, was er Euch zu erzählen hat.«

»Das … das war alles eine Täuschung?«

»Endlich habt Ihr es verstanden.«

»Aber … wozu?« Scramos Gedanken rasten. Er hatte das Gefühl, dass ihm gerade jemand den Boden unter den Füßen wegzog. Die Träume des Capianers … deshalb waren sie so genau, so bildlich gewesen – sie waren einfach von Menschen erdacht!

»Wir wollen den Dorn, Meister Narth, aber natürlich nicht für den Kaiser, der dem Tode geweiht ist. Er wäre viel besser für einen von uns geeignet. Sobald wir ihn in den Händen halten, werden die Lakier und ich uns um Ambo kümmern, der leider treu zum Basileios steht. Ganz recht, die meisten Lakier, die mit uns über den Damm gegangen sind, sind ebenfalls Diener der Dunkelheit. Wir waren nicht genug, um es mit der ganzen Legion aufzunehmen, und viele sind unterwegs gestorben, aber mit dem, was noch übrig ist, werden wir fertig.«

»Dann werdet Ihr das Feuer verhindern? Und das Ritual?«

»Natürlich. Ich habe vor, der Dhurna die beiden Priesterinnen als Geschenk oder Opfer anzubieten. Und die Kinder auch, wenn sie sie will. Doch dazu muss ich mit ihr sprechen. Und da kommt Ihr ins Spiel …«

»Ich?«

»Ihr müsst mir einen Weg in die Festung hinein öffnen.«

»Das kann nur der, der das Opfer brachte, Herr«, sagte Scramo vorsichtig. Er traute diesem Mann nicht, er traute ihm ganz und gar nicht. Diese Leute hatten ihn benutzt, hatten von Anfang an ein schmutziges Spiel mit ihm getrieben. Sie hatten den Namen der Dhurna missbraucht, und sie hatten ihn auf das Übelste betrogen.

»Wenn ich es richtig verstanden habe, dann muss er sein Gesicht und seine Hände im Blut des Opfers baden, nicht wahr?«

»So ist es, und das habe ich nicht, Herr. Nur Legat Moris brachte das Opfer.«

»Das dachte ich mir schon«, seufzte der Tribun und zog sein Schwert.

Narth war viel zu überrascht, um auszuweichen. Die Klinge fuhr tief in seinen Leib. »Was tut Ihr da ...?«, flüsterte er.

»Ich bringe ein Opfer, ist das nicht offensichtlich?«, kam es kalt zurück. »Nun kann ich selbst der Dhurna gegenübertreten und den Preis für meine Dienste verhandeln.«

Scramo sackte zusammen. »Aber warum ...?«, ächzte er.

»Warum ich Euch das alles erzählt habe? Ich hatte wirklich gehofft, Ihr hättet mir einen Weg hinein öffnen können, Bruder. Und Ihr hattet verdient zu erfahren, welch großem Plan Ihr gedient habt. Ihr wart ein kleiner, aber sehr nützlicher Teil, Meister Narth. Ich bedaure Euren Tod, das müsst Ihr mir glauben. Und ich verspreche Euch, dass ich Euch ein Grab in der Erde geben werde. Dann werdet Ihr in der nächsten Welt Frieden finden und müsst die Schreie der Tausenden nicht hören, die durch Eure Taten ihr Leben verloren.« Der Tribun sah mit so etwas wie freundlicher Anteilnahme auf ihn herab.

Scramo keuchte und winkte ihn näher zu sich heran.

Adelares beugte sich hinab, vermutlich dachte er, er wolle ihm noch etwas mitteilen.

Scramo packte den Tribun mit der Linken am Kragen. Seine Rechte fuhr zum Stiefel. Er riss den Dolch heraus und rammte ihn Adelares in den Hals.

»Ihr werdet mich nicht beerdigen, Tribun, und ich werde Euch gewiss nicht unter die Erde bringen«, stieß er hervor. »Ich werde Euren Leib verbrennen, und Eure Seele wird auf ewig von den Feuergeistern der nächsten Welt geplagt werden.«

Der Tribun riss sich los. Seine Hände fuhren zum Hals, seine Augen quollen voller Unglauben und Entsetzen hervor. Er wollte etwas sagen, aber es kam nur ein Schwall Blut aus seinem Mund. Primus Adelares taumelte zur Seite, verfing sich in der Dornenhecke, zappelte und sackte schließlich leblos zusammen.

Scramo kam mühsam auf die Beine. Nur wenige Schritte weiter hatte sich ein Durchgang in der Hecke geöffnet. Er presste die Hände auf seine Wunde und stolperte in den Gang hinein. Die Dhurna, die Dhurna konnte ihn retten …

Aureus folgte dem Gang, der sich in einem langen Bogen durch die Hecke zog. Plötzlich erreichte er eine Art Hof. Er hatte irgendwie erwartet, am Fuß des Felsenturms herauszukommen, aber der stand ein gutes Stück entfernt inmitten der Hecke.

Ein weiter runder Platz, bewachsen mit dichtem Gras, hatte sich vor ihm geöffnet. In der Mitte – und er war verblüfft, dass er ihn erst auf den zweiten Blick bemerkte – ragte ein schwarzer Felsbrocken aus dem Boden. Jemand stand klein und unscheinbar neben diesem Felsen, und das machte erst richtig deutlich, wie riesig dieser Stein war. Für einen Augenblick dachte Aureus, er würde die Alfe wiedersehen, und der schwarze Brocken sei der Riese, der sie begleitete, aber dort stand nicht die zarte weiße Gestalt, die er sich vielleicht nur eingebildet hatte – es war Goroth, der Druide von der Trugpforte!

Als Aureus über das Gras lief, dachte er, er müsse sich täuschen, der Alte am Felsen müsse ein Bruder des anderen Druiden sein, aber er war es selbst.

»Wie …?«

Der Druide schnitt ihm mit einer schnellen Handbewegung das Wort ab. »Du hast ein Anliegen. Trage es vor.«

»Ihr … sprecht unsere Sprache.«

»Nicht gut. Es ist lange her, dass ich im Westen wanderte.« Jetzt, aus der Nähe betrachtet, merkte Aureus, dass alles Schrullige aus dem Wesen des Druiden verschwunden war.

»Die Dhurna …«

»Sie hört dich.«

Aureus musterte den Stein. Irgendetwas, nein, *alles* war seltsam an ihm: Er war schwarz, und auch wieder nicht. Er schillerte, war aber gleichzeitig matt. Es fiel Aureus schwer, ihn anzusehen, irgendwie schien er sich dem Blick zu entziehen, gleichzeitig spürte er einen Sog, der ihn dort hineinziehen wollte. Und war dieses Schwarz nicht das Schwarz eines unendlich tiefen sternenlosen Himmels? Er bekam Kopfschmerzen. »Ist das …?«

Der Druide nickte. »Du bist geehrt. Du siehst sie.«

Aureus wollte vorbringen, dass er da nur einen Stein sehe, aber er wusste, dass das nicht stimmte. Was immer dort in der Mitte dieser Hecke ruhte – es war kein Stein. Als er blinzelte, meinte er, im Stein eine Bewegung zu sehen.

»Einen Dorn«, stieß er hervor. »Ich brauche einen Dorn.«

»Nicht für dich«, stellte der Druide fest. »Du trägst ihn schon. Aber du hast die Gabe nicht.«

»Gabe?«

»Die Dhurna beschenkt nur jene mit der Frucht, die die Gabe in sich tragen. Zur Magie, wenn du so willst. Druiden, Seher, Traumdeuter. Wo hast du ihn her?«

Aureus holte zu einer langen Antwort aus, aber dann sagte er schlicht. »Gestohlen. Er war für meinen Bruder bestimmt. Auch für ihn erbitte ich eine Dornenfrucht. Er wird sonst sterben.«

»Du erbittest viel.« Der Druide legte ein Ohr an den Stein, schloss die Augen, riss sie wieder auf und starrte Aureus an. »Du bittest für den, den sie Basileios nennen.«

Das war keine Frage. Aureus nickte. Woher wusste der Alte das? »Und für meinen Bruder.«

»Er ist nicht dein Bruder. Seine Gedanken sind schwarz, seine Träume dunkel.«

»Er ist mein Adoptivbruder.«

»Was bietest du?«

»Was?«

»Du verlangst und verlangst – aber was bietest du?«

»Im Namen von Basileios Sebastos Valis, dem Ersten Beschützer des Lichts …«, begann Aureus, aber dann kamen ihm all diese Titel hohl vor. »Der Kaiser ist bereit, die Dämmermark aufzugeben.«

Der Druide nickte finster, lauschte wieder am Stein, brummte vor sich hin und sagte plötzlich: »Zu wenig. Sie gehört ihr schon fast. Zu wenig, zu wenig.«

»Mehr kann ich nicht anbieten. Es ist eine ganze Provinz, mit Tausenden Seelen …« Er verstummte. War er wirklich bereit, die Seelen dieser Menschen für eine Dornenfrucht zu verkaufen? Hatte er das Recht, das zu tun? Dann dachte er an das, was die Mata draußen plante. Das Licht war nicht besser als die Dunkelheit. Es war wohl gleichgültig, welchen Göttern die Menschen ihre Opfer brachten.

Aber das Reich musste bewahrt werden. Es war alles, woran er noch glauben konnte. Und Sebastos Valis war das Reich. »Was verlangt sie?«, fragte er. »Was kann ich ihr bieten?«

Der Druide lauschte wieder an diesem schwarzen schillernden Felsen, der so fest und unverrückbar dort stand und sich gleichzeitig irgendwie zu bewegen schien, nickte und brummte, fragte offenbar nach, riss die Augen weit auf und sagte: »Ein Opfer!«

»Ich soll noch einen Menschen töten?«

»Ja. Dann gibt sie dir, was du willst. Bringe es dort!« Er wies auf den Turm, vor dem die Alfe ihn gewarnt hatte. »Gehe hinauf. Alter Opferplatz. Bringe das Opfer, und ihr bekommt, was ihr wollt. Hast du das Blatt?«

»Das Ihr mir gegeben habt? Ich habe es gegessen.«

»Sehr gut. Geh zum Turm. Oben wirst du wissen. Oben wirst du wissen«, sagte er noch einmal.

Aureus schaute zur Felsnadel hinauf.«Aber wie komme ich dort hin, dort ist doch …« Er beendete den Satz nicht, denn der Priester wies auf einen dunklen Durchgang, den er bisher übersehen hatte.

Ein Opfer? Er wusste im Innersten, dass die Dhurna – oder dieser Druide – nicht mit einem Tieropfer zufrieden sein würde. Aber wer würde dort oben sein – außer ihm? Halt! War es vielleicht das, was sie erwartete – dass er sich selbst opferte?

Aureus machte sich auf den Weg. Wenn er damit den Basileios und das Reich retten konnte, dann stellte sein eigenes Leben einen wirklich bescheidenen Gegenwert dar.

Scramo Narth stolperte auf die Lichtung hinaus. Er sah den Legaten auf der anderen Seite in der Hecke verschwinden. Da war noch jemand. Ein alter Mann … der Druide? Wie kam der denn hierher? Und was war das für ein merkwürdiger Felsen, der sich dort aus der Erde erhob? Er fiel auf die Knie. Seine Hände konnten das Leben, das aus ihm herausströmte, nicht viel länger festhalten.

Der Druide hatte ihn bemerkt und schlenderte heran. »Ah, der Druadag, der der Herrin den Rücken gekehrt hat …«

Scramo schüttelte den Kopf. » …nicht wahr«, keuchte er. »Ich brauche … Hilfe«, stöhnte er.

Der Druide beugte sich zu ihm hinab. »Du hast viel getan. Du wolltest nicht, aber du hast es getan.«

»Man hat mich betrogen! Ich wusste nicht …« Es fiel ihm schwer, sich zu konzentrieren. »Sie wollen die Festung in Brand setzen … Adelares, Trax, die Lakier … sie sind Betrüger.«

Ein Lächeln erschien im Gesicht des Druiden. »Das sind sie, Scramo Narth. Aber sie können *sie* nicht betrügen. Die Dunkelheit ist die Mutter aller Dinge, auch von Lug und Betrug. Und die Dhurna ist die … Meisterin der Dunkelheit.«

»Und was geschieht jetzt?«

»Sie atmet«, erwiderte der Druide lächelnd. Er schien etwas zu kauen.

»Nein, nein, was … was geschieht mit mir?«

»Du stirbst«, lautete die schlichte Antwort.

Noch einer, der mir mit freundlichem Blick beim Sterben zusehen will, dachte Scramo. Seine Hand tastete zum Stiefel. Aber sie griff ins Leere. Der Dolch steckte im Hals des Tribunen.

Scramo fiel zur Seite. Nebel zog über diese seltsame Lichtung. Er fühlte sich merkwürdig. Alle Dinge erschienen plötzlich unbedeutend und klein. Er konnte die Welt verlassen … da tauchte am Rand des Nebels eine vertraute Gestalt auf. Es war seine Frau. Seine Kinder drängten sich ängstlich hinter ihr. »Warra …«, flüsterte er. Aber dann war es doch nur eine Nebelschwade. Sie löste sich auf und verging, und Scramo Narth lächelte, weil die Dhurna ihn zum letzten Mal getäuscht hatte.

Es begann zu dunkeln, als Aureus die steilen Stufen hinaufkletterte. Er fragte sich, wer sie angelegt hatte. Es musste unendliche Mühe gekostet haben, den Stein zu bearbeiten und dabei den Verwerfungen und Rissen des Felsens zu folgen. An vielen Stellen überbrückten Holzbrücken und -leitern Lücken in der Treppe. Er war bald außer Atem. Aber irgendwie hatte er das Gefühl, er müsse sich beeilen.

Plötzlich endete die Treppe. Es war gerade einmal auf halber Strecke zur Spitze des Felsens. Vor ihm öffnete sich ein breiter Absatz. Er sah hinunter. Die Dornenhecke schien die halbe Insel zu bedecken, die wiederum ein dunkler Fleck in endlosem grauem Nebel war. Er suchte die Lichtung mit dem seltsamen Stein, konnte sie aber einfach nicht finden. Ein eigenartiger Geruch lag in der Luft. Er war ihm schon auf der Treppe aufgefallen, doch er hatte ihn nicht beachtet. Er blickte hinüber, dahin, wo Ambo Holz sammeln ließ und Apricia das Große Licht entzünden wollte. Ein gelblicher Nebel zog in Schwaden über die Insel. Er schien aus der Hecke zu kommen.

Aber was war das? Dort unten wurde gekämpft!

Klein wie die Ameisen wirkten die Legionäre, die ganz offensichtlich übereinander herfielen. Dünn klangen die Schreie der Männer zu ihm hinauf. Was ging da vor sich? Die Dämmerung war fortgeschritten, und er konnte keine Einzelheiten erkennen.

»Hast du sie? Hast du die Dornenfrucht?«

Aureus drehte sich um. »Famo? Wie kommst du denn hierher?«

»Da war plötzlich eine Lücke in der Hecke, und ich hörte

dich rufen. Ich folgte deiner Stimme. Dann sah ich dich hier hinaufsteigen. Hast du sie?«

Aureus schüttelte den Kopf. »Ich habe nicht nach dir gerufen.« Musste Famo selbst jetzt noch lügen? »Geh. Ich muss etwas erledigen.« Ihm wurde kalt. War es etwa das, was die Dhurna erwartete? Sollte er seinen eigenen Bruder umbringen? Dann musste er sie enttäuschen …

»Du hast sie nicht gefragt, oder? Du hast sie gar nicht erst gefragt!«

»Ich habe gefragt. Sie sagte, dass ich ein Opfer bringen müsse.«

»Opfer?« Auf Famos Gesicht trat ein verschlagener Ausdruck.

Aureus nickte. Sein Blick ging in die Tiefe. Dort unten, kaum zu erkennen, lag ein großer dunkler Stein inmitten der Dornen.

Die Dhurna hatte nicht wissen können, dass sein Bruder hier erscheinen würde. Nein, es ging nicht um ihn. Die Dhurna erwartete ein freiwilliges Opfer.

»Es tut mir leid, Famo …«, begann er, um sich endlich für das zu entschuldigen, was er als Kind getan hatte.

»Lügner!«, kreischte Famorius und stürzte sich auf ihn.

Aureus war zu überrascht, um ihn abzuwehren. Sein Bruder packte ihn mit einer Hand am Hals, mit der anderen am Kragen, und schob ihn auf die Kante zu. Schon spürte er keinen Halt mehr unter der Ferse. Sie rangen miteinander, keuchend, wortlos. Famorius war viel stärker, als er aussah. Dann bekam Aureus die Oberhand. Er löste die Hand seines Bruders von seinem Hals, packte ihn am Gürtel und schleuderte ihn mit einer schnellen Drehung von der Plattform. Ein heller Schrei, dann war es vorüber.

Aureus taumelte. Fast hätte ihn der eigene Schwung mit

in den Abgrund gerissen. Er wich entsetzt zurück, drückte sich gegen den kalten Fels und war lange Zeit unfähig, sich zu rühren. »Famo …«, flüsterte er schließlich. Dann brach er zusammen.

Er konnte später nicht sagen, wie lange er auf diesem Turm gesessen hatte, aber plötzlich stand der Druide mit einer Fackel in der Faust neben ihm. Er drückte ihm etwas in die Hand. Es war eine kleine Tasche. Aureus sah hinein. Sie enthielt zwei stachlige Früchte.

Er kroch zur Kante, blickte hinab, aber es war zu dunkel, um den zerschmetterten Leib von Famo zu sehen.

»Ich habe nicht das Opfer gebracht, das ich wollte«, sagte er.

»Sie ist nicht wählerisch«, gab der Druide zurück.

15. Die Früchte der Dunkelheit

Im Morgengrauen kletterte Aureus den Turm hinab. Er hatte beim ersten Licht noch einmal hinuntergesehen, doch der Stein, auf dem sein Bruder den Tod gefunden haben musste, war von Dornen verschlungen worden. Er versuchte, diesen Stein unten zu erreichen, aber die Hecke versperrte ihm alle Wege. Irgendwann gab er auf. Er kam an einen breiten Durchgang, der ihn zum Lager zurückführen würde. Also kehrte er zurück.

Als er auf die ersten Toten stieß, fiel ihm wieder ein, dass er einen Kampf gesehen hatte. Die Männer lagen verstreut, und niemand schien sich um die Leichen zu kümmern. Ambo saß auf einem Stein und rieb sich den kahlen Kopf. Andere Männer pflegten ihre Wunden. Es war nur ein Dutzend übrig. Claudio Optus gehörte zu ihnen.

»Optus – was ist hier geschehen?«

Der Hekator sah verstört aus. »Es war furchtbar. Erst dieser Gestank, dann wurde mir schwindlig, und plötzlich wusste ich, dass mir dieser Mann« – er deutete auf einen der Toten – »ans Leben wollte. Wir kämpften. Alle kämpften, jeder gegen jeden. Wie Raubtiere. Und dann …« Er schüttelte den Kopf.

»Was war dann, Optus?«

»Ich habe die Dunkelheit gesehen, Legat! Nein, ich habe

sie nicht gesehen, sie hat mich … durchdrungen und jeden Winkel meiner armen Seele erfüllt. Es hätte nicht viel gefehlt, und ich hätte das Herz dieses Mannes gegessen. Mein Schwert war schon bereit, es herauszuschneiden.«

»Das Herz?«

»Ein Verlangen, Legat, noch nie spürte ich so ein Verlangen … Und wie Ihr sehen könnt, war ich nicht der Einzige, der diesen finsteren Drang spürte. Und nicht alle haben ihm widerstanden.«

Tatsächlich erkannte Aureus jetzt, dass einem der Toten die Brust aufgeschnitten worden war. Es war Hekator Sarkis. Er bestürmte Optus mit Fragen, aber der wich seinem Blick aus und wollte nicht mehr sagen.

Er ging zu General Ambo. »Ah, Legat … Ihr lebt noch? Habt Ihr, weswegen wir gekommen sind?«

Aureus nickte. »Was ist hier geschehen?«

»Hat Euch Optus nicht schon alles erzählt? Der Glückliche … er ist seinen dunklen Trieben nicht erlegen. Denkt Euch, ich sah Männer, Männer, wie sie die Herzen ihrer Feinde … Und diese Feinde waren eben noch ihre Freunde gewesen!«

»Und habt Ihr auch …?«

Ambo schüttelte den Kopf. »Es gibt jedoch andere Begierden, starke Begierden, denen ich gefolgt bin … Ebenso wie andere. Fragt die Virgo … oder Eure Apricia.«

»Mata Apricia?«

»Ich glaube nicht, dass sie sich nach dieser Nacht noch so nennen wird …«, sagte der General mit einem bitteren Lachen.

Aureus eilte davon. Er fand Apricia ein gutes Stück vom Lager entfernt. Sie kauerte hinter einer Hecke. Ihre Robe war zerrissen, Gras und Laub hingen in ihrem roten Haar.

»Apricia … was ist …?« Er brachte die Frage nicht zu Ende.

Sie sah ihn mit einem Blick an, in dem er nichts als tiefe Leere entdecken konnte. »Sie haben …« Sie brach ab.

Aureus zog sein Schwert. Es war nicht schwer zu erraten, was geschehen war. Er würde Ambo dafür bezahlen lassen.

Aber Apricia fiel ihm in den Arm. »Nein, lasst ab, Aureus. Die Männer, sie waren nicht sie selbst. Sie waren besessen, wie Tiere. Wir alle waren wie von Sinnen … Die Dunkelheit war so … tief. Ein Sog, der alles Menschliche verschlungen hat. Ich habe mich widersetzt. Aber die Dunkelheit, und Ambo … aber … aber es ist nichts geschehen! Sie ließen von mir ab!«

Nichts geschehen? Das sagten ihre Worte, alles andere an ihr sagte das Gegenteil. Er biss sich auf die Lippen. Er fühlte sich hilflos, hätte sie gerne umarmt, aber sie scheute vor jeder Annäherung zurück.

»Und Kyntia? Und die Kinder?«, fragte er schließlich. Er hatte noch nicht entschieden, ob er nicht doch hinübergehen und den General aufschlitzen würde.

Apricia zuckte schwach mit den Schultern. »Ich habe es nicht über mich gebracht, sie zu opfern, Aureus. Ich konnte es einfach nicht. Und dann kam der Nebel … Ich habe die Kinder seit dem Abend nicht gesehen. Diese Nacht … ich dachte, sie würde niemals enden.«

Er versuchte, sie zu trösten, aber sie zog sich sofort zurück, und jedes seiner Worte klang hohl.

Er ging zu Ambo hinüber, der jetzt mit den Überlebenden eine Grube aushob.

»Was tut Ihr da?« Aureus hatte das Schwert in der Hand.

Ambo kletterte aus der Grube und wischte sich den

Schweiß von der Stirn. Er schien seine Fassung wiedergewonnen zu haben.

»Wir geben ihnen ein Grab. Das ist das Mindeste, was wir tun können.«

»Wollt Ihr sie nicht verbrennen?«

Der General warf ihm einen eigenartigen Blick zu. »Ihr wisst, Moris, dass ich nie viel auf die Götter gab. Ich habe nie an das Licht geglaubt und erst recht nicht an die Dunkelheit. Aber letzte Nacht, Moris … Es war, als hätte mich etwas berührt, im Innersten, als hätte eine Macht mir enthüllt, wer ich wirklich bin, wenn all das, was ich zu wissen glaubte, fortgerissen ist. Ich kann es nicht besser ausdrücken.«

»Was wollt Ihr damit sagen? Wollt Ihr jetzt etwa der Dunkelheit dienen?«

Ambo nickte langsam. »Darauf läuft es hinaus. Sie, die Dhurna selbst, hat mich berührt, hat mir den dunklen Kern meines Wesens enthüllt. Wie könnte ich ihre Existenz und ihre Macht länger leugnen?«

»Aber Ihr seid General Clavus Ambo, Befehlshaber der Vierten Legion und berühmtester Verteidiger des Lichts!«

Ambo lachte wieder. »Macht Euch nicht lächerlich, Moris. Meine Legion ist in alle Winde verstreut, und meine Männer sind davongelaufen oder tot, gefallen für das Licht. Ihr hattet recht – wir hätten mit einer kleinen Schar vorstoßen sollen. Und doch … ich glaube, ich musste hierherkommen. Sie wollte es. Wenn ich je wieder zur Waffe greife, dann für die Dunkle Herrin. Wenn Ihr mich also töten wollt, wäre jetzt eine gute Gelegenheit …«

Aureus wollte, dann sah er jedoch Apricias Blick, und der hielt ihn davon ab. Sie leugnete, dass etwas geschehen war. Wenn er aber Ambo umbrachte, würde diese schützende Lüge vielleicht zusammenbrechen.

»So wollt Ihr nicht nach Maricat zurückkehren, General?«, fragte er kalt.

»Es gibt keinen Weg zurück für mich, Legat. Euch wünsche ich Glück. Nicht dass Ihr es nötig habt. Nach allem, was ich so hörte, habt Ihr bereits ihren Segen.«

Aureus runzelte die Stirn. Ihren Segen? So hatte er es nie gesehen.

»Ach, übrigens, Moris … wo ist eigentlich Euer Bruder?«

»Tot.«

Der General zuckte mit den Achseln. »Er war ohnehin fieberkrank, nicht wahr?«

Aureus nickte. Was sollte er auch sagen?

Er versuchte, die Überlebenden der vergangenen Nacht zu sammeln und dazu zu überreden, mit ihm nach Maricat zurückzukehren, aber die Männer wollten nicht.

Selbst Virgo Kyntia, die er an der Dornenhecke fand, weigerte sich. Auch ihre Robe war zerfetzt, und ihr Blick war unstet, aber sie beweinte den toten Adelares weit mehr als ihr eigenes Schicksal. Mit grotesk verrenkten Gliedern hing der Tribun in der Hecke. Aureus fragte sich, wie er da hingeraten war. Den Dolch, der in seinem Hals steckte, hatte er in der Hand des Pelzhändlers gesehen. Den konnte er jedoch ebenso wenig finden wie die beiden Kinder.

Er fragte, fast als Letzten, Claudio Optus, aber der wollte ebenfalls nicht zurückkehren: »Wisst Ihr, ich dachte immer, ich würde Seite an Seite mit Stax alt werden. Nun ist er tot – und ich sehe keinen Sinn darin, allein irgendwo Feldfrüchte anzubauen, nicht nach dem, was ich hier getan habe. Ich habe sein Andenken entehrt, denn ich habe meine Kameraden getötet.«

Aureus versuchte, ihn umzustimmen, aber Optus schüttelte nur den Kopf.

Am Ende war lediglich Mata Apricia bereit, sich ihm anzuschließen.

»Und werden wir den Weg finden?«, fragte sie matt.

Er gab sich optimistisch. »Zur Not nehmen wir denselben Weg, auf dem wir gekommen sind, auch wenn ich den Verdacht habe, dass Meister Narth uns über Umwege geführt hat.«

»Ich kann helfen«, sagte der Druide, der plötzlich hinter ihnen stand.

»Ihr?«

»Kommt.« Er führte sie zum Ufer des Sees hinab und dann zu einer flachen Bucht. Ein kleiner Nachen lag darin versteckt. Das Holz war mit weißem Kalk überzogen.

»Ein Boot? *Damit* habt Ihr uns überholt?«

Der Druide grinste breit. »Dachtet Ihr vielleicht, ich könnte fliegen?«

Aureus schüttelte den Kopf. Das alles war so verrückt, dass er froh war, wenigstens für dieses eine Rätsel eine Lösung gefunden zu haben.

»Folgt unbedingt den weißen Stangen, die Ihr im Wasser seht, sonst wird der Lindwurm Euch doch noch verschlingen. Werdet nur Ihr zwei gehen?«

»Die anderen beharren darauf hierzubleiben. Was ist mit ihnen geschehen?«

»Sie haben den Atem der Dhurna gespürt. Es braucht viel Kraft, dem zu widerstehen. Und es ist so viel leichter, sich ihm zu ergeben.«

Aureus verstand nur ungefähr, was der Mann meinte, aber sein Kopf schmerzte, und er wollte nicht noch mehr Fragen aufwerfen.

»Die Kinder …«, murmelte Apricia plötzlich.

»Sind bei mir sicherer als bei einer Priesterin, die sie für das Licht schlachten wollte«, gab der Druide zurück. Sein freundliches Lächeln war erloschen, glomm aber jetzt wieder auf. »Ich werde Nachricht schicken an die Diener der Fürstin. Sie werden Euch auf Eurem Weg helfen.«

»Warum tut Ihr das? Warum seid Ihr bereit, uns zu helfen und den Basileios zu retten, der doch ein erklärter Feind der Dunkelheit ist?«, fragte Aureus.

»Ich tue es, weil die Dhurna es will. Und sie will es, weil sie weiß, was kommen wird.«

»Und was wird kommen?«

Der Druide zuckte mit den Achseln und sagte lächelnd: »Das weiß sie allein.«

Er machte kehrt und ließ sie ohne Abschiedsworte stehen. »Schwätzer«, murmelte Aureus. Er half Apricia ins Boot und stieg vorsichtig selbst hinein.

Das Wasser war auch hier kochend heiß.

»Aureus … ich habe etwas gesehen …«

»Gesehen?«

»Am Abend, kurz bevor … da war etwas an der Hecke, etwas Großes … wie ein Felsen auf Beinen. Es sah aus, als würde es eine Bresche in die Dornen walzen.«

Aureus starrte sie an. »War eine weißhaarige Frau bei diesem Felsen?« Hatte sein Bruder nicht gesagt, dass ihn eine Stimme zum Turm gerufen hatte? Sein Bruder. Famo war tot. Und er hatte ihn umgebracht.

»Ja, ich sah eine Frau. War das die Dhurna?«

»Nein, Apricia, das war eine Alfe, ein Wesen aus alten Geschichten. Aber vielleicht habt Ihr sie Euch auch nur eingebildet. Das hier ist das Trugland.« Und vielleicht hatte er sich auch nur eingebildet, dass er seinen Bruder getötet hatte. Nein, das war wirklich geschehen.

Ihr Blick glitt in den Nebel. Hatte sie ihm überhaupt zugehört?

»Habt Ihr das Heilmittel für den Basileios bekommen?«

Seine Hand fuhr in die Tasche, weil er einen Augenblick dachte, auch das könne eine Täuschung gewesen sein. Nein, beide Früchte waren noch da. Er fragte sich, ob der Dorn auch Wunden heilen konnte, wie Apricia sie erlitten hatte. »Ja, ich habe es.« Er befühlte die stachligen Schalen.

Der Druide hatte sehr zufrieden gewirkt bei der Aussicht, dass der oberste Hüter des Lichts bald einen Dorn an seinem Herzen tragen würde. Was bedeutete das? Hatte Narth die Wahrheit gesagt? Zwang ein Dorn seinen Träger unter den Willen der Dunklen Herrin? War es das, was die Dhurna wollte? Dann war es klüger, das Heilmittel nicht zu überbringen. Aber er selbst stand nicht unter ihrem Bann, das spürte er. Die Alfe und der Druide hatten beide etwas über eine Gabe gesagt, die man haben musste, um den Dorn zu erhalten. Und die Alfe hatte gesagt, dass ihm selbst diese Gabe fehle.

Aureus zog eine Frucht aus der Tasche und betrachtete sie. Sie sah unscheinbar aus, fast wie eine Kastanie.

Durfte er sie dem Kaiser geben? Oder hatte der Basileios die *Gabe*? Dann wäre es klüger, sie fortzuwerfen. Aber dann würde Sebastos Valis sterben.

Aureus musste plötzlich lachen. Es war ein guter Witz: Er, der domorische Legat, der nicht vertrauenswürdig genug war, eine Legion oder auch nur diese Unternehmung zu führen, er hielt das Schicksal des ganzen Reiches in seiner Hand.

»Was habt Ihr?«, fragte die Mata. Sie war so nah und schien doch unendlich weit entfernt zu sein.

»Nichts«, erwiderte er. Dann ließ er den Beutel mit den Kastanien ins Wasser gleiten. Er sog sich voll und ging langsam unter. Und mit ihm sank seine Hoffnung, jemals General zu werden. Aber seltsamerweise ließ ihn das völlig kalt.

Er stieß das Boot vom Ufer ab und ruderte auf den kochenden See hinaus.

Plötzlich ertönte ein heller Ruf. Eine kleine Gestalt war am Ufer aufgetaucht und winkte hektisch. Es war Claudio Optus.

Aureus wendete das Boot. »Ihr habt es Euch anders überlegt?«

Optus lächelte verlegen. »Mir ist klar geworden, dass wiederum den Lakiern irgendwann klar werden wird, dass ich ihren Hekator getötet habe. Und ich glaube, dass es für mich besser ist, dann nicht mehr auf dieser Insel zu sein. Außerdem … dieses ständige Gerede von der Dunkelheit …«

»Steigt ein.«

Der Hekator kletterte umständlich und wortreich in das schwankende Gefährt, und er bestand darauf, das Rudern zu übernehmen.

Aureus hatte nichts dagegen. Er setzte sich neben Apricia ins schmale Heck des Bootes. Sie zuckte vor der Berührung zurück, aber sie wandte sich nicht ab.

»Wohin jetzt, Legat?«, fragte Optus.

Aureus war sich – ganz plötzlich – völlig im Klaren darüber, was er wollte. Es war, als seien mit den beiden Dornenfrüchten auch all seine Pläne, Verpflichtungen und Lasten auf den Grund des Sees gesunken. Er war frei. Auf einmal kam es nicht mehr darauf an, was der sterbende Kaiser oder was diese in Stein gefangene Göttin von ihm erwartete: »Es soll Inseln geben, südwestlich von Iscer … karg und rau sollen sie sein, doch hat man dort angeblich weder von den Göttern des Lichts noch von denen der Dunkelheit gehört. Ein Reisender hat mir von ihnen erzählt. Zwar gebe es da keine Reichtümer zu holen, doch könne ein tüchtiger Mann dort ein Auskommen finden, für sich – und seine Familie. Ich glaube, das wäre ein guter Ort für jene, die neu anfangen und zu keiner der beiden Seiten gehören wollen oder können – meint Ihr nicht auch, Optus?«

Er spürte, dass Apricia eine Winzigkeit näher an ihn heranrückte. Sie stimmte ihm zu? Natürlich – auch für sie gab es kein Zurück mehr. Nicht nach dem, was hier geschehen war.

Optus hingegen starrte ihn mit schief gelegtem Kopf an, die Ruder halb aus dem Wasser gehoben. »Das klingt gar nicht schlecht in meinen Ohren, Legat, doch bevor wir das Meer überqueren, müssen wir erst einmal das Ufer dieses dampfenden Gewässers erreichen, ohne dabei von einer dieser furchtbaren Fontänen verbrüht zu werden. Ich wollte von Euch also eigentlich nur wissen, in welche Richtung ich dieses erschreckend kleine Gefährt lenken soll.«

Aureus musste lachen. Und dieses Mal lachte er ohne Bitterkeit. Optus hatte eine erfrischende Art, die Dinge Schritt für Schritt anzugehen. »Der Druide erwähnte weiße Stangen, die aus dem Wasser ragen sollen. Folgt einfach diesen Stangen, Optus.«

Der Hekator nickte, wendete das Boot und ruderte auf den See hinaus.

Bald hatte der Nebel sie verschluckt.